# 中國文學

## 先秦兩漢卷

### 第三版

四川大學中文系古代文學教研室 編寫

劉黎明 主編

四川人民出版社

圖書在版編目（CIP）數據

中國文學. 先秦兩漢卷 / 四川大學中文系古代文學教研室編寫；劉黎明主編. —3 版. —成都：四川人民出版社，2023.9
ISBN 978-7-220-13375-6

Ⅰ. ①中… Ⅱ. ①四… ②劉… Ⅲ. ①中國文學-古代文學史-先秦時代-教材②中國文學-古代文學史-漢代-教材 Ⅳ. ①I209.2

中國國家版本館 CIP 數據核字（2023）第 140825 號

ZHONGGUO WENXUE · XIAN QIN LIANG HAN JUAN

## 中國文學·先秦兩漢卷

四川大學中文系古代文學教研室編寫
劉黎明　主編

| 出 版 人 | 黃立新 |
| --- | --- |
| 選題策劃 | 江　澄 |
| 責任編輯 | 李京京 |
| 版式設計 | 李其飛 |
| 封面設計 | 張　科 |
| 特約校對 | 丁　偉 |
| 責任印製 | 周　奇 |
| 出版發行 | 四川人民出版社（成都三色路238號） |
| 網　　址 | http://www.scpph.com |
| E-mail | scrmcbs@sina.com |
| 新浪微博 | @四川人民出版社 |
| 微信公衆號 | 四川人民出版社 |
| 發行部業務電話 | （028）86361653　86361656 |
| 防盜版舉報電話 | （028）86361653 |
| 照　　排 | 四川勝翔數碼印務設計有限公司 |
| 印　　刷 | 成都東江印務有限公司 |
| 成品尺寸 | 170mm×240mm |
| 印　　張 | 32.5 |
| 字　　數 | 550 千 |
| 版　　次 | 2023 年 9 月第 1 版 |
| 印　　次 | 2023 年 9 月第 1 次印刷 |
| 書　　號 | ISBN 978-7-220-13375-6 |
| 定　　價 | 59.80 元 |

■版權所有·侵權必究

本書若出現印裝質量問題，請與我社發行部聯繫調换
電話：（028）86361656

# 第三版前言

《中國文學》是我們爲本科生編寫的古代文學教材，初版於1999年，2006年經過修訂，出第二版，即"修訂版"。本書的編寫宗旨及我們的教學理念，見《第一版前言》和《修訂版前言》，茲不贅述。至2020年，修訂版已第10次印刷，證明此書經得起時間的檢驗，謂之"傳世之書"，當不爲過。最近，出版社擬重新設計版式，我們借此機會，在第二版的基礎上再次進行修訂，主要是校正文字錯誤、更新參考書目等，是爲第三版。這應該是此書最後一次修訂，可稱爲"珍藏版"。

本書是四川大學中文系古代文學教研室的集體項目，被列入四川大學"211"和"985"建設計劃，是四川大學新世紀教學改革的標誌性成果之一，曾榮獲教育部"全國普通高校優秀教材"二等獎。2010年，四川大學文學與新聞學院各專業基於"原典閱讀"而推出的本科系列教材，就是以此書爲範式而編寫的。參加此書編寫的諸位同人，畢業於不同大學，研究方向也不同，性格各異，但在教學科研以及日常生活工作中，通力合作，互相幫助，互相支持，互相欣賞，留下了許多美好的回憶。

此書編寫伊始的1997年，大家正值盛年，最年長者周嘯天不過知天命，金諍46歲，周裕鍇43歲，劉黎明41歲，謝謙41歲，王紅38歲，最年少者呂肖奐32歲，皆年富力強，意氣飛揚。每憶望江文科樓時代，間周一次的學院大會結束後，大家餘興未盡，相邀至紅瓦樓或工會小茶館，清茶一杯，相交如水，暢論天下，笑談古今，互相調侃，解構神聖，亦莊亦諧，雅俗共存，濟濟一堂，其樂融融。嘗相與戲謂曰：中國高校最快樂之教研室，非我川大古代文學莫屬耶？而今芳華零落，風流雲散，七位分卷主編，兩位病逝，三位退休，一位延聘，一位在崗，此書也就成爲我們人生曾經輝煌的共同紀念。

全書修訂統籌分工：謝謙：先秦兩漢卷；王紅：魏晉南北朝隋唐五代卷；呂肖奐：宋金元卷；謝謙：明清卷。謝謙負責全書修訂的統籌工作。

四川大學中文系古代文學教研室<br>
2023 年 3 月 12 日

## 修訂版前言

　　《中國文學》講授的是先秦至近代之傳統文學，照學界通行的說法，即所謂"中國古代文學"是也。我們之所以去"古代"二字，是基於這樣的觀念：五四新文學之前的傳統文學，神話傳說時代勿計，自孔子刪定"六經"始，至少也有兩千多年歷史，我華夏歷代先哲之智慧與文心，以聲韻優美、字體形象的語言符號作爲載體，流傳至今，播在人口，並非完全死去的文本，怎能輕易以"古代"二字，將其推向遙遠的時空，而在今日華夏子孫心中形成一種疏離感？何況所謂"古代"去今未遠，百年文運，比之上下兩千餘年，不過彈指之間。即使文學有古今之別，但中國傳統文學非歐洲古典文學可比，今日之歐洲讀者翻閱古希臘語、拉丁語古典文學，也許如睹"天書"，即或是五百年前的英語、法語、德語、西班牙語、斯拉夫語詩文，今人睹之，也可能是"匪夷所思"。而華夏子孫因有表意而非拼音的方塊字，却能超越千年時空去涵詠玩味充滿先哲魅力的不朽篇章。唐詩宋詞元曲明清小說勿論，即使是兩三千年前的經典，稍具文言常識，也能通其大意，啓我性靈，潤我文心。這是漢語言文字獨具的魅力，也是世界文學史上的奇跡。

　　中國高校文科學生應該知道這樣的常識：我們今日之語言文學與傳統

語言文學之間，若超越政體結構與意識形態的因素，僅以書寫語言而論，並沒有人們通常所想象的那樣分明的"隔代"界綫。華夏古人的書寫語言，有文言文與白話文之分。文言文是一種雅致的書面語言，也可以說是知識精英體面的書寫語言，必須熟讀經典且經專門訓練纔能運用自如。這在古人那裏，不僅是語言藝術的競技，更是教養與身份的體現，這很類似拉丁文之於歐洲學人。所以"五四"白話文學運動前後，文壇宿儒學界名流不遺餘力捍衛這一書寫語言的正統性與權威性，就不難理解。蘇曼殊以古雅甚至古奧的文言譯歌德、雪萊、拜倫之詩，林紓以桐城古文雅潔的風格譯西洋小說，嚴復以秦漢諸子語言譯西洋學術名著，無疑是投知識精英之雅趣。"五四"之後，陳寅恪、錢穆、錢鍾書等國學大師博雅君子堅持以文言寫學術論著，是否也出自不願從俗不願趨同的文化貴族心理，兹不必論。但文言文並非古人的"死語言"，而是貴族化的雅語，却是不言而喻的。白話文更接近口語而並非口語，也是古人的書寫語言，祇不過是世俗化平民化的書面語言，明人馮夢龍謂其"諧於里耳"，便於在民間廣泛傳播。樂府民歌、禪宗燈錄、道學家語錄、詞曲、戲劇、小說等通俗文學，以及一些比較另類的文人創作，皆以白話文出之，形成了中國文學的另一書寫傳統，"五四"以後白話文即取代文言文而成爲通行的書寫語言。這當然是歷史的進步，是文化包括文學非貴族化的必然趨勢。我們無意去爭論文言書寫與白話書寫孰優孰劣的問題，這完全取决於作者與讀者個人的審美趣味以及所處的語境。但是，無論何種書寫形式書寫傳統，由於漢字表意而非拼音的特點，尤其是它超越時空的歷史延續性，注定了中國文學古今的不可分割性。我們這裏說的是廣義的文學，即以語言文字的藝術性爲前提的書面表達。這種表達也許是"純文學"的，也許是非"純文學"甚至實用性的，如新聞、公文等應用文寫作，但"文采"二字是不可或缺的。尤其是對於今日文科學生而言，掌握這樣的書面表達，可能就是他們將來安身立命的看家本領。

基於這樣的認識，我們在《中國文學》的編寫與教學實踐過程中，盡可能淡化"古代"與"現代"的分界，以培養學生對博大精深源遠流長的傳統文學的親切感，在體悟中國文化與文學深厚底蘊的同時，虛心學習前人的語言藝術與藝術表達，並化爲自己的一種書寫能力。所以，我們力求以"讀"與"寫"貫穿"中國文學"的整個教學過程。"寫"不僅是寫作家評論或詩詞賞析之類的文字，而且包括各種文體的摹寫與訓練，嘗試文言寫作，自然也是題中應有之義。簡而言之，即不僅化先哲之智慧文心爲今日文科學生之人文素質，也變先哲之語言文采爲今日文科學生之書寫能力。這是改革新中國成立以來高校文科教學理念與人才培養模式的一種嘗試。我們曾以"原典閱讀與中文學科人才培養"爲題申報國家教育部"新世紀高等教育與教學改革重點項目"並獲准立項，謝謙、劉黎明、王紅、金諍、周裕鍇、呂肖奐、周嘯天等教師爲此付出了辛勤的勞動。金諍青年才俊，爲人儒雅，治學嚴謹，有古學者之遺風，却不幸英年早逝，先我們而去。當《中國文學》榮獲國家教育部"全國普通高校優秀教材"二等獎，而後被評爲四川大學校級精品課程、四川省精品課程，並申報國家級優秀教學成果獎之際，緬懷逝者，誦"我思古人"之章，怎能不爲之愴然？

本次修訂，廣泛聽取了專家和學生的建議，但主要還是總結本書初版以來的教學經驗，力求完善教學的各個環節。其間謝謙、周裕鍇先後訪學美國與日本，親歷世界名校的文學教學，獲益匪淺，爲本教材的修訂建議良多。我們認爲，文學教材不是學術論著，它不應該太"個性化"，而應該爲課堂內外的教與學提供適合的選文與闡釋空間。所以我們的工作，主要是根據教學需要，增刪篇目，更換"輯錄"、"思考題"等相關內容，也更正了初版中的一些文字錯誤。至於有讀者建議，是否應該考慮廣大自學者的理解水平，深入淺出，化繁爲簡，則非我們所能。因爲，《中國文學》作爲中國百年名校精品課程的教材，乃爲培養高級專門人才而編寫，自有其品位與追求，不敢爲擴大讀者面而改弦易轍也。謂其爲"陽春白雪"似有自譽之嫌，但絕非"家傳戶誦"的自學讀本或普及讀物，特爲讀者提醒。

全書修訂統籌分工：劉黎明：先秦兩漢卷；王紅：魏晉南北朝隋唐五代卷；呂肖奐：宋金元卷；謝謙：明清卷。四川大學教務處爲本書的編寫修訂以及課程建設鼎力相助，而榮譽則歸我輩，曰："此吾四川大學之光榮也！"爲此感愧不已。先哲孟子人生之樂，其一曰："得天下英才而教育之。"質諸同仁，於心皆有戚戚焉。

四川大學中文系古代文學教研室<br>
2005 年 1 月 20 日

# 第一版前言

　　本書係我們爲高校中文系學生編寫的教學用書。

　　我國高校中文系本科的文學課程，均以五四新文學運動以前的中國文學即中國古代（包括近代）文學爲主，學習時間多爲兩年。這門課程的重要性是不言而喻的。新中國成立以來流行的教學模式，是"文學史"加上"作品選"，而以"史"爲主，許多院校甚至將這門課程徑稱爲"中國文學史"。既然是"史"，所講就多是諸如作家地位、藝術成就、時代思潮、發展規律之類的宏觀問題。這種教學模式自有其優點，不僅高屋建瓴，而且理論性強；但其局限與流弊也是顯而易見的：易走入以論代史而忽略中國文學多元化特質的誤區。學生甚至教師本人，無須多讀和細讀文學經典，祇須死記硬背文學史上歸納的條條款款，即可應付教學，應付考試，即可高談闊論，甚至不讀《紅樓夢》，也能大談《紅樓夢》的藝術特色或中國古典小說發展規律之類。這樣培養出來的學生，不僅難以成爲高層次的學術人才，而且也難以適應當今社會對文科人才的要求。

　　我們認爲，中國文學這門課程不應當成"史"或"論"來教學，而應當着重講授中國各體文學本身，應該引導學生多讀和細讀經典文學原著。通過多讀與細讀，去感受中國文學的藝術魅力，從而培養學生典雅的氣質與高貴的情趣，並進一步體悟中國文化的深厚底蘊；再輔以背誦與模擬訓練，將古典名篇的語言藝術化爲己有，從而轉化爲一種實用的技能，即能以優美雅致的文筆撰寫各類文章，包括應用文、學術文以及美文等。至於文學發展史一類見仁見智的理論問題，作初步瞭解即可。這又涉及對中文系學生培養目標的認識。事實上，中外高等學校母語系的培養目標，主要是社會各行業包括國家各級機關廣泛需要的高級文職人員，而不可能是作家、詩人或文學批評家。衆所周知，作家或詩人無法由高校批量生産，而文學批評家則社會所需有限。這不是貶低中外高校母語系的功能，而是給予其準確的定位。簡言之，我國高校的中文系，正如世界各國高校的母語系一樣，主要培養的是社會各界需要的高級文才，所以中國文學的教學，應該既務虛又務實，以培養學生氣質、情趣、談吐與文筆爲主要目標。即使培養高層次的學術人才，也需要扎實的文獻基礎。

　　基於這樣一種認識，我們在本系被定爲國家基礎學科人才培養與科學研究基地以及國家"211工程"重點投資建設學科後，即着手對我系中國文學的教學進行改革，初步成果就是這部集體編寫的中國文學教材。與通行的教材有所不同，我們淡化了"史"與"論"的色彩，而更注重講授中國各體文學的特點，注重解讀文本與閱讀文獻資料。在作品選目和講授内容上也與通行教材有所不同，如"先秦兩漢卷"以"五經"開篇，略去中國文學的起源與神話傳說；"魏晉南北朝隋唐五代卷"有玄言詩、宫體詩等内容和"白話詩人與詩僧"專節；"宋金元卷"有"宋駢文"、"四六文"與"宋筆記文"專節，並注意選録白體、晚唐體、西崑體、永嘉四靈等流派的代表作品；"明清卷"則有"八股文"、"翻譯文學"專節，而减少了明清通俗文學的比重。作家傳略多據正史原文縮寫，關於作家與作品附録資料也多爲原文節録。道理非常簡單：外文系的學生理應多讀和細讀外文原著，中文系的學生也應多讀和細讀古文原著。全書各卷的編寫體例，基本上按照時代分爲上下編，每編按照文體分爲若干章，每章分若干節，即一個教學單元。每節的主要內容爲"作家傳略"與"作品選讀"，後附"輯錄"（權威評論或有關資料）與"參考書目"，並設計了一些"思考題"，但沒有統一的標準答案。我們提倡開放式的教學，注重引導學生多讀和細讀文學原著，鼓勵學生根據所學知識與閱讀經驗自己去思考分析，展開討論，言之成理、持之有據即可，不必拘於現成的結論。主講教師在組織討論時，可給予學生適當的引導或啓發。

全書編寫分工如下：先秦兩漢文學，劉黎明；魏晉南北朝文學，周嘯天；隋唐五代文學，王紅；宋金元文學宋文部分，呂肖奐，通論及宋詩，周裕鍇，宋詞及元代文學，金諍；明清文學，謝謙。謝謙負責全書的組織工作。

**四川大學中文系古代文學教研室**
1999 年 5 月

# 目 錄

## 上編　先秦文學

**通　論** ·················································· (003)

**第一章　五　經**

　概　說 ·················································· (010)

　第一節　《周易》 ········································ (013)

　　　　　○乾　○坤　○屯　○師　○同人　○謙　○賁　○剝　○復　○大過

　　　　　○咸　○明夷　○井　○漸　○中孚

　第二節　《尚書》 ········································ (029)

　　　　　○堯典　○皋陶謨　○甘誓　○湯誓　○無逸

　第三節　《詩經》 ········································ (051)

　　　　　國風：○關雎（周南）　○卷耳（周南）　○桃夭（周南）　○漢

　　　　　廣（周南）　○載馳（鄘風）　○氓（衛風）　○黍離（王風）　○將

　　　　　仲子（鄭風）　○溱洧（鄭風）　○蒹葭（秦風）　○七月（豳風）

　　　　　○東山（豳風）

小雅：○鹿鳴 ○采薇 ○北山

大雅：○大明 ○緜 ○生民 ○公劉

頌：○玄鳥（商頌）

第四節 《儀禮》 ……………………………………（082）

○士冠禮（節選）○鄉飲酒禮（節選）

【附】《周禮》：○大祝（《周禮·春官宗伯》節選）

《禮記》：○檀弓上（節選）○禮運（節選）○大學（節選）

第五節 《春秋》 ……………………………………（093）

○隱公元年 ○僖公十六年

【附】《左傳》：○晉公子重耳之亡（僖公二十三年、二十四年）○晉楚城濮之戰（僖公二十七年、二十八年）○秦晉殽之戰（僖公三十二年、三十三年） 《國語》：○邵公諫厲王弭謗（《周語》上）○驪姬之難（《晉語》一、二）

## 第二章 諸 子

概 說 ……………………………………………（135）

第一節 儒家 ……………………………………（138）

《論語》：○宰予晝寢（公冶長）○子見南子（雍也）○子路、曾皙、冉有、公西華侍坐（先進）○樊遲請學稼（子路）○陽貨欲見孔子（陽貨）○楚狂接輿（微子）○長沮桀溺耦而耕（微子）○子路從而後（微子）

《孟子》：○孟子見梁惠王（梁惠王章句上）○齊桓晉文之事（梁惠王章句上）○莊暴見孟子（梁惠王章句下）○人皆謂我毀明堂（梁惠王章句下）○敢問夫子惡乎長（公孫丑章句上）○人皆有不忍人之心（公孫丑章句上）○咸丘

蒙問詩（萬章章句上）○禮與食孰重（告子章句下）

《荀子》：○樂論 ○成相（節選）○賦篇（節選）

第二節 道家 ·············································· (167)

《老子》：○一章 ○二章 ○五章 ○六章 ○十二章 ○二十章 ○四十一章 ○五十五章 ○六十四章 ○八十章

《莊子》：○逍遙游（內篇）○應帝王（內篇）○秋水（外篇）

第三節 法家 ·············································· (195)

《韓非子》：○孤憤 ○說難

第四節 縱橫家 ·············································· (203)

《戰國策》：○蘇秦始將連橫（秦策一）○齊宣王見顏斶（齊策四）○燕太子丹質於秦亡歸（燕策三）

# 第三章 楚 辭

概 說 ·············································· (219)

第一節 屈原作品 ·············································· (222)

○離騷 ○湘君（《九歌》之三）○湘夫人（《九歌》之四）○東君（《九歌》之七）○山鬼（《九歌》之九）○天問（節選）○哀郢（《九章》之三）○懷沙（《九章》之五）

第二節 其他辭作家作品 ·············································· (247)

○招魂 ○漁父 ○九辯

【附】宋玉賦：○風賦 ○神女賦 ○登徒子好色賦 ○對楚王問

# 下編　秦漢文學

| | |
|---|---|
| 通　論 ································································· | （271） |
| 第一章　秦　文 | |
| 　概　說 ································································· | （278） |
| 　第一節　李斯文 ······················································ | （280） |
| 　　　　　○諫逐客書 | |
| 　第二節　石刻文 ······················································· | （283） |
| 　　　　　○泰山石刻文　○琅邪石刻文　○會稽石刻文 | |
| 第二章　漢　賦 | |
| 　概　說 ································································· | （287） |
| 　第一節　漢初騷體賦 ················································· | （291） |
| 　　　　　賈誼：○弔屈原賦　○鵩鳥賦　淮南小山：○招隱士 | |
| 　第二節　散體大賦 ···················································· | （298） |
| 　　　　　枚乘：○七發（節選）　司馬相如：○子虛賦（節選） | |
| 　　　　　揚雄：○解嘲 | |
| 　第三節　東漢末抒情小賦 ··········································· | （313） |
| 　　　　　張衡：○歸田賦　趙壹：○刺世疾邪賦 | |
| 　　　　　蔡邕：○青衣賦 | |
| 第三章　漢　詩 | |
| 　概　說 ································································· | （320） |
| 　第一節　楚歌 ·························································· | （322） |
| 　　　　　劉邦：○大風歌　○鴻鵠歌　劉友：○幽歌　劉徹：○瓠 | |

子歌　○西極天馬歌　○秋風辭　劉細君：○悲愁歌　息夫躬：○絕命辭　梁鴻：○五噫歌　張衡：○四愁詩

第二節　郊廟歌辭 ………………………………………（330）
　　　　○房中祠樂（十七章選三）○郊祀歌（十九章選七）

第三節　樂府民歌 ………………………………………（335）
　　　　○戰城南　○巫山高　○有所思　○上邪　○十五從軍行　○箜篌引（公無渡河）○江南　○薤露　○蒿里　○平陵東　○隴西行　○東門行　○飲馬長城窟行　○婦病行　○孤兒行　○白頭吟　○悲歌行　○枯魚過河泣　○古歌　○上山采蘼蕪

第四節　文人四言詩 ……………………………………（348）
　　　　焦延壽：○焦氏易林（節選）　唐菆：○白狼王歌　朱穆：○與劉伯宗絕交詩　仲長統：○述志詩二首　秦嘉：○贈婦詩

第五節　文人五言詩 ……………………………………（353）
　　　　班固：○詠史詩　辛延年：○羽林郎　宋子侯：○董嬌饒　張衡：○同聲歌　古詩十九首：○行行重行行　○青青河畔草　○青青陵上柏　○今日良宴會　○西北有高樓　○涉江采芙蓉　○明月皎夜光　○冉冉孤生竹　○庭中有奇樹　○迢迢牽牛星　○迴車駕言邁　○東城高且長　○驅車上東門　○去者日以疏　○生年不滿百　○凜凜歲云暮　○孟冬寒氣至　○客從遠方來　○明月何皎皎

第四章　漢　文
　　概　說 …………………………………………………（376）
　　第一節　西漢前期散文 ………………………………（378）
　　　　賈誼：○過秦論　晁錯：○舉賢良對策　枚乘：○上書

005

　　　　諫吳王　鄒陽：○獄中上梁王書

　　第二節　西漢中後期散文 ……………………………………（398）

　　　　董仲舒：○天人三策　東方朔：○答客難　楊惲：○報孫
　　　　會宗書　劉歆：○移讓太常博士書　揚雄：○劇秦美新

　　第三節　東漢散文 ………………………………………………（419）

　　　　班彪：○王命論　王充：○超奇

## 第五章　《史記》與《漢書》

　　概　說 ……………………………………………………………（432）

　　第一節　《史記》 ………………………………………………（434）

　　　　○項羽本紀（節選）○趙世家（節選）○伯夷叔齊列傳
　　　　○魏公子列傳　○游俠列傳

　　第二節　《漢書》 ………………………………………………（483）

　　　　○蘇武傳（節選）朱買臣傳（節選）○楊胡朱梅云傳（節
　　　　選）○李夫人傳

# 上編 先秦文學

# 通　論

先秦文學是中國文學的源頭。所謂"先秦"，有廣、狹二義。廣義之"先秦"指上古至秦王朝統一中國前這一漫長的歷史時期，它實際上包括原始社會、夏、商、周，以及戰國時代這一漫長的時期；而狹義之"先秦"，則是指秦統一天下前的春秋戰國時期。《漢書·景十三王傳》"獻王所得書，皆古文先秦舊書"顏師古注："先秦，猶言秦先，謂未焚書之前。"班固及顏師古所謂的"先秦"，就是狹義上的"先秦"。我們在這裏所講的，是廣義上的"先秦"。

我們之所以置社會形態之重大變化於不顧，將先秦視爲一個相對獨立的描述單位，主要是基於這樣的考慮：先秦時期是中國文學（乃至中國文化）的萌發開拓階段，它對中國文學的走向與特徵產生了決定性影響。雖然我們在介紹"先秦文學"時所涉及的作品，最遲也是在春秋戰國時寫定的；然而，我們必須注意到這樣的事實：某些作品在寫定之前即有漫長的口耳相傳的過程，《尚書》中的某些篇章就是證明。作爲萌發開拓時期的先秦文學，它具有後代文學所無法比擬的一些特徵，其中，最主要的就是先秦文學的文化綜合性。從形態方面來看，由於先秦文學基本上與中國古典文化的發生同步，因而，文學自身不可能從整體的文化形態中分離獨立出來，文學、史學、哲學甚至宗教相互滲透，相互聯結，共同構成一個不可分割的整體。正因爲如此，有些學者將先秦文學稱爲"大文學"或"雜文學"，以區別於後世以"純文學"爲中心的斷代文學。

正是由於先秦文學的這種文化綜合性，先秦文學在內容方面與宗教、哲學、史學的關聯更爲密切，其由此而形成的豐厚性也是後代文學所無法比擬的。先秦文學內容含量之博大精深，其歷史影響之深刻複雜，使先秦文學不僅成爲中國文學的源頭，而且還是中國文學發展的第一次高峰。由於同樣的原因，對先秦時期"文學作品"的簡單藝術分析，不僅忽視了文學尚且沒有獨立的這一事實，而且還常常喧賓奪主，使人們忽略了對作品文化底蘊的探究。這樣，人們就與應當關注的問題失之交臂了，而且也未能爲理解以後的文學打下堅實的基礎。從這個角度上說，古代一些文學批評家（如劉勰）的"宗經"理論是有其道理的。

從整體上描述先秦文學，必然涉及文學的起源問題。

文學的起源顯然與原始宗教有密切的聯繫。最早的文學形式應當是原始神話。原始神話主要是在原始社會中，人類用幻想的形式，並按照自己的心理與願望，對自然和社會潛在力量所進行的描摹與解釋。通常認爲，原始神話的產生發端於母系社會晚期；而原始宗教則有更爲悠久的歷史。原始神話以原始宗教爲自己的文化母體，並最終成爲原始宗教的一部分，許多神話原本就是對原始宗教儀式的記錄。神話雖然不等同於文學，但它的幻想方式卻是人類藝術創造力的一種不自覺的表現，與文學的形象思維有相通之處；同時，"神性"中也積澱着人性，折射出人類的思想情感。

中國原始神話原本口耳相傳，後在記錄與整理過程中又不斷地被改造，因而出現了種種變異。現存的中國古代神話，主要保存在《山海經》、《楚辭》、《莊子》、《淮南子》等幾部不同類型的著作中。較爲著名的有"女媧補天"（見《山海經·大荒西經》、《楚辭·天問》、《淮南子·覽冥》等），"后羿射日"（見《山海經·海內經》、《淮南子·本經》等），"鯀、禹治水"（見《山海經·海內經》、《楚辭·天問》等），"黃帝擒蚩尤"（見《山海經·大荒北經》、《尚書·呂刑》等）。這些神話，或涉及天地之開闢，或涉及人類的起源，或涉及人類與自然的鬥爭，或涉及原始部落間的衝突與融合，它們以奇幻的方式表現了特定的現實內容。

作為初民之幻想的產物，古代神話往往能夠激發後世作家的想象力，並為他們的創作提供素材。但是，由於史官文化的影響，中國古代神話對中國文學的影響，遠遠不同於古希臘、古羅馬神話對歐洲文學的影響。中國古代文學的某些特殊性，與此有一定關係。需要說明的是，考慮到中國原始神話在流傳過程中的變化太為複雜，我們在選編教材時並沒有為神話專設一章。不過，通過相關篇目及注釋，讀者仍可以對中國古代神話有一個大致的瞭解。

"詩"也萌發於原始宗教活動之中。《呂氏春秋·古樂》記載："昔葛天氏之樂，三人操牛尾，投足以歌八闋。"其"歌"之辭，雖然可以姑且稱之為最早的"詩"，但實際上應是咒語，它與樂、舞相配合，共同為宗教巫術目的服務。《禮記·郊特牲》記載有相傳為伊耆氏的《蜡辭》："土返其宅，水歸其壑，昆蟲毋作，草木歸其澤！"《山海經·大荒北經》也記載有驅逐旱魃神的咒語："神北行！先除水道，決通溝瀆。"這些咒語與詩歌的發展顯然有密切的關係。詩與原始宗教的關係，即使在《詩經》中，也有一定程度的反映。《詩經》之《桃夭》、《相鼠》等，保留了祭祀禮辭，而《楚茨》則描述了以"尸"為媒介的祭祖活動；至於《生民》、《玄鳥》等篇，更是崇拜半人半神的部族遠祖的作品，其宗教意味是不言而喻的。

作為我國最早的一部詩歌總集，《詩經》中的絕大部分作品產生於西周初至春秋中葉的黃河流域，其中既有宮廷、官府的製作，也有經官方音樂機關收集整理的民間作品。總體來說，這些作品顯著地反映出黃河流域文化（特別是周文化）的特徵。由於禮樂制度的確立，《詩經》中某些篇章的宗教祭祀意義逐漸隱而不顯，而後人的理性解釋則掩蓋了其與巫術活動的原始關係。這種誤讀是一種極有價值的創造性闡釋，它爲我國現實主義文學奠定了基石，並使賦、比、興告別了原始迷狂，成爲純粹的文學手法。

歷史散文是先秦文學中的重要一支，而作爲歷史散文源頭的甲骨卜辭，其本身便是先民宗教活動的記錄。甲骨卜辭既是巫師占卜的產物，又是其負責保管的官方文件，從而具有"史"的性質。這種巫、史不分的情況，直到周代纔發生變化，巫的作用逐步退化，出現了專門掌管文獻典籍和記錄國家大事的史官。《漢書·藝文志》說，古者"左史記言，右史記事；事爲《春秋》，言爲《尚書》"。現存《尚書》殆爲周王室史官保存的歷代文獻彙編，它們最初是口耳相傳的，大約在春秋時纔寫成定本。雖然歷代傳誦者不斷地用理性對其進行改造，但僅從其篇目中的"誓"、"誥"等特殊詞彙，我們依稀可以領悟到它們最初的宗教意味。

《春秋》則爲各諸侯國史籍，不過，僅有魯國的《春秋》流傳至今。魯《春秋》記事從魯隱公元年（前722）開始。魯隱公元年最引人注目的歷史事件是"鄭伯克段于鄢"。從《左傳》的具體描述中，我們可以看出這不是一場簡單的權力之爭，衝突的關鍵在於，一方迷戀於"神諭"（因"寤生"而厭之），另一方則注重於現實利益。鬥爭的結果是神諭的失落。我們不妨將其理解爲一種歷史性轉折的象徵。從此，中華民族走出了遠古的宗教荒原，人不再是神的工具，相反，神成爲人的工具。人肯定了自己，歷史文學具有了堅實的基礎。如果說，《左傳》對興衰原因的揭示，表現爲道德框架對歷史事件的宰割；那麼，誇誇其談的《戰國策》則是個人（"士"）的全方位解放，對個人價值的重視及對財富地位的坦誠，表現出新的時代風尚，而史實的虛構則達到了幻想中的滿足。

過去，人們過多地注意了先秦歷史散文的內部差異性，其實，它們的內在一致性纔更有意義。擺脫了神的陰影之後，歷史成爲人的活動，歷史的發展軌跡不過是人類意志的一種證明。問題僅僅在於"意志"本身的文化意義不同。從這個角度上講，先秦歷史散文不過是一些抒情故事。它們雖然具有"史"的形式,但其實質却有"詩"的意味。

繽紛絢麗的諸子散文,是理性覺醒並日益成熟的生動表現。政治的分裂與文化的多元化、士的興起與人文精神的弘揚,爲諸子散文的繁榮提供了肥沃的土壤。即便如此,我們也不能完全割斷其與原始宗教的聯繫。位於諸子之先的老子,在其五千妙文中流露出來的自然崇拜與生殖崇拜的情緒,正是原始宗教在中國早期哲學身上留下的胎記。具有巫史傳統與南方文化色彩的《老子》,體現着一種睿智者的朦朧;而在周公風範滋潤下形成的《論語》,則體現出一種殉道者的情懷。《論語》的真正文學價值在於凸現了中國文化史上第一位知識分子形象,其"知其不可而爲之"的超功利追求具有永恒的美學魅力。宣稱"萬物皆備於我"的孟子則代表了一種仁者的自傲,對性善的堅信爲《孟子》文章注入了豪邁之氣,而"以意逆志"之說則成爲傳統文學闡釋學的重要原則。《聖經》講述說,人類獲得智慧的同時就失去了伊甸園,人類文化發展到一定程度之後產生出非文化(即非理性)的思想,這是有較深沉意識的民族所共有的現象。對理性的懷疑本身就是理性的一種自我反思,在這一點上,《莊子》體現了冷眼旁觀者的熱心腸。莊子不僅憂心忡忡地關注人類的心靈自由,而且他對於邏輯語言的突破也具有非凡的意義,以至於有人認爲一部中國文學史基本上是在莊子影響下發展起來的。《荀子》的"性惡論"以及對文化的再評價,顯示出儒家的重大變化,刻板的見識與嚴謹的結構則窒息了性情。作爲荀子的學生,韓非成爲法家之集大成者,這似乎預示了中國文化的某種歷史走向,在冷峻分析的背後,讀者可以感受到"士"之個體人格的徹底喪失,而《韓非子》的悲愴情調,無疑是百家爭鳴宣告結束的挽歌。

諸子散文的繁榮是以人文主義思潮的高漲爲背景的。有學者稱這一時期爲"軸心期"。西方、印度、中國這三大文化圈,幾乎都是在這年代大致相當的歷史時期形成的。在軸心期,先賢們以人文精神爲武器,打破了古代文化數千年的沉寂,表現出人類意識的覺醒,樹立起崇高的目標，先秦諸子散文的意義就在於此。從表達方式上看，先秦諸子散文大體上經歷了語錄體、對話體、專題論文三個階段。由於它是在論辯爭鳴的環境中發展起來的，因此，愈到後期，其篇幅愈宏大，其邏輯愈嚴謹，其修辭手段也愈豐富。無疑，人們運用語言表達思想感情的能力大大提高了。

在說理散文獲得長足發展的同時，詩歌在戰國後期也出現了新局面，這便是楚辭的出現。荆楚的歷史極爲悠久，至戰國時期，它已經從一個古老的氏族社會逐漸發展成爲一個強盛的封建王國。由於特殊的地理位置、歷史發展和社會狀況，楚文化具有與中原文化相區別的一些顯著特點。楚地較多地保存了原始的宗教與藝術，巫風盛行，並由此派生出大量的巫舞與原始宗教詩歌。楚地沒有中原地區那樣嚴格的禮法束縛，楚人熱烈、奔放，富於浪漫主義激情，這一切，爲楚辭的產生提供了文化背景，並使楚辭具有濃鬱的浪漫主義風格。當然，我們也應該注意到北方文化對楚辭的影響。

楚辭的核心作家是屈原。作爲一位曾一度從政的楚國貴族，屈原並不是一般意義上的詩人。在政治上連續遭受失敗之後，他祇能在詩歌中抒寫內心的苦悶。《離騷》是屈原最重要的作品。在這首偉大的抒情詩中，作者首先回憶往事，反復傾訴對楚國命運的關懷以及決不同惡勢力同流合污的精神；然後開始了上叩天閽、下求佚女的一系列求索，表現了對理想的執著和熱愛楚國的強烈精神。作者運用一系列比興手法，充分利用神話題材，通過豐富的想象，形成了絢爛的文采和宏偉的結構，表現出積極浪漫主義精神，對後世文學產生了深遠的影響。

屈原的出現，標誌着詩歌由集體歌唱轉變到個人單獨歌唱的新時代。作爲一位偉大的詩人，屈原所達到的成就是空前的。他的追求，在本質上是戰國時期文化精神的象徵；而其最可貴之處，在於對理想的癡迷。屈原在自己作品中表現出來的是一種迷惘而傷感的追求，它的魅力在於用神話的方式表現了永遠困擾人類心靈的一種迷惑：理想是可望而不可即的。在描述人類精神生活的這一悲壯歷程中，屈原突出地表現了一種巨大的精神力量，體現了生命的崇高價值，體現了人類追求真、善、美的巨大熱情和堅定性，這正是人類意志力量的一種表現。因此，人們不僅沒有被悲劇所壓倒，反倒受到了倫理上的震動和審美上的感染。

# 第一章

# 五　經

## 概　說

　　"五經"是在中華文化發展史上具有奠基意義的五部經典。《莊子·天運》："丘治《詩》、《書》、《禮》、《樂》、《易》、《春秋》六經，自以爲久矣。"今文家說《樂》本無經，附於《詩》中；古文家說有《樂經》，秦焚書後亡。漢武帝建元五年（前136）置五經博士，始有"五經"之稱。東漢班固《白虎通·五經》："'五經'何謂？謂《易》、《尚書》、《詩》、《禮》、《春秋》也。""五經"中的《禮》，漢時指《儀禮》；後世將《儀禮》、《周禮》與《禮記》合稱"三禮"。

　　相傳孔子以"五經"爲教材，所以今文經學家以其深淺程度及課程安排之先後，將"五經"依次排列爲：《詩》、《書》、《禮》、《易》、《春秋》；而古文經學家則依據對其產生時代先後之理解，將"五經"依次排列爲：《易》、《書》、《詩》、《禮》、《春秋》。古文經學家對諸經產生時代的論斷雖不正確，但宋版《十三經注疏》中的諸經次第，基本承襲古文經學家的觀點，至今仍被人們所採用。

　　"五經"的成書情況比較複雜，大體來說，它們決非一時一地一人之作，而是在廣泛的地域裏成於衆手，又經歷了長時期的流傳，逐漸系統化，在春秋戰國之時方纔基本定型。此後，它們還不斷被人整理修改，即或在秦漢以後也時有"僞書"竄入。"五經"的發端時期在殷周之際。對於殷周之際在中國文化史上的特殊地位，王國維在《殷周制度論》中分析說："周人制度之大異於商者，一曰立子立嫡之制，由是而生宗法及喪服之制，並由是而有封建子弟之制，君天子、臣諸侯之制；二曰廟數之制；三曰同姓不婚之制。此數者，皆周之所以綱紀天下，其旨則在納上下於道德，而合天子、諸侯、卿、大夫、士、庶民以成一道德之團體。"王氏之論基本準確地描述出，中國文化的範式（"倫理型"）是在殷周之際通過宗法制而得以初步定型的，周代基本上確定了中國文化性格的走向。

在"五經"的形成過程中，西周王官發揮了重要作用。西周三百年間，是"學在官府"的時代，周王室的文化官員們直接參與了"五經"原本的搜集與整理。而在這些文化官員中，史官的地位尤其重要，故章學誠提出"六經皆史"之論。龔自珍在《古史鈎沉論二》中，進一步揭示了"五經"與西周史官的關係："夫《六經》者，周史之宗子也。《易》也者，卜筮之史也；《書》也者，記言之史也；《春秋》也者，記動之史也；《風》也者，史所采於民，而編之竹帛，付之司樂者也；《雅》、《頌》也者，史所采於士大夫也；《禮》也者，一代之律令，史職藏之故府，而時以詔王者也。……故曰：《六經》者，周史之大宗也。"

"五經"的逐漸定型過程，實際上是對夏、商、周三代文化的整合過程。過去人們喜歡把夏、商、周三代視爲秦漢以後那樣在時間上前後相承、在空間上大致疊合的三個統一王朝。實際上，我們應該把三代視爲在公元前二十一世紀至前八世紀之間在中原地區先後出現的三個早期國家，這三個國家存在的時間或有重合，所在地域也不盡一致。由此，三代文化的發展綫索就不是單純的銜接揚棄，在特定歷史階段的並行發展是不容置疑的事實。由此，西周史官通過"五經"的整理而對三代文化進行整合就意義非凡了。實際上，"五經"的逐漸定型過程，就是中華民族進入農耕社會之後幾種基本思想原則逐漸確立的過程。對此，司馬遷有清醒的認識，他在《史記·太史公自序》中說："夫《春秋》，上明三王之道，下辨人事之紀，別嫌疑，明是非，定猶豫，善善惡惡，賢賢賤不肖，存亡國，繼絶世，補敝起廢，王道之大者也。《易》著天地陰陽四時五行，故長於變；《禮》經紀人倫，故長於行；《書》記先王之事，故長於政；《詩》記山川溪谷禽獸草木牝牡雌雄，故長於風；《樂》樂所以立，故長於和；《春秋》辯是非，故長於治人。是故《禮》以節人，《樂》以發和，《書》以道事，《詩》以達意，《易》以道化，《春秋》以道義。"簡言之，《禮》是社會生活的原則，《樂》是情感生活的原則，《書》是歷史生活的原則，《詩》是表現生活的原則，《易》是通權達變的原則，《春秋》是評判是非的原則。

這樣看來，傳統文論中的宗經傾向未可厚非。《尚書》與《春秋》雖然可以列入歷史散文之類，但就影響而言，其與《左傳》、《國語》等其他先秦歷史散文是不能同日而語的。《詩經》亦是如此。當然，"五經"不僅爲後代作家提供了一些基本的思想準則及藝術準則，同時，"五經"本身也蘊含着衆多的文學樣式。"五經"是中國古典文學發展的基石。

## | 輯　錄 |

劉勰《文心雕龍·宗經》：三極彝訓，其書言"經"。"經"也者，恒久之至道，不刊之鴻教也。故象天地，效鬼神，參物序，制人紀；洞性靈之奧區，極文章之骨髓者也。皇世《三墳》，帝代《五典》，重以《八索》，申以《九丘》，歲歷綿曖，條流紛糅。自夫子刪述，而大寶咸耀。於是《易》張"十翼"，《書》標"七觀"，《詩》列"四始"，《禮》正"五經"，《春秋》"五例"。義既極乎性情，辭亦匠於文理，故能開學養正，昭明有融。然而道心惟微，聖謨卓絕，牆宇重峻，而吐納自深。譬萬鈞之洪鐘，無錚錚之細響矣。夫《易》惟談天，入神致用。故《繫》稱旨遠辭文，言中事隱；韋編三絕，固哲人之驪淵也。《書》實記言，而訓詁茫昧，通乎《爾雅》，則文意曉然。故子夏歎《書》"昭昭若日月之明，離離如星辰之行"，言昭灼也。《詩》主言志，詁訓同《書》，摛"風"裁"興"，藻辭譎喻，溫柔在誦，故最附深衷矣。《禮》以立體，據事制範，章條纖曲，執而後顯，采掇生言，莫非寶也。《春秋》辨理，一字見義。"五石"、"六鷁"，以詳略成文；"雉門"、"兩觀"，以先後顯旨：其婉章志晦，諒以邃矣。《尚書》則覽文如詭，而尋理即暢；《春秋》則觀辭立曉，而訪義方隱。此聖人之殊致，表裏之異體者也。致根柢槃深，枝葉峻茂，辭約而旨豐，事近而喻遠。是以往者雖舊，餘味日新；後進追取而非晚，前修文用而未先。可謂泰山遍雨，河潤千里者也。故論、說、辭、序，則《易》統其首；詔、策、章、奏，則《書》發其源；賦、頌、歌、贊，則《詩》立其本；銘、誄、箴、祝，則《禮》總其端；紀、傳、銘、檄，則《春秋》爲根。並窮高以樹表，極遠爲啓疆，所以百家騰躍，終入環內者也。若稟經以制式，酌雅以富言，是仰山而鑄銅，煮海而爲鹽也。故文能宗經，體有六義：一則情深而不詭，二則風清而不雜，三則事信而不誕，四則義直而不回，五則體約而不蕪，六則文麗而不淫。揚子比雕玉以作器，謂五經之含文也。夫文以行立，行以文傳，四教所先，符采相濟。勵德樹聲，莫不師聖；而建言修辭，鮮克宗經。是以楚艷漢侈，流弊不還；正末歸本，不其懿歟？贊曰：三極彝道，訓深稽古。致化歸一，分教斯五。性靈熔匠，文章奧府。淵哉，鑠乎！羣言之祖。

# 第一節 《周易》

【題解】《周易》是我國上古具有哲學意義的占卜著作，簡稱《易》。"易"有"變易"、"簡易"、"不易"三義，相傳爲周人所作（一說"周"有"周密"、"周遍"、"周流"之義），故亦稱《周易》。其內容包括《經》、《傳》兩部分。《經》主要是六十四卦和三百八十四爻。卦、爻各有說明文字，即卦辭、爻辭，作爲占卜之用。舊傳伏羲畫卦，文王作辭，其萌芽可能早在殷周之際。《傳》包括解釋卦辭和爻辭的七種文辭共十篇，即

《彖辭》上下、《象辭》上下、《繫辭》上下、《文言》、《說卦》、《序卦》、《雜卦》，統稱"十翼"。舊稱爲孔子所作。據近人研究，大抵爲戰國時或秦漢之際的儒家作品，並非出自一時一人之手。《周易》通過八卦形式象徵天、地、雷、風、水、火、山、澤，以之推測自然和人類社會的變化，認爲陰陽兩種勢力的相互作用是產生萬物的根源。

《周易》中，每一卦由卦畫、標題、卦辭、爻辭四部分組成，其爻辭又由韻文與占辭構成。爻辭之韻文部分，不僅生動地反映了遠古社會的一些生活場景，還生動地體現了一些文學表現手法，對於認識中國詩歌的發展歷史有重大意義。

西漢時《周易》、《易傳》分別單行，後來合而爲一。本教材在選文時，已將《易傳》部分刪去。

## 乾

【題解】　此爲《周易》六十四卦之首。乾，卦名，源於爻辭內容。其象爲"天"，其義爲"健"。爻辭韻文部分以"龍"爲描寫對象。作者揭示了陽剛元素的本質及發展變化規律，勉勵人效法"天"的剛健精神，奮發向上。李鼎祚《周易集解》："乾，健也。言天之體以健爲用，運行不息，應化無窮，故聖人則之，欲使人法天之用、不法天之體，故名乾不名天也。"

☰乾。元亨，利貞。

初九：潛龍勿用。

九二：見龍在田，利見大人。

九三：君子終日乾乾，夕惕若厲，無咎。

九四：或躍在淵，無咎。

九五：飛龍在天，利見大人。

上九：亢龍有悔。

用九：見羣龍無首，吉。

中華書局影印阮刻《十三經注疏》本《周易正義》（下同）

○☰：卦畫。古人以陰爻（⚋）、陽爻（⚊）符號三疊而成八種卦形（《周禮》稱"經卦"），八種卦形各有其卦名及象徵物，其情況如下：乾（☰）爲天，坤（☷）爲地，震（☳）爲雷，巽（☴）爲風，坎（☵）爲水，離（☲）爲火，艮（☶）爲山，兌（☱）爲澤。朱熹《周易本義》載《八卦取象歌》曰："乾三連，坤六斷；震仰盂，艮覆碗；離中虛，坎中滿；兌上缺，巽下斷。"將八卦兩兩相重，即成六十四組各不相同的六畫卦形，是爲六十四卦（《周禮》稱"別卦"）。六十四卦各由六爻組成，其位自下而上，名曰初、二、三、四、五、上；又以"九"爲陽數，"六"爲陰數。○元亨、利貞：此爲卦辭。卦辭位在初爻之前，一般較簡單。此處"元亨利貞"表明爲兩個吉占；貞，卜問。然孔穎達《周易正義》："《子夏傳》：'元，始也；亨，通也；利，和也；貞，正也。'言此卦之德，有純陽之性，自然能以陽氣始生萬物，而得元始、亨通，能使物性和諧各有其利，又能使物堅固貞正得終。"其實，這種誤讀在春秋時即已開始，見《左傳·襄公九年》所載穆姜語。○潛龍勿用：此爲爻辭。《左傳》、《國語》均稱爻辭爲"繇"，"繇"通"謠"，故爻辭中多韻文。龍：《左傳·昭公二十九年》有"秋，龍見於絳郊"之語，則古人或以爲其爲可見之神物，然聞一多等一些中外學者以爲其爲星名，特指所謂"蒼龍"，亦即二十八宿中的東方七宿：角、亢、氐、房、心、尾、箕。根據此種說法，"潛龍"指冬季時"蒼龍"全體處於地平線之下。這種說法有助於我們理解《周易》之卦的原形態，但在其實際影響方面，古今多以此爲假象寓意，即朱熹《朱子語類》所云："《易》難看，不比他書。《易》說一個物，非真是一個物，如說'龍'，非真龍。"近現代學者對於《周易》原形態多有研究，我們僅在此卦注釋中略加涉及，以見一斑。○見龍在田：依據"龍"

爲"蒼龍"之說法，此指春分之時"龍"之"角"始見於地平綫之上。類似於今之民謠"二月二，龍擡頭"。見，通"現"。○大人：有道德、有作爲者，即下文之"君子"。○乾乾：自强不息。乾，通"健"。○惕若：警覺貌。厲：危險。○或躍在淵：依據"龍"爲"蒼龍"之說法，此指四月至五月間"龍"體之核心部分（"房"宿與"心"宿）突然出現。○咎：災禍。○飛龍在天：依據"龍"爲"蒼龍"之說法，此指夏天之時"蒼龍"全體陳列於天上。○亢龍有悔：依據"龍"爲"蒼龍"之說法，此指秋天之時"蒼龍"之"亢"宿處於西方地平綫上。然後人多以爲：亢，高也，此處有過甚之意；悔，悔恨。李鼎祚《周易集解》引王肅曰："知進忘退，故悔也。"○用九：乾卦特有之爻題，謂六爻皆九。孔穎達疏："言六爻俱九，乃共成天德，非是一爻之九則爲天德也。"○見羣龍無首：依據"龍"爲"蒼龍"之說法，此指秋季"蒼龍"之"角"宿已潛入地平綫之下。案：《乾卦》中暗含以"蒼龍"爲主題的星占之辭，漢時之易學家似乎對此有朦朧之感覺，故其論《乾卦》六爻常常與曆法相聯繫。唐孔穎達在《周易正義》裏總結漢儒之說云："諸儒以爲九二當太蔟之月，陽氣發現。則九三爲建辰之月，九四爲建午之月，九五爲建申之月，爲陰氣始殺，不宜稱'飛龍在天'。上九爲建戌之月，羣陰既盛，上九不得言與時偕極。"

## 坤

【題解】此爲《周易》第二卦。坤，卦名，源於爻辭內容。其象爲"地"，其義爲順。爻辭韻文部分以大地爲描寫物件。《坤》位於《乾》之後，寓有"天尊地卑"、"地以乘天"之意旨。全卦揭示"陰"與"陽"既相對立、又相依存的關係。

䷁坤。元亨。利牝馬之貞。君子有攸往，先迷，後得主，利。西南得朋，東北喪朋。安貞吉。

　　初六：履霜，堅冰至。

　　六二：直方大，不習，無不利。

　　六三：含章。可貞。或從王事。無成，有終。

　　六四：括囊，無咎，無譽。

　　六五：黃裳，元吉。

　　上六：龍戰于野，其血玄黃。

　　用六：利永貞。

　　○朋：朋貝。上古以貝爲幣，十貝一朋。○安貞吉：占問處女之事則吉。安，女子未嫁居家。○直方大：這是對大地的直觀認識。○"不習"二句：意謂不事修營而功自成。○含章：大地物產豐富。章，通"彰"，文采。○無成：不以成功自居。○括囊：束緊囊口，指收穫農作物。○黃裳：此爲行役者之裝束。裳，下衣。○玄黃：青黃混合之色。○用六：坤卦特有之爻題，謂六爻皆六。

## 屯

　　【題解】　此爲《周易》第三卦。屯，卦名，源於爻辭多見詞。據《說文解字》，屯義爲"難"，象草木之初生。爻辭韻文部分以"難"義爲連貫，涉及遠古狩獵及婚俗。

　　䷂屯。元亨，利貞。勿用有攸往，利建侯。

　　初九：磐桓。利居貞，利建侯。

　　六二：屯如，邅如；乘馬，班如。匪寇，婚媾。女子貞不字，十年乃字。

　　六三：即鹿無虞，惟入于林中。君子幾，不如舍。往，吝。

　　六四：乘馬，班如，求婚媾。往，吉。無不利。

九五：屯其膏。小貞吉，大貞凶。

上六：乘馬，班如；泣血，漣如。

○勿用有攸往：不利於出門。○建侯：封侯建國。○磐桓：徘徊。○屯如：難行不進貌。如，語助詞；下同。○邅如：遲回不進貌。○班如：徘徊不進貌。班，通"盤"，盤旋。○字：妊娠。○即：追逐。虞：虞人，掌狩獵場之官吏。○幾：通"即"，接近。○舍：通"捨"，放棄。○屯：通"囤"，聚集。膏：肉之肥者，蓋爲聘禮。○泣血：流淚。《禮記·檀弓上》"泣血三年"鄭玄注："言泣無聲，如血出。"○漣如：淚流不止貌。

## 師

【題解】 此爲《周易》第七卦。師，卦名。卦名源於爻辭內容。爻辭涉及戰爭。胡炳文《周易本義通釋》："六爻中，出師駐師、將兵將將、伐罪賞功，靡所不載。其終始節次嚴矣。"

䷆師。貞丈人吉。無咎。

初六：師出，以律。否臧，凶。

九二：在師中，吉，無咎，王三錫命。

六三：師或輿尸。凶。

六四：師左次。無咎。

六五：田有禽，利執言。無咎。長子帥師，弟子輿尸。貞凶。

上六：大君有命：開國承家，小人勿用。

○丈人：賢明長者，此處指軍隊之總指揮。○律：軍樂。《史記·樂書》："六律爲萬事根本，其於兵戎尤所重。"○否臧：不善，指軍紀不整。○師中：猶言中師，即中軍。○輿尸：用車裝載屍體。○左次：退駐。《詩經·魏風·葛屨》"宛然左避"，是左爲後也。《左傳·莊公三年》："凡師，一宿爲舍，再宿爲信，過信爲次。"○田：本指田獵，此處指戰事。古者田獵、軍戰本爲一事，故可換言之。○言：通"愆"，罪人。聞一多《周易義證類纂》："《易》凡言'有言'，讀爲有愆，揆諸辭義，無不允洽。"○弟子：次子。○開國承家：功大者開國爲諸侯，功小者立都邑爲大夫。

## 同 人

【題解】 此爲《周易》第十三卦。同人，卦名，底本原缺，據《周易》體例補。《詩經·豳風·七月》："二之日其同，載纘武功。"同即聚衆，武功指狩獵等軍事行爲。此卦爻辭韻文部分與戰爭有關，反映了同仇敵愾的精神。《繫辭上》論此卦爻辭時引古諺："二人同心，其利斷金。"

☰☰同人。同人于野。亨。利涉大川。利君子貞。

初九：同人于門。無咎。

六二：同人于宗。吝。

九三：伏戎于莽，升其高陵，三歲不興。

九四：乘其墉，弗克攻。吉。

九五：同人先號咷，而後笑。大師克相遇。

上九：同人于郊。無悔。

○門：城門。《周禮·地官司徒·大司徒》："若國有大故，則致萬民於王門。"○宗：宗廟。《左傳·莊公八年》："治兵於廟，禮也。"○吝：不吉。○戎：軍隊。○興：舉動。此處指攻取。○墉：城垣。○號咷：大哭。○相遇：會合。○同人于郊：班師致祭。

## 謙

【題解】 此爲《周易》第十五卦。謙，卦名，源於爻辭內容及多見詞。此卦涉及謙德問題。《周易》各卦爻辭中的貞事占辭，有吉、凶、悔、吝等，這些占辭基本上反映了作者根據當時社會的共同認識與心理所作的判斷。而此卦六爻，均得吉利之兆，這在六十四卦中是絕無僅有的。《韓詩外傳》卷三杜撰周公告伯禽之語："《易》有一道，大足以守天下，中足以守其國家，小足以守其身，謙之謂也。"

䷎謙。亨。君子有終。

初六：謙謙，君子用涉大川，吉。

六二：鳴謙，貞吉。

九三：勞謙，君子有終，吉。

六四：無不利，撝謙。

六五：不富以其鄰，利用侵伐，無不利。

上六：鳴謙，利用行師、征邑國。

○君子有終：《彖》曰："天道下濟而光明，地道卑而上行。天道虧盈而益謙，地道變盈而流謙，鬼神害盈而福謙，人道惡盈而好謙。謙尊而光，卑而不可踰。君子之終也。"○用：利也。○鳴：名聲在外。○撝：施也。○不富以其鄰：王弼注："居尊位而謙，故能用其鄰也。"不富，喻虛懷謙虛；以，用也。

# 賁

【題解】 此爲《周易》第二十二卦。賁，卦名，源於爻辭多見詞。據《說文解字》，賁義爲"飾"；或曰即古"斑"字。本卦爻辭韻文部分涉及迎娶風俗。其"白賁無咎"之語被後人引入美學理論，類似於"大巧若拙"（《老子》四十五章）。

䷕賁。亨。小利有攸往。

初九：賁其趾，舍車而徒。

六二：賁其須。

九三：賁如，濡如。永貞吉。

六四：賁如，皤如，白馬翰如。匪寇，婚媾。

六五：賁于丘園，束帛戔戔。吝，終吉。

上九：白賁。無咎。

○趾：馬足。○須：馬鬃毛及馬尾。○賁如：紋飾美好貌。○濡如：潤澤貌。○皤如：毛色潔白貌。○翰如：毛長貌。○丘園：女方之家。○束：帛五匹爲束。戔戔：委積貌。形容聘禮豐厚。

## 剝

【題解】此爲《周易》第二十三卦。剝，卦名，源於爻辭多見詞。剝，敲也，擊也。此卦爻辭韻文部分涉及經濟關係，揭示出勞而不獲與不勞而獲的強烈反差，類似《詩經·魏風·伐檀》之屬。

䷖剝。不利有攸往。

初六：剝牀以足。蔑貞，凶。

六二：剝牀以辨。蔑貞，凶。

六三：剝之。無咎。

六四：剝牀以膚。凶。

六五：貫魚，以宮人寵。無不利。

上九：碩果不食。君子得輿，小人剝廬。

○剝牀以足：踮起腳將果實裝上車。牀，車廂，此處用爲動詞，下文同；以足，踮起腳。○蔑貞：勿占。《經典釋文》引馬融："蔑，無也。"○剝牀以辨：用手將果實裝上車。辨，手掌。李鼎祚《周易集解》引虞翻："指間稱辨。"○剝牀以膚：將果實裝上車用手扶。膚，通"扶"。○貫魚：射中了魚。《春秋·隱公五年》："公矢魚於棠。""矢魚"即以弓矢射魚，亦即貫魚，這是初民尚滯留在漁獵時代的一種比較普遍的捕魚方法。○以宮人寵：以宮人身份得到參加祭祀的恩寵。《禮記·射義》："天子將祭，必先習射於澤而後射於宮，射中者得與於祭，不中者不得與於祭。"宮人，宜豎。○得輿：得到一車車的果實。○廬：通"蘆"，《說文解字》："蘆，一曰蘆根。"此處泛指野菜。

## 復

**【題解】** 此爲《周易》第二十四卦。復，卦名，源於爻辭內容及多見詞。此卦爻辭韻文部分蓋涉及商旅或歸客，但舊注多以爲此卦以"復"喻示事物正氣恢復、生機更發之情狀，說明正道復興不可抗拒的自然規律。故《彖辭》稱："《復》，其見天地之心乎？"劉子翬《聖傳論》："學《易》者必有門戶。《復》卦，《易》之門戶也。入室者必自戶始，學《易》者必自《復》始。得是者其惟顏子乎？"

䷗復。亨。出入無疾，朋來無咎；反復其道，七日來復。利有攸往。

初九：不遠復，無祗悔，元吉。

六二：休復，吉。

六三：頻復，厲，無咎。

六四：中行獨復。

六五：敦復，無悔。

上六：迷復，凶，有災眚。用行師，終有大敗；以其國君凶。至于十年不克征。

○祗：大也。○休：喜也。○頻：通"顰"，皺眉頭。○中行：中途。○敦：急促。○眚：本指眼病，此處與"災"同義。

## 大　過

【題解】　此爲《周易》第二十八卦。大過，卦名，源於爻辭內容。過，遇也，爲與《周易》第六十二卦《小過》相區別，故名《大過》。此卦爻辭韻文部分涉及不正常婚姻生活，描寫生動。

☱☴大過。棟橈。利有攸往。亨。

初六：籍用白茅。無咎。

九二：枯楊生稊，老夫得其女妻。無不利。

九三：棟橈。凶。

九四：棟隆。吉。有它，吝。

九五：枯楊生華，老婦得其士夫。無咎無譽。

上六：過涉滅頂。凶，無咎。

○棟橈：棟，屋梁；橈，彎曲。此處蓋以之形容老夫之身軀；下文棟橈當爲形容老婦之身軀。橈，底本原作"撓"，據《校勘記》改。○籍：席地。白茅：茅草，古人以之表示戀情，見《詩經‧召南‧野有死麕》。○稊：通"荑"，新芽。○隆：隆起。○它：事故。○華：同"花"。

## 咸

【題解】　此爲《周易》第三十一卦。咸，卦名，源於爻辭內容及多見詞。咸，通"感"，接觸之意，此處用於男女之間。此卦爻辭韻文部分涉及男女之間的愛情生活。《荀子‧大略》："《易》之《咸》，見夫婦。夫婦之道，不可不正也，君臣父子之本也。"此種說法雖爲儒家之發揮，但也是基於爻辭之實際內容。

☱☶咸。亨。利貞。取女吉。

初六：咸其拇。

六二：咸其腓。凶。居吉。

九三：咸其股，執其隨。往，吝。

九四：貞吉。悔亡。憧憧往來，朋從爾思。

九五：咸其脢，無悔。

上六：咸其輔頰舌。

○拇：脚拇指。○腓：小腿。○股：大腿。○隨：通"䐑"，臀部。○憧憧：往來貌。○朋從爾思：猶言"我順從你"。朋，侶也；思，語助詞。○脢：《釋文》："脢，心之上，口之下也。"○輔：面頰。

## 明 夷

【題解】 此爲《周易》第三十六卦。明夷，卦名，源於爻辭多見詞。明，通"鳴"；夷，通"雉"，野鷄。此卦爻辭韻文部分涉及箕子。箕子爲商紂王之叔，官至太師，受封於箕（今山西太谷東北）。曾勸諫商紂王勿恣意縱情，不被采納。紂王殺比干之後，箕子懼而佯狂爲奴。紂王將其囚禁。周武王滅商後，被釋放。據載，武王曾咨以國事。《尚書·洪範》記叙有箕子對答武王之語，殆出於後人擬作。事見《史記·殷本紀》。

䷣明夷。利艱貞。

初九：明夷于飛，垂其翼。君子于行，三日不食。有攸往，主人有言。

六二：明夷；夷于左股，用拯馬壯。吉。

九三：明夷于南狩，得其大首。不可疾貞。

六四：入于左腹，獲明夷之心，于出門庭。

六五：箕子之明夷。利貞。

上六：不明，晦。初登于天，後入于地。

○"明夷于飛"四句：此四句極富詩歌意味，試比較《詩經·小雅·鴻雁》：“鴻雁于飛，肅肅其羽。之子于征，劬勞于野。”于，語助詞；垂其翼，帛書《周易》作"垂其左翼"，當以帛書爲是。○言：通"愆"，過失。○夷于左股：傷其左腿。○用拯馬壯：言騎壯馬追之。拯，通"乘"。○明夷于南狩：言追明夷至南方獵區。○入于左腹：言箭入其左腹。○獲明夷之心：言射中其心。○于出門庭：言箭穿出其顱腔。《管子·心術上》"開其門"注："門謂口也。"此處用"門庭"是爲諧韻。○"初登于天"二句：言明夷起初飛行於天，最後仍落於地。

## 井

【題解】 此爲《周易》第四十八卦。井，卦名，源於爻辭内容及多見詞。爻辭韻文部分内容涉及修井過程，情節相當完整。

䷯井。改邑不改井，無喪無得，往來井井，汔至，亦未繘井，羸其瓶。凶。

初六：井泥不食。舊井無禽。

九二：井谷，射鮒。甕敝漏。

九三：井渫不食，爲我心惻。可用汲，王明。並受其福。

六四：井甃，無咎。

九五：井洌，寒泉，食。

上六：井收，勿幕。有孚。元吉。

○改：改建。○井井：通"營營"，往來貌。○汔：水涸也。至：通"窒"，淤塞。下文"泥"與此同。○繘井：在井上安置汲水繩。繘，綆也。○羸：通"縲"，捆綁。○舊井無禽：言鳥獸也不光顧舊井。○"井谷"二句：言井壁坍塌，井如坑谷，生有小魚，可以射取之。鮒，小魚。○甕：汲水罐。○渫：通"泄"，散漏。○惻：憂也。○甃：壘築井壁。○收：《經典釋文》引馬注："收，汲也。"○幕：蓋也。○孚：誠信。

## 漸

【題解】 此爲《周易》第五十三卦。漸，卦名，源於爻辭多見詞。漸，進也。爻辭韻文部分涉及家庭生活，具有濃郁的文學色彩。

䷴漸。女歸吉。利貞。

初六：鴻漸于干。小子厲，有言，無咎。

六二：鴻漸于磐。飲食衎衎。吉。

九三：鴻漸于陸。夫征不復，婦孕不育。凶。利禦寇。

六四：鴻漸于木。或得其桷。無咎。

九五：鴻漸于陵。婦三歲不孕，終莫之勝。吉。

上九：鴻漸于阿。其羽可用爲儀。吉。

○鴻：大雁。干：水涯。帛書作"淵"，亦通。○言：通"愆"，過失。○磐：大石。帛書作"阪"。○衎衎：和樂貌。○陸：高平之地。○木：河邊砍倒之樹也。○桷：本指橡子，此處指已製成橡之木料。○陵：高丘。○終莫之勝：言再也不能忍受。勝，任也。○阿：大陵也。阿，底本原作"陸"，據王引之、俞樾等人之說改。○儀：舞蹈之羽飾。

## 中 孚

【題解】 此爲《周易》第六十一卦。中孚，卦名，源於爻辭內容。中，心也；孚，信也。此卦爻辭韻文部分涉及社會禮儀，後又被引申到政治倫理領域。劉向《新序·雜事》："人君苟能至誠動於內，萬民必應而感移。堯、舜之誠感於萬國，動於天地，故荒外從風，鳳麟翔舞，下及微物，咸得其所。《易》曰：'中孚，豚魚吉。'此之謂也。"

䷼中孚。豚魚吉。利涉大川。利貞。

初九：虞，吉。有它，不燕。

九二：鶴鳴在陰，其子和之。我有好爵，吾與爾靡之。

六三：得敵，或鼓，或罷，或泣，或歌。

六四：月幾望，馬匹亡。無咎。

九五：有孚攣如。無咎。

上九：翰音登于天。貞凶。

○豚魚：行禮常用之物。豚，小豬。○有它：有外族入侵。《國語·周語》"不出於它矣"韋昭注："它，它族也。"○不燕：不安。燕，安也。○"鶴鳴在陰"四句：此四句富於詩歌意味，試比較《詩經·小雅·鶴鳴》："鶴鳴于九皋，聲聞于野。魚潛在淵，或在于渚。樂彼之園，爰有樹檀。"子，幼鶴。爵，酒具，此處指酒。靡，通"縻"，共享。○得敵：面對敵人。○罷：通"鼙"，一種小鼓。此處用為動詞。○月幾望：月中。幾，近也。望，月滿。○有孚：誠心占卜。有孚為《周易》中常用語，《易纂言》："有孚，占也。"攣如：相牽引貌，此處指人際關係融洽。○翰音登于天：飛鳥之鳴叫聲響徹天宇。王弼注："翰，高飛也；飛音者，音飛而實不從之謂也。"故《象》曰："'翰音登于天'，何可長也！"

## |輯　錄|

《周易·繫辭上》：天尊地卑，乾坤定矣。卑高以陳，貴賤位矣。動靜有常，剛柔斷矣。方以類聚，物以羣分，吉凶生矣。在天成象，在地成形，變化見矣。是故剛柔相摩，八卦相盪。鼓之以雷霆，潤之以風雨。日月運行，一寒一暑。乾道成男，坤道成女。乾知大始，坤作成物。乾以易知，坤以簡能。易則易知，簡則易從。易知則有親，易從則有功。有親則可久，有功則可大。可久則賢人之德，可大則賢人之業。易簡，而天下之理得矣；天下之理得，而成位乎其中矣。聖人設卦觀象，繫辭焉而明吉凶，剛柔相推而生變化。是故吉凶者，失得之象也；悔吝者，憂虞之象也；變化者，進退之象也；剛柔者，晝夜之象也。六爻之動，三極之道也。是故君子所居而安者，《易》之序也；所樂而玩者，爻之辭也。是故君子居則觀其象而玩其辭，動則觀其變而玩其占，是以"自天祐之，吉無不利"。……子曰："書不盡言，言不盡意。"然則聖人之意其不可見乎？子曰："聖人立象以盡意，設卦以盡情偽，繫辭焉以盡其言，變而通之以盡利，鼓之舞之以盡神。"乾坤，其《易》之蘊邪？乾坤成列，而《易》立乎其中矣；乾坤毀，則無以見《易》；《易》不可見，則乾坤或幾乎息矣。是故形而上者謂之道，形而下者謂之器，化而裁之謂之變，推而行之謂之通，舉而錯之天下之民謂之事業。是故夫象，聖人有以見天下之賾，而擬諸其形容，象其物宜，是故謂之象。聖人有以見天下之動，而觀其會通，以行其典禮，繫辭焉以斷其吉凶，是故謂之爻。極天下之賾者存乎卦；鼓天下之動者存乎辭；化而裁之存乎變；推而行之存乎通；神而明之存乎其人；默而成之，不言而信，存乎德行。

**參考書目**

《周易集解》，李鼎祚著，巴蜀書社1991年整理本。

《周易本義》，朱熹著，上海古籍出版社1987年影印本。

《周易義證類纂》，聞一多著，《聞一多全集》卷二，開明書店1948年版。

《周易探源》，李鏡池著，中華書局1978年版。

《易經古歌考釋》，黃玉順著，巴蜀書社1995年版。

**思考題**

1. 簡述《易》之"三義"。
2. 從用韻及表現手法等方面分析《周易》爻辭中的詩歌因素。
3. 分析《周易》爻辭對上古社會的認識價值。

## 第二節 《尚書》

**【題解】**《尚書》爲中國上古歷史文件和部分追述古代事迹著作的彙編，亦稱《書》、《書經》。"尚"即"上"，上古以來之書，故名。相傳由孔子編選而成。事實上，許多篇章長期口耳相傳，寫定時間較晚。西漢初存二十八篇，即《今文尚書》。另有相傳漢武帝時在孔子住宅壁中發現的《古文尚書》和東晉梅賾（一作梅頤、枚頤）所獻僞《古文尚書》兩種。現在通行的《十三經注疏》本《尚書》，就是《今文尚書》與僞《古文尚書》的合編。《尚書》中保存了商周時期特別是西周初期的一些重要史料，主要是述功、籌謀、告誡、誓師、封命之辭，其語言表達遠遠超出甲骨卜辭和銅器銘文水平，具有一定的文學色彩，爲後代散文的發展奠定了基礎。

### 堯 典

**【題解】**舊《序》以爲："昔在帝堯，聰明文思，光宅天下。將遜于位，讓于虞舜，作《堯典》。"本文反映了唐堯在制定天文曆法及典章制度方面的功績，正是在這個意義上，孔子贊歎曰："大哉，堯之爲君也！巍巍乎！唯天爲大，唯堯則之。蕩蕩乎，民無能名焉。巍巍乎其有成功也，煥乎其有文章！"（《論語·泰伯》）

曰若稽古帝堯，曰放勳。欽明文思安安，允恭克讓。光被四表，格于上下。克明俊德，以親九族。九族既睦，平章百姓。百姓昭明，協和萬邦。黎民於變時雍。

○曰若：發語詞。稽古：考察古帝。此處爲寫定者交代所叙述爲古事。○放勳：堯帝之號；或說爲其名。○欽明文思安安：堯帝之德。《逸周書‧諡法解》："威儀悉備曰欽，照臨四方曰明，經緯天地曰文，道德純一曰思。"安安，安天下之當安者。○允：信也。克：能也。○光被四表：言堯帝之德光耀及於四海之外。○格：至也。○俊德：大德。○九族：父族四、母族三、妻族二。或以爲九族爲上自高祖、下至玄孫。○平章：區分明確。平，通"辨"，《後漢書‧劉愷傳》引此文正作"辨"；章，通"彰"，明也。百姓：部落聯盟中除堯九族外之其他血緣團體。○萬邦：部落聯盟之外的其他部落。○黎民：全天下所有部落之成員。黎，衆也。於：語助詞。時：語助詞。雍：和也。

乃命羲和，欽若昊天，厤象日月星辰，敬授人時。分命羲仲，宅嵎夷，曰暘谷。寅賓出日，平秩東作。日中星鳥，以殷仲春。厥民析，鳥獸孳尾。申命羲叔，宅南交。平秩南訛，敬致。日永星火，以正仲夏。厥民因，鳥獸希革。分命和仲，宅西，曰昧谷。寅餞納日，平秩西成。宵中星虛，以殷仲秋。厥民夷，鳥獸毛毨。申命和叔，宅朔方，曰幽都，平在朔易。日短星昴，以正仲冬。厥民隩，鳥獸氄毛。帝曰："咨，汝羲暨和。朞三百有六旬有六日，以閏月定四時成歲。允釐百工，庶績咸熙。"

○羲和：羲氏與和氏，古重黎之後，爲世掌天地之官。此處指下文羲仲、羲叔、和仲、和叔四人。○欽：敬也。下文同。若：順也。昊天：浩浩廣大的自然之天。○厤：數也，猶言推算。象：觀其象。星辰：日月所會十二次。《左傳‧昭公七年》："何謂辰？日月之會是謂辰，故以配日。"又，《周禮‧春官‧大宗伯》"以實柴祀日月星辰"賈公彥疏："二十八星，面有七，不當日月之會直謂之星。若日月所會則謂之宿，謂之辰，謂之次，謂之房。"○人：部落之首領。"人"與"民"意義有別，詳下篇《皋陶謨》。時：天之曆數。○宅：居也。嵎夷：東表之地，今不可考。○暘谷：傳說中日出之地。《淮南子‧天文》："日出於湯谷。"湯谷即暘谷。○寅：通"夤"，敬也。下文同。賓：通"儐"，導也。此處謂迎接。○平秩：辨別測定。平,通"辨";秩,次序。東作:春分之時。東代表春天,此即偽孔傳所謂"歲起於東";作,生也。平秩東作,類似於後世劃定二十四節氣。○"日中星鳥"二句:謂以晝夜平均及朱鳥七星見於南方,調正仲春之節。日中,晝夜長短相等,即春分之日;鳥,南方朱雀七宿,此處特指其星宿(七星);殷,正也。○厥:其。析:散也,指分散田野開始農事活動。○孳尾:交尾孕育。偽孔傳:"乳化爲孳,交接曰尾。"○申:再也。○南交:古交趾也。《墨子·節用》有"堯治天下,南撫交趾"之語。○南訛:夏月時萬物之生長變化。○敬致:猶言"敬致日";致日,即測定日影。○"日永星火"二句:謂以晝長及火星之出現調正仲夏之節。星火,謂東方蒼龍七宿,此處特指其心宿。戴震《原象》:"夏至,日在七星,故火中。火,心也。"○因:就高也。《說文》:"因,就也。"又:"就,就高也。"此謂盛夏時民居乾燥涼爽之高處。○希:通"稀"。革,通"翱",《詩經·小雅·斯干》"如鳥斯革",《釋文》引《韓詩》作"翱";《說文》:"翱,翅也。"此處指毛。○昧谷:西方地名。○餞:送也。納日:方入之日。餞納日,即測定日影以定秋分點。○西成:偽孔傳:"秋,西方,萬物成。"○"宵中星虛"二句:意謂以晝夜平均及虛星之出現,調正仲秋節氣。虛,北方七宿之一。○夷:平也,指民由高處移居平地。○毨:毛更生也。○朔方:北方。○在:察也。朔易:北方萬物之變化,即孔穎達所謂"物則三時生長,冬入囷倉"。○"日短星昴"二句:意謂以晝短及昴星之出現,調正仲冬節氣。昴,西方七宿之一。○隩:通"奧",《爾雅·釋宮》:"室西南隅謂之奧。"此言居於屋中避寒。○氄:本指柔軟細毛,此處指生出柔軟細毛以禦寒。○咨:歎詞。○暨:與也。○朞:一周年。○以閏月定四時成歲:用閏月的辦法保證一年十二個月與春夏秋冬四時保持協調不亂。○釐:治也。工:官也。○咸熙:皆興起。

帝曰:"疇咨若時登庸?"

放齊曰："胤子朱，啟明。"

帝曰："吁，嚚訟，可乎？"

帝曰："疇咨若予采？"

驩兜曰："都，共工方鳩僝功。"

帝曰："吁，靜言庸違，象恭滔天。"

帝曰："咨，四岳。湯湯洪水方割，蕩蕩懷山襄陵，浩浩滔天。下民其咨，有能俾乂？"

僉曰："於，鯀哉。"

帝曰："吁，咈哉，方命圮族。"

岳曰："异哉，試可乃已。"

帝曰："往欽哉！"九載，績用弗成。

○疇咨若時登庸：言能善治四時者為誰？疇，誰也；咨，語氣詞；若，順也；時，四時；登，升也；庸，用也。○放齊：堯臣名。○胤子朱：堯之嗣子朱丹。○啟明：通達開明。○吁：驚歎之詞。嚚：《左傳·僖公二十四年》："口不道忠信之言為嚚。"訟：爭也。○疇咨若予采：言能順我事者為誰？采，事也。○驩兜：傳說中之堯臣，"四凶"之一。○都：歎美之詞。○共工：傳說中堯時之水官。方鳩：防救。方，通"防"；鳩，通"救"，《說文解字》引作"救"。僝：具也。○靜言：巧言。庸：常也。違：邪僻。○象恭：貌似恭敬。滔：倨傲。天：君也。○四岳：四方部落酋長。○湯湯：水盛貌。方割：普遍為害。方，通"旁"，溥也；割，通"害"，《〈詩·唐譜〉正義》引作"害"。○蕩蕩：大水奔突貌。懷：包也。襄：上也。○下民其咨：咨，憂歎。○有能俾乂：言有能使治者乎。俾，使也；乂，治也。○僉：皆也。○鯀：相傳為禹之父。○咈：違也。○方命：《史記·五帝本紀》譯寫作"負命"。方，逆也。圮：毀也。族：類也。

帝曰："咨，四岳。朕在位七十載，汝能庸命，巽朕位？"

岳曰："否德忝帝位。"

曰："明明揚側陋。"

師錫帝曰："有鰥在下，曰虞舜。"

帝曰："俞，予聞，如何？"

岳曰："瞽子。父頑母嚚象傲，克諧。以孝烝烝，乂不格姦。"

帝曰："我其試哉。"

女于時，觀厥刑于二女。釐降二女于媯汭，嬪于虞。

帝曰："欽哉！"

慎徽五典，五典克從。納于百揆，百揆時叙。賓于四門，四門穆穆。納于大麓，烈風雷雨弗迷。

帝曰："格，汝舜。詢事考言，乃言厎可績，三載，汝陟帝位。"舜讓于德，弗嗣。

○巽：踐也。○否：鄙也。《論衡・問孔》引《論語》"予所否者"作"予所鄙者"。忝：辱也。○明明：《爾雅・釋訓》："明明，察也。"揚：舉薦。側陋：隱匿者；《爾雅・釋言》："陋，隱也。"○師：眾也。錫：同"賜"，獻言。○鰥：鰥夫。○俞：然也。○瞽：盲人。《大戴禮記・帝系》："瞽叟產重華，是為帝舜。"○頑：《左傳・僖公二十四年》："心不則德義之經為頑。"象：傳說中舜之弟。傲：倨傲不友。○克諧：能和。○烝烝：厚也。○格：至也。○女：以女妻之。時：是也，指舜。○刑：法也。指法度、法式。《詩經・大雅・思齊》："刑于寡妻。"二女：相傳長女為娥皇，次女為女英。○釐：飭也，命令之意。媯汭：媯水之曲；相傳為舜之所居處。○嬪：婦也。此處用為動詞。○慎：誠也。徽：善也。五典：五種人倫關係及道德規範，即下文之"五品"、"五教"；據《左傳・文公十八年》，其具體內容為父義、母慈、兄友、弟恭、子孝。按：底本"慎徽五典"前有"曰若稽古帝舜"等二十八字，據《釋文》，乃姚方興所增，今刪之。又，梅賾所上偽孔傳分"慎徽五典"以下為《舜典》，據《孟子》、

《淮南子》、《論衡》等書引述此篇可知，二篇本爲一篇。今仍合併爲一。○納于百揆：意謂使舜參與百官之各項事務。揆，事務。○時敘：王引之《經義述聞》："時敘者，承敘也。承敘者，承順也。"○四門：明堂之四門。○穆穆：敬也。○詢：謀也。○乃言底可績：意謂你言行一致。乃，汝也；底，致也。○陟：升也。○讓于德：以德不堪任辭讓。

正月上日，受終于文祖。在璿璣玉衡，以齊七政。肆類于上帝，禋于六宗，望于山川，遍于羣神。輯五瑞，既月乃日，覲四岳羣牧，班瑞于羣后。歲二月，東巡守，至于岱宗，柴。望秩于山川，肆覲東后，協時月正日，同律度量衡。修五禮、五玉、三帛、二生一死贄。如五器，卒乃復。五月南巡守，至于南岳，如岱禮。八月西巡守，至于西岳，如初。十有一月朔巡守，至于北岳，如西禮。歸，格于藝祖，用特。五載一巡守，羣后四朝。敷奏以言，明試以功，車服以庸。肇十有二州，封十有二山，濬川。象以典刑，流宥五刑，鞭作官刑，扑作教刑，金作贖刑。眚災肆赦，怙終賊刑。欽哉，欽哉，惟刑之恤哉。流共工于幽州，放驩兜于崇山，竄三苗于三危，殛鯀于羽山。四罪，而天下咸服。二十有八載，帝乃殂落。百姓如喪考妣，三載，四海遏密八音。月正元日，舜格于文祖，詢于四岳。闢四門，明四目，達四聰，咨十有二牧。曰："食哉惟時，柔遠能邇，惇德允元，而難任人，蠻夷率服。"

○上日：上旬吉日。○受終：意謂舜繼堯位。終，堯終帝位之事。文祖：堯先祖之太廟。《史記·五帝本紀》："文祖者，堯太祖也。"○在：察也。○璿、璣、玉衡：北斗七星。《釋文》："璿，音琁。"《尚書大傳》："璿機（璣）謂之北極。"《史記·天官書》："北斗爲玉衡。"○七政：天文、地理、人事及春秋冬夏四時。○肆：遂也。類：祭天。○禋：祭祀。○六宗：《通典·吉禮》引鄭玄《堯典》注："六者皆天神，謂星、辰、司中、司命、風伯、雨師也。"○望：祭祀山川之名。○遍于羣神：遍祭羣神。○輯：聚集。○五瑞：公侯伯子男所持以爲信物者。○既月乃日：

既擇月，又擇日；月、日均用爲動詞。《史記·五帝本紀》作"擇吉月日"。○班：分也。后：君也。古時諸侯執所受圭與璧以朝於天子，無過行者，得復其圭以歸其國。○岱宗：東岳泰山。○柴：燒柴祭天。○秩：次也，表示望祭山川諸神有尊卑次第。○東后：東方之諸侯。○協：合也。正日：一年之首日。○五禮：《〈史記·五帝本紀〉集解》引馬融注："吉凶軍賓嘉也。"或以爲公侯伯子男朝聘之禮。○五玉：瑞節；即前文之"五瑞"。○三帛：《〈史記·五帝本紀〉集解》引鄭玄注："帛，所以薦玉也。必三者，高陽氏後用赤繒，高辛氏後用黑繒，其餘諸侯用白繒。"鄭玄說本緯書《尚書中侯》，不可信，但其他說法亦屬推測之辭。○二生一死贄：《〈史記·五帝本紀〉正義》："二生，羔、雁也。鄭玄注《周禮·大宗伯》云：'羔，小羊也，取其羣不失其類也。雁，取其候時而行也。卿執羔，大夫執雁。'案，羔、雁性馴，可爲生贄。一死，雉也。馬融云：'一死雉，士所執也。'案，不可生爲贄，故死。雉，取其守介死不失節也。"這是漢人之理解，供參考。贄，執也，所以自致也。○五器：或以爲即前文之"五瑞"，或以爲是五種兵器。○卒乃復：《公羊傳·隱公八年》疏引鄭玄注："卒，已也；復，歸也。巡守禮畢乃反歸矣。"○南岳：衡山。或以爲霍山。○西岳：華山。○北岳：恒山。○藝祖：祖廟。○特：一公牛。○四朝：《禮記·王制》疏引鄭玄注："巡守之年，諸侯見於方岳之下，其間四年，四方諸侯分來朝於京師，歲遍是也。"○敷奏以言：羣后述職也。敷，遍也；奏，進也。○明試以功：考其績也。○車服以庸：賜車服以酬其勞。庸，勞也。○肇：通"兆"，域也。十有二州：《漢書·地理志》："堯遭洪水，懷山襄陵，天下分絕爲十二州。使禹治之，水土既平，更制九州。"此處"十二"爲泛指，下同。○封十有二山：蔡沈《書集傳》："封十有二山者，每州封表一山，以爲一州之鎮。"○濬：疏通。○象以典刑：改變罪人衣冠服飾以示懲罰。典刑，常刑也。《白虎通·五刑》："五帝畫象者，其衣服象五刑也。"○流宥五刑：以流放之法寬宥五刑之罪人。五刑，即墨、劓、剕、宮、大辟。○鞭作官刑：官中之刑用鞭。○扑作教刑：掌教者之刑用扑。扑，荊條之屬。○金作贖刑：《〈史記·五帝本紀〉集解》引馬融注："意善功惡，使出金贖罪。"金，銅也。○眚災肆赦：言過失成災可赦免之。眚，過也；肆，遂也。○怙終賊刑：言怙惡不悛者則刑之。賊，通"則"。○恤：慎也。○幽州：北方地名。州：底本原作洲，據《校勘記》改。○崇山：南方地名。○竄：流放。三苗：古族名。《戰國策·魏策一》："昔者，三苗之居，左彭蠡之波，右有洞庭之水，文山在其南，而衡山在其北。"三危：西方地名。○殛：通"極"，放也。屈原《天問》："永遏在羽山，夫何三年不施？"羽山：東方地名。○殂落：死也。○考妣：父母。○遏密八音：不奏音樂。遏，絕也；密，靜也；八音，金石絲竹匏土革木之屬。○月正：猶言正月。元日：上旬之吉日。○十有二牧：各部落首長。○食：民食。惟時：惟須務時。此句即《鹽鐵論·遵道》"夫欲粟者務時"之意。○柔遠能邇：既安遠又善近。柔，安也；邇，近也。○惇：同"敦"。元：善也。○難：遠也。任人：佞人。○率：遵循。

舜曰："咨四岳。有能奮庸熙帝之載，使宅百揆，亮采惠疇？"

僉曰："伯禹作司空。"

帝曰："俞，咨禹，汝平水土。惟時懋哉。"

禹拜稽首，讓于稷、契暨皋陶。

帝曰："俞，汝往哉。"

帝曰："棄，黎民阻飢，汝后稷。播時百穀。"

帝曰："契，百姓不親，五品不遜，汝作司徒。敬敷五教，在寬。"

帝曰："皋陶，蠻夷猾夏，寇賊姦宄，汝作士。五刑有服，五服三就。五流有宅，五宅三居。惟明克允。"

帝曰："疇若予工？"

僉曰："垂哉。"

帝曰："俞，咨垂，汝共工。"

垂拜稽首，讓于殳斨暨伯與。

帝曰："俞，往哉，汝諧。"

帝曰："疇若予上下草木鳥獸？"

僉曰："益哉。"

帝曰："俞，咨益，汝作朕虞。"

益拜稽首，讓于朱、虎、熊、羆。

帝曰："俞，往哉，汝諧。"

帝曰："咨四岳。有能典朕三禮？"

僉曰："伯夷。"

帝曰："俞，咨伯，汝作秩宗。夙夜惟寅，直哉惟清。"

伯拜稽首，讓于夔、龍。

帝曰："俞，往欽哉！"

帝曰："夔，命汝典樂，教胄子。直而溫，寬而栗，剛而無虐，簡而無傲。詩言志，歌永言，聲依永，律和聲。八音克諧，無相奪倫，神人以和。"

夔曰："於，予擊石拊石，百獸率舞。"

帝曰："龍，朕堲讒說殄行，震驚朕師，命汝作納言。夙夜出納朕命，惟允。"

帝曰："咨，汝二十有二人，欽哉！惟時亮天功。"

三載考績，三考黜陟幽明，庶績咸熙。分北三苗。舜生三十徵庸，三十在位，五十載陟方乃死。

**中華書局影印阮刻《十三經注疏》本《尚書正義》（下同）**

〇奮庸：進用。熙：美也。載：事也。〇亮：通"諒"，相也。惠：《爾雅·釋言》："惠，順也。"疇：誰也。〇伯禹：即禹。相傳禹為崇伯鯀之子，故稱伯禹。司空：官名，掌平治水土。〇時：通"是"，指平水土。懋：勉也。〇稷：傳說中周人之始祖，名棄，因有功於農業，故稱稷。詳

037

見《詩經·大雅·生民》。契：傳說中殷人之始祖。詳見《詩經·商頌·玄鳥》。暨：與也。皋陶：傳說舜時之司法官。《論語·顏淵》："舜有天下，選於衆，舉皋陶，不仁者遠矣。"○阻飢：困於飢。阻，厄也。○后：主也。○時：通"蒔"，種也。○遜：順也。○司徒：官名，掌天下之徒，人民之數。○敷：布也。○猾夏：侵亂中國。○寇賊姦宄：《周禮·春官·司刑》疏引鄭玄注："強聚爲寇，殺人爲賊，由内爲姦，外起爲宄。"○士：官名，掌刑獄。○五刑有服：孫星衍《尚書今古文注疏》："五刑有服者，服謂畫衣冠。"○三就：三等。見孫星衍《尚書今古文注疏》。○五流有宅：流放所以寬宥五刑，故有五流；宅，居也。○三居：《禮記·王制》疏引鄭玄注："自九州之外至於四海，三分其地，遠近若周之夷服、鎮服、蕃服也。"○惟明克允：言明察其罪而使人信服。○若：善也。○垂：臣名。○共工：官名，掌百工之事。○殳斨、伯與：均人名。《漢書·古今人表》作朱斨、柏譽。○諧：偕同。○上下：山澤。○益：臣名。○虞：官名，掌山林之事。○朱、虎、熊、羆：均傳說中之人名。《左傳·文公十八年》："高辛氏有才子八人：伯奮、仲堪、叔獻、季仲、伯虎、仲熊、叔豹、季狸。"江聲《尚書集注音疏》："此《經》虎、熊當即彼伯虎、仲熊也。虎、熊二人合朱與羆爲四人。"此四名帶有以動物爲圖騰的色彩。○典：主也。三禮：天事、地事、人事之禮也。○伯夷：人名。《漢書·古今人表》作柏夷。○秩宗：官名，掌次序尊卑。○直：真正。清：清明。○夔、龍：二臣名。○胄子：國子也。○栗：莊嚴。○無虐：不苛刻。無，通"勿"。下同。○簡：簡約。○詩言志：《史記·五帝本紀》作詩言意。○歌永言：《〈史記·五帝本紀〉集解》引馬融注："歌，所以長言詩之意也。"○聲依永：聲音之高低又與長言相配合。聲，宮、商、角、徵、羽五聲。○律和聲：律呂用以調和歌聲。律，六律六呂。○奪倫：亂其次序。○於：歎詞。○石：石磬也。拊：小擊。○百獸率舞：百獸相率而舞。此當爲圖騰舞。○聖：疾惡也。殄行：貪殘之行；殄，通"賟"，貪也。○師：衆也。○納言：官名，僞孔傳："聽下言納於上，受上言宣於下。"○二十有二人：二十有二人爲誰，諸說紛紜，但均難以令人信服。殆史官追記時已不得其詳。○時：善也。亮：佑也。天功：天事。○黜：貶也。陟：升也。幽明：喻指賢愚。○熙：興也。○分北：分別。北，猶別也。○徵庸：被任用。庸，通"用"。○陟方：巡守也。《國語·魯語上》載"舜勤民事而野死"，《史記·五帝本紀》載舜南巡守而崩於蒼梧之野。

## 皋陶謨

**【題解】** 舊《序》以爲："皋陶矢厥謨，禹成厥功，帝舜申之，作《大禹》、《皋陶謨》、《益稷》。"皋陶，傳說中舜之臣，掌刑獄之事；謨，謀也。本篇爲史官追記皋陶與禹論其慎身知人安民之謀，兼及禹與舜論君臣之道，具有會議記錄的特徵，文采燦然。蔡沈《書經集傳》引林氏曰："舜與皋陶之賡歌，三百篇之權輿也。學詩者當自此開始。"

曰若稽古皋陶曰："允迪厥德，謨明弼諧。"

禹曰："俞，如何？"

皋陶曰："都，慎厥身修，思永，惇叙九族，庶明勵翼，邇可遠在茲。"

禹拜昌言曰："俞。"

皋陶曰："都，在知人，在安民。"

禹曰："吁，咸若時，惟帝其難之。知人則哲，能官人。安民則惠，黎民懷之。能哲而惠，何憂乎驩兜，何遷乎有苗，何畏乎巧言令色孔壬。"

皋陶曰："都，亦行有九德。亦言，其人有德，乃言曰，載采采。"

禹曰："何？"

皋陶曰："寬而栗，柔而立，愿而恭，亂而敬，擾而毅，直而溫，簡而廉，剛而塞，彊而義。彰厥有常，吉哉！日宣三德，夙夜浚明有家。日嚴祗敬六德，亮采有邦。翕受敷施，九德咸事。俊乂在官，百僚師師，百工惟時。撫于五辰，庶績其凝。無教逸欲有邦，兢兢業業，一日二日萬幾。無曠庶官，天工，人其代之。天叙有典，勑我五典五惇哉。天秩有禮，自我五禮有庸哉。同寅協恭和衷哉。天命有德，五服五章哉。天討有罪，五刑五用哉。政事懋哉，懋哉。天聰明自我民聰明，天明畏自我民明威。達于上下，敬哉有土！"

皋陶曰："朕言惠可厎行？"

禹曰："俞，乃言厎可績。"

皋陶曰："予未有知，思曰贊贊襄哉。"

〇"允迪厥德"二句：《史記·五帝本紀》譯寫為"通道（導）其德，謀明輔和"。迪，導也；弼，輔佐之臣。〇俞：然也。下文同。〇都：歎詞。下文同。〇思永：謀慮長遠。〇惇：厚也。叙：同"序"，次也。〇庶明：眾賢明之人。勵：勉勵。翼：輔助。〇邇可遠在茲：言自近及遠之道皆在此。〇昌言：美言。《說文》："昌，美言。"〇吁：驚歎之辭。〇時：通"是"，指知人安民。〇惟帝其難之：帝，堯也。《左傳·文公十八年》載魯太史克言，稱堯時有十六族，世濟其美，"而堯不能舉"；有三族，世濟其凶，"而堯不能去"。《論語·雍也》載孔子語，稱博施濟眾，"堯舜其猶病諸"。〇官人：任用人。〇巧言：善其語言。令色：善其顏色。孔壬：甚佞。〇亦：通"迹"，考察。下文"亦言"之"亦"同。《墨子·尚賢中》："聖人聽其言，迹其行。"《楚辭·惜誦》："言與行其可迹兮。"九德：指下文"寬而栗"等。〇載：語助詞。采采：事其事也。〇愿：謹厚。〇亂：治也。〇擾：馴也。〇廉：廉隅。比喻有規矩。〇塞：充實。〇義：善也。《左傳·昭公元年》："不義而強，其斃必速。"〇彰：明也。〇宣：顯也。三德：指"寬而栗，柔而立，愿而恭"。〇浚：敬也。明：成也。《爾雅·釋詁》："明，成也。"〇嚴：通"儼"，莊重貌。祗：敬也。六德：指"亂而敬，擾而毅，直而溫，簡而廉，剛而塞，彊而義"。〇亮：通"諒"，相也。〇翕：合也。敷：遍也。〇俊乂：賢能者。〇師師：眾多貌，猶"人才濟濟"。○工：官也。時：善也。○撫：順也。五辰：北辰也。《〈史記·天官書〉索隱》引《春秋合誠圖》："北辰，其星五，在紫微中。"《爾雅·釋天》"北極謂之北辰"郭璞注："北極，天之中，以正四時。"○凝：成也。○無：通"勿"；下文同。教：上所施，下所效也。逸欲：放蕩貪歡；欲，通"豫"，《易經·豫》鄭玄注："豫，喜佚說樂之貌也。"○"兢兢業業"二句：言當戒其危，日日變化甚多也。兢兢，戒備；業業，危險；幾，事情之徵兆。○天工：天事。此天爲自然之天；工，事也。○叙：次序。典：常法。○勑：通"敕"，告也。五典：五種人倫關係及道德規範，即父義、母慈、兄友、弟恭、子孝。參見《堯典》注。五惇：即五典。○秩：品第。禮：尊卑等級。○自我五禮有庸哉：言五禮是依據人類自身情況制定的，有五種用處。五禮，吉凶軍賓嘉之禮，參見《堯典》注；有庸，當據《釋文》引馬融本作"五庸"，庸，用也。○同寅協恭和衷：言共同恭敬而和善。寅，通"夤"，敬也。○五服：五等之服。五等之服，其詳已不能明，殆有德者服之。五章：使五服彰顯之。章，通"彰"。○懋：勉也。○天聰明自我民聰明：言天之視聽善惡與人同。自，由也。○明畏：賞罰。畏，通"威"。○惠：順也。厎：致。○思日贊贊襄：言我思明白諸多問題而盡輔佐之責。曰，語助詞；贊，明也，重言之，肖其語氣；襄，輔佐。

帝曰："來，禹，汝亦昌言。"

禹拜曰："都，帝，予何言？予思日孜孜。"

皋陶曰："吁，如何？"

禹曰："洪水滔天，浩浩懷山襄陵，下民昏墊。予乘四載，隨山刊木，暨益奏庶鮮食。予決九川距四海，濬畎澮距川，暨稷播，奏庶艱食鮮食。懋遷有無化居。烝民乃粒，萬邦作乂。"

皋陶曰："俞，師汝昌言。"

禹曰："都，帝，慎乃在位。"

帝曰："俞。"

禹曰："安汝止，惟幾惟康，其弼直，惟動丕應。徯志以昭受上帝，天其申命用休。"

帝曰："吁，臣哉鄰哉，鄰哉臣哉。"

禹曰："俞。"

帝曰："臣作朕股肱耳目。予欲左右有民，汝翼。予欲宣力四方，汝爲。予欲觀古人之象，日、月、星、辰、山、龍、華蟲，作會；宗彝、藻、火、粉米、黼、黻，絺繡。以五采彰施于五色作服，汝明。予欲聞六律五聲八音，在治忽，以出納五言，汝聽。予違，汝弼，汝無面從，退有後言。欽四鄰！庶頑讒說，若不在時，侯以明之，撻以記之，書用識哉，欲並生哉。工以納言，時而颺之。格則承之庸之，否則威之。"

禹曰："俞哉！帝，光天之下，至于海隅蒼生，萬邦黎獻，共惟帝臣。惟帝時舉，敷納以言，明庶以功，車服以庸。誰敢不讓，敢不敬應。帝不時，敷同日奏，罔功。""無若丹朱傲，惟慢游是好，傲虐是作。罔晝夜頟頟，罔水行舟，朋淫于家，用殄厥世，予創若時。""娶于塗山，辛壬癸甲。啓呱呱而泣，予弗子，惟荒度土功。弼成五服，至于五千，州十有二師。外薄四海，咸建五長，各迪有功。苗頑弗即工，帝其念哉。"

帝曰："迪朕德，時乃功，惟敘。"皋陶方祗厥敘，方施象刑惟明。

○"帝曰：'來，禹，汝亦昌言'"：僞孔傳於此下另分一篇，名《益稷》。今不從。○曰：當從"思曰贊贊襄"作"曰"，語助詞。孜孜：勤勉貌。○昏：沒也。墊：陷也。○予乘四載：《史記·夏本紀》譯寫爲"予陸行乘車，水行乘舟，泥行乘橇，山行乘檋"。○隨：行也。刊木：斫樹以爲標識。○暨益奏庶鮮食：《史記·夏本紀》譯寫爲"與益予衆庶鮮食"。暨，與也；益，伯益，傳說中之舜臣；奏，進也；鮮食，鳥獸魚鱉之屬。○九川：九州之川。距：至也。○畎澮：田間之溝。○艱食：根生之食。○懋遷有無：調有餘補不足。懋，通"貿"。化居：貨物之囤聚。化，通"貨"。○烝：衆也。粒：通"立"，安定。○作：通"乍"，始也。乂：治也。○慎乃在位：慎汝在位之輔佐。○止：居也。指本分。○惟：思也。幾：危也。康：安也。○弼：輔佐。○丕：大也。○俟志：心理平穩。俟，待也；志，意也。○天其申命用休：言天將反復賜以你幸福。申，重複；用，以也；休，美也。○臣哉鄰哉：臣就是親近之人。鄰，近也。○左右：助也。有民：人民。有，助詞。○翼：輔助。○宣：遍也。力：建立功業。○爲：助也。○觀：示也。象：衣服上之圖像。○華蟲：五色之蟲。○會：通"繪"，畫也。○宗彝：虎蜼也。宗廟彝器有虎彝、蜼彝，故以宗彝名虎蜼。粉米：白米。黼：兩斧相背之形。黻：兩弓相背之形。○絺繡：刺繡。○施于：于，爲也。○明：明其等級。○在：察也。治忽：治亂。忽，荒怠。○五言：五方之言。猶言各地之意見。○面從：當面聽從。○時：是也。指股肱耳目。○侯以明之：以射侯之禮明之。侯，射侯；據《周禮·天官冢宰·司裘》鄭玄注，不賢者不得與之。○撻：撲也。記：通"誋"，戒也。○識：記也。○生：進也，改過而上進。○工：官也。○時：善也。颺：通"揚"。下文同。○格：正也。庸：用也。○威：通"畏"，戒懼。○光：廣也。○黎獻：爲民表率者。黎，衆也；獻，通"賢"。○時：通"是"。○罔：通"無"。下文同。○丹朱：相傳爲堯之子，行爲不端。○額額：不休息貌。○罔水行舟：言其洪水已退仍然乘舟。○朋：羣也。"朋淫于家"殆與羣婚之俗有關。○殄：絕也。世：父子相繼。○創：傷也。時：是也。按，"予創若時"以上八句爲舜對禹所說之語。○塗山：古地名，所在不詳，多以爲在安徽當塗。相傳禹娶塗山之女。○辛壬癸甲：僞孔傳曰："辛日娶妻，甲日復往治水。"古以天干記日，辛壬癸甲是相連續之四日。○啓：禹之子。荒：忙也。度：謀也。土功：治理水土之事。《孟子·滕文公上》："禹八年於外，三過其門而不入。"○弼：重也。成：定也。五服：即《禹貢》之甸服、侯服、綏服、要服、荒服，王畿外由近及遠的五個區域。按，五服制度西周始有，此處

043

爲史官追記時之羼入。○五千：五千里。甸服在千里之內，侯服在二千里之內，綏服在三千里之內，要服在四千里之內，荒服在五千里之內。○十有二師：三萬人。一師爲二千五百人。○薄：至也。○五長：五屬國之領袖。《禮記·王制》：「五國以爲屬，屬有長。」此處爲史官追記時之羼入。○迪：導也。有功：工事。有，語助詞；功，通「工」。○苗：三苗。即：就也。○時：順時。○惟：宜也。叙：順也。○祇：敬也。○象刑：以特殊服飾象徵五刑。參見《堯典》注。

夔曰：「戛擊鳴球、搏拊、琴瑟，以詠。祖考來格，虞賓在位，羣后德讓。下管鼗鼓，合止柷敔，笙鏞以間。鳥獸蹌蹌。簫韶九成，鳳皇來儀。」夔曰：「於，予擊石拊石，百獸率舞，庶尹允諧。」

帝庸作歌，曰：「勑天之命，惟時惟幾。」乃歌曰：「股肱喜哉，元首起哉，百工熙哉。」

皋陶拜手稽首颺言曰：「念哉，率作興事，慎乃憲，欽哉！屢省乃成，欽哉！」乃賡載歌曰：「元首明哉，股肱良哉，萬事康哉。」又歌曰：「元首叢脞哉，股肱惰哉，萬事墮哉。」

帝拜曰：「俞，往欽哉！」

○夔：舜時樂官。曰：語助詞，猶「於是」。戛：擊也。鳴球：玉磬。搏拊：樂器名，以韋爲之，裝之以糠，所以節樂。○祖考：祖考之神。○虞賓：《周禮·春官宗伯·大司樂》賈疏引鄭玄語：「虞賓，謂舜爲賓，即二王後丹朱也。」僞孔安國傳：「丹朱爲王者後，故稱賓。」○羣后：各地部族領袖。○下：廟堂之下。管：竹製樂器。鼗：樂器，如鼓而小，旁有耳，持其柄搖之使自擊。○合：合樂，調節使之合拍。止：止樂。柷：樂器名，其狀如桶，中有椎，搖之以節樂。敔：樂器名，其狀如伏虎，背有刻，擊之以止樂。○笙：樂器名。鏞：大鐘。間：交替。○鳥獸：扮演鳥獸者。蹌蹌：趨走之貌。○簫韶：傳說中之舜樂。九成：演奏九遍。孔穎達疏引鄭玄注：「成，猶終也。每曲一終必變更奏，故《經》言『九成',《傳》言'九奏',《周禮》謂之'九變',其實一也。"○鳳皇：扮演鳳凰之舞。儀：見也。○尹：官也。○庸：於是。○勑：通"敕",勞也。○時：通"是",指下面"股肱喜哉"三句。幾：近也。○元首：君也。○工：通"功"。熙：興也。○拜手：拜時雙手合握至胸前,頭俯至手上與心平,身成折磬狀。颺言：高聲講話。○憲：法度。○省：省察。○賡：續也。載：爲也。○康：安也。○叢脞：細碎無大略。

## 甘　誓

【題解】 舊《序》以爲："啓與有扈戰于甘之野,作《甘誓》。"甘,地名,在今陝西鄠邑西。《淮南子·齊俗》"昔有扈氏爲義而亡"高誘注："有扈氏,夏啓之庶兄也,以堯、舜傳賢,禹獨傳子,故伐啓,啓亡之。"高氏揭示了新舊制度之爭是此次戰爭的起因。《墨子·明鬼下》、《莊子·人間世》等以爲是禹攻有扈,殆傳聞之異辭。

大戰于甘,乃召六卿。

王曰："嗟,六事之人,予誓告汝。有扈氏威侮五行,怠棄三正。天用剿絕其命,今予惟恭行天之罰。左不攻于左,汝不恭命；右不攻于右,汝不恭命；御非其馬之正,汝不恭命。用命賞于祖,弗用命戮于社,予則孥戮汝。"

○六卿：此爲西周寫定《甘誓》者用時語指稱夏代之事。《詩經·大雅·棫樸》孔疏引鄭玄注："六卿者,六軍之將。"《禮記·夏官司馬·叙官》："凡制軍,萬有二千五百人爲軍,王六軍。"○六事之人：身邊幾位統軍之人。《墨子·明鬼下》引爲"左右六人"。○誓：《釋文》引馬融注："軍旅曰誓。"○威侮：輕慢。威,威（滅）之訛,威,通"蔑"。說見王引之《經義述聞》。五行：水（"辰星"）、金（"太白"）、火（"熒惑"）、木（"歲星"）、土（"鎮星"或稱"填星"）五行星。《管子·五行》:"經緯星曆,以視其離;通若道,然後有行。……然後作立五行,以正天時。"《史記·天官書》:"黃帝考定星曆,建立五行。"《論衡·說日》:"星有五,五行之精。"《史記·周本紀》載武王伐紂時稱其"自絕於天",所謂"威侮五行",有似於此。或以爲五行指水、金、火、木、土五種物質。○怠棄:怠忘。三正:諸多官長。或說三正指天地人之事。○用:因此。剿絕:絕也。○恭行:奉行。○左:車左,主射。攻:治也。○恭命:奉命。○右:車右,主擊刺。○御:駕馬者。正:事也;《史記·夏本紀》引作"政"。○祖:祖主。《周禮·春官宗伯·小宗伯》"奉主車"鄭玄注:"王出軍,必先有事於社,及遷廟而以其主行。社主曰軍社,遷主曰祖。"○社:社主。○孥戮汝:或以之爲奴,或殺戮之。孥,通"奴"。

## 湯　誓

【題解】　舊《序》以爲:"伊尹相湯伐桀,升自陑,遂與桀戰于鳴條之野。作《湯誓》。"如此,則《湯誓》爲湯告民伐桀之詞。然學術界多認爲《湯誓》寫定於戰國時期。湯,契之十四代孫。《呂氏春秋·古樂》:"殷湯即位,夏爲無道,暴虐萬民,侵削諸侯,不用軌度,天下患之。湯於是率六州以討桀罪,功名大成,黔首安寧。"

王曰:"格爾衆庶,悉聽朕言。非台小子敢行稱亂,有夏多罪,天命殛之。今爾有衆,汝曰:'我后不恤我衆,舍我穡事而割正夏。'予惟聞汝衆言。夏氏有罪,予畏上帝,不敢不正。今汝其曰:'夏罪其如台?'夏王率遏衆力,率割夏邑。有衆率怠弗協,曰:'時日曷喪,予及汝皆亡!'夏德若茲,今朕必往。爾尚輔予一人,致天之罰。予其大賚汝。爾無不信,朕不食言。爾不從誓言,予則孥戮汝,罔有攸赦。"

○格:來也。○台:我。○有夏:夏也。有,名詞詞頭;下文同。○"我后不恤我衆"二句:言汝等謂我后不憂憫我衆,舍農事而大伐夏國。后，君也；割，通"害"，大也；正，通"征"。○如台：如何。○率遏衆力：竭盡民之力。率，語助詞；遏，通"竭"，竭盡。《韓非子·難勢》："桀紂爲高臺深池以盡民力。"○率割夏邑：剝削夏邑。割，剝也。○有衆率殆弗協：言庶衆怠而不和於君。○時。是也。日：喻夏桀。曷：何時。○資：賞賜。○罔：無也。

## 無逸

【題解】據《史記·魯周公世家》，周武王建立西周王朝後不久死去，其子成王年幼，武王弟周公姬旦輔政。成王成年後，周公恐其安於逸樂，故作《無逸》以告誡之。無逸，即不要貪求安逸享受。本篇文字流暢，中心突出，條理分明，故近人疑爲寫定於春秋末年。

周公曰："嗚呼！君子所其無逸。先知稼穡之艱難，乃逸，則知小人之依。相小人，厥父母勤勞稼穡，厥子乃不知稼穡之艱難，乃逸乃諺。既誕，否則侮厥父母曰：昔之人無聞知。"

周公曰："嗚呼！我聞曰：昔在殷王中宗，嚴恭寅畏，天命自度，治民祇懼，不敢荒寧，肆中宗之享國七十有五年。其在高宗，時舊勞于外，爰暨小人。作其即位，乃或亮陰，三年不言。其惟不言，言乃雍。不敢荒寧，嘉靖殷邦。至于小大，無時或怨。肆高宗之享國五十有九年。其在祖甲，不義惟王，舊爲小人。作其即位，爰知小人之依，能保惠于庶民，不敢侮鰥寡。肆祖甲之享國三十有三年。自時厥後，立王生則逸。生則逸，不知稼穡之艱難，不聞小人之勞，惟耽樂之從。自時厥後，亦罔或克壽。或十年，或七八年，或五六年，或四三年。"

周公曰："嗚呼！厥亦惟我周太王、王季，克自抑畏。文王卑服，即康功田功。徽柔懿恭，懷保小民，惠鮮鰥寡。自朝至于日中昃，不遑暇食，用咸和萬民。文王不敢盤于游田，以庶邦惟正之供。文王受命惟中身，厥享國五十年。"

周公曰："嗚呼！繼自今嗣王，則其無淫于觀于逸于游于田，以萬民惟正之供。無皇曰：今日耽樂。乃非民攸訓，非天攸若，時人丕則有愆。無若殷王受之迷亂，酗于酒德哉！"

周公曰："嗚呼！我聞曰：古之人猶胥訓告，胥保惠，胥教誨，民無或胥譸張爲幻。此厥不聽，人乃訓之，乃變亂先王之正刑，至于小大。民否則厥心違怨，否則厥口詛祝。"

周公曰："嗚呼！自殷王中宗及高宗及祖甲及我周文王，茲四人迪哲。厥或告之曰：'小人怨汝詈汝。'則皇自敬德；厥愆，曰：'朕之愆。'允若時，不啻不敢含怒。此厥不聽，人乃或譸張爲幻，曰小人怨汝詈汝，則信之。則若時，不永念厥辟，不寬綽厥心，亂罰無罪，殺無辜。怨有同，是叢于厥身。"

周公曰："嗚呼！嗣王其監于茲。"

○所：居其位。○乃逸：言然後再考慮享受。下文之"乃逸"言僅考慮如何享受。○小人：庶民。依：苦衷。○相：視也。○諺：通"喭"，粗暴。○誕：通"延"，久也。○否則：乃至於。○昔之人：年長者。○殷王中宗：即太戊，湯之玄孫。或以爲即祖乙，商朝之第十三代君。○嚴：莊嚴。寅：敬也。○天命自度：自己約束自己，以符合天意。○祗懼：小心謹慎。○荒寧：荒廢自安。○肆：故也。○高宗：殷王武丁，商朝之第二十二代君。○"時舊勞于外"二句：言武丁久在外面奔波勞碌，常與小民在一起。時，通"寔"，實在；舊，通"久"；暨，及也。○亮陰：居喪守孝。或以爲：此言武丁雖滿腹誠信，態度却很沉默。亮，信也；陰，默也。○雍：和也。○嘉靖：安定。○小大：庶民及大臣。○祖甲：殷王武丁之子。○"不義惟王"二句：祖甲有兄祖庚，而祖甲賢，武丁欲立之；祖甲以王廢長立少，不義，逃亡民間，久爲平民；武丁死，祖庚立；祖庚死，祖甲立。○亦罔或克壽：也沒有能夠長壽的。罔，無也；克，能也。○太王、王季：周公之曾祖與祖父。○卑服：服役於卑賤之事。○即康功田功：完成安定人民與開墾土地之事業。即，完成；功，事也。○徽：善良。柔：仁厚。懿：美好。○惠鮮：愛護。鮮，善也。○盤：樂也。田：田獵。○以庶邦惟正之供：文王所統轄的各部落祇有正常的貢賦。下文"以萬民惟正之供"義同。○文王受命惟中身：文王在中年時受天命爲君。相傳文王四十七歲時即位。○觀：通"歡"。○"無皇曰"二句：且不要說"今日享樂一番再說"。皇，暇也；無皇，即無自寬暇也。○時人丕則有愆：這樣的人就有過失了。時，通"是"；愆，過失。○殷王受：即紂王。○胥：相也。○譸張：虛誑。幻：欺詐。○人乃訓之：民衆就會效法你。訓，順也。○正刑：政治法律。正，通"政"。○詛祝：詛咒。○迪哲：明達而有智慧。○詈：詛咒。○皇自敬德：自己更加敬畏修德。○厥愆：下民之過失。○允若時：誠如此。時，通"是"。下文"則若時"與此義同。○"不永念厥辟"二句：不時常思慮爲君之道，不能使自己心胸放寬大些。辟，法也；綽，寬也。○"怨有同"二句：民怨會同，集於其身。叢，集也。○監：通"鑒"，鑒戒。

## 輯 錄

班固《漢書·儒林傳》：伏生，濟南人也，故爲秦博士。孝文時，求能治《尚書》者，天下亡有，聞伏生治之，欲召。時伏生年九十餘，老不能行，於是詔太常，使掌故朝（晁）錯往受之。秦時禁《書》，伏生壁藏之，其後大兵起，流亡。漢定，伏生求其《書》，亡數十篇，獨得二十九篇，即以教於齊、魯之間。齊學者由此頗能言《尚書》，山東大師亡不涉《尚書》以教。伏生教濟南張生及歐陽生。張生爲博士，而伏生孫以治《尚書》徵，弗能明定。是後魯周霸、洛陽賈嘉頗能言《尚書》云。

魏徵等《隋書·經籍志》：《書》之所興，蓋與文字俱起。孔子觀《書》周室，得虞、夏、商、周四代之典，刪其繁者，上自虞，下至周，爲百篇，編而序之。遭秦滅學，至漢，唯濟南伏生口傳二十八篇。又河內女子得《泰誓》一篇，獻之。伏生作《尚書傳》四十一篇，以授同郡張生，張生授千乘歐陽生，歐陽生授同郡兒寬，寬授歐陽生之子，世世傳之，至曾孫歐陽高，謂之《尚書》歐陽之學。又有夏侯都尉，受業於張生，以授族子始昌，始昌傳族子勝，爲大夏侯之學。勝傳從子建，別爲小夏侯之學。故有歐陽，大、小夏侯，三家並立。訖漢東京，相傳不絕，而歐陽最盛。初漢武帝時，魯恭王壞孔子舊宅，得其末孫惠所藏之書，字皆古文。孔安國以今文校之，得二十五篇。其《泰誓》與河內女子所獻不同。又濟南伏生所誦，有五篇相合。安國並依古文，開其篇第，以隸古字寫之，合成五十八篇。其餘篇簡錯亂，不可復讀，並送之官府。安國又爲五十八篇作傳，會巫蠱事起，不得奏上，私傳其業於都尉朝，朝授膠東庸生，謂之《尚書》古文之學，而未得立。後漢扶風杜林，傳古文《尚書》，同郡賈逵爲之作訓，馬融作傳，鄭玄亦爲之注。然其所傳，唯二十九篇，又雜以今文，非孔舊本。自餘絕無師說。晉世秘府所存，有古文《尚書》經文，今無有傳者。及永嘉之亂，歐陽，大、小夏侯《尚書》並亡。濟南伏生之傳，唯劉向父子所著《五行傳》，是其本法，而又多乖戾。至東晉，豫章內史梅賾，始得安國之傳，奏之，時又闕《舜典》一篇。齊建武中，吳姚方興於大桁市得其書，奏上，比馬、鄭所注，多二十八字，於是始列國學。梁、陳所講，有孔、鄭二家，齊代唯傳鄭義。至隋，孔、鄭並行，而鄭氏甚微。自餘所存，無復師說。又有《尚書逸篇》，出於齊、梁之間，考其篇目，似孔壁中書之殘缺者，故附《尚書》之末。

紀昀等《四庫全書總目提要·古文尚書疏證》：《古文尚書疏證》，國朝閻若璩著。若璩字百詩，太原人，徙居山陽，康熙己未薦舉博學鴻詞。古文《尚書》較今文多十六篇，晉魏以來，絕無師說。故《左氏》所引，杜預皆注曰"逸書"。東晉之初，其書始出，乃增多二十五篇，初猶與今文並立，自陸德明據以作《釋文》、孔穎達據以作《正義》，遂與伏生二十九篇混合爲一。唐以來，雖疑經惑古如劉知幾之流，亦以《尚書》一家列之《史通》，未言古文之僞。自吳棫始有異議，朱子亦稍稍疑之。吳澄諸人本朱子之說，相繼抉摘，其僞益彰；然亦未能條分縷析，以抉其罅漏。明梅鷟始參考諸書，證其剿剟，而見聞較狹，蒐采未周。至若璩乃引經據古，一一陳其矛盾之故，古文之僞乃大明。所列一百二十八條，毛奇齡作《古文尚書冤詞》百計相軋，終不能以強詞奪正理；則有據之言，先立於不可敗也。

**參考書目**

《尚書集注音疏》，江聲著，《皇清經解》本。

《尚書今古文注疏》，孫星衍著，中華書局1986年版。

《尚書通論》，陳夢家著，中華書局1985年版。

**思考題**

1. 分析《尚書》古史記載中的神話因素。
2. 比較分析《甘誓》與《湯誓》之異同。

## 第三節　《詩經》

【題解】《詩經》是我國最早的一部詩集，相傳爲孔子所編定。《詩經》收詩三〇五篇，尚有六篇有目無辭。《詩經》中，一部分作品爲貴族文人所作，作者絕大部分已不可考；另一部分則是由民間采集而來並經樂官加工整理的民歌。

《詩經》分爲《風》、《雅》、《頌》三部分。《風》包括《周南》、《召南》、《邶風》、《鄘風》、《衛風》、《王風》、《鄭風》、《齊風》、《魏風》、《唐風》、《秦風》、《陳風》、《檜風》、《曹風》、《豳風》，共十五國風，一六〇篇，是地方風土歌謠。《雅》包括《大雅》三十一篇，《小雅》七十四篇，是王畿之樂。《大雅》、《小雅》之分，殆與其音樂特徵相關。《頌》包括《周頌》三十一篇，《商頌》五篇，《魯頌》四篇，是宗廟祭祀音樂。

漢初傳授《詩經》者，有魯國之申培、齊國之轅固生、燕國之韓嬰、趙國之毛亨（大毛公）及毛萇（小毛公），凡四家，簡稱魯詩、齊詩、韓詩、毛詩。前二者取國名，後二者取姓氏。前三家爲今文經學，現皆亡佚，僅存《韓詩外傳》。毛詩爲古文經學，盛行於東漢以後。今日之《詩經》即毛詩一派之傳本。

## 國　風

### 關　雎（周南）

【題解】《毛序》："《關雎》，后妃之德也，風之始也，所以風天下而正夫婦也。故用之鄉人焉，用之邦國焉。……《關雎》樂得淑女以配君子，憂在進賢，不淫其色，哀窈窕，思賢才，而無傷善之心焉，是《關雎》之義也。"此外，舊有美文王、刺時諸說。今人多以爲是一首情歌。陳子展《詩經直解》："當視爲才子佳人風懷作品之權輿。"雎鳩：鳥名，王雎也。《爾雅·釋鳥》"雎鳩"郭璞注："鵰類，今江東呼之爲鶚，好在江渚山邊食魚。"周南：西周初，周公與召公分陝（今河南陝州）而治，周公居東都洛邑。周南當是周公統治下的南方地區之民歌，範圍包括洛陽以南，直到漢江一帶地區。由於采集地域廣闊，又不便國自爲編，故通稱"南"，以示南國之詩。

關關雎鳩，在河之洲。窈窕淑女，君子好逑。

參差荇菜，左右流之。窈窕淑女，寤寐求之。求之不得，寤寐思服。悠哉悠哉，輾轉反側。

參差荇菜，左右采之。窈窕淑女，琴瑟友之。參差荇菜，左右芼之。窈窕淑女，鍾鼓樂之。

**中華書局影印阮刻《十三經注疏》本《毛詩正義》**（下同）

○關關：和鳴聲；或以爲即魚鷹求魚聲，而求魚即求偶之隱語。○逑：匹配。○荇菜：一種水生植物，根生水底，葉浮水面。○流：求也。陳奐《詩毛氏傳疏》：「古流、求同部。……流讀與求同，其字作流，其意爲求，此古人假借之法。」○服：思也。○悠：思也。○輾轉反側：翻來覆去不能入睡。輾轉，即反側，猶翻覆。○友：親近。○芼：擇取。○鍾：通"鐘"。○樂之：使之樂。

## 卷　耳（周南）

【題解】《毛序》：「《卷耳》，后妃之志也。又當輔佐君子求賢審官，知臣下之勤勞，內有進賢之志，而無險詖私謁之心。朝夕思念，至於憂勤也。」此外，舊有后妃勞使臣、文王懷賢諸說。今人多以爲是懷念征夫之詩。戴君恩《讀詩臆評》：「情中之景，景中之情，宛轉關生，摹寫曲至，故是古今閨思之祖。」卷耳：植物名，即苓耳，嫩苗可食。

采采卷耳，不盈頃筐。嗟我懷人，寘彼周行。
陟彼崔嵬，我馬虺隤。我姑酌彼金罍，維以不永懷。
陟彼高岡，我馬玄黃。我姑酌彼兕觥，維以不永傷。
陟彼砠矣，我馬瘏矣，我僕痡矣。云何吁矣。

○采采：盛貌。或云猶言采之又采。○不盈：盈也。《詩經·小雅·車攻》：「大庖不盈。」傳云：「不盈，盈也。」頃筐：淺筐。○寘：同"置"。周行：大道。○陟：登也。崔嵬：有石之土山。○我：婦人想象中之丈夫。下同。虺隤：疾病之通稱。下文之"玄黃"同此。○金罍：青銅酒器，似壺而大。○兕觥：犀牛角製成之酒器。○永傷：猶言永懷。○砠：覆有泥土之石山。○瘏：患病。下文之"痡"同此。○云：發語詞。吁：通"忬"，憂也。

## 桃 夭（周南）

【題解】《毛序》："《桃夭》，后妃之所致也。不妒忌，則男女以正，婚姻以時，國無鰥民也。"此外，舊有美文王之化、武王娶妃諸說。今人多以爲是祝賀女子出嫁之民歌。姚際恒《詩經通論》："桃花色最豔，古以取喻女子，開千古詞賦詠美人之祖。"

桃之夭夭，灼灼其華。之子于歸，宜其室家。
桃之夭夭，有蕡其實。之子于歸，宜其家室。
桃之夭夭，其葉蓁蓁。之子于歸，宜其家人。

○夭夭：姣好貌。○灼灼：鮮明貌。華：同"花"。○之子：猶言"這位女子"。之，是也；子，男女之通稱。于：語助詞。歸：出嫁。○室家：即家室。爲壓韻而倒文。○有：語助詞。蕡：果實肥大貌。○蓁蓁：葉盛貌。

## 漢 廣（周南）

【題解】《毛序》："《漢廣》，德廣所及也。文王之道被于南國，美化行乎江漢之域，無思犯禮，求而不可得也。"此外，舊有詠漢水女神、刺不能求賢諸說。今人多以爲是民間情歌。牛運震《詩志》："意思無多而風神特遠，氣體平夷而聲調若僩。《湘君》、《洛神》，此爲濫觴矣。"

南有喬木，不可休息。漢有游女，不可求思。漢之廣矣，不可泳思；江之永矣，不可方思。

翹翹錯薪，言刈其楚。之子于歸，言秣其馬。漢之廣矣，不可泳思；江之永矣，不可方思。

翹翹錯薪，言刈其蔞。之子于歸，言秣其駒。漢之廣矣，不可泳思；

江之永矣，不可方思。

○游女：姿態婀娜之女。《說文解字》："游，旌旗之流也。"○求思：求也。思，語助詞。下同。○江：漢水。聞一多《風詩類鈔》："漢江一水，又曰江漢，今之漢水也。"永：長。○方：併竹、木爲筏以渡水。○翹翹：衆多貌。錯薪：雜亂之柴草。錯，雜也。○言：語助詞。楚：木名，荊屬。○秣：飼也。○蔞：蔞蒿。

## 載　馳（鄘風）

【題解】《毛序》："《載馳》，許穆夫人作也。閔其宗國顛覆，自傷不能救也。衛懿公爲狄人所滅，國人分散，露於漕邑。許穆夫人閔衛之亡，傷許之小，力不能救。思歸唁其兄，又義不得，故賦是詩也。"許穆夫人是衛宣姜之女，嫁於許。周惠王十七年（前660），衛爲狄人所滅，宋桓公迎衛遺民渡過黃河，立衛戴公（許穆夫人之兄）於漕邑（衛邑，今河南滑縣）。事見《左傳·閔公二年》。陳延傑《詩序解》："此篇寫其傷宗國之滅，苦語真情，頗微婉動聽，千載之下讀之，亦不覺悲愴生於心矣。"鄘：古國名。其地在今河南新鄉、衛輝一帶。

載馳載驅，歸唁衛侯。驅馬悠悠，言至于漕。大夫跋涉，我心則憂。

既不我嘉，不能旋反。視爾不臧，我思不遠。既不我嘉，不能旋濟。視爾不臧，我思不閟。

陟彼阿丘，言采其蝱。女子善懷，亦各有行。許人尤之，衆穉且狂。

我行其野，芃芃其麥。控于大邦，誰因誰極？

大夫君子，無我有尤。百爾所思，不如我所之。

○載：乃也。○唁：弔唁失國。○悠悠：遙遠貌。○言：句首助詞。下同。○大夫：許國大夫。爲勸阻許穆夫人返衛而趕來。○既不我嘉：即既不嘉我。既，儘管；嘉，贊許。《禮記·雜禮》："婦人非三年之喪，不逾封而弔。"據此，許穆夫人歸衛之舉非禮。○遠：迂闊。○濟：渡水返回許國。○閟：壅蔽。○阿丘：丘之一面偏高者。○蝱：通"莔"，即貝母，一種藥用植物，古人以爲可以治憂悶之疾。《淮南子·氾論》高誘注引作"莔"。○善懷：多思慮。善，猶多也。○有行：有其道理。○尤：責怪。○芃芃：茂盛貌。○控：赴告。○因：親近。極：至。○無我有尤：即無有尤我。有，語助詞。

## 氓（衛風）

【題解】《毛序》："《氓》，刺時也。宣公之時，禮義消亡，淫風大行，男女無別，遂相奔誘，華落色衰，復相棄背。或乃困而自悔，喪其妃耦，故序其事以風焉。美反正，刺淫佚也。"今人以之爲棄婦之詩。錢鍾書《管錐編》："此篇層次分明，工於叙事。……文字之妙有波瀾，讀之祇覺是人事之應有曲折；後來如唐人傳奇中元稹《會真記》崔鶯鶯大數張生一節、沈既濟《任氏傳》中任氏長歎息一節，差堪共語。"氓：民，稱"氓"不稱"民"，鄙之也。衛：周代諸侯國名。其地最初在今河北北部及南部，其後移至今河南滑縣一帶。

氓之蚩蚩，抱布貿絲。匪來貿絲，來即我謀。送子涉淇，至于頓丘。匪我愆期，子無良媒。將子無怒，秋以爲期。

乘彼垝垣，以望復關。不見復關，泣涕漣漣；既見復關，載笑載言。爾卜爾筮，體無咎言。以爾車來，以我賄遷。

桑之未落，其葉沃若。于嗟鳩兮，無食桑葚。于嗟女兮，無與士耽。士之耽兮，猶可說也；女之耽兮，不可說也。

桑之落矣，其黃而隕。自我徂爾，三歲食貧。淇水湯湯，漸車帷裳。女也不爽，士貳其行。士也罔極，二三其德。

三歲爲婦，靡室勞矣；夙興夜寐，靡有朝矣。言既遂矣，至于暴矣。

兄弟不知，咥其笑矣。靜言思之，躬自悼矣。

及爾偕老，老使我怨。淇則有岸，隰則有泮。總角之宴，言笑晏晏；信誓旦旦，不思其反。反是不思，亦已焉哉。

○蚩蚩：敦厚貌。○布：布帛，與"絲"對言。桓寬《鹽鐵論·錯幣》："古者市朝而無刀幣，各以所有易所無，'抱布貿絲'而已。"○匪：通"非"。下同。○淇：衛國之河流。○頓丘：衛國古丘名。○愆：延誤。○將：願也。○垝垣：坍塌之牆。垝，壞也。○復關：回來之車；關，車也。○卜：用龜占卦。筮：用蓍草占卦。○體：卦象。咎言：凶辭。○賄：財物。○沃若：潤澤貌。此處喻女子青春容貌。○桑葚：桑實。舊以爲鳩食葚多則致醉。○耽：樂也。此處有"迷戀"之意。○說：通"脫"，解脫。下同。○徂：往。此處有"嫁"之意。○食貧：吃的東西缺乏。○"淇水湯湯"二句：言此女子被休棄後渡淇水而歸。湯湯，水盛大貌；漸，浸濕；帷裳，車上之布幔。○爽：過失。○貳：不專一。用如動詞。下文之"二三"類此。○罔極：無常。罔，無也；極，中也。○"三歲爲婦"四句：言其非常勤苦。靡，不也。馬瑞辰《毛詩傳箋通釋》："靡室勞矣，言不可以一勞計，猶靡有朝矣，言不可以一朝計也。"○言：語助詞。遂：心滿意足。○暴：凶暴。○不知：不體諒。○咥：笑貌。○"淇則有岸"二句：隰，泥澤地；泮，通"畔"，邊際。此二句言淇水與泥澤尚有邊緣，而自己的愁苦却沒有盡頭。○總角：童子直結其髮，聚之爲兩角。宴：樂也。○晏晏：溫和貌。○旦旦：誠懇貌。○不思其反：沒想到他竟然違反誓言。下文"反是不思"與此意思相同，爲壓韻而改變句式。

## 黍離 (王風)

【題解】《毛序》："《黍離》，閔宗周也。周大夫行役至于宗周，過故宗廟宮室，盡爲禾黍，閔周室之顛覆，彷徨不忍去，而作是詩也。"今人多以爲是流浪者抒寫憂愁之詩。方玉潤《詩經原始》："三章祇換六字，而一往情深，低徊無限。此專以描摹虚神擅長，憑弔詩中絶唱也。"王：王畿之簡稱，即東周王朝的直接統治區，在今河南北部一帶。

彼黍離離，彼稷之苗。行邁靡靡，中心搖搖。知我者謂我心憂，不知我者謂我何求。悠悠蒼天，此何人哉？

彼黍離離，彼稷之穗。行邁靡靡，中心如醉。知我者謂我心憂，不知我者謂我何求。悠悠蒼天，此何人哉？

彼黍離離，彼稷之實。行邁靡靡，中心如噎。知我者謂我心憂，不知我者謂我何求。悠悠蒼天，此何人哉？

○離離：行列貌。○行邁：邁，行也。馬瑞辰《毛詩傳箋通釋》："行、邁連言，猶古詩云'行行重行行'也。"靡靡：猶遲遲。○搖搖：無所定也。○悠悠：遙遠貌。○此何人：此，指"不知我者"。或以爲此言蒼天不仁，此，指蒼天；人，通"仁"。○噎：咽喉蔽塞。

## 將仲子（鄭風）

【題解】《毛序》："《將仲子》，刺莊公也。不勝其母，以害其弟。弟叔失道而公弗制，祭仲諫而公弗聽，小不忍以致大亂焉。"此外，舊有諷世守禮、拒絕逼婚諸說。今人多以爲是一首情歌。牛運震《詩志》："'仲可懷也'、'亦可畏也'，較量得細貼婉切，至情至性，惻然流溢。"鄭：周代諸侯國名。舊都在陝西華縣西北，平王東遷後，鄭武公遷其都於新鄭（今屬河南），其地在今河南中部。

將仲子兮，無踰我里，無折我樹杞。豈敢愛之？畏我父母。仲可懷也，父母之言，亦可畏也。

將仲子兮，無踰我牆，無折我樹桑。豈敢愛之？畏我諸兄。仲可懷也，諸兄之言，亦可畏也。

將仲子兮，無踰我園，無折我樹檀。豈敢愛之？畏人之多言。仲可懷也，人之多言，亦可畏也。

○將：請。仲子：男子之字。○里：居也。○愛：吝惜。○懷：思念。

## 溱　洧（鄭風）

【題解】《毛序》："《溱洧》，刺亂也。兵革不息，男女相棄，淫風大行，莫之能救焉。"舊亦有人以爲是朋友游春之詩。今人多以爲此爲上巳節（夏曆三月初三）祓於水濱時之情歌。牛運震《詩志》："寫春景物態，明媚可掬，開後人豔情詩多少神韻。"

溱與洧，方渙渙兮。士與女，方秉蕑兮。女曰："觀乎？"士曰："既且。""且往觀乎！洧之外洵訏且樂。"維士與女，伊其相謔，贈之以芍藥。

溱與洧，瀏其清矣。士與女，殷其盈矣。女曰："觀乎？"士曰："既且。""且往觀乎！洧之外洵訏且樂。"維士與女，伊其將謔，贈之以芍藥。

○溱、洧：鄭國兩水名。○渙渙：春水盛貌。○蕑：同"蘭"。○且：通"徂"，往也。○洵：確實。訏：大也。○維：語助詞。下文之"伊"同此。○芍藥：香草名。三月開花，芳香可愛。○瀏：水清貌。○殷：衆也。○將：相也。

## 蒹　葭（秦風）

【題解】《毛序》："《蒹葭》，刺襄公也。未能用周禮，將無以固其國焉。"此外，舊有秦穆公訪賢、思慕隱居賢人諸說。今人多以爲是情歌。陳繼揆《讀詩臆補》："意境空曠，寄托玄遠。秦川咫尺，宛然有三山雲氣，竹影僊風。故此詩在《國風》爲第一篇飄渺文字，宜以恍惚迷離讀之。"秦：周代諸侯國名。春秋時建都於雍（今陝西鳳翔東南），戰國時遷都於咸陽，後建立統一王朝。

蒹葭蒼蒼，白露爲霜。所謂伊人，在水一方。溯洄從之，道阻且長。溯游從之，宛在水中央。

蒹葭萋萋，白露未晞。所謂伊人，在水之湄。溯洄從之，道阻且躋。溯游從之，宛在水中坻。

蒹葭采采，白露未已。所謂伊人，在水之涘。溯洄從之，道阻且右。溯游從之，宛在水中沚。

○蒹：荻也。葭：蘆也。蒼蒼：深青之色。下文之"萋萋"、"采采"同此。○溯洄：在岸上逆曲折盤旋之水流而上。洄，曲折盤旋之水道。從：接近。○游：直流之水道。○晞：乾也。○湄：岸邊水草交接之處。○躋：升高。○坻：水中高地。○未已：未乾。已，止也。○涘：水邊。○右：迂曲。鄭玄箋："右，言其迂回也。"馬瑞辰《毛詩傳箋通釋》："周人尚左，故《箋》以右爲迂回。"○沚：小洲。

## 七 月（豳風）

【題解】《毛序》："《七月》，陳王業也。周公遭變故，陳后稷先公風化之所由，致王業之艱難也。"此外，舊有祭報社稷樂歌、周公居耕田園等說。今人多以爲是農事詩。姚際恒《詩經通論》："鳥語蟲鳴，草榮木實，似《月令》；婦子入室，茅綯升屋，似風俗畫；流火寒風，似《五行志》；養老慈幼，躋堂稱觥，似庠序禮；田官染職，狩獵藏冰，祭獻執功，似國家典制書。其中又有似《采桑圖》、《田家樂圖》、《食譜》、《穀譜》、《酒經》。一詩之中無不具備，洵天下之至文也。"豳：古邑名，在今陝西旬邑一帶。

七月流火，九月授衣。一之日觱發，二之日栗烈。無衣無褐，何以卒歲？三之日于耜，四之日舉趾。同我婦子，饁彼南畝，田畯至喜。

七月流火，九月授衣。春日載陽，有鳴倉庚。女執懿筐，遵彼微行，爰求柔桑。春日遲遲，采蘩祁祁。女心傷悲，殆及公子同歸。

七月流火，八月萑葦。蠶月條桑，取彼斧斨，以伐遠揚，猗彼女桑。七月鳴鵙，八月載績。載玄載黃，我朱孔陽，爲公子裳。

四月秀葽，五月鳴蜩。八月其穫，十月隕蘀。一之日于貉，取彼狐狸，爲公子裘。二之日其同，載纘武功。言私其豵，獻豜于公。

五月斯螽動股，六月莎雞振羽。七月在野，八月在宇，九月在戶，十月蟋蟀入我牀下。穹窒熏鼠，塞向墐戶。嗟我婦子，曰爲改歲，入此室處。

六月食鬱及薁，七月亨葵及菽。八月剝棗，十月穫稻。爲此春酒，以介眉壽。七月食瓜，八月斷壺。九月叔苴。采荼薪樗，食我農夫。

九月築場圃，十月納禾稼。黍稷重穋，禾麻菽麥。嗟我農夫，我稼既同，上入執宮功。晝爾于茅，宵爾索綯。亟其乘屋，其始播種百穀。

二之日鑿冰沖沖，三之日納于凌陰。四之日其蚤，獻羔祭韭。九月肅霜，十月滌場。朋酒斯饗，曰殺羔羊。躋彼公堂，稱彼兕觥，萬壽無疆。

○七月：夏曆七月。流，下行。火：星名，或稱大火，即心宿；每年夏曆五月，此星當正南方，位置最高，六月以後，便開始偏西向下。○授衣：將製裁冬衣的工作交給女工。○一之日：十月以後的第一個月，即夏曆十一月。下文"二之日"、"三之日"等類此。觱發：風寒。○栗烈：猶言"凜冽"，寒氣逼人。○褐：粗毛或粗麻所織之短衣。○于耜：修耜耒；于，猶爲也。○趾："錢鎛"之合音，鋤也。○饁：送飯。○田畯：田官。○載：始也。陽：溫和。○倉庚：鳥名，即黃鸝。○懿筐：深筐。○微行：小道。○爰：於是。柔桑：嫩桑。○遲遲：舒緩；春日漸長，故云。○蘩：白蒿，可飼幼蠶。祁祁：眾多貌。○殆及公子同歸：姚際恒《詩經通論》："公子，豳公之子，乃女公子也。此采桑之女……於采桑時忽然傷悲，以其將及公子同于歸也。"○萑：通"芄"，割也。○蠶月：養蠶之月，即三月。條桑：修剪桑樹。○斨：柄孔爲方形之斧。○遠揚：長而高揚之桑條。○猗:通"掎",攀曳牽引。女桑:嫩桑枝。○鵙:鳥名,即伯勞。○績:紡麻。○玄:黑紅色。○孔陽:很鮮明。○秀:不開花而結實。葽:植物名,或稱遠志,可入藥。○隕蘀:落葉。○于貉:捕獵貉;于,取也。○同:會合。○纘:繼續。武功:田獵。○言:句首助詞。私:私有。豵:小獸。○豜:大獸。○斯螽:蟲名,蝗類。動股:以股摩翅作聲也。○莎雞:蟲名,今俗稱紡織娘。振羽:振動其羽作聲也。○穹窒:盡塞室中孔隙。穹,窮也;室,塞也。○向:北窗。墐:以泥塗抹。○曰:發語詞。《漢書》引作"聿"。改歲:過年。○鬱:野李子。薁:野葡萄。○亨:通"烹"。葵:植物名,即冬葵。菽:豆類之總稱。○剝:通"撲",擊之使落也。○春酒:酒也;冬日釀造,春日始成,故名。○介:助也。眉壽:高壽;高年者每有豪眉,故云。○壺:葫蘆。○叔:拾也。苴:麻子;可食。○荼:苦菜。薪樗:以樗為薪;樗,臭椿。○重穋:朱熹《詩集傳》:"先種後熟為重,後種先熟為穋。"○同:聚也。○上:尚也。宮功:建築或維修宮室。○于茅:割取茅草。○索綯:搓繩索。○亟:通"急"。乘:登也。○沖沖:鑿冰聲。凌陰:冰窖。○蚤:通"早"。獻羔祭韭:開冰時,以羊羔及韭菜祭廟。○肅霜:猶言"肅爽",天高氣爽。○滌場:清掃場地。○朋酒:設兩樽酒。○躋:登也。公堂:聚會之所。

# 東　山（豳風）

【題解】《毛序》:"《東山》,周公東征也。周公東征,三年而歸。勞歸士,大夫美之,故作是詩也。"詩中"于今三年"之語,正與《尚書大傳》所說"周公攝政,一年救亂,二年東征,三年踐奄"相符。今人多以為是戍卒還鄉途中思家之作。陳繼揆《讀詩臆補》:"《東山》一詩,乃後來從軍行、出塞曲之祖。……然後來千百首從軍行、出塞曲,終不敵《東山》一篇曲盡人情也。"東山：在魯國東境，即今之山東費縣蒙山。

我徂東山，慆慆不歸。我來自東，零雨其濛。我東曰歸，我心西悲。制彼裳衣，勿士行枚。蜎蜎者蠋，烝在桑野。敦彼獨宿，亦在車下。

我徂東山，慆慆不歸。我來自東，零雨其濛。果臝之實，亦施于宇。伊威在室，蠨蛸在戶。町畽鹿場，熠燿宵行。不可畏也，伊可懷也。

我徂東山，慆慆不歸。我來自東，零雨其濛。鸛鳴于垤，婦歎于室。洒掃穹窒，我征聿至。有敦瓜苦，烝在栗薪。自我不見，于今三年。

我徂東山，慆慆不歸。我來自東，零雨其濛。倉庚于飛，熠燿其羽。之子于歸，皇駁其馬。親結其縭，九十其儀。其新孔嘉，其舊如之何！

○徂：往。○慆慆：久也。慆慆，底本原作"慆慆"，據《太平御覽》卷三二所引改。○零雨：落雨。○曰：語助詞。○士：從事。行枚：銜枚。古時行軍，士卒口中銜枚（筷狀物）以防止喧嘩。○蜎蜎：蠕動貌。蠋：野蠶。○烝：久也。○敦：瓜圓狀，此處指團身貌。○果臝：蔓生葫蘆科植物。○施：蔓延。○伊威：蟲名，常活動於潮濕之處。○蠨蛸：喜蛛。○町畽：房舍旁之空地。○熠燿：閃耀貌。宵行：一種能發光的蟲，夜行。從朱熹說。○鸛：水鳥名，似鶴。垤：小土堆。○征：征夫。聿：語助詞。○瓜苦：即瓠瓜。苦，通"瓠"。古時結婚行合巹之禮，以一瓠分爲兩瓢，夫婦各執一瓢盛酒漱口。此詩之"瓜苦"當指合巹之瓠。○栗薪：堆積之薪。○皇駁：馬毛淡黃者爲皇，淡紅者爲駁。○縭：佩巾。古時女子出嫁，母戒之並爲之結縭。○九十其儀：言結婚儀式之細節，十分繁多。○"其新孔嘉"二句：言女子出嫁時很美，誰知道現在如何。孔，很也。

# 小　雅

## 鹿　鳴

【題解】《毛序》："《鹿鳴》，燕羣臣嘉賓也。既飲食之，又實幣帛筐筐以將其厚意，然後忠臣嘉賓得盡其心矣。"《史記·十二諸侯年表序》有"仁義凌遲，《鹿鳴》刺焉"之語，此依據魯說立論；多數治《詩經》者贊同毛說。方玉潤《詩經原始》稱："至其音節，一片和平，盡善盡美，與《關雎》同列四詩之始，殆無貽議云。"又，古人鄉飲酒禮、燕禮及始入學時，多歌《鹿鳴》；唐代宴鄉貢，亦歌《鹿鳴》，故韓愈《送楊少尹序》云："楊侯始冠，舉於其鄉，歌《鹿鳴》而來。"

呦呦鹿鳴，食野之蘋。我有嘉賓，鼓瑟吹笙。吹笙鼓簧，承筐是將。人之好我，示我周行。

呦呦鹿鳴，食野之蒿。我有嘉賓，德音孔昭。視民不恌，君子是則是傚。我有旨酒，嘉賓式燕以敖。

呦呦鹿鳴，食野之芩。我有嘉賓，鼓瑟鼓琴。鼓瑟鼓琴，和樂且湛。我有旨酒，以燕樂嘉賓之心。

○蘋：植物名，俗稱艾蒿。○簧：樂器名，笙之大者。○承：捧也。將：獻也。○周行：至美之道。《毛傳》："周，至；行，道也。"○德音：鄭玄："先王道德之教也。"孔：很也。○視：通"示"。恌：通"佻"，輕佻。○君子是則是傚：言君子效法之。則，法也；傚，通"效"。○式：應也，勸令之辭。燕：通"宴"。敖：通"遨"，游玩。○芩：植物名，俗稱蔓葦。○湛：通"耽"，盡情歡樂。

## 采　薇

【題解】《毛序》："《采薇》，遣戍役也。文王之時，西有昆夷之患，

064

北有獫狁之難。以天子之命，命將率遣戍役以守衛中國，故歌《采薇》以遣之。"《世說新語·文學》："謝公因子弟集聚，問《毛詩》何句最佳？遏稱曰：'昔我往矣，楊柳依依。今我來思，雨雪霏霏。'"

采薇采薇，薇亦作止。曰歸曰歸，歲亦莫止。靡室靡家，獫狁之故。不遑啓居，獫狁之故。

采薇采薇，薇亦柔止。曰歸曰歸，心亦憂止。憂心烈烈，載飢載渴。我戍未定，靡使歸聘。

采薇采薇，薇亦剛止。曰歸曰歸，歲亦陽止。王事靡盬，不遑啓處。憂心孔疚，我行不來。

彼爾維何？維常之華。彼路斯何？君子之車。戎車既駕，四牡業業。豈敢定居？一月三捷。

駕彼四牡，四牡騤騤。君子所依，小人所腓。四牡翼翼，象弭魚服。豈不日戒？獫狁孔棘。

昔我往矣，楊柳依依。今我來思，雨雪霏霏。行道遲遲，載渴載飢。我心傷悲，莫知我哀。

〇薇：野豌豆苗，可食。〇作：初生。止：語助詞。下同。〇莫：同"暮"。〇靡：通"無"。〇獫狁：我國古代北方的一個民族，或以爲即匈奴之先人。〇遑：閒暇也。啓居：安居。啓，跪也，周人跪坐。〇烈烈：猶言憂心如焚。〇定：止也。〇聘：問候。〇剛：堅硬。〇陽：天暖。俗稱農曆十月爲"小陽春"。〇盬：休止。〇疚：病痛。〇來：猶歸也。〇爾：通"薾"，花盛貌。〇常：木名，即常棣。華：同"花"。〇路：通"輅"，車之高大者。斯：語助詞，猶"維"。〇君子：將帥。〇戎車：兵車。〇牡：駕車之雄馬。業業：高大貌。〇捷：通"接"，接戰。〇騤騤：強壯貌。〇依：乘也。〇腓：隱蔽。〇翼翼：行列整齊貌。〇象弭：以象牙製成之弭（弓兩端受弦處）。魚服：魚皮製成之服（箭袋）。〇棘：通"急"。〇依依：柳條迎風披拂貌。〇思：語助詞。〇雨雪：落雪。霏霏：雪盛貌。

## 北 山

【題解】《毛序》："《北山》，大夫刺幽王也。役使不均，己勞於從事，而不得養其父母焉。"《後漢書·楊賜傳》："勞逸無別，善惡同流，《北山》之詩所爲作。"沈德潛《說詩晬語》："《北山》詩連下十二'或'字，情至不覺音之繁、詞之複也。"

陟彼北山，言采其杞。偕偕士子，朝夕從事。王事靡盬，憂我父母。

溥天之下，莫非王土；率土之濱，莫非王臣。大夫不均，我從事獨賢。

四牡彭彭，王事傍傍。嘉我未老，鮮我方將。旅力方剛，經營四方。

或燕燕居息，或盡瘁事國。或息偃在牀，或不已于行。

或不知叫號，或慘慘劬勞。或棲遲偃仰，或王事鞅掌。

或湛樂飲酒，或慘慘畏咎。或出入風議，或靡事不爲。

○偕偕：強壯貌。士子：作者自稱。○從事：辦理王事。○溥：通"普"。○率：循也。○大夫不均：執政者不公平。○賢：勞也。《鹽鐵論·地廣》引作"勞"。○彭彭：不得休息貌。○傍傍：繁忙貌。○鮮：猶"嘉"也。將：壯也。○旅力：體力。旅，通"膂"。○燕燕：安息貌。○盡瘁：竭盡全力。瘁，勞也。○偃：臥也。○慘慘：憂愁不安貌。劬勞：辛勤勞苦。○棲遲：游息也。偃仰：安居。○鞅掌：忙亂貌。○風議：高談闊論。風，通"放"。

# 大 雅

## 大 明

【題解】《毛序》："《大明》，文王有明德，故天復命武王也。"此外，舊有周公戒成王等諸說。今人多以爲這是一首叙述周朝開國歷史的史詩。從王季娶太任而生文王，文王娶太姒而生武王，一直說到武王伐紂的牧野之戰。《逸周書·世俘》記載，牧野之戰結束後五十日，樂工獻《明明》之詩。或以爲《明明》即此篇，取首句爲篇名耳。

明明在下，赫赫在上。天難忱斯，不易維王。天位殷適，使不挾四方。

摯仲氏任，自彼殷商，來嫁于周，曰嬪于京。乃及王季，維德之行。

大任有身，生此文王。維此文王，小心翼翼，昭事上帝，聿懷多福。厥德不回，以受方國。

天監在下，有命既集。文王初載，天作之合。在洽之陽，在渭之涘。

文王嘉止，大邦有子。大邦有子，俔天之妹。文定厥祥，親迎于渭。造舟爲梁，不顯其光。

有命自天，命此文王，于周于京。纘女維莘，長子維行，篤生武王。保右命爾，燮伐大商。

殷商之旅，其會如林。矢于牧野："維予侯興。上帝臨女，無貳爾心。"

牧野洋洋，檀車煌煌，駟騵彭彭。維師尚父，時維鷹揚。涼彼武王，肆伐大商，會朝清明。

○"明明在下"二句：明明，察也；赫赫，顯赫。毛傳："文王之德明明於下，故赫赫然著見於天。"○忱：信也。斯：語助詞。○不易維王：言爲王不易；維，爲也。○位：立也。適：通"嫡"，林義光《詩經通解》："殷嫡，謂紂也。"○挾：擁有。○摯仲：即太任，因其爲摯國君之次女，故名。氏任：猶言姓任。摯國之君任姓，本爲殷商的一個諸侯。○嬪：嫁也。京：周京。○王季：周太王之子，文王之父。○大任：即太任。○昭：通"劭"，勤勉。○聿：句首助詞。懷：來也。○回：違也。○方國：四方來附之國。○監：監察。○有命既集：言天命已落在文王身上。有，名詞詞頭。○初載：即位之初年。○合：匹配。○"在洽之陽"二句：此二句寫文王迎親之地點。洽，古水名，今名金水河，源出陝西合陽西北，東南流入黃河；陽，水之北面。○嘉：美也。止：語助詞。○大邦：莘國，文王妻太姒爲莘國女子。○倪：譬如。妹：少女。○文：卜筮之文。○不：通"丕"，大也。○纘女維莘：言繼娶莘國之女爲妃。纘，繼也。○長子：長女。行：嫁也。○篤：發語詞。○右：通"佑"。爾：武王。○燮：通"襲"。馬瑞辰："燮與襲雙聲，燮伐即襲伐之假借。"○會：通"旝"，旌旗。○矢：通"誓"。牧野：殷南郊地名，在今河南淇縣西南。○侯：乃也。○臨：監視。○洋洋：廣也。○檀車：檀木所造之戰車。煌煌：鮮明貌。○騵：赤身白腹之馬。彭彭：強壯有力貌。○師：官名，即太師。尚父：武王輔臣姜子牙之號。○時：是也。鷹揚：老鷹飛揚，喻勇猛奮發。○涼：通"諒"，輔佐。○肆：縱兵出擊。《風俗通義·皇霸》引作"襲"。○會朝清明：言經過黎明會戰，殷王朝頃刻瓦解，天下清明。朱熹《詩集傳》："會朝，會戰之旦也。"

## 緜

【題解】《毛序》："《緜》，文王之興，本由大王也。"此外，舊有周公美文王等諸說。今人多以爲這是一部周族史詩，叙述周族祖先古公亶父（即周太王）由豳遷居到岐（今陝西岐山），定居周原，安頓民衆，規劃發展農業生産，建立廟社的經過。《孟子·梁惠王下》"昔太王居邠"云云，可與本詩相印證。

緜緜瓜瓞，民之初生，自土沮漆。古公亶父，陶復陶穴，未有家室。
古公亶父，來朝走馬。率西水滸，至于岐下。爰及姜女，聿來胥宇。
周原膴膴，菫荼如飴。爰始爰謀，爰契我龜。曰止曰時，築室于茲。
廼慰廼止，廼左廼右，廼疆廼理，廼宣廼畝。自西徂東，周爰執事。
廼召司空，廼召司徒；俾立室家。其繩則直，縮版以載，作廟翼翼。
捄之陾陾，度之薨薨，築之登登，削屢馮馮。百堵皆興，鼖鼓弗勝。

迺立皋門，皋門有伉。迺立應門，應門將將。迺立冢土，戎醜攸行。

　肆不殄厥慍，亦不隕厥問。柞棫拔矣，行道兌矣。混夷駾矣，維其喙矣。

　虞、芮質厥成，文王蹶厥生。予曰有疏附，予曰有先後，予曰有奔奏，予曰有禦侮。

　○緜緜：不絕貌。瓞：小瓜。此處以瓜之綿延多實喻周族之興盛。○土：通"杜"，水名，在今陝西麟游、武功二縣，入渭水。王先謙："齊，土作杜。"沮：通"徂"，往也。漆：水名，發源於陝西麟游西，東流至武功西入渭水。○陶：通"掏"，掘土。復：通"覆"，穴也。《說文解字·穴部》引作"窑"。○朝：清早。走馬：驅馬。走，《韓詩》作"趣"，義同。○率：沿。滸：水邊。○岐下：岐山之下。○姜女：太王之妃，姜姓。○聿：句首助詞，無義。胥：相也。○周：地名，在岐山之南，周族由此地而得名。膴膴：肥美貌。○堇：一種野菜，味苦。○始：謀也。馬瑞辰："始謀謂之始，猶終謀謂之究，爰始爰謀，猶言是究是圖也。"○契：用刀刻。古人占卜，先在龜甲上刻一小孔，再用火烤之，從小孔處之裂紋判斷吉凶。○止：居住。時：通"是"，善也。○迺：古"乃"字。下同。慰：安。止：定。○左：居於左。右：居於右。○疆：定疆界。理：定其溝涂。○宣：導溝排水。畝：耕治田畝。○周：普遍。執事：從事勞作。○司空：掌管營建之官。○司徒：掌管徒役之官。○繩：施工所用之墨繩。○縮：束也。版：築牆時夾土之版。載：通"栽"，樹立。○廟：宗廟。翼翼：恭敬貌。○捄：盛土於籠。陾陾：盛土聲。○度：投土於版內。薨薨：投土聲。○築：搗土。登登：搗土聲。○削屢：將牆土隆起處削去。屢，通"塿"，牆土隆起處。馮馮：削土聲。○鼛鼓弗勝：敲鼓本爲勞動助興，可由於衆聲皆作，鼓聲反而不能勝過了。鼛鼓，大鼓名，一丈二尺長。○皋門：王都之郭門。○伉：高大貌。○應門：王宮之正門。○將將：嚴整貌。○冢土：祭祀土神之處，即社。○戎醜攸行：兵衆出發。戎，兵也；醜，衆也；攸，語助詞。古代有軍事必先祭社，所以詩文將兩事連叙。○"肆不殄厥愠"二句：言周族既不忘記對敵人之憤恨，也不廢棄與他們的聘問往來之禮。肆，承接之詞，由叙古公事轉入叙文王事；殄，滅絶；愠，怒；隕，墜廢。○兑：通達。○混夷：古族名，西戎之一種。相傳文王初年，混夷較强大，故文王以禮事之；其後周漸漸强大，用武力將其趕走。駾，驚慌突奔。○喙：通"瘃"，疲困。○"虞、芮質厥成"二句：質，成也；成，和解；蹶，感動；生，通"性"。毛傳："虞、芮之君相與爭田，久而不平，乃相謂：'西伯（文王），仁人也，盍往質焉？'乃相與朝周。入其竟（境），則耕者讓畔，行者讓路。入其邑，男女異路，斑白不提挈。入其朝，士讓爲大夫，大夫讓爲卿。二國之君，感而相謂曰：'我等小人，不可以履君子之庭。'乃相讓，以其所爭之田爲閒（間）田而退。"○予：我。詩人代文王自稱。曰：語助詞。○疏附：使疏遠者親附之臣。○先後：前後輔佐相導引之臣。○奔奏：奔走效力之臣。奏，通"走"。《楚辭·離騷》王逸注引作"走"。○禦侮：保衛國家之臣。

## 生　民

【題解】《毛序》："《生民》，尊祖也。后稷生於姜嫄，文武之功起於后稷，故推以配天焉。"此爲周人祭祀祖先神后稷的祭歌。陳子展《詩經直解》引孫鑛語："次第鋪叙，不惟記其事，兼貌其狀，描摹入纖，絶有境有態。"

厥初生民，時維姜嫄。生民如何？克禋克祀，以弗無子。履帝武敏，歆，攸介攸止，載震載夙，載生載育，時維后稷。

誕彌厥月，先生如達。不坼不副，無災無害，以赫厥靈。上帝不寧，不康禋祀？居然生子！

誕寘之隘巷，牛羊腓字之。誕寘之平林，會伐平林。誕寘之寒冰，鳥覆翼之。鳥乃去矣，后稷呱矣。實覃實訏，厥聲載路。

誕實匍匐，克岐克嶷，以就口食。蓺之荏菽，荏菽旆旆，禾役穟穟，麻麥幪幪，瓜瓞唪唪。

誕后稷之穡，有相之道。茀厥豐草，種之黃茂。實方實苞，實種實褎，實發實秀，實堅實好，實穎實栗。即有邰家室。

誕降嘉種，維秬維秠，維穈維芑。恒之秬秠，是穫是畝。恒之穈芑，是任是負，以歸肇祀。

誕我祀如何？或舂或揄，或簸或蹂，釋之叟叟，烝之浮浮。載謀載惟，取蕭祭脂，取羝以軷。載燔載烈，以興嗣歲。

卬盛于豆，于豆于登，其香始升。上帝居歆，胡臭亶時。后稷肇祀，庶無罪悔，以迄于今。

○厥：其也。○時：通"是"，此也。維：爲也。姜嫄：遠古傳說中有邰氏之女子，周始祖后稷之母親。姜爲姓，嫄爲諡號，取本原之義。○克：能也。禋：焚柴生煙，加牲體及玉帛於其上，煙氣上達於天以致精誠。亦泛指虔誠的祭祀。○弗：通"祓"，用祭祀除去災難。王先謙："三家，弗作祓。"○履：踐。帝：上帝。武敏：足迹之大拇指處。武，足迹；敏，拇。○歆：欣喜。馬瑞辰："歆之言忻，即《史記》所云心忻然欲踐之也。《詩》先言履帝武敏，後言歆者，倒文耳。"○攸：乃也。介：止息。馬瑞辰："介之言界，謂別居也。"○載：語助詞。震：通"娠"，懷孕。夙：通"肅"，孕後生活有規律。○誕：發語詞。有歎美之意。彌：滿也。○先生如達：頭胎生子如生羊羔般容易。鄭玄："達，羊子。"○不坼不副：言胎兒裹在胎衣中生出。坼，裂開；副，分判。按，坼本作"拆"，依唐石經改。○赫：顯示。靈：神異。○"上帝不寧"三句：此三句是姜氏自疑之詞。寧，安寧；康，安樂；居然，徒然，因胎衣未破，故有此語。○寘：置也。此處爲遺棄之義。因其出生怪異，故有此舉；而后稷名棄，亦是因此。〇腓：庇護。字：乳育嬰兒。〇平林：平地上之樹林。〇會伐平林：恰逢有人伐木，不便遺棄。〇鳥覆翼之：鳥張翼蓋之。〇呱：小兒哭聲。〇實：通"寔"，此也。覃：長。訏：大也。〇載：充滿。〇匍匐：爬行。〇歧：知意也。段玉裁《毛詩故訓傳定本·小箋》："歧者，山之兩歧也。心之開明似之，故曰知意。"嶷：站立。馬瑞辰："嶷當讀如仡立之仡。"〇就：求也。〇藝：藝也，種植。荏菽：大豆。〇旆旆：枝葉茂盛貌。〇役：通"穎"，禾穗。王先謙："三家，役作穎。"〇穟穟：禾穗美好貌。〇幪幪：茂密貌。〇唪唪：通"菶菶"，茂盛貌。〇有相之道：意謂后稷能根據土地情況進行種植。相，觀察。〇茀：拔除。陸德明《經典釋文》："《韓詩》作拂。"〇黃茂：嘉穀。言又黃熟，又豐茂。〇方：普遍。《毛傳》："方，極畝也。"苞：茂盛。〇種：肥大。孔穎達《毛詩正義》："以種爲臃腫，謂苗之肥盛也。"褎：長大貌。〇發：禾莖挺拔。秀：禾初生穗。〇堅：籽粒飽滿。〇穎：穗下垂貌。栗：即栗栗。馬瑞辰："栗栗猶離離，垂實之貌。"〇即有邰家室：言到邰去安家立業。邰，古國名，在今陝西武功西南。相傳堯封后稷於此。〇降：天賜。〇秬：黑黍。秠：古代之良種黍，一穀有兩粒米。〇穈：一種品質優良之黍，赤苗。芑：一種品質優良之黍，白苗。〇恒：通"亙"，周遍。〇穫：收穫。畝：按畝計算產量。〇任：抱也。〇肇：始也。〇舂：舂米脫糠。揄：舀取。〇簸：揚米去皮。蹂：通"揉"，用手搓揉使米與糠分開。〇釋：淘米。叟叟：淘米聲。〇烝：通"蒸"。浮浮：熱氣上騰貌。〇惟：思慮。〇蕭：香蒿。祭脂：祭牲之脂。古人祭祀，取香蒿與祭脂合燒，以求香氣遠聞。〇羝：公羊。軷：祭祀路神。〇燔：燒肉。烈：烤肉。〇嗣歲：來年。〇卬：同"仰"，舉也。于省吾《澤螺居詩經新證》："卬，古仰字。《說文》：'仰，舉也。'《廣雅·釋詁》：'仰，舉也。'仰盛於豆者，舉盛於豆也。"豆：古代食器，形似高足盤。〇登：古代食器，形似豆而淺。登，本作"登"，據唐石經改。〇居：安。歆：享用。〇胡：大也。臭：氣味。亶：誠也。時：善也。

## 公　劉

【題解】《毛序》："召康公戒成王也。成王將涖政，戒以民事，美公劉之厚於民而獻是詩也。"今人多以爲是一首英雄史詩。據傳說，公劉（公爲稱號，劉爲名）是夏末時的周族酋長。當時，居住在有邰的周族，受到東方部落的不斷侵擾，不能再安居，於是在公劉的帶領下，全族北遷到豳地（今陝西旬邑和邠一帶）。其時，豳地周圍都是游牧人戎狄，經過多次戰爭，周族擊敗了戎狄，在此定居下來，從事農耕。周族從此富強。方玉潤《詩經原始》："首尾六章，開國宏規，遷居瑣務，無不備具。使非親睹其事而胸有條理者，未見如是之觀縷無遺。"

篤公劉！匪居匪康。迺場迺疆，迺積迺倉，迺裹餱糧，于橐于囊，思輯用光。弓矢斯張，干戈戚揚，爰方啓行。

篤公劉！于胥斯原。既庶既繁，既順迺宣，而無永歎。陟則在巘，復降在原。何以舟之？維玉及瑤，鞞琫容刀。

篤公劉！逝彼百泉，瞻彼溥原。迺陟南岡，乃覯于京。京師之野，于時處處，于時廬旅，于時言言，于時語語。

篤公劉！于京斯依。蹌蹌濟濟，俾筵俾几。既登乃依，乃造其曹。執豕于牢，酌之用匏。食之飲之，君之宗之。

篤公劉！既溥既長，既景迺岡；相其陰陽，觀其流泉。其軍三單，度其濕原，徹田爲糧。度其夕陽，豳居允荒。

篤公劉！于豳斯館，涉渭爲亂，取厲取鍛。止基迺理，爰衆爰有。夾其皇澗，遡其過澗。止旅乃密，芮鞫之即。

○篤：忠厚。○匪：通"非"。康：寧也。○場、疆：修整田界。○積：露天堆積糧食。倉：在倉中堆積糧食。○餱糧：乾糧。○橐：無底之囊，盛物時以繩縶束兩端。○思輯用光：輯，和；用，而。朱熹："思以輯和其民人而光顯其國家。"○干：盾。戚：斧。揚：鉞。○胥：相察。○順：適意。宣：通暢。馬瑞辰："宣之言通也，暢也。言民心既順，其情乃宣暢也。"○陟：登。巘：小山。○舟：通"周"，環繞。○鞞：刀鞘上端之飾物。琫：刀鞘下端之飾物。容刀：佩刀。陳奐："佩刀以爲容飾，故曰容刀。"○溥原：廣大之平原。○覲：見也。京：邑名。○京師：京邑。師，邑之通稱。"京師"連稱最初見於此詩，後世繩專指帝都之所在地。○于時：於是。處處：居也。此處爲動詞複說，下文之"言言"、"語語"類此。廬旅：等於"廬廬"或"旅旅"，居也。○依：安居。○蹌蹌：步履從容有節貌。濟濟：莊嚴貌。○俾：通"比"，排也。《詩經·大雅·皇矣》："王此大邦，克順克比。"《禮記·樂記》引作"俾"。○筵：鋪在地上之竹席。几：坐時所倚之具。○登：登筵。依：依几而坐。○造：通"祰"，告祭也。馬瑞辰："造者，祰之假借。《說文》：'祰，告祭也。'蓋凡告祭皆曰造也。祰亦通作告。"曹：通"禕"，祭祀豕之祖先。馬瑞辰："曹者，禕之省借。《藝文類聚》引《說文》：'祭豕先曰禕。'……乃造其曹，謂將用豕而先祭於豕先，猶將差馬而先告祭馬祖也。"○牢：豬圈。○酌之：爲衆賓斟酒。匏：酒器。葫蘆一破爲二，用以盛酒，稱"匏爵"或"匏樽"。○宗之：爲衆賓宗主。○景：同"影"，測定日影。岡：登上山岡。○陰陽：山北寒陰之處與山南向陽之處。○其軍三單：言成立三軍而用其一軍，更番相代。單，通"禪"，更代。○度：測量。徹：治也。○度其夕陽：測量山之西面以拓展耕地。山之西面夕時見日，故稱夕陽。○荒：大也。○館：修建房舍。○亂：橫流而渡。○厲：通"礪"，粗糙之石，用來磨物。鍛：椎物之石。○止基：住處之基址。理：治也。○有：衆也。○"夾其皇澗"二句：或夾皇澗而居，或面向過澗而居。遡，面臨。○"止旅乃密"二句：言遷來者日見增多，便讓其就水涯而居。止，常住者；旅，寄住者；芮，水邊向內凹處；鞠，水邊向外凸出處。

## 頌

### 玄　鳥（商頌）

**【題解】**《毛序》："祀高宗也。"此外，舊有祭成湯、祭中宗等諸說。今人多以爲是商民族的一首祭歌，具有史詩的意味。首章追述商之起源，次章歌頌英雄祖先成湯的功績，末章贊美商之強大。據先秦文獻所載，殷商滅亡後，殷商之頌歌保存於宋國，西周末，宋大夫正考父曾請周太師校正殷商著名頌歌十二篇，以《那》爲首。今本《詩經》中殷商頌歌僅有五首。方玉潤《詩經原始》稱《玄鳥》"實爲三《頌》壓卷，《周詩》所不能及，況在《魯頌》"。

天命玄鳥，降而生商，宅殷土芒芒。

古帝命武湯，正域彼四方。方命厥后，奄有九有。商之先后，受命不殆，在武丁孫子。武丁孫子，武王靡不勝。龍旂十乘，大糦是承。

邦畿千里，維民所止。肇域彼四海，四海來假。來假祁祁，景員維河。殷受命咸宜，百祿是何。

○"天命玄鳥"二句：相傳，有娀氏女簡狄行浴水邊，有玄鳥（黑色燕子）銜卵飛過而墜之，簡狄得而含之，誤吞而孕，生商祖契。參見《楚辭·天問》、《呂氏春秋·音初》、《史記·殷本紀》。這一神異傳說，既表現出商人對於其氏族由母系社會向父系社會轉變的朦朧記憶，也是在追溯商族久遠神聖的圖騰根譜。○宅：居也。殷土：商地。殷人在盤庚遷都前國號稱商，盤庚遷都以後國號稱殷，其後人因稱商地爲殷地。芒芒：通"茫茫"，廣大貌。○古帝：天帝。武湯：即商王朝建立者湯，甲骨文稱唐、大乙，又稱高祖乙。因有武功而稱武湯或武王。○正：通"征"。域：有也。○厥：其，指武湯。后：君王，指武湯之後的歷代商王。○奄有：覆蓋，包括。九有：即九域，指九州。○先后：先君。○殆：通"怠"。○武丁：湯第九代孫盤庚之弟小乙的兒子，在位近六十年，復興了中衰之商朝。○武王靡不勝：猶言"武王之事業沒有不能勝任者"。勝，任也。○龍旂：畫有龍形圖案之旗幟。乘：古時一車四馬爲乘。○糦：黍稷也。○邦畿：天子之直轄區。○止：居也。○肇：開闢。○假：至也。○祁祁：眾多貌。○景員維河：景，山名，在商都亳（今河南偃師）附近（用朱熹《詩集傳》說）。王先謙《詩三家義集疏》："景員維河者，當謂景山綿亙四周於河。員與下篇幅隕義同，蓋言周也。景山四面皆大河。"○何：通"荷"，承受。

## 輯　錄

### 1.《詩經》與音樂

《國語·魯語下》：夫歌《文王》、《大明》、《緜》，則兩君相見之樂也。

《左傳·襄公二十九年》：吳公子札來聘……請觀於周樂。使工爲之歌《周南》、《召南》，曰："美哉！始基之矣，猶未也，然勤而不怨矣。"爲之歌《邶》、《鄘》、《衛》，曰："美哉，淵乎！憂而不困者也。吾聞衛康叔、武公之德如是，是其《衛風》乎？"爲之歌《王》，曰："美哉！思而不懼，其周之東乎？"爲之歌《鄭》，曰："美哉！其細已甚，民弗堪也。是其先亡乎？"爲之歌《齊》，曰："美哉，泱泱乎！大風也哉，表東海者，其大公乎？國未可量也。"爲之歌《豳》，曰："美哉，蕩乎！樂而不淫，其周公之東乎？"爲之歌《秦》，曰："此之謂夏聲。夫能夏則大，大之至也，其周之舊乎？"爲之歌《魏》，曰："美哉，渢渢乎！大而婉，險而易行，以德輔此，則明主也。"爲之歌《唐》，曰："思深哉！其有陶唐氏之遺民乎？不然，何憂之遠也？非令德之後，誰能若是？"爲之歌《陳》，曰："國無主，其能久乎？"自《鄶》以下，無譏焉。爲之歌《小雅》，曰："美哉！思而不貳，怨而不言，其周德之衰乎？猶有先王之遺民焉。"爲之歌《大雅》，曰："廣哉，熙熙乎！曲而有直體，其文王之德乎？"爲之歌《頌》，曰："至矣哉！直而不倨，曲而不屈，邇而不偪，遠而不攜，遷而不淫，復而不厭，哀而不愁，樂而不荒，用而不匱，廣而不宣，施而不費，取而不貪，處而不底，行而不流。五聲和，八風平，節有度，守有序。盛德之所同也。"

《論語·泰伯》：子曰："師摯之始，《關雎》之亂，洋洋乎盈耳哉！"

《墨子·公孟》：誦《詩》三百，弦《詩》三百，歌《詩》三百，舞《詩》三百。

《史記·孔子世家》：三百五篇孔子皆弦歌之，以求合《韶》、《武》、《雅》、《頌》之音。

《禮記·樂記》：子貢見師乙而問焉，曰："賜聞聲歌各有宜也。如賜者，宜何歌也？"師乙曰："乙，賤工也，何足以問所宜！請誦其所聞，而吾子自執焉。寬而靜、柔而正者，宜歌《頌》；廣大而靜、疏達而信者，宜歌《大雅》；恭儉而好禮者，宜歌《小雅》；正直清廉而謙者，宜歌《風》；肆直而慈愛者，宜歌《商》；溫良而能斷者，宜歌《齊》。……故歌之為言也，長言之也。說之故言之，言之不足，故長言之；長言之不足，故嗟歎之；嗟歎之不足，故不知手之舞之，足之蹈之也。"

鄭樵《通志·樂略》：古之詩，今之辭曲也，若不能歌之，但能誦其文而說其義，可乎？不幸腐儒之說起，齊、魯、韓、毛四家各為序訓而以說相高，漢朝又立之學官，以義理相授，遂使聲歌之音，湮沒無聞。然當漢之初，去三代未遠，雖經主學者不識詩，而太樂氏以聲歌肄業，往往仲尼三百篇，瞽史之徒例能歌也。奈義理之說既勝，則聲歌之學日微。

**2. 采詩與獻詩**

《左傳·襄公十四年》：自王以下，各有父兄子弟，以補察其政。史為書，瞽為詩，工誦箴，大夫規誨，士傳言，庶人謗，商旅於市，百工獻藝。故《夏書》曰："遒人以木鐸徇於路。官師相規，工藝執事以諫。"正月孟春，於是乎有之，諫失常也。

《左傳·昭公十二年》：昔穆王欲肆其心，周行天下，將皆必有車轍馬迹焉。祭公謀父作《祈招》之詩，以止王心。王是以獲沒於祗宮。……其詩曰："祈招之愔愔，式昭德音。思我王度，式如玉，式如金。形民之力，而無醉飽之心。"

《國語·周語上》：故天子聽政，使公卿至於列士獻詩，瞽獻曲，史獻書，師箴，瞍賦，矇誦，百工諫，庶人傳語，近臣盡規，親戚補察，瞽、史教誨，耆、艾修之，而後王斟酌焉，是以事行而不悖。

《國語·晉語六》：古之王者，政德既成，又聽於民。於是乎使工誦諫於朝，在列者獻詩，使勿兜（韋昭注：兜，感也）……有邪而正之，盡戒之術也。

《禮記·王制》：天子五年一巡守（狩）。歲二月……巡守（狩）……命太師陳詩以觀民風。

劉歆《與揚雄書》：詔問三代、周、秦軒車使者，逌（遒）人使者，以歲八月巡路，求（求）代語、童謠、歌戲。

《漢書·藝文志》：《書》曰："詩言志，歌詠言。"故哀樂之心感，而歌詠之聲發。誦其言謂之詩，詠其聲謂之歌。故古有采詩之官，王者所以觀風俗，知得失，自考正也。孔子純取周詩，上采殷，下取魯，凡三百五篇。遭秦而全者，以其諷誦，不獨在竹帛故也。

《漢書·食貨志》：孟春之月，羣居者將散，行人振木鐸徇於路，以采詩，獻之大師，比其音律，以聞於天子。故曰：王者不窺牖戶而知天下。

《春秋公羊傳注疏》卷一六"宣公十五年"何休注語：男女有所怨恨，相從而歌，飢者歌其食，勞者歌其事。男年六十，女年五十，無子者，官衣食之，使之民間求詩。鄉移於邑，邑移於國，國以聞於天子。故王者不出牖戶，盡知天下所苦；不下堂，而知四方。

崔述《讀風偶識》卷二《通論十三國風》：舊說，周太史掌采列國之風。今自《邶》、《鄘》以下十二國風，皆周太史巡行之所采也。余按：克商以後，下逮陳、靈，近五百年。何以前三百年所采殊少，後二百年所采甚多？周之諸侯千八百國，何以獨此九國有風可采，而其餘皆無之？曰：孔子之所刪也。曰：成、康之世，治化大行，刑措不用，諸侯賢者必多；其民豈無稱功頌德之詞？何爲盡刪其盛而獨存其衰？伯禽之治，郇伯之功，亦卓卓者；豈尚不如鄭、衛？而反刪此存彼，意何居焉！且十二國風中，東遷以後之詩居其大半；而《春秋》之策，王人至魯，雖微賤無不書者，何以絕不見有采風之使？乃至《左傳》之廣搜博采，而亦無之！則此言出於後人臆度無疑也。

### 3. 孔子"刪詩"

《論語·子罕》：子曰："吾自衛反魯，然後樂正，《雅》、《頌》各得其所。"

《史記·孔子世家》：古者詩三千餘篇，及至孔子，去其重，取可施於禮義，上采契、后稷，中述殷、周之盛，至幽、厲之缺。……禮樂自此可得而述，以備王道，成"六藝"。

孔穎達《毛詩正義》卷首《詩譜序》疏：書傳所引之詩，見在者多，亡逸者少，則孔子所錄，不容十分去九。馬遷言古詩三千餘篇，未可信也。

朱彝尊《曝書亭集》卷五九《詩論一》：孔子"刪除"之說，倡自司馬子長。歷代儒生，莫敢異議。惟朱子謂："經孔子重新整理，未見得刪與不刪。"又謂："孔子不曾刪去，祇是刊定而已。"水心葉氏亦謂："《詩》不因孔子而刪。"誠千古卓見也。竊以《詩》者，掌之王朝，班之侯服，小學大學之所諷誦，冬夏之所教，莫之有異，故盟會、聘問、燕享，列國之大夫賦詩見志，不盡操其土風。使孔子以一人之見，取而刪之，王朝列國之臣，其孰信而從之？

崔述《洙泗考信錄》卷三《辯刪〈詩〉之說》：《國風》自二《南》、《豳》以外，多衰世之音。《小雅》大半作於宣、幽之世，夷王以前，寥寥無幾。如果每君皆有詩，孔子不應盡刪其盛而獨存其衰。且武丁以前之頌，豈遽不如周？而六百年之《風》、《雅》，豈無一二可取？孔子何爲而盡刪之乎？子曰："誦《詩》三百，授之以政，不達；使於四方，不能專對，雖多亦奚以爲？"子曰："《詩》三百，一言以蔽之，曰：思無邪。"玩其詞意，乃當孔子之時，已止此數；非自孔子刪之而後爲三百也。《春秋傳》云："吳公子札來聘，請觀於周樂。"所歌之《風》，無在今十五國外者。是十五國之外，本無風可采；否則有之而魯逸之，非孔子刪之也。且孔子所刪者，何詩也哉？《鄭》、《衛》之風，淫靡之作，孔子未嘗刪也。……況以《論》、《孟》、《左傳》、《戴記》諸書考之，所引之詩，逸者不及十一。則是穎達之言，左券甚明，而宋儒顧非之，甚可怪也。由此論之，孔子原無刪《詩》之事。古者風尚簡質，作者本不多，而又以竹寫之，其傳不廣。是以存者少而逸者多。……故世愈近則詩愈多，世愈遠則詩愈少。孔子所得，止有此數；或此外雖有，而缺略不全。則遂取是而釐正次第之，以教門人，非刪之也。

方玉潤《詩經原始》卷首下《詩旨》：夫子反魯在周敬王三十六年，魯哀公十一年，丁巳，時年已六十有九。若云刪詩，當在此時。乃何以前此言《詩》，皆曰"三百"，不聞有"三千"說耶？此蓋史遷誤讀"正樂"爲"刪詩"云耳。夫曰"正樂"，必《雅》、《頌》諸樂，固各有其所在，不幸歲久年湮，殘缺失次，夫子從而正之，俾復舊觀，故曰"各得其所"，非有增刪於其際也。奈何後人不察，相沿以至於今，莫不以"正樂"爲"刪詩"，何不即《論語》諸文而一細讀之也！

### 4. 風、雅、頌的分類

孔穎達《毛詩正義》卷一《毛詩序》：風，風也，教也；風以動之，教以化之。……上以風化下，下以風刺上，主文而譎諫，言之者無罪，聞之者足以戒，故曰"風"。……是以一國之事，繫一人之本，謂之"風"。

鄭樵《六經奧論》卷三《風雅頌辨》：《風》者出于土風，大概小夫賤隸、婦人女子之言。其意雖遠，其言淺近重復，故謂之"風"。

朱熹《詩集傳》卷一《國風序》："國"者，諸侯所封之域；而"風"者，民俗歌謠之詩也。謂之"風"者，以其被上之化以有言，而其言又足以感人，如物因風之動以有聲，而其聲又足以動物也。

《論語·述而》：子所雅言：《詩》、《書》、執禮，皆雅言也。

《毛詩正義》卷一《毛詩序》：言天下之事，形四方之風，謂之《雅》。《雅》者，正也。言王政之所由廢興也。政有小、大，故有《小雅》焉，有《大雅》焉。

《毛詩正義》卷九陸德明《音義》：宴勞嘉賓，親睦九族，事非隆重，故爲《小雅》。

《毛詩正義》卷一六陸德明《音義》：據盛隆之時而推序天命，上述祖考之美，皆國之大事，故爲正《大雅》焉。

鄭樵《六經奧論》卷三《風雅頌辨》：蓋《小雅》、《大雅》者，特隨其音而寫之律耳。律有大呂、小呂，則歌《小雅》、《大雅》，宜其有別也。

朱熹《詩集傳》卷九《小雅序》：《雅》者，正也，正樂之歌也。其篇本有大、小之殊……詞氣不同，音節亦異，多周公制作時所定也。

嚴粲《詩緝》卷一：竊謂《雅》之小、大，特以其體之不同耳。蓋優柔委曲，意在言外者，《風》之體也。明白正大，直言其事者，《雅》之體也。純乎《雅》

之體者，爲《雅》之大；雜乎《風》之體者，爲《雅》之小。

朱東潤《詩三百探故·詩大小雅說臆》：持《小雅》與《大雅》比，則《小雅》多言人事，而《大雅》多言祖宗……要之《大雅》爲岐周之詩；《小雅》爲一般周人之詩，對岐周言，亦不妨謂爲京周之詩。總而言之，則《詩譜》所謂"《大雅》、《小雅》，周室居西都豐鎬之時詩也"一語，得其旨矣。

《毛詩正義》卷一《毛詩序》：《頌》者，美盛德之形容，以其成功告於神明者也。

《毛詩正義》卷一九鄭玄《周頌譜》：《頌》之言容，天子之德，光被四表，格於上下，無不覆燾，無不持載，此之謂"容"。於是和樂興焉，《頌》聲乃作。

鄭樵《通志·昆蟲草木略》：宗廟之音曰《頌》。

朱熹《楚辭集注》卷第一《離騷》序末按語：《頌》則鬼神宗廟祭祀歌舞之樂。

顧炎武《詩本音》卷十：凡《周頌》之詩，多若韻若不韻者，意古人之歌必自有音節，而今不可考矣。

阮元《揅經室集》卷一《釋頌》："頌"之訓爲美盛德者，餘義也；"頌"之訓爲形容者，本義也。且"頌"字即"容"字也。……容、養、羕，一聲之轉，古籍每多通借。今世俗傳之"樣"字，始於《唐韻》，即"容"字轉聲所借之"羕"字。……所謂《商頌》、《周頌》、《魯頌》者，若曰"商之樣子"、"周之樣子"、"魯之樣子"而已，無深義也。何以三《頌》有樣，而《風》、《雅》無樣也？《風》、《雅》但弦歌笙間，賓主及歌者皆不必因此而爲舞容，惟三《頌》各章皆是舞容，故稱爲《頌》。

王國維《海寧王忠愨公遺書》卷二《說周頌》：《周頌》三十一篇，惟《維清》爲象舞之詩。《昊天有成命》、《武》、《酌》、《桓》、《賚》、《般》爲武舞之詩。其餘二十四篇爲舞詩與否，均無確證。

又：竊謂《風》、《雅》、《頌》之別當於聲求之，《頌》之所以異於《風》、《雅》者，雖不可得而知，今就其著者言之，則《頌》之聲較《風》、《雅》爲緩也。

**參考書目**

《詩集傳》，朱熹集注，上海古籍出版社 1958 年版。

《毛詩古義》，惠棟著，《皇清經解》本。

《詩毛氏傳疏》，陳奐著，《皇清經解·續編》本。

《詩經通論》，姚際恒著，中華書局 1958 年版。

《毛詩傳箋通釋》，馬瑞辰著，《皇清經解·續編》本。

《詩經詞典》（修訂本），向熹著，商務印書館 2014 年版。

**思考題**

1. 如何評價《詩經》在中國文學史上的地位？

2. 《生民》、《綿》、《公劉》、《大明》等篇勾勒出了周民族的歷史發展，儘管如此，漢民族文學史上卻沒有形成規模宏偉的史詩。你對此有什麼看法？

3. 簡述《詩》之"六義"。

4. 背誦《關雎》、《桃夭》、《漢廣》、《黍離》、《溱洧》、《蒹葭》、《七月》、《鹿鳴》。

# 第四節　《儀禮》

【題解】《儀禮》爲春秋戰國時代部分禮制文章的彙編。又稱《士禮》、《禮》，或尊稱《禮經》。共十七篇，分別記載社會上層冠、婚、喪、祭、朝、聘、射、鄉諸禮儀，可以從中考察古代親族關係、宗法思想和各種禮儀制度。關於《儀禮》之成書，或說周公所作，或說孔子訂定，均爲附會之辭。據近人考證當爲戰國初期至中葉之作品。《儀禮》在諸經中託脫最多，在漢代有戴德本、戴聖本和劉向別錄本，各本篇章次第都不同。《儀禮》雖成書較晚，但禮典之實踐是先於文字記錄而存在的，這在甲骨卜辭、西周彝銘以及先秦典籍中可以找出大量的例證。從文學的角度讀《儀禮》，其意義在於知曉周代貴族生活的一些側面，感受其繁文縟節背後的文化蘊涵，而這種文化蘊涵對古典文學有深遠之影響。

## 士冠禮（節選）

【題解】 古代貴族青年到二十歲爲成年，舉行加冠儀式，並且起字，表示其已成年，開始享受成年人之權利並承擔相應之義務。這一禮俗是從氏族社會之"成丁禮"發展而來。此處節選其賓主之辭及儀式中種種祝辭。其文辭整飭典雅，頗近《詩經·小雅》。

戒賓曰："某有子某，將加布於其首，願吾子之教之也。"賓對曰："某不敏，恐不能共事，以病吾子，敢辭。"主人曰："某猶願吾子之終教之也。"賓對曰："吾子重有命，某敢不從！"

宿曰："某將加布於某之首，吾子將莅之，敢宿。"賓對曰："某敢不夙興！"

始加，祝曰："令月吉日，始加元服。棄爾幼志，順爾成德。壽考惟祺，介爾景福。"

再加曰："吉月令辰，乃申爾服。敬爾威儀，淑慎爾德。眉壽萬年，永受胡福。"

三加曰："以歲之正，以月之令，咸加爾服。兄弟具在，以成厥德。黃耇無疆，受天之慶。"

醴辭曰："甘醴惟厚，嘉薦令芳。拜受祭之，以定爾祥。承天之休，壽考不忘！"

醮辭曰："旨酒既清，嘉薦亶時。始加元服，兄弟具來。孝友時格，永乃保之。"

再醮曰："旨酒既湑，嘉薦伊脯。乃申爾服，禮儀有序。祭此嘉爵，承天之祜。"

三醮曰："旨酒令芳，籩豆有楚。咸加爾服，肴升折俎。承天之慶，受福無疆。"

字辭曰："禮儀既備，令月吉日，昭告爾字。爰字孔嘉，髦士攸宜。宜之于假，永受保之，曰伯某甫。"仲叔季，唯其所當。

中華書局影印阮刻《十三經注疏》本《儀禮注疏》（下同）

○戒賓：主人告誡來賓。○加布：即加冠。○不敏：愚鈍。自謙之辭。○共事：供冠事。共，通"供"。○病：猶辱也。自謙之辭。○宿：主人招待來賓。○始加：加緇布冠。元服：冠也。此處指緇布冠。○順：通"慎"（用朱熹說）。成德：成人之德。○壽考：猶言高壽。祺：福也。○介：助也。景：大也。○再加：加皮弁。○申：重也，再也。爾服：皮弁。○敬：不懈怠。○胡福：無窮之福。胡，通"遐"，遠也。○三加：加爵弁。○正：善也。○黃耇：長壽。耇，凍梨色，喻老年人之面色。○慶：福也。○醴辭：賓向冠者授醴之辭。據前文，冠者要以醴祭先人。○休：美也。○醮辭：賓向冠者行醮禮之辭。○宣：誠也。○格：至也。○湑：濾過之酒，引申為清。○嘉爵：美酒。○祜：福也。○籩豆：古代禮器。籩，為竹製，盛果脯；豆為木製或金屬製，盛齏醬。楚：有序貌。○折俎：言將乾肉置於俎（祭祀時盛牛羊之禮器）中。○髦士：俊士。○假：通"嘏"，福也。《藝文類聚》卷四〇正引作"嘏"。

## 鄉飲酒禮（節選）

【題解】鄉飲酒禮為古代鄉一級基層行政組織定期舉行的以敬老為中心的酒會儀式，據考證，它起源於氏族公社以尊老與養老為目的之會食制度。舉行鄉飲酒禮時要奏樂，且有一定之順序。此處從《儀禮·鄉飲酒禮》中選錄出一些片段，以助於加深對古典禮樂文化的理解。

設席于堂廉，東上。工四人，二瑟，瑟先。相者二人，皆左何瑟，後首，挎越，內弦，右手相。樂正先升，立于西階東。工入升自西階，北面坐，相者東面坐，遂授瑟，乃降。工歌《鹿鳴》、《四牡》、《皇皇者華》。……

笙入堂下，磬南北面立，樂《南陔》、《白華》、《華黍》。……

乃閒歌《魚麗》，笙《由庚》；歌《南有嘉魚》，笙《崇丘》；歌《南山有臺》，笙《由儀》。乃合樂。《周南》：《關雎》、《葛覃》、《卷耳》；《召南》：《鵲巢》、《采蘩》、《采蘋》。工告于樂正曰："正歌備。"樂正告于賓，乃降。……

說屨，揖讓如初，升，坐。乃羞，無筭爵，無筭樂。賓出，奏《陔》。

○堂廉：堂側。○"工四人"二句：言有樂工四人，其中二人爲瑟工。○相者：扶樂工（多爲盲人）者。○"皆左何瑟"五句：此描述相者扶瑟工及爲之拿瑟之方式。何，通"荷"。首，瑟首也。挎，持也。越，瑟下孔也。內弦，瑟弦向裏側。○樂正：樂工之長。○《鹿鳴》、《四牡》、《皇皇者華》：皆《詩經·小雅》篇名。○笙：笙工。○《南陔》、《白華》、《華黍》：《詩經·小雅》之亡篇。○閒歌：堂上升歌，堂下笙奏。《魚麗》：《詩經·小雅》之篇名。○《由庚》：《詩經·小雅》之亡篇。下文之《崇丘》、《由儀》同此。○《南山有臺》：《詩經·小雅》之篇名。○《關雎》、《葛覃》、《卷耳》：《詩經·周南》之篇名。○《鵲巢》、《采蘩》、《采蘋》：《詩經·召南》之篇名。○正歌：規定之樂歌。○說：通"脫"。○羞：進也。○"無筭爵"二句：爵行無數，醉而止也；樂亦無數，盡歡而止也。筭，同"算"，數也。○《陔》：古曲名，即九夏之《祴夏》。參閱《周禮·春官宗伯·鍾師》。

## 【附】

### 《周禮》

【題解】 《周禮》爲周王室官制和戰國時代各國制度的彙編。原名《周官》，因此書在西漢末列於經而歸於禮類，故又稱《周禮》。全書共六篇，即《天官冢宰》、《地官司徒》、《春官宗伯》、《夏官司馬》、《秋官司寇》、《冬官司空》，按照儒家政治理想講述周王室官制和戰國各國政治制度。西漢時，河間獻王得《周禮》，缺《冬官》，以《考工記》補之。關於《周禮》之成書，古文經學家認爲是周公所作，殆有後人之附會；今文經學家或認爲出於戰國，或認爲是劉歆僞造。據近人考證，《周禮》所記官制與周代時有不合，當爲戰國時代之作品。

### 大　祝（《周禮·春官宗伯》節選）

【題解】 "祝"與"巫"雖都是事鬼神者，但二者有很大差別，《國語·楚語》所載觀射父之語，值得一讀。在以文辭祝咒之運用爲主的祝法裏，"作六辭"與文書體式的發展密切相關。本文中關於"六辭"之文字，可以視爲古典文體學之原始。

大祝掌六祝之辭，以事鬼神示，祈福祥，求永貞。一曰順祝，二曰年祝，三曰吉祝，四曰化祝，五曰瑞祝，六曰筴祝。

掌六祈以同鬼神示。一曰類，二曰造，三曰禬，四曰禜，五曰攻，六曰說。

作六辭以通上下親疏遠近。一曰祠，二曰命，三曰誥，四曰會，五曰禱，六曰誄。

**中華書局影印阮刻《十三經注疏》本《周禮注疏》**

〇永貞：永，長也；貞，正也。〇順祝：以順辭祝之以祈豐年。〇年祝：求歷年而得正命也。○吉祝：祈福吉也。○化祝：祈消災也。○瑞祝：祈風調雨順也。○筴祝：以簡冊之文辭祝告上帝也。○類：祭上帝。○造：遍祭也。○禬：禳厲疫。○禜：禳水旱。○攻：謂如救日之鳴鼓。○說：陳說事實而責之。○祠：通"辭"，謂諸侯往來交接之辭。《儀禮·聘禮·記》："辭無常，孫（遜）而說（悅）。"這種爲"辭"之原則，在《左傳》、《國語》中有充分體現。○命：冊封文告。舊注多以爲"命"爲聘會往來使命之辭，誤。《周禮·春官·典命》："掌諸侯之五儀，諸臣之五等之命。"《左傳·定公四年》："命以《伯禽》而封於少皞之墟……命以《康誥》而封於殷墟……命以《唐誥》而封於夏墟。"參閱劉勰《文心雕龍·詔策》。○誥：警誡性文書。《尚書》中《盤庚》（鄭衆稱之爲《盤庚之誥》）、《大誥》、《康誥》是也。○會：盟誓之辭。○禱：慶賀言福祚之辭。徐師曾《文體明辨序說》："按祝辭者，頌禱之詞也。……苟推其類，則凡喜慶皆可爲之。"○誄：道死人之志也。參閱《墨子·魯問》。

## 《禮記》

**【題解】**《禮記》爲秦漢以前各種禮儀論著的選集。漢以前，注解和說明古書的書，均稱"記"。《禮記》當爲注解《禮經》之書。《禮記》包括《曲禮》、《檀弓》、《王制》、《月令》等四十九篇，多是孔子弟子及其後學所記，亦有采自先秦古籍者，是研究中國古代政治制度、社會狀況、儒家學派和文物制度的重要文獻。漢代已有百數十篇，傳抄本有西漢戴德編纂的《大戴記》八十五篇，今本僅存三十九篇；戴聖編纂的《小戴記》四十九篇流傳至今。《十三經注疏》中之《禮記》即《小戴記》。

### 檀弓上（節選）

**【題解】**陸德明《經典釋文》："檀弓，魯人。檀，姓也；弓，名。

以其善於禮，故以名篇。"本文所選"曾子易簀"一節，通過換簀（牀席）這件小事，表現曾子之恪守禮法。余誠《重評古文釋義新編》卷二："易簀以得正，小中見大，一生德行，於此完全無憾。而行文之妙，則針綫細密，神情宛肖，簡古之中，姿態橫生。"

曾子寢疾，病。樂正子春坐於牀下，曾元、曾申坐於足，童子隅坐而執燭。

童子曰："華而睆！大夫之簀與？"子春曰："止！"曾子聞之，瞿然曰："呼！"曰："華而睆！大夫之簀與？"曾子曰："然！斯季孫之賜也。我未之能易也。元，起易簀！"曾元曰："夫子之病革矣！不可以變。幸而至於旦，請敬易之。"曾子曰："爾之愛我也，不如彼。君子之愛人也，以德；細人之愛人也，以姑息。吾何求哉？吾得正而斃焉，斯已矣。"舉扶而易之，反席未安而沒。

**中華書局影印阮刻《十三經注疏》本《禮記正義》（下同）**

○曾子：名參，孔子弟子。寢疾：臥病在牀。○病：病危。○樂正子春：曾參弟子。○曾元、曾申：均爲曾子之子。○睆：光滑。○瞿然：驚起貌。○季孫：魯國大夫。○革：通"亟"，危急。○反席：換過牀墊。沒：通"歿"，死亡。

## 禮　運（節選）

【題解】本文所選"大同之世"一節，描繪了一幅大同世界的理想藍圖，充滿向往之情。作者筆下的大同世界雖然是理想化的原始社會的生活情景，但反映了先民的一種美好願望，其影響十分深遠。值得注意的是，這種天下爲公的大同思想，與傳統的儒家思想頗爲不同，當是儒家後學吸收了《老子》等其他學派的某些觀念。

昔者仲尼與於蜡賓，事畢，出游於觀之上，喟然而歎。仲尼之歎，蓋歎魯也。言偃在側，曰："君子何歎？"孔子曰："大道之行也，與三代之英，丘未之逮也，而有志焉。大道之行也，天下爲公。選賢與能，講信修睦。故人不獨親其親，不獨子其子，使老有所終，壯有所用，幼有所長，矜寡孤獨廢疾者皆有所養。男有分，女有歸。貨惡其棄於地也，不必藏於己；力惡其不出於身也，不必爲己。是故謀閉而不興，盜竊亂賊而不作，故外戶而不閉，是謂大同。今大道既隱，天下爲家。各親其親，各子其子，貨力爲己；大人世及以爲禮，城郭溝池以爲固，禮義以爲紀，以正君臣，以篤父子，以睦兄弟，以和夫婦，以設制度，以立田里，以賢勇知，以功爲己。故謀用是作，而兵由此起。禹、湯、文、武、成王、周公，由此其選也。此六君子者，未有不謹於禮者也。以著其義，以考其信，著有過，刑仁講讓，示民有常。如有不由此者，在埶者去，衆以爲殃，是謂小康。"

〇與：參加。蜡：諸侯之年終祭祀。賓：陪祭者。〇觀：門闕。〇言偃：字子游，吳國人，孔子弟子。〇大道：古代帝王所遵循的禮樂標準。〇三代：夏、商、周。英：賢君。〇逮：及也。〇有志焉：所能見到的衹是典籍上的記載。志，記事之書。〇與：通"舉"，推舉。〇親其親：以其親爲親。下文"子其子"句法與此相同。〇矜：通"鰥"，老而無妻。〇分：職分。〇歸：家室。〇貨：財物。惡：嫌惡。〇力：勞力。身：自身。〇謀閉：陰謀閉藏。〇隱：消失。〇天下爲家：天下成爲一人之私家。〇大人：天子諸侯。世及：世襲；父子相傳爲世，兄弟相傳爲及。〇紀：綱紀，法則。〇篤：使關係深厚。〇田里：阡陌閭里。〇賢勇知：重用有勇有智者。知，通"智"。〇著有過：明白地指出過失。〇刑仁：以仁愛爲準則。刑，通"型"。〇常：常法。〇在埶者：在位者。埶，通"勢"。

## 大　學（節選）

【題解】大學，即太學，古時最高學府。本文所論"大學之道"，乃儒家學派爲學之宗旨及途徑，宗旨即明明德、親民、止於至善，途徑則爲

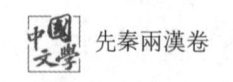

格物、致知、誠意、正心、修身、齊家、治國、平天下。後世儒家概括爲"三綱領"、"八條目"。

　　大學之道，在明明德，在親民，在止於至善。知止而後有定，定而後能靜，靜而後能安，安而後能慮，慮而後能得。物有本末，事有終始，知所先後，則近道矣。

　　古之欲明明德於天下者，先治其國；欲治其國者，先齊其家；欲齊其家者，先修其身；欲修其身者，先正其心；欲正其心者，先誠其意；欲誠其意者，先致其知。致知在格物。物格而後知至，知至而後意誠，意誠而後心正，心正而後身修，身修而後家齊，家齊而後國治，國治而後天下平。自天子以至於庶人，壹是皆以修身爲本，其本亂而末治者，否矣。其所厚者薄，而其所薄者厚，未之有也。此謂知本，此謂知之至也。

　　所謂誠其意者：毋自欺也，如惡惡臭，如好好色，此之謂自謙，故君子必慎其獨也。小人閒居爲不善，無所不至，見君子而後厭然，揜其不善而著其善。人之視己，如見其肺肝然，則何益矣？此謂誠於中，形於外。故君子必慎其獨也。曾子曰："十目所視，十手所指，其嚴乎！"富潤屋，德潤身，心廣體胖。故君子必誠其意。

　　《詩》云："瞻彼淇澳，菉竹猗猗。有斐君子，如切如磋，如琢如磨。瑟兮僴兮，赫兮喧兮。有斐君子，終不可諠兮。""如切如磋"者，道學也；"如琢如磨"者，自修也。"瑟兮僴兮"者，恂慄也；"赫兮喧兮"者，威儀也；"有斐君子，終不可諠兮"者，道盛德至善，民之不能忘也。

　　《詩》云："於戲！前王不忘。"君子賢其賢而親其親，小人樂其樂而利其利，此以沒世不忘也。《康誥》曰："克明德。"《大甲》曰："顧諟天之明命。"《帝典》曰："克明峻德。"皆自明也。湯之《盤銘》曰："苟日新，日日新，又日新。"《康誥》曰："作新民。"《詩》曰："周雖舊邦，其命惟新。"是故君子無所不用其極。

　　《詩》云："邦畿千里，惟民所止。"《詩》云："緡蠻黃鳥，止于丘隅。"子曰："於止，知其所止。可以人而不如鳥乎？"《詩》云："穆穆文王，於緝熙敬止。"爲人君止於仁，爲人臣止於敬，爲人子止於孝，爲人父止於慈，與國人交止於信。子曰："聽訟，吾猶人也，必也使無訟乎。"無情者不得盡其辭。大畏民志，此謂知本。

○明明德：彰明先天固有之德行。○親民：革除舊習。親，通"新"，用爲動詞。而王陽明則以爲"親民"謂使民相親愛。○定：立定志向。○格物：窮究事物之原理。格，至也。○惡惡臭：憎惡不好之氣味。臭，味也。○好好色：喜愛美色。○謙：通"慊"，滿足。○厭然：遮掩貌。○揜：通"掩"，遮掩。○"瞻彼淇澳"九句：語出《詩經·衛風·淇澳》。澳，水邊；菉，通"綠"；猗猗，茂盛貌；斐，文質彬彬；瑟，嚴密貌；僩，寬大貌；赫、喧，盛大貌；諼，忘也。○"於戲"二句：語出《詩經·周頌·烈文》。於戲，通"嗚呼"；前王，周文王、武王。○《康誥》：《尚書》篇名。○《大甲》：《尚書》篇名。○諟：同"是"。○《帝典》：《尚書》篇名，即《堯典》。下文"克明峻德"見《堯典》注。○《盤銘》：刻於浴盆上之自警辭句。○"周雖舊邦"二句：語出《詩經·大雅·文王》。意謂：周邦雖有較久歷史，但文王能自新其德，故能接受天命。○"邦畿千里"二句：語出《詩經·商頌·玄鳥》。見《玄鳥》注。○"緡蠻黃鳥"二句：語出《詩經·小雅·緜蠻》。緡蠻，鳥鳴聲；止，棲息。○"於止"二句：《論語·里仁》："子曰：'里仁爲美。擇不處仁，焉得知？'"○"穆穆文王"二句：語出《詩經·大雅·文王》。穆穆，道德深遠貌；於，歎詞；緝，繼續；熙，光明。○"聽訟"三句：語出《論語·顏淵》。訟，訴訟。

所謂修身在正其心者：身有所忿懥，則不得其正；有所恐懼，則不得其正；有所好樂，則不得其正；有所憂患，則不得其正。心不在焉，視而不見，聽而不聞，食而不知其味。此謂修身在正其心。

所謂齊其家在修其身者：人之其所親愛而辟焉，之其所賤惡而辟焉，之其所畏敬而辟焉，之其所哀矜而辟焉，之其所敖惰而辟焉。故好而知其惡，惡而知其美者，天下鮮矣。故諺有之曰："人莫知其子之惡，莫知其苗之碩。"此謂身不修不可以齊其家。

所謂治國必先齊其家者：其家不可教，而能教人者無之。故君子不出家而成教於國。孝者，所以事君也；弟者，所以事長也；慈者，所以使眾也。《康誥》曰："如保赤子。"心誠求之，雖不中，不遠矣。未有學養子而後嫁者也。一家仁，一國興仁；一家讓，一國興讓；一人貪戾，一國作亂；其機如此。此謂一言僨事，一人定國。堯舜率天下以仁，而民從之；桀紂率天下以暴，而民從之；其所令反其所好，而民不從。是故君子有諸己，而後求諸人；無諸己，而後非諸人。所藏乎身不恕，而能喻諸人者，未之有也。故治國在齊其家。《詩》云："桃之夭夭，其葉蓁蓁。之子于歸，宜其家人。"宜其家人，而後可以教國人。《詩》云："宜兄宜弟。"宜兄宜弟，而後可以教國人。《詩》云："其儀不忒，正是四國。"其爲父子兄弟足法，而後民法之也。此謂治國在齊其家。

所謂平天下在治其國者：上老老而民興孝，上長長而民興弟，上恤孤而民不倍，是以君子有絜矩之道也。所惡於上，毋以使下；所惡於下，毋以事上；所惡於前，毋以先後；所惡於後，毋以從前。所惡於右，毋以交於左；所惡於左，毋以交於右。此之謂絜矩之道。《詩》云："樂只君子，民之父母。"民之所好好之，民之所惡惡之，此之謂民之父母。

○懥：憤怒。○人之其所親愛而辟焉：辟，通"僻"，偏頗。下文同。○哀矜：憐憫。○敖惰：怠慢。敖，通"傲"。○鮮：少也。○弟：通"悌"，順從兄長。下文同。○如保赤子：像撫養嬰兒一樣對待民眾。○貪戾：貪婪，殘暴。○僨：敗也。○"桃之夭夭"四句：語出《詩經·周南·桃夭》。見《桃夭》注。○"其儀不忒"二句：語出《詩經·曹風·鳲鳩》。儀，儀表；忒，差錯；正，匡正；四國，四方邦國。○老老：奉養老人。○長長：尊敬長者。○倍：通"背"，違背。○絜矩之道：規範他人語言及行爲之方法。絜，度量；矩，作方之量具。○"樂只君子"二句：語出《詩經·小雅·南山有臺》。只，語助詞。

思考題

背誦《禮運》"大道之行也，天下爲公"至"是謂大同"一段。

## 第五節 《春秋》

【題解】《春秋》爲現存最早的中國古代編年體歷史著作。相傳孔子依據魯國史官所編《春秋》加以整理修訂而成，一萬六千餘字。《春秋》記事起於魯隱公元年（前722），終於魯哀公十四年（前481），計二百四十二年。今通行本《春秋》哀公十四年以後之經文，爲後人所續。《春秋》記事以魯國爲主體，兼及他國。它按魯國國君"十二公"（隱、桓、莊、閔、僖、文、宣、成、襄、昭、定、哀）之順序，分年記事，是後代編年史之濫觴。王應麟《玉海》稱："歷代國史，其流出於《春秋》。"《春秋》文字簡短，有時寓有褒貶之意，後世稱爲"春秋筆法"，爲歷代史學家所崇尚；然亦有人對"春秋筆法"刻意求之，反失於牽強附會。《春秋》經文最初與"三傳"分列，後分載在各傳之前。我們在選文注釋中，酌情引錄三《傳》中相關之文字，以見一斑。

### 隱公元年

【題解】此篇爲《春秋》記事之始。隱公，名息姑，惠公之子，於周平王四十九年（前722）即位。《春秋》記事爲何始於隱公？《公羊傳·哀公十四年》："《春秋》何以始乎隱？祖之所逮聞也。"何休《春秋公羊傳解詁·隱公元年》："惟王者然後改元立號。《春秋》托新王受命於魯，故因以錄即位，明王者當繼天奉元，養成萬物。"又："《春秋》王魯，托隱公以爲始受王命。"杜預《春秋經傳集解序》："周平王，東周之始王也。隱公，讓國之賢君也。考乎其時則相接，言乎其位則列國，本乎其始則周公之祚胤也。若平王能祈天永命，紹開中興，隱公能弘宣祖業，光啓王室，則西周之美可尋，文武之迹不墜。是故因其厤數，附其行事，采周之舊，以會成王義，垂法將來。"顧炎武《日知錄》卷四《魯之春秋》："自隱公以下，世道衰微，史失其官，於是孔子懼而修之。自惠公以上之文，無所改焉，所謂'述而不作'者也。自隱公以下，則孔子以己意修之，所謂'作《春秋》'也。然則自惠公以上之《春秋》，固夫子所善而從之者也，惜乎其書之不存也。"根據現存文獻考察，魯隱公爲魯惠公庶子。如果依照宗法繼承原則，隱公不當立。然魯惠公死時，國內局勢不穩，與鄰邦關係緊張，年幼之太子子允（即後來之桓公）無法擔當重任。《左傳·文公六年》："晉襄公卒，靈公少，晉國以難故，欲立長君。"據此，依據國有難立長君的變通之法，隱公得以立爲魯君。然隱公雖即位，並不以君自居。《左傳·隱公元年》記載："冬十月庚申，改葬惠公。公弗臨，故不書。"所謂"弗臨"，即不以喪主自居。也正是因爲此，隱公生母去世時，不以先君夫人之禮安葬；而對桓公之母却以國君夫人之禮敬之（事見《左傳·隱公三年》）。《左傳·隱公十一年》記載："羽父請殺桓公，將以求大宰。公曰：'爲其少故也，吾將授之矣。使營菟裘，吾將老焉。'"由於隱公對桓公毫無戒備，最終死於桓公之手。誠心誠意地維護宗法制度的魯隱公，竟然不得善終，春秋時期社會之動蕩從此拉開序幕。

元年春。王正月。

三月，公及邾儀父盟于蔑。

夏五月，鄭伯克段于鄢。

秋七月，天王使宰咺來歸惠公、仲子之賵。

九月，及宋人盟于宿。

冬十有二月，祭伯來。

公子益師卒。

**中華書局影印阮刻《十三經注疏》本《春秋左傳正義》（下同）**

〇王正月：根據《春秋》通例，一般在新君即位之年書"王正月"，即使其月無事可記載，也要書其"首時"，意在標示正統，說明"一年不二君"，又"不可曠年無君"（《公羊傳·文公九年》）。故《公羊傳》云："何言乎王正月？大一統也。"《穀梁傳》云："雖無事，必舉正月，謹始也。"但也有例外。如，《春秋·定公元年》："王三月，晉人執宋仲幾于京師。"沒有"王正月"之語。這是有其原因的。據《左傳》記載，魯昭公（魯定公之父）想除掉權卿季氏，沒有成功，自己反倒被迫常年流亡在外，最後客死於晉國。魯昭公死後的第二年六月癸亥日，其靈柩纔返回魯國，定公於同年同月戊辰日得以正式即位。其結果是：魯國在定公元年一月至六月戊辰日之間沒有正式之國君。因此，《春秋·定公元年》沒有"王正月"之語，以表示魯國之"君統"一度中斷。另外，就常理而言，新君即位之事應該見之於《春秋》。《春秋》共記載了魯國十二公，其中，桓公、文公、宣公、成公、襄公、昭公、定公與哀公之元年在"王正月"之後有"公即位"之語，而隱公元年却無，此後之莊公、閔公、僖公之元年亦無"公即位"之語。舊以爲這體現《春秋》的一條編撰原則：先君不以道終，或己不得備即位之禮者，其元年不書"公即位"。如前所述，隱公之情形屬於不得備即位之禮者，故《春秋·隱公元年》僅書"元年春。王正月"，未書"公即位"。故《左傳》云："不書即位，攝也。"《公羊傳》云："公何以不言即位？……公將平國而反之桓。"《穀梁傳》云："公何以不言即位？……將以讓桓也。"據《左傳·桓公十八年》載，魯桓公夫人文姜與其兄齊襄公私通，合謀害死魯桓公於齊；桓公之子爲莊公。據此，莊公屬於先君不以道終之情況，故《春秋·莊公元年》僅書"元年春，王正月"，未書"公即位"。《左傳·莊公三十二年》及《史記·魯周公世家》載，魯莊公死後，其弟慶父殺太子般，立莊公庶子子開，是爲閔公。據此，閔公屬於不得備即位之禮者，故《春秋·閔公元年》僅書"元年春，王正月"，未書"公即位"。《左傳·閔公二年》載，魯閔公縱容其傅奪他人之田，被失田者刺殺；閔公死，僖公立。據此，僖公屬於先君不以道終之情況，故《春秋·僖公元年》僅書"元年春，王正月"，未書"公即位"。但是亦有例外。《春秋·隱公十一年》："冬，十一月壬辰，公薨。"對於隱公之死，《左傳》記載："十一月，公祭鍾巫，齊于社圃，館于寪氏。壬辰，羽父使賊弒公于寪氏，立桓公而討寪氏，有死者。"據此，桓公承被弒的隱公而即位，當不書"公即位"，但《春秋·桓公元年》："春，王正月，公即位。"對於這種不和諧，《左傳》未置一辭。《公羊傳》則解釋說："繼弒君，不言即位。此言即位何？如其意也。"《穀梁傳》解釋說："繼故不言即位，正也。繼故不言即位之爲正，何也？曰：先君不以其道終，則子弟不忍即位也。繼故而言即位，則是與聞乎弒也。繼故而言即位，是爲與聞乎弒，何也？曰：先君不以其道終，已正即位之道而即位，是無恩於先君也。"顯然，三《傳》關於《春秋》不書"公即位"之解釋均不能自圓其說。
〇邾：國名，曹姓，故地在今山東，後爲楚所滅。儀父：邾君之字，名克。蔑：即姑蔑，魯地，在今山東泗水東；因隱公名息姑，故此處諱"姑"而省稱"蔑"。〇鄭伯克段于鄢：鄭伯，鄭莊公；段，鄭莊公同母弟；鄢，通"鄢"（見陸淳《春秋集傳辨疑》卷一引趙匡說），春秋鄭地，在今河南偃師西南。按，鄭伯克段于鄢之事，《左傳》中有具體記載，且稱："書曰：'鄭伯克段于鄢。'段不弟，故不言弟；如二君，故曰克；稱鄭伯，譏失教也。謂之鄭志，不言出奔，難之也。"《公羊傳》："克之者何？殺之也。殺之則曷爲謂之克？大鄭伯之惡也。曷爲大鄭伯之惡？母欲立之，己殺之，如勿與而已矣。"《穀梁傳》："克者何？能也。何能也？能殺也。何以不言殺？見段之有徒衆也。……段，弟也。而弗謂弟，公子也。而弗謂之公子，貶之也，段失子弟之道矣，賤段而甚鄭伯也。何甚乎鄭伯？甚鄭伯之處心積慮成於殺也。"三傳之說，失於求之過深。《春秋》中，鄭伯乃鄭君之通稱，如楚君之稱楚子，晉君之稱晉侯，並非有"譏失教"之微言大義。據《史記·十二諸侯年表》，莊公即位時年僅十五歲，非有"處心積慮"之能力。且《左傳·隱公十一年》載莊公語"寡人有弟，不能和協，而使糊其口於四方"，則"殺之"之論，無從談起。莊公伐段，事在其即位二十二年之後，其間種種糾葛非簡單判斷所能解。故古人已有爲莊公不平之論，見毛奇齡《春秋毛氏傳》卷三、葉酉《春秋究遺》卷一、顧棟高《春秋大事表》卷四九、萬斯大《學春秋隨筆》。○天王使宰咺來歸惠公、仲子之賵：天王，周平王；宰，官名；歸，同"饋"，贈送；惠公，魯惠公，此時已死；仲子，魯惠公夫人，《左傳》稱"子氏"，此時尚未死；賵，車馬束帛等助喪之物。《左傳》："秋七月，天王使宰咺來歸惠公、仲子之賵。緩，且子氏未薨，故名。"○宿：國名；故地在今山東東平東南。○祭伯：王朝卿士。祭爲其封邑，伯爲其行次；或以爲伯爲其爵位。○公子益師卒：益師，魯孝公之子，字衆父。《左傳》："衆父卒，公不與小斂，故不書日。"然《春秋·文公十四年》："九月甲申，公孫敖卒於齊。"魯文公不得與小斂，何以書日？《公羊傳》："公子益師卒，何以不書日？遠也。所見異辭，所聞異辭，所傳聞異辭。"此爲允當之論。

## 僖公十六年

【題解】《春秋》此年經文常爲人所提及，以爲措辭考究之例。董仲舒《春秋繁露·深察名號》："《春秋》辨物之理，以正其名，名物如其真，不失秋毫之末，故名隕石則後其五，言退鷁則先其六，聖人之謹於正名如此。君子於其言無所苟而已，五石、六鷁之辭是也。"此雖爲故作高深之

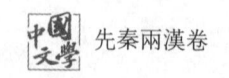

說，然有助於推動文人用力於遣詞。

十有六年春。王正月戊申朔，隕石于宋五。是月，六鷁退飛，過宋都。

三月壬申，公子季友卒。

夏四月丙申，鄫季姬卒。

秋七月甲子，公孫茲卒。

冬十有二月，公會齊侯、宋公、陳侯、衛侯、鄭伯、許男、邢侯、曹伯于淮。

○隕石于宋五：《左傳》："隕石于宋五，隕星也。"《公羊傳》："曷爲先言隕而後言石？隕石記聞，聞其磌然，視之則石，察之則五。"《穀梁傳》："先隕而後石，何也？隕而後石也。于宋，四竟之內曰宋。後數，散辭也，耳治也。"然劉知幾《史通·惑經》引《竹書紀年》亦作"隕石于宋五"。可見魯《春秋》殆原本如此，孔子未作修訂。○六鷁退飛：《左傳》："六鷁退飛，過宋都，風也。"《公羊傳》："曷爲先言六而後言鷁？六鷁退飛，記見也。視之則六，察之則鷁，徐而察之，則退飛。"《穀梁傳》："六鷁退飛過宋都，先數，聚辭也，目治也。子曰：'石，無知之物；鷁，微有知之物。石無知，故日之；鷁，微有知之物，故月之。君子之於物，無所苟而已。石、鷁且猶盡其辭，而況於人乎？故五石六鷁之辭不設，則王道不亢矣。'"○公子季友：魯桓公之子。○鄫：古國名，故地在今山東棗莊。○季姬：未詳；無《傳》。○公孫茲：魯大夫。○淮：地名，在今江蘇盱眙。

| 輯　錄 |

**1.《春秋》之名稱與體例**

《漢書·藝文志》：左史記言，右史記事；事爲《春秋》，言爲《尚書》。

《春秋公羊傳·隱公元年》孔穎達疏引《三統曆》：春爲陽中，萬物以生；秋爲陰中，萬物以成。故云《春秋》。

《春秋公羊傳·隱公元年》孔穎達疏引《春秋說》：哀公十四年春，西狩獲麟。

（孔子）作《春秋》，九月書成，以其春作秋成，故云《春秋》。

杜預《春秋經傳集解序》：《春秋》者，魯史記之名也。記事者，以事繫日，以日繫月，以月繫時，以時繫年。所以紀遠近、別同異也。故史之所記，必表年以首事。年有四時，故錯舉以爲所記之名也，《周禮》有史官，掌邦國四方之事，達四方之志。諸侯亦各有國史。大事書之於策，小事簡牘而已。

陸德明《經典釋文序錄》：古之王者必有史官，君舉則書，所以慎言行、昭法式也，諸侯亦有國史。《春秋》，即魯之史記也。

### 2.《春秋》之作者與時代

《孟子·滕文公下》：世道衰微，邪說暴行有作，臣弑其君者有之，子弑其父者有之。孔子懼，作《春秋》。

《孟子·離婁下》：《詩》亡然後《春秋》作。晉之《乘》，楚之《檮杌》，魯之《春秋》，一也；其事則齊桓、晉文，其文則史。孔子曰："其義則丘竊取之矣。"

《莊子·天運》：孔子謂老聃曰："丘治《詩》、《書》、《禮》、《樂》、《易》、《春秋》六經……"

《史記·孔子世家》：子曰："弗乎！弗乎！君子疾沒世而名不稱焉。吾道不行矣！吾何以自見於後世哉？"乃因史記，作《春秋》，上至隱公，下訖哀公十四年，十二公。

《史記·太史公自序》：余聞董生曰："周道衰廢，孔子爲魯司寇，諸侯害之，大夫壅之。孔子知言之不用，道之不行也，是非二百四十二年之中，以爲天下儀表，貶天子，退諸侯，討大夫，以達王事而已矣。"子曰："我欲載之空言，不如見之於行事之深切著明也。"

又：孔子修舊起廢，論《詩》、《書》，作《春秋》，則學者至今則之。

又：孔子厄陳、蔡，作《春秋》。

杜預《春秋經傳集解序》：仲尼因魯史策書成文，考其真偽，而志其典禮。上以尊周公之遺制，下以明將來之法。其教之所存，文之所害，則刊而正之，以示勸戒。其餘則皆用舊史。史有文質，辭有詳略，不必改也。故《傳》曰："其志善。"又曰："非聖人孰能修之？"蓋周公之志，仲尼從而明之。

### 3.《春秋》之"微言大義"

《史記·孔子世家》：（孔子）乃因史記作《春秋》……據魯，親周，故殷，運之三代，約其文辭而指博。故吳楚之君自稱王，而《春秋》貶之曰"子"；踐土之會實召周天子，而《春秋》諱之曰"天王狩于河陽"：推此類以繩當世。貶損之義，後有王者舉而開之。《春秋》之義行，則天下亂臣賊子懼焉。

《史記·太史公自序》：夫《春秋》，上明三王之道，下辨人事之紀，別嫌疑，明是非，定猶豫，善善惡惡，賢賢賤不肖，存亡國，繼絶世，補敝起廢，王道之大者也。……《春秋》辯是非，故長於治人。……《春秋》以道義。撥亂世反之正，莫近於《春秋》。《春秋》文成數萬，其指數千，萬物之散聚皆在《春秋》。……故《春秋》者，禮義之大宗也。……《春秋》采善貶惡，推三代之德，褒周室，非獨刺譏而已也。

杜預《春秋經傳集解序》：其發凡以言例，皆經國之常制，史書之舊章，仲尼從而修之，以成一經之通體。

陸德明《經典釋文序錄》：（孔子）因魯史記而作《春秋》，上尊周公遺制，下明將來之法，褒善黜惡，勒成十二公之經，以授弟子。

劉知幾《史通·惑經》：善惡必書，斯爲實錄。觀夫子修《春秋》也，多爲賢者諱。狄實滅衛，因桓恥而不書；河陽召王，成文美而稱狩。

又，《六家》：仲尼之修《春秋》也，乃觀周禮之舊法，遵魯史之遺文；據行事，仍人道，就敗以明罰，因興以立功；假日月而定曆數，籍朝聘而正禮樂；微婉其說，志（一本作"隱"）晦其文；爲不刊之言，著將來之法，故能彌歷千載，而其書獨行。

又，《曲筆》：略外別內，掩惡揚善，《春秋》之義也。

韓愈《答劉秀才論史書》：愚以爲凡史氏褒貶之法，《春秋》已備之矣。

章學誠《文史通義·史注》：昔夫子之作《春秋》也，筆削既具，復以微言大義，口授其徒。

### 4.《春秋》之語言

《春秋公羊傳·莊公七年》：不修《春秋》曰："雨星，不及地，尺，而復。"

君子修之曰："星隕如雨。"

《史記·孔子世家》：至於爲《春秋》，筆則筆，削則削，子夏之徒不能贊一辭。

杜預《春秋經傳集解序》：爲例之情有五：一曰微而顯。……二曰志而晦。……三曰婉而成章。……四曰盡而不汙。……五曰懲惡而勸善。

劉勰《文心雕龍·史傳》：（孔子）因魯史以修《春秋》，舉得失以表黜陟，徵存亡以標勸戒：褒見一字，貴逾軒冕；貶在片言，誅深斧鉞。然睿旨幽隱，《經》文婉約。

劉知幾《史通·敘事》：夫國史之美者，以敘事爲工；而敘事之工者，以簡要爲主。簡之時義大矣哉！歷觀自古，作者權輿……《春秋》變體，其言貴於省文。斯蓋澆淳殊致，前後異迹。然則文約而事豐，此述作之尤美者也。

柳宗元《楊評事文集書後》：《春秋》之筆削，其要在於高壯廣厚，辭正而理備，謂宜藏於簡策者也。

歐陽修《論尹師魯墓誌》：述其文，則曰："簡而有法。"此一句，在孔子"六經"，惟《春秋》可當之。其他經非孔子自作文章，故雖有法而不簡也。

**參考書目**

《春秋公羊傳注疏》，何休注，徐彥疏，中華書局影印阮刻《十三經注疏》本。

《春秋穀梁傳注疏》，范甯注，楊士勛疏，中華書局影印阮刻《十三經注疏》本。

《春秋公羊通義》，孔廣森著，《皇清經解》本。

《春秋穀梁傳補注》，鍾文烝著，中華書局1996年版。

**思考題**

1. 何謂《春秋》三傳？
2. 《春秋》對中國歷史散文有什麼影響？

## 【附】

## 《左傳》

**【題解】**《左傳》爲中國古代第一部記事詳贍完整的編年史。亦稱《春秋左氏傳》或《左氏春秋》。舊傳爲春秋時魯國史官左丘明所撰。清代今文經學家認爲乃劉歆改編。近人認爲是戰國初年人據各國史料編成，並非成於一人一時。《左傳》原本似爲一部獨立撰寫的史書，後人將其與《春秋》配合後，進行了一些相應的處理，使其書多用事實解釋《春秋》，同《公羊傳》、《穀梁傳》完全用義理解釋《春秋》不同。《左傳》記事起於魯隱公元年（前722），終於魯哀公二十七年（前468），比《春秋》多出十三年。書中保存了大量古代史料，文字優美，記事詳明，尤其善於描寫戰爭，行人辭令的記敘也相當生動，實爲中國古代一部史學和文學名著，對後世史學及文學有深遠影響。

### 晉公子重耳之亡（僖公二十三年、二十四年）

**【題解】**重耳，晉獻公之子，即後來之晉文公。據《左傳》，僖公四年（前656）十二月，晉獻公聽從驪姬之言，逼迫太子申生自殺而死，申生之弟重耳、夷吾同時出奔。本篇記敘重耳出奔、流亡直至回國即位的過程。浦起龍《古文眉詮》卷二：「紀十九年養晦行蹤，鍛畫點染，都無敗筆。公子反國定霸規模，英英透露，乃後諸篇之冒也。事之一冷一熱，文之一抑一揚。天生波折，斗成結構。」

晉公子重耳之及於難也，晉人伐諸蒲城。蒲城人欲戰，重耳不可，曰：「保君父之命而享其生祿，於是乎得人；有人而校，罪莫大焉。吾其奔也。」遂奔狄。從者狐偃、趙衰、顛頡、魏武子、司空季子。

狄人伐廧咎如，獲其二女叔隗、季隗，納諸公子。公子娶季隗，生伯儵、叔劉；以叔隗妻趙衰，生盾。將適齊，謂季隗曰："待我二十五年，不來而後嫁。"對曰："我二十五年矣，又如是而嫁，則就木焉。請待子。"處狄十二年而行。

過衛，衛文公不禮焉。出於五鹿，乞食於野人，野人與之塊。公子怒，欲鞭之。子犯曰："天賜也。"稽首，受而載之。

及齊，齊桓公妻之，有馬二十乘。公子安之，從者以爲不可。將行，謀於桑下，蠶妾在其上，以告姜氏。姜氏殺之，而謂公子曰："子有四方之志，其聞之者，吾殺之矣。"公子曰："無之。"姜曰："行也！懷與安，實敗名。"公子不可。姜與子犯謀，醉而遣之。醒，以戈逐子犯。

及曹，曹共公聞其駢脅，欲觀其裸。浴，薄而觀之。僖負羈之妻曰："吾觀晉公子之從者，皆足以相國；若以相，夫子必反其國；反其國，必得志於諸侯；得志於諸侯而誅無禮，曹其首也。子盍蚤自貳焉？"乃饋盤飧，寘璧焉。公子受飧反璧。

及宋，宋襄公贈之以馬二十乘。

及鄭，鄭文公亦不禮焉。叔詹諫曰："臣聞天之所啓，人弗及也。晉公子有三焉，天其或者將建諸？君其禮焉。男女同姓，其生不蕃，晉公子，姬出也，而至于今，一也；離外之患，而天不靖晉國，殆將啓之，二也；有三士足以上人而從之，三也。晉、鄭同儕，其過子弟固將禮焉，況天之所啓乎？"弗聽。

及楚，楚子饗之，曰："公子若反晉國，則何以報不穀？"對曰："子女玉帛，則君有之；羽毛齒革，則君地生焉。其波及晉國者，君之餘也。其何以報君？"曰："雖然，何以報我？"對曰："若以君之靈，得反晉國，晉、楚治兵，遇於中原，其辟君三舍。若不獲命，其左執鞭弭，右屬櫜鞬，以與君周旋。"子玉請殺之。楚子曰："晉公子廣而儉，文而有禮；其從者肅而寬，忠而能力。晉侯無親，外內惡之。吾聞姬姓唐叔之後，其後衰者也。其將由晉公子乎！天將興之，誰能廢之？違天必有大咎。"乃送諸秦。

秦伯納女五人，懷嬴與焉。奉匜沃盥，既而揮之。怒曰："秦、晉匹也，何以卑我？"公子懼，降服而囚。他日，公享之。子犯曰："吾不如衰之文也，請使衰從。"公子賦《河水》，公賦《六月》。趙衰曰："重耳拜賜。"公子降，拜，稽首。公降一級而辭焉。衰曰："君稱所以佐天子者命重耳，重耳敢不拜？"

○伐諸蒲城：事在僖公五年（前655）。蒲城，重耳據守之地，在今山西隰縣。○保：依仗。生祿：養生之祿邑。○校：通"較"，抵抗。狄：古代中國北方之部族，春秋時散處於北方各諸侯國之間。《史記·晉世家》："狄，其母國也。是時重耳年四十三。"然據《國語·晉語四》及《左傳·昭公十四年》，此時重耳年十七。當以《國語》、《左傳》爲是。《左傳·僖公五年》載，晉獻公伐虢，執井伯以媵秦穆姬；秦穆姬，晉獻公之女嫁於秦穆公者，爲申生之姊，長於重耳至少數歲，豈有年近五十而始嫁者？○狐偃：晉大夫，重耳之舅父，字子犯。趙衰：晉大夫，字子餘。顛頡：晉大夫，此處始見，《左傳·僖公二十八年》言其因觸犯晉文公軍令而被殺。魏武子：晉大夫，名犨。司空季子：名胥臣，司空爲官名，季子爲其字。當時從重耳出亡的還有其他人，但以此五人功勞爲大，故列出姓名。○廧咎如：赤狄之支屬，隗姓。○木：棺槨。○五鹿：衛邑，在今河南濮陽東南。○塊：土塊。○姜氏：齊桓公之女，重耳之妻。齊國爲太公之後，姜姓。○駢脅：腋下肋骨連成一片。○薄：簾子。《國語·晉語四》記此事說曹共公"設微薄而觀之"，韋昭注："微，蔽也。"《莊子·達生》："高門縣（懸）薄。"○僖負羈：曹大夫。○相國：治理國家的輔佐之臣。○蚤：通"早"。貳：懷有二心，另作準備。○叔詹：鄭大夫。○啓：贊助。○"晉公子，姬出也"：據《左傳·莊公二十八年》，晉獻公娶二女於戎，大戎狐姬生重耳；而晉國亦爲姬姓。○離：通"罹"，遭遇。外：流亡。○天不靖晉國：底本原作"天下不靖晉國"，據石經本刪。重耳流亡期間，晉國內亂不止。靖，安定。○上人：超過一般人。○楚子：楚成王。○不穀：不善。古代諸侯自稱之謙辭。○羽毛齒革：鳥羽、旄牛尾、象牙、犀牛皮之屬。○波及：散及。波，通"播"。○治兵：本爲訓練軍隊或習武之意，此處爲外交辭令，避免戰爭字樣。○辟：通"避"。舍：凡師一宿爲一舍；而師每日行三十里，故三十里亦爲一舍。○弭：不加裝飾的弓。○櫜鞬：裝弓箭的口袋。○子玉：楚國令尹，名得臣。○廣而儉：志向大而律己嚴格。儉，通"檢"。○晉侯：晉惠公夷吾。○唐叔：周武王之子，成王之弟，名虞。封於唐。其子燮遷於曲沃，因南有晉水，改稱晉。○秦伯：秦穆公。○懷嬴：秦穆公之女，嬴姓。曾嫁給晉懷公（晉惠公之子圉），晉懷公從秦國逃歸後，又作爲媵妾到了重耳身邊。○奉匜沃盥：捧着盛水器澆水給重耳洗手。據《儀禮·士婚禮》，新郎入室，媵妾爲新郎沃盥。奉，通"捧"；匜，盛水器。○降服而囚：去上服，自拘囚而謝之。○《河水》：當指《詩經·小雅·沔水》。其有"沔彼流水，朝宗於海"之句，賦者以此表達返國後當朝事秦之意。○《六月》：指《詩經·小雅·六月》。其有"以匡王國"、"以定王國"之句，賦者以此勸勉重耳返國後匡佐周天子。

二十四年，春，王正月，秦伯納之。不書，不告入也。及河，子犯以璧授公子，曰："臣負羈绁，從君巡於天下，臣之罪多矣。臣猶知之，而況君乎？請由此亡。"公子曰："所不與舅氏同心者，有如白水！"投其璧于河。

濟河，圍令狐，入桑泉，取臼衰。二月甲午，晉師軍于廬柳。秦伯使公子縶如晉師。師退，軍于郇。辛丑，狐偃及秦、晉之大夫盟于郇。壬寅，公子入于晉師。丙午，入于曲沃。丁未，朝于武宮。戊申，使殺懷公于高梁。不書，亦不告也。

○二十四年：魯僖公二十四年，即公元前636年。○納之：以武力送重耳返國。○"不書"二句：晉不告，故魯史不載。此處是解釋《春秋》筆法。○羈绁：馬絡頭及韁繩。○令狐：地名。在今山西臨猗西。○桑泉：

地名。在今山西解縣西。○臼衰：地名。在今山西解縣東南。○二月甲午：楊伯峻《春秋左傳注》："二月無甲午，此及下文六個干支紀日，據王韜推算，並差一月。王韜且云：'晉用夏正，《傳》書日月或有誤耳。'"《左傳》記事因其所依據的史料之不同，有時用周正，有時用殷正，有時用夏正。究其原因，大概是依據王室史冊及魯史者用周正，依據他國史料者，則儘量改爲周正，改之未盡者，則留下宋用殷正、晉用夏正的痕迹。如《春秋·僖公四年》："冬，晉人執虞公。"《左傳》稱："冬十二月丙子朔，晉滅虢，遂襲虞，滅之。"這是用周正。但卜偃對晉獻公問滅虞之時，卻說："其十月九月之交乎。"這是用夏正，夏十月當周十二月。可以推測如下：《左傳》最初作"冬十月丙子朔"，傳誦者爲求與經文一致，改用周正，所以書"十二月"，但卜偃的原話不好改，因此留下這種不和諧的痕迹。這段文字，月日分明，與前後文並不和諧，當是出自晉國史官的記載，但經過魯國史官的改寫，把本來用夏正的晉史改用了周正，插入其他記事中，成爲我們今天所見的樣子。○晉師：晉懷公之軍隊。○廬柳：地名。在今山西臨猗。○郇：地名。在今山西解縣西北。○曲沃：地名。在今山西聞喜東北。○武宫：重耳祖父晉武公之神廟。○高梁：地名。在今山西臨汾。

呂、郤畏偪，將焚公宫而弑晉侯。寺人披請見。公使讓之，且辭焉，曰："蒲城之役，君命一宿，女即至。其後，余從狄君以田渭濱，女爲惠公來求殺余；命女三宿，女中宿至。雖有君命，何其速也？夫袪猶在，女其行乎！"對曰："臣謂君之入也，其知之矣。若猶未也，又將及難。君命無二，古之制也。除君之惡，唯力是視。蒲人、狄人，余何有焉？今君即位，其無蒲、狄乎？齊桓公置射鈎而使管仲相，君若易之，何辱命焉？行者甚衆，豈唯刑臣？"公見之，以難告。三月，晉侯潛會秦伯于王城。己丑，晦，公宫火。瑕甥、郤芮不獲公，乃如河上，秦伯誘而殺之。

晉侯逆夫人嬴氏以歸。秦伯送衛於晉三千人，實紀綱之僕。

初，晉侯之豎頭須，守藏者也。其出也，竊藏以逃，盡用以求納之。及入，求見，公辭焉以沐。謂僕人曰："沐則心覆，心覆則圖反，宜吾不得見也。居者爲社稷之守，行者爲羈紲之僕，其亦可也，何必罪居者？國君而讎匹夫，懼者甚衆矣。"僕人以告，公遽見之。

狄人歸季隗于晉，而請其二子。文公妻趙衰，生原同、屛括、樓嬰。趙姬請逆盾與其母，子餘辭。姬曰："得寵而忘舊，何以使人？必逆之！"固請，許之。來，以盾爲才，固請于公，以爲嫡子，而使其三子下之。以叔隗爲内子，而己下之。

晉侯賞從亡者，介之推不言祿，祿亦弗及。推曰："獻公之子九人，唯君在矣。惠、懷無親，外内棄之。天未絕晉，必將有主。主晉祀者，非君而誰？天實置之，而二三子以爲己力，不亦誣乎？竊人之財，猶謂之盗；況貪天之功以爲己力乎？下義其罪，上賞其姦，上下相蒙，難與處矣。"其母曰："盍亦求之，以死誰懟？"對曰："尤而效之，罪又甚焉。且出怨言，不食其食。"其母曰："亦使知之，若何？"對曰："言，身之文也。身將隱，焉用文之？是求顯也。"其母曰："能如是乎？與女偕隱。"遂隱而死。晉侯求之不獲，以綿上爲之田，曰："以志吾過，且旌善人。"

中華書局影印阮刻《十三經注疏》本《春秋左傳正義》（下同）

○呂、郤：晉國舊臣呂甥（因其封地在瑕，故下文稱之爲瑕甥）、郤芮。○寺人：宮中供使令之小臣。相當於後世之宦官，故下文自稱"刑臣"。○讓：斥責。○"蒲城之役"三句：據《左傳·僖公五年》，晉獻公使寺人披伐蒲，重耳越牆而走，披斬其袪（袖口）。女，通"汝"。○田：打獵。○齊桓公置射鈎而使管仲相：齊桓公與公子糾爭位時，管仲奉公子糾之命射齊桓公，中鈎；後管仲爲齊桓公所得，並任以爲相。事見《左傳·莊公九年》。○何辱命焉：無須您下命令。○潛會：秘密會見。王城：地名。在今陝西朝邑西南。○實：充實。紀綱之僕：有辦事能力之下屬。○豎：小臣。○守藏：看守庫藏。○其出：重耳出逃時。○"沐則心覆"二句：洗頭時要低頭，低頭心即向下，考慮問題就與正常情況相反。○請其二子：請求留下季隗所生的伯儵、叔劉。○文公妻趙衰：文公將女兒嫁給趙衰。○趙姬請逆盾與其母：趙姬（文公女）請求迎回趙盾及其生母叔隗。○內子：嫡妻。○介之推：重耳之從亡之臣。姓介名推。之，語助詞。○二三子：指從亡者。○誣：詐也。○下義其罪：臣下以其罪爲義。○憝：怨恨。○尤：以其爲錯。○綿上：地名。在今山西介山之下。田：祭田。○志：記也。○旌：表彰。

## 晉楚城濮之戰（僖公二十七年、二十八年）

【題解】　晉文公取得政權後，勵精圖治，國勢漸強，因而與逐步向北方發展的楚國爭奪對諸侯的領導權。城濮之戰是雙方爭霸的第一次大戰役。城濮，地名，在今山東濮縣西南。林雲銘《古文析義》卷一："篇中寫子玉處，祇是粗莽；寫文公處，祇是謹慎；寫原軫、子犯處，祇是機變。至寫兩國交戰處，覺楚之三軍，各自爲部，可以驚而退，可以誘而進；而晉之三軍如一身，指臂彼此互相接應，有常山首尾之形：成敗之勢自見。"

　　楚子將圍宋。使子文治兵於睽，終朝而畢，不戮一人。子玉復治兵於蒍，終日而畢，鞭七人，貫三人耳。國老皆賀子文，子文飲之酒。蒍賈尚幼，後至，不賀。子文問之，對曰："不知所賀。子之傳政於子玉，曰：'以靖國也。'靖諸內而敗諸外，所獲幾何？子玉之敗，子之舉也。舉以敗國，將何賀焉？子玉剛而無禮，不可以治民。過三百乘，其不能以入矣。苟入而賀，何後之有？"

　　冬，楚子及諸侯圍宋。宋公孫固如晉告急。先軫曰："報施救患，取威定霸，於是乎在矣！"狐偃曰："楚始得曹，而新昏於衛。若伐曹、衛，楚必救之，則齊、宋免矣。"於是乎蒐于被廬，作三軍，謀元帥。趙衰曰："郤縠可，臣亟聞其言矣，說禮樂而敦詩書。詩書，義之府也；禮樂，德之則也；德義，利之本也。《夏書》曰：'賦納以言，明試以功，車服以庸。'

君其試之。"乃使郤縠將中軍，郤溱佐之；使狐偃將上軍，讓於狐毛而佐之；命趙衰爲卿，讓於欒枝、先軫。使欒枝將下軍，先軫佐之。荀林父御戎，魏犫爲右。

晉侯始入而教其民。二年，欲用之。子犯曰："民未知義，未安其居。"於是乎出定襄王。入務利民，民懷生矣。將用之，子犯曰："民未知信，未宣其用。"於是乎伐原以示之信。民易資者，不求豐焉，明徵其辭。公曰："可矣乎？"子犯曰："民未知禮，未生其共。"於是乎大蒐以示之禮，作執秩以正其官。民聽不惑，而後用之。出穀戍，釋宋圍，一戰而霸，文之教也。

○楚子：楚成王，名熊惲。○子文：原楚國令尹，僖公二十三年薦子玉（得臣）爲令尹。睽：楚邑名。○蔿：楚邑名。○貫三人耳：用箭穿三人耳，以示懲罰。○國老：致仕之老臣。○蔿賈：一名伯嬴，楚名相孫叔敖之父。○以靖國也：據《左傳·僖公二十三年》，子玉伐陳有功，子文薦之以代己爲令尹；楚大夫叔伯問曰："子若國何？"子文曰："吾以靖國也。夫有大功而無貴仕，其人能靖者歟，有幾？"○楚子及諸侯圍宋：據《春秋》記載，此次與楚國一起圍宋者有陳、蔡、鄭、許等國。○公孫固：宋莊公之孫，曾任大司馬。○先軫：又名原軫，晉大夫。○報施：晉文公流亡時，宋襄公贈之以馬二十乘。見前選文《晉公子重耳之亡》。○狐偃：晉大夫。參見前篇。○昏：通"婚"。○蒐：檢閱軍隊。被廬：晉地名。○趙衰：晉大夫。參見前選文《晉公子重耳之亡》。○郤縠：晉大夫。○巫：屢次。○說：通"悅"，愛好。○敦：崇尚。○"賦納以言"三句：賦納，聽取；功，事也；庸，功績。《尚書·堯典》有"敷奏以言，明試以功，車服以用"之句，僞古文《尚書》將其劃入《舜典》。○郤溱：晉大夫。○狐毛：晉大夫。狐偃之兄。○爲卿：即將下軍。○欒枝：晉大夫。即下文之欒貞子。○荀林父：晉大夫。○魏犫：晉大夫。右：車右。○出定襄王：據《左傳·襄公二十四年》，周襄王爲其弟王子帶所逐，逃至鄭國；僖公二十五年，晉文公出兵殺王子帶，送襄王歸國復位。○生：產業。○宣：明曉。用：措施。○伐原以示之信：據《左傳·僖公二十五年》，晉文公圍原（小國名），命軍隊帶三日之糧；至三日而原未降，晉文公命去之；諜出，曰："原將降矣。"軍吏曰："請待之。"公曰："信，國之寶也，民之所庇也。得原失信，何以庇之？所亡滋多！"退一舍而原降。○明徵以辭：注重信用。○共：通"恭"。○作：設置。執秩：負責管理爵祿秩位之官。○出穀戍：指下文迫使楚國撤去在穀之駐軍。

二十八年春，晉侯將伐曹，假道于衛。衛人弗許。還，自河南濟。侵曹，伐衛。正月戊申，取五鹿。二月，晉郤縠卒。原軫將中軍，胥臣佐下軍，上德也。晉侯、齊侯盟于斂盂，衛侯請盟，晉人弗許。衛侯欲與楚，國人不欲，故出其君以說于晉。衛侯出居于襄牛。公子買戍衛，楚人救衛，不克；公懼於晉，殺子叢以說焉。謂楚人曰："不卒戍也。"

晉侯圍曹，門焉，多死。曹人尸諸城上，晉侯患之，聽輿人之謀，稱："舍於墓。"師遷焉。曹人凶懼，爲其所得者，棺而出之。因其凶也而攻之。三月丙午，入曹，數之以其不用僖負羈而乘軒者三百人也。且曰："獻狀。"令無入僖負羈之宮，而免其族，報施也。魏犨、顛頡怒曰："勞之不圖，報於何有？"爇僖負羈氏。魏犨傷於胸，公欲殺之而愛其材，使問，且視之；病，將殺之。魏犨束胸見使者曰："以君之靈，不有寧也？"距躍三百，曲踴三百。乃舍之。殺顛頡以徇于師，立舟之僑以爲戎右。

宋人使門尹般如晉師告急。公曰："宋人告急。舍之則絕；告楚，不許。我欲戰矣。齊、秦未可，若之何？"先軫曰："使宋舍我而賂齊、秦，藉之告楚。我執曹君而分曹、衛之田以賜宋人。楚愛曹、衛，必不許也。喜賂怒頑，能無戰乎？"公說。執曹伯，分曹、衛之田以畀宋人。

○二十八年：魯僖公二十八年，即公元前632年。○自河南濟：繞路從衛國南面渡河。○胥臣：晉大夫，即司空季子。○斂盂：衛地名。在今河南濮陽東南。○與楚：親近、傾向楚國。○說：通"悅"，取悅。○襄牛：衛地名。在今河南睢縣。○公子買：魯大夫，字子叢。其時，魯爲楚之盟國。○公：魯僖公，名申。○不卒戍：子叢不終戍事而歸，故殺之。○門：攻打城門。○輿人：役卒。謀：底本原作"謀曰"，據《太平御覽》卷四五刪。○凶懼：恐懼。《說文解字》："凶，擾懼也。"○僖負羈：曹大夫。重耳逃亡至曹時，曾予以禮遇。參見前選文《晉公子重耳之亡》。○軒：大夫所乘之車。○獻狀：杜預注："言其無德居位者多，故責其功狀。"或以爲此爲晉文公報復曹君窺浴之辱，猶言展示自己的容形讓其看。○顛頡：晉武官。爇：焚燒，此處指焚其居室。○距躍：曲身向上跳。三百：猶言"三次"；百，同"陌"，跳躍之距離。○曲踊：向前跳。○門尹：官名。般：人名。○藉：通"借"。○愛：捨不得。○畀：給予。

楚子入居于申，使申叔去穀，使子玉去宋，曰："無從晉師。晉侯在外十九年矣，而果得晉國。險阻艱難，備嘗之矣；民之情僞，盡知之矣。天假之年，而除其害。天之所置，其可廢乎？《軍志》曰：'允當則歸。'又曰：'知難而退。'又曰：'有德不可敵。'此三志者，晉之謂矣。"子玉使伯棼請戰，曰："非敢必有功也，願以間執讒慝之口。"王怒，少與之師，唯西廣、東宮與若敖之六卒實從之。

子玉使宛春告於晉師曰："請復衛侯而封曹，臣亦釋宋之圍。"子犯曰："子玉無禮哉！君取一，臣取二。不可失矣！"先軫曰："子與之。定人之謂禮。楚一言而定三國，我一言而亡之，我則無禮，何以戰乎？不許楚言，是棄宋也；救而棄之，謂諸侯何？楚有三施，我有三怨，怨讎已多，將何以戰？不如私許復曹、衛以攜之，執宛春以怒楚，既戰而後圖之。"公說。乃拘宛春於衛，且私許復曹、衛，曹、衛告絕於楚。子玉怒，從晉師，晉師退。軍吏曰："以君辟臣，辱也。且楚師老矣，何故退？"子犯曰："師直爲壯，曲爲老，豈在久乎？微楚之惠不及此，退三舍辟之，所以報也。背惠食言以亢其讎，我曲楚直。其衆素飽，不可謂老。我退而楚還，我將何求？若其不還，君退臣犯，曲在彼矣。"退三舍。楚衆欲止，子玉不可。

夏四月戊辰，晉侯、宋公、齊國歸父、崔夭、秦小子憖次于城濮。楚師背酅而舍，晉侯患之。聽輿人之誦曰："原田每每，舍其舊而新是謀。"公疑焉。子犯曰："戰也！戰而捷，必得諸侯；若其不捷，表裹山河，必無害也。"公曰："若楚惠何？"欒貞子曰："漢陽諸姬，楚實盡之。思小惠而忘大恥，不如戰也。"晉侯夢與楚子搏，楚子伏己而盬其腦，是以懼。子犯曰："吉！我得天，楚伏其罪，吾且柔之矣。"

子玉使鬭勃請戰，曰："請與君之士戲。君馮軾而觀之，得臣與寓目焉。"晉侯使欒枝對曰："寡君聞命矣。楚君之惠，未之敢忘，是以在此。爲大夫退，其敢當君乎？既不獲命矣，敢煩大夫謂二三子，戒爾車乘，敬爾君事，詰朝將見。"

晉車七百乘，韅靷鞅靽。晉侯登有莘之虛以觀師，曰："少長有禮，其可用也。"遂伐其木以益其兵。己巳，晉師陳于莘北。胥臣以下軍之佐當陳、蔡。子玉以若敖之六卒將中軍，曰："今日必無晉矣！"子西將左，子上將右。胥臣蒙馬以虎皮，先犯陳、蔡，陳、蔡奔，楚右師潰。狐毛設二旆而退之。欒枝使輿曳柴而僞遁，楚師馳之。原軫、郤溱以中軍公族橫擊之。狐毛、狐偃以上軍夾攻子西，楚左師潰。楚師敗績。子玉收其卒而止，故不敗。晉師三日館穀，及癸酉而還。

○申：國名。在今河南南陽，爲楚所滅。○申叔：楚大夫。曾奉命伐齊，占據齊地穀（在今山東陽穀東北）。○從：逼迫。○情僞：真假。○《軍志》：古代兵書。○允當：公平得當。○伯棼：楚大夫。○間執：堵塞。讒慝：撥弄是非者。指蔿賈。○西廣：楚國軍隊分左、右廣，西廣即右廣，相當於右軍。東宮：太子宮中衛隊。若敖：楚王祖先名號，用爲宗族親軍之名。卒：三十乘。實：通"是"。○宛春：楚大夫。○與之：許之也。○攜：離間。○辟：通"避"。○老：疲憊。楚軍去年圍宋，至此已近半年，故稱"老"。○"微楚之惠不及此"三句：當年重耳流亡到楚國，受到楚成王款待，並被護送到秦國。見《晉公子重耳之亡》。○亢：通

"抗"。讎：指宋國。時宋國爲楚國之敵手。○國歸父、崔夭：齊大夫。小子憖：秦公子。○鄙：丘陵險阻之地。○誦：不配樂之歌。○原田：休耕地。原，通"趎"。每每：草盛貌。○表裏山河：晉國外有黃河、內有太行山。○漢陽諸姬：漢水北面之姬姓諸國。○嘗：吸食。○得天：被壓於下，仰面向上，故稱"得天"。○伏其罪：楚子臉向下，爲伏罪之表示。○柔：使之馴服。○鬭勃：楚大夫。即下文之子上。○戲：角力。○馮：通"憑"。軾：車前之橫木。○二三子：楚軍諸將領。○戒：準備。○詰朝：明晨。○鞿鞘鞅靽：戰馬身上的披甲、繮繩、絡頭之屬。杜預注："在背曰鞿，在胸曰鞘，在腹曰鞅，在後曰靽。"此處形容晉軍裝備齊全。○有莘：古國名。在今山東曹縣。虛：通"墟"，舊城址。○斾：大旗。古軍制，中軍設二斾；狐毛設二斾而退，製造晉中軍敗退之假象來誘騙楚軍。○公族：晉文公親軍。○館穀：住楚軍之營，吃楚軍之糧。

甲午，至于衡雍，作王宮于踐土。鄉役之三月，鄭伯如楚，致其師；爲楚師既敗而懼，使子人九行成于晉。晉樂枝入盟鄭伯。五月丙午，晉侯及鄭伯盟于衡雍。丁未，獻楚俘于王，馴介百乘，徒兵千。鄭伯傅王，用平禮也。己酉，王享醴，命晉侯宥。王命尹氏及王子虎、內史叔興父，策命晉侯爲侯伯，賜之大輅之服，戎輅之服，彤弓一，彤矢百，旅弓矢千，秬鬯一卣，虎賁三百人。曰："王謂叔父，敬服王命，以綏四國，糾逖王慝。"晉侯三辭，從命，曰："重耳敢再拜稽首，奉揚天子之丕顯休命。"受策以出，出入三覲。

衛侯聞楚師敗，懼，出奔楚，遂適陳，使元咺奉叔武以受盟。癸亥，王子虎盟諸侯于王庭，要言曰："皆獎王室，無相害也。有渝此盟，明神殛之：俾隊其師，無克祚國，及其玄孫，無有老幼。"君子謂是盟也信，謂晉於是役也能以德攻。

○衡雍：地名。在今河南鄭州東北。○作王宮于踐土：周襄王聞晉師獲勝，親往慰問，晉侯在踐土（在今河南滎陽）爲之建行宮。○鄉：通

"嚮"，不久前。○子人九：鄭大夫。姓子人，名九。行成：求和。○駟介百乘：披甲四馬所拉之戰車一百乘。○徒兵：步兵。○傅：輔佐。○用平禮：依照從前周平王接待晉文侯之禮節來接待晉文公。○享醴：賜甜酒。○宥：通"侑"，勸其加餐。○尹氏、王子虎：周王之卿士。○內史：周王室掌管策命之官。○策命：用策書任命。○大輅之服：大輅爲祭祀時所乘之車，金色；乘大輅時冕上須飾以赤色雉羽。○戎輅之服：戎輅即兵車；乘戎輅時須以韋弁（熟皮所製之冠）爲服。○旅：黑色。○秬：黑黍。鬯：甜酒。卣：器皿名。○虎賁：勇士。綏：安撫。○糾逖：剔除。慝：惡也。○丕顯休命：偉大、光明、美好的命令。丕，大也；休，美也。○元咺：衛大夫。叔武：衛君之兄弟，此時主持國政。○要言：約言。○獎：扶助。○殛：嚴懲。○隊：通"墜"，喪失。師：眾也。○祚國：享有國家。

　　初，楚子玉自爲瓊弁玉纓，未之服也。先戰，夢河神謂己曰："畀余，余賜女孟諸之麋。"弗致也。大心與子西使榮黃諫，弗聽。榮季曰："死而利國，猶或爲之，況瓊玉乎？是糞土也，而可以濟師，將何愛焉？"弗聽。出告二子曰："非神敗令尹，令尹其不勤民，實自敗也。"既敗，王使謂之曰："大夫若入，其若申、息之老何？"子西、孫伯曰："得臣將死，二臣止之，曰：'君其將以爲戮。'"及連穀而死。晉侯聞之，而後喜可知也，曰："莫余毒也已！蒍呂臣實爲令尹，奉己而已，不在民矣。"

　　○瓊弁：以玉裝飾之馬弁。玉纓：以玉裝飾之馬鞅。○女：通"汝"。孟諸：古代沼澤，宋地，在今河南商丘附近。麋：通"湄"，水草相交接之處。○大心：子玉之子，即下文之孫伯。榮黃：楚臣，即下文之榮季。○不勤民：不盡心於民事。○"大夫若入"二句：申、息兩地的許多弟子戰死了，你若回國，如何向兩地的父老交代呢？息，古國名，其地在今河南息縣，魯莊公十四年爲楚所滅。○及連穀而死：連穀，楚地名。子玉行至連穀，不見赦令，被迫自殺。○知：見也。○蒍呂臣：楚大夫。

### 秦晉殽之戰（僖公三十二年、三十三年）

【題解】 本篇敘述晉文公死後，秦穆公出兵襲鄭，晉、秦兩國戰於殽的經過。殽，同"崤"，山名，在今河南洛寧北。余誠《重訂古文釋義新編》卷二："祇遂發命一段，是正寫晉敗秦師處。以上皆所以敗秦之故，以下皆敗秦師後文字。前從蹇叔起，後以蹇叔止，篇法秩然。至敘述諸人問答，描畫諸人舉動形聲，無不婉然曲肖，更爲寫生妙手。"

冬，晉文公卒。庚辰，將殯于曲沃。出絳，柩有聲如牛。卜偃使大夫拜，曰："君命大事。將有西師過軼我，擊之，必大捷焉。"

杞子自鄭使告于秦，曰："鄭人使我掌其北門之管，若潛師以來，國可得也。"穆公訪諸蹇叔，蹇叔曰："勞師以襲遠，非所聞也。師勞力竭，遠主備之，無乃不可乎？師之所爲，鄭必知之；勤而無所，必有悖心，且行千里，其誰不知！"公辭焉。召孟明、西乞、白乙，使出師於東門之外。蹇叔哭之，曰："孟子，吾見師之出，而不見其入也！"公使謂之曰："爾何知？中壽，爾墓之木拱矣！"蹇叔之子與師，哭而送之，曰："晉人禦師必於殽。殽有二陵焉：其南陵，夏后皋之墓也；其北陵，文王之所辟風雨也。必死是間，余收爾骨焉。"秦師遂東。

三十三年春，秦師過周北門，左右免冑而下，超乘者三百乘。王孫滿尚幼，觀之，言於王曰："秦師輕而無禮，必敗。輕則寡謀，無禮則脫。入險而脫，又不能謀，能無敗乎？"

及滑，鄭商人弦高將市於周，遇之。以乘韋先，牛十二，犒師。曰："寡君聞吾子將步師出於敝邑，敢犒從者。不腆敝邑，爲從者之淹，居則具一日之積，行則備一夕之衛。"且使遽告于鄭。

鄭穆公使視客館，則束載厲兵秣馬矣。使皇武子辭焉，曰："吾子淹久於敝邑，唯是脯資餼牽竭矣。爲吾子之將行也，鄭之有原圃，猶秦之有具囿也。吾子取其麋鹿，以閒敝邑，若何？"杞子奔齊，逢孫、揚孫奔宋。

○冬：魯僖公三十二年冬，公元前628年。○晉文公：名重耳。詳見《晉公子重耳之亡》。○殯：下葬前停柩受弔之儀式。曲沃：地名。晉君祖墳所在之地，在今山西聞喜。○絳：晉都。故城在今山西翼城縣東。○卜偃：晉卜筮之官，名偃。○大事：兵事。《左傳·成公十三年》：「國之大事，在祀與戎。」○西師：指秦師；秦在晉西，故稱。軼：超過。○杞子：秦大夫。據《左傳》，秦、晉兩國於僖公三十年（前630）聯合圍攻鄭國，鄭國利用秦、晉之矛盾，破壞了秦、晉聯盟。秦國主動撤軍時，派杞子與揚孫、逢孫（均秦大夫）駐守鄭國。○管：鑰匙。○潛師：秘密出兵。○蹇叔：秦國之老臣，名任好。○悖心：怨恨之心。○孟明、西乞、白乙：秦國將領百里孟明視、西乞術、白乙丙。○「中壽」二句：如果你祇活到一般老年人的壽命，你墓地上的樹木已經合抱了。○二陵：殽之南北二山，相距三十五里，故稱二陵。○夏后皋：夏代君主。○文王：周文王。辟：通「避」。○周北門：周都洛邑之北門。○左右：御者左右兩旁之武士。免冑：拿下頭盔以示對周王（周惠王，名閬）之敬禮。○超乘：一躍而上車。這是一種不禮貌的行爲。○王孫滿：周襄王之孫。○輕：輕狂。○脫：疏略。指紀律不嚴。○滑：國名，姬姓，後滅於晉。故地在今河南滑縣。○以乘韋先：以四張熟牛皮爲先行禮物。古時一乘四馬，故「乘」可以表示四；韋，熟牛皮。○吾子：尊稱，「您」。步師：行軍。敝邑：謙稱本國。○不腆：不豐厚。○淹：留，耽擱。○積：物資。此處指柴米油鹽等物。○遽：驛車。古代每過一驛站，即換一次馬。○鄭穆公使視客館：此七字底本原缺，據《校勘記》補。鄭穆公：名蘭，文公之子。○束載厲兵秣馬：捆束行李，磨快兵器，喂飽馬匹。○皇武子：鄭大夫。○脯：乾肉。資：乾糧。餼：肉類。牽：未宰殺的牲口。○原圃：鄭國之獸苑。在今河南中牟西北。○具囿：秦國之獸苑。在今陝西鳳翔。○以間敝邑：讓敝國得以喘口氣。間，通「閑」，休息。

孟明曰：「鄭有備矣，不可冀也。攻之不克，圍之不繼，吾其還也。」

滅滑而還……

晉原軫曰："秦違蹇叔，而以貪勤民，天奉我也。奉不可失，敵不可縱。縱敵患生，違天不祥，必伐秦師。"欒枝曰："未報秦施，而伐其師，其爲死君乎？"先軫曰："秦不哀吾喪而伐吾同姓，秦則無禮，何施之爲？吾聞之，一旦縱敵，數世之患也。謀及子孫，可謂死君乎？"遂發命，遽興姜戎。子墨衰絰，梁弘御戎，萊駒爲右。

夏四月辛巳，敗秦師于殽，獲百里孟明視、西乞術、白乙丙以歸。遂墨以葬文公。晉於是始墨。

文嬴請三帥，曰："彼實構吾二君，寡君若得而食之，不厭。君何辱討焉？使歸就戮于秦，以逞寡君之志，若何？"公許之。先軫朝，問秦囚。公曰："夫人請之，吾舍之矣。"先軫怒曰："武夫力而拘諸原，婦人暫而免諸國，墮軍實而長寇讎，亡無日矣！"不顧而唾。

公使陽處父追之，及諸河，則在舟中矣。釋左驂，以公命贈孟明。孟明稽首曰："君之惠，不以纍臣釁鼓，使歸就戮于秦；寡君之以爲戮，死且不朽。若從君惠而免之，三年，將拜君賜。"

秦伯素服郊次，鄉師而哭，曰："孤違蹇叔，以辱二三子，孤之罪也。"不替孟明。"孤之過也，大夫何罪？且吾不以一眚掩大德。"

○冀：希求。○繼：接應。○原軫：晉大夫。本名先軫，因封於原，故稱。○勤：勞也。○欒枝：晉大夫。○秦施：指秦資助晉文公返國事。見《晉公子重耳之亡》。○其爲死君乎：這豈不是忘記先君了嗎？劉文淇《春秋左氏傳舊注疏證》："顧炎武云：'死君，謂忘其先君。'"○同姓：鄭國及晉國均爲姬姓。○遽興：立刻策動。姜戎：秦晉之間的一部族，與晉友好。○子：晉文公之子襄公。墨：染黑。衰：白色麻衣。絰：白色麻腰帶。古人以白色不吉利，故以墨染之。○梁弘：晉大夫。御戎：駕戰車。○萊駒：晉大夫。○右：車右武士。○晉於是始墨：晉國從此以黑色爲喪服。○文嬴：晉文公夫人，晉襄公嫡母，秦穆公女。○構：挑撥離間。

○逞：滿足。○原：戰場。○暫：頃刻之間。○陽處父：晉大夫。○"釋左驂"二句：陽處父假托晉君之命，將左驂送給孟明，欲以此將其誘捕。○纍臣：囚犯。孟明之自稱。釁鼓：殺活口以其血塗鼓，這是古代的一種祭禮。○死且不朽：身雖死，此大恩也不會遺忘。○拜君賜：實際意思是復仇。○素服：喪服。郊次：在郊外等候。○鄉：通"嚮"。○不替孟明：此四字是在穆公哭訴中間作者插入的敘述語。見王引之《經義述聞》及俞樾《古書疑義舉例》。替，革職。○眚：目病。喻指過失。

| 輯　錄 |

### 1.《左傳》的性質

桓譚《新論·正經》：左氏《傳》於《經》，猶衣之表裏，相待而成。《經》而無《傳》，使聖人閉門思之，十年不能知也。

王充《論衡·案書》：《春秋左氏傳》者，蓋出孔子壁中。孝武皇帝時，魯共王壞孔子教授堂以爲宫，得佚《春秋》三十篇，《左氏傳》也。公羊高、穀梁赤、胡毋氏皆傳《春秋》，各門異戶，獨《左氏傳》爲近得實。

杜預《春秋經傳集解序》：左丘明受《經》於仲尼，以爲《經》者不刊之書也，故《傳》或先《經》以始事，或後《經》以終義，或依《經》以辯理，或錯《經》以合異，隨義而發。

《晉書·王接傳》：《左氏》辭義贍富，自是一家書，不主爲經發。

劉知幾《史通·六家》：觀《左傳》之釋經也，言見《經》文而事詳《傳》內，或《傳》無而《經》有，或《經》闕而《傳》存。

黃震《黃氏日鈔》卷三一：《左氏》雖依經作傳，實則自爲一書，甚至全年不及經文一字者有之，焉在其爲釋經哉？……然因其捨經而別載行事，可以驗其曾見當時國史，故讀《春秋》者不可以廢《左氏》。

劉安世《元城語錄》卷中：《左氏傳》與《春秋》所有者，或不解；《春秋》所無者，或自爲傳。……讀《左氏》者，當經自爲經，傳自爲傳，不可合而爲一也，然後通矣。

皮錫瑞《經學通論·春秋》:《左氏》於叙事中攙入書法，或首尾橫決，文理難通。如"鄭伯克段于鄢"《傳》文，"太叔出奔共"下接《書》曰"鄭伯克段于鄢"，至"不言出奔，難之也"云云，乃曰"遂置姜氏於城潁"，文理鶻突。若删去"書曰"十句，但"太叔出奔共。遂置姜氏於城潁"，則一氣相承矣。其他"書曰"、"君子曰"，亦多類此，爲後人攙入無疑也。

### 2.《左傳》的作者

《論語·公冶長》：子曰："巧言、令色、足恭，左丘明恥之，丘亦恥之。匿怨而友其人，左丘明恥之，丘亦恥之。"

《史記·十二諸侯年表序》：魯君子左丘明懼弟子人人異端，各安其意，失其真，故因孔子史記，具論其語，成《左氏春秋》。

班固《漢書·藝文志》：仲尼思存前聖之業……故與左丘明觀其史記，仍人道，因興以立功，敗以成罰，假日月以定曆數，籍朝聘以正禮樂。有所褒諱貶損不可書見，弟子退而異言。丘明恐弟子各安其意，以失其真，故論本事而作傳。

《晉書·荀崧傳》所載荀崧上疏語：孔子懼而作《春秋》……時左丘明、子夏造膝親受，無不精究。孔子既没，微言則絶，於是丘明退撰所聞，而爲之傳。

鄭樵《六經奥論》：左氏終紀韓、魏、智伯之事，又舉趙襄子之諡……自獲麟至襄子卒已八十年……此左氏爲六國人……明驗一也。左氏："戰于麻隧，秦師敗績，獲不更女父。"又云："秦庶長鮑、庶長武率師及晉師戰于櫟。"秦至孝公時立賞級之爵，乃有不更、庶長之號……明驗二也。左氏云："虞不臘矣。"秦至惠王十二年初臘……明驗三也。

顧炎武《日知録》卷四：左氏之書，成之者非一人，録之者非一世，可謂富矣，而夫子當時未必見也。……《左氏傳》，采列國之史而作也。

姚鼐《左傳補注序》：左氏之書，非出一人所成。……蓋後人屢有附益，其爲丘明説經之舊，及爲後所益者，今不知誰爲多寡矣。余考其書，於魏氏事造飾尤甚，竊以爲吴起爲之者蓋尤多。

朱彝尊《經義考》卷一六九：司馬遷《報任少卿書》："左丘失明，厥有《國語》。"應劭《風俗通》："丘姓，魯左丘明之後。"然則左丘爲複姓甚明。孔子作

《春秋》，明爲作《傳》。《春秋》止獲麟，《傳》乃詳書孔子卒。孔子既卒，周人以諱事神，名終將諱之。爲弟子者自當諱師之名，此第稱《左氏傳》，而不書左丘也。

《四庫全書總目提要》卷二六《春秋左傳正義》：朱子謂"虞不臘矣"爲秦人之語，葉夢得謂"記事終於智伯，當爲六國時人"，似爲近理。然考《史記·秦本紀》稱："惠文君十二年始臘。"張守節《正義》稱："秦惠王始效中國爲之。"明古有臘祭，秦至是始用，非至是始創。閻若璩《尚書古文疏證》亦駁此說，曰："史稱秦文公始有史以記事，秦宣公初志閏月，豈亦中國所無，待秦獨創哉？"則臘爲秦禮之說，未可據也。《左傳》載預斷禍福，無不征驗，蓋不免從後傅合之，惟哀（按當爲定）公九年稱趙氏其世有亂，後竟不然，是未見後事之證也。《經》止獲麟，而弟子續至孔子卒，《傳》載智伯之亡，殆亦後人所續。《史記·司馬相如傳》中有揚雄語，不能執是一事指司馬遷爲後漢人也，則載及智伯之說不足疑也。今仍定爲左丘明作，以祛衆惑。

崔適《史記探源》卷一《序證·春秋古文》：劉歆破散《國語》，並自造妄誕之辭，與釋《經》之語，編入《春秋》逐年之下，托之出自中秘書，命曰《春秋古文》，亦曰《春秋左氏傳》。

章炳麟《春秋左傳讀·隱公篇》：《韓非·外儲說右上》曰："吳起，衛左氏中人也。"……《左氏春秋》者，固以左公名，或亦因吳起傳其學，故名曰《左氏春秋》。

郭沫若《青銅時代·述吳起》：吳起去魏奔楚而任要職，必早已通其國史；既爲儒者而曾仕於魯，當亦曾讀魯之《春秋》；爲衛人而久仕於魏，則晉之《乘》（國史）亦當爲所嫻習。然則所謂《左氏春秋》或《左氏國語》者，可能是吳起就各國史乘加以纂集而成。（參取姚姬傳、章太炎說）吳起乃衛左氏人，以其鄉邑爲名，故其書冠以"左氏"。後人因有"左氏"，故以左丘明當之，而傳授系統中又不能忘情於吳起，怕就是因爲這樣的緣故吧？

### 3. 《左傳》的藝術成就

杜預《春秋經傳集解序》：(《左傳》)爲例之情有五。一曰微而顯，文見於此，而起義在彼；……二曰志而晦，約言示制，推以知例；……三曰婉而成章，曲從義訓，以示大順；……四曰盡而不汙，直書其事，具見文意；……五曰懲惡而勸善，求名而亡，欲蓋而章。……若夫製作之文，所以章往考來，情見乎辭；言高則旨遠，辭約則義微，此理之常，非隱之也。

朱彝尊《經義考》卷一六九引賀循語：《左氏》之傳，史之極也。文采若雲月，高深若山海。

劉勰《文心雕龍・史傳》：（《左傳》）實聖文之羽翮，記籍之冠冕也。

馮李驊《左繡》卷首《讀左巵言》：《傳》中議論之精，辭令之雋，都經妙手刪削，然尚有底本，至敘事全由自己剪裁。其中有正敘，有原敘，有順敘，有倒敘，有實敘，有虛敘，有明敘，有暗敘，有預敘，有補敘，有類敘，有串敘，有攤敘，有簇敘，有對敘，有錯敘，有插敘，有帶敘，有搭敘，有陪敘，有零敘，有復敘，有閒敘，有夾敘，有連經駕敘，有述言代敘，有趁文滾敘，有凌空提敘，有斷案結敘。

劉熙載《藝概・文概》：《左氏》敘事，紛者整之，孤者輔之，板者活之，直者婉之，俗者雅之，枯者腴之；剪裁運化之方，斯爲大備。

梁啓超《要籍解題及其讀法》：《左傳》文章優美，其記事文對於極複雜之事項——如五大戰役等，綱領提挈得極嚴謹而分明，情節敘述得極委曲而簡潔，可謂極技術之能事。其記言文淵懿美茂，而生氣勃勃，後此亦殆未有其比。又其文雖時代甚古，然無佶屈聱牙之病，頗易誦習。故專以學文爲目的，《左傳》亦應在精讀之列也。

## 參考書目

《春秋左傳注》，楊伯峻著，中華書局 1981 年版。

《春秋左傳研究》，童書業著，上海人民出版社 1980 年版。

《春秋左傳學史稿》，沈玉成、劉寧著，江蘇古籍出版社 1992 年版。

## 思考題

1. 分析《左傳》的戰爭描寫藝術。

2. 評述《左傳》對中國史傳文學的影響。

# 《國語》

【題解】《國語》是我國最早的一部國別史，記事年代起自周穆王，止於魯悼公（約前1000—前440），分載周、魯、齊、晉、鄭、楚、吳、越八國史事，主要在記言，亦有一些記事成分。除《周語》較連貫外，其餘各國祇是記載了個別事件。司馬遷《報任安書》稱"左丘失明，厥有《國語》"，因此後人以爲其爲左丘明所著，又因以爲《左傳》爲傳《春秋》之書，故又稱其爲《春秋外傳》。今人多認爲其爲戰國初期的作品。《國語》與《左傳》雖涉及同一時代，但詳略不同，亦時有矛盾。

## 邵公諫厲王弭謗（《周語》上）

【題解】邵公，即邵穆公，名虎，周之卿士。厲王，即周厲王，名胡，公元前878年即位，在位三十七年，後被放逐於彘。本篇記載邵公勸誡厲王弭謗之主張，極有見地。吳楚材等《古文觀止》卷三："文祇是中間一段正講，前後俱是設喻。前喻防民口有大害，後喻宣民言有大利。妙在將正意、喻意夾和成文，筆意縱橫，不可端倪。"

厲王虐，國人謗王。邵公告曰："民不堪命矣！"王怒，得衛巫，使監謗者。以告，則殺之。國人莫敢言，道路以目。王喜，告邵公曰："吾能弭謗矣，乃不敢言。"

邵公曰："是障之也。防民之口，甚於防川。川壅而潰，傷人必多，民亦如之。是故爲川者決之使導，爲民者宣之使言。故天子聽政，使公卿至於列士獻詩，瞽獻曲，史獻書，師箴，瞍賦，矇誦，百工諫，庶人傳語，近臣盡規，親戚補察，瞽、史教誨，耆、艾修之，而後王斟酌焉，是以事行而不悖。民之有口，猶土之有山川也，財用於是乎出；猶其原隰之有衍沃也，衣食於是乎生。口之宣言也，善敗於是乎興，行善而備敗，其所以阜財用、衣食者也。夫民慮之於心而宣之於口，成而行之，胡可壅也？若壅其口，其與能幾何？"

王不聽。於是國人莫敢出言。三年乃流王於彘。

**中華書局點校《四部備要》本《國語》（下同）**

○道路以目：不敢發言，相遇以目相視而已。○障：本指防水堤；此處用爲動詞，防也。○壅：堵塞。○列士：一般官員。○瞽：無目者爲瞽；古代樂官皆由盲者充任，故此處指樂師。○師：少師，次於太師之樂官。箴：一種寫有勸誡意義之文辭，類似於後世之格言。○瞍：盲人。賦：不歌而誦。○矇：盲人。○百工：各種樂工。○盡規：進陳規諫之言。盡，通"進"。○耆、艾：國內之元老。六十歲爲耆，五十歲爲艾。修：戒飭。○原：寬闊而平坦之土地。隰：低下而潮濕之土地。衍：低下而平坦之土地。沃：有河流可資灌溉之土地。○阜：增多。○其與能幾何：言能有幾人贊助你呢？與，助也。○彘：晉地，在今山西霍縣境內。

### 驪姬之難（《晉語》一、二）

**【題解】** 本篇講述晉獻公聽信愛妃讒言、迫害羣公子而引發的一場宮廷內部鬥爭，故事結構龐大而富於傳奇性，其驪姬夜泣、優施夜語等文字尤爲精彩。錢鍾書《管錐編》一冊《左傳正義六七則》之一曰："《孔叢子·問答》篇記載陳涉讀《國語》驪姬夜泣事，顧博士曰：'人之夫婦，夜處幽室之中，莫能知其私焉，雖黔首猶然，況國君乎？余以是知其不信，乃好事者爲之詞！'博士對曰：'人君外朝則有國史，內則有女史……故凡若晉侯驪姬牀第之私，房中之事，不可掩焉。'學究曲儒以此塞夥涉之問耳……驪姬泣訴，即俗語'枕邊告狀'，正《國語》作者擬想得之，陳涉所謂'好事者爲之詞'耳。……史家追叙真人實事，每須遙體人情，懸想事勢，設身局中，潛心腔內，忖之度之，以揣以摩，庶幾入情合理。蓋小說、院本之臆造人物，虛構境地，不盡同而可相通；記言特其一端。"

獻公卜伐驪戎，史蘇占之，曰："勝而不吉。"公曰："何謂也？"對曰："遇兆：'挾以銜骨，齒牙爲猾，戎夏交捽。'交捽，是交勝也。臣故云。且懼有口，攜民，國移心焉。"公曰："何口之有！口在寡人，寡人弗受，誰敢興之？"對曰："苟可以攜，其人也必甘受，逞而不知，胡可壅也？"公弗聽，遂伐驪戎，克之，獲驪姬以歸。有寵，立以爲夫人。

公飲大夫酒，令司正實爵與史蘇，曰："飲而無肴。夫驪戎之役，女曰'勝而不吉'，故賞女以爵，罰女以無肴。克國得妃，其有吉孰大焉！"史蘇卒爵，再拜稽首曰："兆有之，臣不敢蔽。蔽兆之紀，失臣之官，有二罪焉，何以事君？大罰將及，不唯無肴。抑君亦樂其吉而備其凶，凶之無有，備之何害？若其有凶，備之爲瘳。臣之不信，國之福也，何敢憚罰？"

飲酒出，史蘇告大夫曰："有男戎必有女戎。若晉以男戎勝戎，而戎亦必以女戎勝晉，其若之何？"里克曰："何如？"史蘇曰："昔夏桀伐有施，有施人以妹喜女焉。妹喜有寵，於是乎與伊尹比而亡夏。殷辛伐有蘇，有蘇氏以妲己女焉。妲己有寵，於是乎與膠鬲比而亡殷。周幽王伐有褒，褒人以褒姒女焉。褒姒有寵，生伯服，於是乎與虢石甫比，逐太子宜臼而立伯服。太子出奔申，申人、鄫人召西戎以伐周，周於是乎亡。今晉寡德而安俘女，又增其寵，雖當三季之王，不亦可乎？且其兆云：'挾以銜骨，齒牙爲猾。'我卜伐驪，龜往離散以應我。夫若是，賊之兆也，非吾宅也，離則有之。不跨其國，可謂挾乎？不得其君，能銜骨乎？若跨其國而得其君，雖逢齒牙，以猾其中，誰云不從？諸夏從戎，非敗而何？從政者不可以不戒，亡無日矣！"……

○獻公：晉武公之子詭諸，姬姓。公元前676年至前651年在位。驪戎：古族名。西戎的一支，姬姓。又稱爲"草中之戎"或"麗土之狄"，其活動範圍在今陝西臨潼一帶，或說在今山西南部。○史蘇：晉大夫。爲史官。○兆：龜殼灼後所出現的兆紋，卜者據此以判斷吉凶。○"挾以銜骨"三句：此爲判詞。挾：挾持；猾：撥弄。韋昭注："謂兆端左右彎圻，有似齒牙。中有從畫，故曰銜骨。骨在口中，齒牙弄之，以象讒口之爲害也。……兆有二畫，外象戎，內象諸夏。夏，謂晉也。兆端會齒牙交，有似乎捽。捽，交對也。"○攜：離也。○驪姬：驪君之女。○司正：筵席上之司禮者。○紀：經也。指大兆紋。○官：職守。○里克：晉卿。獻公卒，里克殺驪姬母子，迎立夷吾（惠公），後爲惠公所殺。○有施：古國名。其地在今湖北恩施。○妹喜：施君之女，被夏桀立爲后，亂政，以致夏亡。事見《史記·夏本紀》。○伊尹：又稱伊摯，殷初重臣，助湯滅夏。比：勾結。《太平御覽》卷一三五引《紀年》："后桀伐岷山，岷山女於桀二人，曰琬、曰琰。桀受二女……而棄其元妃於洛，曰末喜氏。末喜氏以與伊尹交，遂以間夏。"《孫子·用間》："昔殷之興也，伊摯在夏……故明君賢將能以上智爲間者，必成大功。"此與妹喜與伊尹比而亡夏之說相合。○殷辛：殷王帝辛，即紂王。蘇：古國名。其地在今河南濟源。○妲己：蘇君之女，被帝辛立爲后，亂政，以致殷亡。事見《史記·殷本紀》。○膠鬲：原本帝辛之臣，後叛逃投周，助武王滅殷。○褒：古國名，其地在今陝西褒城。○褒姒：褒君之女，被周幽王立爲后，亂政，以致西周亡。事見《史記·周本紀》。○虢石甫：周幽王臣，善諛好利，專權亂政。○宜臼：周幽王申后所生，初立爲太子，被廢後投奔母舅之國申（故地在今河南南陽北），申素與鄫國（故地在今河南柘城北）、西戎善，故聯兵攻周，幽王被殺。宜臼立爲平王，是爲東周。○三季之王：夏、商、周（西周）三代亡國之君，即夏桀、殷紂、周幽王。○往：趨向。○宅：安居。

驪姬生奚齊，其娣生卓子。公將黜太子申生而立奚齊。里克、丕鄭、荀息相見，里克曰："夫史蘇之言將及矣！其若之何？"荀息曰："吾聞事君者，竭力以役事，不聞違命。君立臣從，何貳之有？"丕鄭曰："吾聞事君者，從其義，不阿其惑，惑則誤民。民誤失德，是棄民也。民之有君，以治義也。義以生利，利以豐民，若之何其民之與處而棄之也？必立太子。"里克曰："我不佞，雖不識義，亦不阿惑，吾其靜也。"三大夫乃別。

烝于武公。公稱疾不與，使奚齊莅事。猛足乃言於太子曰："伯氏不出，奚齊在廟，子盍圖乎！"太子曰："吾聞之羊舌大夫曰：'事君以敬，事父以孝。'受命不遷爲敬，敬順所安爲孝。棄命不敬，作令不孝，又何圖焉？且夫閒父之愛而嘉其貺，有不忠焉；廢人以自成，有不貞焉。孝敬忠貞，君父之所安也。棄安而圖，遠於孝矣。吾其止也。"……

○丕鄭：晉卿。獻公死後，與里克殺驪姬母子，後爲惠公所殺。○荀息：晉公族，受獻公托孤之命輔佐奚齊，奚齊被殺，荀息自殺。○阿：阿諛。○烝：冬祭。武公：當爲"武宮"，晉武公之祭廟。○猛足：太子侍臣。○伯氏：即晉卿狐突，字伯行，下文有"狐突杜門不出"之語。按，《國語》非編年體，其記事每段自有側重，並不嚴格遵循時間順序。○盍：何不。○羊舌：晉公族，即羊舌職。其父封於羊舌，故因以爲氏。○作令：擅自行事。○貺：賜予。

公之優曰施，通於驪姬。驪姬問焉，曰："吾欲作大事，而難三公子之徒，如何？"對曰："早處之，使知其極。夫人知極，鮮有慢心；雖其慢，乃易殘也。"驪姬曰："吾欲爲難，安始而可？"優施曰："必於申生。其爲人也，小心精潔而大志重，又不忍人。精潔易辱，重債可疾。不忍人，必自忍也。辱之近行。"驪姬曰："重，無乃難遷乎？"優施曰："知辱可辱，可辱遷重；若不知辱，亦必不知固秉常矣。今子內固而外寵，且善否莫不信。若外彌善而內辱之，無不遷矣。且吾聞之：甚精必愚。精爲易辱，愚不知避難。雖欲無遷，其得之乎？"是故先施讒於申生。

驪姬賂二五，使言於公曰："夫曲沃，君之宗也；蒲與二屈，君之疆也，不可以無主。宗邑無主，則民不威；疆場無主，則啓戎心。戎之生心，民慢其政，國之患也。若使太子主曲沃而二公子主蒲與屈，乃可以威民而懼戎，且旌君伐。"使俱曰："狄之廣莫，於晉爲都。晉之啓土，不亦宜乎？"公說，乃城曲沃，太子處焉；又城蒲，公子重耳處焉；又城二屈，公子夷吾處焉。驪姬既遠太子，乃生之言，太子由是得罪。

○優：俳優；其名爲施。○三公子：太子申生及公子重耳、夷吾。○極：至也。言其位所極至也。○鮮：通"斯"。○雖：通"惟"。殘：翦滅。○偵：固執。○二五：獻公嬖大夫梁五與東關五。○曲沃：邑名，在今山西聞喜東北。晉文侯之弟桓叔封於曲沃伯，爲獻公之祖，自桓叔以來，晉之祭廟皆在此。○蒲：邑名，在今山西隰縣西北。二屈：邑名，即南屈、北屈，皆在今山西吉縣境。○威：通"畏"。○啓戎心：韋昭注："開戎侵盜之心。晉南有陸渾之戎，蒲接之；北有山戎，二屈接之。"○旌：旌表。伐：功勞。○都：下邑。

十六年，公作二軍，公將上軍，太子申生將下軍以伐霍。師未出，士蔿言於諸大夫曰："夫太子，君之貳也。恭以俟嗣，何官之有？今君分之土而官之，是左之也。吾將諫以觀之。"乃言於公曰："夫太子，君之貳也，而帥下軍，無乃不可乎？"公曰："下軍，上軍之貳也。寡人在上，申生在下，不亦可乎？"士蔿對曰："下不可以貳上。"公曰："何故？"對曰："貳若體焉，上下左右，以相心目，用而不倦，身之利也。上貳代舉，下貳代履，周旋變動，以役心目，故能治事，以制百物。若下攝上，與上攝下，周旋不動，以違心目，其反爲物用也，何事能治？故古之爲軍也，軍有左右，闕從補之，成而不知，是以寡敗。若以下貳上，闕而不變，敗弗能補也。變非聲章，弗能移也。聲章過數則有釁，有釁則敵入，敵入而凶，救敗不暇，誰能退敵？敵之如志，國之憂也。可以陵小，難以征國。君其圖之！"公曰："寡人有子而制焉，非子之憂也。"對曰："太子，國之棟也。棟成乃制之，不亦危乎！"公曰："輕其所任，雖危何害？"

士蔿出語人曰："太子不得立矣。改其制而不患其難，輕其任而不憂其危，君有異心，又焉得立？行之克也，將以害之；若其不克，其因以罪之。雖克與否，無以避罪。與其勤而不入，不如逃之。君得其欲，太子遠死，且有令名，爲吳太伯，不亦可乎？"太子聞之，曰："子輿之爲我謀，忠矣。然吾聞之：爲人子者，患不從，不患無名；爲人臣者，患不勤，不患無祿。

今我不才而得勤與從，又何求焉？焉能及吳太伯乎？"太子遂行，克霍而反，讒言彌興。

○十六年：公元前661年。○霍：古國名。周文王之子叔武所封，其地在今山西霍州。○士蔿：晉卿，字子輿，其父爲晉士官（法官），因以士爲氏。○左：貶降。○相：助也。○代：更也。○攝：持也。○聲章：金鼓與旌旗。○凶：猶言"洶洶"，喧擾貌。○"棟成乃制之"二句：韋昭注："棟成，謂位已定而更其制，使將兵，危之道也。"○雖：通"惟"，無論。○不入：不合君意。○吳太伯：周太王長子。其察覺太王欲立幼子季歷（文王之父），便與弟仲雍奔吳，從當地之俗而斷髮文身，創建吳國；後被武王追封爲吳太伯。事見《史記·吳太伯世家》。

優施教驪姬夜半而泣，謂公曰："吾聞申生甚好仁而彊，甚寬惠而慈於民，皆有所行之。今謂君惑於我，必亂國，無乃以國故而行彊於君。君未終命而不歿，君其若之何？盍殺我，無以一妾亂百姓。"公曰："夫豈惠其民而不惠於其父乎？"驪姬曰："妾亦懼矣。吾聞之外人言曰：爲仁與爲國不同。爲仁者，愛親之謂仁；爲國者，利國之謂仁。故長民者無親，衆以爲親。苟利衆而百姓和，豈能憚君？以衆故不敢愛親，衆況厚之。彼將惡始而美終，以晚蓋者也。凡民利是生，殺君而厚利衆，衆孰沮之？殺親無惡於人，人孰去之？苟交利而得寵，志行而衆悅，欲其甚矣，孰不惑焉？雖欲愛君，惑不釋也。今夫以君爲紂，若紂有良子而先喪紂，無章其惡而厚其敗。鈞之死也，無必假手於武王，而其世不廢，祀至於今，吾豈知紂之善否哉？君欲勿恤，其可乎？若大難至而恤之，其何及矣！"公懼曰："若何而可？"驪姬曰："君盍老而授之政？彼得政而行其欲，得其所索，乃其釋君。且君其圖之，自桓叔以來，孰能愛親？唯無親，故能兼翼。"公曰："不可與政。我以武與威，是以臨諸侯。未歿而亡政，不可謂武；有子而弗勝，不可謂威。我授之政，諸侯必絕；能絕於我，必能害我。失政而害國，不可忍也。爾無憂，吾將圖之。"

驪姬曰："以皋落狄之朝夕苟我邊鄙，使無日以牧田野，君之倉廩固不實，又恐削封疆。君盍使之伐狄，以觀其果於衆也，與衆之信輯睦焉。若不勝狄，雖濟其罪，可也。若勝狄，則善用衆矣，求必益廣，乃可厚圖也。且夫勝狄，諸侯驚懼，吾邊鄙不儆，倉廩盈，四鄰服，封疆信，君得其賴，又知可否，其利多矣。君其圖之！"公說。是故使申生伐東山，衣之偏裻之衣，佩之以金玦。僕人贊聞之，曰："太子殆哉！君賜之奇，奇生怪，怪生無常，無常不立。使之出征，先以觀之，故告之以離心，而示之以堅忍之權，則必惡其心而害其身矣。惡其心，必内險之；害其身，必外危之。危自中起，難哉！且是衣也，狂夫阻之衣也。其言曰：'盡敵而反。'雖盡敵，其若内讒何？"申生勝狄而反，讒言作於中。君子曰："知微。"

　　○憚君：顧及國君。憚，通"怛"，傷心。○況：益也。○以晚蓋：以後善掩前惡。○沮：敗也。○章：通"彰"，昭彰。○鈞：通"均"，同也。○"自桓叔以來"二句：獻公曾祖桓叔封於曲沃，公元前740年興師伐翼，殺其兄子昭侯；前740年，桓叔之子莊伯伐翼，殺昭侯之子孝侯；莊伯之子武公滅翼而兼之，殺哀侯；武公之子獻公盡滅桓、莊之族羣公子。○皋落狄：赤狄之一支，以居皋落山（下文又稱東山）而得名。其時分布於今山西昔陽。苟：侵擾。○濟：成也。○儆：警報。○信：通"伸"，擴展。○偏裻之衣：《文選·魏都賦》注引韋昭注："左右異色，故曰偏裻。"裻，衣背中縫。○金玦：黃銅佩玦，環形，中有缺口。《荀子·大略》："絕人以玦，反絕以環。"○狂夫阻之衣：狂夫亦難穿之。《爾雅·釋詁》："阻，難也。"

　　十七年冬，公使太子伐東山。里克諫曰："臣聞皋落氏將戰，君其釋申生也！"公曰："行也！"里克對曰："非也。君行，太子居，以監國也；君行，太子從，以撫軍也。今君居，太子行，未有此也。"公曰："非子之所知也。寡人聞之，立太子之道三：身鈞以年，年同以愛，愛疑決之以卜、筮。子無謀吾父子之間，吾以此觀之。"公不說。里克退，見太子，太子曰："君賜我以偏衣、金玦，何也？"里克曰："孺子懼乎？衣躬之偏而握金玦，令不偷矣。孺子何懼！夫爲人子者，懼不孝，不懼不得。且吾聞之曰：'敬賢於請。'孺子勉之乎！"君子曰："善處父子之間矣。"

太子遂行，狐突御戎，先友爲右，衣偏衣而佩金玦。出而告先友曰："君與我此，何也？"先友曰："中分而金玦之權，在此行也。孺子勉之乎！"狐突歎曰："以庞衣純，而玦之以金銑者，寒之甚矣，胡可恃也？雖勉之，狄可盡乎？"先友曰："衣躬之偏，握兵之要，在此行也，勉之而已矣。偏躬無慝，兵要遠災，親以無災，又何患焉？"至于稷桑，狄人出逆。申生欲戰，狐突諫曰："不可。突聞之：國君好艾，大夫殆；好內，適子殆，社稷危。若惠於父而遠於死，惠於衆而利社稷，其可以圖之乎？況其危身於狄以起讒於內也？"申生曰："不可。君之使我，非歡也，抑欲測吾心也。是故賜我奇服而告我權，又有甘言焉。言之大甘，其中必苦。譖在中矣，君故生心。雖蝎譖，焉避之？不若戰也。不戰而反，我罪滋厚；我戰死，猶有令名焉。"果敗狄於稷桑而反。讒言益起。狐突杜門不出。君子曰："善深謀也。"

〇身鈞：身份（嫡或庶）相同。鈞，通"均"。〇偷：輕薄。〇先友：晉公族。以其父封於先（今山西絳縣），因以先爲氏。右：車右。〇中分：分國君一半權力。〇庬：雜色。純：純德。此處指太子。〇銑：通"灑"，寒貌。古人以銅（金）性寒，故有此說。〇稷桑：皋落狄地。具體位置不詳。〇好艾：多嬖臣。艾，通"外"。〇好內：多嬖妾。〇適子：嫡子。〇惠：順也。謂去避奚齊以順獻公之心。

反自稷桑，處五年，驪姬謂公曰："吾聞申生之謀愈深。日，吾固告君曰'得衆'，衆不利，焉能勝狄？今矜狄之善，其志益廣。狐突不順，故不出。吾聞之，申生甚好信而彊，又失言於衆，雖欲有退，衆將責焉。言不可食，衆不可弭，是以深謀。君若不圖，難將至矣！"公曰："吾不忘也，抑未有以致罪焉。"

130

驪姬告優施曰："君既許我殺太子而立奚齊矣。吾難里克，奈何？"優施曰："吾來里克，一日而已。子爲我具特羊之饗，吾以從之飲酒。我優也，言無郵。"驪姬許諾，乃具，使優施飲里克酒。中飲，優施起舞，謂里克妻曰："主孟啗我，我教茲暇豫事君。"乃歌曰："暇豫之吾吾，不如鳥烏。人皆集於苑，己獨集於枯。"里克笑曰："何謂苑？何謂枯？"優施曰："其母爲夫人，其子爲君，可不謂苑乎？其母既死，其子又有謗，可不謂枯乎？枯且有傷。"優施出，里克辟奠，不飧而寢。夜半，召優施，曰："曩而言戲乎？抑有所聞之乎？"曰："然。君既許驪姬殺太子而立奚齊，謀既成矣。"里克曰："吾秉君以殺太子，吾不忍；通復故交，吾不敢。中立其免乎？"優施曰："免。"旦而里克見丕鄭，曰："夫史蘇之言將及矣！優施告我，君謀成矣，將立奚齊。"丕鄭曰："子謂何？"曰："吾對以中立。"丕鄭曰："惜也！不如曰不信以疏之，亦固太子以攜之，多爲之故，以變其志，志少疏，乃可間也。今子曰中立，況固其謀也。彼有成矣，難以得間。"里克曰："往言不可及也，且人中心唯無忌之，何可敗也？子將何如？"丕鄭曰："我無心。是故事君者，君爲我心，制不在我。"里克曰："弒君以爲廉，長廉以驕心，因驕以制人家，吾不敢。抑撓志以從君，爲廢人以自利也，利方以求成人，吾不能。將伏也！"明日，稱疾不朝。三旬，難乃成。

○曰：往日。○失言：立誓。失，通"誓"。○來：韋昭注："謂轉里克之心，使來從己用也。"○特羊：一隻羊。○郵：通"尤"，過失。○主：大夫之妻稱主。孟：韋昭注："里克妻字。"○暇豫：安閒適意。○吾吾：通"踽踽"，孤獨貌。○辟奠：撤除筵席上的品物。○曩：先前。而：通"爾"。○秉：順從。○疏：收斂。○故：權變。○間：干犯，反擊。○中心：心思。○撓：屈。○伏：隱也。

驪姬以君命命申生曰："今夕君夢齊姜，必速祠而歸福。"申生許諾，乃祭于曲沃，歸福于絳。公田，驪姬受福，乃寘鴆于酒，寘堇于肉。公至，召申生獻。公祭之地，地墳。申生恐而出。驪姬與犬肉，犬斃；飲小臣酒，亦斃。公命殺杜原款。申生奔新城。杜原款將死，使小臣圉告于申生，曰："款也不才，寡智不敏，不能教導，以至于死。不能深知君之心度，棄寵求廣土而竄伏焉；小心狷介，不敢行也。是以言至而無所訟之也，故陷於大難，乃逮于讒。然款也不敢愛死，唯與讒人鈞是惡也。吾聞君子不去情，不反讒，讒行身死可也，猶有令名焉。死不遷情，彊也；守情說父，孝也；殺身以成志，仁也；死不忘君，敬也。孺子勉之！死必遺愛，死民之思。不亦可乎？"申生許諾。

人謂申生曰："非子之罪，何不去乎？"申生曰："不可。去而罪釋，必歸於君，是怨君也。章父之惡，取笑諸侯，吾誰鄉而入？內困於父母，外困於諸侯，是重困也。棄君去罪，是逃死也。吾聞之：'仁不怨君，智不重困，勇不逃死。'若罪不釋，去而必重。去而罪重，不智。逃死而怨君，不仁。有罪不死，無勇。去而厚怨，惡不可重，死不可避，吾將伏以俟命。"

驪姬見申生而哭之，曰："有父忍之，況國人乎？忍父而求好人，人孰好之？殺父以求利人，人孰利之？皆民之所惡也，難以長生！"驪姬退，申生乃雉經于新城之廟。將死，乃使猛足言於狐突曰："申生有罪，不聽伯氏，以至于死。申生不敢愛其死。雖然，吾君老矣，國家多難，伯氏不出，奈吾君何？伯氏苟出而圖吾君，申生受賜以至于死，雖死何悔！"是以諡爲共君。

驪姬既殺太子申生，又譖二公子曰："重耳、夷吾與知共君之事。"公令閹楚刺重耳，重耳逃于狄；令賈華刺夷吾，夷吾逃于梁。盡逐羣公子，乃立奚齊焉。始爲令，國無公族焉。

○齊姜：申生之母，已死。○福：祭祀後之酒肉。○鴆：古人認爲鴆有毒，故常用其羽毛泡製毒酒。○堇：一種毒草。○墳：隆起。○小臣：宮中宦官。○杜原款：申生之傅。○新城：地名。即曲沃。○狷介：拘謹自守。○逮：及也。○鄉：通"嚮"。○雉經：懸梁自盡。○共：通"恭"。《禮記·檀弓》正義引《謚法》："敬順事上曰共（恭）。"○閹楚：即寺人披。見《晉公子重耳之亡》。○賈華：晉大夫，後爲惠公（夷吾）所殺。○梁：古國名。嬴姓，後爲秦所滅。

## |輯　錄|

### 1.《國語》作者及其成書

《史記·太史公自序》：左丘失明，厥有《國語》。（又見《漢書·司馬遷傳》所錄司馬遷《報任安書》）

《漢書·藝文志》：《國語》二十一篇，左丘明著。

王充《論衡·案書》：《國語》，《左氏》之外傳也。《左氏》傳經，辭語尚略，故復選錄《國語》之辭以實。然則《左氏》、《國語》，世儒之實書也。

韋昭《國語解叙》：左丘明因聖言以攄意，托王義以流藻，其淵源深大，沉懿雅麗，可謂命世之才，博物善作者也。其明識高遠，雅思未盡，故復采錄前世穆王以來，下迄魯悼、智伯之誅，邦國成敗，嘉言善語，陰陽律呂，天時人事逆順之數，以爲《國語》。

陸淳《春秋集傳纂例》卷一《趙氏損益義》：《左傳》、《國語》文體不倫，序事又多乖剌，定非一人所爲也。蓋左氏廣集諸國之史以釋《春秋》，傳成之後，蓋其家子弟及門人見嘉謀事迹多不入傳，或有雖入傳而復不同，故各隨國編之而成此書，以廣異聞耳。

陳振孫《直齋書錄解題》卷三：今考二書（按：指《國語》、《左傳》）雖相出入，而事辭或多異同，文體亦不類，意必非出一人之手也。

董增齡《國語正義·國語叙疏》：《國語》載列國君臣朋友相論語，故謂之"語"。

《四庫全書總目提要》卷五一：《國語》出自何人，說者不一。然終以漢人所說爲近古。所記之事，與《左傳》俱迄智伯之亡，時代亦相合。中有與《左傳》未符者，猶《新序》、《說苑》同出劉向，而時復牴牾。蓋古人著書，各據所見之舊文，疑以存疑，不似後人輕改也。

### 2.《國語》的文學價值

柳宗元《非國語序》：左氏《國語》，其文深閎傑異，固世之所耽嗜而不已也。

朱彝尊《經義考》卷二〇九引黃省曾語：昔左氏羅集國史實書以傳《春秋》，其釋麗之餘，溢爲《外傳》，實多先王之明訓，自張蒼、賈生、司馬遷以來，千數百年，播誦於藝林不衰。世儒雖以浮誇閎誕者爲病，然而文辭高妙精理，非後之操觚者可及。

又，朱彝尊《經義考》卷二〇九引王世貞語：(《國語》)其所著記，蓋列國辭命載書訓誡諫說之辭也。商略帝王，包括宇宙，該治亂，迹善敗。按籍而索之，班班詳核，奚翅二百四十二年之行事，其論古今天道人事備矣。即寥寥數語，靡不悉張弛之意義，暢彼我之懷，極組織之工，鼓陶鑄之巧，學者稍稍掇拾，其芬豔猶足以文藻羣流，黼黻當代，信文章之巨麗也。

劉熙載《藝概·文概》：呂東萊《古文關鍵》謂"柳州文出於《國語》"；王伯厚謂"子厚非《國語》，其文多以《國語》爲法"。余謂柳文從《國語》入，不從《國語》出。蓋《國語》每多言舉典，柳州之所長乃尤在"廉之欲其節"也。

**思考題**

比較《左傳》與《國語》敘述風格之差異。

# 第二章

# 諸 子

## 概 說

先秦諸子，是春秋戰國時代各個學派之通稱。

作爲歷史階段的"春秋"，始於周平王東遷（前770），終於周元王元年（前475），因魯史《春秋》而得名，與《春秋》史載的年代大體相當。據《史記·太史公自序》，這期間，"弑君三十六，亡國五十二，諸侯奔走不得保其社稷者不可勝數"。王室衰微，諸侯爭霸，奴隸及國人暴動連綿不絕。

在這種背景下，"士"這一階層逐漸興起，開始登上政治文化舞臺；與此同時，周王室的文化官員則紛紛"淪落"民間，《論語·微子》記載說："大師摯適齊，亞飯干適楚，三飯繚適蔡，四飯缺適秦，鼓方叔入於河，播鼗武入於漢，少師陽、擊磬襄入於海。"這種學術下移的情形具有深遠的影響，它促進了日後的諸子競出。故《漢書·藝文志》稱："儒家者流，蓋出於司徒之官"；"道家者流，蓋出於史官"；"陰陽家者流，蓋出於羲和之官"；"墨家者流，蓋出於清廟之守"；"縱橫家者流，蓋出於行人之官"；"雜家者流，蓋出於議官"；"農家者流，蓋出於農稷之官"；"小說家者流，蓋出於稗官"。這種描述雖有可商榷之處，但其總體判斷却是極有價值的。

由於社會在急劇地變革，各種政治勢力都在充分地展示自己的力量，因而，各種學派也十分活躍，從而形成了百家爭鳴的局面。其主要的代表人物有老子、孔子、墨子、孟子、惠施、公孫龍、莊子、荀子、韓非子等。他們的觀點和思想並不一致，甚至水火不相容，但又往往是相生相滅，相反相成。在各種思想的相互交鋒之中，既有駁難，又有融合。即使是尖銳對立的儒法兩家，也有相互交錯的現象，著名的法家人物韓非、李斯，就是儒家大師荀子的學生。春秋戰國時期諸子百家的出現，對我國古代學術思想的繁榮有着重要作用，它是我國學術思想史上的一個重要發展階段。秦始皇在全國建立了中央集權的專制體制，百家爭鳴的局面便結束了。

　　先秦諸子闡述自己學說之著作，即先秦諸子散文，不僅具有豐富的思想內容，也具有較高的文學價值。從文學發展的角度來看，先秦諸子散文的發展大致經歷了格言體（以《老子》為代表）、語錄體（以《論語》為代表）、對話體（以《孟子》、《莊子》為代表）、專題論文（以《荀子》、《韓非子》為代表）等幾個階段。這種劃分祇是相對的，如，以語錄體為主要特徵的《論語》也具有對話體的因素，而《莊子》中的某些篇章則是專題論文。這種交叉與疊合，生動地反映了文章形式的歷史發展。就總體而言，先秦諸子散文的基本趨向是由簡約到繁富、從零散到嚴整。愈是後期的著作，篇幅愈宏大，組織愈嚴密。

　　先秦諸子散文對中國文學的影響極其深遠。首先，先秦諸子散文中極為豐富的文化蘊涵深刻地影響着古代作家的人生理想，從而在文化心理上確定了中國古代文人的思想傳統和學術傳統；其次，先秦諸子散文中所蘊涵的美學思想，是中國古代美學的開端，從而影響着古代美學理論的發展；最後，先秦諸子散文創造了獨特的形象化說理方法，影響着古代散文體式、流變和文學語言。

## 輯 錄

劉勰《文心雕龍·諸子》：諸子者，入道見志之書。太上立德，其次立言。百姓之羣居，苦紛雜而莫顯；君子之處世，疾名德之不章。唯英才特達，則炳耀垂文，騰其姓氏，懸諸日月焉。昔《風后》、《力牧》、《伊尹》，咸其流也。篇述者，蓋上古遺語，而戰代所記者也。至鬻熊知道，而文王諮詢，餘文遺事，錄爲《鬻子》。子目肇始，莫先於茲。及伯陽識禮，而仲尼訪問，爰序《道德》，以冠百氏。然則鬻惟文友，李實孔師，聖賢並世，而經子異流矣。逮及七國力政，俊乂蜂起。孟軻膺儒以磬折，莊周述道以翱翔；墨翟執儉確之道，尹文課名實之符；野老治國於地利，鄒子養政於天文；申商刀鋸以制理，鬼谷唇吻以策勳，尸佼兼總於雜術，青史曲綴以街談。承流而枝附者，不可勝算，並飛辯以馳術，饜祿而餘榮矣。暨於暴秦烈火，勢炎崑岡，而煙燎之毒，不及諸子。逮漢成留思，子政讎校，於是《七略》芬菲，九流鱗萃，殺青所編，百有八十餘家矣。迄至魏晉，作者間出，讕言兼存，瑣語必錄，類聚而求，亦充箱照軫矣。然繁辭雖積，而本體易總，述道言治，枝條《五經》。其純粹者入矩，踳駁者出規。《禮記·月令》，取乎呂氏之《紀》；三年問喪，寫乎荀子之書：此純粹之類也。若乃湯之問棘，云蚊睫有雷霆之聲；惠施對梁王，云蝸角有伏屍之戰；《列子》有移山跨海之談，《淮南》有傾天折地之說：此踳駁之類也。是以世疾諸子，混洞虛誕。按《歸藏》之經，大明迂怪，乃稱羿斃十日，嫦娥奔月。殷易如茲，況諸子乎？至如商、韓，六虱五蠹，棄孝廢仁，轘藥之禍，非虛至也。公孫之白馬孤犢，辭巧理拙，魏牟比之鴞鳥，非妄貶也。昔東平求諸子、《史記》，而漢朝不予，蓋以《史記》多兵謀，而諸子雜詭術也。然洽聞之士，宜撮綱要，覽華而食實，棄邪而采正，極睇參差，亦學家之壯觀也。研夫孟、荀所述，理懿而辭雅；管、晏屬篇，事核而言練。列禦寇之書，氣偉而采奇；鄒子之說，心奢而辭壯；墨翟隨巢，意顯而語質；尸佼尉繚，術通而文鈍；鶡冠綿綿，亟發深言；鬼谷眇眇，每環奧義；情辯以澤，文子擅其能；辭約而精，尹文得其要；慎到析密理之巧，韓非著博喻之富，呂氏鑒遠而體周，淮南泛采而文麗：斯則得百氏之華采，而辭氣之大略也。若夫陸賈《新語》，賈誼《新書》，揚雄《法言》，劉向《說苑》，王符《潛夫》，崔寔《政論》，仲長《昌言》，杜夷《幽求》，咸叙經典，或明政術，雖標論名，歸乎諸子。何者？博明萬事爲子，適辯一理爲論，彼皆蔓延雜說，故入諸子之流。夫自六國以前，去聖未遠，故能越世高談，自開戶牖；兩漢以後，體勢浸弱，雖明乎坦途，而類多依采：此遠近之漸變也。嗟夫！身與時舛，志共道申，標心於萬古之上，而送懷於千載之下，金石靡矣，聲其銷乎！贊曰：丈夫處世，懷寶挺秀。辨雕萬物，智周宇宙。立德何隱，含道必授。條流殊述，若有區囿。

## 第一節　儒家

### 《論語》

**孔　子**（前551—前479）

《史記·孔子世家》：孔子生魯昌平鄉陬邑（今山東曲阜），其先宋人也。魯襄公二十二年（即前551。《公羊傳》記爲魯襄公二十一年）生，字仲尼。孔子貧且賤。及長，爲季氏史，料量平；嘗爲司職吏而蓄蕃息，由是爲司空。已而去魯，斥乎齊，逐乎宋，困於陳、蔡之間，於是返魯。魯定公以孔子爲中都宰、大司寇，行攝相事。因不滿意魯國執政季桓子所爲，去而周游列國十四年，不爲時君所用，歸於魯。聚徒講學，弟子三千，身通六藝者七十二人。魯哀公十六年（前479）卒。《論語》爲孔子弟子及其後學關於孔子言行思想之記錄。東漢班固《漢書·藝文志》："《論語》者，孔子應答弟子、時人及弟子相與言而接聞於夫子之語也。當時弟子各有所記，夫子既卒，門人相與輯而論纂，故謂之《論語》。"《論語》傳至漢代，有今文《齊論》（二十二篇）、《魯論》（二十篇），《古文論語》（二十一篇）。西漢末年，安昌侯張禹先習《魯論》，後習《齊論》，將二者合而爲一，篇目以《魯論》爲據，號稱《張侯論》，爲當時一般儒生所尊奉。東漢鄭玄以《張侯論》爲依據，參照《齊論》、《古文論語》，作《論語注》。今鄭注本獨傳，《齊論》、《古文論語》皆亡。

### 宰予晝寢（公冶長）

【題解】宰予：字子我，孔子弟子。宋蔡節《論語集說》："學者誠能立志以自彊，則氣亦從之，不至於昏惰，何有於晝寢？故學莫先於立志。"康有爲《論語注》："晝寢小過，而聖人深責如此，可見聖門教規之嚴。《易》貴自強不息，蓋昏沈爲神明之大害，故聖人尤以垂戒也。"

宰予晝寢。子曰："朽木不可雕也，糞土之牆不可杇也；於予與何誅？"子曰："始吾於人也，聽其言而信其行；今吾於人也，聽其言而觀其行。於予與改是。"

中華書局影印阮刻《十三經注疏》本《論語注疏》（下同）

○杇：塗飾牆壁之工具，俗稱瓦刀。此處指塗飾。○誅：責備。○子曰：同爲孔子語而中間加"子曰"，以示所引爲另一時之語。

### 子見南子（雍也）

【題解】南子：衛靈公夫人，把持國政，行爲不端。《史記·孔子世家》對"子見南子"有生動的描述。基於尊孔，或說孔子未見南子（《孔叢子·儒服》），或說孔子所見爲南蒯（宋孫奕《示兒篇》），或說孔子見南子合於禮法（朱熹《四書集注》），或說孔子見南子是欲因之以說衛靈公使行治道（何晏《論語集解》引孔安國等語）。清趙翼《陔餘叢考》卷四："《論語》惟'子見南子'一章最不可解。"

子見南子，子路不說。夫子矢之曰："予所否者，天厭之！天厭之！"

○子路：即仲由，一字季路，孔子弟子。○矢：通"誓"。○所：假如。○厭：厭棄。

## 子路、曾皙、冉有、公西華侍坐（先進）

**【題解】** 本章記叙孔門弟子子路等人申述各人的理想以及孔子對他們的評價。曾皙：名點，孔子弟子。冉有：名求，字子有，孔子弟子。公西華：名赤，字子華，孔子弟子。黃震《黃氏日鈔》卷二：“夫子以行道救世爲心，而時不我予。方與二三子私相講明於寂寞之濱，乃忽聞曾皙浴沂詠而歸之言，若有觸其浮海居夷之云者，故不覺喟然而歎，蓋其意之所感者深矣。所與雖點，而所以歎者豈惟與點哉！繼答曾皙之問，則力道三子之美，夫子豈以忘世自樂爲賢，獨與點而不與三子者哉？”

子路、曾皙、冉有、公西華侍坐。子曰：“以吾一日長乎爾，毋吾以也。居則曰：‘不吾知也。’如或知爾，則何以哉？”

子路率爾而對曰：“千乘之國，攝乎大國之間，加之以師旅，因之以饑饉；由也爲之，比及三年，可使有勇，且知方也。”

夫子哂之。

“求，爾何如？”

對曰：“方六七十，如五六十，求也爲之，比及三年，可使足民。如其禮樂，以俟君子。”

“赤，爾何如？”

對曰：“非曰能之，願學焉。宗廟之事，如會同，端章甫，願爲小相焉。”

“點，爾何如？”

鼓瑟希，鏗爾，舍瑟而作。對曰：“異乎三子者之撰。”

子曰：“何傷乎？亦各言其志也。”

曰：“莫春者，春服既成，冠者五六人，童子六七人，浴乎沂，風乎舞雩，詠而歸。”

夫子喟然歎曰：“吾與點也！”

三子者出，曾皙後。曾皙曰："夫三子者之言何如？"

子曰："亦各言其志也已矣。"

曰："夫子何哂由也？"

曰："爲國以禮。其言不讓，是故哂之。唯求則非邦也與？安見方六七十如五六十而非邦也者？唯赤則非邦也與？宗廟會同，非諸侯而何？赤也爲之小，孰能爲之大？"

〇"以吾一日長乎爾"二句：孔安國曰："言我問女（汝），女無以我長故難對。"〇率爾：急遽貌。〇千乘之國：古代按土地出兵，方圓百里之國可出兵車千乘。〇攝：夾也。〇因之：繼之。〇比：近也。〇方：道義。〇哂：微諷之笑。〇方六七十：每邊長六七十里。〇如：或也。〇足民：使人民衣食富足。〇宗廟之事：祭祀之事。〇會同：諸侯盟會之事。〇端：禮服；此處指穿禮服。章甫：禮帽；此處指戴禮帽。〇小相：地位最低之司儀。相，贊禮者。〇"鼓瑟希"三句：記敘曾皙被孔子詢問而作答時之情態。希，通"稀"；鏗爾：放瑟聲；作：起也。〇撰：述也。〇"何傷乎"二句：此二句爲倒裝句。孔安國："各言己志，於義無傷。"〇莫：同"暮"。〇春服既成：春耕之事完畢。《爾雅·釋詁上》："服，事也。"成，定也。〇冠者：成年人。古代男子二十歲舉行冠禮。〇沂：水名，在今山東曲阜南。〇風：迎風乘涼。〇舞雩：魯國祭天求雨之場所。雩，求雨之祭名。〇與：贊同。〇後：留在後面。〇"唯求則非邦也與"五句：孔子從反面發問，說明冉有、公西華所說的也是邦國之事。孔安國："明皆諸侯之事，與子路同徒。"與，通"歟"。〇"赤也爲之小"二句：意爲如果赤祇能爲小相，那誰能爲大相呢？

## 樊遲請學稼（子路）

【題解】樊遲：名須，字子遲，孔子弟子。宋朱熹《四書集注》引楊氏曰："樊須游聖人之門而問稼圃，志則陋矣，辭而辟之可也。待其出而後言其非，何也？蓋於其問也，自謂農圃之不如，則拒之者至矣。……及其既出，則懼其終不喻也，求老農老圃而學焉，則其失愈遠矣。故復言之，使知前所言者意有在也。"

樊遲請學稼。子曰："吾不如老農。"請學爲圃。曰："吾不如老圃。"

樊遲出。子曰："小人哉，樊須也！上好禮，則民莫敢不敬；上好義，則民莫敢不服；上好信，則民莫敢不用情。夫如是，則四方之民襁負其子而至矣，焉用稼？"

○圃：種植蔬菜、瓜果或苗木之綠地。

## 陽貨欲見孔子（陽貨）

【題解】 陽貨：名虎，魯國權卿季氏之家臣。宋朱熹《四書集注》："陽貨之欲見孔子，雖其善意，然不過欲使助己爲亂耳。故孔子不見者，義也；其往拜者，禮也；必時其亡而往者，欲其稱也；遇諸塗而不避者，不終絕也；隨問而對者，理之直也；對而不辯者，言之孫而亦無所詘也。"

陽貨欲見孔子，孔子不見，歸孔子豚。

孔子時其亡也而往拜之。遇諸塗。

謂孔子曰："來！予與爾言。曰：懷其寶而迷其邦，可謂仁乎？曰：不可。好從事而亟失時，可謂知乎？曰：不可。日月逝矣，歲不我與。"

孔子曰："諾！吾將仕矣。"

○欲見孔子：欲使孔子拜謁他。○歸：通"饋"，贈送。豚：本指小豬，此處指曾用於祭祀之小豬（《說文解字》釋豚曰"從又持肉以給祠祀"）。《論語·鄉黨》："朋友之饋，雖車馬，非祭肉不拜。"孔子本不欲見陽貨，然得豚後不得不往見之。○時：通"伺"，窺探。○塗：通"途"。○"曰：懷其寶而迷其邦"十句：陽貨自問自答之語。懷其寶，喻有一身本領；迷，亂也；亟：屢也；知，同"智"；與：等待。

## 楚狂接輿（微子）

【題解】 接輿：楚隱士，佯狂避世。康有爲《論語注》："孔子下車，蓋知爲異人，欲告之以救世之義，楚狂自有旨趣，故不欲聞而避之，此亦大隱之至。特發歌以致諷，不可謂不勤拳急；趨避而不言，不可謂不淡泊。隱士之高遠奇僻，及聖人之優容接引，皆可見焉。"

楚狂接輿歌而過孔子曰："鳳兮，鳳兮！何德之衰？往者不可諫，來者猶可追。已而，已而！今之從政者殆而！"

孔子下，欲與之言。趨而辟之，不得與之言。

○過：過孔子之車。舊注多以爲"過孔子之門"，似誤。曹之升《四書摭餘說》："《論語》所記隱士皆以其事名之。門者謂之'晨門'，杖者謂之'丈人'，津者謂之'沮'、'溺'，接孔子之輿者謂之'接輿'，非名亦非字也。"此即所謂"寓名例"，參見俞樾《古書疑義舉例》卷三。又，《莊子·人間世》："孔子適楚，楚狂接輿游其門。"此爲"寓言"，未足據也。○鳳：喻指孔子。○諫：勸阻。○已而：猶言"算了罷"。而，語助詞。○殆：危險。○辟：通"避"。

## 長沮桀溺耦而耕（微子）

【題解】 長沮、桀溺：皆隱士。俞樾《古書疑義舉例》卷三："夫二子者，問津且不告，豈復以姓名通於吾徒哉？特以下文各有問答，故爲假設之名以別之。曰'沮'曰'溺'，惜其沈淪而不返也。桀之言'桀然'也；'長'與'桀'，指目其狀也。以爲二人之真姓名，則泥矣。"耦：二人并耕。方存之《論文章本源》："記二人傲倪孤高如畫。末記孔子一談，深情至切。……二人一譏孔子爲知津，一以天下滔滔莫非津也，語意妙極。其不告津者，正所以告之也。"

長沮、桀溺耦而耕。孔子過之，使子路問津焉。

長沮曰："夫執輿者爲誰？"子路曰："爲孔丘。"曰："是魯孔丘與？"曰："是也。"曰："是知津矣。"

問於桀溺。桀溺曰："子爲誰？"曰："爲仲由。"曰："是魯孔丘之徒與？"對曰："然。"曰："滔滔者，天下皆是也，而誰以易之？且而與其從辟人之士也，豈若從辟世之士哉？"耰而不輟。

子路行以告，夫子憮然曰："鳥獸不可與同羣，吾非斯人之徒與而誰與！天下有道，丘不與易也。"

〇津：渡口。〇執輿：執轡於車。〇知津：譏孔子周游列國，熟悉道路，不必問人。〇"滔滔者"三句：朱熹《四書集注》："言天下皆亂，將誰與變易之？"滔滔，水周流貌，喻亂世；而，通"爾"；誰以，猶"與誰"。〇辟人：躲避壞人，不與之合作。辟，通"避"。下同。〇耰：以土掩蓋種子。〇憮然：悵然若失貌。〇斯人：世人。〇"天下有道"二句：言天下若已平治，我不必與爾等變易之。

## 子路從而後（微子）

【題解】 宋朱熹《四書集注》引范氏曰："隱者爲高，故往而不反；仕者爲通，故溺而不止。不與鳥獸同羣，則決性命之情以饕富貴。此二者皆惑也，是以依乎中庸者爲難。惟聖人不廢君臣之義，而必以其正，所以或出或處，而終不離於道也。"明李贄《四書評》："看此光景，令人感，感！"

子路從而後，遇丈人，以杖荷蓧。

子路問曰："子見夫子乎？"

丈人曰："四體不勤，五穀不分，孰爲夫子？"植其杖而芸。

子路拱而立。

止子路宿，殺鷄爲黍而食之，見其二子焉。

明日，子路行。以告。子曰："隱者也！"使子路反見之。至，則行矣。

子路曰："不仕無義。長幼之節，不可廢也；君臣之義，如之何其廢之？欲潔其身，而亂大倫！君子之仕也，行其義也。道之不行，已知之矣。"

○荷：扛。蓧：除草具。○植：通"置"。芸：通"耘"，除草。○拱：拱手以示敬意。○見：通"現"，使見。○反：通"返"。○大倫：君臣之義。倫，道理也。

## |輯　錄|

皇侃《論語集解義疏序》：《論語》者，是孔子沒後七十弟子之門徒共所撰錄也。

劉勰《文心雕龍·論說》：昔仲尼微言，門人追記，故仰其經目，稱爲《論語》。

陸德明《經典釋文序錄》：《論語》者……鄭康成云："仲弓、子夏等所撰定。"

柳宗元《論語辯·上篇》：或問曰："儒者稱《論語》孔子弟子所記，信乎？"曰："未然也。孔子弟子，曾參最少，少孔子四十六歲。曾子老而死。是書記曾子之死，則去孔子也遠矣。曾子之死，孔子弟子略無存者矣。吾意曾子弟子之爲之也。何哉？且是書載弟子必以字，獨曾子、有子不然。由是言之，弟子之號之也。然則有子何以稱子？曰：孔子之歿也，諸弟子以有子爲似夫子，立而師之。其後不能對諸子之問，乃叱避而退，則固嘗有師之號矣。今所記獨曾子最後死，余是以知之。蓋樂正子春、子思之徒與爲之爾。或曰：孔子弟子嘗雜記其言，然而卒成其書者，曾氏之徒也。"

梁啓超《古書真偽及其年代》卷二《分論》：《論語》祇有一部分是孔子弟子所記的，其餘大部分都是孔子再傳、三傳弟子記的。

蔣伯潛《諸子通考》：今按《論語》所記，有重見之語（例如"巧言令色鮮矣仁"，重見於《學而篇》及《陽貨篇》；"三年無改於父之道，可謂孝矣"，重見於《學而篇》及《里仁篇》。而其辭略異），有傳聞異辭，誤一爲二而重見之事（如畏於匡及厄於桓魋，當爲一事……），則記者、撰者均非一人可知。且《上論》與

《下論》文體、稱謂均不相同，屢附增續，痕迹顯然。則其論纂不止一次，不在一時，又可知已。曾子少孔子四十六歲，孔子年七十三而卒，則爾時曾子僅二十七耳；而《論語》記曾子臨終時告孟敬子之言，且舉孟敬子之諡，孟敬子之卒，當又後於曾子矣。故《論語》論纂成書，最早當在孔子卒後五六十年矣。記述非一人，論纂非一次，其撰人實已無從考定。各家所說，多出臆度。

**參考書目**

《四書集注·論語集注》，朱熹著，中華書局1983年版。

《論語正義》，劉寶楠著，中華書局1990年版。

《論語集釋》，程樹德著，中華書局1990年版。

《論語譯注》，楊伯峻著，中華書局1980年版。

**思考題**

1. 試描述《論語》中的孔子形象。
2. 背誦《子路、曾皙、冉有、公西華侍坐》。

## 《孟子》

**孟　子**（前372？—前289）

《史記·孟子荀卿列傳》：孟軻者，鄒人也。受業子思（即孔子之孫）之門人。道既通，游事齊宣王，宣王不能用。適梁，梁惠王不果所言，則見以爲迂遠而闊於事情。當是之時，秦用商君，富國彊兵；楚、魏用吳起，戰勝弱敵；齊威王、宣王用孫子、田忌之徒，而諸侯東面朝齊。天下方務於合縱連衡，以攻伐爲賢，而孟軻乃述唐、虞、三代之德，是以所如者不合。退而與萬章之徒序《詩》、《書》，述仲尼之意，作《孟子》七篇。又據《漢書·藝文志》著錄，《孟子》"十一篇"。趙岐《孟子章句·題辭》：

"又有《外書》四篇：《性善辯》、《文說》、《孝經》、《爲政》。其文不能弘深，不與内篇相似，似非孟子本真，後世依放而托之者也。"因趙岐未注，《外書》後亡佚。趙岐將七篇《孟子》分爲上下篇，故今本《孟子》十四篇。

### 孟子見梁惠王（梁惠王章句上）

【題解】 此爲《孟子》之首篇。梁惠王，即魏惠王，名罃，公元前369年即位，因從舊都安邑遷都於大梁，故稱梁惠王。《史記·孟子荀卿列傳》："太史公曰：余讀孟子書，至梁惠王問'何以利吾國'，未嘗不廢書而歎也。曰：嗟乎，利誠亂之始也！夫子罕言利者，常防其原也。"

孟子見梁惠王。王曰："叟不遠千里而來，亦將有以利吾國乎？"

孟子對曰："王何必曰利？亦有仁義而已矣。王曰：'何以利吾國？'大夫曰：'何以利吾家？'士庶人曰：'何以利吾身？'上下交征利，而國危矣。萬乘之國，弑其君者，必千乘之家；千乘之國，弑其君者，必百乘之家。萬取千焉，千取百焉，不爲不多矣。苟爲後義而先利，不奪不饜。未有仁而遺其親者也，未有義而後其君者也。王亦曰仁義而已矣，何必曰利？"

**中華書局影印阮刻《十三經注疏》本《孟子注疏》**（下同）

○征：取也。○萬乘之國：古代兵車一輛爲一乘；古代以兵車之多少來衡量國家之大小。○家：有封邑之臣。

### 齊桓晉文之事（梁惠王章句上）

【題解】 本文比較集中地反映了孟子的仁政思想，指出人君祇要能善於擴充不忍人之心，便可以推行王道於天下。楊大受《孟子講義切近錄》卷一引王敷彝語："其行文層層放下，層層捲上，乍合乍離，是七篇中第一結構也。"

齊宣王問曰："齊桓、晉文之事，可得聞乎？"

孟子對曰："仲尼之徒，無道桓文之事者，是以後世無傳焉，臣未之聞也。無以，則王乎？"

曰："德何如則可以王矣？"

曰："保民而王，莫之能禦也。"

曰："若寡人者，可以保民乎哉？"

曰："可。"

曰："何由知吾可也？"

曰："臣聞之胡齕曰，王坐於堂上，有牽牛而過堂下者，王見之，曰：'牛何之？'對曰：'將以釁鐘。'王曰：'舍之。吾不忍其觳觫，若無罪而就死地。'對曰：'然則廢釁鐘與？'曰：'何可廢也？以羊易之！'不識有諸？"

曰："有之。"

曰："是心足以王矣。百姓皆以王爲愛也，臣固知王之不忍也。"

王曰："然；誠有百姓者。齊國雖褊小，吾何愛一牛？即不忍其觳觫，若無罪而就死地，故以羊易之也。"

曰："王無異於百姓之以王爲愛也。以小易大，彼惡知之？王若隱其無罪而就死地，則牛羊何擇焉？"

王笑曰："是誠何心哉？我非愛其財而易之以羊也。宜乎百姓之謂我愛也。"

曰："無傷也，是乃仁術也，見牛未見羊也。君子之於禽獸也，見其生，不忍見其死；聞其聲，不忍食其肉。是以君子遠庖廚也。"

王說，曰："《詩》云：'他人有心，予忖度之。'夫子之謂也。夫我乃行之，反而求之，不得吾心。夫子言之，於我心有戚戚焉。此心之所以合於王者，何也？"

曰："有復於王者曰：'吾力足以舉百鈞，而不足以舉一羽；明足以察秋毫之末，而不見輿薪。'則王許之乎？"

曰："否。"

"今恩足以及禽獸，而功不至於百姓者，獨何與？然則一羽之不舉，爲不用力焉；輿薪之不見，爲不用明焉；百姓之不見保，爲不用恩焉。故王之不王，不爲也，非不能也。"

曰："不爲者與不能者之形，何以異？"

曰："挾太山以超北海，語人曰：'我不能。'是誠不能也。爲長者折枝，語人曰：'我不能。'是不爲也，非不能也。故王之不王，非挾太山以超北海之類也；王之不王，是折枝之類也。老吾老，以及人之老；幼吾幼，以及人之幼。天下可運於掌。《詩》云：'刑于寡妻，至于兄弟，以御于家邦。'言舉斯心加諸彼而已。故推恩足以保四海，不推恩無以保妻子。古之人所以大過人者，無他焉，善推其所爲而已矣。今恩足以及禽獸，而功不至於百姓者，獨何與？權，然後知輕重；度，然後知長短。物皆然，心爲甚。王請度之。抑王興甲兵，危士臣，構怨於諸侯，然後快於心與？"

○齊宣王：姓田，名辟彊，齊威王之子。公元前319年至前301年在位。○齊桓：即齊桓公，姓姜，名小白。春秋時霸主之一。晉文：即晉文公，姓姬，名重耳。春秋時霸主之一。○無以：不得已。以，通"已"。○胡齕：齊王左右之近臣。○釁鍾：古代新器物（鍾或鼓）製成後，殺牲以祭，因取其血以塗抹縫隙，是爲"釁"。鍾，通"鐘"。○觳觫：發抖貌。○愛：吝嗇。○無異：無怪。○"他人有心"二句：語出《詩經·小雅·巧言》。○鈞：三十斤爲一鈞。○北海：渤海。○折枝：彎腰行禮。枝，通"肢"。○"刑于寡妻"三句：語出《詩經·大雅·思齊》。刑，通"型"，示範；寡妻，嫡妻；御，治也。

王曰："否。吾何快於是？將以求吾所大欲也。"

曰："王之所大欲，可得聞與？"

王笑而不言。

曰："爲肥甘不足於口與？輕暖不足於體與？抑爲采色不足視於目與？聲音不足聽於耳與？便嬖不足使令於前與？王之諸臣皆足以供之，而王豈爲是哉？"

曰："否。吾不爲是也。"

曰："然則王之所大欲可知已。欲辟土地，朝秦楚，莅中國而撫四夷也。以若所爲，求若所欲，猶緣木而求魚也。"

王曰："若是其甚與？"

曰："殆有甚焉。緣木求魚，雖不得魚，無後災。以若所爲，求若所欲，盡心力而爲之，後必有災。"

曰："可得聞與？"

曰："鄒人與楚人戰，則王以爲孰勝？"

曰："楚人勝。"

曰："然則小固不可以敵大，寡固不可以敵衆，弱固不可以敵強。海内之地，方千里者九，齊集有其一。以一服八，何以異於鄒敵楚哉？蓋亦反其本矣。今王發政施仁，使天下仕者皆欲立於王之朝，耕者皆欲耕於王之野，商賈皆欲藏於王之市，行旅皆欲出於王之塗，天下之欲疾其君者皆欲赴愬於王。其若是，孰能禦之？"

王曰："吾惛，不能進於是矣。願夫子輔吾志，明以教我。我雖不敏，請嘗試之。"

曰："無恒產而有恒心者，惟士爲能。若民，則無恒產因無恒心。苟無恒心，放辟邪侈，無不爲已。及陷於罪，然後從而刑之，是罔民也。焉有仁人在位罔民而可爲也？是故明君制民之產，必使仰足以事父母，俯足以畜妻子，樂歲終身飽，凶年免於死亡；然後驅而之善，故民之從之也輕。今也制民之產，仰不足以事父母，俯不足以畜妻子，樂歲終身苦，凶年不免於死亡。此惟救死而恐不贍，奚暇治禮義哉？王欲行之，則盍反其本矣：五畝之宅，樹之以桑，五十者可以衣帛矣。雞豚狗彘之畜，無失其時，七十者可以食肉矣。百畝之田，勿奪其時，八口之家可以無飢矣。謹庠序之教，申之以孝悌之義，頒白者不負戴於道路矣。老者衣帛食肉，黎民不飢不寒，然而不王者，未之有也。"

○肥甘：美食。○輕暖：舒適之衣服。○采：通"彩"，彩色。○聲音：音樂。○便嬖：左右之寵幸者。○辟：通"闢"，開闢。○朝秦楚：使秦楚來朝。○中國：中原。四夷：當時中原人對邊疆少數民族之蔑稱。○殆有甚焉：大概比這還要嚴重。有，通"又"。○集：湊起來。○蓋：通"盍"，何不。○反：通"返"。本：王道之本。○放辟邪侈：不遵束縛，犯上作亂。辟，通"僻"。○庠序：學校。殷代稱"序"，周代稱"庠"。○頒白者：白髮之老年人。頒，通"斑"。

## 莊暴見孟子（梁惠王章句下）

【題解】 莊暴：齊臣。朱熹《四書集注》引范氏曰："戰國之時，民窮財盡，人君獨以南面之樂自奉其身。孟子切於救民，故因齊王之好樂，開導其善心，深勸其與民同樂。而謂今樂猶古樂，其實今樂古樂何可同也？但與民同樂之意，則無古今之異耳。"

莊暴見孟子，曰："暴見於王，王語暴以好樂，暴未有以對也。"曰："好樂何如？"

孟子曰："王之好樂甚，則齊國其庶幾乎！"

他日見於王，曰："王嘗語莊子以好樂，有諸？"

王變乎色，曰："寡人非能好先王之樂也，直好世俗之樂耳。"

曰："王之好樂甚，則齊其庶幾乎！今之樂猶古之樂也。"

曰："可得聞與？"

曰："獨樂樂，與人樂樂，孰樂？"

曰："不若與人。"

曰："與少樂樂，與眾樂樂，孰樂？"

曰："不若與衆。"

"臣請爲王言樂。今王鼓樂於此，百姓聞王鍾鼓之聲，管籥之音，舉疾首蹙頞而相告曰：'吾王之好鼓樂，夫何使我至於此極？父子不相見，兄弟妻子離散。'今王田獵於此，百姓聞王車馬之音，見羽旄之美，舉疾首蹙頞而相告曰：'吾王之好田獵也，夫何使我至於此極也？父子不相見，兄弟妻子離散？'此無他，不與民同樂也。今王鼓樂於此，百姓聞王鍾鼓之聲，管籥之音，舉欣欣然有喜色而相告曰：'吾王庶幾無疾病與，何以能鼓樂也？'今王田獵於此，百姓聞王車馬之音，見羽旄之美，舉欣欣然有喜色而相告曰：'吾王庶幾無疾病與，何以能田獵也？'此無他，與民同樂也。今王與百姓同樂，則王矣。"

○見於王：被王召見。王，齊宣王。○樂：音樂。○庶幾：差不多。○變乎色：扭捏貌。○"獨樂樂"三句：意謂："獨自欣賞音樂快樂，與人一同欣賞音樂亦快樂，何者最快樂？"○鍾：通"鐘"。○管籥：古代吹奏樂器。○舉：皆也。蹙頞：愁貌。

## 人皆謂我毀明堂（梁惠王章句下）

【題解】明堂：古代天子宣明政教之處，凡祭祀、慶賞等大典，均在其中舉行。焦循《孟子正義》："夫子恂恂然善誘人，誘人以進於善也。齊王好貨好色，孟子推以公劉、太王，所謂'責難於君謂之恭'者也。"

齊宣王問曰："人皆謂我毀明堂，毀諸？已乎？"

孟子對曰："夫明堂者，王者之堂也。王欲行王政，則勿毀之矣。"

王曰："王政可得聞與？"

對曰："昔者文王之治岐也，耕者九一，仕者世祿，關市譏而不征，澤梁無禁，罪人不孥。老而無妻曰鰥，老而無夫曰寡，老而無子曰獨，幼而無父曰孤。此四者，天下之窮民而無告者。文王發政施仁，必先斯四者。《詩》云：'哿矣富人，哀此煢獨。'"

王曰："善哉言乎！"

曰："王如善之，則何爲不行？"

王曰："寡人有疾，寡人好貨。"

對曰："昔者公劉好貨，《詩》云：'乃積乃倉，乃裹餱糧，于橐于囊，思輯用光。弓矢斯張，干戈戚揚，爰方啓行。'故居者有積倉，行者有裹囊也，然後可以爰方啓行。王如好貨，與百姓同之，於王何有？"

王曰："寡人有疾，寡人好色。"

對曰："昔者太王好色，愛厥妃。《詩》云：'古公亶父，來朝走馬。率西水滸，至于岐下。爰及姜女，聿來胥宇。'當是時也，內無怨女，外無曠夫。王如好色，與百姓同之，於王何有？"

○已：止也。○岐：地名。在今陝西岐山一帶。○九一：九分抽一之稅率。此處指井田制而言。每井九百畝，八家各一百畝私田，當中一百畝公田由八家共同耕種。○仕者世祿：仕者之子孫皆享俸祿。○譏：察也。征：收稅。○梁：魚梁。古人置於流水中攔魚之裝置。○罪人不孥：言刑法不殃及妻子。孥，妻子。此處用爲動詞。○"哿矣富人"二句：語出《詩經·小雅·正月》。哿，可也；煢，孤獨貌。○公劉：夏末時的周族首長。參見前《詩經·大雅·公劉》題解。下文所引"乃積乃倉"云云，即見該詩。○何有：言不難也。○太王：即周太王古公亶父。參見前《詩經·大雅·緜》題解。下文所引"古公亶父"云云，即見該詩。○"內無怨女"二句：言使一國男女無有怨曠。

### 敢問夫子惡乎長（公孫丑章句上）

【題解】這是孟子與其弟子公孫丑之間的一段對話。其中提到的"知言"、"養氣"對後世文學理論及作家人格修養有重大影響。劉勰《文心雕龍·風骨》："綴慮裁篇，務盈守氣，剛健既實，輝光乃新，其爲文用，譬征鳥之使翼也。"

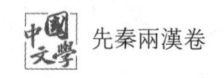

"敢問夫子惡乎長？"

曰："我知言，我善養吾浩然之氣。"

"敢問何謂浩然之氣？"

曰："難言也。其爲氣也，至大至剛以直。養而無害，則塞于天地之間。其爲氣也，配義與道；無是，餒也。是集義所生者，非義襲而取之也。行有不慊於心，則餒矣。我故曰告子未嘗知義，以其外之也。必有事焉，而勿正，心勿忘，勿助長也。無若宋人然：宋人有閔其苗之不長而揠之者，芒芒然歸，謂其人曰：'今日病矣，予助苗長矣。'其子趨而往視之，苗則槁矣。天下之不助苗長者，寡矣。以爲無益而舍之者，不耘苗者也。助之長者，揠苗者也，非徒無益，而又害之。"

"何謂知言？"

曰："詖辭知其所蔽，淫辭知其所陷，邪辭知其所離，遁辭知其所窮。生於其心，害於其政；發於其政，害於其事。聖人復起，必從吾言矣。"

○餒：飢乏而氣不充體也。○集：積也。○襲：掩取，意謂從外部强加。○慊：滿足。○告子：戰國時學者，曾師從墨子（見《墨子·公孟》）。告子主張人性無善無不善，因而"義"是一種外部之强加。參見《孟子·告子上》有關章節。○勿正：不要有特定之目的。正，古代箭靶之中心。○揠：拔也。○芒芒然：疲倦貌。○其人：家人。○病：疲倦。○詖辭：片面之辭。詖，偏頗。蔽：不通明。○淫辭：過分之辭。陷：失足。○邪辭：違背正道之辭。離：違反於正道。○遁辭：躲閃之詞。窮：理窮。

## 人皆有不忍人之心（公孫丑章句上）

【題解】 不忍人：不忍加惡於人，即同情人。孟子以爲人皆有不忍人之心，唯君子能擴而充之，反之則爲自棄。所以吳廷翰評價此種理論說："人皆以性爲善、爲真實、爲在內、爲與物異，而仁義之道明，人類不至於

禽獸，其爲功也孰大焉。"（《吉齋漫錄》卷上）

孟子曰："人皆有不忍人之心。先王有不忍人之心，斯有不忍人之政矣。以不忍人之心，行不忍人之政，治天下可運之掌上。所以謂'人皆有不忍人之心'者，今人乍見孺子將入於井，皆有怵惕惻隱之心，非所以內交於孺子之父母也，非所以要譽於鄉黨朋友也，非惡其聲而然也。由是觀之，無惻隱之心，非人也；無羞惡之心，非人也；無辭讓之心，非人也；無是非之心，非人也。惻隱之心，仁之端也；羞惡之心，義之端也；辭讓之心，禮之端也；是非之心，智之端也。人之有是四端也，猶其有四體也。有是四端而自謂不能者，自賊者也；謂其君不能者，賊其君者也。凡有四端於我者，知皆擴而充之矣，若火之始然，泉之始達。苟能充之，足以保四海；苟不充之，不足以事父母。"

○乍：忽然。○怵惕惻隱：恐懼哀痛。○內交：結交。內，通"納"，結也。○要：求也。○端：發端。○然：同"燃"。○保：定也。

## 咸丘蒙問詩（萬章章句上）

【題解】咸丘蒙：孟子弟子。孟子與咸丘蒙在對話中提出的"以意逆志"，成爲古典文學闡釋理論中的重要原則。朱熹《四書集注》："說《詩》之法，不可以一字而害一句之義，不可以一句害設辭之志，當以己意迎取作者之志，乃可得之。"

咸丘蒙問曰："語云：'盛德之士，君不得而臣，父不得而子。'舜南面而立，堯帥諸侯北面而朝之，瞽瞍亦北面而朝之。舜見瞽瞍，其容有蹙。孔子曰：'於斯時也，天下殆哉，岌岌乎！'不識此語誠然乎哉？"

孟子曰："否，此非君子之言，齊東野人之語也。堯老而舜攝也。《堯典》曰：'二十有八載，放勳乃徂落，百姓如喪考妣，三年，四海遏密八音。'孔子曰：'天無二日，民無二王。'舜既爲天子矣，又帥天下諸侯以爲堯三年喪，是二天子矣。"

咸丘蒙曰："舜之不臣堯，則吾既得聞命矣。《詩》云：'普天之下，莫非王土；率土之濱，莫非王臣。'而舜既爲天子矣，敢問瞽瞍之非臣，如何？"

曰："是詩也，非是之謂也；勞於王事而不得養父母也。曰：'此莫非王事，我獨賢勞也。'故說詩者，不以文害辭，不以辭害志。以意逆志，是爲得之，如以辭而已矣。《雲漢》之詩曰：'周餘黎民，靡有孑遺。'信斯言也，是周無遺民也。孝子之至，莫大乎尊親；尊親之至，莫大乎以天下養。爲天子父，尊之至也；以天下養，養之至也。《詩》曰：'永言孝思，孝思惟則。'此之謂也。《書》曰：'祗載見瞽瞍，夔夔齊栗，瞽瞍亦允若。'是爲父不得而子也。"

○瞽瞍：即瞽叟，舜父。因其目盲，故稱"瞽"。○慼：不安貌。○"孔子曰"四句：《墨子·非儒》："孔丘與其門弟子閒坐，曰：'夫舜見瞽瞍蹴然，此時天下圾乎！'"○"《堯典》曰"六句：見《堯典》及注。○"天無二日"二句：語出《禮記·曾子問》。○"普天之下"四句：語出《詩經·小雅·北山》，見前注。普，《詩》本作"溥"。○賢：勞也。○不以文害辭：不拘泥於文字而誤解詞句。○不以辭害志：不拘泥於詞句而誤解原意。○以意逆志：趙岐注："志，詩人志所欲之事；意，學者之心意也。"然趙岐《孟子章句·題辭》又曰："孟子長於譬喻，辭不迫切，而意已獨至。其言曰：'說《詩》者，不以文害辭，不以辭害志。以意逆志，爲得之矣。'斯言殆欲使後人深求其意以解其文，不但施於說《詩》也。"這兩種說法不同。後人或以"以意逆志"爲以作者之意推求作者之志。○"周餘黎民"二句：語出《詩經·大雅·雲漢》。黎民，衆民；靡，通"無"；孑，餘也。○"永言孝思"二句：語出《詩經·大雅·下武》。意謂：永懷孝思，孝思即效法先人。○"《書》曰"四句：趙岐注："《書》，《尚書》遺篇；祗，敬；載，事也；夔夔齊栗，敬慎戰懼貌。"

## 禮與食孰重（告子章句下）

**【題解】** 朱熹《四書集注》："此章言義理事物，其輕重固有大分。然於其中，又各自有輕重之別。聖賢於此錯綜斟酌，毫髮不差，固不肯柱尺而直尋，亦未嘗膠柱而調瑟，所以斷之一視於理之當然而已矣。"

任人有問屋廬子曰："禮與食孰重？"

曰："禮重。"

"色與禮孰重？"

曰："禮重。"

曰："以禮食，則飢而死；不以禮食，則得食，必以禮乎？親迎，則不得妻；不親迎，則得妻，必親迎乎？"

屋廬子不能對。明日之鄒，以告孟子。

孟子曰："於，答是也，何有？不揣其本而齊其末，方寸之木可使高於岑樓。金重於羽者，豈謂一鈎金與一輿羽之謂哉？取食之重者與禮之輕者而比之，奚翅食重？取色之重者與禮之輕者而比之，奚翅色重？往應之曰：'紾兄之臂而奪之食，則得食；不紾，則不得食，則將紾之乎？踰東家牆而摟其處子，則得妻；不摟，則不得妻，則將摟之乎？'"

〇任：古國名。其地在今山東濟南。屋廬子：名連，孟子弟子。〇親迎：謂以禮娶親。〇揣：揣度。〇岑樓：樓之高銳似山者。岑，山高而小。〇鈎金：一鈎帶之金。〇翅：通"啻"，但也。〇紾：扭轉。〇處子：處女。

## 輯 錄

趙岐《孟子題辭》：（孟子）辭不迫切，而意已獨至。

蘇洵《上歐陽內翰書》：孟子之文，語約而意盡，不爲巉刻斬絕之言，而其鋒不可犯。

郝敬《讀孟子》：七篇之言，近而遠，淺而深，疏暢條達而詳允精密。不爲鈎深索隱之談，而肯綮盤錯，會通無迹。

章學誠《文史通義·詩教上》：至孟子，而其文然後閎肆焉。

劉熙載《藝概·文概》：集義養氣，是孟子本領。不從事於此，而學孟子之文，得無象之然乎？

**參考書目**

《四書集注·孟子集注》，朱熹著，中華書局 1983 年版。

《孟子正義》，焦循著，中華書局《諸子集成》版 1986 年版。

《孟子譯注》，楊伯峻著，中華書局 1984 年版。

**思考題**

1. 如何理解孟子的"以意逆志"之說？
2. 孟子的"養氣"、"性善"等學說對中國古代作家的人格形成有何影響？
3. 背誦《齊桓晉文之事》"無恒產而有恒心者，惟士爲能"至"然而不王者，未之有也"一段與《人皆有不忍人之心》。

## 《荀子》

**荀　子**（生卒年不詳）

《史記·孟子荀卿列傳》：荀卿，趙國人，年五十游學於齊，三爲祭酒。齊人或讒荀卿，荀卿乃適楚，而春申君以爲蘭陵令。春申君死而荀卿廢，因家蘭陵。李斯嘗爲其弟子，已而相秦。荀卿嫉濁世之政，亡國亂君相屬，不遂大道而營巫祝，鄙儒小拘，莊周等又滑稽亂俗，於是推儒、墨道德之行事興壞，序列著數萬言而卒。因葬蘭陵。

今本《荀子》三十二篇。由西漢劉向初編，後又經唐代注家重定目次。其中《大略》等最後六篇當爲弟子所記。《荀子》文章，擺脫了早期先秦思想家著作對話體的窠臼，均爲自成體系的專題論文。《荀子》之文爲學者之文，嚴謹周詳，渾厚老練，博大精深。

## 樂　論

【題解】　本篇闡述了荀子對音樂之產生及其社會作用的認識。荀子認爲，音樂是人類精神需要的必需產物，具有化性起僞的社會功能，因此先王制定音樂以調整社會關係。這是現存的先秦時期第一篇系統論述音樂的專文，亦涉及詩歌問題，對後世影響深遠。

夫樂者，樂也，人情之所必不免也，故人不能無樂。樂則必發於聲音，形於動靜，而人之道，聲音動靜，性術之變盡是矣。故人不能不樂，樂則不能無形，形而不爲道，則不能無亂。先王惡其亂也，故制《雅》、《頌》之聲以道之，使其聲足以樂而不流，使其文足以辨而不諰，使其曲直、繁省、廉肉、節奏，足以感動人之善心，使夫邪汙之氣無由得接焉。是先王立樂之方也。而墨子非之，奈何！

故樂在宗廟之中，君臣上下同聽之，則莫不和敬；閨門之内，父子兄弟同聽之，則莫不和親；鄉里族長之中，長少同聽之，則莫不和順。故樂者，審一以定和者也，比物以飾節者也，合奏以成文者也；足以率一道，足以治萬變。是先王立樂之術也。而墨子非之，奈何！

故聽其《雅》、《頌》之聲，而志意得廣焉；執其干戚，習其俯仰屈伸，而容貌得莊焉；行其綴兆，要其節奏，而行列得正焉，進退得齊焉。故樂者，出所以征誅也，入所以揖讓也。征誅揖讓，其義一也。出所以征誅，則莫不聽從；入所以揖讓，則莫不從服。故樂者，天下之大齊也，中和之紀也，人情之所必不免也。是先王立樂之術也。而墨子非之，奈何！

○"夫樂者"二句：音樂是人喜樂情感之表現。○形：表現。○人之道：人之所以爲人。○不爲道：道，通"導"。○流：淫放。○文：樂之辭章。辨：通"辯"，辭意通達。諰：通"偲"，邪佞也。○曲直：聲韻之迴旋曲折或平直。○繁省：聲韻之複雜或簡單。廉肉：聲韻之清濁。廉，清；肉，飽滿。○方：道也。○墨：墨翟，墨家學派創始人，曾作《非樂》上、中、下三篇，今中、下二篇亡佚。○族長：古代百家爲族，二百五十家爲長。或説"族長"即"族黨"。○審一以定和：審定音律以求得樂調之和諧。一，音律。○比：合。物：樂器。○率一道：統率大道。○干戚：武舞之舞具。干，盾牌；戚，斧頭。○綴兆：樂舞之行列位置。○要：合也。○齊：同也。○紀：綱領。

且樂者，先王之所以飾喜也；軍旅鈇鉞者，先王之所以飾怒也。先王喜怒皆得其齊焉。是故喜而天下和之，怒而暴亂畏之。先王之道，禮樂正其盛者也，而墨子非之。故曰：墨子之於道也，猶瞽之於白黑也，猶聾之於清濁也，猶欲之楚而北求之也。

夫聲樂之入人也深，其化人也速，故先王謹爲之文。樂中平則民和而不流，樂肅莊則民齊而不亂。民和齊則兵勁城固，敵國不敢嬰也。如是，則百姓莫不安其處，樂其鄉，以至足其上矣。然後名聲於是白，光輝於是大，四海之民，莫不願得以爲師。是王者之始也。樂姚冶以險，則民流僈鄙賤矣。流僈則亂，鄙賤則爭。亂爭則兵弱城犯，敵國危之。如是，則百姓不安其處，不樂其鄉，不足其上矣。故禮樂廢而邪音起者，危削侮辱之本也。故先王貴禮樂而賤邪音。其在序官也，曰："修憲命，審詩商，禁淫聲，以時順修，使夷俗邪音不敢亂雅，太師之事也。"

墨子曰："樂者，聖王之所非也，而儒者爲之，過也。"君子以爲不然。樂者，聖人之所樂也，而可以善民心。其感人深，其移風易俗，故先王導之以禮樂而民和睦。

夫民有好惡之情而無喜怒之應，則亂。先王惡其亂也，故修其行，正其樂，而天下順焉。故齊衰之服，哭泣之聲，使人之心悲；帶甲嬰軸，歌於行伍，使人之心傷；姚冶之容，鄭、衛之音，使人之心淫；紳、端、章甫，舞《韶》歌《武》，使人之心莊。故君子耳不聽淫聲，目不視女色，口不出惡言。此三者，君子慎之。

凡姦聲感人而逆氣應之，逆氣成象而亂生焉。正聲感人而順氣應之，順氣成象而治生焉。唱和有應，善惡相象，故君子慎其所去就也。

○齊：和也；此處指恰當之表現。○清濁：聲韻之清濁。○嬰：通"攖"，侵犯。○師：君長。○姚冶：通"窕冶"，淺薄，輕佻。以：而。險：邪。流僈：散漫放縱。○犯：陶洪慶《志諸子雜記》以爲其爲"脆"，弱也。○序官：殆爲典籍之篇名。案，以下"修憲命"六句又見《荀子・王制》。○詩商：底本原作"誅賞"，據《荀子・王制》改。商，通"章"。○太師：樂官之長。○其移風易俗：《漢書・禮樂志》作"其移風易俗易"。○齊衰：喪服。○嬰：戴也。軸：通"冑"，軍盔。○傷：通"壯"，悲壯。○紳：古代貴族束於腰間之大帶。端、章甫：古代貴族之禮服、禮帽；此處均用爲動詞。○《韶》：相傳虞舜時古樂名。《武》：古樂名，又名《大武》，頌武王伐紂之武功。○成象：表現於歌舞。

君子以鐘鼓道志，以琴瑟樂心。動以干戚，飾以羽旄，從以磬管。故其清明象天，其廣大象地，其俯仰周旋有似於四時。故樂行而志清，禮修而行成，耳目聰明，血氣和平，移風易俗，天下皆寧，美善相樂。故曰：樂者，樂也。君子樂得其道，小人樂得其欲。以道制欲，則樂而不亂；以欲忘道，則惑而不樂。故樂者，所以道樂也。金石絲竹，所以道德也。樂行而民鄉方矣。故樂者，治人之盛者也；而墨子非之。

且樂也者，和之不可變者也；禮也者，理之不可易者也。樂合同，禮別異。禮樂之統，管乎人心矣。窮本極變，樂之情也；著誠去偽，禮之經也。墨子非之，幾遇刑也。明王已沒，莫之正也。愚者學之，危其身也。君子明樂，乃其德也。亂世惡善，不此聽也。於乎哀哉，不得成也。弟子勉學，無所營也。

聲樂之象：鼓大麗，鐘統實，磬廉制，竽、笙簫和，筦、籥發猛，塤、箎翁博，瑟易良，琴婦好，歌清盡，舞意天道兼。鼓，其樂之君邪？故鼓似天，鐘似地，磬似水，竽、笙、筦、籥似星辰日月，鞉、柷、拊、鞷、椌、楬似萬物。曷以知舞之意？曰：目不自見，耳不自聞也，然而治俯仰詘信進退遲速，莫不廉制，盡筋骨之力以要鐘鼓俯會之節，而靡有悖逆者，衆積意諄諄乎！

○羽旄：舞具。羽，野鷄毛；旄，犛牛尾。○清明：清朗；此處指樂聲。下文"廣大"同。○俯仰周旋有似於四時：舞蹈動作象春夏秋冬四季之變化。○行：德行。○道：通"導"。下文"道德"之"道"同。○鄉方：歸心於道。鄉，通"嚮"。○管：包也。《史記·樂書》作"貫"。○幾遇刑：近乎犯罪。○營：通"熒"，疑惑。○聲樂之象：聲樂是有象徵意義的。象，象徵。○鼓大麗：鼓聲大而遠。麗，通"離"，遠也。○鐘統實：鐘聲宏大而充實。統，通"充"。○磬廉制：磬聲清晰而有節制。廉，棱角，此處喻指音樂形象鮮明。○簫和：整齊和諧。簫，當從王引之說讀爲"肅"。○筦、籥發猛：編管樂器振奮激昂。○塤：陶土所製吹奏樂器。箎：單管橫吹樂器。翁博：通"滃渤"，沉悶而不昂揚。○易良：中和平易。○婦好：通"女好"，柔婉。○盡：婉轉盡致。○舞意天道兼：舞意與天道相合。兼，合也。○竽、笙、筦、籥似星辰日月：底本"筦"前衍"簫和"二字，當是依前文衍，今刪去。○鞉、柷、拊、鞷、椌、楬：均樂器名。○詘信：通"屈伸"。○要：合也。○積：習也。譚譚：通"諄諄"。

吾觀於鄉而知王道之易易也。主人親速賓及介，而衆賓皆從之。至於門外，主人拜賓及介，而衆賓皆入，貴賤之義別矣。三揖至於階，三讓以賓升，拜至，獻酬，辭讓之節繁。及介省矣。至於衆賓，升受，坐祭，立飲，不酢而降。隆殺之義辨矣。工入，升歌三終，主人獻之；笙入三終，主人獻之；閒歌三終，合樂三終，工告樂備，遂出。二人揚觶，乃立司正。焉知其能和樂而不流也。賓酬主人，主人酬介，介酬衆賓，少長以齒，終於沃洗者。焉知其能弟長而無遺也。降，說屨，升坐，修爵無數。飲酒之節，朝不廢朝，莫不廢夕。賓出，主人拜送，節文終遂。焉知其能安燕而不亂也。貴賤明，隆殺辨，和樂而不流，弟長而無遺，安燕而不亂。此五行者，足以正身安國矣。彼國安而天下安。故曰：吾觀於鄉而知王道之易易也。

亂世之徵，其服組，其容婦，其俗淫，其志利，其行雜，其聲樂險，其文章匿而采，其養生無度，其送死瘠墨，賤禮義而貴勇力，貧則爲盜，富則爲賊。治世反是也。

**中華書局《諸子集成》本王先謙《荀子集解》（下同）**

○吾觀於鄉而知王道之易易也：《禮記·鄉飲酒義》："孔子曰：'吾觀於鄉而知王道之易也。'"鄭玄注："鄉：鄉飲酒也。易易：謂教化之本，尊賢尚齒而已。"○速：迎請。賓、介：鄉飲酒之禮，賢者爲賓，其次爲介，其餘爲衆賓。○別：分明。○拜至：拜賓至。○獻酬：主人酌酒獻賓，賓用酒回敬，主人又酌酒自飲以酬賓。○酢：客人用酒回敬主人。○隆：隆重。殺：減省。○工：樂工。○升歌三終：樂工升堂，歌詩三篇，每篇一終。○笙入三終：吹笙者進入堂下，奏詩三篇。○閒歌三終：堂上樂工先一曲，則堂下吹笙者吹奏一曲爲一終，如此更相歌吹，共爲三終。○合樂：歌笙並作。○觶：酒器。○司正：司禮者。○齒：年齡。○沃洗者：洗酒器之屬。○弟：少也。○說：通"脫"。○修：行也。○朝不廢朝：鄉飲酒禮在朝後舉行，不影響該做之事。○莫不廢夕：鄉飲酒禮還未到晚上即結束，參加者有時間去辦私事。莫，通"暮"。○遂：成也。○安燕：舒適而安逸。燕，通"晏"。○足：底本"足"前有"是"，據《禮記·鄉飲酒義》刪。○組：華麗。○容婦：模仿婦女打扮。○利：唯利是圖。○雜：污也。○險：邪也。○匿而采：內容邪惡而多采飾。匿，通"慝"，邪惡。○瘠墨：儉薄。

## 成　相（節選）

【題解】《禮記·樂記》"再成而滅商"句鄭玄注："成，猶奏也。"《禮記·曲禮》"鄰有喪，舂不相"句鄭玄注："相，謂送杵聲。"朱熹《楚辭後語》："成相，助力之歌。"荀子此篇采用了當時民間流行的助力歌形式。清郝懿行《荀子補注》附錄《與王伯申引之侍郎論孫卿書》："（荀子）發憤著書，其旨歸意趣，盡在《成相》一篇，而托之以瞽矇之詞，以避患也。"劉師培《論文雜記》第八條自注："觀荀卿作《成相篇》，已近於賦體，而其考列往迹，闡明事理，已開後世之連珠。"

請成相，世之殃，愚闇愚闇墮賢良。人主無賢，如瞽無相，何倀倀。請布基，慎聖人，愚而自專事不治。主忌苟勝，羣臣莫諫，必逢災。論臣過，反其施，尊主安國尚賢義。拒諫飾非，愚而上同，國必禍。曷謂罷？國多私，比周還主黨與施。遠賢近讒，忠臣蔽塞，主埶移。曷謂賢？明君臣，上能尊主下愛民。主誠聽之，天下爲一，海内賓。主之孽，讒人達，賢能遁逃國乃蹶。愚以重愚，闇以重闇，成爲桀。世之災，妨賢能，飛廉知政任惡來。卑其志意，大其園囿，高其臺。武王怒，師牧野，紂卒易鄉啓乃下。武王善之，封之於宋，立其祖。世之衰，讒人歸，比干見刳箕子累。武王誅之，呂尚招麾，殷民懷。世之禍，惡賢士，子胥見殺百里徙。穆公任之，彊配五伯，六卿施。世之愚，惡大儒，逆斥不通孔子拘。展禽三絀，春申道綴，基畢輸。請牧基，賢者思，堯在萬世如見之。讒人罔極，險陂傾側，此之疑。基必施，辨賢罷，文、武之道同伏戲。由之者治，不由者亂，何疑爲？

○倀倀：茫然無適貌。○基：根本；此處指治國之根本。○慎聖人：俞樾以爲當爲"慎聽之"。或以爲"慎"通"順"。○苟勝：僥幸取勝。○施：所當爲之事，指下文"尊主安國尚賢義"。○上同：附和君主之意志。○罷：通"疲"，不賢。○比周：勾結。還：通"嫈"，迷惑。黨與：同黨者。施：布滿。○埶：通"勢"。○下愛民：底本原作"愛下民"。據《荀子·不苟》"上則能尊君，下則能愛民"改。○賓：服從。○蹷：顛覆。○飛廉：殷末人，與其子惡來俱事紂王。知政：當權。○武王：周武王。○師：進軍。牧野：地名，在殷都朝歌（今河南淇縣東北）以南七十里，武王於此擊敗紂王。○易鄉：倒戈。鄉，通"嚮"。啓：殷貴族，即微子。下：投降。○祖：宗廟。○歸：趨附。○比干：殷之宗師，因諫紂王，被剖心而死。箕子：紂王之叔父，被紂王囚禁。累，通"縲"，捆綁罪人之繩索，此處用爲動詞。○呂尚：周初大臣，俗稱姜太公。招麾：指揮。○懷：歸順。○子胥：即伍子胥，春秋時吳國大夫，被吳王夫差誤殺。百里：即百里奚，春秋時虞國大夫，後以俘虜身份去秦國，協助秦穆公成霸業。○伯：通"霸"。○六卿施：設置了六卿官制。○逆斥：拒絕，斥逐。孔子拘：孔子畏於匡，又困於陳、蔡之間。事見《史記·孔子世家》。○展禽：即柳下惠，春秋時魯國人，曾三次任士師，三次被黜退。絀：通"黜"。○春申：即黃歇，戰國時期楚國貴族，封爲春申君，後死於內亂。綴：通"輟"，廢止。○畢輸：完全被破壞。○牧：治也。○罔極：無所不用其極。○陂：通"詖"，邪也。○伏戲：即伏羲，傳説中之上古帝王。

## 賦　篇（節選）

【題解】荀子爲以"賦"名篇之第一人。《漢書·藝文志》著録荀子原有賦十篇，今《荀子·賦篇》僅存《禮》、《知》、《雲》、《蠶》、《箴》五篇。"賦"有二意：一曰斂藏。《説文》："賦，斂也。"《方言》："賦，臧（藏）也。"二曰鋪陳。《尚書·舜典》有"敷奏以言"，《左傳·僖公二十七年》有"賦納以言"。荀子之《賦》兼而用之；故在描寫之同時，具有謎語之特徵。劉勰《文心雕龍·才略》："荀況學宗，而象物名賦，文質相稱，固巨儒之情也。"

有物於此，儳儳兮其狀，屢化如神，功被天下，爲萬世文。禮樂以成，貴賤以分。養老長幼，待之而後存。名號不美，與暴爲鄰。功立而身廢，事成而家敗。棄其耆老，收其後世。人屬所利，飛鳥所害。臣愚而不識，請占之五泰。五泰占之曰：此夫身女好而頭馬首者與？屢化而不壽者與？善壯而拙老者與？有父母而無牝牡者與？冬伏而夏游，食桑而吐絲，前亂而後治，夏生而惡暑，喜濕而惡雨。蛹以爲母，蛾以爲父。三俯三起，事乃大已。夫是之謂蠶理。蠶。

　　○儳儳：無毛狀。○文：文飾。○"名號不美"二句："蠶"與"殘"音近，故云。○耆老：指蛾。○後世：指蛾所生之蠶子。○人屬：人類。○占：占驗謎語。五泰：神巫名。○女好：柔婉。頭馬首：頭像馬頭。○與：通"歟"。下同。○善壯而拙老：壯齡得到優養，年老即被殺。○前亂而後治：繭中之絲亂，所以說"前亂"；煮繭繰絲後，絲就有了條理，故稱"後治"。○喜濕：蠶種必須用水洗。惡雨：蠶生之後，則必須乾燥。○俯：蠶眠。○已：畢，此處指化成繭。

　　有物於此，生於山阜，處於室堂。無知無巧，善治衣裳。不盜不竊，穿窬而行。日夜合離，以成文章。以能合從，又善連衡。下覆百姓，上飾帝王。功業甚博，不見賢良。時用則存，不用則亡。臣愚不識，敢請之王。王曰：此夫始生鉅其成功小者邪？長其尾而銳其剽者邪？頭銛達而尾趙繚者邪？一往一來，結尾以爲事。無羽無翼，反覆甚極。尾生而事起，尾遭而事已。簪以爲父，管以爲母。既以縫表，又以連裏。夫是之謂箴理。箴。

　　○生於山阜：箴乃鐵製，而鐵礦生於山。○知：通"智"。○窬：孔穴。○合離：使離者合接，指將若干布帛連綴成衣。○文章：製成有文采的服飾。○以：通"已"。從：通"縱"。衡：通"橫"。○見：顯示。○始生鉅：指鐵。○成功小：箴。○長其尾：指綫。○剽：末處指箴尖。○銛達：銳利。○趙繚：纏繞貌。趙，通"掉"。○結尾：指穿綫後打結。○極：通"亟"，迅速。○遭：迴繞盤旋。○簪以爲父：簪形似箴而大，故稱"父"。○管以爲母：管所以盛箴，故稱"母"。

**參考書目**

《荀子簡釋》，梁啓雄著，古籍出版社 **1956** 年版。

**思考題**

荀子的音樂理論對中國古代美學有何影響？

## 第二節　道家

### 《老子》

**老　子**（生卒年不詳）

《史記·老子韓非列傳》：老子者，楚苦縣（今河南鹿邑東）厲鄉曲仁里人，姓李氏，名耳，字聃，周守藏室之史（管理藏書的史官）也。孔子適周，將問禮於老子。老子曰："子所言者，其人與骨皆已朽矣，獨其言在耳。且君子得其時則駕，不得其時則蓬累而行。吾聞之，良賈深藏若虛，君子盛德，容貌若愚。去子之驕氣與多欲，態色與淫志，是皆無益於子之身。吾所以告子者，若是而已。"孔子去，謂弟子曰："鳥，吾知其能飛；魚，吾知其能游；獸，吾知其能走。走者可以爲罔，游者可以爲綸，飛者可以爲矰。至於龍，吾不能知，其乘風雲而上天。吾今日見老子，其猶龍邪？"老子修道德，其學以自隱無名爲務。居周久之，見周之衰，乃遂去。至關，關令尹喜曰："子將隱矣，強爲我著書。"於是老子乃著書上下篇，言道德之意五千餘言而去，莫知其所終。

《老子》又名《道德經》，由《道經》、《德經》兩部分組成。《道經》主要講哲學，《德經》主要講政治和軍事。從書之內容與涉及的某些問題看，可能編定於戰國初年，但基本上保留了老子本人的重要思想。全書以"道"解釋宇宙萬物的演變，"道"既是規律，又具有永恒絕對的本體意義。《老子》包含某些樸素辯證法思想，注意到事物正反兩方面的對立轉化，在政治上主張"知足"、"寡欲"，希望人類回到"小國寡民"的原始狀態。在表達方式上，《老子》有歌謠體意味，有大體整章壓韻者，有散韻結合者，有似《詩經》者，甚至有似《楚辭》者。劉勰《文心雕龍·情采》："老子疾偽，故稱'美言不信'；而五千精妙，則非棄美矣。"《老子》對後代影響很大，不同的思想家都從中汲取智慧。歷代注解《老子》者有幾百家。一九七三年長沙馬王堆三號漢墓發掘出《老子》帛書甲、乙本，爲研究《老子》之新材料。

## 一 章

【題解】"道"是老子哲學中的核心觀念，它既是萬物之本體與規律，又是人類行爲之準則。本章說明：作爲萬物根源之道，具有不可言說之性質，是一種無法概念化的東西。河上公題本章曰："體道"。明釋德清《老子道德經解》上篇："此章總言道之體用及入道功夫也。老氏之學，盡在於此，其五千餘言所敷演者，唯演此一章而已。"

道，可道，非常道；名，可名，非常名。
無名，天地之始；有名，萬物之母。
故常無，欲以觀其妙；常有，欲以觀其徼。
此兩者，同出而異名，同謂之玄。玄之又玄，衆妙之門。

中華書局《諸子集成》本王弼《老子注》（下同）

○"道"三句：道，如果可以用言辭來表達，就不是常道。下三句類此。常：帛書《老子》甲、乙本均作"恒"，今本之"常"蓋爲避漢孝文帝劉恒諱。○"無名"四句：王弼注："凡有皆始於無，故未形無名之時，則爲萬物之始；及其有形有名之時，則長之育之，亭之毒之，爲其母也。"

此四句或以爲當讀爲："無，名天地之始；有，名萬物之母。"司馬光、王安石等主此說。天地，帛書《老子》甲、乙本及《史記·日者列傳》均作"萬物"。〇"故常無"四句：所以常在"無"中去觀照道之奧妙，常在"有"中去觀照道之端倪。陸德明《經典釋文》："徼，邊也。"此四句或以爲當讀爲："故常無欲，以觀其妙；常有欲，以觀其徼。"王弼等主此說。〇玄：幽微深遠。玄，底本原作"元"，蓋爲避清帝諱，今據帛書《老子》甲、乙本改，下同。〇衆妙之門：一切奧妙之門徑。

## 二 章

【題解】 本章論述事物及人類主觀判斷的相對性，主張超越主觀的執著與專斷，並提出"聖人"之行爲準則。河上公題本章曰："養身"。林希逸《老子口義》卷上："此章即有而不居之意。……但老子說得太刻苦，所以近於異端。'夫唯不居，是以不去'，言有其有者不能有，而無其有者能有之。此八字最有味。"

天下皆知美之爲美，斯惡已；皆知善之爲善，斯不善已。

故有無相生，難易相成，長短相形，高下相盈，音聲相和，前後相隨，恒也。

是以聖人處無爲之事，行不言之教。萬物作焉而不辭，生而不有，爲而不恃，功成而弗居。夫唯弗居，是以不去。

〇"天下皆知美之爲美"二句：美惡之名，相因而有；但知美之爲美，便有不美者在。下二句類此。〇形：底本原作"較"，據河上公本改；帛書《老子》甲、乙本均作"刑"，"刑"通"形"。〇盈：底本原作"傾"，據帛書《老子》甲、乙本改。作"傾"，當是避漢惠帝劉盈諱。〇恒也：底本原缺，據帛書《老子》甲、乙本補。〇不辭：不拒絕，順應。〇有：據爲私有。

## 五 章

【題解】 本章由天地之無所偏愛論及人世之無爲守中，由自然推論社會，有如詩之比興。河上公題本章曰："虛用"。《莊子》"大仁不仁"（《齊物論》）及"天地有大美而不言"（《知北游》）等等，便是對本篇之發揮。

天地不仁，以萬物爲芻狗；聖人不仁，以百姓爲芻狗。

天地之間，其猶橐籥乎！虛而不屈，動而愈出。

多聞數窮，不如守中。

○不仁：麻木。《素問·痺論》："不痛不仁。"○芻狗：以草紮成之狗，用於祭祀。蘇轍《老子解》："結芻爲狗，設之於祭祀，盡飾以奉之。夫豈愛之？適時然也。既事而棄之，行者踐之。夫豈惡之？亦適然也。"○橐籥：風箱。○不屈：不竭。○聞：底本原作"言"，據帛書《老子》甲、乙本改。《文子·原道》亦引作"聞"。○數：通"速"。○守中：持守虛靜。中，通"沖"，空虛，《老子·四十五章》有"大盈若沖"之語。

## 六 章

【題解】 本章用簡潔的語言形象地描述了形而上之"道"，說明其化育萬物之功能。河上公題本章曰："成象"。宋林希逸《老子口義》卷上："此章乃修養一項功夫之所自出。老子之初意，却不專爲修養也。"

谷神不死，是謂玄牝。玄牝之門，是謂天地根。綿綿若存，用之不勤。

○谷神：舊注多以空虛之意解之，然此處有女性生殖崇拜之意味。谷神表層含義應爲"溪谷之神"，然《大戴禮·易本命》曰："丘陵爲牡，溪谷爲牝。"所以，蘇雪林在《屈原與九歌》中將"谷神"與"玄牝"相關聯，曰："'玄牝'殆謂其爲玄妙之女性。"○玄：底本原作"元"，據帛書《老子》甲、乙本改。○綿綿：永續不絕。○不勤：不盡。

## 十二章

【題解】 本章說明物質欲望對人類本性之傷害，告誡人們保持內心的安足，不失天真。河上公題本章曰："檢欲"。宋林希逸《老子口義》卷上："《老子》諸章，結語多精絕。務外亦不特此五事，舉其凡可以類推。"

五色令人目盲；五音令人耳聾；五味令人口爽；馳騁畋獵，令人心發狂；難得之貨，令人行妨。是以聖人爲腹不爲目，故去此取彼。

○口爽：口病。《廣雅·釋詁》："爽，敗也。"《莊子·天地》："五味濁口，使口爽屬。" ○行妨：傷害操行。妨，傷害。○聖人爲腹不爲目："腹"，代表一種簡單清靜之生活；"目"，代表一種巧僞多欲之生活。《老子·三章》："是以聖人之治，虛其心，實其腹，弱其志，強其骨。"又，《四十六章》："禍莫大於不知足，咎莫大於欲得。"

## 二十章

【題解】 本章說明價值判斷的相對性，說明得道者的生活態度，表現出與世俗不同的價值取向。河上公題本章曰："異俗"。此章可視爲形似自嘲而實則自贊的詩篇。焦竑《老子翼》引蘇轍語，以爲本章之"我"是代"聖人"立言，此雖合於老子之義，但究不若讀爲自我之"我"更暢快。

絕學無憂。唯之與阿，相去幾何？善之與惡，相去若何？人之所畏，不可不畏。荒兮，其未央哉！衆人熙熙，如享太牢，如春登臺。我獨泊兮，其未兆，如嬰兒之未孩；儽儽兮，若無所歸。衆人皆有餘，而我獨若遺。我愚人之心也哉，沌沌兮！俗人昭昭，我獨昏昏。俗人察察，我獨悶悶。澹兮其若海，飂兮若無止。衆人皆有以，而我獨頑且鄙。我獨異於人，而貴食母。

○唯：應諾之詞。阿：帛書《老子》甲本作"訶"，呵斥。○荒兮：混亂。○未央：無邊無際。○熙熙：同"嘻嘻"，興高采烈貌。○享太牢：

參加豐盛的宴席。享，通"饗"；太牢，古代帝王、諸侯祭祀社稷時牛、羊、豕三牲全備爲"太牢"。○泊：淡泊。○未兆：沒有迹象；此處指不炫耀自己。○孩：通"咳"；《説文解字》："咳，小兒笑也。"○儽儽：懶散疲倦貌。○有餘：有餘財以爲奢，有餘智以爲詐。○遺：通"匱"，不足。○愚人：純樸之人。○沌沌：混混沌沌貌。○昭昭：自我炫耀貌。○昏昏：暗昧貌。○察察：嚴苛貌。○悶悶：純樸貌。○澹：沉静貌。○飂：飄逸。○以：有爲也。○頑且鄙：愚笨。且：底本原作"似"，據傅奕《道德經古本篇》改。○貴食母：以守道爲本。河上公注："母，道也。"

## 四十一章

【題解】 本章説明"道"隱奥難見，凡人不易體會，唯"上士"可踐行之。河上公題本章曰："同異"。本章所謂"大音希聲"云云，對後代美學理論有重大影響，《莊子·天運》記載黄帝爲《咸池》之樂，即是對此之發揮。

上士聞道，勤而行之；中士聞道，若存若亡；下士聞道，大笑之。不笑不足以爲道。故建言有之：明道若昧，進道若退，夷道若纇，上德若谷，大白若辱，廣德若不足，建德若偷，質真若渝，大方無隅，大器晚成，大音希聲，大象無形，道隱無名。夫唯道，善貸且成。

○建言：古之立言者。○夷道：平坦之道。纇：不平。○辱：通"黩"，黑垢。○建：通"健"。偷：通"媮"，苟且。○渝：污濁。○隅：稜角。○貸：施予。

## 五十五章

【題解】 本章以赤子比喻修養深厚者，主張返回到嬰兒般的純真柔和。河上公題本章曰："玄符"。《老子·十章》亦説："專氣致柔，能嬰兒乎？"錢鍾書《管錐編（第二冊）·〈老子〉王弼注》："嬰兒固'能'之而不足稱'玄德'；'玄德'者，反成人之道以學嬰兒之所不學而自能也。"

含德之厚，比於赤子。蜂蠆虺蛇不螫，猛獸不據，攫鳥不搏。骨弱筋柔而握固，未知牝牡之合而朘作，精之至也。終日號而不嗄，和之至也。知和曰常，知常曰明，益生曰祥，心使氣曰強。物壯則老，謂之不道。不道早已。

○蠆：蠍類毒蟲。虺：毒蛇。○據：獸類以足爪攫物。○攫鳥：猶言鷙鳥。搏：鷹隼等用翼爪擊物。○握固：拳頭握得很緊。○朘作：男嬰生殖器舉起。朘，底本原作"全"，據帛書《老子》乙本改。○嗄：啞也。○祥：妖也。○強：逞強。

## 六十四章

【題解】 本章說明凡事均由小到大，由近及遠。河上公題本章曰："安微"。然老子却由此得出"無爲"、"無執"、"欲不欲"、"學不學"的結論。這與《荀子·勸學》由"積土成山"等等而得出"鍥而不捨，金石可鏤"的結論剛好相反，可對比閱讀。

其安易持，其未兆易謀，其脆易泮，其微易散。爲之於未有，治之於未亂。合抱之木，生於毫末；九層之臺，起於累土；千里之行，始於足下。爲者敗之，執者失之。是以聖人無爲，故無敗；無執，故無失。民之從事，恒於幾成而敗之。慎終如始，則無敗事。是以聖人欲不欲，不貴難得之貨；學不學，復衆人之所過，以輔萬物之自然而不敢爲。

○泮：分也。○毫末：細小之萌芽。○累土：一筐土。累，通"蔂"，土筐。○恒，底本原作"常"，據帛書《老子》甲、乙本改。○欲不欲：求人所不求。下文"學不學"句式類此。○復衆人之所過：返回衆人走過頭的道路。

173

## 八十章

**【題解】** 本章表現了老子心中的理想社會，具有烏托邦的性質。河上公題本章曰："獨立"。陸希聲《道德真經傳》卷四："無欲無求，各得其所，有以至老死而不相往來者，治之極也。老氏所以陳道德之教，其志於此乎？"

小國寡民。使有什伯之器而不用，使民重死而不遠徙。雖有舟輿，無所乘之；雖有甲兵，無所陳之。使人復結繩而用之。甘其食，美其服，安其居，樂其俗。鄰國相望，雞犬之聲相聞，民至老死不相往來。

○小國寡民：使國小，使民寡。○什伯之器：效用十倍百倍之工具。什，十倍；伯，通"百"。○重死：以死為重而不遠徙。○結繩：相傳在文字出現以前人們的記事方法。○甘其食：以其食為甘。下文"美其服，安其居，樂其俗"類此。

### 參考書目

《老子》，馬王堆漢墓帛書，文物出版社1974年版。

《老子本義》，魏源著，中華書局《諸子集成》本。

《老子校釋》，朱謙之著，中華書局《新編諸子集成》第一輯，1984年版。

《老子注譯及評介》，陳鼓應著，中華書局1983年版。

### 思考題

1. 清人鄧廷楨說："諸子多有韻文，惟《老子》獨密；《易》、《詩》而外，斯為最古矣。"（《雙硯齋筆記》卷三）你對此有何評價？

2. 背誦《老子》第一章、第二章與第八十章。

3. 《老子》對中國古代美學有什麼影響？

# 《莊子》

**莊　周**（約前369—前286）

《史記·老子韓非列傳》：莊子者，蒙人也，名周。周嘗爲蒙漆園吏，與梁惠王、齊宣王同時。其學無所不窺，然其要本歸於老子之言，故其著書十餘萬言，大抵率寓言也。作《漁父》、《盜跖》、《胠篋》以詆訾孔子之徒，以明老子之術。《畏累虛》、《亢桑子》之屬，皆空語無事實。然善屬書離辭，指事類情，用剽剝儒、墨，雖當世宿學，不能自解免也。其言洸洋自恣以適己，故自王公大人不能器之。楚威王聞莊周賢，使使厚幣迎之，許以爲相。莊周笑謂楚使曰："千金，重利；卿相，尊位也。子獨不見郊祭之犧牛乎？養食之數歲，衣以文繡，以入太廟。當是之時，雖欲爲孤豚，豈可得乎？子亟去，無污我！我寧游戲污瀆之中自快，無爲有國者所羈；終身不仕，以快吾志焉。"

又據《漢書·藝文志》著錄《莊子》五十二篇。今本《莊子》三十三篇，計《內篇》七，《外篇》十五，《雜篇》十一。研究者們多認爲《內篇》是莊子自著，《外篇》、《雜篇》多出於莊子後學。

## 逍遙游（內篇）

【題解】　本篇爲《莊子》首篇，是一篇人生論。郭象《莊子注》："夫大小雖殊，而放於自得之場，則物任其性，事稱其能，各當其分，逍遙一也。豈容勝負於其間哉？"郭象之論，未必符合莊子原意。《莊子·天運》："逍遙，無爲也。"莊子認爲，祇要破除與周圍事物的依賴關係，無所待而游於無窮，達到無己、無功、無名的境界，便可以獲得絕對的自由。清林雲銘《莊子因》："篇中忽而敘事，忽而引證，忽而譬喻，忽而議論。以爲斷而非斷，以爲續而非續，以爲復而非復。祇見雲氣空濛，往返紙上，

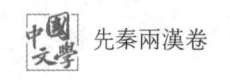

頃刻之間，頓成異觀。"

北冥有魚，其名爲鯤。鯤之大，不知其幾千里也；化而爲鳥，其名爲鵬。鵬之背，不知其幾千里也。怒而飛，其翼若垂天之雲。是鳥也，海運則將徙於南冥。南冥者，天池也。《齊諧》者，志怪者也。《諧》之言曰："鵬之徙於南冥也，水擊三千里，摶扶搖而上者九萬里，去以六月息者也。"野馬也，塵埃也，生物之以息相吹也。天之蒼蒼，其正色邪？其遠而無所至極邪？其視下也，亦若是則已矣。且夫水之積也不厚，則其負大舟也無力。覆杯水於坳堂之上，則芥爲之舟；置杯焉則膠，水淺而舟大也。風之積也不厚，則其負大翼也無力。故九萬里則風斯在下矣，而後乃今培風；背負青天而莫之夭閼者，而後乃今將圖南。蜩與學鳩笑之曰："我決起而飛，槍榆枋而止，時則不至，而控於地而已矣，奚以之九萬里而南爲？"適莽蒼者，三飡而反，腹猶果然；適百里者，宿舂糧；適千里者，三月聚糧。之二蟲又何知！小知不及大知，小年不及大年。奚以知其然也？朝菌不知晦朔，蟪蛄不知春秋，此小年也。楚之南有冥靈者，以五百歲爲春，以五百歲爲秋；上古有大椿者，以八千歲爲春，以八千歲爲秋，此大年也。而彭祖乃今以久特聞，衆人匹之，不亦悲乎！

湯之問棘也是已："窮髮之北有冥海者，天池也。有魚焉，其廣數千里，未有知其修者，其名爲鯤。有鳥焉，其名爲鵬，背若太山，翼若垂天之雲，摶扶搖羊角而上者九萬里，絕雲氣，負青天，然後圖南，且適南冥也。斥鷃笑之曰：'彼且奚適也？我騰躍而上，不過數仞而下，翱翔蓬蒿之間，此亦飛之至也。而彼且奚適也？'"此小大之辯也。

○北冥：北海。海水因過深而呈黑色，故稱"冥"。下文"南冥"類此。○鯤：陸德明《經典釋文》："鯤，大魚名也。"見母昆音字多有大義。參見王念孫《釋大》（羅振玉輯《高郵王氏遺書》）。○鵬：大鳥名。陸德明："'朋'及'鵬'，皆古文'鳳'字。"○怒：奮發貌。○垂天：天邊。垂，通"陲"，邊也。○海運：海水震蕩。宋林希逸《莊子口義》："海運者，海動也。今海濱之俚歌，猶有'六月海動'之語。"○《齊諧》：成玄英《莊子注疏》："《齊諧》，書名也，齊國有此俳諧之書也。"《漢書·東方朔傳》："即妄爲諧語。"顏師古注："諧語，和韻之言也。"東方朔爲齊人，可見《齊諧》當爲齊地流傳之諧韻通俗文體，而本文所引"諧之言"四句，"里"、"里"、"息"三字諧韻。○志：記載。○擊：激也。《淮南子·齊俗》："水擊則波興。"王念孫《讀書雜誌》："水擊當爲水激，聲之誤也。"《羣書治要》引此正作"激"。○摶：拍，拊。扶搖：旋風。○六月息：六月之海風。○野馬：郭象《莊子注》："野馬者，游氣也。"○"天之蒼蒼"三句：寫人之視天。其，豈也。○"其視下也"二句：寫鵬在高空俯視下界。○膠：膠著。○乃今：乃也。今，猶乃也。培風：積蓄風勢。○天閼：阻攔。○蜩：寒蟬。學鳩：小鳥名。○決：迅疾貌。○槍：突過。而止：底本原脫，據《文選》江淹《雜體詩》注及《太平御覽》卷九四四補。○控：投也。○奚以：爲何。之：往。○莽蒼：《經典釋文》引司馬彪："近郊之色也。"此處借指近郊。○三湌：吃三頓飯之時間。湌，同"餐"。○果然：飽貌。○宿舂糧：前一夜便準備糧食。舂，用杵在臼中搗米。○之：此也。二蟲：蜩與學鳩。古時動物通稱爲蟲。○知：通"智"。○朝菌：朝生暮死之菌。晦：夜。朔：旦。○蟪蛄：寒蟬。春生夏死，夏生秋死。○冥靈：大木名。或說，龜名。○椿：喬木名。○此大年也：此四字原缺。宋人陳碧虛《莊子闕誤》引成玄英本有此四字，與上文"此小年也"正相對文，因據此以補。○彭祖：相傳姓籛名鏗，堯臣，歷虞、夏至商，年七百餘歲，故以久壽見聞。特：獨也。○匹：比也。○湯：商王湯。棘：湯時賢人。已：通"矣"。此下一段引文當屬在莊子以前便已流行之傳說，《逍遙游》之開篇即據此寫成，該引文此處具有附錄性質。○窮髮：草木不生之地，猶言不毛之地。髮，指草木。○修：長也。○羊角：《經典釋文》引司馬彪："風曲上行若羊角。"○絕：直穿過。○斥：小澤也。或說，斥通"尺"。鴳：雀也。○辯：通"辨"。

故夫知效一官，行比一鄉，德合一君而徵一國者，其自視也亦若此矣。而宋榮子猶然笑之。且舉世而譽之而不加勸，舉世而非之而不加沮，定乎內外之分，辯乎榮辱之境，斯已矣。彼其於世，未數數然也。雖然，猶有未樹也。夫列子御風而行，泠然善也，旬有五日而後反。彼於致福者，未數數然也。此雖免乎行，猶有所待者也。若夫乘天地之正，而御六氣之辯，以游無窮者，彼且惡乎待哉！故曰：至人無己，神人無功，聖人無名。

○知：通"智"。效：勝任。○比：親近。○徵：取信。○宋榮子：春秋時宋國思想家，生當齊威王、宣王時代，曾游齊國稷下，其學說與墨家相近。猶然：笑貌。○數數然：迫切貌。○列子：名禦寇，鄭人。相傳列子得風僊之道，可乘風而行。○泠然：輕妙貌。○乘：因也，順從。正：本然及規律。《說文解字》："正：是也。"○御：猶乘也。六氣：陰、陽、風、雨、晦、明。即自然。辯：通"變"。○"至人無己"三句：成玄英："至言其體，神言其用，聖言其名。故就體言至，就用言神，就名言聖，其實一也。"

堯讓天下於許由，曰："日月出矣，而爝火不息，其於光也，不亦難乎？時雨降矣，而猶浸灌，其於澤也，不亦勞乎？夫子立而天下治，而我猶尸之，我自視缺然。請致天下。"許由曰："子治天下，天下既已治也，而我猶代子，吾將爲名乎？名者，實之賓也，吾將爲賓乎？鷦鷯巢於深林，不過一枝；偃鼠飲河，不過滿腹。歸休乎君，予無所用天下爲！庖人雖不治庖，尸祝不越樽俎而代之矣。"

○許由：隱士；隱於箕山。○爝火：火炬。○尸：本指古代代表死者受祭的活人，此處爲主持之意。○缺然：不足貌。○庖人：廚師。○祝：祭祀時讀辭之人。○樽：酒器。俎：肉器。

肩吾問於連叔曰："吾聞言於接輿，大而無當，往而不返。吾驚怖其言，猶河漢而無極也。大有徑庭，不近人情焉。"連叔曰："其言謂何哉？"曰："藐姑射之山，有神人居焉。肌膚若冰雪，綽約若處子；不食五穀，吸風飲露。乘雲氣，御飛龍，而游乎四海之外。其神凝，使物不疵癘而年穀熟。吾以是狂而不信也。"連叔曰："然。瞽者無以與乎文章之觀，聾者無以與乎鐘鼓之聲。豈唯形骸有聾盲哉？夫知亦有之。是其言也，猶時女也。之人也，之德也，將旁礴萬物以爲一，世蘄乎亂，孰弊弊焉以天下爲事！之人也，物莫之傷，大浸稽天而不溺，大旱金石流、土山焦而不熱。是其塵垢粃糠將猶陶鑄堯舜者也，孰肯以物爲事！宋人資章甫而適諸越，越人斷髮文身，無所用之。堯治天下之民，平海內之政，往見四子藐姑射之山，汾水之陽，窅然喪其天下焉。"

　　○肩吾、連叔：莊子虛擬之人物。○接輿：春秋末楚國隱士。○當：合也。《莊子·徐無鬼》："夫或改調一弦，於五音無當也。"○徑庭：《經典釋文》引李頤："徑庭，謂激過也。"○"藐姑射之山"二句：《山海經·海內北經》："列姑射在海河洲中。"郭璞注："山有神人，河洲在海中，河水所經者，《莊子》所謂藐姑射之山也。"《列子·黃帝》與《海內北經》同。唐殷敬順《列子釋文》引古本《山海經》稱"姑射國"、"姑射山"。蓋本爲"姑射"，其主峰非一，故稱"列姑射"；《莊子》言"藐姑射"者，自遠望之也。○處子：處女。○凝：專一。○狂：通"誑"。○時：通"是"。女：通"汝"。○旁礴：混同。○蘄：同"祈"。亂：治也。○弊弊焉：勞苦經營貌。○稽：至。○章甫：殷冠也。○四子：未詳。《經典釋文》引司馬彪："王倪、齧缺、被衣、許由。"姑備一說。○汾水：水名。出於太原，西入於河。○窅然：迷茫自失貌。

　　惠子謂莊子曰："魏王貽我大瓠之種，我樹之成而實五石，以盛水漿，其堅不能自舉也。剖之以爲瓢，則瓠落無所容。非不呺然大也，吾爲其無用而掊之。"莊子曰："夫子固拙於用大也。宋人有善爲不龜手之藥者，世世以洴澼絖爲事。客聞之，請買其方百金。聚族而謀曰：'我世世爲洴澼絖，不過數金；今一朝而鬻技百金，請與之。'客得之，以說吳王。越有難，吳王使之將，冬與越人水戰，大敗越人，裂地而封之。能不龜手，一也；或以封，或不免於洴澼絖，則所用之異也。今子有五石之瓠，何不慮以爲大樽而浮乎江湖，而憂其瓠落無所容？則夫子猶有蓬之心也夫！"

惠子謂莊子曰："吾有大樹，人謂之樗。其大本擁腫，而不中繩墨；其小枝卷曲，而不中規矩。立之塗，匠者不顧。今子之言，大而無用，衆所同去也。"莊子曰："子獨不見狸狌乎？卑身而伏，以候敖者；東西跳梁，不辟高下；中於機辟，死於罔罟。今夫斄牛，其大若垂天之雲；此能爲大矣，而不能執鼠。今子有大樹，患其無用，何不樹之於無何有之鄉，廣莫之野，彷徨乎無爲其側，逍遙乎寢臥其下。不夭斤斧，物無害者，無所可用，安所困苦哉！"

**中華書局標點本郭慶藩《莊子集釋》（下同）**

〇惠子：先秦名家學派代表人物。宋人，名施，曾任梁（魏）惠王相。〇瓠落：猶廓落，空而大也。〇呺然：空而大貌。〇龜：通"皸"，皮膚因寒冷或乾燥而破裂。〇洴澼：漂洗。絖：棉絮。〇鬻：賣也。〇慮：通"纑"，以繩結綴。大樽：即腰舟。如樽之大葫蘆，繫於腰間，可以渡水。〇蓬之心：似通非通之心。蓬蒿中空而有節。〇敖：通"遨"，游蕩。〇辟：通"避"。〇機辟：弩也。辟，通"臂"。《說文解字》："弩，弓有臂者。"《釋名·釋兵》："弩，怒也，其柄曰臂。"《墨子·非儒》："盜賊將作，若機辟將發也。"《楚辭·哀時命》："外迫脅於機臂兮。"〇斄牛：犛牛。

## 應帝王（內篇）

**【題解】** 這是莊子的一篇政治論，其主旨是實行無爲之政治，恢復原始社會的混沌狀態。郭象《莊子注》："夫無心而任乎自化者，應爲帝王也。"林希逸《莊子口義》："言帝王之道合應如此。"胡文英《莊子獨見》稱此篇"分而讀之，則如十里蟪蛄，泠泠入耳；總而讀之，則如幽澗泉鳴，隨風斷續。非聽之以氣，無從領賞其毫末"。

齧缺問於王倪，四問而四不知。齧缺因躍而大喜，行以告蒲衣子。蒲衣子曰："而乃今知之乎？有虞氏不及泰氏。有虞氏，其猶藏仁以要人；亦得人矣，而未始出於非人。泰氏，其臥徐徐，其覺于于；一以己為馬，一以己為牛；其知情信，其德甚真，而未始入於非人。"

　　○齧缺、王倪：得道之隱者。○四問而四不知：《莊子·齊物論》："齧缺問乎王倪曰：'子知物之所同是乎？'曰：'吾惡乎知之！''子知子之所不知邪？'曰：'吾惡乎之！''然則物無知邪？'曰：'吾惡乎知之！……'齧缺曰：'子不知利害，則至人固不知利害乎？'王倪曰：'至人神矣！大澤焚而不能熱，河漢沍而不能寒，疾雷破山飄風振海而不能驚。若然者，乘雲氣，騎日月，而游乎四海之外。死生無變於己，而況利害之端乎！'"○蒲衣子：相傳為堯時賢人。《莊子·天地》："齧缺之師曰王倪，王倪之師曰披衣。"披衣，即蒲衣。○有虞氏：舜帝。○泰氏：上古之帝王；或以為即伏羲氏。○藏仁：心懷仁義。要人：籠絡人。○非人：言人之非。○徐徐：安穩貌。○于于：無所知貌。○情：通"誠"，確實。

　　肩吾見狂接輿。狂接輿曰："日中始何以語女？"肩吾曰："告我君人者以己出經式義度，人孰敢不聽而化諸！"狂接輿曰："是欺德也：其於治天下也，猶涉海鑿河而使蚊負山也。夫聖人之治也，治外乎？正而後行，確乎能其事者而已矣。且鳥高飛以避矰弋之害，鼷鼠深穴乎神丘之下以避熏鑿之患，而曾二蟲之無如！"

　　○日中始：賢者之姓名；蓋假托之人名。或以為中始為人名，"日"猶曰日者。女：通"汝"。○經式義度：皆謂法度也。義，通"儀"。○欺德：虛偽不實之言行。○確乎能其事者：任人各盡所能。○矰：一種用絲繩繫住以便弋射飛鳥之短箭。弋：弋射；用絲繩繫住箭而射。○神丘：社壇。《春秋·成公七年》："鼷鼠食郊牛。"郊牛，郊祭之牛。是鼷鼠常潛伏於神壇之下也。○曾：何也。如：底本原作"知"，據世德堂本改。

　　天根游於殷陽，至蓼水之上，適遭無名人而問焉，曰："請問為天下。"

無名人曰："去！汝鄙人也，何問之不豫也！予方將與造物者爲人，厭，則又乘夫莽眇之鳥，以出六極之外，而游無何有之鄉，以處壙埌之野。汝又何爲以治天下感予之心爲？"又復問。無名人曰："汝游心於淡，合氣於漠，順物自然而無容私焉，而天下治矣。"

○天根：假托之人名；下文"無名人"類此。殷陽：殷山之南。○蓼水：水名。○豫：厭也。○予方將與造物者爲人：我正要與造物者爲友。《淮南子·齊俗》："上與神明爲友，下與造化爲人。"人、友對文義同。○夫莽眇之鳥：比喻心神翱翔在縹緲之世界。○六極：即六合，上下四方。○壙埌：空蕩遼闊。○何爲：底本原作"何帛"，據《經典釋文》引崔本改。

陽子居見老聃，曰："有人於此，嚮疾強梁，物徹疏明，學道不倦。如是者，可比明王乎？"老聃曰："是於聖人也，胥易技係，勞形怵心者也。且也虎豹之文來田，猿狙之便、執斄之狗來藉。如是者，可比明王乎？"陽子居蹵然曰："敢問明王之治。"老聃曰："明王之治，功蓋天下而似不自己；化貸萬物而民弗恃；有莫舉名，使物自喜；立乎不測，而游於無有者也。"

○陽子居：假托之人名。舊多以爲其爲主張"貴己"之楊朱。○嚮疾：敏疾如響。強梁：剛強有力。○物徹：洞徹物理。疏明：如同疏窗一樣通明。○胥：供驅使的小吏。易：占卜者。《禮記·祭義》："易抱龜南面，天子卷冕北面。"技係：被技術所束縛。○文：花紋。田：通"畋"，獵也。○猿狙：獼猴。便：敏捷。斄：通"狸"（《經典釋文》引李頤）。成玄英疏語稱"狗以執狐狸"，正以其爲狸。藉：繩索；此處指捆綁。○舉名：稱說，形容。

鄭有神巫曰季咸，知人之死生存亡，禍福壽夭，期以歲月旬日，若神。鄭人見之，皆棄而走。列子見之而心醉，歸，以告壺子，曰："始吾以夫子之道爲至矣，則又有至焉者矣。"壺子曰："吾與汝既其文，未既其實，而固得道與？衆雌而無雄，而又奚卵焉？而以道與世亢，必信，夫故使人得而相汝。嘗試與來，以予示之。"明日，列子與之見壺子。出而謂列子曰："嘻！子之先生死矣！弗活矣！不以旬數矣！吾見怪焉，見濕灰焉。"列子入，泣涕沾襟以告壺子。壺子曰："鄉吾示之以地文，萌乎不震不止。是殆見吾杜德機也。嘗又與來。"明日，又與之見壺子。出而謂列子曰："幸矣子之先生遇我也！有瘳矣，全然有生矣！吾見其杜權矣。"列子入，以告壺子。壺子曰："鄉吾示之以天壤，名實不入，而機發於踵。是殆見吾善者機也。嘗又與來。"明日，又與之見壺子。出而謂列子曰："子之先生不齊，吾無得而相焉。試齊，且復相之。"列子入，以告壺子。壺子曰："鄉吾示之以太沖莫勝。是殆見吾衡氣機也。鯢桓之審為淵，止水之審為淵，流水之審為淵。淵有九名，此處三焉。嘗又與來。"明日，又與之見壺子。立未定，自失而走。壺子曰："追之。"列子追之不及。反，以報壺子曰："已滅矣，已失矣，吾弗及已。"壺子曰："鄉吾示之以未始出吾宗。吾與之虛而委蛇，不知其誰何，因以為弟靡，因以為波流，故逃也。"然後列子自以為未始學而歸，三年不出。為其妻爨，食豕如食人，於事無與親，雕琢復朴，塊然獨以其形立。紛而封哉，一以是終。

○壺子：鄭人，列子之師。○既：盡也。○亢：通"抗"。《列子·黃帝》有此故事，正作"抗"。○怪：死亡之象徵。○濕灰：必死之象徵。濕灰不可能復燃。○鄉：通"嚮"，先前。○地文：大地寂然之象；形容心境寂靜。○萌乎：愚昧無知貌。震：動也。止：底本原作"正"，據《經典釋文》引崔本改；《列子·黃帝》亦作"止"。○杜：塞。德機：生機；《莊子·天地》："物得之以生謂之德。"○瘳：病癒。○權：變化。○天壤：天地之間的生氣。壤，地也。○"名實不入"二句：天道無為，故名實不入；天道生育萬物，故機發於踵。○善者機：生機。○齊：通"齋"，齋戒。○鄉吾：底本原作"吾鄉"，據前文句式改。○太沖：太虛。莫勝：即無朕，沒有跡象。勝，《列子·黃帝》作"朕"。○衡氣機：氣機持平，

183

混然一之。〇桓：盤桓。審：通"沈"，停滯之水也。〇淵有九名：《列子·黄帝》："鯢旋之潘爲淵，止水之潘爲淵，流水之潘爲淵，濫水之潘爲淵，沃水之潘爲淵，氿水之潘爲淵，雍水之潘爲淵，汧水之潘爲淵，肥水之潘爲淵，是爲九淵。"〇未始出吾宗：即《莊子·達生》"聖人藏於天"之意。吾宗即天；《莊子·天下》："以天爲宗。"〇委蛇：至順之貌。〇弟靡：茅草隨風倒伏。弟，通"稊"；《列子·黄帝》作"茅"。〇塊然：如土塊貌。〇紛：世事紛紜。封：把握本心。

無爲名尸，無爲謀府，無爲事任，無爲知主。體盡無窮，而游無朕；盡其所受乎天，而無見得，亦虛而已。至人之用心若鏡，不將不迎，應而不藏，故能勝物而不傷。

〇無爲名尸：不爲名之主。尸，主也。

南海之帝爲儵，北海之帝爲忽，中央之帝爲渾沌。儵與忽時相遇於渾沌之地，渾沌待之甚善。儵與忽謀報渾沌之德，曰："人皆有七竅以視聽食息，此獨無有，嘗試鑿之。"日鑿一竅，七日而渾沌死。

〇儵：寓言中假設之名。下文之忽、渾沌類此。《經典釋文》引李頤語："儵，喻有象也；忽，喻無形也；渾沌，清濁未分也，此喻自然。"又引簡文語："儵、忽，取神速爲名；渾沌，以合和爲名。神速譬有爲，合和譬無爲。"然莊子此處有古神話之憑依，渾沌即《山海經·西次山經》之帝江，其神"渾敦無面目"。

## 秋　水（外篇）

【題解】《經典釋文》："借物名篇。"王夫之《莊子解》："此篇因《逍遥游》、《齊物論》而衍之，推言天地萬物初無定質，無定情，擴其識量而會通之，則皆無可據，而不足以攖吾心之寧矣。蓋物論之興，始於小大之殊觀；小者不知大，大者不知小；不知小，則亦大其所大而不知大。繇其有小大之見，而有貴賤之分；繇其有貴賤之分，因而有然否是非之異。

緣其有小大之見，因而有終始之規；緣其有終始之規，因而有悅生惡死之情。緣其有小大之見，因而有精粗之別；緣其有精粗之別，因而有意言之繁。於是而有所必爲，有所必不爲，以其所長，憐其所短。量有涯則分有所執，時有礙則故有所滯，彼我不相知，而不能知其所不知。乃至窮達失其守，榮辱易其情，辯言煩興而不循其本，於內無主，倒推於外，殉物以喪己；而不知達者之通一，無不可寓之庸也。"

秋水時至，百川灌河。涇流之大，兩涘渚崖之間，不辯牛馬。於是焉河伯欣然自喜，以天下之美爲盡在己。順流而東行，至於北海，東面而視，不見水端。於是焉河伯始旋其面目，望洋向若而歎曰："野語有之曰'聞道百以爲莫己若者'，我之謂也。且夫我嘗聞少仲尼之聞而輕伯夷之義者，始吾弗信。今我睹子之難窮也，吾非至於子之門則殆矣，吾長見笑於大方之家。"北海若曰："井蛙不可以語於海者，拘於虛也；夏蟲不可以語於冰者，篤於時也；曲士不可以語於道者，束於教也。今爾出於崖涘，觀於大海，乃知爾醜，爾將可與語大理矣。天下之水，莫大於海：萬川歸之，不知何時止而不盈；尾閭泄之，不知何時已而不虛；春秋不變，水旱不知。此其過江河之流，不可爲量數。而吾未嘗以此自多者，自以比形於天地而受氣於陰陽，吾在於天地之間，猶小石小木之在大山也。方存乎見少，又奚以自多！計四海之在天地之間也，不似礨空之在大澤乎？計中國之在海內，不似稊米之在大倉乎？號物之數謂之萬，人處一焉；人卒九州，穀食之所生，舟車之所通，人處一焉。此其比萬物也，不似豪末之在於馬體乎？五帝之所連，三王之所爭，仁人之所憂，任士之所勞，盡此矣！伯夷辭之以爲名，仲尼語之以爲博。此其自多也，不似爾向之自多於水乎？"

〇涇流：水流。涇，水脈也。〇涘：水邊。渚：水中可居之處。〇辯：通"辨"。〇河伯：河神。〇望洋：迷茫貌。若：海神。據《周禮》，"北龜曰若屬"，則若本神龜，此處言海神。〇少仲尼之聞而輕伯夷之義：貶低孔子的學識、輕視伯夷的節氣。仲尼，孔子之字；伯夷，殷諸侯孤竹君之長子，爲讓位於弟而投周文王；反對武王伐紂，爲表示節氣而不食周粟，最後餓死於首陽山。○大方：大道。○蛙：《太平御覽》引作"魚"，似當作"魚"。《淮南子·原道》："夫井魚不可以語大，拘於隘也。"《藝文類聚》七六引張綰《龍棲寺碑文》："井魚不識巨海，夏蟲不見冬水。"皆用《莊子》之文。○拘：局限。虛：通"墟"。○篤：固也。與上下文"拘"、"束"同義。○曲士：鄉曲之士。見識淺薄者。○醜：鄙陋。○尾閭：傳說中海底泄水處。《經典釋文》引司馬彪："在百川之下，故稱尾；閭者，聚也，水聚之初，故稱閭也。"○比：通"庇"，寄也。○礨空：石塊上之小孔。○稊米：細小的米粒。大倉：儲糧的大倉庫。大，通"太"。○號：稱也。○卒：通"萃"，聚集。○豪末：動物身上毫毛之末端。豪，通"毫"。○連：繼承。○任士：墨家。墨家以"任"要求自己。《墨子·經說上》："任，士損己而益所爲也。"又，《經說上》："任，爲身之所惡，以成人之所急。"

　　河伯曰："然則吾大天地而小豪末，可乎？"北海若曰："否。夫物，量無窮，時無止，分無常，終始無故。是故大知觀於遠近，故小而不寡，大而不多：知量無窮。證嚮今故，故遙而不悶，掇而不跂：知時無止。察乎盈虛，故得而不喜，失而不憂：知分之無常也。明乎坦塗，故生而不說，死而不禍：知終始之不可故也。計人之所知，不若其所不知；其生之時，不若未生之時。以其至小，求窮其至大之域，是故迷亂而不能自得也。由此觀之，又何以知豪末之足以定至細之倪，又何以知天地之足以窮至大之域？"

　　河伯曰："世之議者皆曰：'至精無形，至大不可圍。'是信情乎？"北海若曰："夫自細視大者不盡，自大視細者不明，故異便。夫精，小之微也；垺，大之殷也；此勢之有也。夫精粗者，期於有形者也；無形者，數之所不能分也；不可圍者，數之所不能窮也。可以言論者，物之粗也；可以意致者，物之精也；言之所不能論，意之所不能察致者，不期精粗焉。

是故大人之行：不出乎害人，不多仁恩；動不爲利，不賤門隸；貨財弗爭，不多辭讓；事焉不借人，不多食乎力，不賤貪污；行殊乎俗，不多辟異；爲在從衆，不賤佞諂；世之爵祿不足以爲勸，戮恥不足以爲辱，知是非之不可爲分，細大之不可爲倪。聞曰：'道人不聞，至德不得，大人無己。'約分之至也。"

○分：界綫。○嚮今：古今。○遙而不悶：以今推古，雖遙遠而明白。○掇而不跂：以古證今，雖近亦不強求知曉。○坦塗：大道。塗，通"途"。○說：通"悅"。○倪：通"儀"，標準。○異便：異說。便，通"辯"。"故異便"三字本在"大之殷也"之後，據馬叙倫《莊子義證》移至此。○垺：同"郭"，外城，以喻空虛廣大之意義。○殷：大也。○約分之至：縮小分別至極點。

河伯曰："若物之外，若物之內，惡至而倪貴賤？惡至而倪小大？"北海若曰："以道觀之，物無貴賤。以物觀之，自貴而相賤。以俗觀之，貴賤不在己。以差觀之，因其所大而大之，則萬物莫不大；因其所小而小之，則萬物莫不小。知天地之爲稊米也，知豪末之爲丘山也，則差數睹矣。以功觀之，因其所有而有之，則萬物莫不有；因其所無而無之，則萬物莫不無。知東西之相反而不可以相無，則功分定矣。以趣觀之，因其所然而然之，則萬物莫不然；因其所非而非之，則萬物莫不非。知堯、桀之自然而相非，則趣操睹矣。昔者堯、舜讓而帝，之、噲讓而絕；湯、武爭而王，白公爭而滅。由此觀之，爭讓之禮，堯、桀之行，貴賤有時，未可以爲常也。梁麗可以衝城而不可以窒穴，言殊器也；騏驥驊騮一日而馳千里，捕鼠不如狸狌，言殊技也；鴟鵂夜撮蚤，察毫末，晝出瞋目而不見丘山，言殊性也。故曰：蓋師是而無非，師治而無亂乎？是未明天地之理，萬物之情者也。是猶師天而無地，師陰而無陽，其不可行明矣！然且語而不舍，非愚則誣也！帝王殊禪，三代殊繼。差其時，逆其俗者，謂之篡夫；當其時，順其俗者，謂之義之徒。默默乎河伯，女惡知貴賤之門，小大之家！"

河伯曰："然而我何爲乎？何不爲乎？吾辭受趣舍，吾終奈何？"北海若曰："以道觀之，何貴何賤，是謂反衍；無拘而志，與道大蹇；何少何多，是謂謝施；無一而行，與道參差。嚴乎若國之有君，其無私德；繇繇乎若祭之有社，其無私福；泛泛乎其若四方之無窮，其無所畛域。兼懷萬物，其孰承翼？是謂無方。萬物一齊，孰短孰長？道無終始，物有死生，不恃其成。一虛一滿，不位乎其形。年不可舉，時不可止；消息盈虛，終則有始。是所以語大義之方，論萬物之理也。物之生也，若驟若馳。無動而不變，無時而不移。何爲乎，何不爲乎？夫固將自化。"

河伯曰："然則何貴於道邪？"北海若曰："知道者必達於理，達於理者必明於權，明於權者不以物害己。至德者，火弗能熱，水弗能溺，寒暑弗能害，禽獸弗能賊。非謂其薄之也，言察乎安危，寧於禍福，謹於去就，莫之能害也。故曰：'天在內，人在外，德在乎天。'知天人之行，本乎天，位乎得，蹢躅而屈伸，反要而語極。"曰："何謂天？何謂人？"北海若曰："牛馬四足，是謂天；落馬首，穿牛鼻，是謂人。故曰：無以人滅天，無以故滅命，無以得殉名。謹守而勿失，是謂反其真。"

○之、噲讓而絕：姬噲爲燕王時，重用其相子之，後姬噲效法堯舜禪讓之事，使子之爲燕王；國人不服，不及三年，燕國大亂，齊國乘機攻燕，殺姬噲及子之，燕國幾乎滅亡。事見《戰國策·燕策》。○白公：即白公勝，楚平王之孫。其父太子建因受陷害而流亡國外，生白公勝；後白公勝回國，發動政變，控制國都，旋失敗自殺。事見《左傳·哀公十六年》。○梁麗：屋棟。○鴟鵂：貓頭鷹。○差：錯過。○反衍：猶言曼衍，變化。○蹇：擾也。引申爲阻塞。○謝施：代謝轉移。○參差：不齊貌。○嚴乎：莊重貌。嚴，通"儼"。○繇繇乎：自得貌。繇繇，通"悠悠"。○泛泛乎：廣闊貌。○承：接受。翼：幫助。○位：固執。○舉：盡也。○權：變化。○薄：犯也。○得：通"德"。○蹢躅：進退不定貌。○反要：返回根本。反，通"返"。○落：通"絡"，籠住。

夔憐蚿，蚿憐蛇，蛇憐風，風憐目，目憐心。夔謂蚿曰："吾以一足趻踔而行，予無如矣。今子之使萬足，獨奈何？"蚿曰："不然。子不見夫唾者乎？噴則大者如珠，小者如霧，雜而下者不可勝數也。今予動吾天機，而不知其所以然。"蚿謂蛇曰："吾以衆足行，而不及子之無足，何也？"蛇曰："夫天機之所動，何可易邪？吾安用足哉！"蛇謂風曰："予動吾脊脅而行，則有似也。今子蓬蓬然起於北海，蓬蓬然入於南海，而似無有，何也？"風曰："然，予蓬蓬然起於北海而入於南海也。然而指我則勝我，鰌我亦勝我。雖然，夫折大木，蜚大屋者，唯我能也。"故以衆小不勝爲大勝也。爲大勝者，唯聖人能之。

　　○夔：神話中之獨足獸，似牛而無角，其聲如雷。見《山海經·大荒西經》。憐：羨慕。蚿：多足之蟲。俗名百足，亦即下文之"距商"。○趻踔：獨足跳行貌。○天機：天生之機能。即本能。○有似：當作"似有"，意謂似有足。與下文"似無有"相對應。○蓬蓬然：風捲動貌。○"然而指我則勝我"二句：意謂人以手指風，風不能傷人指，以足蹴風，風不能傷人足。鰌，通"蹴"，踏也。○蜚：通"飛"。《文選·演連珠》注正引作"飛"。

　　孔子游於匡，宋人圍之數匝，而弦歌不惙。子路入見，曰："何夫子之娛也？"孔子曰："來，吾語女。我諱窮久矣，而不免，命也；求通久矣，而不得，時也。當堯、舜而天下無窮人，非知得也；當桀、紂而天下無通人，非知失也；時勢適然。夫水行不避蛟龍者，漁父之勇也；陸行不避兕虎者，獵夫之勇也；白刃交於前，視死若生者，烈士之勇也；知窮之有命，知通之有時，臨大難而不懼者，聖人之勇也。由，處矣！吾命有所制矣！"無幾何，將甲者進，辭曰："以爲陽虎也，故圍之。今非也。請辭而退。"

　　○匡：春秋時衛國邑名。《史記·孔子世家》："將適陳，過匡，顏刻爲僕，以其策指之曰：'昔吾入此，由彼缺也。'匡人聞之，以爲魯之陽虎。陽虎嘗暴匡人，匡人於是遂止孔子，孔子狀類陽虎，拘焉五日。"○惙：通

"輟",止也。○子路:即仲由,一字季路。孔子學生。○知得:得到智慧。知,通"智"。下文"知失"類此。

公孫龍問於魏牟曰:"龍少學先王之道,長而明仁義之行。合同異,離堅白,然不然,可不可,困百家之知,窮衆口之辯,吾自以爲至達已。今吾聞莊子之言,汒焉異之。不知論之不及與?知之弗若與?今吾無所開吾喙,敢問其方。"公子牟隱机大息,仰天而笑曰:"子獨不聞夫埳井之蛙乎?謂東海之鼈曰:'吾樂與!出跳梁乎井幹之上,入休乎缺甃之崖。赴水則接腋持頤,蹶泥則沒足滅跗。還視虷蟹與科斗,莫吾能若也。且夫擅一壑之水,而跨跱埳井之樂,此亦至矣。夫子奚不時來入觀乎?'東海之鼈左足未入,而右膝已縶矣。於是逡巡而卻,告之海曰:'夫千里之遠,不足以舉其大;千仞之高,不足以極其深。禹之時,十年九潦,而水弗爲加益;湯之時,八年七旱,而崖不爲加損。夫不爲頃久推移,不以多少進退者,此亦東海之大樂也。'於是埳井之蛙聞之,適適然驚,規規然自失也。且夫知不知是非之竟,而猶欲觀於莊子之言,是猶使蚊負山,商蚷馳河也,必不勝任矣。且夫知不知論極妙之言,而自適一時之利者,是非埳井之蛙與?且彼方跐黃泉而登大皇,無南無北,奭然四解,淪於不測;無東無西,始於玄冥,反於大通。子乃規規然而求之以察,索之以辯,是直用管窺天,用錐指地也,不亦小乎?子往矣!且子獨不聞夫壽陵餘子之學行於邯鄲與?未得國能,又失其故行矣,直匍匐而歸耳。今子不去,將忘子之故,失子之業。"公孫龍口呿而不合,舌舉而不下,乃逸而走。

○公孫龍:戰國時名家學派代表人物,趙國人。魏牟:魏國公子,故又稱公子牟。○合同異:戰國時期名家學派論題。即否認"同"與"異"的確定性,其主要倡導者爲惠施。可參閱《莊子·天下篇》。○離堅白:戰國時期名家學派論題。公孫龍認爲"堅白石"之"堅"與"白"可以分離。可參閱《公孫龍子·堅白論》。○汒焉:茫然。汒,通"茫"。○喙:嘴。○隱机:依靠几案。机,通"几"。大息:歎惜。大,通"太"。○埳井：壞井。〇井幹：井欄。幹，通"韓"，《說文解字》："韓，井垣也。"〇甃：井壁。〇虷蟹：孑孓。視：底本原缺，據《太平御覽》卷一八九補。〇跨跱：叉開腿站立。〇縶：拌住。〇舉：形容。〇適適然：驚怖之容。〇規規然：自失之貌。〇知（前）：通"智"。竟：通"境"。〇與：通"歟"。〇跐：登也。大皇：天高處。《淮南子·精神》高誘注："太皇，天也。"〇奭然：毫無阻礙貌。奭，通"釋"。解：達也。〇玄冥：微妙之境。〇反：通"返"。大通：深遠之境界。〇規規然：拘泥貌。〇指地：點地而量。〇壽陵：趙國邑名。餘子：少年。《經典釋文》引司馬彪："未應丁夫，謂之餘子。"

　　莊子釣於濮水。楚王使大夫二人往先焉，曰："願以境內累矣！"莊子持竿不顧，曰："吾聞楚有神龜，死已三千歲矣。王巾笥而藏之廟堂之上。此龜者，寧其死爲留骨而貴乎？寧其生而曳尾於塗中乎？"二大夫曰："寧生而曳尾塗中。"莊子曰："往矣！吾將曳尾於塗中。"

　　〇濮水：水名。在今河南濮陽。〇先：通"詵"，致言也。〇巾笥：裝進竹箱，再用巾包起來。〇塗中：泥中。

　　惠子相梁，莊子往見之。或謂惠子曰："莊子來，欲代子相。"於是惠子恐，搜於國中三日三夜。莊子往見之，曰："南方有鳥，其名爲鵷鶵，子知之乎？夫鵷鶵，發於南海而飛於北海，非梧桐不止，非練實不食，非醴泉不飲。於是鴟得腐鼠，鵷鶵過之，仰而視之曰：'嚇！'今子欲以子之梁國而'嚇'我邪？"

　　〇鵷鶵：鸞鳳一類的鳥。〇練實：竹實。《藝文類聚》卷八八、《初學記》卷二八、《太平御覽》卷九一一、九一五及九六五均引作"竹實"。〇醴泉：甘美如甜酒之泉水。或以爲醴泉即露（見王充《論衡·是應》）。

　　莊子與惠子游於濠梁之上。莊子曰："儵魚出游從容，是魚之樂也。"惠子曰："子非魚，安知魚之樂？"莊子曰："子非我，安知我不知魚之樂？"惠子曰："我非子，固不知子矣；子固非魚也，子之不知魚之樂。全矣！"莊子曰："請循其本。子曰'汝安知魚樂'云者，既已知吾知之而問我。我知之濠上也。"

○濠：水名。在今安徽鳳陽。梁：橋。○儵：當作"鯈"，《世說新語》注、《爾雅》郭注均引作"鯈"。一種銀白色小魚。

## |輯　錄|

郭象《莊子注·序》：夫莊子者，可謂知本矣，故未始藏其狂言，言雖無會而獨應者也。夫應而非會，則雖當無用；言非物事，則雖高不行；與夫寂然不動，不得已而後起者，固有間矣，斯可謂知無心者也。夫心無爲，則隨感而應，應隨其時，言唯謹爾。故與化爲體，流萬代而冥物，豈曾設對獨遘而游談乎方外哉？此其所以不經而爲百家之冠也。然莊生雖未體之，言則至矣。通天地之統，序萬物之性，達死生之變，而明內聖外王之道，上知造物無物，下知有物之自造也。其言宏綽，其旨玄妙，至至之道，融微旨雅；泰然遣放，放而不敖。故曰不知義之所適，倡狂妄行而蹈其大方；含哺而熙乎澹泊，鼓腹而游乎混芒。至人極乎無親，孝慈終於兼忘，禮樂復乎已能，忠信發乎天光。用其光則其朴自成，是以神器獨化於玄冥之境而源流深長也。故其長波之所蕩，高風之所扇，暢乎物宜，適乎民願。弘其鄙，解其懸，灑落之功未加，而矜誇所以散。故觀其書，超然自以爲已當，經崑崙，涉太虛，而游惚恍之庭矣。雖復貪婪之人，進躁之士，暫而攬其餘芳，味其溢流，彷彿其音影，猶足曠然有忘形自得之懷，況探其遠情而玩永年者乎！遂綿邈清遐，去離塵埃而返冥極者也。

蘇軾《莊子祠堂記》：莊子，蒙人也，嘗爲蒙漆園吏。沒千餘歲，而蒙未有祀之者。縣令秘書丞王兢始作祠堂，求文以爲記。謹按《史記》，莊子與梁惠王、齊宣王同時，其學無所不窺，然要本歸於老子之言，故其著書十餘萬言，大抵率寓言也。作《漁父》、《盜跖》、《胠篋》，以詆訾孔子之徒，以明老子之術。此知莊子之粗者。余以爲莊子蓋助孔子者，要不可以爲法耳。楚公子微服出亡，而門者難之。其僕操箠而罵曰："隸也不力！"門者出之。事固有倒行而逆施者。以僕爲不愛公子，則不可；以爲事公子之法，亦不可。故莊子之言，皆實予，而文不予，陽擠而陰助之，其正言蓋無幾。至於詆訾孔子，未嘗不微見其意。其論天下道術，自墨翟、禽滑釐、彭蒙、慎到、田駢、關尹、老聃之徒，以至於其身，皆以爲一家。而孔子不與，其尊之也至矣。然余嘗疑《盜跖》、《漁父》，則若眞詆孔子者。至於《讓王》、《說劍》，皆淺陋不入於道。反復觀之，得其《寓言》之意，終曰："陽子居西游於秦，遇老子。老子曰：而睢睢，而盱盱，而誰與居？太白若辱，盛德若不足。陽子居蹴然變容。其往也，舍者將迎其家，公執席，妻執巾櫛。舍者避席，煬者避竈。其反也，舍者與之爭席矣。"去其《讓王》、《說劍》、《漁父》、《盜跖》四篇，以合於《列禦寇》之篇曰："列禦寇之齊，中道而反，曰：吾驚焉，吾食於十漿；而五漿先饋。"然後悟而笑曰："是固一章也。"莊子之言未終，而昧者剿之以入其言，余不可以不辯。凡分章名篇，皆出於世俗，非莊子本意。元豐元年十一月十九日記。

林希逸《莊子口義·發題》：若《莊子》者，其書雖爲不經，實天下所不可無者。郭子玄謂其不經而爲百家之冠，此語甚公。然此書不可不讀，亦最難讀。東坡一生文字祇從此悟入，《大藏經》五百四十函皆自此中紬繹出，左丘明、司馬子長諸人筆力未易敵此，是豈可不讀！然謂之難者何也？伊川曰："佛書如淫聲美色，易以惑人。"蓋以其語震動而見易搖也。況此書所言仁義性命之類，字義皆與吾書不同，一難也；其意欲與吾夫子爭衡，故其言多過當，二難也；鄙略中下之人，如佛書所謂最上乘者說，故其言每每過高，三難也；又其筆端鼓舞變化，皆不可以尋常文字蹊徑求之，四難也；況語脈機峰，多如禪家頓宗，所謂劍刃上事，吾儒書中未嘗有此，五難也。是必精於《語》、《孟》、《中庸》、《大學》等書，見理素定，識文字血脈，知禪宗解數，具此眼目而後知其言意一一有所歸著，未嘗不跌蕩，未嘗不戲劇，而大綱領、大宗旨未嘗與聖人異也。若此眼未明，強生意見，非以異端邪說鄙之，必爲其所恐動，或資以誕放，或流而空虛，則伊川"淫聲美色"之喻，誠不可不懼。

林雲銘《莊子因》：莊子命意之深處，須以淺讀之；爲文之曲處，須以直讀之。若一味說玄說妙，入心性裏面去，便成一部野狐禪。

又：《莊子》當隨字隨句讀之，不隨字隨句讀之，則無以見全書之變化。又當將全書一氣讀之，不將全書一氣讀之，則不知隨字隨句之融洽。

胡文英《莊子獨見》：莊子眼極冷，心腸極熱。眼冷，故是非不管。心腸熱，故感慨萬端。雖知無用，而未能忘情，到底是熱腸挂住。雖不能忘情，而終不下手，到底是冷眼看穿。

又：莊子最深情，人第知三閭之哀怨，而不知漆園之哀怨有甚於三閭也。蓋三閭之哀怨在一國，而漆園之哀怨在天下；三閭之哀怨在一時，而漆園之哀怨在萬世。昧其指者，笑如蒼蠅。

劉熙載《藝概·文概》：莊子寓真於誕，寓實於玄，於此見寓言之妙。

## 參考書目

《莊子口義》，林希逸著，中華書局1997年版。
《莊子解》，王夫之著，中華書局1985年版。
《莊子集解》，王先謙著，中華書局1987年版。
《莊子今注今譯》，陳鼓應注譯，中華書局1983年版。
《莊學研究》，崔大華著，人民出版社1995年版。

## 思考題

1. 魯迅在《漢文學史綱要》中，稱《莊子》文章"汪洋辟闔，儀態萬方，晚周諸子之作，莫能先也"。試以所讀諸子文，作一比較。
2. 如何理解《莊子》中的"寓言"？
3. 背誦《逍遙游》"北冥有魚"至"衆人匹之，不亦悲乎"一段。

## 第三節　法家

### 《韓非子》

**韓　非**（前280?—前233）

《史記·老子韓非列傳》：韓非，韓之諸公子也。喜刑名法術之學，而歸其本於黃老。非爲人口吃，不能道說，而善著書。與李斯俱師事荀卿，斯自以爲不如非。非見韓之削弱，數以書諫韓王，韓王不能用。作《孤憤》、《五蠹》、《說難》等十餘萬言。或傳其書至秦，秦王見《孤憤》、《五蠹》之書，曰："嗟乎，寡人得見此人與之游，死不恨矣。"李斯曰："此韓非之所著書也。"秦因急攻韓。韓王始不用非，及急，乃遣非使秦。秦王悅之，未信用。李斯等害之，毀之曰："韓非，韓之諸公子也。今王欲並諸侯，非終爲韓不爲秦，此人之情也。不如以過法誅之。"秦王以爲然，下吏治非。李斯使人遺非藥，使自殺，非欲自陳，不得見。秦王後悔之，使人赦之，非已死矣。

《韓非子》是韓非死後由後人搜集其遺著並加入他人論述韓非學說之文章編成。今傳《韓非子》二十卷，五十五篇（《漢書·藝文志》亦著錄爲五十五篇），是先秦法家學說集大成之作。《韓非子》文章冷峻峭刻，鋒芒逼人，情感沈鬱，在先秦諸子之文中獨具特色。劉熙載《藝概·文概》："韓非鋒穎太銳。《莊子·天下篇》稱老子道術所戒曰'銳則挫矣'，惜乎非能作《解老》、《喻老》而不鑒之也。"

## 孤　憤

**【題解】** 王先愼《韓非子集解》卷四："言法術之士，既無黨與，孤獨而已。故其材用，終不見明。卞生既以抱玉而長號，韓公由之寢謀而內憤。"梁啓雄《韓子淺解》引梁啓超語："本篇言純正法家與當途重人不相容之故及其實況，最能表示著者反抗時代的精神。"

智術之士，必遠見而明察；不明察，不能燭私。能法之士，必強毅而勁直；不勁直，不能矯姦。人臣循令而從事，案法而治官，非謂重人也。重人也者，無令而擅爲，虧法以利私，耗國以便家，力能得其君，此所爲重人也。智術之士明察，聽用，且燭重人之陰情；能法之士勁直，聽用，且矯重人之姦行。故智術能法之士用，則貴重之臣必在繩之外矣。是智法之士與當塗之人，不可兩存之仇也。

當塗之人擅事要，則外內爲之用矣。是以諸侯不因，則事不應，故敵國爲之訟；百官不因，則業不進，故羣臣爲之用；郎中不因，則不得近主，故左右爲之匿；學士不因，則養祿薄禮卑，故學士爲之談也。此四助者，邪臣之所以自飾也。重人不能忠主而進其仇，人主不能越四助而燭察其臣，故人主愈弊而大臣愈重。

○燭私：洞察陰私。○矯姦：糾正惡行。○案法：依據法律。○擅爲：獨斷專行。○耗國以便家：損害君國而利於私家。古代君稱國，大夫稱家。○此所爲：即此所謂。爲，通"謂"。○在繩之外：不爲法所容。繩，法也。○當塗之人：當權之貴人。塗，通"途"。○擅事要：執政權。○外內爲之用：外，列國諸侯；內，人君左右。○因：依附，親近。○訟：通"頌"。下同。○郎中：人君左右之服役者。○爲之匿：爲之隱瞞惡行。○爲之談：爲之說好話。○四助：諸侯、羣臣、左右、學士。其皆有助於重人，故謂之"四助"。

凡當塗者之於人主也，希不信愛也，又且習故。若夫即主心，同乎好惡，固其所自進也。官爵貴重，朋黨又衆，而一國爲之訟。則法術之士欲干上者，非有所信愛之親、習故之澤也；又將以法術之言矯人主阿辟之心，是與人主相反也。處勢卑賤，無黨孤特。夫以疏遠與近愛信爭，其數不勝也；以新旅與習故爭，其數不勝也；以反主意與同好爭，其數不勝也；以輕賤與貴重爭，其數不勝也；以一口與一國爭，其數不勝也。法術之士操五不勝之勢，以歲數而又不得見；當塗之人乘五勝之資，而且暮獨說於前。故法術之士奚道得進，而人主奚時得悟乎？故資必不勝而勢不兩存，法術之士焉得不危？其可以罪過誣者，以公法而誅之；其不可被以罪過者，以私劍而窮之。是明法術而逆主上者，不僇於吏誅，必死於私劍矣。朋黨比周以弊主，言曲以便私者，必信於重人矣。故其可以功伐借者，以官爵貴之；其可借以美名者，以外權重之。是以弊主上而趨於私門者，不顯於官爵，必重於外權矣。今人主不合參驗而行誅，不待見功而爵祿，故法術之士安能蒙死亡而進其說？姦邪之臣安肯乘利而退其身？故主上愈卑，私門益尊。

夫越雖國富兵彊，中國之主皆知無益於己也，曰："非吾所得制也。"今有國者，雖地廣人衆，然而人主壅蔽，大臣專權，是國爲越也。智不類越，而不智不類其國，不察其類者也。人主所以謂齊亡者，非地與城亡也，呂氏弗制而田氏用之；所以謂晉亡者，亦非地與城亡也，姬氏不制而六卿專之也。今大臣執柄獨斷，而上弗知收，是人主不明也。與死人同病者，不可生也；與亡國同事者，不可存也。今襲迹於齊、晉，欲國安存，不可得也。

凡法術之難行也，不獨萬乘，千乘亦然。人主之左右不必智也，人主於人有所智而聽之，因與左右論其言，是與愚人論智也；人主之左右不必賢也，人主於人有所賢而禮之，因與左右論其行，是與不肖論賢也。智者決策於愚人，賢士程行於不肖，則賢智之士羞而人主之論悖矣。

○希：通"稀"。○習：親昵，熟悉。○即主心：迎合人君心理。○干上：求於人君。干，求也。○阿辟：喜歡阿諛、邪僻。○旅：客也。○歲數：以年相計算。○資：憑藉。○奚道得進：有什麼辦法進身呢？奚，何也。下文同。○窮之：謂結束其生命。○僇：通"戮"。○比周：勾結。○弊：通"蔽"，蒙蔽。○蒙：冒也。○越：古國名，在今浙江紹興一帶。○國：底本原缺，據王先謙說補。○中國：中原。○"智不類越"三句：人君皆知自己之國不似越國，而不知自己今天之國已不同以往，這就是"不察其類者"。智，通"知"。○呂氏弗制而田氏用之：齊本呂氏之國，其後田常秉齊政，傳至田和，便廢君自立。○姬氏不制而六卿專之：晉本姬姓之國，晉景公十二年設六卿，六卿專權，後晉爲韓、魏、趙三卿所分。○襲迹：因襲故事，猶言"重蹈覆轍"。○萬乘：大國。下文之"千乘"謂小國。古代天子有兵車萬乘，諸侯有兵車千乘，大夫有兵車百乘；時至戰國，出現了有兵車萬乘之大國。○程：評定。○悖：謬也。

人臣之欲得官者：其修士且以精絜固身，其智士且以治辯進業。其修士不能以貨賂事人，恃其精潔而更不能以枉法爲治。則修智之士不事左右，不聽請謁矣。人主之左右，行非伯夷也，求索不得，貨賂不至，則精辯之功息，而毁誣之言起矣。治亂之功制於近習，精潔之行決於毁譽，則修智之吏廢，而人主之明塞矣。不以功伐決智行，不以參伍審罪過，而聽左右近習之言，則無能之士在廷，而愚污之吏處官矣。

萬乘之患，大臣太重；千乘之患，左右太信：此人主之所公患也。且人臣有大罪，人主有大失。臣主之利，相與異者也。何以明之哉？曰：主利在有能而任官，臣利在無能而得事；主利在有勞而爵祿，臣利在無功而富貴；主利在豪傑使能，臣利在朋黨用私。是以國地削而私家富，主上卑而大臣重。故主失勢而臣得國，主更稱蕃臣，而相室剖符，此人臣之所以譎主便私也。故當世之重臣，主變勢而得固寵者，十無二三。是其故何也？人臣之罪大也。臣有大罪者，其行欺主也，其罪當死亡也。智士者遠見而畏於死亡，必不從重人矣；賢士者修廉而羞與姦臣欺其主，必不從重臣矣。

是當塗者之徒屬，非愚而不知患者，必污而不避姦者也。大臣挾愚污之人，上與之欺主，下與之收利侵漁，朋黨比周，相與一口，惑主敗法，以亂士民，使國家危削，主上勞辱，此大罪也。臣有大罪而主弗禁，此大失也。使其主有大失於上，臣有大罪於下，索國之不亡者，不可得也。

**中華書局本王先慎《韓非子集解》（下同）**

○"其修士不能以貨賂事人"二句：意謂：修士恃其精潔而不以貨賂事人，智士恃其治辯而不枉法爲治。王先慎《韓非子集解》謂此處有闕文。○不聽請謁：不曲從請托。○伯夷：孤竹君之長子，其父欲立其弟叔齊，父卒，伯夷、叔齊避位逃去，周武王克殷，伯夷、叔齊不食周粟，餓死於首陽山。○精辯：修士之精潔與智士之治辯。○參伍：比驗綜合。○公患：通患。○"且人臣有大罪"二句：人臣犯大罪就是人主有大過失。○使能：施展其才能。○蕃：通"藩"。○相室：相國。剖符：猶言分符。古代以符爲君臣間憑信之具，分爲兩半，君臣各執其一，執政大臣變爲人主，便可分符封其下。○謫：欺騙。○侵漁：奪取。○相與一口：互相附和。

## 說　難

**【題解】** 此篇陳述進說君主之難，並分析其成敗原因，條理清晰。《史記·老子韓非列傳》："然韓非知說之難，爲《說難》書甚具，終死於秦，不能自脫。"余誠《重訂古文釋義新編》卷四："世情極透，文筆亦古。說士不傳之秘，盡行發泄。其結構之緊，變換之妙，頓挫關鎖之精神，可爲操觚家寶籙。"

凡說之難：非吾知之有以說之之難也，又非吾辯之能明吾意之難也，又非吾敢橫佚而能盡之難也。凡說之難：在知所說之心，可以吾說當之。所說出於爲名高者也，而說之以厚利，則見下節而遇卑賤，必棄遠矣。所說出於厚利者也，而說之以名高，則見無心而遠事情，必不收矣。所說陰爲厚利而顯爲名高者也，而說之以名高，則陽收其身而實疏之；說之以厚利，則陰用其言，顯棄其身矣。此不可不察也。

夫事以密成，語以泄敗。未必其身泄之也，而語及所匿之事，如此者身危。彼顯有所出事，而乃以成他故；說者不徒知所出而已矣，又知其所以爲，如此者身危。規異事而當，知者揣之外而得之；事泄於外，必以爲己也，如此者身危。周澤未渥也，而語極知，說行而有功則德忘，說不行而有敗則見疑，如此者身危。貴人有過端，而說者明言善議以挑其惡，如此者身危。貴人或得計而欲自以爲功，說者與知焉，如此者身危。彊以其所不能爲，止以其所不能已，如此者身危。故與之論大人，則以爲間己矣；與之論細人，則以爲賣重；論其所愛，則以爲藉資；論其所憎，則以爲嘗己也。徑省其說，則以爲不智而拙之；米鹽博辯，則以爲多而交之；略事陳意，則曰怯懦而不盡；慮事廣肆，則曰草野而倨侮。此說之難，不可不知也。

○知之：認識事理。○說之：游說人主。○辯：口辯。賈誼《新書·道術》：「論物明辯謂之辯。」○橫佚：通「橫逸」，毫無顧忌貌。佚，底本原作「失」，據《〈史記〉索隱》改。○所說：謂聽者，主要指人主。○當：應也。○身：說者本人。○異事：另一件事，却合於人主之心意。○知：通「智」。○周澤未渥：交情不深。○極知：盡其所知。○過端：錯事。○善議：底本原作「禮義」，據《史記》改。挑：張揚。○得計：計劃得當。○與知：參與其事。○彊：通「強」，勉強。○大人：大臣。○間己：離間君臣關係。己，指君。○細人：小臣。○賣重：《史記》作「鬻權」，意謂小臣地位雖低，但有權勢，與人主談論小臣，則易被疑爲勾結近習以出賣權勢。○藉資：藉以爲助。藉，通「借」，《史記》正引作「借」。○嘗：試探。○徑省：直截了當。《荀子·性惡》：「言小則徑而省。」○米鹽：日用煩瑣之事；引申爲瑣碎。○交：當爲「史」之誤，浮誇。《論語·雍也》：「質勝文則野，文勝質則史。」《韓非子·難言》：「捷敏辯給，繁於文辭，則見以爲史。"○略事陳意：略言其事，粗陳其意。○廣肆：放言無顧忌。○草野而倨侮：粗野而傲慢。

凡說之務，在知飾所說之所矜而滅其所恥。彼有私急也，必以公義示而強之。其意有下也，然而不能已，說者因爲之飾其美而少其不爲也。其心有高也，而實不能及，說者爲之舉其過而見其惡，而多其不行也。有欲矜以智慧，則爲之舉異事之同類者，多爲之地，使之資說於我，而佯不知也，以資其智。欲內相存之言，則必以美名明之，而微見其合於私利也。欲陳危害之事，則顯其毀誹，而微見其合於私患也。譽異人與同行者，規異事與同計者。有與同汙者，則必以大飾其無傷也。有與同敗者，則必以明飾其無失也。彼自多其力，則毋以其難概之也。自勇其斷，則無以其謫怒之。自智其計，則毋以其敗窮之。大意無所拂悟，辭言無所繫縻，然後極騁智辯焉，此道所得親近不疑，而得盡辭也。伊尹爲宰，百里奚爲虜，皆所以干其上也。此二人者，皆聖人也，然猶不能無役身以進，如此其汙也。今以吾言爲宰、虜，而可以聽用而振世，此非能仕之所恥也。夫曠日彌久，而周澤既渥，深計而不疑，引爭而不罪，則明割利害以致其功，直指是非以飾其身，以此相持。此說之成也。

○飾：文飾。所矜：所喜。滅：掩蓋。○下：卑下。○已：止也。○少：表示不滿。○見：通"現"，使之現。○多：贊賞。○矜以智慧：以才能智力自誇。○地：理之所居曰地。○資說於我：使人主采取我的說法。○內：通"納"。相存：救助。○同汙者：與人主有相通污點者。○無傷：無傷大體。○自多：自矜。○概：抑制。概，本爲平斗斛之木棍；《管子·樞言》："釜鼓滿，則人概之。"○自勇其斷：以自斷爲勇。○謫：通"敵"，《史記》正引作"敵"。○拂悟：違逆。○繫縻：抵觸。○道所：俞樾《諸子平議》以爲當爲"所道"，道，由也。○伊尹：又名伊摯，商湯之相。宰：廚夫。《墨子·尚賢中》："伊摯，有莘氏女之私臣，親爲庖人，湯得之，舉以爲相。"○百里奚：春秋虞國人，晉滅虞後，把他作爲陪嫁送給秦國。他逃到楚國，爲楚人所執。秦穆公聞其賢，以五張羊皮贖之，授以國政，相秦七年。○干：求也。○役身：身執賤役。○能仕：智慧之士。仕，通"士"，《〈史記〉索隱》引作"士"。○割：分析。○直指：言無顧忌。飾：通"飭"，正也。

昔者鄭武公欲伐胡，故先以其女妻胡君，以娛其意。因問於羣臣："吾欲用兵，誰可伐者？"大夫關其思對曰："胡可伐。"武公怒而戮之，曰："胡，兄弟之國也，子言伐之，何也？"胡君聞之，以鄭爲親己，遂不備鄭。鄭人襲胡，取之。宋有富人，天雨牆壞。其子曰："不築，必將有盜。"其鄰人之父亦云。暮而果大亡其財。其家甚智其子，而疑鄰人之父。此二人說者皆當矣，厚者爲戮，薄者見疑。則非知之難也，處之則難也。故繞朝之言當矣，其爲聖人於晉，而爲戮於秦也。此不可不察。

昔者，彌子瑕有寵於衛君。衛國之法：竊駕君車者罪刖。彌子瑕母病，人聞有夜告彌子，彌子矯駕君車以出。君聞而賢之曰："孝哉！爲母之故，忘其犯刖罪。"異日與君游於果園，食桃而甘，不盡，以其半啗君。君曰："愛我哉！忘其口味，以啗寡人。"及彌子色衰愛弛，得罪於君。君曰："是固嘗矯駕吾車，又嘗啗我以餘桃。"故彌子之行，未變於初也，而以前之所以見賢而後獲罪者，愛憎之變也。故有愛於主，則智當而加親；有憎於主，則智不當見罪而加疏。故諫說談論之士，不可不察愛憎之主而後說焉。夫龍之爲蟲也，柔可狎而騎也，然其喉下有逆鱗徑尺，若人有嬰之者，則必殺人。人主亦有逆鱗，說者能無嬰人主之逆鱗，則幾矣。

○鄭武公：周宣王之庶兄，鄭桓公之子，繼父位爲君。○兄弟之國：有嫁娶關係之國。《周禮·地官·大司徒》："三曰聯兄弟。"鄭玄注："兄弟，昏姻嫁娶也。"《史記·蘇秦張儀列傳》："秦楚娶婦嫁女，長爲兄弟之國。"故《國語·晉語》韋昭注："兄弟，婚姻之稱。"○鄰人之父：鄰家之老者。○繞朝：秦大夫。晉大夫士會出亡至秦，晉人以詐謀誘其歸國，繞朝勸秦伯勿遣，秦伯不聽，士會遂歸晉。行時，繞朝謂士會曰："子毋謂秦無人，吾謀適不用也。"事見《左傳·文公十年》。然繞朝被戮於秦事，《左傳》、《史記》均未載，韓非或另有所據。〇彌子瑕：春秋時衛靈公嬖臣。〇刖：斷足。〇矯：假傳君命。〇啗：拿食物給人吃。〇柔：通"擾"，馴也。〇嬰：通"攖"，觸犯。〇幾：差不多。

**參考書目**

《韓非子集釋》，陳奇猷著，中華書局1964年版。

《韓子淺解》，梁啓雄著，中華書局1982年版。

## 第四節　縱橫家

### 《戰國策》

【題解】《戰國策》，簡稱《國策》，其初又有《國事》、《事語》、《短書》、《長書》等名。其書雜記東西周、秦、齊、楚、趙、魏、韓、燕、宋、衛、中山諸國之事，其時代上接春秋，下至秦併六國，約二百四十年。《戰國策》的作者已不可考，大概是秦漢間人雜采各國史料編纂而成，後來經劉向整理，定名爲《戰國策》，遂相沿至今。《漢書·藝文志》將其歸入諸子縱橫家。該書重點記載戰國時期各國策士們的言論和活動，贊揚備至，過分強調他們在歷史上的作用，不乏誇張與虛構之處，不盡與史實相符。清人于鬯《戰國策注·序》："《戰國策》者，經學之終而史學之始也，其書宜無人不讀。"

## 蘇秦始將連橫（秦策一）

【題解】 蘇秦（？－前284），戰國時洛陽人。縱橫家代表人物。戰國時，秦在西，六國在東，秦與東方個別國家聯合以攻擊其他國家之策略謂之"連橫"；反之，六國聯合以抗秦則謂之"合縱"。林雲銘《古文析義》卷五："作者欲爲寫照，少不得把合縱功勢，十分妝點，說過一番，又贊過一番，將一個暴得富貴的窮漢子，做個天上有、地下無的人物，方可豔羨讀者。但作一種傳奇看，却越不認真，越有意思。"

蘇秦始將連橫，說秦惠王曰："大王之國，西有巴、蜀、漢中之利，北有胡、貉、代、馬之用，南有巫山、黔中之限，東有肴、函之固。田肥美，民殷富，戰車萬乘，奮擊百萬，沃野千里，蓄積饒多，地勢形便，此所謂天府，天下之雄國也。以大王之賢，士民之衆，車騎之用，兵法之教，可以并諸侯，吞天下，稱帝而治。願大王少留意，臣請奏其效。"

秦王曰："寡人聞之：毛羽不豐滿者不可以高飛，文章不成者不可以誅罰，道德不厚者不可以使民，政教不順者不可以煩大臣。今先生儼然不遠千里而庭教之，願以異日。"

蘇秦曰："臣固疑大王之不能用也。昔者神農伐補遂，黃帝伐涿鹿而禽蚩尤，堯伐驩兜，舜伐三苗，禹伐共工，湯伐有夏，文王伐崇，武王伐紂，齊桓任戰而伯天下。由此觀之，惡有不戰者乎？古者使車轂擊馳，言語相結，天下爲一，約從連橫；兵革不藏。文士並飾，諸侯亂惑，萬端俱起，不可勝理。科條既備，民多偽態；書策稠濁，百姓不足。上下相愁，民無所聊。明言章理，兵甲愈起；辯言偉服，戰攻不息；繁稱文辭，天下不治。舌弊耳聾，不見成功；行義約信，天下不親。於是乃廢文任武，厚養死士，綴甲厲兵，效勝於戰場。夫徒處而致利，安坐而廣地，雖古五帝、三王、五伯，明主賢君，常欲坐而致之，其勢不能，故以戰續之。寬則兩軍相攻，迫則杖戟相撞，然後可建大功。是故兵勝於外，義強於內；威立於上，民服於下。今欲并天下，凌萬乘，詘敵國，制海內，子元元，臣諸侯，非兵不可。今之嗣主，忽於至道，皆惛於教，亂於治，迷於言，惑於語，沈於辯，溺於辭。以此論之，王固不能行也。"

　　○"蘇秦始將連橫"二句：據《史記·蘇秦列傳》及本文"毛羽不豐滿者不可以高飛"之語，此事當發生於秦惠王即位之初。秦惠王，即惠文王，名駟，公元前337年至前311年在位，十四年（前324）更爲元年。○西有巴、蜀、漢中之利：此句與當時形勢全然不合，當是作者妙筆生花之辭。據《史記·秦本紀》，秦滅蜀（今四川西部）在惠文王後元九年；取漢中（今陝西秦嶺以南）在後元十三年；取巴在昭王三十年，去惠王之死已三十四年。《戰國策》中，此種情形比比皆是，一般不一一注出。○胡、貉：西北兩少數民族，此處指其聚居之地。《呂氏春秋·孝行覽·義賞》有"戎、夷、胡、貉、巴、越之民"之語；《漢書·揚雄傳》亦稱"胡、貉之長"。代、馬：秦北方兩地名。《史記·蘇秦列傳》"北有代、馬"《索隱》："謂代郡、馬邑也。"○限：險阻之地。○肴、函：崤山及函谷關。○形便：得形勢，占便利。○效：辦法。○文章：法令。○庭教之：教之於庭。○補遂：上古部落名。○涿鹿：地名，在今河北。蚩尤：傳說中九黎之首領。○驩兜：堯之叛臣。○三苗：古族名，亦稱苗、有苗。○共工：古代部族。○崇：古國名，據說崇侯虎助紂爲虐，文王伐之。○伯：通"霸"。○車轂擊馳：車多且行急。轂，車輪中心輻條輳集處之圓木。○文士：辯士。飾：指巧言善辯。○稠濁：繁多而混亂。○明言章理：使言明，使理彰。章，通"彰"。下文之"辯言偉服"，句式同此。○厲：通"礪"，磨刀石。此處用爲動詞。○橦：擊刺。○凌萬乘：超越擁有兵車萬乘之敵君。○詘敵國：使敵國屈服。詘，通"屈"。○子元元：以百姓爲子女。元元，黎民百姓。下文"臣諸侯"，句式同此。○嗣主：繼位之君。指當代君主。○惛：不明也。○沈：同"沉"。

　　說秦王書十上而說不行。黑貂之裘弊，黃金百斤盡，資用乏絕，去秦而歸。嬴縢履蹻，負書擔橐，形容枯槁，面目犂黑，狀有歸色。歸至家，妻不下紝，嫂不爲炊，父母不與言。蘇秦喟歎曰："妻不以我爲夫，嫂不以我爲叔，父母不以我爲子，是皆秦之罪也。"乃夜發書，陳篋數十，得太公陰符之謀，伏而誦之，簡練以爲揣摩。讀書欲睡，引錐自刺其股，血流至足，曰："安有說人主不能出其金玉錦繡，取卿相之尊者乎？"期年，揣摩成，曰："此真可以說當世之君矣！"

　　於是乃摩燕烏集闕，見說趙王於華屋之下，抵掌而談。趙王大悅，封爲武安君。受相印，革車百乘，錦繡千純，白璧百雙，黃金萬溢，以隨其後，約從散橫以抑強秦。故蘇秦相於趙而關不通。當此之時，天下之大，萬民之衆，王侯之威，謀臣之權，皆欲決蘇秦之策。不費斗糧，未煩一兵，未戰一士，未絕一弦，未折一矢，諸侯相親，賢於兄弟。夫賢人在而天下服，一人用而天下從。故曰：式於政，不式於勇；式於廊廟之内，不式於四境之外。當秦之隆，黃金萬溢爲用，轉轂連騎，炫熿於道，山東之國從風而服，使趙大重。且夫蘇秦特窮巷掘門桑戶棬樞之士耳，伏軾撙銜，橫歷天下，廷說諸侯之王，杜左右之口，天下莫之能伉。

　　將說楚王，路過洛陽。父母聞之，清宮除道，張樂設飲，郊迎三十里。妻側目而視，傾耳而聽。嫂蛇行匍伏，四拜自跪而謝。蘇秦曰："嫂，何前倨而後卑也？"嫂曰："以季子之位尊而多金。"蘇秦曰："嗟乎！貧窮則父母不子，富貴則親戚畏懼。人生世上，勢位富貴，蓋可忽乎哉？"

**上海古籍出版社整理《士禮居叢書》本《戰國策》**（下同）

○嬴：通"縲"，纏繞。縢：綁腿布。蹻：草鞋。○橐：無底之囊。○犂：通"黧"，黑色。○歸色：慚愧之色。歸，通"愧"。○紝：織布帛之絲縷。此處指織機。○篋：書箱。○太公：呂尚，輔助周武王滅紂。陰符之謀：兵書；乃後人假托之作。○簡練：選擇。○期年：一整年。○摩：切近也。燕烏集：闕名。君主所居之處，下有二臺，上有門樓者爲闕。○趙王：當指趙肅侯，名語，公元前349年至前326年在位。抵掌：

擊掌。抵，當作"扺"。○武安：趙邑，在今河北。○革車：兵車。○純：匹也。○璧：底本原作"壁"，據鮑彪本改。○溢：通"鎰"，一鎰爲二十四兩。○關：函谷關。六國通秦之要道。○式：用也。廊廟：朝廷。君主祭祖之處爲廟，其旁爲廊，古代國家大事都在廊廟之内商討。○炫熿：光耀貌。○山東之國：華山以東之燕、趙、韓、魏、齊、楚六國。○掘門：挖壁爲門。掘，通"窟"。桑户：用桑木爲門板。棬樞：把樹條圈起來作門樞。○軾：車前之橫木。撙銜：勒住馬韁繩。○廷説：在朝廷上勸説。○伉：通"抗"，匹敵。○楚王：當指楚威王，名熊商，公元前339年至前329年在位。○宮：室也。○匍伏：同"匍匐"。○謝：賠罪。○季子：蘇秦之字。舊以爲嫂呼小叔爲季子，然蘇秦此時已貴爲相，蛇行匍匐之嫂不當以"小叔"呼之。○蓋：通"盍"，何也。

## 齊宣王見顔斶（齊策四）

【題解】齊宣王，名辟疆，公元前319年至前301年在位。顔斶，齊國隱士。清吳楚材等《古文觀止》卷四："起得唐突，收得超忽。後段'形神不全'四字，説盡富貴利達人，良可悲也。戰國士氣，卑污極矣，得此可以一回狂瀾。"

齊宣王見顔斶，曰："斶前！"斶亦曰："王前！"宣王不悦。左右曰："王，人君也；斶，人臣也。王曰'斶前'，斶亦曰'王前'，可乎？"斶對曰："夫斶前爲慕勢，王前爲趨士。與使斶爲慕勢，不如使王爲趨士。"王忿然作色曰："王者貴乎？士貴乎？"對曰："士貴耳，王者不貴。"王曰："有説乎？"斶曰："有。昔者秦攻齊，令曰：'有敢去柳下季壟五十步而樵采者，罪死不赦！'令曰：'有能得齊王頭者，封萬户侯，賜金千鎰。'由是觀之，生王之頭曾不若死士之壟也。"宣王默然不悦。

左右皆曰："斶來！斶來！大王據千乘之地，而建千石鐘、萬石簴；天下之士，仁義皆來役處；辯知並進，莫不來語；東西南北，莫敢不來服；

求萬物無不備具，而百姓無不親附。今夫士之高者，乃稱匹夫、徒步而處農畝；下則鄙野，監門閭里；士之賤也亦甚矣！"

　　○"斶亦曰'王前'"：斶，底本原缺，據鮑彪注本補。○與使斶爲慕勢：底本原作"與使斶爲趨勢"，據鮑彪注本改。○柳下季：春秋時魯之賢人，姓展，名禽，字季。因食采邑於"柳下"，故稱柳下季。壟：墳也。○罪死不赦：底本原作"死不赦"，據《太平御覽》卷五五七所引改。《墨子·非攻》、《韓非子·愛臣》均有"罪死不赦"，可見"罪死不赦"爲常用語。○千乘：當爲"萬乘"，涉下文"千石"而誤。劉向《〈戰國策〉書錄》："晚世益甚，萬乘之國七，千乘之國五。"齊國當爲"萬乘"之國。齊王之臣言，不當自降一等。○石：一百二十斤。○簴：鐘架。○仁義皆來役處：仁者義者皆來爲齊王服務。役，爲齊王所使。處，接受齊王所授之職位。○辯知：辯智之士。知，通"智"。○來服：底本原作"服"，據鮑彪注本補。○無不備具：底本原缺"無"，據鮑彪注本補。○百姓：底本原缺"姓"，據鮑彪注本補。○匹夫、徒步：普通百姓。《墨子·魯問》："匹夫、徒步之士用吾言，行必修。"《呂氏春秋·似順論·有度》："仁義之術外也。夫以外勝內，匹夫、徒步不能行，又況乎人主？"○鄙：遠邑。○監門閭里：閭里巷口之看門人。古時每二十五家爲"一閭"或"一里"，閭里皆有巷，巷口有門，設一人看守。

　　斶對曰："不然。斶聞古大禹之時，諸侯萬國。何則？德厚之道，得貴士之力也。故舜起農畝，出於野鄙，而爲天子。及湯之時，諸侯三千。當今之世，南面稱寡者乃二十四。由此觀之，非得失之策與？稍稍誅滅，滅亡無族之時，欲爲監門閭里，安可得而有乎哉？是故《易傳》不云乎：'居上位，未得其實，以喜其爲名者，必以驕奢爲行。據慢驕奢，則凶從之。'是故無其實而喜其名者削，無德而望其福者約，無功而受其祿者辱，禍必握。故曰：'矜功不立，虛願不至。'此皆幸樂其名，華而無其實德者也。是以堯有九佐，舜有七友，禹有五丞，湯有三輔。自古及今而能虛成名於天下者，無有。是以君王無羞亟問，不媿下學。是故成其道德而揚功名於後世者，堯、舜、禹、湯、周文王是也。故曰：'無形者，形之君也；無端者，事之本也。'夫上見其原，下通其流，至聖明學，何不吉之有哉？老子曰：'雖貴，必以賤爲本；雖高，必以下爲基。是以侯王稱孤、寡、不穀，是其賤之本與？'夫孤、寡者，人之困賤下位也，而侯王以自謂，豈非下人而尊貴士與？夫堯傳舜，舜傳禹，周成王任周公旦，而世世稱曰明主。是以明乎士之貴也。"

宣王曰："嗟乎，君子焉可侮哉！寡人自取病耳。及今聞君子之言，乃今聞細人之行。願請受爲弟子。且顏先生與寡人游，食必太牢，出必乘車，妻子衣服麗都。"

顏斶辭去，曰："夫玉生於山，制則破焉；非弗寶貴矣，然大璞不完。士生乎鄙野，推選則祿焉；非不得尊遂也，然而形神不全。斶願得歸，晚食以當肉，安步以當車，無罪以當貴，清淨貞正以自虞。制言者，王也；盡忠直言者，斶也。言要道已備矣，願得賜歸，安行而反臣之邑屋。"則再拜而辭去也。

○"斶聞古大禹之時"二句：據《左傳·哀公十七年》，禹合諸侯，"執玉帛者萬國"。○得失：得士與失士。與：通"歟"。○《易傳》：解釋《周易》的書。○據：通"倨"，驕傲。○削：土地日益消減而國弱。○約：困窘。○握：通"渥"，多也。○"矜功不立"二句：僅有好大喜功之心者，事業不成；不爲而欲得之者，物不自至。○九佐：舜爲司徒，契爲司馬，禹爲司空，后稷爲田疇，夔爲樂正，倕爲工師，伯夷爲秩宗，皋陶爲大理，益爲驅禽。此據《說苑·君道》。○七友：鮑彪注爲"雄陶、方回、續牙、伯陽、東不訾、秦不虛、靈甫"。○五丞：即陶、化益、真窺、橫革、之交。據《呂氏春秋·慎行論·求人》。○三輔：鮑彪注爲"誼伯、仲伯、咎單"。○亟：屢次。○媿：同"愧"。○至聖：底本原作"至聖人"，據校勘記改。○"雖貴"七句：引自《老子·三十九章》，文字略有不同。○夫孤、寡者：底本"夫"前有"非"字，據校勘記改。○自取病：自討沒趣。○細人：小人。○太牢：牛、羊、豕三牲具備。○麗都：華麗。○大璞：即太璞，沒有經過加工的玉石。大，原本作"夫"，據鮑彪注本改。○尊遂：尊貴，發達。○晚食以當肉：飯吃得晚一些，因爲餓而覺得飯香，如同吃肉一樣。○虞：通"娛"。○制言：命令我說話。

## 燕太子丹質於秦亡歸（燕策三）

【題解】 燕太子丹：燕王喜之子，燕王喜十六年（前239）質於秦。作品描寫荆軻爲解救燕國危急而謀刺秦王的全過程，贊揚荆軻、田光等爲扶助弱小、反抗強權不惜自我犧牲的俠義精神。作品情節緊張，生動感人，爲司馬遷《史記·刺客列傳》所本。劉熙載《藝概·文概》："《國策》……慷慨無如荆卿之辭燕丹。"

燕太子丹質於秦，亡歸。見秦且滅六國，兵以臨易水，恐其禍至。太子丹患之，謂其太傅鞠武曰："燕、秦不兩立，願太傅幸而圖之。"武對曰："秦地遍天下，威脅韓、魏、趙氏，則易水以北，未有所定也。奈何以見陵之怨，欲排其逆鱗哉？"太子曰："然則何由？"太傅曰："請入圖之。"

居之有間，樊將軍亡秦之燕，太子容之。太傅鞠武諫曰："不可。夫秦王之暴，而積怨於燕，足爲寒心，又況聞樊將軍之在乎！是以委肉當餓虎之蹊，禍必不振矣！雖有管、晏，不能爲謀。願太子急遣樊將軍入匈奴以滅口。請西約三晉，南連齊、楚，北講於單于，然後乃可圖也。"太子丹曰："太傅之計，曠日彌久，心惛然，恐不能須臾。且非獨於此也。夫樊將軍困窮於天下，歸身於丹，丹終不迫於強秦，而棄所哀憐之交，置之匈奴。是丹命固卒之時也，願太傅更慮之。"鞠武曰："燕有田光先生者，其智深，其勇沉，可與之謀也。"太子曰："願因太傅交於田先生，可乎？"鞠武曰："敬諾。"出見田光，道太子曰"願圖國事於先生"。田光曰："敬奉教。"乃造焉。

太子跪而逢迎，却行爲道，跪而拂席。田先生坐定，左右無人，太子避席而請曰："燕、秦不兩立，願先生留意也。"田光曰："臣聞騏驥盛壯之時，一日而馳千里；至其衰也，駑馬先之。今太子聞光壯盛之時，不知吾精已消亡矣。雖然，光不敢以乏國事也。所善荆軻，可使也。"太子曰："願因先生得交於荆軻，可乎？"田光曰："敬諾。"即起，趨出。太子送之至門，曰："丹所報，先生所言者，國大事也，願先生勿泄也。"田光俛而笑曰："諾。"

○易水：水名，在今河北境内，爲當時燕之南境。○太傅：官名，負責輔佐太子。○見陵：被欺凌。陵，通"凌"。太子丹質於秦時，秦王遇之不善。○排：通"批"，觸擊。另本正作"批"。逆鱗：傳說龍頸下有逆鱗徑尺，如有人觸動，則怒而殺之。○請入圖之：請讓我深入考慮一下。○樊將軍：秦國大將樊於期，因得罪秦王而逃至燕國。○振：救也。○管、晏：管仲和晏嬰，均爲春秋時齊國著名政治家。○三晉：趙、魏、韓。○講：通"媾"，交結。○單于：匈奴王之稱號。○惛然：煩亂貌。惛，通"悶"。○須臾：急不可待。○是丹命固卒之時：這乃我拼命之時也。卒，結束。○造：往也。○却行：倒行。道：通"導"，引路。○乏：廢置。○荆軻：齊人，本姓慶，徙居衛國，後至燕國；好讀書，喜劍術。○得交：原作"得願交"，據鮑彪注本改。○報：說也。○俛：通"俯"。

僂行見荆軻，曰："光與子相善，燕國莫不知。今太子聞光壯盛之時，不知吾形已不逮也，幸而教之曰：'燕、秦不兩立，願先生留意也。'光竊不自外，言足下於太子，願足下過太子於宫。"荆軻曰："謹奉教。"田光曰："光聞長者之行，不使人疑之。今太子約光曰：'所言者，國之大事也，願先生勿泄也。'是太子疑光也。夫爲行使人疑之，非節俠士也。"欲自殺以激荆軻。曰："願足下急過太子，言光已死，明不言也。"遂自剄而死。

軻見太子，言田光已死，明不言也。太子再拜而跪，膝下行流涕，有頃而後言曰："丹所請田先生無言者，欲以成大事之謀，今田先生以死明不泄言，豈丹之心哉？"荆軻坐定，太子避席頓首曰："田先生不知丹不肖，使得至前，願有所道，此天所以哀燕不棄其孤也。今秦有貪饕之心，而欲不可足也。非盡天下之地，臣海内之王者，其意不饜。今秦已虜韓王，盡納其地，又舉兵南伐楚，北臨趙。王翦將數十萬之衆臨漳、鄴，而李信出太原、雲中。趙不能支秦，必入臣。入臣，則禍至燕。燕小弱，數困於兵，今計舉國不足以當秦。諸侯服秦，莫敢合從。丹之私計，愚以爲誠得天下之勇士，使於秦，窺以重利，秦王貪其贄，必得所願矣。誠得劫秦王，使悉反諸侯之侵地，若曹沫之與齊桓公，則大善矣。則不可，因而刺殺之。彼大將擅兵於外，而内有大亂，則君臣相疑。以其間，諸侯得合從，其償破秦必矣。此丹之上願，而不知所以委命，唯荆卿留意焉。"久之，荆軻曰："此國之大事，臣駑下，恐不足任使。"太子前頓首，固請無讓。然後許諾。於是尊荆軻爲上卿，舍上舍，太子日日造問，供太牢異物，間進車騎美女，恣荆軻所欲，以順適其意。

　　○過：造訪。○韓王：即韓王安，公元前238年即位，公元前230年秦派内史騰攻韓，虜韓王，韓亡。○王翦：秦將。漳：漳水，在趙國南境，故道在今河北漳河北。鄴：趙邑名，舊地在今河北臨漳西。○李信：秦將。太原：趙西境地，在今山西。雲中：趙郡名，在今内蒙古大青山以南。○窺：視也。這裏有引誘之意。○贄：見面禮。○曹沫之與齊桓公：春秋時魯國與齊國作戰，連連敗北，魯祇得割地求和。後魯莊公與齊桓公會盟，魯臣曹沫以短劍威逼齊桓公，使之歸還魯國之失地。○以其間：趁此機會。底本原作"以其間諸侯"，據鮑彪注本刪"諸侯"。○償：實現某種願望。○駑下：才能低下。○上卿：官名，當時官員中之最高等級。○舍上舍：安置在上等賓館。

　　久之，荆卿未有行意。秦將王翦破趙，虜趙王，盡收其地，進兵北略地，至燕南界。太子丹恐懼，乃請荆卿曰："秦兵旦暮渡易水，則雖欲長侍足下，豈可得哉？"荆卿曰："微太子言，臣願得謁之。今行而無信，則秦未可親也。夫今樊將軍，秦王購之金千斤，邑萬家。誠能得樊將軍首，與燕督亢之地圖獻秦王，秦王必說，見臣，臣乃得有以報太子。"太子曰："樊將軍以窮困來歸丹，丹不忍以己之私而傷長者之意。願足下更慮之。"

荆軻知太子不忍，乃遂私見樊於期曰："秦之遇將軍，可謂深矣。父母宗族，皆爲戮没。今聞購將軍之首，金千斤，邑萬家，將奈何？"樊將軍仰天太息流涕曰："吾每念，常痛於骨髓，顧計不知所出耳。"軻曰："今有一言，可以解燕國之患而報將軍之仇者，何如？"樊於期乃前曰："爲之奈何？"荆軻曰："願得將軍之首以獻秦，秦王必喜而善見臣，臣左手把其袖，而右手揕其胸，然則將軍之仇報，而燕國見陵之恥除矣。將軍豈有意乎？"樊於期偏袒扼腕而進曰："此臣日夜切齒拊心也，乃今得聞教。"遂自刎。太子聞之，馳往，伏屍而哭，極哀。既已，無可奈何，乃遂收盛樊於期之首，函封之。

於是，太子預求天下之利匕首，得趙人徐夫人之匕首，取之百金，使工以藥淬之，以試人，血濡縷，人無不立死者。乃爲裝遣荆軻。燕國有勇士秦武陽，年十二殺人，人不敢忤視。乃令秦武陽爲副。荆軻有所待，欲與俱，其人居遠未來，而爲留待。頃之未發，太子遲之，疑其有改悔，乃復請之曰："日以盡矣，荆卿豈無意哉？丹請先遣秦武陽。"荆軻怒，叱太子曰："今日往而不反者，豎子也！今提一匕首入不測之強秦，僕所以留者，待吾客與俱。今太子遲之，請辭決矣！"遂發。

太子及賓客知其事者，皆白衣冠以送之。至易水上，既祖，取道。高漸離擊筑，荆軻和而歌，爲變徵之聲，士皆垂淚涕泣。又前而爲歌曰："風蕭蕭兮易水寒，壯士一去兮不復還。"復爲慷慨羽聲，士皆瞋目，髮盡上指冠。於是荆軻遂就車而去，終已不顧。

○王翦破趙：事在秦王政十九年，即公元前228年。○微：通"非"。○信：信物。○督亢：燕地，在今河北易縣、涿州、霸州一帶，爲燕國南部肥沃之地。○說：通"悅"。○深：殘酷。○揕：通"抌"，刺也。揕，底本原作"揕抗"，據鮑彪注本刪"抗"。○以藥淬之：用毒藥水淬匕首。○血濡縷：被刺傷，流出一絲血。○忤視：對視。忤，逆也。底本原作"與忤視"，據鮑彪注本刪"與"。○決：通"訣"。○祖：古代餞行儀式。祭祀路神後，在路上設宴爲人送行。○筑：古代樂器。○變徵之聲：以變徵（古代七音之一）爲音階起點的調式，多半音音階，淒厲悲涼。○羽聲：以羽（古代七音之一）爲音階起點的調式，激昂慷慨。

既至秦，持千金之資幣物，厚遺秦王寵臣中庶子蒙嘉。嘉爲先言於秦王曰："燕王誠振畏慕大王之威，不敢興兵以拒大王，願舉國爲內臣，比諸侯之列，給貢職如郡縣，而得奉守先王之宗廟。恐懼不敢自陳，謹斬樊於期頭，及獻燕之督亢之地圖，函封，燕王拜送于庭，使使以聞大王。唯大王命之。"

秦王聞之，大喜，乃朝服，設九賓，見燕使者咸陽宮，荆軻奉樊於期頭函，而秦武陽奉地圖匣，以次進至陛下。秦武陽色變振恐，羣臣怪之，荆軻顧笑武陽，前爲謝曰："北蠻夷之鄙人，未嘗見天子，故振慴，願大王少假借之，使畢使於前。"秦王謂軻曰："起，取武陽所持圖。"軻既取圖奉之，發圖，圖窮而匕首見。因左手把秦王之袖，而右手持匕首揕之。未至身，秦王驚，自引而起，絕袖。拔劍，劍長，摻其室。時惶急，劍堅，故不可立拔。荆軻逐秦王，秦王還柱而走。羣臣驚愕，卒起不意，盡失其度。而秦法，羣臣侍殿上者，不得持尺寸之兵。諸郎中執兵，皆陳殿下，非有詔不得上。方急時，不及召下兵，以故荆軻逐秦王，而卒惶急無以擊軻，而乃以手共搏之。是時，侍醫夏無且以其所奉藥囊提軻。秦王方還柱走，卒惶急不知所爲，左右乃曰："王負劍！王負劍！"遂拔以擊荆軻，斷其左股。荆軻廢，乃引其匕首提秦王，不中，中柱。秦王復擊軻，被八創。軻自知事不就，倚柱而笑，箕踞以罵曰："事所以不成者，乃欲以生劫之，必得約契以報太子也。"左右既前斬荆軻，秦王目眩良久。已而論功賞羣臣及當坐者，各有差，而賜夏無且黃金二百鎰，曰："無且愛我，乃以藥囊提軻也。"

於是，秦大怒燕，益發兵詣趙，詔王翦軍以伐燕。十月而拔燕薊城。燕王喜、太子丹等，皆率其精兵東保於遼東。秦將李信追擊燕王，王急，用代王嘉計，殺太子丹，欲獻之秦。秦復進兵攻之。五歲而卒滅燕國，而虜燕王喜。秦兼天下。

其後，荊軻客高漸離以擊筑見秦皇帝，而以筑擊秦皇帝，爲燕報仇，不中而死。

〇中庶子：官名，掌公族事務。〇振：通"震"，驚懼也。〇給貢職：繳納賦稅，指派勞役。〇設九賓：設置九位儐相。此爲最隆重之外交儀式。〇假借：寬恕。〇揕：底本原作"揕抗"，據鮑彪注本改。〇摻：持也。室：劍鞘。〇惶急：底本原作"怨急"，據鮑彪注本改。〇堅：長也。〇卒：通"猝"，突然。〇不得持尺寸之兵：不得帶任何兵器。尺寸之兵，底本原作"尺兵"，據鮑彪注本補。〇郎中：官名，負責宮中警衛。〇提：投擲。〇秦王方還柱走：底本原作"秦王之方還柱走"，據鮑彪注本改。〇箕踞：席地而坐，兩腿分開，形同簸箕。這是一種對人輕蔑的姿態。〇已而：底本原作"而"，據鮑彪注本補。〇坐：依法論罪。〇薊城：燕國都城，在今北京西南。〇燕王喜：太子丹之父，公元前254年至前222年在位。〇遼東：燕郡名；在今遼寧大凌河以東。〇代王嘉：趙幽穆王遷之兄。公元前228年，秦破趙邯鄲，虜趙王遷，嘉自立爲代王，公元前222年爲秦所滅。

| 輯　錄 |

劉向《〈戰國策〉書錄》：護左都水使者光祿大夫臣向言：所校《戰國策》書，中書餘卷，錯亂相糅莒。又有國別者八篇，少不足。臣向因國別者，略以時次之，分別不以序者以相補，除復重，得三十三篇。本字多誤脫爲半字，以"趙"爲

"肖"，以"齊"爲"立"，如此字者多。中書本號，或曰《國策》，或曰《國事》，或曰《短長》，或曰《事語》，或曰《長書》，或曰《修書》。臣向以爲戰國時，游士輔所用之國，爲之策謀，宜爲《戰國策》。其事繼《春秋》以後，迄楚、漢之起，二百四十五年之間，皆定以殺青，書可繕寫。叙曰：周室自文、武始興，崇道德，隆禮義，設辟雍泮宮庠序之教，陳禮樂弦歌移風之化。叙人倫，正夫婦，天下莫不曉然。論孝悌之義，惇篤之行，故仁義之道滿乎天下，卒致之刑錯四十餘年。遠方慕義，莫不賓服，雅頌歌詠，以思其德。下及康、昭之後，雖有衰德，其綱紀尚明。及春秋時，已四五百載矣，然其餘業遺烈，流而未滅。五伯之起，尊事周室。五伯之後，時君雖無德，人臣輔其君者，若鄭之子産，晉之叔向，齊之晏嬰，挾君輔政，以並立於中國，猶以義相支援，歌說以相感，聘覲以相交，期會以相一，盟誓以相救。天子之命，猶有所行。會享之國，猶有所恥。小國得有所依，百姓得有所息。故孔子曰："能以禮讓爲國乎何有？"周之流化，豈不大哉！及春秋之後，衆賢輔國者既沒，而禮義衰矣。孔子雖論《詩》、《書》，定《禮》、《樂》，王道粲然分明，以匹夫無勢，化之者七十二人而已，皆天下之俊也，時君莫尚之。是以王道遂用不興。故曰："非威不立，非勢不行。"仲尼既沒之後，田氏取齊，六卿分晉，道德大廢，上下失序。至秦孝公，捐禮讓而貴戰爭，棄仁義而用詐譎，苟以取強而已矣。夫篡盜之人，列爲侯王；詐譎之國，興立爲強。是以轉相仿效，後生師之，遂相吞滅，并大兼小，暴師經歲，流血滿野，父子不相親，兄弟不相安，夫婦離散，莫保其命，湣然道德絕矣。晚世益甚，萬乘之國七，千乘之國五，敵侔爭權，蓋爲戰國。貪饕無恥，競進無厭；國異政教，各自制斷；上無天子，下無方伯；力功爭強，勝者爲右；兵革不休，詐僞並起。當此之時，雖有道德，不得施謀；有設之強，負阻而恃固；連與交質，重約結誓，以守其國。故孟子、孫卿儒術之士，棄捐於世，而游說權謀之徒，見貴於俗。是以蘇秦、張儀、公孫衍、陳軫、代、厲之屬，生縱橫短長之說，左右傾側。蘇秦爲縱，張儀爲橫；橫則秦帝，縱則楚王；所在國重，所去國輕。然當此之時，秦國最雄，諸侯方弱。蘇秦結之，時六國爲一，以儐背秦。秦人恐懼，不敢窺兵於關中，天下不交兵者，二十有九年。然秦國勢便形利，權謀之士，咸先馳之。蘇秦初欲橫，秦弗用，故東合從。及蘇秦死後，張儀連橫，諸侯聽之，西向事秦。是故始皇因四塞之固，據崤、函之阻，跨隴、蜀之饒，聽衆人之策，乘六世之烈，以蠶食六國，兼諸侯，并有天下。杖於謀詐之弊，終無信篤之誠，無道德之教，仁義之化，以綴天下之心。任刑罰以爲治，信小術以爲道。遂燔燒詩書，坑殺儒士，上小堯、舜，下邈三王。二世愈甚，惠不下施，情不上達；君臣相疑，骨肉相疏；化道淺薄，綱紀壞敗；民不見義，而懸於不寧。撫天下十四歲，天下大潰，詐僞之弊也。其比王德，豈不遠哉！孔子曰："道之以政，齊之以刑，民免而無恥；道之以德，齊之以禮，有恥且格。"夫使天下有所恥，故化可致也。苟以詐僞偷活取容，自上爲之，何以率下？秦之敗也，不亦宜乎？戰國之時，君德淺薄，爲之謀策者，不得不因勢而爲資，據時而爲畫，故其謀扶急持傾，爲一切之權，雖不可以臨國教化，兵革救急之勢也。皆高才秀士，度時君之所能行，出奇策異智，轉危爲安，運亡爲存，亦可喜，皆可觀。護左都水使者光祿大夫臣向所校《戰國策》書錄。

吳師道《國策校注序》：《國策》之書……誇從親之利，以爲秦兵不出函谷十五年，諸侯二十九年不相攻，雖甚失實，不顧也。

李文叔《書〈戰國策〉後》：《戰國策》所載，大抵皆縱橫捭闔、譎誑相輕、傾奪之説也。其事淺陋不足道。然而人讀之，則必向其説之工而忘其事之陋者，文辭之勝移之而已。……文辭駸駸乎上薄六經，而下絶來世者，豈數人之力哉！

《戰國策譚掫》附錄載姚三才語：《國策》，衰世之文乎？……然雄辯變幻，自是宇宙間一種好文字，以故太史公多祖之。而回視《左》、《國》，亦諒淺矣。

章學誠《文史通義·詩教上》：縱橫之學，本於古者行人之官。……其辭敷張揚厲，變其本而加恢奇焉，不可謂非行人辭命之極也。

劉熙載《藝概·文概》：文之快者每不沈，沈者每不快，《國策》乃沈而快。文之雋者每不雄，雄者每不雋，《國策》乃雄而雋。

又：《國策》文有兩種：一堅明約束，賈生得之；一沈鬱頓挫，司馬子長得之。

又：戰國説士之言，其意類能先立地步，故得如善攻者使人不能守，善守者使人不能攻也。不然，專於措辭求奇，雖復可驚可喜，不免脆而易敗。

章炳麟《文學説例》：縱橫出自行人，短長諸策，實多口語，尋理本旨，無過數言，而務爲紛葩，期於造次可聽。溯其流別，實不歌而誦之賦也。秦、代、儀、軫之辭，所異於《子虛》、《大人》者，亦有韻無韻云爾。

**參考書目**

《戰國縱橫家書》，馬王堆漢墓帛書整理小組編，文物出版社 1976 年版。

《戰國策注釋》，何建章注釋，中華書局 1990 年版。

《戰國策考辨》，繆文遠著，中華書局 1984 年版。

《戰國策箋注》，張清常等注，南開大學出版社 1993 年版。

**思考題**

1. 分析《戰國策》中"士"之形象。

2. 清人于鬯《戰國策注·序》稱《戰國策》爲"經學之終而史學之始"。你對此有何評價？

# 第三章

# 楚　辭

## 概　說

　　楚辭是戰國時期以屈原爲代表的楚國人創作的詩歌，它是《詩經》三百篇以後的一種新詩體。"楚辭"之名，殆西漢初即有之。據《史記·酷吏列傳》，朱買臣以善"楚辭"爲漢武帝所寵信；不過，其本義當泛指楚地之詩歌。至漢成帝時，劉向編定屈原、宋玉及漢代淮南小山、東方朔、王褒等人辭賦共十六篇，定名《楚辭》，以其"皆書楚語、作楚聲、紀楚地、名楚物"（黃伯思《東觀餘論》卷下《校訂楚詞序》）也。後王逸增入自己的《九思》，成十七篇。後世因稱此種文體爲"楚辭體"，又名"騷體"。

　　楚辭的產生有其複雜的原因。江漢流域，物產豐富。自春秋以來，楚國在長期相對獨立的發展過程中，形成了獨特的楚國地方文化，在宗教、語言、藝術、風俗等方面都具有自己的特點，而巫風盛行、民神雜糅更爲引人注目；與此同時，楚國又與北方各國頻繁接觸，吸收了中原文化。這一南北合流的文化傳統是楚辭產生和發展的重要基礎。

　　楚地民歌源遠流長，別具一格。在楚國地方民歌的基礎上，楚辭打破了四言詩的格調，文句可長可短，句中或句尾多用語氣詞"兮"字。楚辭在句式方面也有自己的特點，其作品大都爲低回往復的長篇詠歎，篇幅宏大，無法歌唱，祇能以一種特殊的聲調來"誦讀"，因而擺脱了短小儉樸的歌謠形式，成爲一種"不歌而誦"的抒情文體。由於楚文化中較多地保留了原始宗教文化内容，楚辭内涵豐富，並具有濃鬱的浪漫主義色彩。

屈原是楚辭體的代表詩人。屈原出身楚國貴族，博聞强識。初輔佐懷王，做過左徒、三閭大夫。主張彰明法度，舉賢授能，東聯齊國，西抗强秦，因遭貴族子蘭（楚懷王幼弟）、鄭袖（楚懷王寵姬）讒害去職，流放漢北。頃襄王時被放逐於江南。後因楚國的政治腐敗，國都郢爲秦兵攻破，遂投汨羅江而死。在詩歌創作方面，屈原開啓了詩人從集體歌唱到個人獨立創作的新時代。《漢書・藝文志》著錄《屈原賦》二十五篇，其書久佚，後代所見屈原作品皆出自劉向所輯《楚辭》。

《離騷》是屈原的代表作。這是古代最長的一首抒情詩，三百七十多句。作者首先回憶往事，反復傾訴對楚國命運的關懷以及決不同惡勢力同流合污的精神；然後開始了上叩天閽、下求佚女的一系列求索，表現了對理想的執著和熱愛楚國的强烈精神。作者運用一系列比興手法，充分利用神話題材，通過豐富的想象，形成了絢爛的文采和宏偉的結構，表現出積極浪漫主義精神，對後世文學產生了深遠的影響。屈原作品與《詩經》合稱"風騷"，是中國古代詩歌的最高典範。同時，屈原作品又是戰國時期北方黄河流域文化和南方長江流域文化相合流的産物，對民族精神和民族文化心理素質的形成和發展有深刻的影響。

| 輯　録 |

劉勰《文心雕龍・辯騷》：自《風》、《雅》寢聲，莫或抽緒，奇文鬱起，其《離騷》哉！固已軒翥詩人之後，奮飛辭家之前；豈去聖之未遠，而楚人之多才乎？昔漢武愛《騷》，而淮南作《傳》，以爲《國風》好色而不淫，《小雅》怨誹而不亂，若《離騷》者，可謂兼之。蟬蜕穢濁之中，浮游塵埃之外，皭然涅而不緇，雖

與日月爭光可也。班固以為露才揚己，忿懟沈江；羿、澆、二姚，與《左氏》不合；崑崙、懸圃，非經義所載。然其文辭麗雅，為辭賦之宗；雖非明哲，可謂妙才。王逸以為詩人提耳，屈原婉順，《離騷》之文，依經立義。駟虯乘鷖，則時乘六龍；崑崙、流沙，則《禹貢》敷土。名儒辭賦，莫不擬其儀表。所謂金相玉質，百世無匹者也。又漢宣嗟歎，以為皆合經術；揚雄諷味，亦言體同《詩》、《雅》。四家舉以方經，而孟堅謂不合《傳》。褒貶任聲，抑揚過實，可謂鑒而弗精，玩而未核者也。將核其論，必徵言焉。故其陳堯、舜之耿介，稱湯、武之祗敬，典誥之體也。譏桀、紂之猖披，傷羿、澆之顛隕，規諷之旨也。虯龍以喻君子，雲霓以譬讒邪，比興之義也。每一顧而掩涕，歎君門之九重，忠怨之辭也。觀茲四事，同於《風》、《雅》者也。至於托雲龍，說迂怪，豐隆求宓妃，鴆鳥媒娀女，詭異之辭也。康回傾地，夷羿彃日，木夫九首，土伯三目，譎怪之談也。依彭咸之遺則，從子胥以自適，狷狹之志也。士女雜坐，亂而不分，指以為樂；娛酒不廢，沈湎日夜，舉以為歡，荒淫之意也。摘此四事，異乎經典者也。故論其典誥則如彼，語其誇誕則如此。固知《楚辭》者，體憲於三代，而風雅於戰國，乃《雅》、《頌》之博徒，而詞賦之英傑也。觀其骨鯁所樹，肌膚所附，雖取熔經意，亦自鑄偉辭。故《騷經》、《九章》，朗麗以哀志；《九歌》、《九辯》，綺靡以傷情；《遠游》、《天問》，瑰詭而惠巧；《招魂》、《招隱》，耀豔而深華；《卜居》標放言之致；《漁夫》寄獨往之才。故能氣往轢古，辭來切今，驚采絕豔，難與並能矣。自《九懷》以下，遽躡其迹；而屈、宋逸步，莫之能追。故其叙情怨，則鬱伊而易感；述離居，則愴怏而難懷；論山水，則循聲而得貌；言節候，則披文而見時。是以枚、賈追風以入麗，馬、揚沿波而得奇；其衣被詞人，非一代也。故才高者菀其鴻裁，中巧者獵其豔辭，吟諷者銜其山川，童蒙者拾其香草。若能憑軾以倚《雅》、《頌》，懸轡以馭楚篇，酌奇而不失其真，玩華而不墜其實，則顧盼可以驅辭力，咳唾可以窮文致，亦不復乞靈於長卿，假寵於子淵矣。贊曰：不有屈原，豈見《離騷》？驚才風逸，壯志煙高。山川無極，情理實勞。金相玉式，豔溢錙毫。

## 第一節　屈原作品

**屈　原**（約前340—約前278）

《史記·屈原列傳》：屈原者，名平，楚之同姓也。爲楚懷王左徒。博聞強識，明於治亂，嫻於辭令。入則與王圖議國事，以出號令。出則接遇賓客，應對諸侯。王甚任之。上官大夫與之同列，爭寵而心害其能，因讒之，王怒而疏屈平。屈平疾王之不聰也，讒諂之蔽明也，邪曲之害公也，方正之不容也，故憂愁幽思而作《離騷》。後楚懷王入秦不返，死於秦，長子頃襄王立，以其弟子蘭爲令尹。屈平既絀，雖放流，睠顧楚國，繫心懷王，冀幸君之一悟，俗之一改也，然終無可奈何。令尹子蘭使上官大夫短屈原於頃襄王，頃襄王怒而遷之。屈原至於江濱，被髮行吟澤畔，作《懷沙》之賦，於是懷石，遂自沈汨羅以死。屈原既死之後，楚有宋玉、唐勒、景差之徒，皆好辭而以賦見稱。然皆祖屈原之從容辭令，終莫敢直諫。其後楚日以削，數十年竟爲秦所滅。

### 離　騷

【題解】　王逸《楚辭章句·離騷經》："《離騷經》者，屈原之所作也。……離，別也。騷，愁也。經，徑也。言己放逐離別，中心愁思，猶依道徑，以風諫君也。故上述唐、虞、三后之制，下序桀、紂、羿、澆之敗，冀君覺悟，反於正道而還己也。……《離騷》之文，依《詩》取興，引類譬喻，故善鳥香草，以配忠貞；惡禽臭物，以比讒佞；靈修美人，以媲於君；宓妃佚女，以譬賢臣；虯龍鸞鳳，以托君子；飄風雲霓，以爲小人。其詞溫而雅，其義皎而朗。凡百君子，莫不慕其清高，嘉其文采，哀其不遇而愍其志焉。"關於本篇命題之意，除王逸說外，還有十餘種不同解說。班固《漢書·離騷贊序》："離，猶遭也。騷，憂也。明己遭憂作辭也。"今之學者多從之。此詩當作於楚懷王十六年（前313）屈原遭讒被疏之後，記敘了屈原在楚懷王時期爲革新政治所進行的鬥爭，以及遭讒被疏後的內心矛盾。

帝高陽之苗裔兮，朕皇考曰伯庸。攝提貞于孟陬兮，惟庚寅吾以降。皇覽揆余初度兮，肇錫余以嘉名：名余曰正則兮，字余曰靈均。紛吾既有此內美兮，又重之以修能。扈江離與辟芷兮，紉秋蘭以爲佩。汨余若將不及兮，恐年歲之不吾與。朝搴阰之木蘭兮，夕攬洲之宿莽。日月忽其不淹兮，春與秋其代序。惟草木之零落兮，恐美人之遲暮。不撫壯而棄穢兮，何不改此度？乘騏驥以馳騁兮，來吾道夫先路！

○高陽：古帝顓頊之別號。苗裔：後代。《史記·楚世家》："楚之先出自帝顓頊高陽。"○朕：我。皇考：亡父之尊稱。《禮記·曲禮下》："父曰皇考。"伯庸：屈原父親之字。○攝提：即攝提格，即寅年。王逸《楚辭章句》："太歲（木星）在寅曰攝提格。"貞：正也。孟陬：夏曆正月，即寅月。《爾雅》："正月爲陬。"正月爲一年之始，故稱"孟陬"。○庚寅：紀日之干支，即寅日。降：降生。○揆：揣度。初度：出生之時節。○肇：始也。錫：通"賜"。○紛：多貌。內美：先天的良好素質。○重：加。修能：美好的容態。能，通"態"。與"內美"相對，指後天之修養。○扈：披也。楚方言。江離：香草名。因生於江邊，故名。辟芷：香草名。因生於偏僻之處，故名。辟，通"僻"。○紉：連綴。秋蘭：香草名。佩：身上之飾物。○汨：水流迅急貌。此處喻時光。不吾與：不與（待）吾。《論語·陽貨》："日月逝矣，歲不吾與。"○搴：拔取。阰：土坡。木蘭：香木名。○攬：采也。宿莽：草名；冬生不死。○忽：疾貌。淹：久留。○代序：代謝。○惟：思也。零落：飄零。○撫：利用。○來：相招之辭。道：通"導"，引導。

　　昔三后之純粹兮，固衆芳之所在；雜申椒與菌桂兮，豈維紉夫蕙茝？彼堯舜之耿介兮，既遵道而得路。何桀紂之猖披兮，夫唯捷徑以窘步。惟夫黨人之偸樂兮，路幽昧以險隘。豈余身之憚殃兮，恐皇輿之敗績！忽奔走以先後兮，及前王之踵武。荃不察余之中情兮，反信讒而齌怒。余固知謇謇之爲患兮，忍而不能舍也。指九天以爲正兮，夫唯靈修之故也。曰黃昏以爲期兮，羌中道而改路。初既與余成言兮，後悔遁而有他。余既不難夫離別兮，傷靈修之數化。

　　〇三后：楚莊王、楚康王、楚悼王。均爲有改革之功的楚國先王。純粹：沒有雜質；喻道德完美。〇衆芳：喻羣賢。〇雜：雜用；兼有。申椒：申地所產之椒。菌桂：香木名。〇維：祗也。蕙、茝：均香草名。〇耿介：光明正大。〇猖披：妄行無約束。〇捷徑：斜出之小道。窘步：舉步艱難。〇黨人：結黨營私之集團。〇憚：畏懼。〇皇輿：君王之車；喻指國家。敗績：車覆；喻指國家顛覆。〇踵武：足迹。〇荃：香草；喻指楚王。中情：內心。〇齌怒：暴怒。〇謇謇：直言貌。〇舍：停止。〇九天：古時以爲天有九重，故稱"九天"。正：通"證"。〇靈修：楚人稱神靈爲靈修；此處喻指楚王。〇"曰黃昏以爲期兮"二句：洪興祖《楚辭補注》："一本有此二句，王逸無注，至下文'羌內恕己以量人'，始釋羌意，疑此二句後人所增耳。《九章》曰：'昔君與我誠言兮，曰黃昏以爲期。羌中道而回畔兮，反既有此他志。'與此語同。"〇羌：發語詞。〇成言：約定。〇數化：反復無常。屈原在此殆非僅就個人遭遇而言，而與當時人"皆言楚之善變"（《史記·樗里子甘茂列傳》）有關。

　　余既滋蘭之九畹兮，又樹蕙之百畝。畦留夷與揭車兮，雜杜衡與芳芷。冀枝葉之峻茂兮，願竢時乎吾將刈。雖萎絕其亦何傷兮，哀衆芳之蕪穢。衆皆競進以貪婪兮，憑不厭乎求索。羌內恕己以量人兮，各興心而嫉妒。忽馳騖以追逐兮，非余心之所急。老冉冉其將至兮，恐修名之不立。朝飲木蘭之墜露兮，夕餐秋菊之落英。苟余情其信姱以練要兮，長顑頷亦何傷。攬木根以結茝兮，貫薜荔之落蕊。矯菌桂以紉蕙兮，索胡繩之纚纚。謇吾法夫前修兮，非世俗之所服。雖不周於今之人兮，願依彭咸之遺則！

　　○滋：栽種。○畹：十二畝爲畹；"九畹"言其多，下文"百畝"同此。○畦：壟。此處用爲動詞，意謂一壟一壟地栽種。留夷：香草名；即芍藥。揭車：香草名；高數尺，白花，味辛。○雜：套種。杜衡：香草名；俗稱馬蹄香。芳芷：香草名；即白芷。○冀：希望。竢：通"俟"，等待。○萎絕：枯萎凋零。○蕪穢：荒廢。○競進：爭相謀取官位。○憑：滿也。形容求索之甚。○內恕己：不責己。○興：生也。馳騖：狂奔亂跑。○冉冉：漸漸。○修名：美名。○落英：零落之花。○姱：美好。練要：精粹。○顑頷：因食不飽而面黃憔悴貌。○木根：香木之根。○貫：貫串。薜荔：香草名；蔓生，俗稱木蓮。○矯：舉起。○索：搓繩。胡繩：香草名；蔓生，可爲繩索。纚纚：相連屬貌。○謇：發語詞。前修：前代賢人。○服：從事。○周：合也。○彭咸：殷賢大夫，諫其君不聽，自投水死。

　　長太息以掩涕兮，哀民生之多艱。余雖好修姱以鞿羈兮，謇朝誶而夕替。既替余以蕙纕兮，又申之以攬茝。亦余心之所善兮，雖九死其猶未悔！怨靈修之浩蕩兮，終不察夫民心。衆女嫉余之蛾眉兮，謠諑謂余以善淫。固時俗之工巧兮，偭規矩而改錯。背繩墨以追曲兮，競周容以爲度。忳鬱邑余侘傺兮，吾獨窮困乎此時也。寧溘死以流亡兮，余不忍爲此態也！鷙鳥之不羣兮，自前世而固然。何方圜之能周兮，夫孰異道而相安！屈心而抑志兮，忍尤而攘詬。伏清白以死直兮，固前聖之所厚！

　　○民生：人生。○鞿羈：自我約束。○誶：進諫。替：廢。○纕：佩帶。○申：重複。○浩蕩：行爲放縱，毫無思慮。○民心：人心。屈原自己之心。○衆女：衆小人。蛾眉：眉如蠶蛾，秀美貌。○諑：中傷。○工巧：善於取巧。○偭：違背。錯：通"措"，措施。○周容：苟合取悅於

225

人。○忳：憂貌。鬱邑：憂愁貌。侘傺：失意貌。○溘：突然。流亡：魂魄離散。《九章·惜往日》："寧溘死而流亡兮，恐禍殃之有再。"○圜：通"圓"。○尤：罪也。攘詬：容忍詬罵。攘，通"讓"。○伏：通"服"，保持。死直：爲直道（正道）而死。○厚：贊許。

悔相道之不察兮，延佇乎吾將反。回朕車以復路兮，及行迷之未遠。步余馬於蘭皋兮，馳椒丘且焉止息。進不入以離尤兮，退將復修吾初服。製芰荷以爲衣兮，集芙蓉以爲裳。不吾知其亦已兮，苟余情其信芳。高余冠之岌岌兮，長余佩之陸離。芳與澤其雜糅兮，唯昭質其猶未虧。忽反顧以游目兮，將往觀乎四荒。佩繽紛其繁飾兮，芳菲菲其彌章。民生各有所樂兮，余獨好修以爲常。雖體解吾猶未變兮，豈余心之可懲！

○相：觀看。察：明審。○延佇：長久佇立。反：通"返"。○步：徐行。皋：河岸邊；因長有蘭草，故稱蘭皋。○椒丘：長有椒木之小山。○離：通"罹"，遭遇。○芰：菱。○芙蓉：蓮花。○岌岌：高貌。○陸離：長貌。○芳與澤其雜糅：芳，芳香；澤，潤澤；糅，雜也。芳澤雜糅，喻指美德。《九章·思美人》："芳與澤其雜糅兮，羌芳華自中出。"《惜往日》："芳與澤其雜糅兮，孰申旦而別之。"均芳、澤連用。○昭質：光輝純潔之品質。○游目：縱目遠望。○菲菲：香氣濃烈。彌章：更爲顯著。章，通"彰"。○體解：肢解。○懲：戒懼。

女嬃之嬋媛兮，申申其詈予。曰："鯀婞直以亡身兮，終然殀乎羽之野。汝何博謇而好修兮，紛獨有此姱節。薋菉葹以盈室兮，判獨離而不服。衆不可戶說兮，孰云察余之中情？世並舉而好朋兮，夫何煢獨而不予聽？"依前聖以節中兮，喟憑心而歷茲。濟沅湘以南征兮，就重華而陳詞："啓《九辯》與《九歌》兮，夏康娛以自縱。不顧難以圖後兮，五子用失乎家巷。羿淫游以佚畋兮，又好射夫封狐。固亂流其鮮終兮，浞又貪夫厥家。澆身被服強圉兮，縱欲而不忍。日康娛而自忘兮，厥首用夫顛隕。夏桀之常違兮，乃遂焉而逢殃。后辛之菹醢兮，殷宗用而不長。湯禹儼而祗敬兮，周論道而莫差。舉賢而授能兮，循繩墨而不頗。皇天無私阿兮，覽民德焉錯輔。夫維聖哲以茂行兮，苟得用此下土。瞻前而顧後兮，相觀民之計極。夫孰非義而可用兮，孰非善而可服？阽余身而危死兮，覽余初其猶未悔。不量鑿而正枘兮，固前修以菹醢。"曾歔欷余鬱邑兮，哀朕時之不當。攬茹蕙以掩涕兮，霑余襟之浪浪。

〇女嬃：侍妾。此爲虛擬之人物。嬋媛：通"嘽咺"，《方言》："凡怒而噎噫……南楚江湘之間謂之嘽咺。"〇申申：重複再三。詈：責罵。〇鯀：夏禹之父。婞直：剛直。亡：通"忘"。〇殀：早死。羽之野：羽山之郊。據《山海經》，鯀竊帝之息壤以堙洪水，帝令祝融殺鯀於羽郊。〇搴：通"攓"，拔取。〇姱節：美好之節操。〇薋：聚也。菉葹：皆惡草。〇判獨離：判然獨立。服：佩帶。〇戶說：一家一戶去訴說。〇孰：誰。余：女嬃代屈原自稱。〇並舉：相互勾結。舉，通"與"。〇煢獨：孤獨。〇節中：節制內心。〇憑心：憤懣之心。〇沅、湘：沅水與湘水。均在今湖南。〇重華：帝舜之名。〇啓：即夏啓，夏禹之子。下文簡稱爲"夏"。《九辯》、《九歌》：神話傳說中的天帝之樂。《山海經·大荒西經》："開（即啓，漢人因避漢武帝劉啓諱而改）上三嬪於天，得《九辯》與《九歌》以下此天穆之野。"〇康娛：安樂。〇五子：即五觀，夏啓之幼子。用失乎：當爲"用夫"，因而（王引之說）。家巷：內訌。巷，通"鬨"。〇羿：夏代有窮氏之首領。佚畋：縱情田獵。〇封狐：大狐。《左傳·襄公四年》載魏絳語，稱羿"恃其射也，不修民事而淫于原獸"。〇亂流：淫亂之徒。鮮終：鮮有好結果。〇浞：寒浞，羿之相。據《左傳·襄公四年》，寒浞用陰謀手段殺羿，占有其妻，生子澆。〇強圉：多力。相傳澆勇猛有力，曾起兵滅斟灌、斟尋二族，殺死逃至那裏的夏相；但後來被夏相之子少康殺死。〇顛隕：墜落。〇常違：一貫背道而行。〇后辛：即商紂王，名辛。菹醢：古代酷刑，將人剁爲肉醬。據《史記·殷本紀》，紂王殺比干，醢梅伯，終致亡國。〇殷宗：殷朝之天下。宗，祭祀。〇祇：敬也。〇論道：

講究治國之道。○阿：偏袒。○錯：通"措"，安置。○維：通"唯"。茂行：美德。○計極：行爲準則。○岾：臨近危險。○曾：通"增"，更加。○歔欷：悲泣之聲。○茹：柔軟。○浪浪：淚流不止貌。

跪敷衽以陳辭兮，耿吾既得此中正。駟玉虯以乘鷖兮，溘埃風余上征。朝發軔於蒼梧兮，夕余至乎縣圃。欲少留此靈瑣兮，日忽忽其將暮。吾令羲和弭節兮，望崦嵫而勿迫。路曼曼其修遠兮，吾將上下而求索。飲余馬於咸池兮，總余轡乎扶桑。折若木以拂日兮，聊逍遙以相羊。前望舒使先驅兮，後飛廉使奔屬。鸞皇爲余先戒兮，雷師告余以未具。吾令鳳鳥飛騰兮，繼之以日夜。飄風屯其相離兮，帥雲霓而來御。紛總總其離合兮，斑陸離其上下。吾令帝閽開關兮，倚閶闔而望予。時曖曖其將罷兮，結幽蘭而延佇。世溷濁而不分兮，好蔽美而嫉妒。

○敷：鋪開。衽：衣服前襟。○耿：光明貌。中正：中正之道。○駟：本指駕車之四馬。此處用爲動詞，意爲駕乘四馬。虯：傳說中無角之龍。鷖：鳳凰之類，身有五彩花紋。○溘：掩也。○發軔：出發。軔，車輛前用以制止車輛滾動之橫木，發車時將其撤去。蒼梧：九嶷山，相傳舜葬於此。○縣圃：神山，在崑崙之地。○留：挽留。靈瑣：日光。瑣，通"曜"。○羲和：神話中爲太陽駕車者。弭節：停鞭。○崦嵫：神山名，日之所入。○咸池：神池名。太陽於此沐浴。○總：總攬六轡在手。扶桑：神樹名，太陽於此升天。○若木：神樹名，生崑崙山極西，太陽所入處。拂：拂拭；此處有阻擋之意。○相羊：同"徜徉"，徘徊之意。○望舒：神話中爲月亮駕車者。○飛廉：風神。奔屬：追隨。○鸞皇：鳳凰。先戒：在前面警戒。○雷師：雷神。未具：行裝未準備完畢。○飄風：旋風。屯：聚合。離：通"麗"，附麗。○御：迎接。○紛總總：聚合貌。離合：乍離乍合。○斑陸離：盛美貌。○帝閽：天庭守門人。○閶闔：天門。○曖曖：昏暗貌。罷：盡也。○延佇：久立。

朝吾將濟於白水兮，登閬風而緤馬。忽反顧以流涕兮，哀高丘之無女。

溘吾游此春宮兮，折瓊枝以繼佩。及榮華之未落兮，相下女之可詒。吾令豐隆乘雲兮，求宓妃之所在。解佩纕以結言兮，吾令蹇修以爲理。紛總總其離合兮，忽緯繣其難遷。夕歸次於窮石兮，朝濯髮乎洧盤。保厥美以驕傲兮，日康娛以淫游。雖信美而無禮兮，來違棄而改求。覽相觀於四極兮，周流乎天余乃下。望瑤臺之偃蹇兮，見有娀之佚女。吾令鴆爲媒兮，鴆告余以不好。雄鳩之鳴逝兮，余猶惡其佻巧。心猶豫而狐疑兮，欲自適而不可。鳳皇既受詒兮，恐高辛之先我。欲遠集而無所止兮，聊浮游以逍遙。及少康之未家兮，留有虞之二姚。理弱而媒拙兮，恐導言之不固。世溷濁而嫉賢兮，好蔽美而稱惡。閨中既以邃遠兮，哲王又不寤。懷朕情而不發兮，余焉能忍與此終古！

○白水：神水名；出崑崙山，飲之不死。○閬風：神山名；在崑崙之上。緤馬：繫馬。○高丘：舊說多以爲楚地名。然此處非確指某處，當指天帝所居之地。○溘：飄忽。春宮：東方青帝所居之宮。○瓊枝：玉樹之枝。○下女：下界女子。詒：通"貽"，贈送。○豐隆：雲神。○宓妃：相傳爲伏羲氏之女，溺死於洛水，遂爲洛水之神。○纕：佩帶。○蹇修：舊多以其爲伏羲氏之臣。此爲虛擬之人物。理：媒人。以蹇修爲媒人，即寓"窈窕淑女，鐘鼓樂之"（《詩經·周南·關雎》）之意。《爾雅·釋樂》："徒鼓鐘謂之修，徒鼓磬謂之蹇（《初學記》引作寋）。"○緯繣：乖戾。遷：遷就。○次：住宿。窮石：山名，相傳爲后羿所居之地；在古史傳說中，宓妃與后羿有淫亂關係。○洧盤：神水名，發源於崦嵫山。○保：恃。○來：乃。○覽、相、觀：觀也。三字同義而連用。四極：四方之盡頭。○周流：周游。○瑤臺：美玉砌成之臺。偃蹇：高聳貌。○有娀：即有娀氏，部落名。佚女：美女，即帝嚳妃簡狄。相傳有娀氏女簡狄，住高臺上，經玄鳥（或以爲即黑色燕子）作媒，嫁給帝嚳，生契，是爲商之祖先。○鴆：鳥名，羽毛有毒。喻指奸邪小人。佻巧：言辭不實。○高辛：帝嚳之別號。○少康：夏后相之子。據《左傳·哀公元年》，寒浞使澆殺夏后相，夏后相之妻懷身孕逃回娘家，生少康；後少康又逃奔有虞，有虞君以二女妻之。有虞爲姚姓，故下文稱此二女爲"二姚"。○邈遠：深遠。喻指不可接近。○寤：通"悟"。

索藑茅以筳篿兮，命靈氛爲余占之。曰："兩美其必合兮，孰信修而慕之？思九州之博大兮，豈唯是其有女？"曰："勉遠逝而無狐疑兮，孰求美而釋女？何所獨無芳草兮，爾何懷乎故宇？世幽昧以眩曜兮，孰云察余之善惡？民好惡其不同兮，惟此黨人其獨異。戶服艾以盈要兮，謂幽蘭其不可佩。覽察草木其猶未得兮，豈珵美之能當？蘇糞壤以充幃兮，謂申椒其不芳。"

○索：取也。藑茅：占卜所用之草。以：與也。筳：占卜所用之小竹策。篿：同"専"，占卜所用之小竹策。《說文》："専，六寸簿也。"○靈氛：傳說中之神巫。○孰：誰。信修：真正美好。○女：通"汝"。○故宇：舊居。喻指古國。○眩曜：迷亂貌。○獨異：與衆不同。○戶：家家戶戶。艾：白蒿。作者心目中的惡草。要：通"腰"。○珵：美玉。○蘇：取也。糞壤：穢土。幃：香囊。

欲從靈氛之吉占兮，心猶豫而狐疑。巫咸將夕降兮，懷椒糈而要之。百神翳其備降兮，九疑繽其並迎。皇剡剡其揚靈兮，告余以吉故。曰："勉陞降以上下兮，求榘矱之所同。湯禹嚴而求合兮，摯咎繇而能調。苟中情之好修兮，又何必用夫行媒。說操築於傅巖兮，武丁用而不疑。呂望之鼓刀兮，遭周文而得舉。甯戚之謳歌兮，齊桓聞以該輔。及年歲之未晏兮，時亦猶其未央。恐鵜鴃之先鳴兮，使夫百草爲之不芳。"何瓊佩之偃蹇兮，衆薆然而蔽之。惟此黨人之不諒兮，恐嫉妒而折之。時繽紛其變易兮，又何可以淹留。蘭芷變而不芳兮，荃蕙化而爲茅。何昔日之芳草兮，今直爲此蕭艾也？豈其有他故兮，莫好修之害也。余以蘭爲可恃兮，羌無實而容長。委厥美以從俗兮，苟得列乎衆芳。椒專佞以慢慆兮，樧又欲充夫佩幃。既干進而務入兮，又何芳之能祇。固時俗之流從兮，又孰能無變化？覽椒蘭其若茲兮，又況揭車與江離。惟茲佩之可貴兮，委厥美而歷茲。芳菲菲而難虧兮，芬至今猶未沬！和調度以自娛兮，聊浮游而求女。及余飾之方壯兮，周流觀乎上下。

　　○巫咸：傳說中的古代神巫。夕降：巫術儀式。巫師請天神下降，附在自己身上；此活動多在夜間進行，故稱夕降。○椒：楚香敬神之物。糈：精米，享神之物。要：通"邀"。○翳：掩蔽貌。○九疑：九嶷山之諸神。○皇剡剡：光閃閃。皇，通"煌"。揚靈：顯示靈驗。○吉故：吉利的故事。指下文所提到的君臣相遇之佳話。○榘矱：法度。榘，畫方形之工具；矱，量長短之工具。○摯：商湯賢臣伊尹之名。咎繇：即皋陶，夏禹之賢臣。○說：即傅說，殷高宗武丁之相；相傳傅說未遇武丁時，曾於傅巖（今山西平陸東）為人築牆。○呂望：即姜尚，又稱太公望，輔佐周文王、武王建立周朝；其未遇之時，曾在朝歌為屠戶。○甯戚：春秋時衛國商人，夜喂牛而歌，齊桓公聞之，知其賢，用為客卿。○該輔：用為輔佐。該，備也。○晏：晚也。○央：盡也。○鵜鴂：鳥名，即子規，鳴於初夏之時，正是落花時節。○偓佺：眾多貌。○薆然：掩蔽貌。○不諒：不講信義。諒，誠信。○繽紛：紛亂貌。○蕭艾：兩種惡草。○羌：發語詞。無實：華而不實。容長：徒有其表。○委：拋棄。○專：專擅。慢慆：傲慢放肆。○椒：木本植物。作者心目中之惡草。○干：求也。○祗：敬也。○流從：當為從流，另本正作從流。從流為戰國時常用語，意為隨波逐流。○揭車、江離：草名。○茲佩：即瓊佩。作者自喻。○沬：泯沒。○和調度：和諧。

　　靈氛既告余以吉占兮，歷吉日乎吾將行。折瓊枝以為羞兮，精瓊爢以為粻。為余駕飛龍兮，雜瑤象以為車。何離心之可同兮，吾將遠逝以自疏。邅吾道夫崑崙兮，路修遠以周流。揚雲霓之晻藹兮，鳴玉鸞之啾啾。朝發軔於天津兮，夕余至乎西極。鳳皇翼其承旂兮，高翱翔之翼翼。忽吾行此流沙兮，遵赤水而容與。麾蛟龍使梁津兮，詔西皇使涉予。路修遠以多艱兮，騰眾車使徑待。路不周以左轉兮，指西海以為期。屯余車其千乘兮，齊玉軑而並馳。駕八龍之婉婉兮，載雲旗之委蛇。抑志而弭節兮，神高馳之邈邈。奏《九歌》而舞《韶》兮，聊假日以媮樂。陟陞皇之赫戲兮，忽臨睨夫舊鄉。僕夫悲余馬懷兮，蜷局顧而不行。

亂曰：已矣哉！國無人莫我知兮，又何懷乎故都？既莫足與爲美政兮，吾將從彭咸之所居！

**中華書局標點本洪興祖《楚辭補注》**（下同）

○歷：選擇。○羞：乾肉。○精：舂細米。瓊靡：玉屑。粻：同"糧"。○瑤象：美玉與象牙。○邅：轉也。楚方言。○揚：舉也。雲霓：畫有雲霓之旗幟。晻藹：旌旗蔽日貌。○玉鸞：車上之鈴。○天津：天河之渡口。○西極：西方極遠處。○翼：張開兩翼。○翼翼：飛翔貌。○流沙：神話中的沙漠地帶。○赤水：神水名，出崑崙山。容與：徘徊不前貌。○麾蛟龍使梁津：《藝文類聚》卷九引《紀年》："穆王十七年，起師至九江，以黿爲梁。"○西皇：西方之神。○騰：馳。徑待：當爲徑侍；《楚辭·遠游》："左雨師使徑侍兮，右雷公以爲衛。"○不周：神山名，在崑崙西北。○西海：神話中西方之海。○屯：聚也。○軑：車輪。○婉婉：通"蜿蜿"，龍身曲折游動貌。○委蛇：飄動舒展貌。○抑志：控制住自己的情感。○神：思緒。邈邈：遙遠貌。○《韶》：即《九韶》，帝舜之樂。○假日：假借時日。媮樂：娛樂。○陟：登也。皇：東出之日。赫戲：天宇輝煌貌。○臨睨：下視。○蜷局：曲屈貌。顧：回視。○亂：全篇之結語。

## 湘　君（《九歌》之三）

【題解】　王逸《楚辭章句·九歌》："《九歌》者，屈原之所作也。昔楚國南郢之邑，沅、湘之間，其俗信鬼而好祠。其祠，必作歌樂鼓舞以樂諸神。屈原放逐，竄伏其域，懷憂苦毒，愁思沸鬱。出見俗人祭祀之禮，歌舞之樂，其詞鄙陋。因爲作《九歌》之曲，上陳事神之敬，下見己之冤結，托之以風諫。故其文意不同，章句雜錯，而廣異意焉。"《九歌》十一章，凡祀十神，末章《禮魂》爲全詩之"亂辭"。可知，"九"乃古人表示多之虛數，並非實指篇數。據王逸《章句》及鄭玄《禮記·檀弓》注，"湘君"指舜，下篇之"湘夫人"指舜之二妃（娥皇與女英）。據古史傳說，舜巡視南方，二妃沒有同行，後追至洞庭湖濱，聞知舜死於蒼梧，乃南向而哭，灑淚於竹，自投湘水而死。然亦有其他說法，如朱熹《楚辭集注》本韓愈說，以爲湘君爲娥皇，湘夫人爲女英；顧炎武《日知錄》以爲湘君、湘夫人爲湘水之配偶神，與舜無關。

　　君不行兮夷猶，蹇誰留兮中洲。美要眇兮宜修，沛吾乘兮桂舟。令沅湘兮無波，使江水兮安流。望夫君兮未來，吹參差兮誰思。駕飛龍兮北征，邅吾道兮洞庭。薜荔柏兮蕙綢，蓀橈兮蘭旌。望涔陽兮極浦，橫大江兮揚靈。揚靈兮未極，女嬋媛兮爲余太息。橫流涕兮潺湲，隱思君兮陫側。桂櫂兮蘭枻，斲冰兮積雪。采薜荔兮水中，搴芙蓉兮木末！心不同兮媒勞，恩不甚兮輕絕。石瀨兮淺淺，飛龍兮翩翩。交不忠兮怨長，期不信兮告余以不閒。鼂騁騖兮江皋，夕弭節兮北渚。鳥次兮屋上，水周兮堂下。捐余玦兮江中，遺余佩兮醴浦。采芳洲兮杜若，將以遺兮下女。時不可兮再得，聊逍遙兮容與。

○君：湘君。本篇名爲《湘君》，實寫湘夫人對湘君之思盼。夷猶：猶豫。○蹇：發語詞。誰留：爲誰而留。中洲：即洲中。○要眇：美好貌。宜修：裝飾得好。修，飾也。○沛：疾行貌。桂舟：桂木之舟；取其芳香。○沅湘：沅水與湘水；均在今湖南。○參差：即"篸䉛"，排簫，因其形狀如同鳳翅參差不齊，故名。誰思：思誰。○飛龍：龍舟。○邅：轉也。○薜荔柏：以薜荔裝飾旗幟。薜荔，蔓生香草；柏，通"帕"，旗幟的總稱。蕙綢：以蕙草織成帷帳。蕙，香草；綢，通"幬"，帷帳。○蓀橈：以蓀裝飾短槳。蓀，香草；橈，短槳。○涔陽：涔水北岸。涔水在長江與洞庭湖之間。極浦：遙遠的水涯。○揚靈：顯聖。○未極：未至。○女：想象中湘夫人身邊之侍女。嬋媛：歎息。參見《離騷》注。○橫：橫溢。潺湲：淚流不止貌。○隱：痛也。俳側：通"悱惻"，悲傷惆悵。○桂櫂：以桂木爲楫。蘭枻：以木蘭爲枻。枻，船舷。○斲冰兮積雪：斲冰紛如積雪。此句寫船槳在澄澈之水中劃動，冰、雪，均非實指，有似於張孝祥《念奴嬌·過洞庭》所謂"玉界瓊田三萬頃"。○搴：摘取。木末：樹梢。○恩不甚：猶言恩情不深。○石瀨：石間之急流。淺淺：急流貌。○翩翩：形容舟行輕快貌。○交不忠：情愛不忠貞。○期不信：相約而不守信用。○鼂：通"朝"。騁騖：奔走。江皋：江岸。○弭節：徐行。北渚：北面小洲。○次：棲息。○周：環繞。○捐：捨棄。玦：玉佩。似環而有缺口，古人以之示訣別或斷絕關係。醴浦：醴水之岸。○杜若：香草名，古人謂其服之"令人不忘"；羅願《爾雅翼》："二《湘》同用杜若，杜若之爲物，令人不忘，搴采而贈之，以明其不相忘也。"○下女：湘君之侍女。○聊逍遙兮容與：此爲自我寬慰之辭。逍遙，游玩；容與，舒閑貌。

## 湘夫人（《九歌》之四）

【題解】 參見《湘君》。

帝子降兮北渚，目眇眇兮愁予。嫋嫋兮秋風，洞庭波兮木葉下。登白薠兮騁望，與佳期兮夕張。鳥何萃兮蘋中？罾何爲兮木上？沅有茝兮醴有蘭，思公子兮未敢言。荒忽兮遠望，觀流水兮潺湲。麋何食兮庭中？蛟何爲兮水裔？朝馳余馬兮江皋，夕濟兮西澨。聞佳人兮召予，將騰駕兮偕逝。築室兮水中，葺之兮荷蓋。蓀壁兮紫壇，播芳椒兮成堂。桂棟兮蘭橑，辛夷楣兮藥房。罔薜荔兮爲帷，擗蕙櫋兮既張。白玉兮爲鎮，疏石蘭兮爲芳。芷葺兮荷屋，繚之兮杜衡。合百草兮實庭，建芳馨兮廡門。九嶷繽兮並迎，靈之來兮如雲。捐余袂兮江中，遺余褋兮醴浦。搴汀洲兮杜若，將以遺兮遠者。時不可兮驟得，聊逍遙兮容與。

○帝子：舜之妃。舜妃爲帝堯之女，故稱帝子。本篇名爲《湘夫人》，實寫湘君對湘夫人之思盼。○眇眇：通"渺渺"，遠望不見之貌。愁予：使予愁。○嫋嫋：吹拂貌。波：興起水波。○登：底本原缺，據洪興祖《補注》補。白蘋：草名。騁望：縱目遠望。○佳：佳人，即湘夫人。張：鋪張陳設。○何萃：爲何聚集。何，底本原缺，據洪興祖《補注》補。蘋：水草名。○罾：漁網。○公子：猶言帝子。○荒忽：通"恍惚"，不分明貌。○潺湲：水流貌。○澨：水邊。○聞佳人兮召予：此句以下至"靈之來兮如雲"爲想象之辭。○騰駕：馳車。○葺：以草遮覆屋頂。○蓀壁：以蓀草修飾牆壁。紫壇：以紫貝修飾庭院；壇，中庭也。○播芳椒兮成堂：古人以椒入泥，塗之於壁以驅除邪氣。○桂棟：以桂木爲屋棟。蘭橑：以木蘭爲橼子。○辛夷楣：以辛夷爲楣。辛夷，香木名；楣，門上橫木。藥房：用藥（白芷）裝飾房子。○罔：通"網"，編織。○擗：分析之。蕙櫋：以蕙草裝飾的隔扇。○鎮：鎮席之物。○疏：分散陳列。石蘭：香草名。○芷葺兮荷屋：用芷草加蓋在荷葉屋頂上。○杜衡：香草名。○建芳馨兮廡門：把各種芳香之物陳列於廊下。廡，廊也。○九嶷：山名，因九峰相似相連而得名，相傳爲舜之葬地。此處指九嶷山之神。○靈：神靈。○袂：當爲袘之誤。袘，女子貼身汗衫。女子將自己的內衣贈送情人，是一種古老習俗。春秋時，夏姬便將自己之內衣送予陳靈公、孔甯與儀行父，事見《左傳·宣公九年》。傳說中"衣帝嚳衣"而受孕（《論衡·吉驗》）及"女歧縫裳"（見《楚辭·天問》）等正是這種習俗的曲折反映。○褋：外衣。○汀：水中或水邊之平地。○遠者：湘夫人。因久別而稱之。

## 東　君（《九歌》之七）

【題解】東君：太陽神。《史記·封禪書》有"東君"之祀。《廣雅·釋天》："東君，日也。"《禮記·祭儀》稱"祭日於東"，故日神稱東君。聞一多《楚辭校補》："東君與雲中君皆天神之屬……其歌詞宜亦相次。顧今本二章部居縣絕，無義可尋。其爲錯簡，殆無可疑。余謂古本《東君》次在《雲中君》前。《史記·封禪書》、《漢書·郊祀志》並云'晉巫祠五帝、東君、雲中君'，《索隱》引王逸亦云'東君、雲中君'見《歸藏易》（今本注無此文），咸以二神連稱，明楚俗致祭，詩人造歌，亦當以二神相將。"

暾將出兮東方，照吾檻兮扶桑。撫余馬兮安驅，夜皎皎兮既明。駕龍輈兮乘雷，載雲旗兮委蛇。長太息兮將上，心低徊兮顧懷。羌聲色兮娛人，觀者憺兮忘歸。緪瑟兮交鼓，簫鍾兮瑤簴。鳴篪兮吹竽，思靈保兮賢姱。翾飛兮翠曾，展詩兮會舞。應律兮合節，靈之來兮蔽日。青雲衣兮白霓裳，舉長矢兮射天狼。操余弧兮反淪降，援北斗兮酌桂漿。撰余轡兮高馳翔，杳冥冥兮以東行。

○暾：溫和而明盛貌。○檻：欄干。扶桑：神話中之神樹，相傳爲太陽所生處。見《山海經·海外東經》。○安驅：徐行。○皎皎：明貌。○龍輈：龍車。輈，車轅。乘雷：形容車聲如雷。○載雲旗：太陽初升時四周爲雲彩所圍繞，如同安插旌旗。委蛇：飄動舒展貌。○低徊：遲疑不前。顧懷：眷戀。○羌：發語詞。聲色：祭祀之歌舞。○憺：安也；此處有貪戀之意。○緪：把弦繃緊。交：對擊。○簫：通"搷"，擊也。瑤：通"搖"。簴：懸鐘之木。○篪：古代管樂器；如笛，有八孔。○靈保：扮東君之巫。賢姱：既賢且美。○翾飛：迴旋飛翔；此處形容舞姿。翠曾：如翠鳥展翅；此處形容舞姿。曾，通"翻"，舉翅。○展詩：陳詩；演唱詩篇。會舞：合舞。○律：音律。節：拍節。○靈：太陽神之侍從。○矢：箭；此處喻指太陽光。天狼：星名。《晉書·天文志》："狼爲野將，主侵略。"舊注多以爲此處喻指秦國。○弧：星名，九星相連似弓，故名。《晉書·天文志》："弧九星，在狼東南，天弓也。主備盜賊，常向於狼。"反：通"返"。淪降：沉落；指太陽西沉。○援：引也。北斗：星名；即北斗七星。桂漿：桂花酒。○撰：持也。○杳冥冥兮以東行：言日落後由地下冥冥東行，次日又出於東方。

## 山　鬼（《九歌》之九）

【題解】　山鬼：即山神。可能因其不是正神，故稱爲鬼。洪興祖《補注》以之爲"䕫"；胡文英《屈騷指掌》以之爲人鬼；顧天成《九歌解》以之爲楚襄王游雲夢時所夢見之瑤姬。郭沫若《屈原賦今譯》認爲"於山"即巫山，此山鬼即巫山神女。沈亞之《屈原外傳》稱屈原作《九歌》至《山鬼》篇成，"四山忽啾啾若啼嘯，聲聞十里外，草木莫不萎死"。

若有人兮山之阿，被薜荔兮帶女羅。既含睇兮又宜笑，子慕予兮善窈窕。乘赤豹兮從文狸，辛夷車兮結桂旗。被石蘭兮帶杜衡，折芳馨兮遺所思。余處幽篁兮終不見天，路險難兮獨後來。表獨立兮山之上，雲容容兮而在下。杳冥冥兮羌晝晦，東風飄兮神靈雨。留靈修兮憺忘歸，歲既晏兮孰華予！采三秀兮於山間，石磊磊兮葛蔓蔓。怨公子兮悵忘歸，君思我兮不得閒。山中人兮芳杜若，飲石泉兮蔭松柏，君思我兮然疑作。靁填填兮雨冥冥，猨啾啾兮又夜鳴。風颯颯兮木蕭蕭，思公子兮徒離憂。

○阿：曲隅。○被：通"披"。帶女羅：以女羅爲帶。女羅，即女蘿，蔓生植物。○含睇：含情微視。宜笑：口齒好而笑得好看。○子：山鬼所愛慕者。予：山鬼自稱。窈窕：美好貌。○赤豹：赤毛而黑文之豹。從：使隨行。文狸：其毛黃黑相雜之狸。○辛夷車：以辛夷爲車。辛夷，香木名。結桂旗：結桂枝爲旗。○石蘭：香草名。○幽篁：竹林深處。○表：祭神時所立之木表。○容容：雲氣浮動貌。○杳冥冥：昏暗貌。羌：竟也。晝晦：白晝如晦。○神靈雨：神靈降雨。○留靈修：爲靈修而留。靈修，指山鬼所思慕者。憺：安也。○晏：晚也。孰華予：誰使我永葆青春。○三秀：靈芝草；相傳其一年開三次花，故稱三秀。於山：巫山。於，通"巫"。○磊磊：亂石堆積貌。蔓蔓：葛藤連延貌。○君思我兮不得閒：此爲山鬼推想諒解之詞。○山中人：山鬼自稱。杜若：香草名。○石泉：山泉。陰松柏：以松柏爲蔭庇。《漢書·東方朔傳》："柏者，鬼之廷也。"《齊書·王僧虔傳》："鬼惟知愛深松茂柏。"○然疑：將信將疑。○靁："雷"之本字。填填：雷聲。○啾啾：猴鳴聲。又：通"狖"，猿類。○徒：空也。離憂：陷於憂愁之中；離，通"罹"。

## 天　問（節選）

【題解】　王逸《楚辭章句·天問》："《天問》者，屈原之所作也。何不言問天？天尊不可問，故曰天問也。屈原放逐，憂心愁悴。彷徨山澤，經歷陵陸。嗟號昊旻，仰天歎息。見楚有先王之廟及公卿祠堂，圖畫天地山川神靈，琦瑋譎詭，及古賢聖怪物行事。周流罷倦，休息其下，仰見圖畫，因書其壁，呵而問之，以渫憤懣，舒瀉愁思。楚人哀惜屈原，因共論述，故其文義不次序云爾。"詩人在作品中提出一百七十多個問題，涉及天地萬物、神人史話、政治哲學、倫理道德等等，表現出詩人強烈的探索精神。

曰：遂古之初，誰傳道之？上下未形，何由考之？冥昭瞢闇，誰能極之？馮翼惟像，何以識之？明明闇闇，惟時何爲？陰陽三合，何本何化？圜則九重，孰營度之？惟茲何功，孰初作之？斡維焉繫？天極焉加？八柱何當？東南何虧？九天之際，安放安屬？隅隈多有，誰知其數？天何所沓，十二焉分？日月安屬？列星安陳？出自湯谷，次于蒙汜，自明及晦，所行幾里？夜光何德，死則又育？厥利維何，而顧菟在腹？女岐無合，夫焉取九子？伯強何處，惠氣安在？何闔而晦？何開而明？角宿未旦，曜靈安藏？

○遂古：遠古。遂，通"邃"，遠也。○傳道：傳說。○未形：未形成。○冥昭：晝夜。瞢闇：不分明貌。○極：窮究。○馮翼：元氣盛滿貌。像：無實形可睹但可想象者。《淮南子·精神》："古未有天地之時，惟像無形。"○惟時何為：日夜為何交替。時，通"是"。○三合：參錯相合。三，通"參"。○本：本源。化：變化。○圜：天體。九重：九層；《淮南子·天文》："天有九重。"○孰：誰。營度：籌謀規劃。○茲：此也。功：通"工"，工程。○斡：北斗七星之柄。斡之本義為車軸；古人以為天體如車輪旋轉，斗為輪，柄為軸。維：星名；《漢書·天文志》："斗柄後有三星，名曰維星。"○天極：天之中央。《論衡·說日》引鄒衍語："天極為天中。"加：猶架也。○八柱：神話傳說中撐天之八根支柱。當：植也。○虧：缺損，指東南地勢低窪。《淮南子·天文》："昔者共工與顓頊爭為帝，怒而觸不周山之山，天柱折，地維絕。天傾西北，故日月星辰移焉；地不滿東南，故水潦塵埃歸焉。"○九天：天之中央及八方。《呂氏春秋·有始》："中央曰鈞天，東方曰蒼天，東北曰變天，北方曰玄天，西北曰幽天，西方曰顥天，西南曰朱天，南方曰炎天，東南曰陽天。"○隅隈：角落與彎曲處。《淮南子·天文》："天有九野，九千九百九十九隅。"○沓：相合。此處天地相合。○十二：十二辰。十二辰本是古代天文學家為觀測歲星（木星）而設立，歲星十二歲一周天，一歲一辰，所以有十二辰；後來十二辰與天體脫離，成為黃道周天之十二等分，而分別以子丑寅卯辰巳午未申酉戌亥代表它們。○湯谷：神話中之日出處。《山海經·海外東經》："湯谷上有扶桑，十日所浴。"○次：止息。蒙汜：神話中之日入處。《尚書·堯典》作"昧谷"；《淮南子·天文》："日出於湯谷……淪於蒙谷，是謂定昏。"蒙、昧，一聲之轉。○夜光：月亮之別名。德：通

"得",《北堂書鈔》卷一五〇引作"得"。〇育：生長。對於月亮之圓缺，古有"月有生死"（《孫子·虛實》）之說。〇"厥利維何"二句：王逸："言月中有菟，何所貪利，居月之腹，而顧望乎？"〇女岐：本尾星名，又名九子星；《史記·天官書》："尾有九子。"後衍變出九子母之神話。《漢書·成帝紀》："甲觀畫堂。"顏師古注引應劭曰："畫堂畫九子母，或云即女岐也。"〇伯強：即箕星，風神。《淮南子·墜形》："隅強，不周風之所生也。"而箕星主風，故《漢書·天文志》稱"箕星爲風"，《風俗通·禮典》稱"風師者，箕星也"。據此，殆風之屬者爲隅強，在天則爲箕星。〇惠氣：惠風，風之和順者。〇角宿：星座名，二十八宿之一，有星兩顆。古代傳說，角宿兩星之間爲天門，日月五星均經過此處。〇曜靈：太陽。

不任汩鴻，師何以尚之？僉曰何憂，何不課而行之？鴟龜曳銜，鯀何聽焉？順欲成功，帝何刑焉？永遏在羽山，夫何三年不施？伯禹愎鯀，夫何以變化？纂就前緒，遂成考功；何續初繼業，而厥謀不同？洪泉極深，何以窴之？地方九則，何以墳之？應龍何畫？河海何歷？鯀何所營？禹何所成？康回憑怒，墬何故以東南傾？九州安錯？川谷何洿？東流不溢，孰知其故？東西南北，其修孰多？南北順橢，其衍幾何？崑崙縣圃，其凥安在？增城九重，其高幾里？四方之門，其誰從焉？西北辟啓，何氣通焉？日安不到，燭龍何照？羲和之未揚，若華何光？何所冬暖？何所夏寒？焉有石林？何獸能言？焉有虯龍，負熊以游？雄虺九首，儵忽焉在？何所不死？長人何守？靡蓱九衢，枲華安居？靈蛇吞象，厥大何如？黑水玄趾，三危安在？延年不死，壽何所止？鯪魚何所？鬿堆焉處？羿焉彈日？烏焉解羽？

〇汩：治水。鴻：通"洪"。〇師何以尚之：指堯時羣臣推薦鯀治水之事，見《尚書·堯典》。師，衆也；尚，舉薦。〇僉：皆。〇課：考察。〇鴟龜：形狀如鴟（貓頭鷹）之龜。曳銜：本事不詳。或以爲鯀築堤以防水，其堤有如鴟龜之曳尾相銜也。〇刑：治罪。帝刑鯀之事見《離騷》注。

○遏：囚禁。○施：捨也，釋放。○伯禹：即夏禹。伯爲禹之封號，見《逸周書·嘗麥》。愎鯀：愎，通"腹"；據《山海經·海內經》，鯀死於羽山後，其屍體三年不腐，剖之而禹出。○纂就：繼承。緒：事業。○考：亡父之尊稱。○寶：通"填"。○九則：九等。據《尚書·禹貢》，禹治水後將全國土地分爲九等。○墳：積土使之高。○"應龍何畫"二句：底本原作"河海應龍，何盡何歷"，據洪興祖《補注》引另本改。應龍：有羽翼之龍。相傳禹治水時，有應龍以尾劃地，表示出疏導洪水之路綫。○康回：姦邪。《咒楚文》謂楚懷王"康回無道，淫佚甚亂"；字或作"姦回"。見《左傳·宣公三年》及《左傳·襄公二十三年》。此處以德行代指共工，與《尚書·堯典》稱共工爲"庸違"同例。憑：大也。○墜：古"地"字。○錯：通"措"。治也。○洿：深也。○東流不溢：據神話傳說，東海之外有大壑，實爲無底之谷，天下之水莫不注之，而無增無減焉。見《山海經·大荒東經》、《列子·湯問》。○橢：狹長。○衍：餘數。此處指差距。○縣圃：神山，在崑崙之地。○尻：洪興祖《補注》：尻與居同。○增城：神山名，在崑崙山上。《淮南子·墜形》："崑崙山上有增城九重，其高一萬一千里餘。"此殆答屈原之問。○四方之門：崑崙山四方之門。《山海經·海內西經》："崑崙之墟，在西北，方八百里，高萬仞，面有九門，門有開明獸守之。"《淮南子》則稱崑崙"旁有四百四十門"。○從：出入。○辟啟：開也。○燭龍：神名。《山海經·大荒東經》："西北海之外，赤水之北，有章尾山。有神人面蛇身而赤，直目正乘，其瞑乃晦，其視乃明，不食不寢不息，風雨是謁，是燭九陰，是謂燭龍。"○羲和：本指神話中爲太陽駕車者。此處指太陽。揚：通"煬"，日出也。○若華：若木之花。神話中太陽入處之大樹爲若木，據說太陽落於其下，若木之花便發出光芒。見《山海經·大荒北經》。○虯龍：神話中無角之龍。○負熊以游：本事未詳。○雄虺九首：虺，毒蛇。《山海經·大荒北經》有"共工之臣名相繇，九首蛇身"，殆即此也。○儵忽：來往飄忽。儵，通"倏"。○何所不死：《山海經·海外南經》有"不死民"，《大荒南經》有"不死之國"，故屈原怪而問之。○長人：《國語·魯語》載巨人"防風氏"，殆此類也。○靡蓱九衢：靡蓱，一種奇異之草，其枝交錯九出，如九衢之路。《山海經·中山經》："少室之山……其上有木，其名曰帝休，葉狀如楊，其枝五衢。"殆此類也。○枲：麻之別稱。殆《山海經·西山經》所載浮山所生"麻葉"、"赤華"之類"薰草"。○靈蛇吞象：《山海經·海內南經》："巴蛇食象，三歲而出其骨。"靈蛇，底本作"一蛇"，據另本改。○黑水：水名。《尚書·禹貢》："導黑水，至於三危，入於南海。"《穆天子傳》："黑水之阿，有木禾，食者得上壽。"玄趾：疑當爲交趾，在今五嶺之南。《呂氏春秋·求人》："南至交趾……羽人裸民之處，不死之鄉。"○三危：山名。《淮南子·時則》："三危之國，石室金城，飲氣之民，不死之野。"○鯪魚：陸居之魚。《山海經·南山經》："有魚焉，其狀如牛，陵居。"陵居即陸居，其得名亦由此。○鬿堆：鳥類。堆，通"雀"。《山海經·東山經》："東次四經之首曰北號之山……有鳥焉，其狀如雞而白首，鼠足而虎爪，其名曰鬿雀，亦食人。"○羿：神話中之英雄。相傳堯時十日並出，草木枯焦，堯命羿射落其中九個。事見《山海經·大荒東經》、《淮南子·本經》等。彈：射也。○烏焉解羽：神話傳說中太陽中有三足烏，太陽被射落，其烏理當翅羽散落。又，古謂烏死爲解羽；《山海經·海內西經》："大澤方百里，羣鳥所生及所解，在雁門北。"《穆天子傳》亦有"碩鳥解羽"之語。此處屈原兼及二事。

## 哀　郢（《九章》之三）

**【題解】**　王逸《楚辭章句·九章》："《九章》者，屈原之所作也。屈原放於江南之野，思君念國，憂心罔極，故復作《九章》。章者，著也，明也。言己所陳忠信之道，甚著明也。卒不見納，委命自沈。楚人惜而哀之，世論其詞，以相傳焉。"然朱熹《楚辭集注·九章序》以爲，"屈原既放，思念君國，隨事感觸，輒形於聲。後人輯之，得其九章，合爲一卷，非必出於一時之言"。今人多以爲，《九章》有作於被疏之前者，有作於被疏之後者，亦有作於屈原既放江南之後者。王逸稱《哀郢》"言己雖被放，心在楚國，徘徊而不忍去，蔽於讒諂，思見君而不得。故太史公讀《哀郢》而悲其志也"。王夫之《楚辭通釋》認爲作於頃襄王二十一年（前278），其時秦將白起攻破楚都郢（今湖北江陵）。此說多爲今之學者所接受。

皇天之不純命兮，何百姓之震愆？民離散而相失兮，方仲春而東遷。去故鄉而就遠兮，遵江夏以流亡。出國門而軫懷兮，甲之鼂吾以行。發郢都而去閭兮，荒忽其焉極？楫齊揚以容與兮，哀見君而不再得。望長楸而太息兮，涕淫淫其若霰。過夏首而西浮兮，顧龍門而不見。心嬋媛而傷懷兮，眇不知其所蹠。順風波以從流兮，焉洋洋而爲客。凌陽侯之氾濫兮，忽翱翔之焉薄。心絓結而不解兮，思蹇產而不釋。將運舟而下浮兮，上洞庭而下江。去終古之所居兮，今逍遙而來東。羌靈魂之欲歸兮，何須臾而忘反。背夏浦而西思兮，哀故都之日遠。登大墳以遠望兮，聊以舒我憂心。哀州土之平樂兮，悲江介之遺風。當陽陵之焉至兮，淼南渡之焉如？曾不知夏之爲丘兮，孰兩東門之可蕪？心不怡之長久兮，憂與愁其相接。惟郢路之遼遠兮，江與夏之不可涉。忽若不信兮，至今九年而不復。慘鬱鬱而不通兮，蹇侘傺而含慼。外承歡之汋約兮，諶荏弱而難持。忠湛湛而願進兮，妒被離而鄣之。堯舜之抗行兮，瞭杳杳而薄天。衆讒人之嫉妒兮，被以不慈之僞名。憎慍惀之修美兮，好夫人之忼慨。衆踥蹀而日進兮，美超遠而逾邁。亂曰：曼余目以流觀兮，冀壹反之何時？鳥飛反故鄉兮，狐死必首丘。信非吾罪而棄逐兮，何日夜而忘之？

○皇天：對天之敬稱；皇，大也。純：終始如一。○百姓：百官。震愆：震驚受罪。○江夏：長江與夏水；夏水，古水名，在今湖南境內。○國門：都門。軫懷：痛心地懷念；軫，痛也。○甲之鼂：甲日之晨。鼂，通"朝"。○閭：鄉里。○荒乎：即"恍惚"，失意惆悵貌。極：至也。○齊揚：同舉。容與：起伏貌，形容船之前行。○楸：即梓樹，一種落葉喬木。古人以喬木爲國家之象徵。太息：即歎息。○淫淫：淚流不止貌。霰：雪珠。○夏首：夏水上接長江處；在郢都偏南。西浮：向西漂浮。○龍門：郢都東城門。○嬋媛：牽挂不捨貌。○眇：通"渺"，渺茫。蹠：踐也。○焉：語助詞。洋洋：無所歸貌。○凌：乘。陽侯：大水波。古代神話傳說，陵陽國諸侯溺死於水，化爲波浪之神。○忽：飄忽。薄：止息。○絓結：牽挂煩亂。○蹇產：不順暢。○終古：世代。○羌：語助詞。○夏浦：夏水之濱。○大墳：水邊高地。○州土：國土。平樂：和平康樂。○江介：江邊；指長江兩岸。遺風：先人流傳下的習俗、風尚。○陽陵：地名；在今安徽青陽南。○淼：煙波浩渺，一望無際。如：至。○夏：通"廈"，大屋。丘：丘墟。○兩東門：郢都之東門。○怡：樂也。○忽若：忽然。不信：不被信任。○慘鬱鬱：愁慘鬱悶。○蹇：語助詞。侘傺：悵然獨立貌。○汋約：容態美好。汋，通"婥"。○諶：確實。荏弱：軟弱。○湛湛：厚重。○妒：讒人。被離：通"披離"，散亂。鄣，通"障"，蔽塞。○抗行：高尚之行爲。抗，通"亢"。○瞭杳杳：高遠貌。薄：迫近。○被：加也。不慈：指堯舜不傳天下於子。說見《莊子·盜跖》、《呂氏春秋·當務》、《韓非子·忠孝》等。偽名：不符合實際的稱呼。○慍愉：忠誠貌。○夫人：那些人。忼慨：言辭激烈，能說會道。○踥蹀：小步行走貌；卑賤相。○美：美德之人；與上文"衆"相對。邁：遠也。○曼：展開。流觀：四處觀望。○首丘：頭向山丘。《禮記·檀弓》："狐死正首丘。"

## 懷 沙（《九章》之五）

【題解】王逸《楚辭章句·九章·懷沙》："此章言己雖放逐，不以窮困易其行。小人蔽賢，羣起而攻之。舉世之人，無知我者。思古人而不得見，仗節死義而已。太史公曰：乃作《懷沙》之賦，遂自投汨羅以死。原所以死，見於此賦，故太史公獨載之。"又，朱熹《楚辭集注》："言懷抱沙石以自沈也。"然蔣驥《山帶閣注楚辭》以爲是懷念長沙之作。今人多從前說。

滔滔孟夏兮，草木莽莽。傷懷永哀兮，汨徂南土。眴兮杳杳，孔靜幽默。鬱結紆軫兮，離愍而長鞠。撫情效志兮，冤屈而自抑。刓方以爲圜兮，常度未替。易初本迪兮，君子所鄙。章畫志墨兮，前圖未改。內厚質正兮，大人所盛。巧倕不斲兮，孰察其撥正。玄文處幽兮，矇瞍謂之不章；離婁微睇兮，瞽以爲無明。變白以爲黑兮，倒上以爲下。鳳凰在笯兮，鷄鶩翔舞。同糅玉石兮，一概而相量。夫惟黨人鄙固兮，羌不知余之所臧。任重載盛兮，陷滯而不濟；懷瑾握瑜兮，窮不知所示。邑犬之羣吠兮，吠所怪也；非俊疑傑兮，固庸態也。文質疏內兮，衆不知余之異采。材朴委積兮，莫知余之所有。重仁襲義兮，謹厚以爲豐。重華不可遌兮，孰知余之從容。古固有不並兮，豈知其何故！湯禹久遠兮，邈而不可慕。懲連改忿兮，抑心而自強。離愍而不遷兮，願志之有像。進路北次兮，日昧昧其將暮；舒憂娛哀兮，限之以大故。亂曰：浩浩沅湘，分流汩兮。修路幽蔽，道遠忽兮。懷質抱情，獨無匹兮。伯樂既沒，驥焉程兮？萬民之生，各有所錯兮。定心廣志，余何畏懼兮。曾傷爰哀，永歎喟兮。世溷濁莫吾知，人心不可謂兮。知死不可讓，願勿愛兮。明告君子，吾將以爲類兮。

○滔滔：《史記》引作"陶陶"，和暖貌。孟夏：夏曆四月。○莽莽：草木茂盛貌。○汨：本指水疾流貌；此處形容人之疾走。徂：往。○眴：通"瞬"，看也。杳杳：深暗幽遠貌。○孔：很也。幽默：靜寂。○鬱結：愁思聚集。紆：委屈。軫：痛苦。○離：通"罹"，遭也。愍：同"憫"，憂患。鞠：窘困。○撫：依循。效：考核。○刓：削刻。圜：通"圓"。○度：法也。替：廢也。○易初本迪：變易其初時本然之道。迪，道也。○章：通"彰"，明也。畫：規劃。志：記也。墨：繩墨。○前圖：前人之法度。○內厚：內心忠厚。質正：品質端正。○大人：賢人君子。盛：贊美。○倕：相傳爲堯時之巧匠。斲：砍也。○撥：曲。○玄文：黑色花紋。○矇瞍：瞎子。不章：沒有文采；章，通"彰"。○離婁：傳說中黃帝時視力超常者，能於百步之外見秋毫之末；亦稱離朱。微睇：略睜其目斜視。○笯：竹籠。○鶩：鴨子。○一概而相量：等量齊觀，同等看待。概，古時用以平斗斛之木。○鄙固：鄙陋。○臧：善也。○盛：多也。○陷滯：陷沒停滯。濟：成功。○瑾、瑜：美玉。○窮：窘困。示：告訴。○邑犬：邑里之犬。○非：誹謗。疑：猜忌。○庸態：庸人之常態。○文質疏內：猶言文疏質內，外表疏放，內心剛毅。內，通"訥"，木訥。○材朴：喻指自己已發揮及尚未發揮之才能。材，有用之木料；朴，未加工之木料。委積：堆積。○重：重複。襲：重疊。○謹厚：謹慎、忠厚。豐：充實。○重華：舜。遭：遇也。○不並：明君賢臣不並世而生。○邈：遠也。慕：仰慕思念。○連：《史記》引作"違"，通"悷"，怨恨。"懲違"與"改忿"互文，均爲不再怨恨之意。○像：榜樣。○次：停留，住宿。○昧昧：昏暗貌。○舒憂娛哀：排遣憂愁，緩釋悲哀。○大故：死亡。○汨：水疾流貌。○忽：荒遠貌。○懷質抱情：即"懷瑾握瑜"，質，品質；情，思想。○無匹：無人爲證。朱熹《楚辭集注》："匹，當作'正'，字之誤也。"○伯樂：傳說中之善相馬者。○程：衡量。○生：通"性"。○錯：通"措"，安置。○曾：通"增"。爰：《史記》引作"恒"，通"咺"，哀而不止也。○謂：說也。○類：榜樣。

**參考書目**

《楚辭補注》，洪興祖著，中華書局1983年版。

《楚辭集注》，朱熹著，上海古籍出版社1979年版。

《楚辭通釋》，王夫之著，上海人民出版社1975年版。

《山帶閣注楚辭》，蔣驥著，上海古籍出版社1984年版。

《屈原賦校注》，姜亮夫著，人民文學出版社1957年版。

《楚辭今注》，湯炳正、李大明等著，上海古籍出版社1996年版。

《屈原集校注》，金開誠等著，中華書局1996年版。

**思考題**

1. 如何評價屈原作品的文化精神？
2. 試分析《離騷》中的"香草美人"意象。
3. 背誦《離騷》"帝高陽之苗裔兮"至"來吾道夫先路"、《湘夫人》、《山鬼》。
4. 從浪漫主義角度比較莊子與屈原之異同。

## 第二節　其他辭作家作品

### 招　魂

【題解】王逸《楚辭章句·招魂》："《招魂》者，宋玉之所作也。招者，召也。以手曰招，以言曰召。魂者，身之精也。宋玉憐哀屈原，忠而斥棄，愁懣山澤，魂魄放佚，厥命將落。故作《招魂》，欲以復其精神，延其年壽，外陳四方之惡，內崇楚國之美，以諷諫懷王，冀其覺悟而還之也。"然司馬遷《史記·屈原列傳》中有"余讀《離騷》、《天問》、《招魂》、《哀郢》，悲其志"之語，故今人多以為《招魂》為屈原所作。

朕幼清以廉潔兮，身服義而未沫。主此盛德兮，牽於俗而蕪穢。上無所考此盛兮，長離殃而愁苦。帝告巫陽曰："有人在下，我欲輔之。魂魄離散，汝筮予之。"巫陽對曰："掌夢。上帝其難從。若必筮予之，恐後之謝，不能復用。"巫陽焉乃下招曰：魂兮歸來！去君之恆幹，何爲四方些？舍君之樂處，而離彼不祥些。魂兮歸來！東方不可以托些。長人千仞，惟魂是索些。十日代出，流金鑠石些。彼皆習之，魂往必釋些。歸來兮！不可以托些。魂兮歸來！南方不可以止些。雕題黑齒，得人肉以祀，以其骨爲醢些。蝮蛇蓁蓁，封狐千里些。雄虺九首，往來儵忽，吞人以益其心些。歸來兮！不可以久淫些。魂兮歸來！西方之害，流沙千里些。旋入雷淵，靡散而不可止些。幸而得脫，其外曠宇些。赤蟻若象，玄蠭若壺些。五穀不生，叢菅是食些。其土爛人，求水無所得些。彷徉無所倚，廣大無所極些。歸來兮！恐自遺賊些。魂兮歸來！北方不可以止些。增冰峨峨，飛雪千里些。歸來兮！不可以久些。魂兮歸來！君無上天些。虎豹九關，啄害下人些。一夫九首，拔木九千些。豺狼從目，往來侁侁些。懸人以娛，投之深淵些。致命於帝，然後得瞑些。歸來！往恐危身些。魂兮歸來！君無下此幽都些。土伯九約，其角觺觺些。敦脄血拇，逐人駓駓些。參目虎首，其身若牛些。此皆甘人，歸來！恐自遺災些。魂兮歸來！入修門些。工祝招君，背行先些。秦篝齊縷，鄭綿絡些。招具該備，永嘯呼些。魂兮歸來！反故居些。

○服：行也。昧：通"昧"，幽暗不明。○主：守也。○而：同"之"。《懷沙》"離慜而長鞠"，《史記》"而"作"之"。○上：君王。○離殃：遭殃。離，通"罹"，遭也。○帝：上帝。巫陽：古代神話中的女巫，名陽。見《山海經·海內西經》。○筮：用蓍草占卜。予之：將魂還給他。○"掌夢"二句：言招魂爲掌夢者之事，故帝命難從。寢，古"夢"字。○"恐後之謝"二句：恐時間久，魂失落難尋，不能復用招魂術。○焉乃：於是。○恆幹：軀幹。○些：語尾收聲詞。○舍：捨棄。舍，通"捨"。○托：寄居。○"長人千仞"二句：《山海經·海外東經》："大人國在其北，爲人大，坐而削船。"又，《大荒東經》："東海之外……有波谷山者，有大人之國。"《神異經》："東方有食鬼之父。"○十日代出：參見《天問》"羿焉彃日"注。代出，並出。○雕題：紋飾額頭。題，額頭。《禮記·王制》："南方曰蠻，雕題交趾。"黑齒：《山海經·大荒東經》："有黑齒之國。"又，《海外東經》："黑齒國在其北，爲人黑齒。"○"得人肉以祀"二句：朱熹《楚辭集注·招魂》說："南人常食嬴蚌，得人之肉，則用以祭神，復以其骨爲醬而食之，今湖南、北有殺人祭鬼者，即其遺俗也。"○蓁蓁：衆多貌。○封狐：大狐。○"雄虺九首"二句：參閱《天問》"雄虺九首"注。○久淫：長期滯留。○流沙：隨風流動之沙。○雷淵：神話中之水名，其水旋之聲如雷，鳥飛其上，則被氣流捲入淵中。參見《水經注·河水》。○糜散：碎爛。○曠宇：無人之曠野。○壺：通"瓠"，葫蘆。○蓁：柴棘。○自遺賊：自取禍害。賊，害也。○增：通"層"。○九關：多重關口。《山海經·大荒西經》："崑崙，帝之下都。面有九門，門有開明獸守之，虎身人面九首。"又，《海內西經》："開明獸身大類虎而九首，皆人面。"下文之"一夫九首"與此相關。○從目：豎生的眼睛。從，通"縱"。○侁侁：衆多貌。○幽都：地府。○土伯：地府之妖魔鬼怪。約：尾巴（用蔣驥說）。○觺觺：銳利貌。○敦脄：殆一種怪獸。血拇：染有鮮血的指爪。○駓駓：疾行貌。○參目：長着三隻眼睛。參，通"三"。○修門：高大的城門。○工祝：招魂的巫師。○背行：倒退着走，爲其領路。○"秦篝齊縷"二句：古時招魂以竹籠盛裝被招者的衣服以爲魂魄的依附。○招具：招魂的工具。○永嘯：招魂時長聲的呼叫。

　　天地四方，多賊姦些。像設君室，靜閒安些。高堂邃宇，檻層軒些。層臺累榭，臨高山些。網戶朱綴，刻方連些。冬有突廈，夏室寒些。川谷徑復，流潺湲些。光風轉蕙，氾崇蘭些。經堂入奧，朱塵筵些。砥室翠翹，挂曲瓊些。翡翠珠被，爛齊光些。蒻阿拂壁，羅幬張些。纂組綺縞，結琦璜些。室中之觀，多珍怪些。蘭膏明燭，華容備些。二八侍宿，射遞代些。九侯淑女，多迅衆些。盛鬋不同制，實滿宮些。容態好比，順彌代些。弱顏固植，謇其有意些。姱容修態，緪洞房些。蛾眉曼睩，目騰光些。靡顏膩理，遺視矊些。離榭修幕，侍君之閒些。翡帷翠帳，飾高堂些。紅壁沙版，玄玉梁些。仰觀刻桷，畫龍蛇些。坐堂伏檻，臨曲池些。芙蓉始發，雜芰荷些。紫莖屏風，文緣波些。文異豹飾，侍陂陁些。軒輬既低，步騎羅些。蘭薄戶樹，瓊木籬些。魂兮歸來！何遠爲些？

○像設：想象設置（用王夫之說）。○邃：深也。○網戶：帶有鏤空網狀花格的門。朱綴：格子上塗着紅色。○方連：連成串的菱形圖案。○冬有突廈：不受外界冷氣侵襲的暖房。突，深也。○徑：聞一多以爲"徑"爲"往"字之誤。○轉：搖動。○氾：洋溢。崇蘭：叢生的蘭草。崇，通"叢"。○奧：深；此處指內室。○廛：承塵之簡稱，即頂棚。筵：竹席。○砥室：用光滑的石板修建成的房屋；砥，磨平的石板。翠翹：翡翠鳥的長尾羽，所以裝飾房屋者。○曲瓊：玉鈎。○翡翠珠被：被上繡以翡翠，並飾有細小的明珠。○齊光：翡翠的色彩與珠光交相輝映。○篛：通"弱"。阿：細繒。拂壁：張在壁上，即牆幛也。○幬：帳也。○纂組綺縞：帳幔上裝飾的各種色帶。紅色爲纂，五色錯雜爲組，有花紋者爲綺，白色爲縞。○結琦璜：把纂、組、縞繫在琦（美玉）璜（半圓形玉璧）上。○蘭膏：加蘭香的油脂。燭：照也。○華容：美人。○二八：指行列與人數，共十六人。○射：通"夜"。遞代：依次替換。○九侯淑女：言美女之衆，因其來自各諸侯國，故稱"九侯"。○迅：通"訊"，確實。○髻：鬢髮。制：鬢髮梳結的樣式。○比：並也。○順：同"洵"，確實。彌代：猶言蓋世。○弱顏固植：容顏柔順而性情堅貞。○謇：發語詞。有意：含情脈脈。○姱：美好。○緪：布滿。○曼睩：當從洪興祖《考異》作"曼睇"，即眄睇。○騰光：目光明亮。○靡顏膩理：顏部皮膚細膩，肌理柔滑。○遺視：流盼。矊：含情貌。○離榭：宮外之臺榭。修幕：長長的帷幕。○沙版：用丹沙塗飾的戶版。○玄玉梁：用黑玉裝飾的屋梁。○桷：方形椽。○屏風：紫葵，即荇菜。○文：通"紋"，水紋。緣：因也。○文異：文采奇異。豹飾：用豹皮作裝飾的衣服，這是古代侍衛所穿的特殊服裝。聞一多以爲此句當作"文豹異飾"。○陂陁：山岡。○軒：有蓬之車。○輬：臥車。低：通"抵"，到達。○羅：排列。○蘭薄戶樹：叢生的蘭草在門前種植。○瓊木籬：名貴的樹木構成籬笆。瓊：玉也，此處用爲形容詞。

室家遂宗，食多方些。稻粢穱麥，挐黃粱些。大苦鹹酸，辛甘行些。肥牛之腱，臑若芳些。和酸若苦，陳吳羹些。胹鼈炮羔，有柘漿些。酸鵠臇鳧，煎鴻鶬些。露雞臛蠵，厲而不爽些。粔籹蜜餌，有餦餭些。瑤漿蜜勺，實羽觴些。挫糟凍飲，酎清涼些。華酌既陳，有瓊漿些。歸來反故室，敬而無妨些。肴羞未通，女樂羅些。陳鍾按鼓，造新歌些。《涉江》、《采菱》，發《揚荷》些。美人既醉，朱顏酡些。娭光眇視，目曾波些。被文服纖，麗而不奇些。長髮曼鬋，豔陸離些。二八齊容，起鄭舞些。衽若交竿，撫案下些。竽瑟狂會，搷鳴鼓些。宮庭震驚，發《激楚》些。吳歈蔡謳，奏大呂些。士女雜坐，亂而不分些。放陳組纓，班其相紛些。鄭、衛妖玩，來雜陳些。《激楚》之結，獨秀先些。菎蔽象棋，有六簙些。分曹並進，遒相迫些。成梟而牟，呼五白些。晉制犀比，費白日些。鏗鍾搖簴，揳梓瑟些。娛酒不廢，沈日夜些。蘭膏明燭，華鐙錯些。結撰至思，蘭芳假些。人有所極，同心賦些。酎飲盡歡，樂先故些。魂兮歸來！反故居些。

亂曰：獻歲發春兮，汩吾南征。菉蘋齊葉兮，白芷生。路貫廬江兮，左長薄。倚沼畦瀛兮，遙望博。青驪結駟兮，齊千乘。懸火延起兮，玄顏烝。步及驟處兮，誘騁先。抑騖若通兮，引車右還。與王趨夢兮，課後先。君王親發兮，憚青兕。朱明承夜兮，時不可以淹。皋蘭被徑兮，斯路漸。湛湛江水兮，上有楓。目極千里兮，傷春心。魂兮歸來，哀江南。

○宗：尊也。○多方：多種多樣。○粢：稷之別稱。穱：一種早熟的麥。○挐：攪雜。○大苦：味濃苦。○腱：蹄筋。○臑：煮爛。○和：調味。若：與也。○胹：煮也。炮：整體用火燒烤。○柘漿：糖漿。柘，通"蔗"。○酸鵠：用醋烹鵠臇。酸鵠，原作"鵠酸"，據聞一多說改。臇：

燉也。鳧：野鴨子。○露：通"烙"，烤也。臑：清煮。蠵：大海龜。○属：濃烈。爽：敗口味。○粔籹：用蜜和米麵煎熬出來的食品。蜜餌：蜜餞。○餦餭：飴糖。○瑤漿：美酒。蜜勺：用蜂蜜調和。勺，用爲動詞。○羽觴：鳥狀酒杯。○挫糟：壓去其糟以得到清酒。凍飲：冰鎮的酒。○華酌：雕飾有花紋的酒器。○按：通"安"。○《涉江》、《采菱》：楚歌曲名，下文《揚荷》亦是。○發：歌唱。○酡：酒後臉色泛紅。○娭光：挑逗的目光。眇視：窺視。○目曾波：兩眼水汪汪，如重重水波蕩漾。○被：同"披"。文：繡有花紋的衣服。纖：柔軟的絲織品。○曼鬋：長長的鬢髮。○陸離：光彩。齊容：容飾相同。○交竿：舞女長袖甩動，如竹竿交叉。○撫案：依照音樂拍節。案，通"按"。○狂會：競奏。○搷：急擊。○《激楚》：楚地舞曲名。○歈：歌曲的別稱。○大呂：樂調名，六律之一。○放陳組纓：解開衣帶和冠纓，置於一旁。○班：坐次。○妖玩：妖豔的美女。○結：尾聲。○獨秀：出衆。先：先奏的樂曲。○菎：通"琨"，美玉。蔽：下棋用的籌碼。象棊：用象牙做成的棋子。○六簙：古代的一種棋。○曹：伴侶；此處指下棋的對手。○逌：急。○成梟而牟：棋子走到一定的位置要豎立起來，是爲梟棋，雙方梟棋相對是爲牟。牟，通"侔"，相等。○五白：五次投擲骰子均有利。○犀比：帶鉤。○費：同"曊"，光耀。○鏗：敲擊。簴：挂鐘的木架。○揳：彈奏。梓瑟：梓木之瑟。○錯：安置。○結撰：結構撰述，指酒後作詩。至思：用心。至，通"致"。○蘭芳：詩篇辭藻之優美。假：通"嘉"。○極：至極，各盡其情思。○賦：誦也。○樂先故：使祖先的靈魂得到安樂。○獻歲：進入新的一年。○汩：急行貌。○菉蘋：聞一多以爲當作"綠蘋"。○貫：穿過。廬江：古水名；具體地點說法不一。○長薄：地名；所在不詳。○倚：靠。瀛：大澤。○博：廣闊。○齊千乘：千乘齊發。○懸火：放火驅趕野獸以便狩獵。○玄顏：黑色煙雲。丞：火焰熏騰。○步及驟處：從獵中有步行者，有追逐者，有賓士者，有處止者。○誘：先導。○抑：控制。騖：賓士。〇右還：左轉。〇夢：雲夢澤，楚地之大澤。〇課：考察。〇親發：親自射箭。〇憚青兕：聞一多以爲當作"青兕憚"，兕，犀牛。〇朱明：太陽。〇淹：久留。〇皋蘭：水邊的蘭草。〇漸：淹沒。

## 漁 父

**【題解】** 王逸《楚辭章句·漁父》："《漁父》者，屈原之所作也。屈原放逐，在江、湘之間，憂愁歎吟，儀容變易。而漁父避世隱身，釣魚江濱，欣然自樂。時遇屈原川澤之域，怪而問之，遂相應答，楚人思念屈原，因叙其辭以相傳焉。"然今人對其是否爲屈原所作多有懷疑，以爲其爲深知屈原思想之楚人作品，此說較爲允當。《方言》："凡尊老，南楚謂之父。"漁父即捕魚之老人，乃一隱者。戰國時，楚國多有此類人物，這與其獨特的文化背景有關。此篇句法參差錯落，其用韻也較爲隨便，表現出向漢賦的過渡。

屈原既放，游於江潭，行吟澤畔，顏色憔悴，形容枯槁。漁父見而問之，曰："子非三閭大夫與？何故至於斯？"屈原曰："舉世皆濁我獨清，衆人皆醉我獨醒，是以見放。"漁父曰："聖人不凝滯於物，而能與世推移。世人皆濁，何不淈其泥而揚其波？衆人皆醉，何不餔其糟而歠其醨？何故深思高舉，自令放爲？"屈原曰："吾聞之：新沐者必彈冠，新浴者必振衣。安能以身之察察，受物之汶汶者乎？寧赴湘流，葬於江魚之腹中。安能以皓皓之白，而蒙世俗之塵埃乎？"

漁父莞爾而笑，鼓枻而去。歌曰："滄浪之水清兮，可以濯吾纓；滄浪之水濁兮，可以濯吾足。"遂去，不復與言。

〇三閭大夫：楚官職。王逸《離騷序》："三閭之職，掌王族三姓，曰昭、屈、景。屈原序其譜屬，率其賢良，以屬國士。入則與王圖議政事，決定嫌疑；出則監察羣下，應對諸侯。"〇凝滯：拘泥執著。〇推移：轉變。○淈：攪濁。○餔：食也。歠：飲也。釀：薄酒。○察察：潔白貌。○汶汶：朊髒貌。○莞爾：微笑貌。○鼓枻：敲打船槳。○滄浪：水名。蔣驥《山帶閣注楚辭》："武陵龍陽，有滄山、浪山及滄浪之水，又有滄港市、滄浪鄉、三閭港、屈原巷，參而核之，最爲有據。"又，此處之《滄浪歌》又見於《孟子》，可見是江湘間流傳之歌曲。○纓：冠帶。

# 九 辯

【題解】 王逸《楚辭章句·九辯》："《九辯》者，楚大夫宋玉之所作也。辯者，變也，謂陳道德以變說君也。九者，陽之數，道之綱紀也。……宋玉者，屈原弟子也。閔惜其師，忠而放逐，故作《九辯》以述其志。"然王逸之說爲推測之辭，與作品內容不合，《九辯》主要抒寫"貧士失職而志不平"。據屈原《離騷》與《天問》，《九辯》爲夏代樂曲名。或以爲"辯"通"變"，凡樂曲換章易調謂之"變"；九，言其多也。宋玉之《九辯》確立了古代文人悲秋的主題，杜甫《詠懷古迹》五首之一："搖落深知宋玉悲，風流儒雅亦吾師。"魯迅《漢文學史綱要》："《九辯》本古辭，玉取其名，創爲新制，雖馳神逞想，不如《離騷》，而悽怨之情，實爲獨絕。"

悲哉秋之爲氣也！蕭瑟兮草木搖落而變衰。憭慄兮若在遠行，登山臨水兮送將歸。泬寥兮天高而氣清，寂寥兮收潦而水清。憯悽增欷兮，薄寒之中人。愴怳懭悢兮，去故而就新。坎廩兮貧士失職而志不平，廓落兮羈旅而無友生，惆悵兮而私自憐。燕翩翩其辭歸兮，蟬寂漠而無聲。雁廱廱而南游兮，鶤雞啁哳而悲鳴。獨申旦而不寐兮，哀蟋蟀之宵征。時亹亹而過中兮，蹇淹留而無成。

○秋之爲氣：秋天所形成的氣氛。○蕭瑟：秋風吹動草木的聲音。搖落：搖動，脫落。○憭慄：悽涼。○將歸：一年將盡。一說送將歸之人。〇沆瀣：空曠清朗貌。〇寂寥：通"湫漻"，水平靜貌。收潦而水清：夏天水漲，故濁；入秋水退，故清。〇薄寒：秋日之輕寒。中：襲也。〇憯恍、憭悢：悲傷失意貌。〇坎廩：坎坷不平。〇廓落：孤獨貌。羈旅：滯留異鄉。友生：朋友。〇廱廱：和諧之鳴叫。〇鶤鷄：鳥名；形似鶴，黃白色。嘅唧：細碎之鳴叫。〇申旦：從夜到明；通宵。〇宵征：夜行。〇壘壘：通"昧昧"，晚暮之意；"時昧昧而過中"，與《離騷》"時曖曖其將罷"同意。〇蹇：通"謇"，楚方言，發語詞。淹留：滯留。

　　悲憂窮戚兮獨處廓，有美一人兮心不繹。去鄉離家兮徠遠客，超逍遙兮今焉薄？專思君兮不可化，君不知兮可奈何！蓄怨兮積思，心煩憺兮忘食事。願一見兮道余意，君之心兮與余異。車既駕兮揭而歸，不得見兮心傷悲。倚結軨兮長太息，涕潺湲兮下霑軾。忼慨絕兮不得，中瞀亂兮迷惑。私自憐兮何極？心怦怦兮諒直。

　　〇戚：《文選》作"慼"，迫促。〇有美一人：即有一美人，句法本《詩經·齊風·野有蔓草》："有美一人，清揚婉兮。"繹：通"懌"，愉快。〇徠遠客：來荒遠之地做客。徠，通"來"。〇超：遙遠。薄：通"泊"，至也。〇化：變也。〇食事：飲食之事。〇揭：離去。〇結軨：軨為車廂木欄，因其縱橫交錯，故稱"結軨"。〇軾：車前橫木，可以伏人。〇瞀亂：昏迷錯亂。〇怦怦：內心不平靜貌。諒直：忠誠正直。

　　皇天平分四時兮，竊獨悲此廩秋。白露既下百草兮，奄離披此梧楸。去白日之昭昭兮，襲長夜之悠悠。離芳藹之方壯兮，余萎約而悲愁。秋既先戒以白露兮，冬又申之以嚴霜。收恢台之孟夏兮，然欿傺而沈藏。葉菸邑而無色兮，枝煩挐而交橫。顏淫溢而將罷兮，柯彷彿而萎黃。萷櫹槮之可哀兮，形銷鑠而瘀傷。惟其紛糅而將落兮，恨其失時而無當。擥騑轡而下節兮，聊逍遙以相佯。歲忽忽而遒盡兮，恐余壽之弗將。悼余生之不時兮，逢此世之俇攘。澹容與而獨倚兮，蟋蟀鳴此西堂。心怵惕而震蕩兮，何所憂之多方！卬明月而太息兮，步列星而極明。

○皇天：對天的尊稱。○凜：一本作"凜"。○奄：忽；急遽。離披：本指分散貌；此處用爲動詞，猶言摧殘。○芳藹：芳菲茂盛，形容人之壯年。萎約：疾病窮困。○恢台：繁盛貌。○歇悴：枯萎，停止。沈藏：潛伏。○菸邑：蔫萎。○煩挐：紛亂貌。○淫溢：通"淫瞪"，色彩陰暗貌。罷：通"疲"，凋零。○柯：樹幹。彷彿：本指視不真切；此處指黯淡不明。○萷：通"梢"，木之末端。櫹槮：葉落枝枯、孤立上聳貌。○銷鑠：焦枯。瘀傷：秋氣肅殺之下植物所受到的內傷；瘀，血瘀。○惟：思也。紛糅：雜亂貌。○恨：遺憾。○摯：同"攬"，總持。騑：在兩邊拉車之馬。○相佯：通"徜徉"，徘徊。○道：迫近。○將：長也。佌攘：混亂貌。○澹：平靜。容與：安閒自得。○怵惕：驚懼。○方：端也。○卬：通"仰"，仰望。○步列星：行觀列星。極明：直至天明。

竊悲夫蕙華之曾敷兮，紛旖旎乎都房。何曾華之無實兮，從風雨而飛颺！以爲君獨服此蕙兮，羌無以異於衆芳。閔奇思之不通兮，將去君而高翔。心閔憐之慘悽兮，願一見而有明。重無怨而生離兮，中結軫而增傷。豈不鬱陶而思君兮，君之門以九重。猛犬狺狺而迎吠兮，關梁閉而不通。皇天淫溢而秋霖兮，后土何時而得漧！塊獨守此無澤兮，仰浮雲而永歎。

○竊：私下。曾敷：層層開放。曾，通"層"。○旖旎：繁盛貌。都房：壯麗之宮殿。○服：佩帶。○羌：發語詞。○閔：通"憫"，哀傷。奇思：委婉曲折之思慮。○將：請也。○重：深念也。○結軫：絞痛。○鬱陶：憂思積聚滿胸。○狺狺：犬吠聲。○淫溢：過度。○漧：同"乾"。○塊：孤獨貌。○無澤：荒蕪之澤藪。無，通"蕪"。

何時俗之工巧兮，背繩墨而改錯！却騏驥而不乘兮，策駑駘而取路。當世豈無騏驥兮，誠莫之能善御。見執轡者非其人兮，故駶跳而遠去。鳧雁皆唼夫梁藻兮，鳳愈飄翔而高舉。圜鑿而方枘兮，吾固知其鉏鋙而難入。衆鳥皆有所登棲兮，鳳獨遑遑而無所集。願銜枚而無言兮，嘗被君之渥洽。太公九十乃顯榮兮，誠未遇其匹合。謂騏驥兮安歸？謂鳳皇兮安棲？變古易俗兮世衰,今之相者兮舉肥。騏驥伏匿而不見兮,鳳皇高飛而不下;鳥獸猶知懷德兮,何云賢士之不處?驥不驟進而求服兮,鳳亦不貪餧而妄食。君棄遠而不察兮,雖願忠其焉得?欲寂寞而絕端兮,竊不敢忘初之厚德。獨悲愁其傷人兮,馮鬱鬱其何極?

　　○却:拒絕。○騧跳:跳躍。○鳧:野鴨。唼:象聲詞;此處用爲動詞,指鳧鴨吃食。梁藻:即"梁藻",魚梁與水藻爲魚之聚處,非水鳥之所食。○圜鑿而方枘:參見《離騷》注。○鉏鋙:通"齟齬",參差不合。○被:蒙受。渥洽:深厚之恩德。○太公九十乃顯榮:參見《離騷》注。○相者:相馬者。舉肥:推舉肥馬。○餧:同"餵"。妄食:不當吃而吃。○絕端:斷絕思緒。○馮:憤懣。何極:哪有終極。

　　霜露慘悽而交下兮,心尚幸其弗濟。霰雪雰糅其增加兮,乃知遭命之將至。願徼幸而有待兮,泊莽莽與野草同死。願自往而徑游兮,路壅絕而不通。欲循道而平驅兮,又未知其所從。然中路而迷惑兮,自壓桉而學誦。性愚陋以褊淺兮,信未達乎從容。竊美申包胥之氣盛兮,恐時世之不固。何時俗之工巧兮,滅規榘而改鑿。獨耿介而不隨兮,願慕先聖之遺教。處濁世而顯榮兮,非余心之所樂。與其無義而有名兮,寧窮處而守高。食不媮而爲飽兮,衣不苟而爲溫;竊慕詩人之遺風兮,願托志乎素餐。蹇充倔而無端兮,泊莽莽而無垠。無衣裘以御冬兮,恐溘死不得見乎陽春。

　　○交下:并下。○幸:希望。濟:成功。○雰糅:紛飛混雜。○遭命:《莊子·列禦寇》:"達大命者隨,達小命者遭。"《禮記·祭法》孔穎達疏引《孝經援神契》:"遭命謂行善而遇凶也。""遭命"似爲古成語。○徼幸:通"僥幸"。○泊莽莽:荒野無際貌。泊,通"溥"。○徑游:聞一多認爲當作"徑逝"。○桉:通"按",抑止。誦:詩篇。○申包胥:春秋末楚國貴族。少時與伍子胥爲知交,伍子胥避家難奔吳,他表示兩國相爭,各爲其主。楚昭王十年(前506),吳國用子胥計攻破楚國,五戰及郢(今湖北江陵北),他奉命到秦國求救,秦王不許。他在秦廷痛哭七日夜,滴水不進，終使秦發兵救楚。楚昭王返國，賞功，申包胥逃而不受。事見《左傳》定公四年、五年及《戰國策·楚策一》。○固：當爲"同"之形誤，如此方與前文有韻。參見朱熹《楚辭集注》。○鏊：聞一多以爲當作"揩"。○耿介：正直。○守高：保持清高。○媮：通"偷"，苟且。○詩人：《詩經》各篇之作者。遺風：前代遺留下的崇高風尚。○素餐：質樸之生活。《文選》卷三七曹植《求自試表》李善注："《韓詩》曰：'何謂素餐？素者，質也。人但有質樸，而無治民之材，名曰素餐。'"○充倔：通"疏裾"；《方言》稱：敝衣襤褸，"自關而西謂之疏裾"。○溘：突然。

靚杪秋之遙夜兮，心繚悷而有哀。春秋逴逴而日高兮，然惆悵而自悲。四時遞來而卒歲兮，陰陽不可與儷偕。白日晼晚其將入兮，明月銷鑠而減毀。歲忽忽而遒盡兮，老冉冉而愈弛。心搖悅而日幸兮，然怊悵而無冀。中慘惻之悽愴兮，長太息而增欷。年洋洋以日往兮，老嶚廓而無處。事亹亹而覬進兮，蹇淹留而躊躇。

○靚：通"靜"。杪秋：暮秋。○繚悷：鬱結。○逴逴：遠去貌。○四時：四季。○儷偕：偕同。○晼晚：遲暮，比喻年老。○銷鑠：虧缺。○搖：通"繇"；《爾雅·釋詁》："繇，喜也。"○怊悵：通"惆悵"。○洋洋：流逝貌。○嶚廓：通"寥廓"，空曠貌。○亹亹：勤勉不倦貌。覬：希望。

何氾濫之浮雲兮，焱壅蔽此明月！忠昭昭而願見兮，然霧曀而莫達。願皓日之顯行兮，雲蒙蒙而蔽之。竊不自聊而願忠兮，或黕點而污之。堯舜之抗行兮，瞭冥冥而薄天。何險巇之嫉妒兮，被以不慈之僞名？彼日月之照明兮，尚黯黮而有瑕。何況一國之事兮，亦多端而膠加。被荷裯之晏晏兮，然潢洋而不可帶。既驕美而伐武兮，負左右之耿介。憎慍惀之修美兮，好夫人之慷慨。衆踥蹀而日進兮，美超遠而逾邁。農夫輟耕而容與兮，恐田野之蕪穢。事縣縣而多私兮，竊悼後之危敗。世雷同而炫曜兮，何毀譽之昧昧！今修飾而窺鏡兮，後尚可以竊藏。願寄言夫流星兮，羌儵忽而難當。卒壅蔽此浮雲兮，下暗漠而無光。

　　○氾濫：翻滾貌。○猋：本指犬疾走；此處指迅速。壅蔽：遮蓋。○見：同"現"，顯現。○霧曀：陰暗。○不自聊：不自量。聊，當從另本作"料"。○黰點：小黑斑；黰，污垢。○抗行：高尚的行為。○瞭冥冥：幽深高遠貌。薄：迫近。○險巇：崎嶇；喻指險惡小人。○不慈之偽名：參見《哀郢》注。○黭黮：昏暗貌。○膠加：糾纏貌。○襦：短衣。晏晏：柔和貌。○潢洋：鬆散不著體。○驕美：自驕其美。○"憎慍惀之修美兮"四句：又見《哀郢》，注可參。○雷同：不問是非而隨聲附和。○竄藏：逃匿。○儵忽：迅速貌。

　　堯舜皆有所舉任兮，故高枕而自適。諒無怨於天下兮，心焉取此怵惕？乘騏驥之瀏瀏兮，馭安用夫強策？諒城郭之不足恃兮，雖重介之何益？邅翼翼而無終兮，忳惛惛而愁約。生天地之若過兮，功不成而無效。願沈滯而不見兮，尚欲布名乎天下。然潢洋而不遇兮，直怐愁而自苦。莽洋洋而無極兮，忽翱翔之焉薄？國有驥而不知乘兮，焉皇皇而更索？甯戚謳於車下兮，桓公聞而知之。無伯樂之善相兮，今誰使乎譽之。罔流涕以聊慮兮，惟著意而得之。紛純純之願忠兮，妒被離而鄣之。願賜不肖之軀而別離兮，放游志乎雲中。乘精氣之搏搏兮，騖諸神之湛湛。騁白霓之習習兮，歷群靈之豐豐。左朱雀之茇茇兮，右蒼龍之躍躍。屬雷師之闐闐兮，通飛廉之衙衙。前輕輬之鏘鏘兮，後輜乘之從從。載雲旗之委蛇兮，扈屯騎之容容。計專專之不可化兮，願遂推而為臧。賴皇天之厚德兮，還及君之無恙。

　　○舉任：舉賢任能。○諒：確實。○怵惕：驚懼。○瀏瀏：如水之流，順行無阻貌。○重介：重兵。介，甲也。○邅：迴旋不前。翼翼：小心謹慎貌。○忳惛惛：憂傷貌。○無效：沒有業績。○沈滯：隱匿。○潢洋：無所依傍貌。○怐愁：愚昧貌。○莽洋洋：荒野遼闊無際。○皇皇：通"遑遑"，匆忙貌。○"甯戚謳於車下兮"二句：見《離騷》"甯戚之謳歌兮，齊桓聞以該輔"句注。○伯樂：古之善相馬者。○聊慮：聊且抒發自

259

己之思慮。〇著意：明志。〇紛純純：一片忠心貌。〇妒被離而鄣之：此句又見《哀郢》。〇精氣：陰陽元氣。搏搏：聚集成團貌。〇鶩：追逐。湛湛：諸神衆多貌。〇習習：白霓飄動貌。〇豐豐：衆多貌。〇朱雀：南方神名。茇茇：翩翩飛翔貌。〇蒼龍：東方神名。躍躍：行走貌。〇雷師：雷神。闐闐：雷聲。〇通：當從另本作"道"，導也。飛廉：風神。衙衙：行走貌。〇輕輬：輕巧之臥車。輬，當從另本作"輕"。〇輜乘：輜重之車。從從：車行狀。〇載雲旗之委蛇兮：又見《離騷》。〇扈：侍衛。屯騎：聚騎。容容：馬行狀。〇計：思慮。專專：專一。〇還及：猶能趕上。

**思考題**

1. 評價《九辯》悲秋主題對後代文人的影響。
2. 背誦《漁父》全文。

# 【附】

## 宋玉賦

【題解】　《漢書·藝文志》著錄宋玉賦十六篇，頗多亡佚。《隋書·經籍志》著錄《宋玉集》三卷，已失傳。本"附"所選錄的作品，究竟是否爲宋玉所作尚值得討論，但其文采及影響是不容置疑的。

## 風　賦

【題解】《文選》呂向題注："《史記》云：宋玉，鄢人也。爲楚大夫。時襄王驕奢，故宋玉作此賦以諷之。"（今本《史記》無此文）林紓《古文辭類纂》卷一〇："雖名爲賦，直諷喻耳。雄雌對舉而言，對庶人言雌風，對王不斥言雄風，但曰'大王之風'，不敢以雄雌比並也。'雄風'

二字於間雜中出之，不留痕迹，自是運用妙處。直到結束，始指出雌風。"

楚襄王游於蘭臺之宮，宋玉、景差侍。有風颯然而至，王迺披襟而當之，曰："快哉，此風！寡人所與庶人共者邪？"宋玉對曰："此獨大王之風耳，庶人安得而共之？"王曰："夫風者，天地之氣，溥暢而至，不擇貴賤高下而加焉。今子獨以爲寡人之風，豈有說乎？"宋玉對曰："臣聞於師：'枳句來巢，空穴來風。'其所托者然，則風氣殊焉。"

王曰："夫風，始安生哉？"宋玉對曰："夫風，生於地，起於青蘋之末，侵淫溪谷，盛怒於土囊之口，緣泰山之阿，舞於松柏之下。飄忽溯㴑，激颺熛怒；耾耾雷聲，迴穴錯迕；蹶石伐木，梢殺林莽。至其將衰也，被麗披離，衝孔動楗，眴煥粲爛，離散轉移。故其清涼雄風，則飄舉升降，乘凌高城，入于深宮。邸華葉而振氣，徘徊於桂椒之間，翱翔於激水之上，將擊芙蓉之精。獵蕙草，離秦衡，概新夷，被荑楊，迴穴衝陵，蕭條衆芳。然後倘佯中庭，北上玉堂，躋于羅帷，經于洞房，迺得爲大王之風也。故其風中人，狀直憯悽惏慄，清涼增欷，清清泠泠，愈病析酲，發明耳目，寧體便人。此所謂大王之雄風也。"

王曰："善哉論事！夫庶人之風，豈可聞乎？"宋玉對曰："夫庶人之風，塕然起於窮巷之間，堀堁揚塵，勃鬱煩冤，衝孔襲門，動沙堁，吹死灰，駭溷濁，揚腐餘，邪薄入甕牖，至於室廬。故其風中人，狀直憞溷鬱邑，毆溫致濕，中心慘怛，生病造熱，中脣爲胗，得目爲蔑，啗齰嗽獲，死生不卒，此所謂庶人之雌風也。"

**中華書局影印胡刻《文選》卷一三**

〇楚襄王：即楚頃襄王，名橫，楚懷王之子。蘭臺：臺名，舊址在今湖北鍾祥。〇迺：同"乃"。披襟：敞開衣襟。〇邪：通"耶"。〇溥暢：周遍暢達。〇師：或即指屈原。〇"枳句來巢"二句：枳，樹木名；句，即"勾"，曲也；枳樹枝幹多彎曲處，致使鳥來作巢。此二句當是古代常語。《莊子·山木》："空閱來風，桐乳致巢。""空閱"即空穴。〇蘋：大

261

水萍。○侵淫：逐漸而進。○土囊：大穴。《荆州記》："宜都……有山，山有穴，大數尺，爲風井。"○阿：曲。○飄忽：輕快貌。溯滂：風擊物聲。○熛怒：風聲猛如烈火。熛，火勢飛揚。○耾耾：雷聲。○迴穴：迴旋不定貌。錯迕：錯綜交叉。○蹶：撼動。伐：折斷。○梢：擊。○被麗、披離：皆四散貌。○楗：門閂；此處代指門。○眴煥、粲爛：皆鮮明貌。言風微塵落，景物光彩鮮明。○邸：通"抵"，觸也。氛：香氣。○芙蓉：荷花。精：通"菁"，花也。○獵：通"躐"，踐踏；此處爲吹掠之意。蕙草：香草。○離：同"歷"，經過之意。秦衡：秦地所產之香木。○概：通"溉"，洗滌；此處爲吹拂之意。新夷：即"辛夷"，香木名。○被：加。葰楊：初生之楊；葰，草木初生者。○衝陵：突擊。○倘佯：徘徊。○玉堂：宮殿之通稱。古時宮殿皆坐北向南，故謂"北上"。○躋：升。○洞房：深邃的內室。○直：祇是。憯悽：悲痛貌。惏慄：寒冷貌。○析：解。醒：酒病。○瑜然：忽起貌。○堀堁：塵埃突起貌。堀，突；堁，塵埃。○勃鬱煩冤：風在堀堁揚塵時顯得憤憤不平。勃鬱，憤怒。○駭：驚起；此處爲攪起之意。涽濁：污穢骯髒之物。涽，通"混"。○邪薄：從旁侵入。邪，通"斜"。甕牖：以破甕之口爲窗。○憞溷：煩濁貌。鬱邑：鬱悶。○毆溫致濕：此風驅溫濕氣來，令人致濕病。毆，通"驅"。○慘怛：悲傷痛苦。○胗：唇瘡。○蔑：通"瞇"，目病而赤。○啗齰嗽獲：中風口動之貌。○死生不卒：不死不活。卒，通"猝"。

## 神女賦

**【題解】** 本文生動地描寫了一位神女形象，其構思與文句對後代有較大影響，從枚乘《七發》、漢武帝《李夫人賦》、曹植《洛神賦》等作品中可以明顯看到這篇賦的痕迹。陳第《屈宋古音義》卷三認爲此篇"意謂佳麗而不可親，薄怒而不可犯，亟去而不可留，是真絕世神女也。彼薦枕席而行雲雨，無乃非貞亮之潔清乎？王之妄念可以解矣。是玉之所爲諷也"。

楚襄王與宋玉游於雲夢之浦，使玉賦高唐之事。其夜，王寢，果夢與神女遇，其狀甚麗。王異之，明日，以白玉。

玉曰："其夢若何？"

王曰："晡夕之後，精神怳忽。若有所喜，紛紛擾擾，未知何意。目色髣髴，乍若有記。見一婦人，狀甚奇異。寐而夢之，寤不自識。罔兮不樂，悵然失志。於是撫心定氣，復見所夢。"

○"楚襄王與宋玉游於雲夢之浦"二句：據《文選》卷一九宋玉《高唐賦》，楚襄王與宋玉游於雲夢之臺，望高唐之觀，見雲氣變化萬端，遂使宋玉爲《高唐賦》。或以爲《高唐賦》與此篇《神女賦》乃爲一體。○晡夕之後：黃昏時。○髣髴：同"仿佛"，見不真切。○記：識。○罔兮：失意貌。罔，通"惘"。

玉曰："狀何如也？"

王曰："茂矣，美矣，諸好備矣。盛矣，麗矣，難測究矣。上古既無，世所未見，瑰姿瑋態，不可勝贊。其始來也，耀乎若白日初出照屋梁；其少進也，皎若明月舒其光。須臾之間，美貌橫生。曄兮如華，溫乎如瑩，五色並馳，不可殫形。詳而視之，奪人目精。其盛飾也，則羅紈綺繢盛文章，極服妙采照萬方。振繡衣，被袿裳，穠不短，纖不長，步裔裔兮曜殿堂。忽兮改容，婉若游龍乘雲翔。嫷被服，侻薄裝；沐蘭澤，含若芳。性和適，宜侍旁；順序卑，調心腸。"王曰："若此盛矣！試爲寡人賦之。"

○玉曰：底本"玉"原作"王"，據《胡氏考異》卷四改。然亦有人認爲夢神女者當爲宋玉，沈括《夢溪筆談·補筆談》卷一："自古言楚襄王與神女遇，以《楚辭》考之，似未然。……'其夜，王寢，夢與神女遇'者，'王'字乃'玉'字耳。'明日，以白玉'者，'以白王'也，'王'與'玉'字誤書之耳。"今人亦有從此說者。若從此說，則文中"王"與"玉"應作相應之調整。○王曰：底本"王"原作"玉"，據《胡氏考異》卷四改。○橫生：橫逸而出；比喻美妙驚人。○曄：光輝燦爛。華：同"花"。○瑩：珠玉之光彩。○殫：盡。○奪人目精：耀人眼目。○羅：絲織品。紈：細緻潔白之薄綢。綺：有花紋之絲織品。繢：五彩。文章：文采。○振：拂拭。○袿：婦女之上衣。○襛：本形容衣服厚；此處指衣服。下文"纖"類此。○裔裔：行走貌。○媥被服：美好的服飾。○倪：相宜。○"沐蘭澤"二句：用蘭草浸過的油澤塗抹頭髮，頭髮上含有杜若的芳香。若：杜若，香草名。○調心腸：心腸調順。

玉曰："唯唯。夫何神女之姣麗兮，含陰陽之渥飾。被華藻之可好兮，若翡翠之奮翼。其象無雙，其美無極。毛嬙鄣袂，不足程式；西施掩面，比之無色。近之既妖，遠之有望。骨法多奇，應君之相。視之盈目，孰者克尚。私心獨悅，樂之無量。交希恩疏，不可盡暢。他人莫睹，王覽其狀。其狀峨峨，何可極言。貌豐盈以莊姝兮，苞溫潤之玉顏；眸子炯其精朗兮，瞭多美而可觀；眉聯娟以蛾揚兮，朱唇的其若丹；素質幹之醲實兮，志解泰而體閑。既姽嫿於幽靜兮，又婆娑乎人間。宜高殿以廣意兮，翼放縱而綽寬。動霧縠以徐步兮，拂墀聲之珊珊。望余帷而延視兮，若流波之將瀾。奮長袖以正衽兮，立躊躇而不安。澹清靜其愔嫕兮，性沈詳而不煩。時容與以微動兮，志未可乎得原。意似近而既遠兮，若將來而復旋。褰余幬而請御兮，願盡心之惓惓。懷貞諒之絜清兮，卒與我兮相難。陳嘉辭而云對兮，吐芬芳其若蘭。精交接以來往兮，心凱康以樂歡。神獨亨而未結兮，魂煢煢以無端。含然諾其不分兮，喟揚音而哀歎。頩薄怒以自持兮，曾不可乎犯干。於是搖珮飾，鳴玉鸞，整衣服，斂容顏，顧女師，命太傅。歡情未接，將辭而去，遷延引身，不可親附。似逝未行，中若相首。目略微眄，精彩相授，志態橫出，不可勝記。意離未絕，神心怖覆。禮不遑訖，辭不及究。願假須臾，神女稱遽。徊腸傷氣，顛倒失據。闇然而瞑，忽不知處。情獨私懷，誰者可語。惆悵垂涕，求之至曙。"

**中華書局影印胡刻《文選》卷一九（下同）**

○陰陽：天地。渥飾：濃豔。○翡翠：鳥名。○毛嬙：古代美女名；

下文之"西施"亦爲古代美女名。鄣袂：用衣袖遮蔽。鄣，通"障"。○程式：法式，標準。○骨法：氣質風度。○"視之盈目"二句：眼中祇有她，誰也比不上。尚，超過。○希：通"稀"，稀少。○峨峨：莊嚴貌。○苞：通"包"，包含。○聯娟：彎曲而纖細。蛾：蠶蛾，古人常用以形容女子長而美之眉毛。○的：鮮明。○素質幹之穠實：身軀亭亭玉立如質樸的樹幹。穠，通"濃"，厚也。○志解泰而體閑：志操嫻雅，體態端莊。泰，不急躁。○姽嫿：閑靜美好貌。○婆娑：盤旋，徘徊。○翼：放縱貌。○縠：輕紗。○珊珊：象聲詞。○延視：展望。○若流波之將瀾：形容女子的眼波流動。○袥：衣襟。○踯躅：徘徊。○澹：安靜貌。憺嫄：和藹可親。○容與：閑暇自得貌。○原：本意。○褰：揭開。○幬：牀帳。○惓惓：誠懇貌。○精：精神。○亨：通。結：和諧。○煢煢：孤獨無依。端：頭緒。○不分：不當其心。○𩔁：怒氣。持：矜持。○犯干：觸犯。○女師：女教師。《詩經·周南·葛覃》"言告師氏"毛亨傳："師，女師也。古者女師教以婦德、婦言、婦容、婦功。"○太傅：古三公之一，周始置，傅相天子。神女而有"女師"、"太傅"，言"神女亦有教也"（李善注語）。○引身：倒退着離去。○相首：相向。○怖覆：恐怖顛倒。○"禮不遑訖"二句：禮數來不及完畢，言辭也來不及講究。○遽：急；指神女急忙要走。

## 登徒子好色賦

【題解】　本文以宋玉面對美女窺牆三年而不爲所動、章華大夫與美女相愛而始終守禮，諷勸楚王應專心國事而不爲美色所亂。劉勰《文心雕龍·諧隱》："宋玉賦《好色》，意在微諷，有足觀者。"陳第《屈宋古音義》卷三："愚讀宋玉《登徒子賦》曰：'玉好色，勿與出入後宮'，何其野而不文？至'所受於天'、'所學於師'，何其誇而不讓？'登牆相窺'，何其淫而不貞？俚及'疥'、'痔'之談，何其鄙而不雅？及至卒章'以微

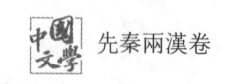

辭相感動，精神相依憑，目欲其顏，心顧其義，揚詩守禮，終不過差'，則作而歎曰：美哉，得其本乎！是不可以枝葉而棄其靈根也。"

大夫登徒子侍於楚王，短宋玉曰："玉爲人體貌閑麗，口多微辭，又性好色。願王勿與出入後宮。"

王以登徒子之言問宋玉。玉曰："體貌閑麗，所受於天也；口多微辭，所學於師也；至於好色，臣無有也。"

王曰："子不好色，亦有說乎？有說則止，無說則退。"

玉曰："天下之佳人，莫若楚國；楚國之麗者，莫若臣里；臣里之美者，莫若臣東家之子。東家之子，增之一分則太長，減之一分則太短；著粉則太白，施朱則太赤。眉如翠羽，肌如白雪，腰如束素，齒如含貝。嫣然一笑，惑陽城，迷下蔡。然此女登牆窺臣三年，至今未許也。登徒子則不然，其妻蓬頭攣耳，齞脣歷齒，旁行踽僂，又疥且痔。登徒子悅之，使有五子。王孰察之，誰爲好色者矣。"

是時秦章華大夫在側，因進而稱曰："今夫宋玉盛稱鄰之女，以爲美色，愚亂之邪臣。自以爲守德，謂不如彼矣。且夫南楚窮巷之妾，焉足爲大王言乎？若臣之陋目所曾睹者，未敢云也。"

王曰："試爲寡人說之。"

大夫曰："唯唯。臣少曾遠游，周覽九土，足歷五都，出咸陽，熙邯鄲，從容鄭、衛、溱、洧之間。是時向春之末，迎夏之陽，鶬鶊喈喈，羣女出桑。此郊之姝，華色含光，體美容冶，不待飾裝。臣觀其麗者，因稱詩曰：'遵大路兮攬子袪。'贈以芳華辭甚妙。於是處子怳若有望而不來，忽若有來而不見。意密體疏，俯仰異觀，含喜微笑，竊視流眄。復稱詩曰：'寤春風兮發鮮榮，絜齋俟兮惠音聲，贈我如此兮不如無生。'因遷延而辭避。蓋徒以微辭相感動，精神相依憑，目欲其顏，心顧其義，揚詩守禮，終不過差，故足稱也。"

於是楚王稱善。宋玉遂不退。

○登徒：複姓。○短：說壞話。○體貌閑麗：體態文雅，容貌美麗。○微辭：婉轉巧妙之言辭。○翠羽：翠鳥之羽毛。○素：白色生絹。○貝：海螺一類動物，色白。○陽城：楚國縣名，爲楚國貴族子弟之封地。下文"下蔡"同。○攀耳：耳朵彎曲。○齞唇：牙齒露在唇外。歷齒：牙齒稀疏。○旁行：走路歪歪斜斜。踽僂：駝背。○孰察：仔細考察。孰，通"熟"。○秦章華大夫：章華爲楚地，此章華人在秦國爲大夫，當時因出使楚國而在楚王身邊。○陋目：目光短淺；自謙之辭。○九土：即九州。○五都：五方都會。咸陽：戰國時秦都，在今陝西。○熙：通"嬉"，游戲。邯鄲：戰國時趙都，在今河北。○從容：逗留。鄭、衛：春秋時國名，在今河南。溱、洧：水名，在今河南。○向春之末：暮春。○迎夏之陽：初夏。○鶬鶊：鳥名，即黃鶯。喈喈：黃鶯鳴叫聲。○姝：美女。○含光：皮膚光潔。○稱詩：誦詩。○遵大路兮攬子袪：語出《詩經·鄭風·遵大路》。袪：衣袖。○有望而不來：有接近之意而沒有走近。○意密體疏：心意接近而形迹疏遠。○俯仰異觀：無論低頭還是擡頭都表現了不同的神態。○竊視流眄：轉動眼睛偷看。○復稱詩：女子亦吟詩回答。○寤：蘇醒。鮮榮：花木繁榮。○絜齋：整潔莊重。俟：待。○遷延：拖延。○"揚詩守禮"二句：發揚詩教，遵守禮義，始終沒有越軌行爲。○稱：稱道。

## 對楚王問

**【題解】** 本篇寫宋玉的孤傲之情，間接表現其政治上的不得志。《新序·雜事》也有關於宋玉答楚王問的記載，內容與此相同，唯"楚襄王"誤作"楚威王"。本文寫法與《登徒子好色賦》類似，也是采用問答體的形式，但《登徒子好色賦》韻散相間，是賦體，而本文則是散體。劉熙載《藝概·文概》："用辭賦之駢麗以爲文者，起於宋玉之《對楚王問》。"金聖歎《天下才子必讀書》卷五："此文腴之甚，人亦知；煉之甚，人亦知；

却是不知其意思之傲睨，神態之閑暢。凡古人文章，最重隨事變筆。如此文，固必當以傲睨閑暢出之也。"

楚襄王問於宋玉曰："先生其有遺行與？何士民眾庶不譽之甚也？"

宋玉對曰："唯，然。有之。願大王寬其罪，使得畢其辭。客有歌於郢中者。其始曰《下里》、《巴人》，國中屬而和者數千人。其爲《陽阿》、《薤露》，國中屬而和者數百人。其爲《陽春》、《白雪》，國中屬而和者，不過數十人。引商刻羽，雜以流徵，國中屬而和者，不過數人而已。是其曲彌高，其和彌寡。故鳥有鳳而魚有鯤。鳳皇上擊九千里，絕雲霓，負蒼天，翱翔乎杳冥之上。夫蕃籬之鷃，豈能與之料天地之高哉？鯤魚朝發崑崙之墟，暴鬐於碣石，暮宿於孟諸。夫尺澤之鯢，豈能與之量江海之大哉？故非獨鳥有鳳而魚有鯤也，士亦有之。夫聖人瑰意琦行，超然獨處。夫世俗之民，又安知臣之所爲哉？"

**中華書局影印胡刻《文選》卷四五**

○遺行：品行上有缺點。遺，缺失。○郢：楚都。見《哀郢》題解。○《下里》、《巴人》：俗曲名。○屬而和：接續其聲而相應和。○《陽阿》、《薤露》：曲名；不如《下里》、《巴人》通俗。○《陽春》、《白雪》：雅曲名。○商：五音之一，其聲輕勁敏疾；引商，謂引其聲而爲商音。羽：五音之一，其聲低平；刻羽，謂壓低其聲而爲羽音。○流：流動。徵：五音之一，其聲抑揚遞續。○"故鳥有鳳而魚有鯤"五句：見《莊子·逍遙游》。杳冥，高遠之處。○蕃籬：籬笆；蕃，通"藩"。鷃：小鳥。○料：計算。○墟：山基。○暴：露。鬐：通"鰭"，魚背。碣石：海邊山名，在今河北昌黎。○孟諸：大澤名，故地在今河南商丘東北。○尺澤：一尺見方之小水塘。鯢：小魚。○瑰意琦行：宏大之意向，美好之品行。

中國文學
【先秦兩漢卷】

# 下編　秦漢文學

# 通　論

　　由於歷時短促，秦代文學成就不高，所以，所謂的"秦漢文學"主要指兩漢文學。從文學樣式看，秦漢文學主要在辭賦、史傳文學、政論散文、樂府詩歌和文人五言詩等幾方面取得較高成就，在文學史上有較爲深遠的影響。

　　公元前221年，秦始皇建立了大一統的中央集權的封建專制國家，秦王朝至子嬰即位（前207）不久爲劉邦所滅，僅歷時十五年，文學上沒有重要建樹。秦王朝在統一全國之初，實行極端的文化專制主義。《史記·秦始皇本紀》："史官非秦記皆燒之。非博士官所職，天下敢有藏《詩》、《書》、百家語者，悉詣守尉雜燒之，有敢偶語《詩》、《書》者，棄市；以古非今者，族。"不僅如此，秦王朝還對儒生實行肉體消滅政策，曾一舉坑殺儒生四百六十餘人。在秦王朝統治期間，中國古代文化的發展遭受了一次嚴重挫折，先秦時代的民間文書典籍幾乎全遭毀滅，故古人有"秦世不文"（《文心雕龍·詮賦》）之歎。除李斯的幾篇文章之外，現在能看到的秦文僅僅是秦始皇巡行各地時，李斯等人寫作的歌頌功德文字，由於它們刻在各地山石之上，後世稱爲秦刻石。它們在形式上模仿雅頌，爲四言韻文，多以三句爲韻。文學價值不高，但由於它們是今存最古的碑文，對後世碑誌文有一定影響。相傳，秦代還有一些《僊真人詩》和"雜賦"，今俱不傳。

漢王朝建立初期，統治者汲取秦王朝短期覆滅的教訓，一方面恢復了分封同姓侯王制度，以鞏固自己的統治基礎，另一方面采取了一系列減輕農民負擔的政策和措施，以恢復和發展農業生產；百廢待興的社會現實決定了黃老"無爲而治"學說成爲當時的統治思想，司馬談的《論六家要旨》就是在此背景下產生的著名論文。在文化政策方面，惠帝時廢除了秦的挾書律，"大收篇籍，廣開獻書之路"（《漢書·藝文志》），加之戰國以來百家之學的影響，各地侯王也仿效戰國諸公子的辦法，招致各種人才於自己的門下，這使漢初的社會思想比較活躍自由，促進了學術文化的發展。

漢初文學成就，主要表現在散文和辭賦的發展上。漢初文士乘戰國游士之餘風，喜歡奔走於諸侯、權貴之門，比較關心國家和社會問題，並勇於發表自己的看法，這就促進了政論文的發展。漢初政論文作者以賈誼最著名。他注意總結秦王朝由強轉弱的經驗教訓，對如何鞏固漢王朝的統治，完善中央集權的政治制度，表達了自己的政治見解。賈誼的政論文以《過秦論》爲代表，議論宏闊，說理暢達，感情充沛，富於文采，對唐宋以後散文創作有明顯的影響。漢初的辭賦屬於戰國楚辭的餘緒，但漢初辭賦作者缺乏屈原那樣的強烈感情，多爲類比之作，強爲呻吟，作品亦多亡佚。現存淮南小山的《招隱士》，其氣象、格調逼近屈宋，爲其中的佼佼者。賈誼在貶謫長沙時寫有《弔屈原賦》和《鵩鳥賦》，其中滲透了個人的身世感歎，抒發了自己的政治抱負，特別是後者，在體制和寫法上，顯示了由楚辭到漢賦過渡的痕跡，稱爲"騷體賦"。枚乘是文景時期的重要作家，他以上書吳王、諫阻其謀反而知名於世。他的《七發》雖然不是以賦名篇，但其寫法和格局標誌着漢大賦的形成，在漢賦發展上占有重要地位。

漢武帝即位以後，西漢封建王朝進入了鼎盛時期。經過漢初以來六七十年的休養生息，社會經濟得到一定的恢復和發展。漢武帝雄才大略，內外經營，進一步加强了漢王朝的封建集權制。與此相適應，在思想文化方面，漢武帝興太學，立五經博士，罷黜百家，獨尊儒術。以《春秋》公羊學派大師董仲舒爲代表的儒家學者，在儒家思想的外衣下，包容了戰國以來的陰陽五行和黄老、刑名等思想。他們不僅解釋了漢王朝奪取政權的合理性，而且也指出了鞏固統治的方法。從此以後，儒家思想就一直成爲封建統治階級的正統思想。這一方面對封建統一帝國的形成和封建集權制的鞏固起着促進作用，另一方面，又結束了戰國以來百家爭鳴的局面，思想定於一尊，對當時和以後的學術和文化的發展有重大影響。這一時期的散文，大抵依經立義，行文凝重。

漢武帝時期至西漢末，文學上的成就，主要表現爲樂府機關的設立、擴展，辭賦創作的繁榮和司馬遷《史記》的出現。

漢高祖時，叔孫通制定朝儀，使漢高祖體會到了"爲皇帝之貴"，也使他認識到制禮作樂對封建王朝秩序的重要。在作樂的要求下，產生了相應的舞和歌詩，同時也初步建立了管理音樂（當然也包括歌舞）的"樂府"機關。漢初設立的樂府，其主要職能就是管理郊廟、朝會的樂章。但由於"大漢初定，日不暇給"，還無力進行大規模的"定制度，興禮樂"（《漢書·禮樂志》）之工作。漢武帝以"興廢繼絕，潤色鴻業"（班固《兩都賦序》）"以興太平"（《漢書·禮樂志》）爲目的，把樂府規模和職能加以擴大，大規模搜集各地的民間歌謠，以豐富朝廷樂章。"武宣之世，乃崇禮官，考文章，內設金馬石渠之署，外興樂府協律之事"（班固《兩都賦序》），"采詩夜誦，有趙代秦楚之謳，以李延年爲協律都尉，多舉司馬相如等數十人造爲詩賦，略論律呂，以合八音之調，作《十九章》之歌"（《漢書·禮樂志》），這些文字記載，反映了當時制禮作樂的實際情況。樂府機關的設立和擴大，使各地民歌有了記錄、集中和提高的條件，這在中國文學史上有着劃時代的意義，它對中國古代詩歌的發展有着深遠的影響。據《漢書·藝文志》所載，西漢樂府所演奏的樂章，除漢高祖唐山夫人以"楚聲"爲基礎創立的《安世房中歌》和武帝時《郊祀歌》外,還有遍及黃河、長江兩大流域的各地民歌五十五首。現除《鐃歌十八曲》外,大部分沒有流傳下來。《鐃歌》是武帝時期吸收北方民族音樂所製的軍樂,它的歌辭由於文字衍誤過多,大都難於讀誦,其中少數言情和反映戰場慘象的篇章,明白可誦,有一定現實意義。

此時的辭賦創作也因爲"潤色鴻業"的需要而得到極大的發展,進入了漢賦創作最興盛的時代。據《漢書·藝文志》著錄西漢的賦,不算雜賦在內,有九百餘篇,而武帝時期的賦就有四百餘篇。司馬相如是漢賦創作最有成就的代表作家。他的《子虛》、《上林》賦,以宏大的結構、絢爛的文采和誇張鋪陳的手法,描寫了漢天子上林苑的壯麗和天子田獵的盛大,迎合了漢武帝好大喜功的心理,因而受到重視,表現出漢賦作爲宮廷文學的特質。由於漢武帝好辭賦,其周圍除司馬相如外,還有東方朔、枚皋等一批"言語侍從之臣",他們"朝夕論思,日月獻納",而公卿大臣如倪寬、董仲舒等也"時時間作",從而造成了漢賦創作盛極一時的局面。宣帝效武帝故事,亦好辭賦,在他周圍也有一批辭賦作家,如王褒、張子僑、劉向、華龍等,他們的作品除一些描寫帝王田獵、宮苑的大賦外,還有一部分是所謂"辯麗可喜"、"虞說(悅)耳目"的詠物小賦。但這一時期的作品大都不存。揚雄是西漢末年著名的辭賦家。他寫的《甘泉》、《河東》、《羽獵》、《長楊》四賦,處處有類比司馬相如賦作的痕迹,缺乏創造性,但由於他才高學博,有的賦還寫得比較流暢,有氣魄。揚雄晚年認識到漢賦無補於諷諫的根本弱點,輟不復爲,並在《法言》等著述中正面提出了自己的文學主張,強調文學的社會作用,強調文學內容與形式統一,這在當時有一定的進步意義。漢賦是西漢經濟、政治、文化高度發展的產物,雖就其思想和藝術的成就來說,並不足以表現西漢文學各方面的發展,但推動了文學意識的蒙醒,《史記》中"文學"與"文辭"(或"辭章")的區別就是證明。

真正代表武帝時期文化發展最高成就的是司馬遷的《史記》。漢武帝時，"建藏書之策，置寫書之官，下及諸子傳說，皆充秘府"（《漢書·藝文志》），這就爲《史記》的寫作準備了物質條件。司馬遷獨立完成了"網羅天下放失舊聞，考之行事，稽其成敗興壞之理"，"究天人之際，通古今之變，成一家之言"（《報任安書》）的《史記》，爲中國古代歷史文化的發展，樹立了一塊豐碑。《史記》以人物傳記爲中心，不僅開創了"紀傳體"史學，也開創了歷史傳記文學，魯迅所說的"史家之絶唱，無韻之《離騷》"，正確地評價了司馬遷在歷史學和文學發展上的貢獻。司馬遷的《史記》在漢宣帝以後就在社會上傳播，由於它記事止於漢武太初年間，就有不少文人綴集時事來續補它，但大都文辭鄙俗，不能和《史記》相比。

　　西漢後期散文成就表現在政論文方面，桓寬的《鹽鐵論》和劉向、劉歆等人的奏疏、校書的"叙錄"，繼承漢初政論文傳統，內容充實，說理明暢，表現了作者匡救時弊的熱情。而與王莽"新政"相關的一些文章，更是有其特殊的意義。初始元年（8），漢室外戚王莽代漢稱帝，天鳳四年（17），爆發了赤眉、綠林農民大起義。建武元年（25），漢光武帝劉秀定都洛陽，史稱東漢。在政權性質上，東漢王朝是西漢王朝的繼續。東漢初年，劉秀采取了一些緩和社會矛盾的措施，使生產有所發展，劉秀爲了使自己的統治合法化，推崇在西漢末年開始興起的讖緯之學，使它與今古文經學合流而泛濫於一時，成爲思想文化領域的統治思想。在這樣的政治和思想文化的影響下，東漢文學也出現了新的變化和發展。讖緯神學對文學的影響，這是一個值得注意的問題。

　　班固的《漢書》是東漢史傳文學的代表。它沿襲《史記》體例而小有變動，記叙西漢的歷史，開創了中國斷代史的先例。由於時代背景之不同與漢明帝對班固修史的直接干預，《漢書》缺少《史記》的批評鋒芒，但詳贍嚴密，文字整飭贍麗，有其獨特的文學價值。同時，《漢書》多載學術與經世文章，特設《藝文志》，講論學術源流，把文化學術納入史學視野，這是《漢書》的一大貢獻。舊時，史漢、班馬並稱，說明《漢書》同《史記》一樣對後世的史學和文學都產生了巨大的影響。

東漢政論文如王符《潛夫論》、崔寔《政論》、仲長統《昌言》等，繼承西漢傳統，反映了東漢中葉以後的各種社會矛盾和激烈的政治鬥爭。王充是東漢反對讖緯迷信的傑出思想家，他的《論衡》是一部"疾虛妄"之書，對當時統治者所宣揚的神學迷信進行了有力的揭露和抨擊。他還從這一精神出發，批判了當時"華而不實，僞而不真"的文風，並正面提出自己的一些文學主張。但從總體上看，東漢政論散文的思想與文采都遜於西漢政論散文。

東漢辭賦仍在司馬相如的影響之下，類比因襲的風氣盛行，但以班固《兩都賦》爲開始的京都大賦，由宮苑而都城，在題材開拓上是一個進步。而張衡《二京賦》在叙述中引入議論說理，則預示着漢賦發展走向的轉變。東漢中葉以後，政治極端黑暗，賦風開始轉變，張衡的《歸田賦》以清麗的語言、情景交融的手法，表現了作者歸隱田園的恬靜心緒，成爲這一轉變的標誌。桓靈以後，一些憤世嫉俗的士人如趙壹等，也寫有揭露現實、抨擊社會黑暗的短賦。這類抒情小賦數量雖然不多，但它突破了沿襲已久的賦頌傳統，是魏晉六朝抒情賦的先導。

現存漢樂府民歌大都是東漢的作品。這些民歌形式多樣，反映了東漢人民的苦難處境和思想感情，是東漢文學的重大收穫。東漢文學的另一重大收穫，是在樂府民歌和民謠影響下，文人五言詩的形成，無名氏的《古詩十九首》不僅是漢末抒情文學復興的產物，也代表了東漢文人五言的最高成就。東漢文人五言詩是東漢後期中下層士人生活和思想的反映。它們的作者有較高的文化素養，在創作中既保持了樂府民歌樸素自然、平易流暢的特色，又能借鑒《詩經》、《楚辭》的藝術手法，在樸素自然中求工整，在平易流暢中見清麗，"深衷淺貌，短語長情"，極大地提高了詩歌的表現力和抒情性，這對以後魏晉五言詩的發展和近體詩的產生都有巨大的影響。而《古詩十九首》所流露出的思想情緒，不僅強烈地表現了特定時代裏的生命意識與個體意識，也與後來的魏晉風度有某種深刻的關聯。

　　《漢書·藝文志》著錄有小說一類。中國傳統的小說概念，是指與崇論宏議的大著作相對立的、記瑣事瑣語的淺顯的小書。漢代之小說可大體分爲志怪小說、雜事小說與歷史小說三種，漢代志怪小說大都亡佚，其興盛與讖緯之學有密切關係；漢代志人小說則保存得較爲完好，劉向與應劭的作品對後世有較大影響；而舊時歸入"史部"之《吳越春秋》，則是歷史小說的代表。可以說，漢代是中國傳統小說的開創時期。

# 第一章

# 秦　文

## 概　說

　　秦始皇嬴政（前259—前210）爲秦莊襄王之子，即位時年僅十三歲，呂不韋和太后專權用事。公元前238年，秦始皇親政。次年，免呂不韋相職。旋即任用李斯，采取"遠交近攻"之政策，派王翦等大將繼續進行統一戰爭。由公元前230年滅韓開始，到公元前221年滅齊，十年之間，消滅割據稱雄之六國，建立了中國歷史上第一個統一的中央集權的封建國家。爲了鞏固政權，秦王朝在政治、經濟、文化方面推行許多積極措施，統一了法律、度量衡、貨幣和文字。這些措施有助於鞏固統一，並理應爲推動經濟、文化之發展提供有利條件。

　　然而，秦自任用商鞅實行變法以來，尚刑名，崇霸力，重實用，絀文采，對儒、墨諸家大抵持排斥態度，從而形成了以名法治國的政治傳統。秦初并天下之時，諸子之傳人猶在，百家之影響尚存。但是，秦在構建中央集權體制的過程中，基於對列國紛爭的恐懼以及由於雄霸天下而產生的自尊傲人之心，推行一種文化專制主義政策。秦之博士、儒生，形同虛設，失去了文化思想的創作權利；秦之文學，也就因此而失去了生存與發展的良好環境。

秦始皇三十四年（前213），博士淳于越反對封建主義中央集權的郡縣制，認爲"事不師古而能長久者，非所聞也"，要求根據古制，分封子弟。丞相李斯加以駁斥，並進而主張禁止儒生以古非今、以私學誹謗朝政。秦始皇采納李斯的建議，下令焚燒《秦記》以外的列國史記，對不屬於博士官的私藏《詩》、《書》等亦限期繳出燒毀，三十日不燒者，罰爲城旦；有敢談論《詩》、《書》者處死，以古非今者滅族；吏見知不舉者同罪；禁止私學，欲學法律者以吏爲師。次年，方士爲秦始皇求僊藥不得，畏罪潛逃。秦始皇大怒，遷及儒生，以"惑亂黔首"的罪名，將四百六十多名方士和儒生坑死在咸陽。史稱"焚書坑儒"。

這種嚴酷的文化專制，不僅破壞了先秦文學的優良傳統，而且嚴重打擊了作爲文學創作主體的士階層，從而造成了秦代文學的荒蕪。短暫的秦王朝僅爲我們留下了李斯的幾篇文章和少量的頌揚文學（石刻文）。因而，後人有"秦世不文"之歎。李斯的散文既是秦代文風的代表，又能見出戰國文風向西漢文風的轉變過程，《史記·李斯列傳》載錄李斯五篇文章，陳仁錫《陳評史記》卷八七云："先秦文章當以李斯爲第一，太史公作傳，載其書五篇，絕工之文也。"李斯早期文章，長於雄辯，有縱橫家風韻。而晚期失勢後之作品，雖猶逞辯辭，但因其首鼠兩端，文氣不免尷尬；其《獄中上書》既怨憤滿腹，又無可奈何，遂開後世牢騷文體。秦始皇在位之時，數度巡狩、封禪，產生了一些石刻文。相傳，這些石刻文皆出於李斯手筆。這些石刻文大抵爲四言韻語，大都三句一轉韻，歌頌秦王朝的統一事業，尚質而不重藻麗，清峻峭悍，宏放壯大，然亦多粉飾之辭，對後世碑銘有較大影響。

## 第一節　李斯文

### 諫逐客書

**【題解】** 李斯，秦代政治家。楚上蔡（今屬河南）人。初爲郡小吏，後受業於荀況。戰國末入秦，初爲呂不韋舍人，以賢任爲郎。向秦王政（秦始皇）獻滅六國之策，受到賞識，任爲長史、客卿。秦王政十年（前237）以韓國水工鄭國事件，秦宗室貴族建議逐客，他上《諫逐客書》，爲秦王政所采納。不久官爲廷尉，對秦始皇統一六國起了較大作用。秦始皇死後，他追隨趙高，合謀僞造遺詔，迫令秦始皇長子扶蘇自殺，立少子胡亥爲二世皇帝（即秦二世）。後爲趙高所忌，被殺於咸陽，滅三族。《史記》有傳。余誠《重訂古文釋義新編》卷五："李斯既亦在逐中，若開口便直斥逐客之非，寧不適以觸人主之怒，而滋之令轉甚耶？妙在絕不爲客謀，而通體專爲秦謀。語意由淺入深，一步緊一步，此便是游說秘訣。……意最真摯，筆最曲折，語最委婉。而段落承接，詞調字句，更無不各具其妙。"

臣聞吏議逐客，竊以爲過矣。昔繆公求士，西取由余於戎，東得百里奚於宛，迎蹇叔於宋，來丕豹、公孫支於晉。此五子者，不産於秦，而繆公用之，并國二十，遂霸西戎。孝公用商鞅之法，移風易俗，民以殷盛，國以富彊，百姓樂用，諸侯親服；獲楚、魏之師，舉地千里，至今治彊。惠王用張儀之計，拔三川之地，西并巴、蜀，北收上郡，南取漢中，包九夷，制鄢、郢，東據成皋之險，割膏腴之壤，遂散六國之從，使之西面事秦，功施到今。昭王得范雎，廢穰侯，逐華陽，彊公室，杜私門，蠶食諸侯，使秦成帝業。此四君者，皆以客之功。由此觀之，客何負於秦哉？向使四君却客而不內，疏士而不用，是使國無富利之實，而秦無彊大之名也。

今陛下致崑山之玉，有隨、和之寶，垂明月之珠，服太阿之劍，乘纖離之馬，建翠鳳之旗，樹靈鼉之鼓。此數寶者，秦不生一焉，而陛下說之，何也？必秦國之所生然後可，則是夜光之璧不飾朝廷，犀象之器不為玩好，鄭、衛之女不充後宮，而駿良駃騠不實外廄，江南金錫不為用，西蜀丹青不為采。所以飾後宮、充下陳、娛心意、說耳目者，必出於秦然後可，則是宛珠之簪、傅璣之珥、阿縞之衣、錦繡之飾不進於前；而隨俗雅化、佳冶窈窕趙女不立於側也。夫擊甕叩缶、彈箏搏髀而歌呼嗚嗚快耳者，真秦之聲也；鄭、衛、桑間，韶、虞、武、象者，異國之樂也。今棄擊甕叩缶而就鄭、衛，退彈箏而取韶、虞，若是者何也？快意當前，適觀而已矣。今取人則不然，不問可否，不論曲直，非秦者去，為客者逐。然則是所重者在乎色、樂、珠玉，而所輕者在乎人民也。此非所以跨海內、制諸侯之術也。

臣聞地廣者粟多，國大者人衆，兵彊則士勇。是以太山不讓土壤，故能成其大；河海不擇細流，故能就其深；王者不却衆庶，故能明其德。是以地無四方，民無異國，四時充美，鬼神降福：此五帝三王之所以無敵也。今乃棄黔首以資敵國，却賓客以業諸侯，使天下之士退而不敢西向，裹足不入秦：此所謂藉寇兵而齎盜糧者也。

夫物不產於秦，可寶者多；士不產於秦，而願忠者衆。今逐客以資敵國，損民以益讎，內自虛而外樹怨於諸侯；求國無危，不可得也。

**中華書局標點本《史記》卷八七**

○繆公：秦穆公，春秋五霸之一。繆，通"穆"。○由余：春秋時晉人，亡命入戎，奉戎命出使到秦。秦穆公用計離間由余和戎王，由余歸降秦，助秦征服西戎。○百里奚：本虞人，曾爲秦相。見《說難》注。○蹇叔：百里奚之友，居於宋時，秦穆公迎爲大夫。○丕豹：晉大夫丕鄭之子，因鄭被殺，豹奔秦，爲穆公所用。○公孫支：《史記·李斯列傳》司馬貞索隱："公孫支，所謂子桑也。是秦大夫，而云自晉來，亦未見其所出。"○"孝公用商鞅之法"九句：商鞅即公孫鞅，戰國時衛人。少時學刑名之術，初爲魏相公叔痤家臣，後入秦進說秦孝公。秦孝公六年（前356。一說在三年，即前359）任左庶長，實行變法。後因戰功封商（今屬陝西），南侵楚；秦孝公二十一年，擊魏，魏割河西之地於秦。事見《史記·商君列傳》。○張儀：戰國時魏人，惠王用爲相，爲秦定"連橫"之計，游說諸侯事秦。○三川之地：韓地，今黃河以南、靈寶以東一帶。三川，黃河、洛水、伊水。○巴、蜀：均古國名。今重慶巴縣一帶即古巴地，蜀故域在今四川成都一帶。○上郡：魏地，今陝西北部及內蒙古自治區一部分。○漢中：楚地，今陝西漢中。○包：并吞。九夷：屬楚之部族。○制：控制。鄢：楚地，今湖北邑城。郢：楚都，今湖北江陵。○成皋：今河南滎陽虎牢關，爲著名軍事要塞。○從：通"縱"，即合縱，山東六國聯合抗秦之策略。○范雎：戰國時魏人，爲秦相。穰侯：秦昭王母宣太后弟，曾爲秦相，專權。○華陽：秦昭王母宣太后弟，專權。○崑山：崑崙山。○隨、和之寶：指隨侯之珠與和氏之璧。相傳隨侯曾救一蛇，後此蛇銜一寶珠來致謝。事見《淮南子·覽冥》注。又，楚人和氏曾於荊山下得一玉璞（未治之玉），獻給厲王，厲王令玉人鑒定，玉人指爲石，厲王怒，刖去和氏一足；武王即位，和氏再獻其璞，玉人仍指爲石，又刖去和氏一足；及文王即位，和氏又獻璞，剖得美玉。此玉稱和氏之璧。事見《韓非子·和氏》。○太阿：利劍名，相傳是春秋時吳國名匠所鑄。○纖離：古駿馬名。○翠鳳：用翠羽爲鳳形裝飾起來的旗幟。○鼉：即揚子鱷，其皮可蒙鼓。○犀：犀牛角。象：象牙。○駃騠：駿馬名。○下陳：後列。侍奉君主之嬪妃、宮女，處於後列。○宛珠之簪：用宛（今河南南陽）地之珠裝飾的簪子。○傅璣之珥：綴有珠子的耳飾。傅，通"附"。○阿縞：阿（今山東東阿）地之白色絹。○隨俗雅化：隨流行樣式打扮自己。○搏：

擊也。髀：大腿。○鄭、衛：春秋末流行於鄭、衛的民間音樂。桑間：地名，在濮水（今河南境）之濱，爲衛國男女歡會唱歌之地。○韶、虞：舜樂名。韶，底本原作"昭"，據《〈史記〉索隱》說改。下文同。○武、象：周樂名。○讓：辭却。○黔首：秦稱百姓爲黔首。《史記·秦始皇本紀》載：二十六年，"更名民曰黔首"。黔，黑色。○業：成就其事業。○齎：給予。

## 第二節　石刻文

### 泰山石刻文

**【題解】**《史記·秦始皇本紀》："二十八年，始皇東行郡縣，上鄒嶧山。立石，與魯諸儒生議，刻石頌秦德，議封禪望祭山川之事。乃遂上泰山，立石，封，祠祀。下，風雨暴至，休於樹下，因封其樹爲五大夫。禪梁父。刻所立石。"劉勰《文心雕龍·封禪》："秦皇岱銘，文自李斯，法家辭氣，體乏弘潤，然疏而能壯，亦彼時之絕采也。"

皇帝臨位，作制明法，臣下修飭。二十有六年，初并天下，罔不賓服。親巡遠方黎民，登茲泰山，周覽東極。從臣思迹，本原事業，祗誦功德。治道運行，諸產得宜，皆有法式。大義休明，垂于後世，順承勿革。皇帝躬聖，既平天下，不懈於治。夙興夜寐，建設長利，專隆教誨。訓經宣達，遠近畢理，咸承聖志。貴賤分明，男女禮順，慎遵職事。昭隔內外，靡不清淨，施于後嗣。化及無窮，遵奉遺詔，永承重戒。

中華書局標點本《史記》卷六（下同）

○東極：泰山。○祗：敬也。○順承勿革：繼承前法，不要妄作更改。○訓經宣達：順常道闡明治國之策。訓，通"順"。○禮順：順法行事。禮，通"履"，行事。○重戒：諄諄告誡。

## 琅邪石刻文

【題解】《史記·秦始皇本紀》："南登琅邪，大樂之，留三月。乃徙黔首三萬戶琅邪臺下，復十二歲。作琅邪臺，立石刻，頌秦德，明得意。"琅邪：山名；在今山東福山東北。李兆洛《駢體文鈔》卷一《李斯琅玡臺刻石》評語："前半是頌秦德，後半是明得意。始皇登琅玡而大樂之，故其詞特鋪張盡致。"

維二十八年，皇帝作始。端平法度，萬物之紀。以明人事，合同父子。聖智仁義，顯白道理。東撫東土，以省卒士。事已大畢，乃臨于海。皇帝之功，勤勞本事。上農除末，黔首是富。普天之下，摶心揖志。器械一量，同書文字。日月所照，舟輿所載。皆終其命，莫不得意。應時動事，是維皇帝。匡飭異俗，陵水經地。憂恤黔首，朝夕不懈。除疑定法，咸知所辟。方伯分職，諸治經易。舉錯必當，莫不如畫。皇帝之明，臨察四方。尊卑貴賤，不踰次行。姦邪不容，皆務貞良。細大盡力，莫敢怠荒。遠邇辟隱，專務肅莊。端直敦忠，事業有常。皇帝之德，存定四極。誅亂除害，興利致福。節事以時，諸產繁殖。黔首安寧，不用兵革。六親相保，終無寇賊。驩欣奉教，盡知法式。六合之內，皇帝之土。西涉流沙，南盡北戶。東有東海，北過大夏。人迹所至，無不臣者。功蓋五帝，澤及牛馬。莫不受德，各安其宇。

維秦王兼有天下，立名為皇帝，乃撫東土，至于琅邪。列侯武城侯王離、列侯通武侯王賁、倫侯建成侯趙亥、倫侯昌武侯、倫侯武信侯馮毋擇、丞相隗林、丞相王綰、卿李斯、卿王戊、五大夫趙嬰、五大夫楊樛從，與議於海上。曰："古之帝者，地不過千里，諸侯各守其封域，或朝或否，相侵暴亂，殘伐不止，猶刻金石，以自爲紀。古之五帝三王，知教不同，法度不明，假威鬼神，以欺遠方，實不稱名，故不久長。其身未歿，諸侯倍叛，法令不行。今皇帝并一海內，以爲郡縣，天下和平。昭明宗廟，體道行德，尊號大成。羣臣相與誦皇帝功德，刻于金石，以爲表經。"

○二十八年：瀧川資言《史記彙注考證》："八，一本作六。"秦始皇稱帝在二十六年，作"六"爲是。○東土：原山東六國之地。○本事：農桑之事。○末：商業。○摶心揖志：專心一意，同心協力。揖，通"輯"，和諧。○陵水經地：重新劃分經界，置郡縣。○"除疑定法"二句：法令明確，人人皆知所趨避。辟，通"避"。○"方伯分職"二句：地方長官分工盡職；各種職務都有常規，易於完成。經易，因有常規而容易。○四極：東西南北四方極遠之處，代指天下。○六親相保：六親互相擔保不違法犯科；一人犯法，六親連坐。六親：父、母、兄、弟、妻、子。○六合：上下四方；指全天下。○流沙：即居延澤，在今內蒙古自治區阿拉善左旗。○北戶：傳說中上古國名。○大夏：即大原；舊注指實爲山西晉陽。○維秦王兼有天下：以下文字爲序辭。○列侯：本名徹侯，秦二十爵之第二十級，因避漢武帝劉徹諱而改。○刻金石：鑄金器，刻石碑。○表經：刻記下功德以爲天下法式。

## 會稽石刻文

【題解】 《史記·秦始皇本紀》："三十七年十月癸丑，始皇出游。……上會稽，祭大禹，望于南海，而立石刻頌秦德。"會稽：山名；在今浙江紹興東南，相傳大禹死於此處。李兆洛《駢體文鈔》卷一《李斯會稽刻石》評語："此在焚書坑儒大定法制之後，故有'考驗事實'、'貴賤並通'云云，楚越俗薄，故於宣義廉清，尤詳言之也。秦相他文，無不軼麗；頌德立石，一變爲樸渾，知體要也。其詞其氣便欲破除《詩》、《書》，

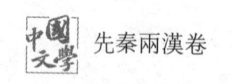

自作古始，亦即焚書坑儒伎倆。"

　　皇帝休烈，平一宇內，德惠修長。三十有七年，親巡天下，周覽遠方。遂登會稽，宣省習俗，黔首齋莊。羣臣誦功，本原事迹，追首高明。秦聖臨國，始定刑名，顯陳舊章。初平法式，審別職任，以立恒常。六王專倍，貪戾傲猛，率衆自彊。暴虐恣行，負力而驕，數動甲兵。陰通閒使，以事合從，行爲辟方。內飾詐謀，外來侵邊，遂起禍殃。義威誅之，殄熄暴悖，亂賊滅亡。盛德廣密，六合之中，被澤無疆。皇帝并宇，兼聽萬事，遠近畢清。運理羣物，考驗事實，各載其名。貴賤並通，善否陳前，靡有隱情。飾省宣義，有子而嫁，倍死不貞。防隔內外，禁止淫泆，男女絜誠。夫爲寄豭，殺之無罪，男秉義程。妻爲逃嫁，子不得母，咸化廉清。大治濯俗，天下承風，蒙被休經。皆遵度軌，和安敦勉，莫不順令。黔首修絜，人樂同則，嘉保太平。後敬奉法，常治無極，輿舟不傾。從臣誦烈，請刻此石，光垂休銘。

　　○齋莊：端正莊敬。○辟方：邪惡。辟，通"避"；方，通"旁"。○飾省宣義：謹慎自省，宣明義理。○寄豭：將公豬送至養母豬處，讓其與母豬交配而使之受孕；此處指有婦之夫與別人妻子通姦。豭，公豬。

| 輯　錄 |

　　劉勰《文心雕龍·銘箴》：銘者，名也，觀器必也正名，審用貴乎盛德。……至於始皇勒銘，政暴而文澤。

　　胡應麟《詩藪·外編》卷一：秦朝廷銘頌可見者，嶧山、琅邪、之罘、會稽數碑而已。其辭古質峭悍，當時政事習尚，直可想見，真秦文也。

　　劉熙載《藝概·詩概》：秦碑有韻之文，質而勁；漢樂府典而厚，如商、周二《頌》，氣體攸別。

# 第二章

# 漢　賦

## 概　說

　　賦是漢代最流行的文體。在兩漢四百年間，一般文人多致力於這種文體之寫作，因而盛極一時，後世往往將其視爲漢代文學之代表。

　　賦作爲一種文體，早在戰國時代後期便已經產生。最早寫作賦體作品並以賦名篇當是荀子。據《漢書·藝文志》載，荀子有賦十篇（現存《禮》、《知》、《雲》、《蠶》、《箴》五篇），是用通俗"隱語"鋪寫五種事物。舊傳楚國宋玉也有賦體作品，如《風賦》、《高唐賦》、《神女賦》等，辭藻華美，且有諷諫用意，較之荀賦，似與漢賦更爲接近，但或疑爲後人僞托。賦體之進一步發展，當受到戰國後期縱橫家散文和新興文體楚辭之巨大影響。賦體之主要特點是鋪陳寫物，"不歌而誦"，接近於散文，但在發展中它吸收了楚辭的某些特點，如，華麗之辭藻，誇張之手法，因而豐富了自己的體制。正由於賦體之發展與楚辭有着密切關係，所以漢代往往將辭賦連稱，西漢初年所謂"騷體賦"，確實與楚辭相當接近，頗難加以明顯區分。

　　漢初之賦家，繼承楚辭之餘緒，這時流行的主要是所謂"騷體賦"。自漢高祖初年至武帝初年，儒家思想尚未占據統治地位。當時諸王納士，著書立說，文化思想還比較活躍。這一時期之辭賦，主要仍是繼承《楚辭》的傳統，內容多是抒發作者的政治見解和身世感慨，在形式上初步有所轉變。其代表作家是賈誼，此外還有淮南小山等人。而漢文帝、景帝時期的枚乘，是一位在漢賦發展史上具有重要地位的人物，他的《七發》雖未以賦名篇，却已形成了漢大賦的體制。《七發》通篇是散文，偶然雜有楚辭式的詩句，且用設問的形式構成章句，結構宏大，辭藻富麗。從漢初的所謂騷體賦到司馬相如、揚雄等人的漢大賦，《七發》是一篇承前啓後的重要作品。

從武帝至宣帝的九十年間，是漢賦發展的鼎盛期。《漢書·藝文志》著錄漢賦九百餘篇，大部分是這一時期的作品。從流傳下來的作品看，內容大部分是描寫漢帝國威震四邦的國勢，新興都邑的繁榮，水陸產品的豐饒，宮室苑囿的富麗以及皇室貴族田獵、歌舞時的壯麗場面等等。其代表作家則是司馬相如。《文選》所載《子虛》、《上林》兩賦是其代表作。近人據《史記》、《漢書》本傳，考定二賦或本是一篇，即《天子游獵賦》。這兩篇作品以游獵爲題材，對諸侯、天子的游獵盛況和宮苑的豪華壯麗，作了極其誇張的描寫，而後歸結於歌頌大一統漢帝國的權勢和漢天子的尊嚴。在賦的末尾，作者采用了讓漢天子享樂之後又反躬自省的方式，委婉地表達了作者懲奢勸儉的用意。司馬相如的這兩篇賦在漢賦發展史上有極重要的地位，它以華麗的辭藻，誇飾的手法，韻散結合的語言和設爲問答的形式，大肆鋪陳宮苑的壯麗和帝王生活的豪華，充分表現出漢大賦的典型特點。

揚雄是西漢末年最著名的賦家。其《甘泉》、《河東》、《羽獵》、《長楊》四賦，在題材、寫法和思想上，都與司馬相如之《子虛》、《上林》相似，不過諷諫成分明顯增加，部分段落之描寫和鋪陳相當精彩，在類比中有自己的特色。後世常以"揚、馬"并稱，原因即在於此。其《解嘲》，是一篇散體賦，雖受到東方朔《答客難》之影響，但在思想和藝術上仍有自己的特點，對後世述志賦頗有影響。

班固是東漢前期著名賦家。其代表作《兩都賦》在體例和手法上都在模仿司馬相如，是西漢大賦的繼續，但他把描寫對象，由貴族帝王的宮苑、游獵擴展爲整個帝都的形勢、布局和氣象，並較多地運用了長安、洛陽的實際史地材料，因而較之司馬相如、揚雄等人的賦作，有更爲實在的現實内容。張衡以至左思的所謂"京都大賦"的出現，都明顯地受到《兩都賦》的影響。

從東漢中葉至東漢末年，漢賦之思想内容、體制和風格都開始有所轉變，反映社會黑暗現實，譏諷時事，抒情詠物的短篇小賦開始興起。張衡早年有感於"天下承平日久，自王侯以下莫不逾侈"而創作《二京賦》，對統治階級荒淫享樂生活的指責比較強烈和真切，這是當時尖銳的社會矛盾對作者的啓發，表現了當時文人對封建統治的危機感。而其《歸田賦》則以清新的語言描寫自然風光，抒發個人情志，這在漢賦的發展史上是一個很大的轉機。繼張衡之後，趙壹、蔡邕等人跟進，抒情小賦逐漸形成規模。

漢賦是繼《詩經》、《楚辭》之後，在中國文壇上興起的一種新的文體。在漢末文人五言詩出現之前，它是兩漢四百年間文人創作的主要文學樣式。被後人奉爲正宗者是枚乘、司馬相如、揚雄及班固、張衡等人之大賦，但也正是這些大賦，在思想和藝術形式上有較多的局限性。摯虞在《文章流別論》稱："古詩之賦，以情義爲主，以事類爲佐；今之賦，以事形爲本，以義正爲助。"他所謂"今之賦"，即指漢代興起之大賦，他認爲它們"假象過大，則與類相遠；逸詞過壯，則與事相違；辯言過理，則與義相失；麗靡過美，則與情相悖"。這種批評是有道理的。

儘管如此，漢賦在文學史上仍有重要的地位。首先，那些描寫宮苑、田獵、都邑之大賦，充分展示了國土之廣闊，水陸物產之豐盛，宮苑建築之華美，都市之繁榮，以及漢帝國之文治武功，這在當時並不是毫無意義的。而賦中對封建統治者的勸喻之詞，也反映了賦作者們反對帝王過分華奢淫靡的思想，儘管這種思想往往表現得很委婉，收效甚微，但不應抹殺。其次，漢大賦雖然炫博耀奇，堆垛辭藻，以至好用生詞僻字，但在豐富文學作品之詞匯、鍛煉語言詞句、描寫技巧等方面，都取得了一定的成就。建安以後的很多詩文，往往在語言、辭藻和敘事狀物的手法方面，從漢賦得到不少啟發。最後，從文學發展史上看，兩漢辭賦的繁興，對中國文學觀念的形成，也起到一定促進作用。中國的韻文從《詩經》、《楚辭》開始，中經西漢以來辭賦的發展，到東漢開始初步把文學與一般學術區分開來。《漢書·藝文志》中除《諸子略》以外，還專設立了《詩賦略》，除了所謂儒術、經學以外，又出現了"文章"的概念。至魏晉則出現了"詩賦欲麗"（曹丕《典論·論文》）、"詩緣情而綺靡，賦體物而瀏亮"（陸機《文賦》）等對文學基本特徵的探討和認識，文學觀念由此日益走向明晰化。

## |輯　錄|

《漢書·藝文志》：《傳》曰："不歌而誦謂之賦。登高能賦，可以為大夫。"……古者諸侯、卿大夫，交接鄰國，以微言相感，當揖讓之時，必稱詩以喻其志，蓋以別賢不肖而觀盛衰焉。故孔子曰"不學《詩》，無以言"也。春秋之後，周道浸壞，聘問歌詠，不行於列國。學詩之士，逸在布衣，而賢人失志之賦作矣。

劉勰《文心雕龍·詮賦》：《詩》有六義，其二曰賦。賦者，鋪也。鋪采摛文，體物寫志也。昔邵公稱："公卿獻詩，師箴瞍賦。"《傳》云："登高能賦，可為大夫。"《詩序》則同義，傳說則異體，總其歸塗，實相枝幹。劉向云："明不歌而頌。"班固稱："古詩之流也。"至如鄭莊之賦"大隧"，士蔿之賦"狐裘"，結言短韻，詞自己作；雖合賦體，明而未融。及靈均唱《騷》，始廣聲貌。然賦也者，受命於詩人，拓宇於《楚辭》也。於是荀況《禮》、《智》，宋玉《風》、《釣》，爰錫名號，與詩畫境，六義附庸，蔚成大國。述客主以首引，極聲貌以窮文；斯蓋別詩之原始，命賦之厥初也。秦世不文，頗有雜賦；漢初詞人，順流而作。陸賈扣其端，賈誼振其緒，枚、馬同其風，王、揚騁其勢。皋、朔已下，品物畢圖。繁積於宣時，校閱於成世，進御之賦，千有餘首，討其源流，信興楚而盛漢矣。夫京殿、苑獵，述行、序志，並體國經野，義尚光大；既履端於倡序，亦歸餘於總亂。序以建言，首引情本；亂以理篇，迭致文契。按《那》之卒章，閔馬稱"亂"；故知殷人輯《頌》，楚人理賦。斯並鴻裁之寰域，雅文之樞轄也。至於草區禽族，庶品雜類，則觸興致情，因變取會。擬諸形容，則言務纖密；象其物宜，則理貴側附。斯又小制之區畛，奇巧之機要也。觀夫荀結隱語，事數自環；宋發巧談，實始淫麗；枚乘《菟園》，舉要以會新；相如《上林》，繁類以成豔；賈誼《鵩鳥》，致辨於情理；子淵《洞簫》，窮變於聲貌；孟堅《兩都》，明絢以雅贍；張衡《二京》，迅發以宏富；子雲《甘泉》，構深瑋之風；延壽《靈光》，含飛動之勢。凡此十家，並辭賦之英傑也。及仲宣靡密，發端必遒；偉長博通，時逢壯采；太沖、安仁，策勳於鴻規；士衡、子安，底績於流制；景純綺巧，縟理有餘；彥伯梗概，情韻不匱：亦魏、晉之賦首也。原夫"登高"之旨，蓋睹物興情。情以物興，故義必明雅；物以情觀，故詞必巧麗。麗詞雅義，符采相勝。如組織之品朱紫，畫繪之著玄黃；文雖新而有質，色雖糅而有本，此立賦之大體也。然逐末之儔，蔑棄其本，雖讀千賦，愈惑體要。遂使繁華損枝，膏腴害骨；無貴風軌，莫益勸戒。此揚子所以追悔於"雕蟲"，貽誚於"霧縠"者也。贊曰：賦自《詩》出，分歧異派。寫物圖貌，蔚似雕畫。析滯必揚，言庸無隘。風歸麗則，辭翦美稗。

## 第一節　漢初騷體賦

**賈　誼**（前200-前168）

《史記·屈原賈生列傳》：賈生名誼，洛陽人也。年十八，以能誦《詩》、《書》聞於郡中。文帝召以爲博士。是時賈生年二十餘，最爲少，每詔令議下，諸老先生不能言，賈生盡爲之對，人人各如其意所欲出。諸生於是乃以爲能不及也。孝文帝説之，超遷，一歲中至太中大夫。諸律令所更定，及列侯悉就國，其説皆自賈生發之。於是天子議以爲賈生任公卿之位。絳、灌、東陽侯、馮敬之屬盡害之，乃短賈生曰：＂洛陽之人，年少初學，專欲擅權，紛亂諸事。＂天子後亦疏之，不用其議，乃以賈生爲長沙王太傅。後歲餘，賈生徵見，孝文帝方受釐，坐宣室。上因感鬼神事，而問鬼神之本。賈生因具道所以然之狀。至夜半，文帝前席。既罷，曰：＂吾久不見賈生，自以爲過之，今不及也。＂居頃之，拜爲梁懷王太傅。居數年，懷王騎，墮馬而死，無後。賈生自傷爲傅無狀，哭泣歲餘，亦死。死時年三十三。

## 弔屈原賦

【題解】 此篇最早載於《史記·屈原賈生列傳》。賈誼因遭到周勃等舊臣猜忌排擠，貶爲長沙王之傅。過湘水時作《弔屈原賦》，借弔惜屈原之不幸遭遇，抒發個人懷才不遇之感慨。其文辭清理哀，上承楚辭之精神，故劉熙載《藝概·文概》稱：＂屈子之賦，賈生得其質。＂

共承嘉惠兮，俟罪長沙。側聞屈原兮，自沈汨羅。造托湘流兮，敬弔先生。遭世罔極兮，乃隕厥身。嗚呼哀哉，逢時不祥！鸞鳳伏竄兮，鴟梟翺翔。闒茸尊顯兮，讒諛得志。賢聖逆曳兮，方正倒植。世謂伯夷貪兮，謂盜跖廉；莫邪爲頓兮，鉛刀爲銛。于嗟嚜嚜兮，生之無故。斡棄周鼎兮寶康瓠，騰駕罷牛兮驂蹇驢，驥垂兩耳兮服鹽車。章甫薦屨兮，漸不可久；嗟苦先生兮，獨離此咎。

訊曰：已矣，國其莫我知，獨堙鬱兮其誰語？鳳漂漂其高遰兮，夫固自縮而遠去。襲九淵之神龍兮，沕深潛以自珍。彌融爚以隱處兮，夫豈從螘與蛭螾。所貴聖人之神德兮，遠濁世而自藏。使騏驥可得係羈兮，豈云異夫犬羊！般紛紛其離此尤兮，亦夫子之辜也！瞝九州而相君兮，何必懷此都也？鳳皇翔於千仞之上兮，覽德煇而下之；見細德之險徵兮，搖增翮逝而去之。彼尋常之汙瀆兮，豈能容吞舟之魚？橫江湖之鱣鱏兮，固將制於蟻螻。

中華書局標點本《史記》卷八四（下同）

○共：通"恭"，敬也。嘉惠：皇帝之詔命。○俟罪：待罪。○側聞：傳聞。○汨羅：江名，屬湘江支流，在今湖南境內。○造：至也。○罔極：無中正之道。罔，無；極，正。○隕：通"殞"，死亡。○鴟梟：惡鳥。或以爲即貓頭鷹。○闒茸：無德無才之人。○逆曳：橫拉豎扯；比喻不被重用。○倒植：倒置；比喻環境艱難。植，通"置"。○伯夷：殷諸侯孤竹君之長子，爲讓位於弟而投周文王；反對武王伐紂，爲表示節氣而不食周粟，最後餓死於首陽山。○盜跖：相傳爲春秋末期魯國人，爲橫行一時之大盜。○莫邪：寶劍名。據《吳越春秋》，吳王使干將造劍二柄，一以己名命曰"干將"，一以妻名命曰"莫邪"。○銛：鋒利。○嘿嘿：不得意貌。○生：先生，即屈原。○斡：轉也。康瓠：破爛瓦壺。○罷：通"疲"。驂：古代四馬駕一車，中間兩馬爲服，旁邊兩馬爲驂，此處用爲動詞。蹇：跛也。○驥垂兩耳兮服鹽車：比喻賢者不得重用。《戰國策·楚策四》："汗明曰：'夫驥之齒至矣，服鹽車而上太行……白汗交流，中阪遷延，負轅不能上，伯樂遭之，下車攀而哭之。'"○章甫：殷冠名。薦：草席。此處用爲動詞。○離：通"罹"，遭受。○訊：告也。○壒鬱：通"抑鬱"，憂愁不樂貌。○漂漂：通"飄飄"，輕舉貌。遵，通"逝"。○襲：效法。九淵：極言水深。○沕：潛藏貌。○彌融爚：言韜光養晦也。張守節正義引顧野王語："彌，遠也。融，明也。爚，光也。"○蟬：《漢書》作"蝦"，蝦蟆也。蛭：水蟲。螾：通"蚓"，蚯蚓也。○般紛紛：紛亂貌。○辛：《漢書》作"故"，緣故。○瞵：歷觀也。○細德：寡德之人。險徵：險惡徵兆。○"彼尋常之汙瀆兮"四句：《莊子·庚桑楚》："夫尋常之溝，巨魚無所還其體，而鯢鰌爲之制。"又："吞舟之魚，碭而失水，則蟻能苦之。"

## 鵩鳥賦

**【題解】**《史記·屈原賈生列傳》:"賈生爲長沙王太傅三年,有鴞飛入賈生舍,止于坐隅。楚人命鴞曰'服(鵩)'。賈生既以適(謫)居長沙,長沙卑濕,自以爲壽不得長,傷悼之,乃爲賦以自廣。"鵩鳥,《文選》李善注引晉灼《巴蜀異物志》:"有鳥小如雞,體有文色,土俗因形名之曰'鵩',不能遠飛,行不出域。"今俗稱貓頭鷹。文中假托與鵩鳥之問答,抒寫心中之抑鬱不平,並以老莊齊生死之思想來自我排遣。胡仔《苕溪漁隱叢話·後集》卷一引《三山老人語錄》:"性命死生之說,老莊論之備矣。自秦滅學之後,賈誼首窺其奧,爲長沙傅,有鵩入舍,爲賦以自廣,曰……此語自漢以來,言達性命、齊生死者,皆不能出其右;晉、宋間清談,推本其言而已。"

單閼之歲兮,四月孟夏,庚子日施兮,服集予舍,止于坐隅,貌甚閒暇。異物來集兮,私怪其故,發書占之兮,筴言其度。曰:"野鳥入處兮,主人將去。"請問于服兮:"予去何之?吉乎告我,凶言其菑。淹數之度兮,語予其期。"服乃歎息,舉首奮翼,口不能言,請對以意。

〇單閼:古代紀年法,乙太歲在卯曰單閼。此爲漢文帝六年(前174)。〇日施:太陽西斜。施,《漢書》作"斜"。〇閒暇:從容不驚貌。〇私:暗自。〇度:吉凶之定數。〇服:通"鵩"。下文同。〇淹數之度:生死之遲速。〇意:通"臆",胸也;此處指心中所想。

萬物變化兮,固無休息。斡流而遷兮,或推而還。形氣轉續兮,變化而嬗。沕穆無窮兮,胡可勝言!禍兮福所倚,福兮禍所伏;憂喜聚門兮,吉凶同域。彼吳彊大兮,夫差以敗;越棲會稽兮,句踐霸世。斯游遂成兮,卒被五刑;傅說胥靡兮,乃相武丁。夫禍之與福兮,何異糾纆。命不可說兮,孰知其極?水激則旱兮,矢激則遠。萬物回薄兮,振蕩相轉。雲蒸雨降兮，錯繆相紛。大專槃物兮，坱軋無垠。天不可與慮兮，道不可與謀。遲數有命兮，惡識其時？

　　○斡流：運轉。遷：變易。○形氣轉續：言有形者與無形者相互轉化。○變化而嬗：言變化如蟬之蛻化。嬗，通"蟬"；而，如也。○沕穆：精微深遠貌。○"禍兮福所倚"二句：語出《老子·五十八章》。○聚門：聚於一門。○"彼吳彊大兮"四句：春秋時，吳國強大，吳王夫差大敗越國，圍困越王勾踐於會稽山。後勾踐發憤圖強，終於戰勝夫差而復國。○"斯游遂成兮"二句：言李斯西游秦國，功成名就，但最終被殺害。五刑，見《漢書·刑法志》。○"傅說胥靡兮"二句：傅說，殷高宗武丁之大臣；相傳傅說未遇武丁時，曾於傅巖（在今山西平陸東）爲人築牆。胥靡，古代一種刑罰，把罪人聯在一起，使服勞役。○糾：兩股絞成之繩索。纆：三股絞成之繩索。○"水激則旱兮"二句：水受激則流速，矢受激則行遠。旱，通"悍"。○回薄：往返相激。○大專：《漢書》作"大鈞"，如淳注曰："陶者作器於鈞上，此以造化爲大鈞。"○坱軋：無固定形狀。

　　且夫天地爲爐兮，造化爲工；陰陽爲炭兮，萬物爲銅。合散消息兮，安有常則；千變萬化兮，未始有極。忽然爲人兮，何足控摶；化爲異物兮，又何足患！小知自私兮，賤彼貴我；通人大觀兮，物無不可。貪夫徇財兮，烈士徇名；夸者死權兮，品庶馮生。怵迫之徒兮，或趨西東；大人不曲兮，億變齊同。拘士繫俗兮，攌如囚拘；至人遺物兮，獨與道俱。衆人或或兮，好惡積意；真人淡漠兮，獨與道息。釋知遺形兮，超然自喪；寥廓忽荒兮，與道翱翔。乘流則逝兮，得坻則止；縱軀委命兮，不私與己。其生若浮兮，其死若休；澹乎若深淵之靜，氾乎若不繫之舟。不以生故自寶兮，養空而浮；德人無累兮，知命不憂。細故蔕芥兮，何足以疑。

　　○"且夫天地爲爐兮"二句：《莊子·大宗師》："今一以天地爲大爐，以造化爲大冶。"○"合散消息兮"二句：消，滅亡。息，生長。《莊子·知北游》：" 令生氣之聚也，聚則爲生，散則爲死。" ○ "千變萬化兮" 二句：《莊子·大宗師》："若人之形者，萬化而未始有極也。" ○ "忽然爲人兮" 四句：控搏，自珍貌。《莊子·大宗師》載：子來病，子犁往問之，曰："偉哉造化！又將奚以汝爲，將奚以汝適？以汝爲鼠肝乎？以汝爲蟲臂乎？" 子來曰："今大冶鑄金，金踴躍曰'我且必爲鏌鋣'，大冶必以爲不祥之金。今一犯人之形，而曰'人耳人耳'，夫造化者必以爲不祥之人。" ○ "通人大觀兮" 二句：《莊子·齊物論》："物固有所然，物固有所可。無物不然，無物不可。" ○ "貪夫徇財兮" 二句：《莊子·盜跖》："小人殉財，君子殉名。" ○ 夸者死權：求虛名者爲權勢而死。《莊子·徐無鬼》："權勢不尤則夸者悲。" ○ 品庶：衆庶。馮：貪也。○ 怵迫之徒：爲利所誘、爲貧賤所迫者。○ 億變齊同：無論如何變化，始終能等量齊觀。此即《莊子》"齊物"之旨。○ 摣：大木柵也。○ 至人：《莊子·天下》："不離於真，謂之至人。" ○ 或或：通"惑惑"，迷亂貌。○ 積意：積聚很多。意，通"億"，極言其多。○ 真人：《莊子·大宗師》："古之真人，不知說生，不知惡死……是之謂不以心捐道，不以人助天。是之謂真人。" ○ "釋知遺形兮" 二句：《莊子·大宗師》："顏回曰：'回益矣。'仲尼曰：'何謂也？'曰：'回忘仁義矣。'曰：'可矣。猶未也。'它日復見，曰：'回益矣。'曰：'何謂也？'曰：'回忘禮樂矣。'曰：'可矣。猶未也。'它日復見，曰：'回益矣。'曰：'何謂也？'曰：'回坐忘矣。'仲尼蹴然曰：'何謂坐忘？'顏回曰：'墮肢體，黜聰明，離形去知，同於大道，此謂坐忘。'仲尼曰：'同則無好也，化則無常也。而果其賢乎！丘也請從而後也。'" 所謂"自喪"，即《莊子·齊物論》"吾喪我"之謂也。○ "其生若浮兮" 二句：《莊子·刻意》："其生若浮，其死若休。" ○ 汎乎若不繫之舟：《莊子·列禦寇》："飽食而敖游，汎若不繫之舟。" ○ 養空而浮：涵養空虛之性而浮游。○ 德人：《莊子·天地》："德人者，居無思，行無慮，不藏是非美惡。" ○ 懲蒍：即蔕芥，芒刺。

## 淮南小山（生卒年不詳）

### 招隱士

【題解】王逸《楚辭章句》："《招隱士》者，淮南小山之所作也。昔淮南王安，博雅好古，招懷天下俊偉之士。自八公之徒，咸慕其德，而歸其仁，各竭才智，著作篇章，分造辭賦，以類相從，故或稱小山，或稱大山。其義猶《詩》有《小雅》、《大雅》也。小山之徒，閔傷屈原，又怪其文升天乘雲，役使百神，似若儴者，雖身沈沒，名德顯聞，與隱處山澤無異，故作《招隱士》之賦，以章其志也。"然《文選》題此篇爲劉安所作。此或小山之徒代劉安立言，或小山之徒著其文，而劉安屬其名，猶《淮南子》之例。此篇雖爲騷體賦，但在句型、用語及意境方面多有創新。王夫之《楚辭通釋》："（《招隱士》）音節、局度，瀏漓昂激，紹楚辭之餘韻，非他詞賦之比。"

桂樹叢生兮山之幽，偃蹇連蜷兮枝相繚。山氣巃嵸兮石嵯峨，溪谷嶄巖兮水曾波。猿狖羣嘯兮虎豹嗥，攀援桂枝兮聊淹留。王孫游兮不歸，春草生兮萋萋。歲暮兮不自聊，蟪蛄鳴兮啾啾。坱兮軋，山曲岪，心淹留兮恫慌忽。罔兮沕，憭兮慄，虎豹穴，叢薄深林兮人上慄。嶔岑碕礒兮硊磈磴硊，樹輪相糾兮林木茷骪。青莎雜樹兮薠草靃靡，白鹿麏麚兮或騰或倚。狀皃崟崟兮峨峨，淒淒兮漇漇。獼猴兮熊羆，慕類兮以悲。攀援桂枝兮聊淹留，虎豹鬭兮熊羆咆，禽獸駭兮亡其曹。王孫兮歸來，山中兮不可以久留。

**中華書局標點本王逸《楚辭章句》卷一二**

○偃蹇：高聳貌。連蜷：屈曲貌。○巃嵸：雲氣瀚鬱貌。嵯峨：高峻貌。○嶄巖：險峻貌。曾波：水波踊躍。曾，通"增"。○猿狖：猿猴。○淹留：久留。○王孫：隱士。王夫之《楚辭通釋》："秦漢以上，士皆王侯之裔，故稱王孫。"○不自聊：言無以自慰。○坱兮軋：即坱軋，山氣彌漫貌。○曲第：曲折貌。○恫：恐懼。慌忽：神志不清貌。○罔兮泱：即恍惚，迷惘貌。○憭兮慄：即憭慄，淒涼貌。○叢薄：草木叢生處。人上慄：人登之而戰慄。○嶔岑：高險貌。碕礒：山石高危貌。碅磳磈硊：山石高危貌。○樹輪相糾：樹幹屈曲，相互糾繞。輪，輪囷也。莅骸：枝葉繁盛貌。○青莎：青色莎草。蘋草：草名，似莎而大。霍靡：草柔弱貌。○麕、麚：皆鹿類。倚：駐足。○狀兒：狀貌。兒，"貌"之古字。峰崟、峨峨：皆鹿角高聳貌。○淒淒、洮洮：皆毛色濡潤貌。○慕類：美慕同類，喜歡羣居。○曹：同類。

## 參考書目

《全漢賦》，費振剛等輯校，北京大學出版社1997年版。
《賦史》，馬積高著，上海古籍出版社1998年版。
《漢賦研究》，龔克昌著，山東文藝出版社1990年版。
《賦學概論》，曹明綱著，上海古籍出版社1998年版。

## 思考題

1. 如何理解漢賦與楚辭之間的關係？
2. 如何理解賈誼之賦所流露出的思想情緒？

# 第二節　散體大賦

## 枚　乘（？—前140）

《漢書·枚乘傳》：枚乘，字叔，淮陰人，為吳王濞郎中。吳王之初怨望謀為逆也，乘奏書諫，吳王不納。乘等去而之梁，從孝王游。漢既平七國，乘由是知名。景帝召拜爲弘農都尉。乘久爲大國上賓，與英俊並游，得其所好，不樂郡吏，以病去官。復游梁，梁客皆善屬辭賦，乘尤高。武帝自爲太子聞乘名，及即位，乘年老，乃以安車蒲輪徵乘，道死。

## 七 發（節選）

【題解】 本文假設楚太子有病，吳客往問，用七事（音樂、飲食、車馬、游觀、田獵、觀濤、方術之士論天下妙道）啓發太子，故名《七發》。全文規模宏大，詞匯豐富，描寫鋪張，爲漢代散體大賦開闢了道路。此處選錄其觀濤及進方術之士論天下妙道部分。劉勰《文心雕龍·雜文》："枚乘摘豔，首制《七發》，諷辭雲構，誇麗風駭。"

客曰："將以八月之望，與諸侯遠方交游兄弟，並往觀濤乎廣陵之曲江。至則未見濤之形也，徒觀水力之所到，則怳然足以駭矣。觀其所駕軼者，所擢拔者，所揚汨者，所溫汾者，所滌汔者，雖有心略辭給，固未能縷形其所由然也。恍兮忽兮，聊兮慄兮，混汩汩兮。忽兮慌兮，俶兮儻兮，浩瀇瀁兮，慌曠曠兮。秉意乎南山，通望乎東海。虹洞兮蒼天，極慮乎崖涘。流攬無窮，歸神日母。汨乘流而下降兮，或不知其所止。或紛紜其流折兮，忽繆往而不來。臨朱汜而遠逝兮，中虛煩而益怠。莫離散而發曙兮，內存心而自持。於是澡概胸中，灑練五藏，澉澹手足，頮濯髮齒。揄棄恬怠，輸寫淟濁，分決狐疑，發皇耳目。當是之時，雖有淹病滯疾，猶將伸偃起躄、發瞽披聾而觀望之也。況直眇小煩懣，酲醲病酒之徒哉！故曰：發蒙解惑，不足以言也。"太子曰："善！然則濤何氣哉？"

〇八月之望：陰曆八月十五日。〇廣陵：今江蘇揚州。〇怳然：驚恐貌。〇駕軼：超越。〇擢拔：高聳突起。〇揚汨：鼓動，激盪。〇溫汾：結聚。〇滌汔：沖刷。〇恍兮忽兮：即恍惚，江濤浩蕩無際，望不真切。下文"忽兮慌兮"義同。〇聊兮慄兮：恐懼貌。〇混汩汩：許多潮頭合聚一處，濤聲陣陣。○傲兮儻兮：即傲儻，卓異貌。○瀇瀁：水深廣貌。○慌曠曠：汪洋一片，無邊無際。○南山：江濤發源之地。○東海：江濤所往之地。○虹洞：水天相連貌。虹，通"澒"。○極慮：猶言"極目"。○日母：本指太陽（李善引《春秋內事》："日者，陽德之母。"）；此處指日出之東方。○繆往：潮水糾纏在一起逆流而去。○朱汜：地名。或說爲南方水涯。○莫離散而發曙：晚潮退去，早潮又來。莫，通"暮"。○"於是澡概胸中"二句：言觀罷江濤，五臟仿佛經過一番洗滌。○澈澹：底本原作"澹澈"，據《考異》改。猶言"洗滌"。○頮：洗滌。○揄：脫也。恬怠：懶散。○輸寫：排除。寫，通"瀉"。○澒濁：污垢。○發皇：發明。○伸傴起顣：使駝背直起腰身，使跛腳站立起來。○發瞽披聾：使瞎子睜開眼睛，使聾子恢復聽力。披，開也。○"發蒙解惑"二句：《黃帝內經·素問》："發蒙解惑，未足以論也。"○何氣：何種氣象。

　　客曰："不記也。然聞於師曰，似神而非者三：疾雷聞百里；江水逆流，海水上潮；山出內雲，日夜不止。衍溢漂疾，波湧而濤起。其始起也，洪淋淋焉，若白鷺之下翔。其少進也，浩浩溰溰，如素車白馬帷蓋之張。其波湧而雲亂，擾擾焉如三軍之騰裝。其旁作而奔起也，飄飄焉如輕車之勒兵。六駕蛟龍，附從太白。純馳浩蜺，前後駱驛。顒顒卬卬，椐椐彊彊，莘莘將將。壁壘重堅，沓雜似軍行。訇隱匉礚，軋盤湧裔，原不可當。觀其兩傍，則滂渤怫鬱，闇漠感突，上擊下律。有似勇壯之卒，突怒而無畏，蹈壁衝津，窮曲隨隈，踰岸出追。遇者死，當者壞。初發乎或圍之津涯，荄軫谷分。迴翔青篾，衘枚檀桓。弭節伍子之山，通厲骨母之場。凌赤岸，篲扶桑。橫奔似雷行，誠奮厥武，如振如怒，沌沌渾渾，狀如奔馬。混混庉庉，聲如雷鼓。發怒室沓，清升踰跇，侯波奮振，合戰於藉藉之口。鳥不及飛，魚不及迴，獸不及走。紛紛翼翼，波湧雲亂。蕩取南山，背擊北岸，覆虧丘陵，平夷西畔。險險戲戲，崩壞陂池，決勝乃罷。澌泔潺湲，披揚流灑。橫暴之極，魚鱉失勢。顛倒偃側，沈沈湲湲，蒲伏連延。神物怪疑，不可勝言，直使人踣焉，洄闇悽愴焉！此天下怪異詭觀也，太子能強起觀之乎？"太子曰："僕病，未能也。"

○不記：不見於記載。○出內：吞吐。內，通"納"。○衍溢：平滿貌。漂疾：疾流貌。○淋淋焉：山下水貌。○澶澶：高白之貌。○騰裝：裝備整齊，奔騰前進。○旁作：橫出。○輕車之勒兵：主帥在輕便之戰車上指揮士兵。○太白：河神。或以為是帥旗。○純馳：或屯或馳。純，通"屯"。浩蚭：高大貌。○顒顒卬卬：波高貌。○椐椐彊彊：相隨貌。○莘莘將將：相激貌。○沓雜：衆多貌。軍行：軍隊之行列。○訇隱匈磕：皆大聲也。形容濤聲轟鳴。○軋：坱軋，無邊無際。盤：盤礴，廣大貌。湧裔：濤行貌。○澎渤怫鬱：怒激貌。○闇漠感突：突起貌。○上擊下律：言潮頭上行，如被物所擊；而從半空落下時，如推石而下。律，通"硉"，從高處推石也。○窮曲隨隈：浪濤遍及江流曲折之處。隈，水彎曲處。○或圉：虛擬之地名。○荄軫谷分：言如山隆之相隱，如川谷之區分。荄，通"陔"，隴也。○迴翔：迴旋。青篾：車名。或說為虛擬之地名。○銜枚：古代軍隊行進時讓兵士口中銜枚（狀如箸），以防止喧嘩。此處形容江濤無聲而進。檀桓：虛擬之地名。或以為猶言"盤桓"，迴旋貌。○伍子之山：因伍子胥而得名之山。○通厲：遠行。胥母：當為"胥母"之誤。《論衡·書虛》："吳王殺子胥，投之江。子胥恚恨，驅水為濤，以溺殺人。"可見有江濤處，即可能有關於伍子胥之古迹。○赤岸：地名，在今江蘇。或以為在遠方。○簪：掃也。扶桑：神話中樹名，太陽由此而出。○如振如怒：言江濤如示威，如發怒。振，通"震"，威也。○混混庉庉：江濤之聲。○壓沓：因受阻礙而更加奔湧。壓，阻礙。沓，沸出。○清升：清波上揚。踰跊：超越。○侯波：陽侯之波，即大波。陽侯，傳說中大波之神。○藉藉：虛擬之地名。○紛紛翼翼：交錯貌。○險險戲戲：危貌。戲，通"巇"。○陂池：斜坡；此處指江岸。池，通

"陀"。○決勝乃罷：言莫之能勝而江濤乃漸衰歇。罷，通"疲"。○澌：水波相擊。潺湲：水流貌。○披揚流灑：水花四濺之貌。○沈沈湲湲：魚鼈顛倒之貌。○蒲伏：通"匍匐"，伏地爬行。連延：相續貌。○踣：向前跌倒。○洄闇：驚駭失智貌。

客曰："將爲太子奏方術之士有資略者，若莊周、魏牟、楊朱、墨翟、便蜎、詹何之倫，使之論天下之精微，理萬物之是非。孔、老覽觀，孟子持籌而筭之，萬不失一。此亦天下要言妙道也，太子豈欲聞之乎？"於是太子據几而起曰："渙乎若一聽聖人辯士之言。"涊然汗出，霍然病已。

中華書局影印胡刻《文選》卷三四

○資略：資望、智謀。○魏牟：魏國公子，故又稱公子牟。楊朱：戰國時思想家，倡"爲我"之說。便蜎：即《史記》之環淵，學黃、老道德之術。詹何：與魏牟同時之思想家。○精微：底本原本"釋微"，據《考異》改。○渙乎：清醒貌。○涊然：汗出貌。○霍然：疾速貌。

## 司馬相如（約前179—前118）

《史記·司馬相如列傳》：司馬相如，蜀郡成都人，字長卿。少時好讀書，學擊劍。故其親名之曰犬子。相如既學，慕藺相如之爲人，更名相如。以訾爲郎，事孝景帝，爲武騎常侍，非其好也。會景帝不好辭賦，是時梁孝王來朝，從游說之士鄒陽、枚乘、莊忌之徒，相如見而說之，因病免，客游梁，乃著《子虛》之賦。梁孝王卒，相如歸，而家貧，無以自業。素與臨邛令王吉善，相如往，舍都亭。臨邛中多富人，而卓王孫家僮八百人，爲具召之。相如不得已，強往，一坐盡傾。酒酣，臨邛令前奏琴曰："竊聞長卿好之，願以自娛。"相如辭謝，爲鼓一再行。是時卓王孫有女文君新寡，好音，故相如繆與令相重，而以琴心挑之。文君竊從戶窺之，心悅而好之，夜亡奔相如。相如乃與馳歸成都，家居徒四壁立。卓王孫大怒曰："女至不材，我不忍殺，不分一錢也。"相如、文君俱之臨邛，盡賣其車騎，買一酒舍酤酒，文君當爐，相如身自著犢鼻褌，與保庸雜作，滌器市中。卓王孫不得已，乃分予文君僮百人，錢百萬，及其嫁時衣被財物。文君乃與相如歸成都，買田宅，爲富人。居久之，蜀人楊得意爲狗監，侍上，上讀《子虛賦》而善之，曰："朕獨不得與此人同時哉！"得意曰："臣邑人司馬相如自言爲此賦。"上驚，乃召見相如，以爲郎。數歲，拜相如爲中郎將，往使西夷。至蜀，蜀太守以下郊迎，縣令負弩矢先驅，蜀人以爲寵。還報，天子大說。其後人有上書言相如使時受金，失官。居歲餘，復召爲郎。相如口吃而善著書，其進仕宦，未嘗肯與公卿國家之事，稱病閒居，不慕官爵。

## 子虛賦（節選）

【題解】司馬相如之大賦《子虛》、《上林》（或以爲其爲一篇）辭藻瑰麗，氣勢宏偉，爲後人所效仿。此處節錄其子虛先生向齊王誇耀楚王狩獵雲夢之事。王世貞《藝苑卮言》卷二："《子虛》、《上林》材極富，辭極麗，而運筆極古雅，精神極流動，意極高，所以不可及也。"

楚使子虛使於齊，王悉發車騎，與使者出畋。畋罷，子虛過奼烏有先生，亡是公存焉。坐定，烏有先生問曰："今日畋樂乎？"子虛曰："樂。""獲多乎？"曰："少。""然則何樂？"對曰："僕樂齊王之欲夸僕以車騎之衆，而僕對以雲夢之事也。"曰："可得聞乎？"子虛曰："可。"

○子虛：作者虛擬之人物。下文之"烏有先生"、"亡是公"均如此。○奼：通"詫"，誇耀。○存：在也。○雲夢：藪澤名。在今湖北，後世淤塞。

"王車駕千乘，選徒萬騎，畋於海濱。列卒滿澤，罘網彌山。掩兔轔鹿，射麋腳麟。鶩於鹽浦，割鮮染輪。射中獲多，矜而自功。顧謂僕曰：'楚亦有平原廣澤游獵之地，饒樂若此者乎？楚王之獵，孰與寡人乎？'僕

303

下車對曰：'臣，楚國之鄙人也。幸得宿衛，十有餘年，時從出游，游於後園，覽於有無，然猶未能遍睹也，又焉足以言其外澤乎？'齊王曰：'雖然，略以子之所聞見而言之。'僕對曰：'唯唯。'

〇罘網：捕兔之網。〇掩：用網捕獲。轔：用車輪碾壓。〇腳麟：抓住麟之腳。〇騖：馳騁。鹽浦：產鹽之海濱。〇鮮：動物之生肉。染輪：血染車輪。〇宿衛：在帝王宮禁中值宿守衛。〇覽於有無：看到有什麼東西。有無，偏義複詞。〇外澤：宮禁外之藪澤。〇唯唯：恭應之辭。

"'臣聞楚有七澤，嘗見其一，未睹其餘也。臣之所見，蓋特其小小者耳，名曰雲夢。雲夢者，方九百里，其中有山焉。其山則盤紆岪鬱，隆崇崒崔，岑崟參差，日月蔽虧。交錯糾紛，上干青雲。罷池陂陀，下屬江河。其土則丹青赭堊，雌黃白坿，錫碧金銀。眾色炫耀，照爛龍鱗。其石則赤玉玫瑰，琳瑉昆吾，瑊玏玄厲，碝石碔砆。其東則有蕙圃：衡蘭芷若，芎藭菖蒲，茳蘺蘼蕪，諸柘巴苴。其南則有平原廣澤：登降陁靡，案衍壇曼，緣以大江，限以巫山；其高燥，則生葴菥苞荔，薛莎青薠；其埤濕，則生藏莨蒹葭，東薔彫胡，蓮藕觚盧，菴閭軒于，眾物居之，不可勝圖。其西則有湧泉清池：激水推移，外發芙蓉菱華，內隱鉅石白沙；其中則有神龜蛟鼉，瑇瑁鱉黿。其北則有陰林：其樹梗楠豫章，桂椒木蘭，檗離朱楊，樝梨樿栗，橘柚芬芳；其上則有鵷雛孔鸞，騰遠射干；其下則有白虎玄豹，蟃蜒貙犴。

〇岪鬱：山曲折貌。〇崒崔：山高危貌。〇岑崟：山高峻貌。〇罷池：山坡傾斜貌。陂陀：山寬廣貌。〇丹：硃砂。青：青閒。赭：赤土。堊：白土。〇雌黃：礦物名，可作為顏料。白坿：白石英。〇碧：青石。〇照爛龍鱗：顏色燦爛，有如龍鱗。〇玫瑰：火齊珠。〇琳：玉名。瑉、昆吾：皆美石名。〇瑊玏：美石。玄厲：黑石，可用以磨刀。〇碝石：白中帶赤之美石。碔砆：赤地白彩之美石。〇蕙圃：蕙草之園。〇衡、蘭、芷、若：皆芳草名。〇芎藭：一種香草。〇茳蘺、蘼蕪：生於水中的兩種香草。〇諸柘：甘蔗。巴苴：香蕉。○陁靡：斜長貌。○案衍：低下貌。壇曼：平寬貌。○葴、蔪、苞、荔：四種草名。○薛、莎、青薠：皆蒿類名。○埤濕：低窪之地。○藏莨：草名。○東薔：似蓬草，實如葵子。彫胡：即菰米。○菰蘆：菰茭與蘆筍。○菴閭：狀如蒿艾，其實可入藥。軒于：即蘠草。○玳瑁：龜類動物。○楩、楠、豫章：三種大木名。○檗：黃檗。離：山梨。朱楊：赤莖柳。○樝：形似梨，味甘。梬栗：形似柿而小。○鵷鶵：鳥名。孔：孔雀。鸞：鸞鳥。○騰遠：猿類動物，善攀援。射干：似狐而小，能攀木。○蟃蜒：獸名，形似狸。貙犴：獸名，形似狸而大。

　　""'於是乎乃使剸諸之倫，手格此獸。楚王乃駕馴駁之駟，乘彫玉之輿；靡魚須之橈旃，曳明月之珠旗，建干將之雄戟；左烏號之雕弓，右夏服之勁箭。陽子驂乘，纖阿爲御，案節未舒，即陵狡獸；蹴蛩蛩，轔距虛，軼野馬，轊陶駼，乘遺風，射游騏。儵眒倩浰，雷動猋至，星流霆擊，弓不虛發，中必決眥，洞胸達腋，絕乎心繫。獲若雨獸，揜草蔽地。於是楚王乃弭節徘徊，翱翔容與，覽乎陰林，觀壯士之暴怒，與猛獸之恐懼。徼𨚫受詘，殫睹眾物之變態。……

　　○剸諸：即專諸，春秋時吳國勇士，曾爲吳公子光刺殺吳王僚。○駁：同"駮"，毛色不純之馬。○靡：通"麾"。橈旃：曲柄之旗。○干將：利刃貌。○烏號：柘桑名，其材堅勁，可以爲弓。相傳爲黃帝所用。○夏服：相傳夏后氏有良弓箭，其袋即名夏服。○陽子：名孫陽，字伯樂，春秋時秦人，善相馬。○纖阿：人名，善御馬。○案節：使車馬行走緩慢。○陵：踐踏。○蹴：踐踏。蛩蛩：獸名，青色，狀如馬，善走。○距虛：獸名，似馬而小，善奔走。或以爲即蛩蛩。○轊：本指車軸；此處用爲動詞，指用車軸撞擊。陶駼：獸名，狀如馬。或以爲即野馬。○遺風：千里馬名。○騏：青驪色之馬。○儵眒、倩浰：皆迅速驚疾之貌。○猋：通"飆"，疾風。○眥：目眶。○洞胸：貫穿胸腔。達掖：通到腋下。掖，通"腋"。○心繫：連著心臟的血脈經絡。○獲若雨獸：言獲獸極多，如天之降雨。○拼：覆蓋。○弭節：即案節，使車馬緩行。○翱翔容與：從容自得貌。○徼㕔受詘：言力盡也。徼，攔截。㕔，疲倦之極。詘，通"屈"。○殫：盡也。

"'於是楚王乃登雲陽之臺，怕乎無爲，憺乎自持。勺藥之和具，而後御之。不若大王終日馳騁，曾不下輿，脟割輪焠，自以爲娛。臣竊觀之，齊殆不如。'於是齊王無以應僕也。"

**中華書局影印本胡刻《文選》卷七**

○雲陽之臺：即陽臺，在雲夢南部巫山之下。○怕：通"泊"，安靜貌。○憺：通"澹"，安靜貌。自持：保持寧靜之心情。○勺藥之和：五味調和在一起、中加芍藥之食品。古人以爲芍藥有和五臟、去毒氣之功能。○御：進也。○脟割：把肉切成塊狀。脟，通"臠"。輪焠：在輪間烤炙鮮肉而食之。焠，烤炙。


**揚　雄**（前53—18）

《漢書·揚雄傳》：揚雄，字子雲，蜀郡成都人。少而好學，不爲章句，訓詁通而已。博覽無所不見，爲人簡易佚蕩，清靜無爲，少嗜欲。不汲汲於富貴，不戚戚於貧賤，不修廉隅以徼名當世。家產不過十金，乏無儋石之儲，晏如也。自有大度，非聖哲之書不好也。非其意，雖富貴不事也。顧嘗好辭賦。孝成帝時，客有薦雄文似相如者，召雄待詔承明之庭。哀帝時，丁、傅、董賢用事，諸附離者或起家至二千石，時雄方草《太玄》，有以自守，泊如也。初，雄年四十餘，自蜀來至京師，大司馬車騎將軍王音奇其文雅，召以爲門下史，薦雄待詔，歲餘，奏《羽獵賦》，除爲郎，給事黃門，與王莽、劉歆並。哀帝之初，又與董賢同官。當成、哀、平間，莽、賢皆爲三公，權傾人主，所薦莫不拔擢，而雄三世不徙官。及莽篡位，談說之士用符命稱功德封爵者甚衆，雄復不侯，以耆老久次轉爲大夫，恬於勢利乃如是。用心於內，於時人皆忽之。唯劉歆及范逡敬焉，而桓譚以爲絕倫。

## 解　嘲

**【題解】**《漢書·揚雄傳》："哀帝時，丁、傅、董賢用事，諸附離之者或起家至二千石。時雄方草《太玄》，有以自守，泊如也。或嘲雄以玄尚白，而雄解之，號曰《解嘲》。"《解嘲》模仿東方朔之《答客難》，對士人之歷史地位作了更爲深沉的思索。劉勰《文心雕龍·雜文》："揚雄《解嘲》，雜以諧謔，迴環自釋，頗亦工文。"

客嘲揚子曰："吾聞上世之士，人綱人紀，不生則已，生則上尊人君，下榮父母。析人之圭，儋人之爵，懷人之符，分人之祿，紆青拖紫，朱丹其轂。今子幸得遭明盛之世，處不諱之朝，與羣賢同行，歷金門上玉堂有日矣。曾不能畫一奇，出一策，上說人主，下談公卿，目如耀星，舌如電光，壹從壹橫，論者莫當。顧而作《太玄》五千文，支葉扶疏，獨說十餘萬言。深者入黃泉，高者出蒼天，大者含元氣，纖者入無倫。然而位不過侍郎，擢纔給事黃門。意者玄得毋尚白乎？何爲官之拓落也？"

〇儋：通"擔"，承受。〇紆青拖紫：漢制，公侯紫綬，九卿青綬。紆，纏繞。〇朱丹其轂：漢制，公卿列侯及二千石以上者，皆得乘朱輪。〇金門：即金馬門。漢制，天下被徵召之士，均在公車待詔；其優秀者在金馬門待詔，備顧問。玉堂：官署名，略等於後世之翰林院。〇顧：反而。《太玄》：揚雄摹仿《周易》與《老子》而撰的哲學著作。〇十餘萬言：殆指《太玄》之章句；今已失傳。〇纖者入無倫：顔師古注："纖微之甚，無等倫。"〇侍郎：漢官名，即皇帝左右之侍從武官，地位較低。〇給事黃門：漢官名，供職宮中，地位比侍郎高。〇意者：莫非。〇拓落：不得意貌。

揚子笑而應之曰："客徒欲朱丹吾轂，不知一跌將赤吾之族也！往昔周罔解結，羣鹿爭逸，離爲十二，合爲六七，四分五剖，並爲戰國。士無常君，國亡定臣，得士者富，失士者貧。矯翼厲翮，恣意所存。故士或自盛以橐，或鑿坏以遁。是故騶衍以頡亢而取世資，孟軻雖連蹇，猶爲萬乘師。今大漢左東海，右渠搜，前番禺，後陶塗。東南一尉，西北一候。徽以糾墨，製以質鈇；散以禮樂，風以《詩》、《書》，曠以歲月，結以倚廬。天下之士，雷動雲合，魚鱗雜襲，咸營于八區。家家自以爲稷契，人人自以爲咎繇。戴縱垂纓而談者，皆擬於阿衡，五尺童子，羞比晏嬰與夷吾。當塗者入青雲，失路者委溝渠，且握權則爲卿相，夕失勢則爲匹夫。譬若江湖之雀，勃解之鳥，乘雁集不爲之多，雙鳧飛不爲之少。昔三仁去而殷虛，二老歸而周熾；子胥死而吳亡，種、蠡存而粵伯；五羖入而秦喜，樂毅出而燕懼；范雎以折摺而危穰侯，蔡澤雖噤吟而笑唐舉。故當其有事也，非蕭、曹、子房、平、勃、樊、霍則不能安；當其亡事也，章句之徒，相與坐而守之，亦亡所患。故世亂，則聖哲馳鶩而不足；世治，則庸夫高枕而有餘。

○跌：失足。赤吾之族：滅吾族也。因誅殺必流血，故稱"赤"。○罔：通"綱"，喻指政紀。解結：喻指崩潰。○十二：指春秋時魯、衛、齊、宋、楚、鄭、燕、晉、陳、蔡、秦、曹等十二諸侯。○六七：指齊、燕、楚、趙、韓、魏及秦七雄。○自盛以橐：戰國時，范雎自魏入秦，曾自藏於秦使車之橐中。○鑿坏以遁：春秋時，魯君聞顏闔賢，欲以爲相，使者往聘，顏闔鑿後垣而逃。坏，通"培"，屋之後牆。○騶衍：即鄒衍，戰國末陰陽家，燕昭王拜之爲師。頡亢：變幻之說。○連蹇：坎坷不遇。○萬乘師：大國之師。○渠搜：地名，在今新疆北部至中亞一部分地區。○番禺：地名，在今廣東廣州。○陶塗：北方國名，其地在漢時漁陽郡之北。○東南一尉：言東南方有都尉。○西北一候：言西北方有守望之所。○徽：捆也。糾墨：繩索。○質鈇：腰斬之刑具。○散：散布，宣揚。○風：感化。○結：構築。倚廬：農舍。○魚鱗雜襲：如魚鱗般密集。○八區：八方。○稷：周之始祖后稷。契：商之始祖。○咎繇：即皋陶，相傳爲舜時掌刑法之官。○繼：頭巾。○阿衡：即伊尹，商初大臣。○晏嬰：春秋時齊景公之相。夷吾：即管仲，春秋時齊桓公之卿。○勃解：即渤海。○三仁：指商末之微子、箕子、比干。《論語·微子》："微子去之，箕子爲之奴，比干諫而死。孔子曰：'殷有三仁焉。'"○二老：指伯夷、叔齊。其歸周事見《孟子·離婁上》。○子胥：即伍子胥，春秋時吴國大夫，因吴王拒諫而被迫自殺；九年後，吴亡。○種、蠡：即文種與范蠡，春秋末年越國大夫，輔佐越王勾踐成霸業。○五羖：即百里奚，春秋時秦國大夫。曾流亡於楚，秦穆公以五張羖（黑公羊）皮將其贖至秦，授之國政。○樂毅：戰國時燕將，曾率燕軍攻下齊七十餘城，因遭忌讒，出奔趙國，燕軍遂敗。○蔡澤：戰國時燕人，曾爲相者唐舉所笑，後入秦爲相。噤吟：頰歪而前突。○蕭、曹、子房、平、勃、樊、霍：指蕭何、曹參、張良、陳平、周勃、樊噲、霍光，皆漢大臣。○章句之徒：以注經爲能事之小儒。

"夫上世之士，或解縛而相，或釋褐而傅；或倚夷門而笑，或横江潭而漁；或七十説而不遇，或立談間而封侯；或枉千乘於陋巷，或擁帚彗而先驅。是以士頗得信其舌而奮其筆，窒隙蹈瑕而無所詘也。當今縣令不請士，郡守不迎師，羣卿不揖客，將相不俛眉。言奇者見疑，行殊者得辟。是以欲談者宛舌而固聲，欲步者擬足而投迹。鄉使上世之士處虖今，策非甲科，行非孝廉，舉非方正，獨可抗疏，時道是非，高得待詔，下觸聞罷，又安得青紫？且吾聞之：炎炎者滅，隆隆者絶。觀雷觀火，爲盈爲實，天收其聲，地藏其熱。高明之家，鬼瞰其室。攫挐者亡，默默者存；位極者宗危，自守者身全。是故知玄知默，守道之極；爰清爰靜，游神之廷；惟寂惟寞，守德之宅。世異事變，人道不殊，彼我易時，未知何如。今子乃以鴟梟而笑鳳皇，執蝘蜓而嘲龜龍，不亦病乎？子徒笑我玄之尚白，吾亦笑子之病甚，不遭臾跗、扁鵲，悲夫！"

○解縛而相：指管仲相齊桓公。參閱《左傳·莊公九年》。○釋褐而傅：指傅説爲商王武丁之大臣事。釋褐，脱去粗布衣。○倚夷門而笑：指戰國時魏國侯嬴助信陵君竊符救趙事。參閲《史記·魏公子列傳》。○橫江潭而漁：指與屈原談話之漁夫。參閲《史記·屈原列傳》。○七十説而不遇：指孔子周游七十餘君而無所遇。○立談間而封侯：指虞卿説趙王而爲上卿事。參閲《史記·虞卿列傳》。○枉千乘於陋巷：指齊桓公見小臣稷於陋巷事。參閲《吕氏春秋·下賢》。○或擁帚彗而先驅：指燕昭王禮遇鄒衍之事。○窒隙蹈瑕而無所詘：言乘機而進，無往而不利。詘，通"屈"。○揖客：禮賢下士。○俛眉：低眉，指謙恭自抑。○辟：罪也。○宛舌：屈舌不言。固聲：默不作聲。固，通"錮"，閉也。○擬足而投迹：言跟隨别人行走。擬，揣量。○鄉使：假使。鄉，通"嚮"。○策：策問。甲科：漢代選舉科目之一，入選者爲郎中。○孝廉：漢代選拔士子科目之一，注重品行。○方正：漢代選拔士子科目之一，注重行爲正直賢良。○抗疏：向皇帝上疏。○待詔：指待詔於金馬門。○聞罷：言皇帝對疏議知而不用。○"炎炎者滅"八句：此演繹《周易》"豐"卦之義而成。高明之家，富貴之家。瞰，窺探。○攫拏者：掌權握勢者。○廷：處所。○宅：根本。○"今子乃以鴟梟而笑鳳皇"二句：此處本《荀子·賦》中佹詩"螭龍爲蝘蜓，鴟梟爲鳳皇"之語意。○史跗、扁鵲：皆古代良醫。

客曰："然則靡《玄》無所成名乎？范、蔡以下，何必《玄》哉？"

揚子曰："范雎，魏之亡命也。折脅拉髂，免於徽索，翕肩蹈背，扶服入囊。激卬萬乘之主，界涇陽，抵穰侯而代之，當也。蔡澤，山東之匹夫也。顩頤折頞，涕唾流沫，西揖彊秦之相，搤其咽，炕其氣，附其背而奪其位，時也。天下已定，金革已平，都於洛陽；婁敬委輅脱輓，掉三寸之舌，建不拔之策，舉中國徙之長安，適也。五帝垂典，三王傳禮，百世不易；叔孫通起於枹鼓之間，解甲投戈，遂作君臣之儀，得也。《甫刑》靡敝，秦法酷烈，聖漢權制，而蕭何造律，宜也。故有造蕭何律於唐虞之世，則誖矣。有作叔孫通儀於夏殷之時，則惑矣。有建婁敬之策於成周之世，則繆矣。有談范、蔡之說於金、張、許、史之間，則狂矣。夫蕭規曹隨，留侯畫策，陳平出奇，功若泰山，響若阺隤，唯其人之贍知哉，亦會其時之可爲也。故爲可爲於可爲之時，則從；爲不可爲於不可爲之時，則凶。夫藺先生收功於章臺，四皓采榮於南山，公孫創業於金馬，票騎發迹於祁連，司馬長卿竊訾於卓氏，東方朔割炙於細君。僕誠不能與此數公者並，故默然獨守吾《太玄》。"

**中華書局標點本《漢書》卷八七**

○亡命：亡命之徒。○髂：腰骨。○徽索：繩索。○翕肩：縮肩。翕，收斂。○激卬：激怒。卬，同"昂"。○界：《文選》作"介"，離間。涇陽：涇陽君，秦昭王之弟。○扺：當作"抵"，從旁攻擊。○鎭頤：下巴下垂貌。折頞：鼻梁骨塌陷。○彊秦之相：指范雎。○搤：同"扼"。○杬：《文選》作"亢"，絕也。○拊：通"拊"，擊也。○婁敬：即劉敬。劉邦初欲定都洛陽，齊人劉敬戍隴西，經過洛陽，"脫輓輅"而上建都關中之策，劉邦遂入關而都之。輅，車前橫木。輓，挽車。○叔孫通：薛人也，本秦之博士；漢已定天下，其說上曰："臣願徵魯諸生，與臣弟子共起朝儀。"於是劉邦方感受到皇帝之尊貴。枹鼓：戰爭。○《甫刑》：即《尚書》之《呂刑》，相傳爲周穆王時呂侯所爲。呂侯後代爲甫侯，故又稱《甫刑》。靡敝：敗壞。○蕭何造律：漢初，蕭何搜集秦法，依據當時情況而制定律令九章。○金、張：即金日磾與張安世，皆爲宣帝時之顯臣。許、史：即許廣漢與史恭及其長子史高，皆宣帝之外戚。○蕭規曹隨：《史記·曹相國世家》："參代何爲漢相國，舉事無所變更，一遵蕭何約束。"○藺先生：即藺相如，戰國時趙國大臣。趙惠文王時，秦向趙強索"和氏璧"，他奉命帶璧入秦，在秦章臺殿當廷力爭，使原璧歸趙。○四皓：秦漢之際的四位隱士。劉邦欲廢太子，呂后用張良計，迎四皓以輔太子。一日，四皓侍太子見劉邦，劉邦曰："羽翼成矣！"遂輟廢太子之意。采榮：

語意雙關，既指采草木之花以爲食，又指以隱居而得榮名。○公孫：即公孫弘，漢武帝元光五年，徵賢良文學，公孫弘被錄爲第一，於是拜博士，待詔金馬門。○票騎：通"驃騎"，即驃騎將軍霍去病。河東平陽（今山西臨汾西南）人。年十八爲侍中。因善騎射，隨衛青出擊匈奴，以軍功封冠軍侯。元狩二年（前121），官至驃騎將軍。兩次大敗匈奴貴族，得渾邪王率衆四萬餘歸漢，控制河西地區，設置武威、酒泉兩郡，打開了通往西域的道路。元狩四年，又與衛青共同穿越大漠，擊敗匈奴主力。他前後六次出擊匈奴，每戰皆勝。《史記》、《漢書》有傳。○司馬長卿竊訾於卓氏：臨邛富人卓王孫有女文君知音律，寡居在家，司馬相如在卓王孫家做客時，以琴挑之，文君於是私奔相如。卓王孫大怒，不分一錢予文君。司馬相如於臨邛開酒肆，使文君當壚，卓王孫祇得與文君奴婢百人，錢百萬，及嫁時衣被財物。訾，通"貲"。○東方朔割炙於細君：《漢書·東方朔傳》："伏日，詔賜從官肉。大官丞日晏不來，朔獨拔劍割肉，謂其同官曰：'伏日當蚤歸，請受賜。'即懷肉去。大官奏之。朔入，上曰：'昨賜肉，不待詔，以劍割肉而去，何也？'朔免冠謝。上曰：'先生起自責也。'朔再拜曰：'朔來！朔來！受賜不待詔，何無禮也！拔劍割肉，壹何壯也！割之不多，又何廉也！歸遺細君，又何仁也！'上笑曰：'使先生自責，乃反自譽！'復賜酒一石，肉百斤，歸遺細君。"細君，妻也。

**思考題**

1. 分析《七發》之藝術成就。
2. 如何評價兩漢散體大賦在中國文學史上的地位？

## 第三節　東漢末抒情小賦

**張　衡**（78—139）

《後漢書·張衡傳》：張衡，字平子，南陽西鄂人。少善屬文，游於三輔，因入京師，觀太學，遂通《五經》，貫六藝。永元中，舉孝廉不行，連辟公府不就。大將軍鄧騭奇其才，累召不應。衡善機巧，尤致思於天文、陰陽、曆算。安帝雅聞衡善術學，公車特徵拜郎中，再遷爲太史令。遂乃研核陰陽，妙盡璿機之正，作渾天儀。陽嘉元年，復造候風地動儀。後遷侍中，帝引在帷幄，諷議左右。永和初，出爲河間相。時國王驕奢，不遵典憲，又多豪右，共爲不軌。衡下車，治威嚴，整法度，陰知奸黨名姓，一時收禽，上下肅然。視事三年，上書乞骸骨，徵拜尚書。年六十二，永和四年卒。


### 歸田賦

【題解】《文選》李善注："《歸田賦》者，張衡仕不得志，欲歸於田，因作此賦。"

游都邑以永久，無明略以佐時，徒臨川以羨魚，俟河清乎未期。感蔡子之慷慨，從唐生以決疑。諒天道之微昧，追漁父以同嬉。超埃塵以遐逝，與世事乎長辭。

於是仲春令月，時和氣清，原隰鬱茂，百草滋榮。王雎鼓翼，鶬鶊哀鳴，交頸頡頏，關關嚶嚶。於焉逍遙，聊以娛情。

爾乃龍吟方澤，虎嘯山丘，仰飛纖繳，俯釣長流，觸矢而斃，貪餌吞鉤，落雲間之逸禽，懸淵沈之魦鰡。

于時曜靈俄景，係以望舒，極般游之至樂，雖日夕而忘劬，感老氏之遺誡，將迴駕乎蓬廬。彈五弦之妙指，詠周、孔之圖書，揮翰墨以奮藻，陳三皇之軌模。苟縱心於物外，安知榮辱之所如。

**中華書局影印胡刻《文選》卷一五**

○都邑：都城，指洛陽。○徒臨川以羨魚：喻指徒有願望而無法實現。《淮南子·說林》："臨河而羨魚，不如歸家織網。"○俟河清乎未期：古人以黃河清比喻時代清明，而黃河水清却需要經歷長久的歲月。《左傳·襄公八年》："俟河之清，人壽幾何？"○"感蔡子之慷慨"二句：蔡子，即蔡澤，戰國時辯士。唐生，即唐舉，戰國時相士。《史記·范雎蔡澤列傳》："蔡澤者，燕人也，游學於諸侯，小大甚眾，不遇。而從唐舉相……唐舉孰視而笑曰：'先生曷鼻，巨肩，魋顏，蹙齃，膝攣。吾聞聖人不相，殆先生乎？'蔡澤知唐舉戲之，乃曰：'富貴吾所自有，吾不知者壽也，願聞之。'唐舉曰：'先生之壽，從今以往者四十三歲。'蔡澤笑謝而去。"慷慨：煩悶貌。《說文解字》："慷慨，壯士不得志於心也。"○諒，信也。微昧：微妙幽暗，不易捉摸。○追漁父以同嬉：相傳屈原遭放逐，行吟澤畔，顏色憔悴，形容枯槁，一漁夫譏其不能"與世推移"。事見《楚辭·漁父》。○埃塵：污濁之世俗；與下文之"世事"互文見意。○仲春：農曆二月。○王雎：鳥名，即雎鳩。○鶬鶊：鳥名，即黃鶯。○頡頏：鳥上下翻飛貌。○方澤：大澤。○繳：弋射所用之箭。○逸禽：鴻雁。○懸：鉤起。魦、鰡：皆魚名。○曜靈：日也。俄：斜。景：通"影"。○係：繼也。望舒：神話中為月亮駕車者；此處指月。○般游：游樂。《尚書·五子之歌》："乃盤游無度。"孔安國傳："盤樂游逸無度。"○感老氏之遺誡：《老子·十二章》："馳騁畋獵，令人心發狂。"○五弦：五弦琴，相傳為舜所發明。妙指：美妙的情趣。指，通"旨"。○周、孔：周公及孔子。○奮藻：發揮文采。○軌模：遺法。

## 趙　壹（生卒年不詳）

《後漢書·文苑傳》：趙壹，字元叔，漢陽西縣（今甘肅天水西南）人。體貌魁梧，身長九尺，美鬚豪眉，望之甚偉，而恃才倨傲，爲鄉黨所擯。後屢抵罪，幾至死，友人救得免。光和元年，舉郡上計到京師，司徒袁逢、河南尹羊陟共稱薦之，名動京師，士大夫想望其風采。及西還，道經弘農，過候太守皇甫規，門者不即通，壹遂遁去。門吏懼，以白之。規聞壹名大驚，乃追書謝曰："蹉跌不面，企德懷風，虛心委質，爲日久矣。側聞仁者愍其區區，冀承清誨，以釋遙悚。……事在悖惑，不足具責。儻可原察，追修前好，則何福如之。謹遣主簿奉書。下筆氣結，汗流竟趾。"壹報之曰："今壹自譴而已，豈敢有猜？仁君忽一匹夫，於德何損？而遠辱手筆，追路相尋，誠足愧也。壹之區區，曷云量已，其嗟可去，謝也可食，誠則頑薄，實識其趣。但關節痋動，膝灸壞潰，請俟它日，乃奉其情。"遂去不顧。州郡爭致禮命，十辟公府，並不就，終於家。

## 刺世疾邪賦

**【題解】**《刺世疾邪賦》對歷代帝王以天下爲私物之歷史與漢末世風墮落之現實，予以無情揭露，但稍顯直白，故劉熙載《藝概·賦概》稱其"惟徑直露骨，未能如屈、賈之味餘文外也"。賦後附秦客、魯生五言唱和詩二首，爲漢末文人詩之佳作。鍾嶸《詩品》下："元叔散憤蘭蕙，指斥囊錢。苦言切句，良亦勤矣。斯人也而有斯困，悲夫！"

伊五帝之不同禮，三王亦又不同樂。數極自然變化，非是故相反駁。德政不能救世溷亂，賞罰豈足懲時清濁？春秋時禍敗之始，戰國愈復增其荼毒。秦、漢無以相逾越，乃更加其怨酷。寧計生民之命，唯利己而自足。

于茲迄今，情僞萬方。佞諂日熾，剛克消亡。舐痔結駟，正色徒行。嫗媚名勢，撫拍豪強。偃蹇反俗，立致咎殃；捷懾逐物，日富月昌。渾然同惑，孰溫孰涼？邪夫顯進，直士幽藏。

原斯瘼之攸興，寔執政之匪賢。女謁掩其視聽兮，近習秉其威權。所好則鑽皮出其毛羽，所惡則洗垢求其瘢痕。雖欲竭誠而盡忠，路絕險而靡緣。九重既不可啓，又群吠之狺狺。安危亡於旦夕，肆嗜欲於目前。奚異涉海之失柁，積薪而待燃？榮納由於閃揄，孰知辨其蚩妍？故法禁屈撓於執族，恩澤不逮於單門。寧飢寒於堯舜之荒歲兮，不飽暖於當今之豐年。乘理雖死而非亡，違義雖生而匪存。

有秦客者，乃爲詩曰："河清不可俟，人命不可延。順風激靡草，富貴者稱賢。文籍雖滿腹，不如一囊錢。伊優北堂上，抗髒倚門邊。"

魯生聞此辭，繫而作歌曰："執家多所宜，咳唾自成珠。被褐懷金玉，蘭蕙化爲芻。賢者雖獨悟，所困在羣愚。且各守爾分，勿復空馳驅。哀哉復哀哉，此是命矣夫！"

**中華書局標點本《後漢書》卷八〇**

○非是："非"與"是"。○駁：通"駁"。○荼毒：荼，一種苦菜；毒，毒物。荼毒即苦毒，比喻人之苦難。《尚書·湯誥》："罹其凶害，弗忍荼毒。"孔穎達疏："並言荼毒，以喻苦也。"○情僞：本指真僞；此處爲偏義複詞，指詐僞。萬方：萬種變化。○剛克：剛強正直。○舐痔結駟：《莊子·列禦寇》載，宋人曹商爲宋王出使秦國，秦王送其車百輛；曹商回來後向莊子誇耀，莊子說："秦王有病，召醫破癰潰痤者，得車一乘，舐痔者得車五乘，所治愈下，得車愈多。子豈治其痔邪，何得車之多也？"○正色：正直者。徒行：徒步行走；與上文"結駟"相對。○嫗媽：佝僂；此處指卑躬屈膝。○撫拍：巴結。○偃蹇：高傲。○捷：急。○懾：懼。○渾然：是非不分貌。○原：推求，考察。瘼：病。○女謁：嬪妃之言。《荀子·大略》："湯旱而禱曰：'婦謁盛與。'"楊倞注："謁，請也。婦謁盛，謂婦言是用也。"○近習：皇帝左右最爲親近者；指宦官。○鑽皮出其毛羽：小鳥未生出羽毛時，爲要其迅速長大，便鑽透其皮膚，使其羽毛快長。

喻當權者不擇手段地提拔自己喜好之人。○洗垢求其瘢痕：猶言"吹毛求疵"。○靡緣：沒有可攀援之物；即無路可走。○"九重既不可啓"二句：《楚辭·九辯》："豈不鬱陶而思君兮，君之門以九重。猛犬狺狺以迎吠兮，關梁閉而不通。"九重，指君門；狺狺：犬吠聲。○奚：何。柂：同"舵"。○積薪而待燃：賈誼《治安策》："措火積薪之下而寢其上，火未及燃而謂之安。當今之勢，何以異此？"○榮納：受寵而被重用。閃揄：邪佞貌。○蚩：愚。妍：慧。○屈撓：屈服。○單門：無權無勢的寒門細族。○"河清不可俟"二句：古人以黃河清比喻時代清明。參見張衡《歸田賦》及注。○靡草：細弱之草。○伊優：卑躬屈膝，諂媚貌。北堂：北面之廳堂，為富貴者所居。○抗髒：高亢正直貌。○繋：接著。○被褐懷金玉：《老子·七十章》："聖人被褐而懷玉。"○蘭蕙化爲芻：蘭蕙，香草；芻，喂牲畜之草。《楚辭·離騷》："蘭芷變而不芳兮，荃蕙化而爲茅。"

### 蔡　邕（132—192）

《後漢書·蔡邕傳》：蔡邕，字伯喈，陳留圉人也。少博學，好辭章、數術、天文，妙操音律。閑居玩古，不交當世。建寧三年，辟司徒喬玄府，出補河平長。召拜郎中，校書東觀，遷議郎。邕以經籍去聖久遠，文字多謬，俗儒穿鑿，疑誤後學，熹平四年，乃與五官中郎將堂谿典等奏求正定《六經》文字，靈帝許之，邕乃自書丹於碑，使工鐫刻於太學門外。靈帝崩，董卓爲司空，聞邕名高，辟之，稱疾不就。卓大怒，邕不得已，到，署祭酒，甚見敬重。拜左中郎將，從獻帝遷都長安，封高陽鄉侯。卓重邕才學，厚相遇待，每集讌，輒令邕鼓琴贊事，邕亦每存匡益。及卓被誅，邕在司徒王允坐，殊不意言之而歎，有動於色。允勃然叱之，即收付廷尉治罪。邕陳辭謝，乞黥首刖足，繼成漢史。士大夫多矜救之，不能得，遂死獄中。時年六十一。

## 青衣賦

**【題解】** 青衣：婢女；因其穿青衣或黑衣，故稱。《青衣賦》大膽表露出對性愛之渴望，顯示出東漢末文人心性之變化。同時代之張超作《誚青衣賦》，雖譏諷蔡邕"志卑意微"，然亦承認《青衣賦》"雅句斐斐，文則可嘉"。

金生砂礫，珠出蚌泥。歎茲窈窕，產於卑微。盼倩淑麗，皓齒蛾眉。玄髮光潤，領如蝤蠐。縱橫接髮，葉如低葵。修長冉冉，碩人其頎。綺袖丹裳，躡蹈絲扉。盤珊蹴蹀，坐起低昂。和暢善笑，動楊朱唇。都冶斌媚，卓躒多姿。精惠小心，趨事如飛。中饋裁割，莫能雙追。《關雎》之潔，不蹈邪非。察其所履，世之鮮希。宜作夫人，爲衆女師。伊何爾命，在此賤微。代無樊姬，楚莊晉妃。感昔鄭季，平陽是私。故因錫國，歷爾邦畿。雖得嬿婉，舒寫情懷。寒雪繽紛，充庭盈階。兼裳累鎮，展轉倒頹。吻昕將曙，鷄鳴相催。飭駕趣嚴，將舍爾乖。朦冒朦冒，思不可排。停停溝側，嗷嗷青衣。我思遠逝，爾思來追。明月昭昭，當我戶扉。條風狎獵，吹子牀帷。河上逍遙，徙倚庭階。南瞻井柳，仰察斗機。非彼牛女，隔於河維。思爾念爾，怒焉且飢。

《四部備要》本《蔡中郎集》

○盼倩：形容女子顧盼之美。《詩經·衛風·碩人》："巧笑倩兮，美目盼兮。" ○蝤蠐：蟲名，白色，圓柱狀。《詩經·衛風·碩人》："領如蝤蠐。" 蝤蠐，即蠐螬。○葉：衣幅。○碩人其頎：語出《詩經·衛風·碩人》。碩人，美人。○蹴蹀：蹣跚之意。○低昂：起伏。○楊：通"揚"。○斌媚：通"嬿媚"。○卓躒：超絕出衆。○中饋：家中供膳諸事。《易經·家人》："無攸遂，在中饋。" ○《關雎》：《詩經·周南》篇名，毛詩以爲其所表現的是"后妃之德"。○履：行也。○希：通"稀"。

○"代無樊姬"二句：樊姬，春秋時楚莊王之姬，曾遣人之鄭、衛，求美人進於王。事見《列女傳》卷二。○"感昔鄭季"二句：漢大將軍衛青之父鄭季，爲吏，給事平陽侯家，與侯妾衛氏通，生青。事見《史記·衛將軍列傳》。○嬿婉：歡好貌。○昒昕：拂曉。○矇冒：愚暗冒昧。○亭亭：聳立貌。○嗷嗷：哭聲。○條風：東風。狎獵：接續貌。○井柳：二十八宿之井宿及柳宿。○斗機：即北斗。○牛女：牽牛星與織女星。○惄焉且飢：《詩經·周南·汝墳》："未見君子，惄如調飢。"鄭玄："惄，思也。未見君子之時，如朝飢之思食也。"

**思考題**

1. 分析張衡之賦在漢賦發展史上的地位。

2. 除《青衣賦》外，蔡邕還有同類題材之《檢逸賦》、《協和婚賦》（均殘缺）。錢鍾書先生在《管錐編》中認爲蔡邕之《協和婚賦》可視爲"淫媒文字之始作俑者"，你對此有何評價？

# 第三章

# 漢　詩

## 概　說

　　西漢至東漢四百年間的詩歌創作，包括文人創作和民間歌謠。漢代詩歌在《詩經》、《楚辭》和秦、漢民歌之基礎上發展起來，大致經歷了從民間歌謠到文人創作，從騷體到七言體，從敘事詩到抒情詩的發展過程。

　　秦末漢初，以項羽《垓下歌》、劉邦《大風歌》爲代表之楚聲短歌，最爲盛行。"高祖樂楚聲"（《漢書・禮樂志》），使這一楚地民歌體裁進入宮廷，登上廟堂。到文帝、景帝年代，《大風歌》被奉爲宗廟頌歌，劉邦歌姬唐山夫人之《房中歌十七章》也被整理列入郊廟雅章。武帝作《秋風辭》、《瓠子歌》及《西極天馬歌》，都是楚歌；江都王劉建之女細君出嫁烏孫，作《烏孫公主歌》，也是楚歌。實際上，漢初以來，楚歌已成爲帝王貴族及文士述志抒懷、歌頌聖明的一種流行詩體，今存作品較多。

　　漢武帝正式建立樂府官署，廣泛搜集、整理民間歌謠，吸收文士創作廟堂頌辭，教習女樂歌舞演奏，這對於漢代民歌之流傳保存起了重大作用。今存郊廟歌辭中之《漢郊祀歌十九首》，相傳有司馬相如等人的作品，多屬歌頌武帝功德之辭，形式有四言、楚歌及雜言。其朝廷軍樂凱歌《鐃歌十八曲》，取民間鐃歌樂曲而成，歌辭則有戰歌《戰城南》，也有諫歌《朱鷺》，戀歌《有所思》、《上邪》，游子之歌《巫山高》等。至於采自各地之民歌謠辭，如《薤露》、《蒿里》、《江南》、《東光》、《公無渡河》及《衛皇后歌》等，當爲武帝或稍早時期之作品。這些民歌謠辭反映了當時社會生活的不同側面，形式活潑多樣。與此同時，西漢文人詩壇則比較寂寞。傳統典雅之四言詩，已漸趨末路，祇是在《焦氏易林》中有一些生動的表現。而相傳爲蘇武、李陵、枚乘及班婕妤所作的五言詩，在六朝時便被疑爲後人僞托或擬作。

東漢樂府建置，史志不載。從今存作品情況推測，其樂府規模和廟堂樂章，略承西漢。由於外戚宦官、官僚豪强勢力的發展，私家女樂歌舞之風更盛，俗曲新聲流傳更廣，存錄也較多。今存漢代樂府民歌及謠辭，多數是東漢作品。其顯著特點是，題材比較廣泛，思想內容比較豐富。它們多采用敘事的形式，揭露現實生活中的苦難，抨擊社會黑暗，也夾雜一些人生無常、及時行樂、神僊長生的思想情緒。在藝術表現上，"樂府往往敘事，故與詩殊"（徐禎卿《談藝錄》）。漢代樂府敘事詩開創了古代敘事詩的優良傳統。從建安時代以樂府舊題敘時事，到唐代杜甫"即事名篇"的擬樂府，以及白居易、元稹的"新樂府運動"，都在思想上及藝術上得到漢代樂府民歌的滋養。

在兩漢五言民歌的滋潤下，東漢文人詩歌也逐漸打破四言詩的藩籬。梁鴻《五噫歌》是四言加上歎詞，顯示着四言詩正努力擺脱古奧的困境。馬援《武溪深行》和張衡《四愁詩》則顯示着向七言詩演變的軌迹。而發展最顯著的就是五言體。班固之《詠史》雖然"質木無文"（鍾嶸《詩品序》），却表明東漢前期文士開始采用俗曲五言體作詩。其後，張衡《同聲歌》已具情采。到桓帝、靈帝之後，出現了秦嘉、徐淑夫婦的《贈答詩》，蔡邕《翠鳥》，酈炎《見志詩》，趙壹《疾邪詩》等等，這些作品都是較好的五言抒情詩。此外，辛延年《羽林郎》、宋子侯《董嬌嬈》，明顯表現出下層文士的五言詩從樂府歌辭脱胎而來。大約與此同時，以《古詩十九首》及所謂"蘇、李詩"爲代表的一大批文人所作的五言詩，在民間廣爲流傳，抒發下層文士失志傷時、離愁別怨、譏世刺俗以及人生無常的不滿情緒，表達他們向往仕進、渴望完聚、要求愛情忠貞和友誼誠摯的正常願望。這些作品的文學成就很高，劉勰《文心雕龍·明詩》評價說："觀其結體散文，直而不野，婉轉附物，怊悵切情，實五言之冠冕也。"《古詩十九首》的出現，表明文人五言抒情詩達到高度成熟階段。從此到建安時代，"五言騰踴"，脫離樂府而獨立發展，取代四言體而成爲文人詩歌創作的主要形式。

總而言之，漢代詩歌繼承、發展了《詩經》、《楚辭》的優良傳統，反映了兩漢社會生活和矛盾，表現了人民的思想、情緒和願望，奠定了五言詩體蓬勃興起的基礎，促進了七言及雜言體的產生，開拓了中國古典詩歌的天地。

## 第一節　楚　歌

**劉　邦**（前256或前247—前195）

《史記·高祖本紀》：高祖，沛豐邑中陽里人，姓劉氏，字季。隆準而龍顏，美鬚髯，左股有七十二黑子。仁而愛人，喜施。常有大度，不事家人生產作業。及壯，試爲吏，爲泗水亭長，廷中吏無所不狎侮。好酒及色。高祖常繇咸陽，觀秦皇帝，喟然太息曰："嗟乎，大丈夫當如此也。"以亭長爲縣送徒酈山，徒多道亡，自度比至皆亡之，夜乃縱所送徒，曰："公等皆去，吾亦從此逝矣。"徒中壯士願從者十餘人。秦二世元年秋，陳勝等起，諸郡縣多殺其長吏以應陳涉。沛令恐，欲以沛應涉，以掾、主吏蕭何、曹參意召劉季，令後悔，蕭何、曹參等殺沛令，立季爲沛公，祠黄帝，祭蚩尤於沛庭。秦二世二年，燕、趙、齊、魏皆自立爲王。項氏起吴，沛公從騎百餘往見項梁。項梁立楚後懷王孫心爲楚王。後項梁軍被秦將章邯所破，懷王乃與諸將約，先入定關中者王之。當是時，秦兵强，諸將莫利先入關。獨項羽願與沛公西入關。漢元年十月，沛公兵先諸侯至霸上。秦王子嬰素車白馬，繫頸以組，封皇帝璽符節，降枳道旁。遂西入咸陽。項羽後至，聞沛公已定關中，大怒，欲擊沛公，張良以文喻之，乃止。正月，項羽自立爲西楚霸王，更立沛公爲漢王，王巴蜀、漢中。四月，兵罷戲下，諸侯各就國。漢王之國，去輒燒絶棧道，以備諸侯盜兵襲之，亦示項羽無東意。八月，漢王用韓信計，從故道還，東至咸陽。五年，與諸侯兵共擊楚軍，與項羽決勝垓下。正月，漢王即皇帝位。

## 大風歌

【題解】《史記·高祖本紀》："十二年（前195）……高祖還歸，過沛，留。置酒沛宫，悉召故人父老子弟縱酒，發沛中兒得百二十人，教之歌。酒酣，高祖擊筑自爲歌詩曰：……令兒皆和習之。高祖乃起舞，慷慨傷懷，泣數行下。"任昉《文章緣起》："漢祖《大風歌》汪洋自恣，不必三百篇遺音，實開漢一代氣象，實爲漢後詩開創。"

大風起兮雲飛揚，威加海内兮歸故鄉，安得猛士兮守四方！

中華書局標點本《史記》卷八

## 鴻鵠歌

【題解】《史記·留侯世家》：高祖欲廢太子而立戚夫人子趙王如意，太子用張良計得商山四皓輔佐。高祖見之而驚，曰："彼四人輔之，羽翼已成，難動矣。"戚夫人泣，高祖曰："爲我楚舞，吾爲若楚歌。"乃歌此。

逯欽立《先秦漢魏晉南北朝詩·漢詩卷一》案："《白帖》所引有兮字，更合楚歌體。其所據書，當爲《楚漢春秋》。"高祖既稱"吾爲若楚歌"，則本當有"兮"。胡應麟《詩藪·内編》卷一："高帝《鴻鵠歌》是'月明星稀'諸篇之祖，非《雅》、《頌》之體也。然氣體橫放，自不可及。"

鴻鵠高飛，一舉千里。羽翮已就，橫絕四海。橫絕四海，當可奈何！雖有矰繳，尚安所施！

中華書局標點本《史記》卷五五

## 劉　友（生卒年不詳）

### 幽　歌

【題解】劉友，劉邦子。初立爲淮陽王，後徙爲趙王。據《史記·呂后本紀》，劉友以諸呂女爲后，弗愛，愛他姬，諸呂女妒，讒之於太后，誣以罪過。太后怒，召趙王，置邸不見，令衛圍守之，弗予食。趙王飢，乃作此歌。

諸呂用事兮劉氏危，迫脅王侯兮彊授我妃。我妃既妒兮誣我以惡，讒女亂國兮上曾不寤。我無忠臣兮何故棄國？自決中野兮蒼天舉直。于嗟不可悔兮寧蚤自財。爲王而餓死兮誰者憐之！呂氏絕理兮托天報仇。

中華書局標點本《史記》卷九

○舉直：助佑正直者。舉，通"與"。○蚤：通"早"。自財：自殺。財，通"裁"。

## 劉　徹（前156—前87）

《漢書·武帝紀》：孝武皇帝，景帝中子也。年四歲立爲膠東王，七歲爲皇太子，十六歲即皇帝位。

## 瓠子歌

【題解】《漢書·武帝紀》：元封二年（前109），武帝封禪，因巡祭山川，至瓠子，臨河決，命從臣將軍以下皆負薪塞河堤，作《瓠子之歌》。詩載《史記·河渠書》、《漢書·溝洫志》。任昉《文章緣起》："武帝《瓠子》、《秋風》、《柏梁》諸作，從湘纍脫化，有辭人本色也。"

瓠子決兮將奈何？浩浩洋洋，慮殫爲河。殫爲河兮地不得寧，功無已時兮吾山平。吾山平兮鉅野溢，魚弗鬱兮柏冬日。正道弛兮離常流，蛟龍騁兮放遠游。歸舊川兮神哉沛，不封禪兮安知外！皇謂河公兮何不仁，泛濫不止兮愁吾人！齧桑浮兮淮、泗滿，久不反兮水維緩。

河湯湯兮激潺湲，北渡回兮迅流難。搴長茭兮湛美玉，河公許兮薪不屬。薪不屬兮衛人罪，燒蕭條兮噫乎何以御水！隤林竹兮揵石菑，宣防塞兮萬福來。

**中華書局標點本《漢書》卷二九**

○瓠子：地名，亦稱瓠子口，在今河南濮陽南。漢武帝元光三年（前132），河決於瓠子，東南注入鉅野，通於淮、泗。○鉅野：澤名；在今山東巨野北。○弗鬱：憂愁貌。柏：通"迫"。○沛：滂沛；水流廣遠貌。○河公：即河伯，黃河水神。○齧桑：地名，在今江蘇沛縣西南。○潺湲：激流貌。○搴：取也。茭：篾纜，所以引置土石以塞河也。湛美玉：沉玉以祭河。○薪不屬：薪不足也。○衛人：瓠子本春秋時衛地，故以之指當地人。○揵：通"楗"，堵決口。○石菑：石柱樁。○宣防：即宣房，地名，在今濮陽故城。

## 西極天馬歌

【題解】《史記·樂書》：武帝伐大宛，得千里馬，名蒲梢，乃作詩。《漢書·武帝紀》載此事於太初四年（前101），名其詩爲《西極天馬歌》。

天馬來兮從西極，經萬里兮歸有德。承靈威兮降外國，涉流沙兮四夷服。

中華書局標點本《史記》卷二四

## 秋風辭

【題解】《武帝故事》：武帝巡游河東，祠后土，顧視帝京，欣然中流，與羣臣燕飲。上甚歡，乃自作《秋風辭》。王世貞《藝苑卮言》卷二："漢武故是詞人，《秋風》一章，幾於《九歌》矣。"

秋風起兮白雲飛，草木黃落兮雁南歸。蘭有秀兮菊有芳，攜佳人兮不能忘。泛樓船兮濟汾河，橫中流兮揚素波。簫鼓鳴兮發棹歌，歡樂極兮哀情多。少壯幾時兮奈老何！

中華書局影印胡刻《文選》卷四五

〇汾河：水名；在今山西中部。

### 劉細君（生卒年不詳）

## 悲愁歌

【題解】 劉細君，西漢江都王劉建之女。元封年間，武帝爲聯合烏孫國（今新疆溫宿以北、伊寧以南地區）抗擊匈奴，以細君爲公主，遠嫁烏孫國王昆莫。《漢書·西域傳下》：昆莫年老，語言不通，公主悲愁，自爲作歌。鍾惺《名媛詩歸》："此詩酸楚，令讀者傷心。"

吾家嫁我兮天一方，遠托異國兮烏孫王。穹廬爲室兮旃爲牆，以肉爲食兮酪爲漿。居常土思兮心內傷，願爲黄鵠兮歸故鄉。

中華書局標點本《漢書》卷九六下

○旃：通"氈"。○土思：懷鄉之愁思。○黄鵠：大鳥名，古人以爲僊人所乘。


## 息夫躬（？—前1）

《漢書·息夫躬傳》：息夫躬，字子微，西漢河内河陽（今河南武涉西南）人。少爲博士弟子，受《春秋》，通覽記書。容貌壯麗，爲衆所異。哀帝初即位，皇后父傅晏與躬同郡，躬繇是以爲援，交游日廣，召待詔，擢給事中，封宜陵侯。後以巫蠱罪下獄死。


## 絕命辭

【題解】 息夫躬初待詔，數危言高論。自恐遭禍，著《絕命辭》。朱熹將《絕命辭》收入《楚辭後語》，曰："躬以利口作姦，死不償責。而此詞乃以發忠忘身，號於上帝。甚矣，其欺天也。特以其詞高古似賈誼，故錄之。"

玄雲泱鬱將安歸兮，鷹隼横厲鷟徘徊兮。憯若浮猋動則機兮，叢棘棧棧曷可棲兮。發忠忘身自繞罔兮，冤頸折翼庸得往兮。涕泣流兮萑蘭，心結愲兮傷肝。虹蜺曜兮日微，孽杳冥兮未開。痛入天兮鳴呼，冤際絕兮誰語？仰天光兮自列，招上帝兮我察。秋風爲我唫，浮雲爲我陰。嗟若是兮欲何留，撫神龍兮攬其須。游曠迥兮反亡期，雄失據兮世我思。

中華書局標點本《漢書》卷四五

○泱鬱：盛貌。○横厲：横飛。○猋：通"飆"。○機：通"幾"，危

327

也。○掾掾：衆多貌。○罔：通"網"。○冤：通"宛"，屈曲。庸：何也。○萑蘭：淚流貌。萑，通"汍"。○結惛：煩亂貌。惛，通"緡"，結也。○孽：邪氣。○唫：同"吟"。○雄：君王。

## 梁　鴻（生卒年不詳）

《後漢書·逸民傳》：梁鴻，字伯鸞，東漢扶風平陵（今陝西咸陽西北）人。父讓，王莽時爲城門校尉，封修遠伯，寓於北地而卒。鴻時尚幼，以遭亂世，因卷席而葬。後受業太學，家貧而尚節介，博覽無所不通，而不爲章句。學畢，乃牧豕於上林苑中。後歸鄉里，勢家慕其高節，多欲女之，鴻並絕不娶。同縣孟氏有女，狀肥醜而黑，力舉石臼，擇對不嫁，至年三十。父母問其故，女曰："欲得賢如梁伯鸞者。"鴻聞而聘之。女求作布衣、麻屨、織作筐緝績之具。及嫁，始以裝飾入門。七日而鴻不答。妻乃跪牀下請曰："竊聞夫子高義，簡斥數婦，妾亦偃蹇數夫矣。今而見擇，敢不請罪。"鴻曰："吾欲裘褐之人，可與俱隱深山者爾。今乃衣綺縞，傅粉墨，豈鴻所願哉？"妻曰："以觀夫子之志耳。妾自有隱居之服。"乃更爲椎髻，著布衣，鴻大喜曰："此真梁鴻妻也。"字之曰德曜，名孟光。乃共入霸陵山中，以耕織爲業，詠《詩》《書》，彈琴以自娛。

### 五噫歌

【題解】梁鴻因事過洛陽，作《五噫歌》，章帝讀後大爲不滿，下令搜捕。更姓改名，避居齊魯。後適吳郡（今江蘇蘇州），旋病死。張養浩《山坡羊·潼關懷古》："傷心秦漢經行處……興，百姓苦！亡，百姓苦！"可謂對《五噫歌》詩旨之概括。清張玉穀《古詩賞析》卷五評云："無窮悲痛，全在五個'噫'字托出，真是創體。"

陟彼北芒兮，噫！顧瞻帝京兮，噫！宮室崔嵬兮，噫！人之劬勞兮，噫！遼遼未央兮，噫！

中華書局標點本《後漢書》卷八三

○北芒：即邙山，在今河南洛陽北。

張　衡（78—139）

傳略見"秦漢文學"第二章第三節。

## 四愁詩

【題解】《文選》卷二九於詩前有序曰："張衡不樂久處機密，陽嘉中出爲河間相。……時天下漸弊，鬱鬱不得志，爲《四愁詩》。（依）屈原以美人爲君子，以珍寶爲仁義，以水深雪雰爲小人，思以道術相報，貽於時君，而懼讒邪不得以通。"此序非張衡所作，當是後人編集張衡詩文者所爲。

一思曰：我所思兮在太山，欲往從之梁父艱。側身東望涕霑翰。美人贈我金錯刀，何以報之英瓊瑤。路遠莫致倚逍遙，何爲懷憂心煩勞。

二思曰：我所思兮在桂林，欲往從之湘水深。側身南望涕沾襟。美人贈我琴琅玕，何以報之雙玉盤。路遠莫致倚惆悵，何爲懷憂心煩傷。

三思曰：我所思兮在漢陽，欲往從之隴阪長。側身西望涕沾裳。美人贈我貂襜褕，何以報之明月珠。路遠莫致倚踟躕，何爲懷憂心煩紆。

四思曰：我所思兮在雁門，欲往從之雪紛紛。側身北望涕沾巾。美人贈我錦繡段，何以報之青玉案。路遠莫致倚增歎，何爲懷憂心煩惋。

中華書局影印胡刻《文選》卷二九

○一思曰：《玉臺新詠》無此三字。下同。○太山：即泰山，在今山東泰安。○梁父：山名；爲泰山下之小山。○翰：衣襟。○金錯刀：鍍金之刀錢；或說爲黃金鑲嵌刀環或刀柄之佩刀。錯，鍍金。○英：通"瑛"，光澤貌。瓊、瑤：皆美玉名。○倚：通"猗"，語助詞；下同。逍遙：彷徨。○勞：憂傷。○桂林：漢郡名，郡治在今廣西。○琴琅玕：用美玉裝飾的琴。琅玕，美玉。琴，底本原作"金"，據《文選》五臣注本改。○漢陽：後漢郡名，郡治在今甘肅甘谷南。○隴阪：山名，即隴山，在陝西隴縣，西北跨甘肅清水縣。○貂襜褕：貂皮縫製之直襟袍子。襜褕，原指直襟單衣。○煩紆：心煩意亂。紆，曲折。○雁門：漢郡名；在今山西西北。○青玉案：青玉製成的小几案。○悁：怨也。

## 第二節　郊廟歌辭

"樂府"一詞，最初指主管音樂的官府。以"樂府"爲名稱的音樂機構，約始於秦代。1977年秦始皇陵附近出土的編鐘上，就鑄有"樂府"二字。漢承秦制，也設有專門的樂府機構，漢惠帝之時便有"樂府令"之職。至武帝時，樂府機構的規模和職能都被大大地擴大了，其具體任務包括制定樂譜、搜集民歌及製作歌辭等。其後，納入樂府之歌詩亦稱"樂府"。今人談及樂府，雖多強調其民間歌謠，但實際上，最早納入樂府的却是貴族廟堂詩歌，而《房中祠樂》可視爲漢樂府之祖。

### 房中祠樂（十七章選三）

【題解】《漢書·禮樂志》："《房中祠樂》，高祖唐山夫人所作也。周有《房中樂》，至秦名曰《壽人》。……孝惠二年，使樂府令夏侯寬備其簫管，更名曰《安世樂》。"所謂房中樂，即燕樂，或用於祭祀，爲娛神之事；或用於饗食賓客，爲娛人之事。胡仔《苕溪漁隱叢話》後集卷一引

《元成先生語錄》："西漢樂章，可齊三代。舊見《漢（書）·禮樂志·房中樂》十七章，觀其格韻高嚴，規模簡古，駸駸乎商、周之頌。"此處依次選錄其第一、六及第八章。

大孝備矣，休德昭清。高張四縣，樂充宮廷。芬樹羽林，雲景杳冥。金支秀華，庶旄翠旌。

中華書局標點本《漢書》卷二二（下同）

○高張四縣：四面懸挂鐘磬而高張之。○芬樹羽林：羽葆衆多如林。芬，通"紛"。○金支秀華：黃金爲枝，若草木之秀華。支，通"枝"。

大海蕩蕩水所歸，高賢愉愉民所懷。大山崔，百卉殖。民何貴？貴有德。

○愉愉：和樂貌。

豐草葽，女羅施。善何如，誰能回！大莫大，成教德；長莫長，被無極。

○葽：草盛貌。○女羅：地衣類植物。○回：亂也。○被：及也。

## 郊祀歌（十九章選七）

【題解】《漢書·禮樂志》："武帝定郊祀之禮，祠太一於甘泉，就乾位也；祭后土於汾陰，澤中方丘也。乃立樂府……以李延年爲協律都尉，多舉司馬相如等數十人造爲詩賦，略論律呂，以合八音之調，作《十九章》之歌。以正月上辛用事甘泉圜丘，使童男女七十人俱歌，昏祠至明。夜常有神光如流星止集于祠壇，天子自竹宫而望拜，百官侍祠者數百人皆肅然動心焉。"胡應麟《詩藪·内編》卷一："《練時日》（引者按：《郊祀歌》之第一章）等篇，辭極古奥，意致幽深，錯以流麗，大率祖騷《九歌》。然騷語和平，而此太峻刻。"此處依次選錄其第二、第三、第四、第五、第六、第九及第十章。

帝臨中壇，四方承宇。繩繩意變，備得其所。清和六合，制數以五。海內安寧，興文偃武。后土富媼，昭明三光。穆穆優游，嘉服上黃。

○帝：中央之黃帝。○四方：四方之神。宇：四宇。○繩繩：衆多貌。○六合：天地四方。○制數以五：后土之神，其數爲五。○富媼：富裕繁盛。媼，通"縕"，饒也。○三光：日、月、星。○穆穆：端莊貌。○上：通"尚"。

青陽開動，根荄以遂。膏潤并愛，跂行畢逮。霆聲發榮，蟄處頃聽。枯槁復産，乃成厥命。衆庶熙熙，施及夭胎。羣生噈噈，惟春之祺。

○青陽：東方青帝。○跂行：顏師古注："凡有足而行者，稱跂行也。"○霆聲發榮：植物將榮，待雷霆發動之。○頃：通"傾"。○熙熙：和樂貌。○施：及也。夭：幼稚之物。胎：在孕之物。○噈噈：豐厚貌。

朱明盛長，敷與萬物。桐生茂豫，靡有所詘。敷華就實，既阜既昌。登成甫田，百鬼迪嘗。廣大建祀，肅雍不忘。神若宥之，傳世無疆。

○朱明：南方赤帝。○敷與：普施。○桐生：通達而生。桐，通"通"。茂豫：盛美光澤。○就：成也。○阜：大也。○登成：成熟。甫田：大田。○百鬼：百神。迪：進也。嘗：嘗新；古時農作物收穫後，進獻於神。○若：善也。

西顥沆碭，秋氣肅殺。含秀垂穎，續舊不廢。姦僞不萌，妖孽伏息。隅辟越遠，四貉咸服。既畏茲威，惟慕純德。附而不驕，正心翊翊。

○西顥：西方白帝。沆碭：白氣之貌。○續舊：猶嗣續；登新之意。○辟：通"僻"。○四貉：猶四夷。○附：歸附。○翊翊：通"翼翼"，謹慎貌。

玄冥陵陰，蟄蟲蓋臧。草木零落，抵冬降霜。易亂除邪，革正異俗。兆民反本，抱素懷樸。條理信義，望禮五嶽。籍斂之時，掩收嘉穀。

○玄冥：北方玄帝。○臧：通"藏"。○條：暢也。○籍斂：收籍田。

日出入安窮？時世不與人同。故春非我春，夏非我夏，秋非我秋，冬非我冬。泊如四海之池，遍觀是邪謂何？吾知所樂，獨樂六龍；六龍之調，使我心若。訾黃其何不徠下！

○日：太陽神。○"故春非我春"四句：此爲代言，謂四季實與"我"太陽神無關。○泊如：水貌。○邪：語助詞。○六龍：傳說六龍爲太陽駕車。○調：協調。○若：順也。○訾黃：傳說中龍翼馬身之神物；一名乘黃。或以爲訾爲嗟歎之辭；黃即乘黃。

太一況，天馬下，霑赤汗，沬流赭。志俶儻，精權奇，籋浮雲，晻上馳。體容與，迣萬里，今安匹，龍爲友。

天馬徠，從西極，涉流沙，九夷服。天馬徠，出泉水，虎脊兩，化若鬼。天馬徠，歷無草，徑千里，循東道。天馬徠，執徐時，將搖舉，誰與期？天馬徠，開遠門，竦予身，逝崑崙。天馬徠，龍之媒，游閶闔，觀玉臺。

○太一：太一之神。舊以其爲天神之貴者。況，通"貺"，賜予。○沬：通"頮"，洗面。赭：紅色。○權奇：高超。○籋：通"躡"，踏也。○晻：同"暗"，悄然。○容與：安逸自得貌。○迣：超逾。○匹：相配。○流沙：沙漠。○泉水：水名；在今甘肅安西。○虎脊兩：言馬毛如兩條虎脊紋。○鬼：通"騩"，淺黑色之馬。○執徐：十二支中辰之別稱，用以紀年，時當武帝太初四年（前101）。○搖舉：奮搖高舉。○遠門：遠道上之關山重門。○竦：通"聳"，立也。○逝：往也。○龍之媒：天馬與龍爲同類。○閶闔：天門。○玉臺：天帝所居之處。

| 輯　錄 |

《漢書·禮樂志》：漢興，樂家有制氏，以雅樂聲律世世在太樂官，但能紀其鏗鏘鼓舞，而不能言其義。高祖時，叔孫通因秦樂人制宗廟樂。大祝迎神于廟門，奏《嘉至》，猶古降神之樂也。皇帝入廟門，奏《永至》，以爲行步之節，猶古《采薺》、《肆夏》也。乾豆上，奏《登歌》，獨上歌，不以管弦亂人聲，欲在位者遍聞

333

之，猶古《清廟》之歌也。《登歌》再終，下奏《休成》之樂，美神明既饗也。皇帝就酒東廂，坐定，奏《永安》之樂，美禮已成也。

《宋書·樂志二》引蔡邕論叙漢樂：一曰郊廟神靈，二曰天子享宴，三曰大射辟雍，四曰短簫鐃歌。

劉勰《文心雕龍·樂府》：樂府者，聲依永，律和聲也。鈞天九奏，既其上帝；葛天八闋，爰乃皇時。自《咸》、《英》以降，亦無得而論矣。至於塗山歌於"侯人"，始爲南音；有娀謠乎"飛燕"，始爲北聲，夏甲歎於東陽，東音以發；殷整思於西河，西音以興。音聲推移，亦不一概矣。匹夫庶婦，謳吟土風；詩官采言，樂盲被律；志感絲篁，氣變金石。是以師曠覘風於盛衰，季札鑒微於興廢，精之至也。夫樂本心術，故響浹肌髓，先王慎焉，務塞淫濫。敷訓胄子，必歌九德；故能情感七始，化動八風。自雅聲浸微，溺音騰沸。秦燔《樂經》，漢初紹復；制氏紀其鏗鏘，叔孫定其容與。於是《武德》興乎高祖，《四時》廣於孝文；雖摹《韶》、《夏》，而頗襲秦舊，中和之響，闃其不還。暨武帝崇禮，始立樂府，總趙、代之音，撮齊、楚之氣；延年以曼聲協律，朱、馬以《騷》體製歌。《桂華》雜曲，麗而不經；《赤雁》羣篇，靡而非典。河間薦雅而罕御。故汲黯致譏於《天馬》也。至宣帝雅頌，詩效《鹿鳴》；邇及元、成，稍廣淫樂。正音乖俗，其難也如此。暨後郊廟，惟雜雅章，辭雖典文，而律非夔、曠。至於魏之三祖，氣爽才麗，宰割辭調，音靡節平。觀其"北上"衆引，"秋風"列篇，或述酣宴，或傷羈戍；志不出於淫蕩，辭不離於哀思；雖三調之正聲，實《韶》、《夏》之鄭曲也。逮於晉世，則傅玄曉音，創定雅歌，以詠祖宗；張華新篇，亦充庭萬。然杜夔調律，音奏舒雅；荀勖改懸，聲節哀急。故阮咸譏其離聲，後人驗其銅尺。和樂精妙，固表裏而相資矣。故知詩爲樂心，聲爲樂體。樂體在聲，瞽師務調其器；樂心在詩，君子宜正其文。"好樂無荒"，晉風所以稱遠；"伊其相謔"，鄭國所以云亡。故知季札觀辭，不直聽聲而已。若夫豔歌婉孌，怨志詄絕；淫辭在典，正響焉生？然俗聽飛馳，職競新異；雅詠溫恭，必欠伸魚睨；奇辭切至，則拊髀雀躍。詩聲俱鄭，自此階矣。凡樂辭曰詩，詩聲曰歌。聲來被辭，辭繁難節。故陳思稱李延年閑於增損古辭，多者則宜減之，明貴約也。觀高祖之詠"大風"，孝武之歎"來遲"，歌童被聲，莫敢不協。子建、士衡，咸有佳篇，並無詔伶人；故事謝絲管。俗稱乖調，蓋未思也。至於斬伎《鼓吹》，漢世《鐃》、《挽》；其戎喪殊事，而並總入樂府。繆襲所致，亦有可算焉。昔子政品文，詩與歌別，故略具樂篇，以標區界。贊曰：八音摛文，樹辭爲體。謳吟坰野，金石雲陛。《韶》響難追，鄭聲易啓。豈惟觀樂？於焉識禮。

**參考書目**

《漢書·禮樂志》，中華書局標點本。

《先秦漢魏晉南北朝詩·漢詩》，逯欽立輯校，中華書局1983年版。

《漢魏六朝樂府文學史》，蕭滌非著，人民文學出版社1984年版。

**思考題**

漢樂府郊廟歌辭對後代詩歌有何影響？

## 第三節　樂府民歌

《漢書·藝文志》："自孝武立樂府而采歌謠，於是有代、趙之謳，秦、楚之風，皆感於哀樂，緣事而發，亦可以觀風俗、知薄厚云。"所謂"采歌謠"，就是搜集各地民歌。而且，《漢書·藝文志》還列出西漢所采集的一百三十八首民歌及其所屬之地域，但這些民歌多已不傳。今傳之兩漢樂府民歌，多爲東漢時期之作品，基本上被收入宋代郭茂倩的《樂府詩集》中。郭氏將自漢至唐的樂府詩分爲十二類，即郊廟歌辭、燕射歌辭、鼓吹曲辭、橫吹曲辭、相和歌辭、清商曲辭、舞曲歌辭、琴曲歌辭、雜曲歌辭、近代曲辭、雜歌謠辭及新樂府辭。兩漢樂府民歌則主要保存在"鼓吹"、"相和"和"雜曲"三類中，相和歌中尤多。

## 戰城南

【題解】 本詩收於《樂府詩集》之《鼓吹曲辭》,是"漢鐃歌十八曲"之一。這是一首哀悼陣亡戰士、詛咒戰爭的民歌,通過描寫前方戰士暴屍荒野,後方田土荒蕪,禾黍不穫,譴責了連年戰爭給人民帶來的災難。後代陳琳《飲馬長城窟行》、李白《戰城南》及杜甫《兵車行》等,在選題及寓意上都受到此詩的啓迪與影響。

戰城南,死郭北,野死不葬烏可食。爲我謂烏:"且爲客豪!野死諒不葬,腐肉安能去子逃!"水深激激,蒲葦冥冥,梟騎戰鬥死,駑馬徘徊鳴。梁築室,何以南,何以北?禾黍不穫君何食?願爲忠臣安可得?思子良臣,良臣誠可思:朝行出攻,暮不夜歸!

**中華書局標點本《樂府詩集》卷一六（下同）**

○"戰城南"三句:郭,外城;"城南"、"郭北"互文見義,言處處皆有戰鬥,亦處處皆有戰死者。○客:戰死他鄉者。豪:通"嚎",招魂。○諒:信也,表示揣度,猶言"想必"。○子:烏鴉。○激激:水清澈貌。○冥冥:幽暗貌。○梟騎:善戰之駿馬。梟,通"驍",勇也。○梁築室:在橋上蓋起房子;比喻社會秩序不正常。或以爲梁爲表聲字。○何以北:底本原作"梁何北",據校勘記引《詩紀》卷五改。

## 巫山高

【題解】 本詩收於《樂府詩集》之《鼓吹曲辭》,是"漢鐃歌十八曲"之一。《樂府詩集》引《樂府解題》:"古辭言,江淮水深,無梁可度,臨水遠望,思歸而已。"

巫山高,高以大;淮水深,難以逝。我欲東歸,害梁不爲?我集無高曳，水何梁湯湯迴回。臨水遠望，泣下霑衣。遠道之人心思歸，謂之何？

○以：且也。○逝：速也。○害梁不爲：何不爲之。害，通"何"；梁，表聲字，下同。○集：止，滯留。○篙曳：通"篙栧"，船篙及船槳。○迴回：水勢迴旋貌。

## 有所思

【題解】　本詩收於《樂府詩集》之《鼓吹曲辭》，是"漢鐃歌十八曲"之一。這是首情詩，寫一個女子熱烈的愛，沉痛的恨，以及決定與負心男子分手的整個過程。

有所思，乃在大海南。何用問遺君？雙珠玳瑁簪，用玉紹繚之。聞君有他心，拉雜摧燒之。摧燒之，當風揚其灰。從今以往，勿復相思！相思與君絕！雞鳴狗吠，兄嫂當知之。妃呼豨！秋風肅肅晨風颸，東方須臾高知之！

○"有所思"二句：此非實指戀人所處之遠，而是有恨不得終日廝守之意。○問遺：贈與。○雙珠玳瑁簪：兩端各懸一珠之玳瑁簪；玳瑁，龜類，甲殻光滑多文采，可製裝飾品。○紹繚：纏繞。○拉雜：折碎。○妃呼豨：歎息之聲。或以爲均爲表聲之字。○晨風：鳥名。或以爲即雉。颸：疾風，此處指鳥疾飛。○高：通"皓"，白也。

## 上　邪

【題解】　本詩收於《樂府詩集》之《鼓吹曲辭》，是"漢鐃歌十八曲"之一。莊述祖《漢鼓吹鐃歌曲句解》以爲此詩"指天日以自明也，此男慰女之辭"。今人多以其爲女慰男之辭。

上邪！我欲與君相知，長命無絕衰。山無陵，江水爲竭，冬雷震震，夏雨雪，天地合，乃敢與君絕。

○上邪：猶言"天啊"。邪，通"耶"。○相知：相親相愛。○命：令也。

## 十五從軍行

【題解】 本詩收於《樂府詩集》之《橫吹曲辭》。原名《紫騮馬歌辭》，在"十五從軍行"前尚有"燒火燒野田，野鴨飛上天。童男娶寡婦，壯女笑殺人。高高山頭樹，風吹落葉去。一去數千里，何當還故處"。然郭茂倩引《古今樂錄》："'十五從軍行'以下是古詩。"杜甫《無家別》受到此詩影響。

十五從軍行，八十始得歸。道逢鄉里人："家中有阿誰？""遙看是君家，松柏冢纍纍。"兔從狗竇入，雉從梁上飛。中庭生旅穀，井上生旅葵。舂穀持作飯，采葵持作羹。羹飯一時熟，不知飴阿誰？出門東向看，淚落沾我衣。

**中華書局標點本《樂府詩集》卷二五**

○阿誰：誰。阿，語助詞。○纍纍：重重疊疊。○旅：野生。

## 箜篌引（公無渡河）

【題解】 本詩見《樂府詩集》之《相和歌辭·箜篌引》題解中所引崔豹《古今注》。崔氏曰："《箜篌引》者，朝鮮津卒霍里子高麗玉所作也。子高晨起刺船，有一白首狂夫，被髮提壺，亂流而渡，其妻隨而止之，不及，遂墮河而死。於是援箜篌而歌曰……聲甚淒愴，曲終亦投河而死。"

公無渡河，公竟渡河，墮河而死，將奈公何！

**中華書局標點本《樂府詩集》卷二六（下同）**

## 江　南

【題解】　本詩收於《樂府詩集》之《相和歌辭》，是一首江南民間情歌。陳祚明《采菽堂古詩選》："排演四句，文情恣肆，寫魚飄忽。較《詩》'在藻'、'依蒲'尤活。"

江南可采蓮，蓮葉何田田。魚戲蓮葉間。魚戲蓮葉東，魚戲蓮葉西，魚戲蓮葉南，魚戲蓮葉北。

○田田：鮮碧貌。○"魚戲蓮葉東"四句：此爲應和者之歌辭。

## 薤　露

【題解】　本詩收於《樂府詩集》之《相和歌辭》。《樂府詩集》題解引崔豹《古今注》："《薤露》、《蒿里》，並喪歌也。本出田横門人，横自殺，門人傷之，爲作悲歌。言人命奄忽，如薤上之露，易晞滅也。亦謂人死魂魄歸於蒿里。至漢武帝時，李延年分爲二曲，《薤露》送王公貴人，《蒿里》送士大夫庶人。使挽柩者歌之，亦謂之挽歌。"

薤上露，何易晞！露晞明朝更復落，人死一去何時歸。

**中華書局標點本《樂府詩集》卷二七（下同）**

○薤：多年生草本植物，葉細長，花紫小，嫩葉可食用。○晞：晾乾。

## 蒿　里

【題解】　本詩收於《樂府詩集》之《相和歌辭》。參見前詩《薤露》題解。張玉穀《古詩賞析》："前章比體，寫得凄婉欲絕；此章賦體，寫得慘刻盡致。"

蒿里誰家地？聚斂魂魄無賢愚。鬼伯一何相催促，人命不得少踟躕。
○蒿里：舊以爲泰山南有山名蒿里，相傳爲人死後魂魄聚居之地。或以爲蒿里即蒮里，黃泉也。○鬼伯：古迷信中催人索命之鬼卒。○少：通"稍"。

## 平陵東

【題解】 本詩收於《樂府詩集》之《相和歌辭》。《樂府詩集》題解引崔豹《古今注》及《樂府解題》均以爲，本篇乃西漢末人哀悼翟義（丞相翟方進之少子）起兵反王莽失敗見害而作，然據《漢書·翟方進傳》考以翟義事迹，與本詩詩義不合，此說不可信。今人多以爲本詩反映了豪強以"綁票"之方式敲詐平民之現實。

平陵東，松柏桐，不知何人劫義公。劫義公，在高堂下，交錢百萬兩走馬。兩走馬，亦誠難，顧見追吏心中惻。心中惻，血出漉，歸告我家賣黃犢。

**中華書局標點本《樂府詩集》卷二八**

○平陵：漢昭帝陵墓，地在長安西北七十里。與高帝長陵、惠帝安陵、景帝陽陵、武帝茂陵合稱"五陵"，爲漢代豪門勢族聚居之地區。○松柏桐：舊時墓旁常植之樹。○義公：忠厚善良之人。○走馬：善跑之好馬。○漉：滲出。

## 隴西行

【題解】 本詩收於《樂府詩集》之《相和歌辭》。這是描寫並贊美"健婦"之詩，寫女主人招待賓客，從容大方，迎送有禮。《漢書·趙充國傳》："山西天水、隴西、安定、北地，處勢迫近羌胡，民俗修習戰備，高上勇力，鞍馬騎射……其風聲氣俗，自古而然。今之歌謠慷慨，風流猶存耳。"

天上何所有，歷歷種白榆。桂樹夾道生，青龍對道隅。鳳凰鳴啾啾，一母將九雛。顧視世間人，爲樂甚獨殊。好婦出迎客，顏色正敷愉。伸腰再跪拜，問客平安不。請客北堂上，坐客氈氍毹。清白各異尊，酒上正華疏。酌酒持與客，客言主人持。却略再拜跪，然後持一杯。談笑未及竟，左顧敕中廚。促令辦粗飯，慎莫使稽留。廢禮送客出，盈盈府中趨。送客亦不遠，足不過門樞。取婦得如此，齊姜亦不如。健婦持門戶，亦勝一丈夫。

**中華書局標點本《樂府詩集》卷三七（下同）**

〇歷歷：分明貌。白榆：星名。〇桂樹：星名。道：即黃道，古人想象中太陽周年運行之軌道。〇青龍：即蒼龍，東方七宿之總稱。〇鳳凰：即朱鳥，南方七宿之總稱。〇母：指上文之"鳳凰"。將：率領。九雛：指附近之若干小星。〇敷愉：和悅貌。〇氍毹：粗毛褥。〇清白：清酒、白酒。〇華疏：繁盛貌。〇廢禮：終禮。〇齊姜：齊國之姜姓女子。《詩經·陳風·衡門》："豈其取妻，必齊之姜？"〇健婦：剛健能自立之婦人。〇亦勝一丈夫：亦，底本原作"一"，據校勘記引《古樂府》卷五改。

## 東門行

【題解】 本詩收於《樂府詩集》之《相和歌辭》。《樂府詩集》題解引《樂府解題》："言士有貧不安其居者，拔劍將去，妻子牽衣留之，願共餔糜，不求富貴。"此曾爲晉樂府所奏，加上"今時清廉，難犯教言，君復自愛莫爲非"及"平慎行，望君歸"之語，當是文人之修改。此處用古辭。

出東門，不顧歸。來入門，悵欲悲。盎中無斗米儲，還視架上無懸衣。

拔劍東門去。舍中兒母牽衣啼："他家但願富貴，賤妾與君共餔糜。上用倉浪天故，下當用此黃口兒。今非！""咄！行！吾去爲遲！白髮時下難久居。"

○甕：一種大腹小口之瓦甖。○餔糜：吃粥。○用：爲。○倉浪天：蒼天。○黃口兒：幼兒。

## 飲馬長城窟行

【題解】 本詩收於《樂府詩集》之《相和歌辭》，又名《飲馬行》。郭茂倩題解："長城，秦所築以備胡者。其下有泉窟，可以飲馬。古辭云：'青青河畔草，綿綿思遠道。'言征戍之客，至於長城而飲其馬，婦人思念其勤勞，故作是曲也。"

青青河畔草，綿綿思遠道。遠道不可思，宿昔夢見之。夢見在我傍，忽覺在他鄉。他鄉各異縣，展轉不相見。枯桑知天風，海水知天寒。入門各自媚，誰肯相爲言！客從遠方來，遺我雙鯉魚。呼兒烹鯉魚，中有尺素書。長跪讀素書，書中竟何如？上言加餐飯，下言長相憶。

**中華書局標點本《樂府詩集》卷三八（下同）**

○綿綿：長而不斷之貌。既是指草，也是指自己之思緒。○宿昔：昨夜。昔，通"夕"。○雙鯉魚：指信。古代藏書信之函呈魚形，以木爲一底一蓋，刻作魚形，中藏信札，故稱。○兒：童僕。○尺素書：信札。古時帝王下詔均以一尺一寸長之木板或絹帛爲書寫工具，所以後代以"尺一書"、"尺牘"、"尺素"或"尺書"等稱信札。○長跪：古人席地而坐，雙膝著地，坐於脚跟上；長跪則是直腰而跪，表敬意之態。

## 婦病行

**【題解】** 本詩收於《樂府詩集》之《相和歌辭》。通過一個病婦的家庭悲劇，描繪了漢代下層人民的生活慘況。詩中的病婦臨死托孤、父求與孤買餌、孤兒啼索母抱幾個細節，深刻表現了本詩的悲劇主題。黃節《漢魏樂府風箋》引朱乾語："讀《婦病行》，則父子不相保矣。"

婦病連年累歲，傳呼丈人前一言。當言未及得言，不知淚下一何翩翩："屬累君兩三孤子，莫我兒飢且寒，有過慎莫笪笞，行當折搖，思復念之！"

亂曰：抱時無衣，襦復無裏。閉門塞牖，舍孤兒到市。道逢親交，泣坐不能起。從乞求與孤買餌。對交啼泣，淚不可止："我欲不傷悲不能已。"探懷中錢持授交。入門見孤兒，啼索其母抱。徘徊空舍中："行復爾耳！棄置勿復道。"

〇翩翩：不止貌。〇屬：通"囑"，托付。〇笪笞：原爲打人之竹器，此處用爲動詞。〇行當：不久。折搖：短命早死。搖，通"夭"。〇亂：樂歌之卒章。〇從：就也。餌：糕餅之類食品。〇行復爾耳：言孩子之命運也將像其母一樣。行，將也；爾，那樣。

## 孤兒行

**【題解】** 本詩收於《樂府詩集》之《相和歌辭》，又名《孤子生行》、《放歌行》。郭茂倩題解："古辭言孤兒爲兄嫂所苦，難與久居也。"作品所寫雖然是一個家庭的事情，然而却反映了整個宗法社會的封建壓迫問題。作者通過孤兒"行賈"、"行汲"、"收瓜"三個小故事，極寫兄嫂對幼弟的百般虐待。故事曲折多變，文字波瀾起伏，有很強的感人力量。宋長白《柳亭詩話》："《病婦》、《孤兒》二首，雖參差不齊，而情與境會，口語心計之狀，活現筆端，每讀一過，覺有悲風刺人毛骨。"

孤兒生，孤兒遇生，命獨當苦。父母在時，乘堅車，駕駟馬。父母已去，兄嫂令我行賈。南到九江，東到齊與魯。臘月來歸，不敢自言苦。頭多蟣虱，面目多塵。大兄言辦飯，大嫂言視馬。上高堂，行取殿下堂，孤兒淚下如雨。使我朝行汲，暮得水來歸。手爲錯，足下無菲。愴愴履霜，中多蒺藜；拔斷蒺藜腸肉中，愴欲悲。淚下渫渫，清涕纍纍。冬無複襦，夏無單衣。居生不樂，不如早去，下從地下黃泉。春氣動，草萌芽。三月蠶桑，六月收瓜。將是瓜車，來到還家。瓜車反覆，助我者少，啗瓜者多："願還我蒂，兄與嫂嚴，獨且急歸，當興校計。"亂曰：里中一何譊譊，願欲寄尺書，將與地下父母，兄嫂難與久居。

○遇生：遭遇這樣的生活處境。○行賈：往來經商。○高堂：廳堂正屋。○行取殿下堂：言急忙跑下高堂到另一處去。行，復也；取，通"趨"。○錯：通"皵"，皮膚皸裂。○菲：通"屝"，草鞋。○愴愴：通"蹌蹌"，急走。○腸：腓腸，足脛後面之肉。○渫渫：水波相連貌。○將是瓜車：言推着這輛瓜車。○校計：計較。○譊譊：喧嘩聲，怒罵聲。

## 白頭吟

**【題解】** 本詩收於《樂府詩集》之《相和歌辭》。相傳爲葛洪所著《西京雜記》曰："司馬相如將聘茂陵人女爲妾，卓文君作《白頭吟》以自絕，相如乃止。"然《宋書·樂志》稱《白頭吟》爲"漢世街陌謠謳"，當以民歌爲是。毛先舒《詩辯坻》卷一："《白頭吟》古辭，突然而起，突然而收，無句不奇，無調不變。"

皚如山上雪，皎如雲間月。聞君有兩意，故來相決絕。今日斗酒會，明日溝水頭。躞蹀御溝上，溝水東西流。淒淒復淒淒，嫁娶不須啼。願得一心人，白頭不相離。竹竿何嫋嫋，魚尾何簁簁。男兒重義氣，何用錢刀爲？

中華書局標點本《樂府詩集》卷四一

○斗：盛酒之器。○溝：環繞宮牆之御溝，爲分手之地。○躞蹀：小步行走。○東西流：東流。東西，偏義複詞，指東。○淒淒：悲傷貌。○嫁娶：偏義複詞，指嫁。○嫋嫋：柔長而輕擺貌。○簁簁：擺動貌：古詩歌中常以釣魚比求偶，此即一例。參見聞一多《風詩類鈔》。○錢刀：錢幣。古代錢幣有呈刀形者，故稱。

### 悲歌行

【題解】 本詩收於《樂府詩集》之《雜曲歌辭》。寫動亂社會中流落他鄉之人的思鄉之苦。黃節《漢魏樂府風箋》引陳胤倩語："情意曲盡。旅客至情不能言，乃真愁也。"

悲歌可以當泣，遠望可以當歸。思念故鄉，鬱鬱纍纍。欲歸家無人，欲渡河無船。心思不能言，腸中車輪轉。

中華書局標點本《樂府詩集》卷六二

### 枯魚過河泣

【題解】 本詩收於《樂府詩集》之《雜曲歌辭》。全詩以魚擬人，反映了現實之險惡。李重華《貞一齋詩話》："無端說一件鳥獸草木，不明指天時而天時恍在其中；不顯言地境而地境宛在其中；且不實說人事而人事已隱約流露其中。"

枯魚過河泣，何時悔復及！作書與魴鱮，相教慎出入。

中華書局標點本《樂府詩集》卷七四

## 古　歌

【題解】　這是一首做客胡地思念家鄉的詩。《樂府詩集》未收，張玉穀《古詩賞析》卷六收入《漢雜曲歌辭》，丁福保《全漢詩》收入《雜歌謠辭》，逯欽立《先秦漢魏晉南北朝詩》收入《漢詩》卷十《樂府古辭》。

秋風蕭蕭愁殺人。出亦愁，入亦愁。座中何人，誰不懷憂？令我白頭。胡地多飈風，樹木何修修。離家日趨遠，衣帶日趨緩。心思不能言，腸中車輪轉。

中華書局版逯欽立《先秦漢魏晉南北朝詩》（下同）

## 上山采蘼蕪

【題解】　這是一篇棄婦與前夫在途中偶然相遇時問答之辭。本詩《樂府詩集》未收，《玉臺新詠》作《古詩》，《太平御覽》引作《古樂府》。逯欽立《先秦漢魏晉南北朝詩》收入《漢詩》卷一二《樂府古辭》。通篇以問答成章，是樂府中常用的形式，《太平御覽》之處理較妥。作品通過棄婦的不幸遭遇，反映了在封建社會婦女受壓迫遭損害的悲慘地位，揭露了"故夫"喜新厭舊又怨新不如舊之市儈心理。

上山采蘼蕪，下山逢故夫。長跪問故夫："新人復何如？""新人雖言好，未若故人姝。顏色類相似，手爪不相如。""新人從門入，故人從閤去。""新人工織縑，故人工織素。織縑日一匹，織素五丈餘。將縑來比素，新人不如故。"

○蘼蕪：香草名。古人以爲蘼蕪可以使婦人多子，故或以爲女主人公被棄是由於其無子。○手爪：指紡織等女工技巧。○閤：旁門。○縑：黃絹。○素：白絹。

346

## |輯　錄|

《樂府詩集》卷一六《漢鐃歌》解題：鼓吹曲，一曰短簫鐃歌。劉瓛《定軍禮》云："《鼓吹》，未知其始也；漢班壹雄朔野而有之矣。鳴笳以和簫聲，非八音也。騷人曰'鳴篪吹竽'是也。"蔡邕《禮樂志》曰："漢樂四品，其四曰《短簫鐃歌》，軍樂也。黃帝岐伯所作，以建威揚德、風敵勸士也。"

《樂府詩集》卷二六《相和歌辭》解題：《宋書·樂志》曰："《相和》，漢舊曲也。絲竹更相合，執節者歌。本一部，魏明帝分爲二，更遞夜宿。本十七曲，朱生、宋識、列和等復合之，爲十三曲。"其後，晉荀勗又采舊辭施用於世，謂之《清商三調歌詩》，即沈約所謂"因弦管金石，造歌以被之"者也。《唐書·樂志》曰："《平調》、《清調》、《瑟調》，皆周《房中曲》之遺聲，漢世謂之三調。又有《楚調》、《側調》。《楚調》者，漢《房中樂》也。高帝樂楚聲，故《房中樂》皆楚聲也。《側調》者，生於《楚調》，與前三調總謂之《相和調》。"《晉書·樂志》曰："凡樂章古辭之存者，並漢世街陌謳謠，《江南可采蓮》、《烏生十五子》、《白頭吟》之屬。"其後漸被於弦管，即《相和》諸曲是也。

《樂府詩集》卷六一《雜曲歌辭》解題：《宋書·樂志》曰："古者天子聽政，使公卿大夫獻詩，耆艾修之，而後王斟酌焉。然後被於聲，於是有采詩之官。周室下衰，官失其職。漢、魏之世，歌詠雜興，而詩之流乃有八名，曰行，曰引，曰歌，曰謠，曰吟，曰詠，曰怨，曰歎，皆詩人六義之餘也。至其協聲律，播金石，而總謂之曲。若夫均奏之高下，音節之緩急，文辭之多少，則繫乎作者才思之淺深，與其風俗之薄厚。當是時，如司馬相如、曹植之徒，所爲文章，深厚爾雅，猶有古之遺風焉。……雜曲者，歷代有之，或心志之所存，或情思之所感，或宴游歡樂之所發，或憂愁憤怨之所興，或叙離別悲傷之懷，或言征戰行役之苦，或緣於佛老，或出自夷虜。兼收備載，故總謂之雜曲。"

賀貽孫《詩筏》：樂府古詩佳境，每在轉接無端，閃爍光怪，忽斷忽續，不倫不次。如羣峰相連，煙雲斷之；水勢相屬，飄渺間之。然使無煙雲飄渺，則亦不見山連水屬之妙矣。

**參考書目**

《漢魏樂府風箋》，黃節箋釋，人民文學出版社 1958 年版。

《樂府詩選》，余冠英輯注，人民文學出版社 1997 年版。

**思考題**

1. 分析兩漢樂府民歌的文學成就。
2. 分析兩漢樂府民歌對後代詩歌創作的影響。
3. 背誦《戰城南》、《有所思》、《上邪》、《枯魚過河泣》。

# 第四節　文人四言詩

**焦延壽**（生卒年不詳）

## 焦氏易林（節選）

【題解】《焦氏易林》，西漢焦延壽著。焦延壽，名贛，梁人。爲小黃令，有政績。治《周易》之學，自言得孟喜之傳，曾授與京房，專言災異，於是漢有京氏之學。參閱《漢書·京房傳》。然亦有人以爲《焦氏易林》爲崔篆所著，證據不足。《四庫全書總目提要》稱："其書以一卦變六十四，六十四卦之變，共四千九十有六，各繫以詞，皆四言韻語。"去其重複，《焦氏易林》有三千餘條各自有獨立意義之"文辭"，其《大有》之《賁》曰："楚烏逢矢，不時久放，離居無羣，意昧精喪。作此哀詩，以告孔憂。"可見，作者是將其作爲"詩"來寫的。這些"詩"，或源於《詩經》，或源於民間歌謠，或源於《周易》卦爻辭，或源於各類雜占韻語，或源於先秦史料。楊慎《升庵集》卷五三《易林》："《焦氏易林》，西京文辭也，辭皆古韻。……或似詩，或似樂府童謠，觀者但以占卜書視之，過矣。……其辭古雅，魏晉以後，詩人莫及。"

《乾》之《大壯》：隙大牆壞，蠹衆木折。狼虎爲政，天將罪罰。高弒望夷，胡亥以否。

《乾》之《震》：縣貆素餐，居非其安。失輿剝廬，休坐徒居。

《坤》之《剝》：南山大玃，盜我媚妾。怯不敢逐，退而獨宿。

《坤》之《既濟》：持刀操肉，對酒不食。夫行從軍，小子入獄，抱膝獨宿。

《屯》之《屯》：兵征大宛，北出玉門。與胡寇戰，平城道西。七日糧絶，身幾不全。

《屯》之《謙》：泛泛柏舟，流行不休。耿耿寤寐，心懷大憂。仁不逢時，復隱窮居。

《小畜》之《蹇》：秋花冬萼，數被嚴霜。甲兵當庭，萬物不生。雄犬夜鳴，民擾大驚。

《泰》之《節》：鼅厭河海，陸行不止，自令枯槁。失其都市，憂悔爲咎，亦無及之。

《謙》之《明夷》：鰌鰕去海，藏於枯里。街巷偏隘，不得自在。南北極遠，渴餒成疾。

《隨》之《既濟》：富年早寡，獨立孤居。鷄鳴犬吠，無敢問諸。我生不遇，獨罹寒苦。

《賁》之《蒙》：戴盆望天，不見星辰。顧小失大，福逃天外。

《賁》之《明夷》：作室山根，人以爲安。一夕崩顛，破我壺飱。

《大畜》之《觀》：三蛆逐蠅，陷墮釜中。灌沸潷瀡，與母長絶。

《大過》之《升》：蝦蟆羣聚，從天請雨。雲雷疾聚，應時輒下。

《晉》之《履》：倚立相望，引衣欲莊。陰雲蔽日，暴雨所集。阻我歡會，使道不通。

《家人》之《履》：君子失意，小人得志。亂憂並作，姦邪充塞。雖有百堯，顛不可救。

《家人》之《巽》：孩子貪餌，爲利所悅。探把釜甑，爛其臂手。

《漸》之《漸》：別離分散，長子從軍，稚叔就賊。寡老獨居，莫爲種瓜。

《漸》之《明夷》：尼父孔丘，善釣鯉魚。羅網一舉，得獲萬頭，富我家居。

《歸妹》之《豫》：逐利三年，利走如神。輾轉東西，如烏避丸。

**中華書局版黃丕烈嘉慶十三年刻陸敕先校宋本《焦氏易林》**

〇"高弒望夷"二句：秦末大起義爆發之後，趙高使人逼殺秦二世胡亥於望夷宮。事見《史記·秦始皇本紀》。〇縣貆素餐：用《詩經·魏風·伐檀》之意。〇失輿剝廬：用《易經·剝》上九爻辭之意。〇"南山大玃"四句：猿猴搶婚之故事在我國古代小說中屢有所見，而此爲最早之文字。〇大宛：西域古國名。王治貴山城（在今中亞），屬邑大小七十餘城。自張騫通西域後，與漢往來逐漸頻繁。後武帝發兵伐大宛，太初三年（前102年）大宛降漢。事見《漢書·李廣利傳》。〇"與胡寇戰"四句：劉邦出兵擊匈奴，至平城，爲匈奴所圍，七日後方用陳平計得出。事見《漢書·高帝紀》。〇"泛泛柏舟"六句：用《詩經·邶風·柏舟》之意。〇"鷄鳴犬吠"二句：漢樂府民歌《有所思》："鷄鳴狗吠，兄嫂當知之。"〇"蝦蟆羣聚"四句：西漢常用蝦蟆求雨，參閱董仲舒《春秋繁露·求雨》。《焦氏易林》中，《井》之《坤》、《未濟》之《鼎》皆涉及求雨，文句極生動，可參閱。〇就賊：殆謂與官府對抗。〇"尼父孔丘"二句：孔子有子，名鯉。

## 唐　菆（生卒年不詳）

### 白狼王歌

【題解】　此爲東漢白狼首領獻給漢朝之詩歌，又稱《白狼歌》。據《後漢書·西南夷列傳》，明帝永平中，益州地方官大力宣傳漢朝政策，對附近少數民族影響很大，汶山（今四川汶川縣）以西白狼王菆等慕化歸義，並獻《樂德》、《慕德》、《懷德》歌三首，犍爲郡掾田恭以漢字記音並譯意。這三首詩之漢譯共44句，每句4字，共176字；漢字譯音也是44句，每句也是4字，共176字。徐禎卿《談藝錄》稱：此三章之佳，"緣不受《雅》、《頌》困耳"。此處選錄者爲第一首《遠夷樂德歌詩》。

大漢是治，與天合意。吏譯平端，不從我來。聞風向化，所見奇異。多賜繒布，甘美酒食。昌樂肉飛，屈申悉備。蠻夷貧薄，無所報嗣。願主長壽，子孫昌熾。

中華書局標點本《後漢書》卷八六

## 朱　穆（100—163）

《後漢書·朱穆傳》：朱穆，字公叔，東漢南陽宛人。初舉孝廉，順帝末年從大將軍梁冀，典兵事。桓帝時爲侍御史，因觸犯宦官罰作刑徒，太學生劉陶等數千人上書爲其鳴不平，始釋歸鄉里。居鄉數年，又任尚書職，曾上書請除宦官，帝不從，憂憤而死。

### 與劉伯宗絕交詩

【題解】　此詩用《莊子·秋水》中"惠子相梁"之典。許學夷《詩源辯體》卷三："朱穆四言《絕交詩》，語甚庸鄙，不當以古質目之。蓋漢人詩雖人止數篇，亦自有當家也。"然此評語正說明《絕交詩》已經顯示出新氣象。

北山有鴟，不絜其翼。飛不正向，寢不定息。飢則木攬，飽則泥伏。饕餮貪汙，臭腐是食。填腸滿嗉，嗜欲無極。長鳴呼鳳，謂鳳無德。鳳之所趣，與子異域。永從此訣，各自努力。

中華書局標點本《後漢書》卷四三李賢注引《穆集》

## 仲長統（180—220）

《後漢書‧仲長統傳》：仲長統，字公理，山陽高平（今山東鄒城一帶）人。博覽羣書，性倜儻，敢直言，不拘小節，時人謂之"狂生"。州郡召不就。獻帝時參曹操軍事。

# 述志詩二首

【題解】 吳師道《吳禮部詩話》："仲長統《述志詩》，允謂奇作。其曰'叛散《五經》，滅棄《風》、《雅》'者，得罪於名教甚矣。蓋已開魏晉曠達之習，玄虛之風。"

飛鳥遺迹，蟬蛻亡殼。騰蛇棄鱗，神龍喪角。至人能變，達士拔俗。乘雲無轡，騁風無足。垂露成帷，張霄成幄。沆瀣當餐，九陽代燭。恆星豔珠，朝霞潤玉。六合之內，恣心所欲。人事可遺，何爲局促？

大道雖夷，見幾者寡。任意無非，適物無可。古來繞繞，委曲如瑣。百慮何爲，至要在我。寄愁天上，埋憂地下。叛散《五經》，滅棄《風》、《雅》。百家雜碎，請用從火。抗志山棲，游心海左。元氣爲舟，微風爲柂。敖翔太清，恣意容冶。

中華書局標點本《後漢書》卷四九

○騰蛇：傳說中能飛之蛇，《爾雅》稱其有鱗。○霄：雲氣。○沆瀣：夜間之水氣。司馬相如《大人賦》："呼吸沆瀣餐朝霞。"○九陽：即太陽。〇元氣：陰陽二氣混沌未分之實體。〇太清：天空。《楚辭·九歎·遠游》："譬若王僑之乘雲兮，載赤霄而凌太清。"

秦　嘉（生卒年不詳）

### 贈婦詩

【題解】　秦嘉，字士會，東漢隴西（今甘肅臨洮東北）人。秦嘉於桓帝時任郡上計吏，奉使洛陽，妻徐淑因病還母家，不能面別，便作詩以贈。又，秦嘉在京任黃門郎，夫妻遠隔兩地，也祇得互相贈詩致意，因此留下《贈婦詩》四首。此處選錄一首。

曖曖白日，引曜西傾。啾啾鷄雀，羣飛赴楹。皎皎明月，煌煌列星。嚴霜悽愴，飛雪覆庭。寂寂獨居，寥寥空室。飄飄帷帳，熒熒華燭。爾不是居，帷帳何施？爾不是照，華燭何爲？

**中華書局版吳兆宜等《玉臺新詠箋注》卷九**

〇引曜：收斂日光。引，收也。〇熒熒：微光貌。〇爾：你。指妻子徐淑。

## 第五節　文人五言詩

班　固（32—92）

《後漢書·班固傳》：班固，字孟堅，扶風安陵（今陝西咸陽東北）人。年九歲，能屬文誦詩賦，及長，遂博貫群籍，九流百家言，無不窮究。所學無常師，不爲章句，舉大義而已。性寬和容眾，不以才能高人，諸儒以此慕之。父彪卒，歸鄉里。固以彪所續前史未詳，乃潛精研思，欲就其業，既而有人上書顯宗，告固私改作國史者，有詔下郡，收固繫京兆獄，盡取其家書。固弟超乃馳詣闕上書，得召見，具言固所著述意，而郡亦上其書。顯宗甚奇之，召詣校書部，除蘭臺令史。遷爲郎，典校秘書。固探撰前記，綴集所聞，以爲《漢書》。自永平中始受詔，潛精積思二十餘年，至建初中乃成。當世甚重其書，學者莫不諷誦焉。後以母喪去官。永元初，大將軍竇憲出征匈奴，以固爲中護軍，與參議。及竇憲敗，固先坐免官。固不教學諸子，諸子多不遵法度，吏人苦之。初，洛陽令種競嘗行，固奴干其車騎，吏槌呼之，奴醉罵，競大怒，畏憲不敢發，心銜之。及竇氏賓客皆逮考，競因此捕繫固，遂死獄中。時年六十一。詔以譴責競，抵主者吏罪。

## 詠史詩

【題解】這是一首早期的文人五言詩，歌詠西漢孝女緹縈救父的故事。《史記·扁鵲倉公列傳》載，太倉公淳于意以刑罪當傳西之長安，意有五女，隨而泣，意怒，罵曰："生子不生男，緩急無可使者！"於是少女緹縈傷父之言，乃隨父西。上書言死者不可復生而刑者不可復續，自請入宮爲婢以贖父罪，使其得以改行自新。漢文帝哀憫之，廢除肉刑律。鍾嶸《詩品序》評此詩"質木無文"。

三王德彌薄，惟後用肉刑。太倉令有罪，就逮長安城。自恨身無子，困急獨煢煢。小女痛父言，死者不復生。上書詣北闕，闕下歌《雞鳴》。憂心摧折裂，《晨風》激揚聲。聖漢孝文帝，惻然感至情。百男何憒憒，不如一緹縈。

**中華書局影印胡刻《文選》卷三六王融《策秀才文》李善注引**

〇三王：夏、商、周三代。〇肉刑：即切斷肢體或割裂肌膚之刑，古代以墨、劓、剕、宮、大辟爲五刑，均爲肉刑。〇太倉令：主管太倉（漢代政府糧倉）之長官。〇煢煢：孤獨貌。〇《雞鳴》：《詩經·齊風》之詩篇。其有"匪鶏則鳴，蒼蠅之聲"之句，這裏用以比喻淳于意之獲罪，乃小人誣陷所致。○《晨風》：《詩經·秦風》之詩篇。其中反復寫未見君子憂心忡忡之情，這裏用以比喻淳于意無人援救之窘境。○惻然：悲痛貌。○憒憒：通"瞶瞶"，昏亂不明。憒憒，底本原作"憤憤"，據《史記·扁鵲倉公列傳》正義改。

### 辛延年（生卒年不詳）

#### 羽林郎

【題解】 本詩始見於《玉臺新詠》，《樂府詩集》收入《雜曲歌辭》。辛延年，東漢人，生平無考。據《漢書·百官公卿表》及顏師古注，漢武帝時設羽林軍，即皇家禁衛軍，羽林郎即羽林軍之軍官。詩名爲"羽林郎"，詩中稱豪奴爲"金吾子"，實際上都是表示其驕橫跋扈與招搖撞騙。或以爲"羽林郎"爲樂府舊題，本詩爲舊題寫新事。胡應麟《詩藪·內編》卷一稱此詩"整而條，麗而典，五言之賦也"。

昔有霍家奴，姓馮名子都。依倚將軍勢，調笑酒家胡。胡姬年十五，春日獨當壚。長裾連理帶，廣袖合歡襦。頭上藍田玉，耳後大秦珠。兩鬟何窈窕，一世良所無。一鬟五百萬，兩鬟千萬餘。不意金吾子，娉婷過我廬。銀鞍何煜爚，翠蓋空踟躕。就我求清酒，絲繩提玉壺。就我求珍肴，金盤膾鯉魚。貽我青銅鏡，結我紅羅裾。不惜紅羅裂，何論輕賤軀。男兒愛後婦，女子重前夫。人生有新故，貴賤不相踰。多謝金吾子，私愛徒區區。

**中華書局標點本《樂府詩集》卷六三**

○霍家：霍光家。霍光爲西漢武帝時之大將軍。此處比喻東漢豪強。奴，底本原作"妹"，據校勘記改。○馮子都：名殷，爲霍光監奴（相當於後世王府總管）。○胡：漢時對西域人或匈奴人之稱謂。○當壚：賣酒。

爐，放酒罎處，壘土而成，四邊隆起而一邊稍高，用以安置酒罎。○長裾：前襟很長之對襟衣服。連理帶：兩條對稱之衣帶。○合歡襦：有合歡圖案花紋之短襖。○藍田：陝西藍田縣藍田山，出美玉。○大秦：我國古代對羅馬帝國之稱謂。○窈窕：美好。○良：確實。○金吾：應爲"禁御"之訛讀，是秦時中尉所執棒名，漢武帝時改稱執金吾。此處稱豪奴爲"金吾子"，有譏諷其招搖撞騙之意。○娉婷：姿容美好。此處是譏其裝腔作勢。○煜熤：光彩閃耀。○翠蓋：飾有翠羽之車蓋。踟躕：徘徊不進。○清酒：美酒。○輕賤軀：無價值之身軀。此處爲反詰之語。○區區：殷勤，專一。

## 宋子侯（生卒年不詳）

### 董嬌饒

【題解】 本詩始見於《玉臺新詠》，《樂府詩集》收入《雜曲歌辭》。宋子侯，東漢人，生平無考。"嬌饒"，疑爲"嬌嬈"，美豔之意，應爲女子之名。費滋衡《漢詩總說》稱此詩"情辭並麗，意旨殊工"，爲"詩家之正則，學者所當揣摩"。

洛陽城東路，桃李生路傍，花花自相對，葉葉自相當。春風東北起，花葉正低昂。不知誰家子，提籠行采桑。纖手折其枝，花落何飄颺！請謝彼姝子："何爲見損傷？""高秋八九月，白露變爲霜。終年會飄墮，安得久馨香？""秋時自零落，春月復芬芳。何時盛年去，歡愛永相忘。"吾欲竟此曲，此曲愁人腸。歸來酌美酒，挾瑟上高堂。

**中華書局標點本《樂府詩集》卷七三**

○謝：謝罪。因下面有責問女郎之語，故先致歉稱謝。○竟：結束。

張　衡（78—139）

傳略見"秦漢文學"第二章第三節。

## 同聲歌

【題解】　本詩始見於《玉臺新詠》，《樂府詩集》收入《雜曲歌辭》。此詩言婦人得充閨房，殷勤致意，不離君子。蓋以喻士人事君之心。劉勰《文心雕龍·明詩》稱此詩"雅有新聲"。

邂逅承際會，得充君後房，情好新交接，恐慄若探湯。不才勉自竭，賤妾職所當。綢繆主中饋，奉禮助蒸嘗。思爲莞蒻席，在下蔽匡牀；願爲羅衾幬，在上衛風霜。灑掃清枕席，鞮芬以狄香。重戶結金扃，高下華燈光。衣解巾粉御，列圖陳枕張。素女爲我師，儀態盈萬方。衆夫所希見，天老教軒皇。樂莫斯夜樂，沒齒焉可忘。

**中華書局標點本《樂府詩集》卷七六**

○邂逅：不期而會。○情好新交接：宋玉《神女賦》："精交接以來往兮。"○綢繆：情意深厚。中饋：家中供膳諸事。《易經·家人》："無攸遂，在中饋。"○蒸嘗：冬祭曰蒸，秋祭曰嘗。○鞮：革履。狄香：西域出產之香。○扃：門窗上之插關。○衣解巾粉御：《史記·滑稽列傳》："羅襦襟解，微聞薌澤。"御，進也。○列圖：殆謂列秘戲圖也。○素女：傳說中古代神女，與黃帝同時；或言其善於弦歌。《史記·孝武本紀》："泰帝使素女鼓五十弦瑟，悲，帝禁不止，故破其瑟爲二十五弦。"○天老：相傳爲黃帝輔臣。《韓詩外傳》卷八："（黃帝）乃召天老而問之：'鳳象何如？'"軒皇：即黃帝軒轅氏。

# 古詩十九首

## 行行重行行

【題解】本詩爲《古詩十九首》之第一首。古詩十九首爲東漢末無名氏作品，原非一時一人所爲，梁蕭統因其風格相近，合在一起收入其所編《文選》中，題爲《古詩十九首》。其中十二首又見於梁、陳間徐陵所編《玉臺新詠》，而有八首題作西漢枚乘的《雜詩》。郭茂倩《樂府詩集》也收有其中的三首。《古詩十九首》的內容，大多寫夫婦朋友間的離愁別緒以及士子的失意彷徨，語言樸素自然，表現委婉曲折，感情細緻真切，是早期文人五言詩的重要作品。《行行重行行》是一首思婦之詩。雖是寫個人離別之情，却從一個側面反映了東漢末年動蕩不安的社會現實。王世貞《藝苑卮言》卷二："鍾嶸言《行行重行行》十四首，文溫以麗，意悲而遠，驚心動魄，幾乎一字千金。"

行行重行行，與君生別離。相去萬餘里，各在天一涯。道路阻且長，會面安可知。胡馬依北風，越鳥巢南枝。相去日已遠，衣帶日已緩。浮雲蔽白日，游子不顧反。思君令人老，歲月忽已晚。棄捐勿復道，努力加餐飯。

**中華書局影印胡刻《文選》卷二九（下同）**

○生別離：猶言永別離。《楚辭·九歌·少司命》："樂莫樂兮新相知，悲莫悲兮生別離。"○阻且長：《詩經·秦風·蒹葭》："所謂伊人，在水一方；溯洄從之，道阻且長。"○"胡馬依北風"二句：胡馬，產於北地之馬；越鳥，來自南方之鳥。李善《文選》注引《韓詩外傳》："《詩》：'代馬依北風，越鳥翔故巢。'皆不忘本之謂也。"《鹽鐵論·未通》："故'代馬依北風，越鳥翔故巢'，莫不哀其生。"均以馬、鳥比喻眷戀故鄉。○"相去日已遠"二句：李善《文選》注引古樂府歌辭："離家日趨遠，衣帶日趨緩。"○"浮雲蔽白日"二句：反，通"返"。李善《文選》注："浮雲之蔽白日，以喻邪佞之毀忠良，故游子之行不顧反也。《文子》曰：'日月欲明，浮雲蓋之。'陸賈《新語》曰：'邪臣之蔽賢，猶浮雲之鄣日月。'《古楊柳行》曰：'讒邪害公正，浮雲蔽白日。'"○思君令人老：《詩經·小雅·小弁》："惟憂用老。"○棄捐勿復道：這些話都撇開不說吧。

## 青青河畔草

【題解】 本詩爲《古詩十九首》之第二首。這是一首思婦詩。王國維《人間詞話》："'昔爲倡家女，今爲蕩子婦。蕩子行不歸，空牀難獨守。'……可謂淫鄙之尤。然無視爲淫詞、鄙詞者，以其真也。五代、北宋之大詞人亦然。非無淫詞，讀之者但覺其親切動人；非無鄙詞，但覺其精力彌滿。可知淫詞與鄙詞之病，非淫與鄙之病，而游詞之病也。"顧炎武《日知錄》卷二一："詩用疊字最難。古詩：'青青河畔草……纖纖出素手。'連用六疊字，亦極自然，下此即無人可繼。"

青青河畔草，鬱鬱園中柳。盈盈樓上女，皎皎當窗牖。娥娥紅粉妝，纖纖出素手。昔爲倡家女，今爲蕩子婦。蕩子行不歸，空牀難獨守。

○鬱鬱：茂盛。柳：諧"留"音。《三輔黃圖》："灞橋在長安東……漢人送客至此，折柳贈別。"○盈盈：儀態萬方。○皎皎：本指月光之皎潔；此處形容"樓上女"風采之明豔。○娥娥：容貌美好貌。《方言》："秦晉之間，美貌謂之娥。"○纖纖：細也。○倡家女：歌妓。

## 青青陵上柏

【題解】 本詩爲《古詩十九首》之第三首。這是一首失意之士抒寫其內心不平之詩。黃節舊藏《古詩賞析》眉批："結語乃強作曠達，正是戚戚之極者也。'極宴娛心意'句總承'洛中'六句，言當時權貴無憂國之心，一味宴樂自娛，我獨何所迫而戚戚乎？正打轉'斗酒娛樂'、'策馬游戲'四句意。曰'斗酒'，曰'駕馬'，與'冠帶'、'宮闕'相反；曰'聊厚'，曰'游戲'，與'極宴'句相反。"

青青陵上柏，磊磊礀中石。人生天地間，忽如遠行客。斗酒相娛樂，聊厚不爲薄。驅車策駕馬，游戲宛與洛。洛中何鬱鬱，冠帶自相索。長衢羅夾巷，王侯多第宅。兩宮遙相望，雙闕百餘尺。極宴娛心意，戚戚何所迫。

○青青：猶言長青青。《莊子·德充符》："受命於地，唯松柏獨在也，冬夏青青。"○磊磊：攢聚貌。○斗酒：少量的酒。斗，酒器。《史記·滑稽列傳》："一斗亦醉，一石亦醉。"○宛：宛縣，東漢南陽郡之郡治，爲當時政治經濟中心之一。洛：洛陽，東漢都城。○鬱鬱：繁華貌。○冠帶自相索：貴人祇與貴人來往，不理別人。冠帶，官爵的標誌，此處爲貴人之代稱；索，求也。○兩宮：洛陽城裏南北兩宮。蔡質《漢官典職》："南宮，北宮，相去七里。"○闕：宮門前的望樓。○戚戚：憂思。

## 今日良宴會

【題解】 本詩爲《古詩十九首》之第四首。這是一首憤世自諷之作，不僅揭穿了一般士人追求名利的卑俗，也表現了詩人內心深處的痛苦。方東樹《昭昧詹言》卷一："起四句平叙，'令德'四句倒裝，豫攝通篇，精神入化矣。"

今日良宴會，歡樂難具陳。彈箏奮逸響，新聲妙入神。令德唱高言，識曲聽其真。齊心同所願，含意俱未伸。人生寄一世，奄忽若飆塵。何不策高足，先據要路津。無爲守窮賤，轗軻長苦辛。

○難具陳：難以一一陳述。○逸響：奔放之音響。○新聲：時行歌曲。○令德：美德。本指賢者，此處爲諷刺語，指追求功名利祿者。高言：高妙之論。此處爲諷刺語，指下文"人生寄一世"六句之意。○寄：寓居。《尸子》："人生於天地之間，寄也。"○奄忽：迅疾貌，指人生之短促。飆塵：被狂風捲起之塵土。○高足：良馬之代稱。○要路津：借指重要之職位。○轗軻：本指車行不利，引申指人不得志。

## 西北有高樓

【題解】 本詩爲《古詩十九首》之第五首。這是一首感歎知音難遇的作品。高樓上的哀歌引起了聽歌者的悲傷，作者借此表達出一種時代的苦悶。曹植《七哀詩》之意境即從本篇脫化而出。

西北有高樓，上與浮雲齊。交疏結綺窗，阿閣三重階。上有弦歌聲，音響一何悲。誰能爲此曲？無乃杞梁妻。清商隨風發，中曲正徘徊。一彈再三歎，慷慨有餘哀。不惜歌者苦，但傷知音稀。願爲雙鴻鵠，奮翅起高飛。

○交疏：縱橫交錯之窗格。指窗之精緻。綺：有花紋之絲織品。○阿閣：有四阿之樓閣，這是古代最考究的宮殿式建築。阿，曲檐。○杞梁妻：據劉向《列女傳》，春秋時，齊國大夫杞梁戰死，其妻枕屍痛哭十天而死。古樂府《琴曲》有《杞梁妻歎》，《琴操》說："《杞梁妻歎》者，齊邑杞梁殖之妻所作也。殖死，妻歎曰：'上則無父，中則無夫，下則無子，將何以立吾節？亦死而已！'援琴而鼓之，曲終，遂自投淄水而死。"○清商：樂曲名，起於漢代。商，古五音之一；適合表現憂愁幽思。《管子·地員》說："凡聽商，如離羣羊。"○徘徊：本指人來往行走、不能前進貌，此處藉以指曲調的回環往復。○歎：樂曲中之和聲。○慷慨：《說文解字》："慷慨，壯士不得志於心也。"○知音：用伯牙和鍾子期的故事。《列子·湯問》:"伯牙善鼓琴,鍾子期善聽。伯牙鼓琴,志在高山,鍾子期曰:'善哉!峨峨兮若泰山。'志在流水,鍾子期曰:'善哉!洋洋兮若江河。'伯牙每有所念,鍾子期必得之。"《列子》雖爲僞書,但這一故事却流傳甚早,《吕氏春秋》及司馬遷《報任安書》均有提及,列子當是摭拾舊説而成。從故事所表現的意義來看,"知音"不僅指精通音律,還指通過音律進一步體悟音樂的内在涵義以及演奏者的心情。〇鴻鵠:善飛之大鳥。古人常以鴻鵠喻志向遠大者。如,《史記·高祖本紀》所載《鴻鵠歌》有"鴻鵠高飛,一舉千里"之句,《史記·陳涉世家》有"燕雀安知鴻鵠之志"之語。又,鴻鵠,底本原作"鳴鶴",據五臣注本及《玉臺新詠》改。

## 涉江采芙蓉

【題解】 本詩爲《古詩十九首》之第六首。這是一首游子思妻之作,其遣詞立意均受到《楚辭》的影響。方東樹《昭昧詹言》:"此詩節短而托意無窮,古今同概。"

涉江采芙蓉,蘭澤多芳草。采之欲遺誰?所思在遠道。還顧望舊鄉,長路漫浩浩。同心而離居,憂傷以終老。

〇芙蓉:蓮花之别名。〇"采之欲遺誰"二句:《楚辭·九歌·山鬼》:"被石蘭兮帶杜衡,折芳馨兮遺所思。"〇長路漫浩浩:漫,漫漫(曼曼)之省。《楚辭·離騷》:"路曼曼其修遠兮。"

## 明月皎夜光

【題解】 本詩爲《古詩十九首》之第七首。這是一首秋夜即興之作,由時節之變易寫到人情之無常,表現失意者之孤獨與惆悵。胡應麟《詩藪·内編》卷二:"'明月皎夜光,促織鳴東壁。玉衡指孟冬,衆星何歷歷。'……等句，皆千古言景叙事之祖，而深情遠意，隱見交錯其中。且結構天然，絶無痕迹。"

　　明月皎夜光，促織鳴東壁。玉衡指孟冬，衆星何歷歷。白露沾野草，時節忽復易。秋蟬鳴樹間，玄鳥逝安適？昔我同門友，高舉振六翮。不念攜手好，棄我如遺迹。南箕北有斗，牽牛不負軛。良無磐石固，虚名復何益。

　　○促織：蟋蟀之别名。○玉衡指孟冬：玉衡爲北斗七星中第五至第七星，形如斗柄。古人根據斗柄所指方位的變换來辨别時令之推移；同時，在固定的月份裏，斗柄所指的方位又可以推測時刻。從下文看，此詩所寫爲仲秋八月景象，故玉衡所指"孟冬"，不是時節，而是時刻，代表星空中之亥宫，其時在半夜與天明之間。○歷歷：分明貌。○白露沾野草：《禮記·月令》："孟秋之月……白露降，寒蟬鳴。"○玄鳥：燕子。《禮記·月令》："仲秋之月……玄鳥歸。"○同門友：同在師門受學之朋友。○六翮：翅膀。翮，羽毛上之翎管。《韓詩外傳》卷六："夫鴻鵠一舉千里，所恃者，六翮也。"○攜手好：共患難之交誼。《詩經·邶風·北風》："惠而好我，攜手同行。"○棄我如遺迹：《國語·楚語下》："（楚）靈王不顧其民，一國棄之，如遺迹焉。"○"南箕北有斗"二句：《詩經·小雅·大東》："維南有箕，不可以簸揚；維北有斗，不可以挹酒漿。""睆彼牽牛，不可以服箱。""箕"、"斗"、"牽牛"皆星名。詩人取《詩經》語加以變化，喻"同門友"空有"同門"之名。

## 冉冉孤生竹

　　【題解】　本詩爲《古詩十九首》之第八首。這首詩寫新婚久别之怨，充溢着遲暮之感，表現了女性的一種共同心理特徵。杜甫名篇《新婚别》在結構上受到本篇啓發。

冉冉孤生竹，結根泰山阿。與君爲新婚，兔絲附女蘿。兔絲生有時，夫婦會有宜。千里遠結婚，悠悠隔山陂。思君令人老，軒車來何遲。傷彼蕙蘭花，含英揚光輝。過時而不采，將隨秋草萎。君亮執高節，賤妾亦何爲！

○冉冉：柔弱下垂貌。○泰山：即大山。泰，通"大"。○兔絲附女蘿：兔絲，蔓生植物，莖細長，夏季開淡紅色小花；此處爲女子自比。女蘿，地衣類蔓生植物，全體呈許多細枝；此處喻指丈夫。兔絲與女蘿均依附他物生長，而不能爲他物所依附。此句言自己雖已結婚，但因丈夫身不由己，依然感到無依無靠。○生有時：以花開有定時喻女子青春盛顏。○宜：適當之時間。○軒車：有遮罩之車，古代大夫以上者所乘。此處爲想象之詞。○英：花也。○亮：通"諒"，想必。○賤妾亦何爲：我又何必如此自傷自怨呢！

## 庭中有奇樹

【題解】 本詩爲《古詩十九首》之第九首。這是一首懷人之作。作品篇幅短小，語言平淺，但情深意曲，宛轉蘊藉。王士禎《帶經堂詩話》卷四："《十九首》之妙，如無縫天衣。"此可謂一例。陸機有《擬庭中有奇樹》詩，其優劣自可比較。

庭中有奇樹，綠葉發華滋。攀條折其榮，將以遺所思。馨香盈懷袖，路遠莫致之。此物何足貢，但感別經時。

○奇樹：嘉樹。○華：通"花"。下文爲避免重複而用"榮"。○路遠莫致之：《詩經·衛風·竹竿》："豈不爾思，遠莫致之。"○貢：一本作"貴"。

## 迢迢牽牛星

【題解】 本詩爲《古詩十九首》之第十首。這是一首思婦之詩，借天上的牛郎星與織女星，抒寫人間離別之感。陸時雍《古詩鏡·總論》："就事微挑，追情妙繪，絕不費思一點。"

迢迢牽牛星，皎皎河漢女。纖纖擢素手，札札弄機杼。終日不成章，泣涕零如雨。河漢清且淺，相去復幾許。盈盈一水間，脈脈不得語。

○"迢迢牽牛星"二句："牽牛星"即民間俗稱之扁擔星，爲天鷹星座之主星，在銀河東；"河漢女"即織女星，爲天琴星座之主星，在銀河西。《詩經·小雅·大東》即已出現牽牛、織女二星，而本詩的出現則說明其故事至東漢末已趨向定形。詩句"迢迢"、"皎皎"分舉，文義互見。○擢：舉也。○札札：織機聲。杼：織機上之梭子。○不成章：語本《詩經·小雅·大東》"跂彼織女，終日七襄；雖則七襄，不成報章"。章，成品上的經緯紋理。○零如雨：零，落也。《詩經·邶風·燕燕》："瞻望弗及，泣涕如雨。"○幾許：猶言幾何。謂距離之遠。○盈盈：水清淺貌。○脈脈：相視貌。

## 迴車駕言邁

【題解】 本詩爲《古詩十九首》之第十一首。這首詩從客觀景物的變化，聯想到人生之短暫，進而對自己的一無所成發出感歎。《世說新語·文學》載：王孝伯在京行散，至其弟王睹戶前，問："古詩中何句爲最？"睹思未答。孝伯詠："'所遇無故物，焉得不速老'，此句爲佳。"

迴車駕言邁，悠悠涉長道。四顧何茫茫，東風搖百草。所遇無故物，焉得不速老。盛衰各有時，立身苦不早。人生非金石，豈能長壽考？奄忽

365

隨物化，榮名以爲寶。

○迴車駕言邁：《詩經·邶風·泉水》有"還車言駕"、"駕言出游"之句。言，語助詞。又，《楚辭·離騷》："回朕車以復路兮，及行迷之未遠。"此處兼用二典。○東風：春風。○故物：舊物。○立身：即指下文之"榮名"，與儒家立德、立功、立言之三不朽有別。○考：老也。○隨物化：猶言"隨物而化"，指死亡。《莊子·刻意》："聖人之生也天行，其死也物化。"

## 東城高且長

【題解】 本詩爲《古詩十九首》之第十二首。此篇寫游子之思。由眼前之景物變化，想到歲月流逝，進而想到要放情自娛，有一種難言之苦悶。方東樹《昭昧詹言》："'迴風動地起'六句，與'東風搖百草'各極其警動。"

東城高且長，逶迤自相屬。迴風動地起，秋草萋已綠。四時更變化，歲暮一何速？《晨風》懷苦心，《蟋蟀》傷局促。蕩滌放情志，何爲自結束？燕趙多佳人，美者顏如玉。被服羅裳衣，當戶理清曲。音響一何悲，弦急知柱促。馳情整中帶，沈吟聊躑躅。思爲雙飛燕，銜泥巢君屋。

○東城：洛陽之東城。○《晨風》懷苦心：《詩經·秦風·晨風》："鴥彼晨風，鬱彼北林；未見君子，憂心欽欽。"晨風，鳥名。○《蟋蟀》傷局促：《詩經·唐風·蟋蟀》："蟋蟀在堂，歲聿其莫。今我不樂，歲聿其除。"○結束：約束。○燕趙：周代兩國名，故地在今河北、山西一帶。○理：溫習。清曲：清商曲；是當時民間最爲流行的樂調。○弦急知柱促：古代琴瑟等樂器弦上有柱，可上下移動，以定聲音之高低清濁。促，移近。"柱促"則弦緊，調門高。○中帶：單衫。

## 驅車上東門

【題解】 本詩爲《古詩十九首》之第十三首。本詩寫看到北邙山墓地而觸發的人生感歎。方東樹《昭昧詹言》："此詩意激於內，而氣奮於外，豪宕悲壯，一氣噴薄而下。前八句夾叙、夾寫、夾議，言死者。'浩浩'以下十句，言今生人。凡四轉，每轉愈妙，結出歸宿。"

驅車上東門，遙望郭北墓。白楊何蕭蕭，松柏夾廣路。下有陳死人，杳杳即長暮。潛寐黃泉下，千載永不寤。浩浩陰陽移，年命如朝露。人生忽如寄，壽無金石固。萬歲更相送，聖賢莫能度。服食求神仙，多爲藥所誤。不如飲美酒，被服紈與素。

○上東門：洛陽東城三門中最近北之城門。○郭北墓：指洛陽城北之邙山，爲當時著名之公墓地帶。○"白楊何蕭蕭"二句：古代墓地多植楊、松柏，用以堅固墳塋土壤，並作爲標誌。廣路，墓道。○陳死人：久死之人。《莊子·寓言》："人而無人道，是之謂陳人也。"郭象注："陳，久也。"○長暮：猶言長夜。○浩浩：周流無際貌。陰陽移：四時運行。《莊子·知北游》："陰陽四時運行。"○朝露：早晨之露水，太陽一曬就乾。樂府《薤露歌》："薤上露，何易晞，露晞明朝更復落，人死一去何時歸。"○度：通"渡"，指渡過時間之長河，猶言不死。○服食：服用道家求僊不死之丹藥。○紈：細絹；素：白色絲織品，即絹之總名。

## 去者日以疏

【題解】 本詩爲《古詩十九首》之第十四首。本詩寫一游子因過墓地而引起的強烈思鄉情緒。朱筠《古詩十九首說》："茫茫宇宙，'去'、'來'二字括之；攘攘人羣，'親'、'疏'二字括之。去者自去，來者自來；今之來者，得與未去者相親；後之來者，又與今之來者相親；昔之去者，已與未去者相疏；今之去者，又與將去者相疏。日復一日，真如逝波。"

去者日以疏，來者日以親。出郭門直視，但見丘與墳。古墓犁爲田，松柏摧爲薪。白楊多悲風，蕭蕭愁殺人。思還故里閭，欲歸道無因。

○郭門：外城之門。○里閭：故鄉。古時二十五家爲里，里門曰閭。○因：由也。

## 生年不滿百

【題解】 本詩爲《古詩十九首》之第十五首。這是一首宣揚人生如夢、應及時行樂的作品。方東樹《昭昧詹言》卷二："《生年不滿百》，萬古名言，即前'驅車'篇意。而皆重在飲酒，及時爲樂，是其志在曠達。漢、魏時人無明儒理者，故極其高志，止此而已。"

生年不滿百，常懷千歲憂。晝短苦夜長，何不秉燭游。爲樂當及時，何能待來茲。愚者愛惜費，但爲後世嗤。仙人王子喬，難可與等期。

○來茲：來年。○費：費用，即錢財。○王子喬：劉向《列仙傳》卷上：王子喬，周靈王太子晉也；好吹笙，作鳳鳴。浮丘公接上嵩山，三十餘年後，僊去。

## 凜凜歲云暮

【題解】 本詩爲《古詩十九首》之第十六首。這是一篇思婦之辭，描寫了由思而夢、由夢而醒的過程，迷茫而感傷。張玉穀《古詩賞析》卷四："撰出一初嫁來歸之夢，叙得情深義重，恍惚得神，中腰有此波瀾，便增多少氣色。"

凜凜歲云暮，螻蛄夕悲鳴。涼風率已厲，游子寒無衣。錦衾遺洛浦，同袍與我違。獨宿累長夜，夢想見容輝。良人惟古歡，枉駕惠前綏。願得常巧笑，攜手同車歸。既來不須臾，又不處重闈。亮無晨風翼，焉能淩風飛。眄睞以適意，引領遙相睎。徙倚懷感傷，垂涕沾雙扉。

　　○凜凜：寒氣甚冷。云：語助詞。○螻蛄：蟲名；喜夜鳴。○率：大都。厲：猛烈。○錦衾遺洛浦：因丈夫久出不歸，思婦懷疑其另有新歡，竟將錦被送與洛水女神。相傳洛水女神爲宓妃，是伏羲氏的女兒，溺死洛水，遂爲洛水之神。○同袍：原指人民共赴國難之情，《詩經·秦風·無衣》："豈曰無衣？與子同袍。"此處指夫妻之情。○累：增加。○容輝：容顏。○良人：古代婦女對丈夫之尊稱。惟：思也。古歡：舊情。古，通"故"。○惠：賜予。綏：挽人上車之繩索。《禮記·昏（婚）義》："出御婦車，而婿授綏，御輪三周。"○巧笑：對丈夫親昵之表情。《詩經·衛風·碩人》："巧笑倩兮。"○攜手同車歸：《詩經·邶風·北風》："惠而好我，攜手同歸。"又，《詩經·鄭風·有女同車》："有女同車，顏如舜華。"○亮：信也。晨風：鳥名。○眄睞：本指斜視；此處指縱目四顧。

## 孟冬寒氣至

【題解】　本詩爲《古詩十九首》之第十七首。這是一篇思婦之辭，情深而婉曲。陸時雍《古詩鏡·總論》："末四句，深於造情。善造情者，如身履其境而有其事，古人所以善於立言。"

　　孟冬寒氣至，北風何慘慄。愁多知夜長，仰觀衆星列。三五明月滿，四五詹兔缺。客從遠方來，遺我一書札。上言長相思，下言久離別。置書懷袖中，三歲字不滅。一心抱區區，懼君不識察。

　　○孟冬：冬季第一個月，即農曆十月。○慄：冷得發抖。○列：羅列。○三五：農曆十五。下文"四五"類推。○詹兔：相傳月上有蟾蜍與兔，故以之代指月。詹，通"蟾"。○區區：誠摯。

369

## 客從遠方來

**【題解】** 本詩爲《古詩十九首》之第十八首。這是一首思婦之辭,洋溢着民歌氣息。張玉穀《古詩賞析》卷四:"因綺文想到裁被,並將如何裝棉、如何緣邊之處,細細摹擬,嵌入'合歡'、'長相思'、'結不解'等字面,著色敷腴。"

客從遠方來,遺我一端綺。相去萬餘里,故人心尚爾。文綵雙鴛鴦,裁爲合歡被;著以長相思,緣以結不解。以膠投漆中,誰能別離此!

○綺:綾羅一類之絲織品。○尚爾:依然如此。○著:填充。○長相思:絲綿絮。思,諧"絲"。○緣:飾邊;緣,諧"姻緣"之"緣"。

## 明月何皎皎

**【題解】** 本詩爲《古詩十九首》之第十九首。這是一首思婦閨中望夫之辭,或說是游子久客思歸之辭。張玉穀《古詩賞析》卷四:"首四(句)即夜景引起空閨之愁。中二(句)申己之望歸也,却反從彼邊揣度;'客行雖樂,不如早歸',便覺筆曲意圓。末四(句)祇就出戶入房,彷徨淚下,寫出相思之苦,收得盡而不盡。"

明月何皎皎,照我羅牀幃。憂愁不能寐,攬衣起徘徊。客行雖云樂,不如早旋歸。出戶獨彷徨,愁思當告誰。引領還入房,淚下沾裳衣。

○羅牀幃:羅綺所製帳。○攬衣:斂衣。古人衣長,走路時須用手提斂而行。○彷徨:猶言"徘徊",此處以之避免用詞重複。○引領:伸頸遠望。

## |輯　錄|

### 1. 五言民謠對文人五言詩之影響

《漢書·貢禹傳》引西漢俗諺：何以孝悌爲？財多而光榮。何以禮義爲？史書而仕宦。何以謹慎爲？勇猛而臨官。

《漢書·五行志》引西漢民謠：邪徑敗良田，讒口亂善人。桂樹華不實，黃爵巢其顛。故爲人所羨，今爲人所憐。

《漢書·酷吏列傳》引西漢長安民謠：安所求子死？桓東少年場。生時諒不謹，枯骨後何葬！

《後漢書·馬廖傳》引長安民謠：城中好高髻，四方高一尺。城中好廣眉，四方且半額。城中好大袖，四方全匹帛。

《後漢書·樊曄傳》引涼州民謠：游子常苦貧，力子天所富。寧見乳虎穴，不入冀州府。大笑期必死，忿怒或見置。嗟我樊府君，安可再遭值？

《華陽國志·巴志》引桓帝時巴郡民謠：狗吠何喧喧，有吏來在門。披衣出門應，府記欲得錢。語窮乞請期，吏怒反見尤。旋步顧家中，家中無可與。思往從鄰貸，鄰人言已遺。錢錢何難得，令我獨憔悴。

### 2. 後人僞托之西漢文人五言詩

《文選》卷二七班婕妤《怨歌行》：新裂齊紈素，皎潔如霜雪。裁爲合歡扇，動搖微風發。常恐秋節至，涼風奪炎熱。棄捐篋笥中，恩情中道絕。

《文選》卷二九李陵《與蘇武詩三首》，其一：良時不再至，離別在須臾。屏營衢路側，執手野踟躕。仰視浮雲馳，奄忽互相逾。風波一失所，各在天一隅。長當從此別，且復立須斯。欲因晨風發，送子以賤軀。其二：嘉會難再遇，三載爲千秋。臨河濯長纓，念子悵悠悠。遠望悲風至，對酒不能酬。行人懷往路，何以慰我愁。獨有盈觴酒，與子結綢繆。其三：攜手上河梁，游子暮何之？徘徊蹊路側，悢悢不得辭。行人難久留，各言長相思。安知非日月，弦望自有時。努力崇明德，皓首以爲期。

《文選》卷二九蘇武《詩四首》，其一：骨肉緣枝葉，結交亦相因。四海皆兄弟，誰爲行路人？況我連枝樹，與子同一身。昔爲鴛與鴦，今爲參與辰。昔者常相近，邈若胡與秦。惟念當離別，恩情日以新。《鹿鳴》思野草，可以喻嘉賓。我有一樽酒，欲以贈遠人。願子留斟酌，叙此平生親。其二：黃鵠一遠別，千里顧徘徊。胡馬失其羣，思心常依依。何況雙飛龍，羽翼臨當乖。幸有弦歌曲，可以喻中懷。請爲游子吟，泠泠一何悲。絲竹厲清聲，慷慨有餘哀。長歌正激烈，中心愴以摧。欲展《清商曲》，念子不能歸。俛仰内傷心，淚下不可揮。願爲雙黃鵠，送子俱遠飛。其三：結髮爲夫妻，恩愛兩不疑。歡娛在今夕，嬿婉及良時。征夫懷往路，起視夜何其。參辰皆已没，去去從此辭。行役在戰場，相見未有期。握手一長歎，淚爲生別滋。努力愛春華，莫忘歡樂時。生當復來歸，死當長相思。其四：燭燭晨明月，馥馥我蘭芳。芳馨良夜發，隨風聞我堂。征夫懷遠路，游子戀故鄉。寒冬十二月，晨起踐嚴霜。俯觀江漢流，仰視浮雲翔。良友遠離別，各在天一方。山海隔中州，相去悠且長。嘉會難兩遇，歡樂殊未央。願君崇令德，隨時愛景光。

**3.《古詩十九首》的時代與作者**

《文選》卷二九李善注：《古詩十九首》，五言。並云"古詩"，蓋不知作者。或云枚乘，疑不能明也。詩云："驅馬上東門。"又云："游戲宛與洛。"此則辭兼東都，非儘是乘明矣。昭明以失其姓氏，故編在李陵之上。

劉勰《文心雕龍·明詩》：《古詩》佳麗，或稱枚叔；其《孤竹》一篇，則傅毅之詞。比采而推，兩漢之作乎！

鍾嶸《詩品》上：《古詩》，其體源出於《國風》。陸機所擬十四首……其外，《去者日以疏》四十五首，雖多哀怨，頗爲總雜。舊疑是建安中曹、王所製。《客從遠方來》、《橘柚垂華實》，亦爲驚絕矣！人代冥滅，而清音獨遠，悲夫！

王世貞《藝苑卮言》：鍾嶸言《行行重行行》十四首，文溫以麗，意悲而遠，驚心動魄，幾乎一字千金。後併《去者日以疏》五首爲十九首，爲枚乘作。或以"洛中何鬱鬱"、"游戲宛與洛"爲詠東京；"盈盈樓上女"爲犯惠帝諱。按臨文不諱，如"總齊羣邦"，故犯高諱無妨。宛、洛爲故周都會，但"王侯多第宅"，周世王侯不言"第宅"。"兩宮"、"雙闕"亦似東京語。意者，中間雜有枚生或張衡、蔡邕作，未可知。

梁啓超《中國之美文及其歷史》：漢制避諱極嚴，犯者罪至死。惟東漢對於西漢諸帝則不諱，惠帝諱盈，而十九首中有"盈盈樓上女"、"馨香盈懷袖"等句，非西漢作品甚明，此其一。"游戲宛與洛，洛中何鬱鬱……長衢羅夾巷，王侯多第宅。兩宮遙相望，雙闕百餘尺。"明寫洛陽之繁盛，西漢決無此景象。"驅車上東門，遙望郭北墓。"上東門爲洛城門，郭北即北邙，顯然東京人語，此其二。此就作品本身覓證，其應屬東漢，不應屬西漢，殆已灼然無疑。然東漢歷祚，亦垂二百年，究竟當屬何時耶？此則在作品本身上無從得證，祇能以各時代別的作品旁證推論。劉彥和以《冉冉孤生竹》一首爲傅毅作，依我的觀察，西漢成帝時，五言已萌芽，傅毅時候，也未嘗無發生《十九首》的可能性，但以同時班固《詠史》一篇相較，風格全別……其他亦更無相類之作。則東漢之期——明、章之間，似尚未有此體。安、順、桓、靈以後，張衡、秦嘉、蔡邕、酈炎、趙壹、孔融各有五言作品傳世，音節日趨諧暢，格律日趨嚴整。其時五言體制已經通行，造詣已經純熟，非常傑作，理合應時出現。我據此中消息以估定《十九首》之年代，大概在西紀一二零至一七零約五十年間，比建安、黃初略先一期，而緊相銜接，所以風格和建安體格相近，而其中一部分鍾仲偉且疑爲曹、王所製也。我所估定不甚錯，那麼《十九首》一派的詩風，並非西漢的初期瞥然一現中間戛然中絕，而建安體亦並非近無所承，突然產生，按諸歷史進化的原則，四方八面都說得通了。

**4.《古詩十九首》之抒情內容**

梁啓超《中國之美文及其歷史》：從內容實質上研究《十九首》，則厭世思想之濃厚——現世享樂主義之謳歌，最爲其特色。三百篇中之變風變雅，雖憂生念亂之辭不少，至如《山樞》之"且以喜樂，且以永日，宛其死矣，他人入室"，此等論調，實不多見。大抵太平之世，詩思安和；喪亂之餘，詩思慘悷。三百篇中代表此兩種氣象的作品，所在多有。然而社會更有將亂未亂之一境，表面上歌舞歡娛，骨子裏已禍機四伏，全社會汲汲顧影，莫或爲百年之計，而但思偷一日之安。在這種時代背景之下，厭世的哲學文學便會應運而生，依前文所推論，《十九首》爲東漢安、順、桓、靈間作品，若所測不謬，那麼，正是將亂未亂極沉悶不安的時代了。當時思想界，則西漢之平實嚴正的經術，已漸不足以維持社會，而佛教的人生觀已乘虛而入。（原注：桓、靈間安世高、支婁迦讖二人所譯出佛經已數十部。）

……《十九首》正孕育於此等社會狀況之下，故厭世的色彩極濃。"人生天地間，忽如遠行客"、"萬歲更相送，聖賢莫能度"、"生年不滿百，常懷千歲憂"，此種思想，在漢人文學中，除賈誼《鵩鳥賦》外，似未經人道。《鵩鳥賦》不過個人性格特別境遇所產物，《十九首》則全社會氛圍所產物，故感人深淺不同。《十九首》非一人所作，其中如"奄忽隨物化，榮名以爲寶"之類，一面浸染厭世思想，一面仍保持儒家哲學平實態度者，雖間有一二，其大部則如《山樞》之"且以喜樂，且以永日"，以現實享樂爲其結論。《青青陵上柏》、《今日良宴會》、《東城高且長》、《驅車上東門》、《去者日以疏》、《生年不滿百》諸篇其最著者也。他們的人生觀出發點雖在老莊哲學，其歸宿點則與《列子·楊朱篇》同一論調。不獨榮華富貴功業名譽無所留戀，乃至"谷神不死"、"長生久視"等觀念亦破除無餘。"服食求神僊，多爲藥所誤。不如飲美酒，被服紈與素"，"愚者愛惜費，但爲後世嗤。僊人王子喬，難可與等期"，真算把這種頹廢思想盡情揭穿。他的文辭既"驚心動魄，一字千金"，故所詮寫的思想，也給後人以極大的印象，千餘年來中國文學，都帶悲觀消極的氣象，《十九首》的作者怕不能不負點責任哩！

### 5.《古詩十九首》之藝術成就

皎然《詩式》：《十九首》辭精義炳，婉而成章，始見作用之功，蓋東漢之文體。

張戒《歲寒堂詩話》：言志乃詩人之本意，詠物特詩人之餘事。古詩、蘇、李、曹、劉、陶、阮本不期於詠物，而詠物之工，卓然天成，不可復及。其情真，其味長，其氣勝，視詩三百篇幾於無愧，凡以得見詩人之本意也。

陳繹曾《詩譜》：《古詩十九首》情真、景真、事真、意真，澄至清，發至情。

謝榛《四溟詩話》卷四：詩賦各有體制。兩漢賦多使難字，堆垛連綿，意思重疊，不害於大義也。詩自蘇、李暨《十九首》，格古調高，句平意遠，不尚難字，而自然過人矣。

王世懋《藝圃擷餘》：《詩》四始之體，惟頌專爲郊廟頌述功德而作，其他率因觸物比類，宣其性情，恍惚游衍，往往無定。以故，說詩者人自爲見。……惟《十九首》猶存此意，使人擊節詠歎，而未能盡究指歸。……故余謂《十九首》，五言之《詩經》也；潘、陸而後，四言之排律也。

胡應麟《詩藪·內編》卷二：兩漢諸詩，惟《郊廟》頗尚辭，樂府頗尚氣，至《十九首》及諸雜詩，隨語成韻，隨韻成趣，辭藻氣骨，略無可尋，而興象玲瓏，意致深婉，真可以泣鬼神、動天地。

陸時雍《古詩鏡·總論》：凡詩深言之則濃，淺言之則淡，故濃淡別無二道。詩之妙在托，托則情性流而道不窮矣。風人善托，西漢饒得此意，故言之則形神俱動，流變無方。……情動於中，鬱勃莫已，而勢又不能自達，故托爲一意，托爲一物，托爲一境以出之；故其言直而不訐、曲而不汙也。《十九首》謂之風餘，謂之詩母。

方東樹《昭昧詹言》卷一：用筆之妙，翩若驚鴻，宛若游龍；如百尺游絲宛轉；如落花回風，將飛更舞，終不遽落；如慶雲在霄，舒展不定。此惟《十九首》、阮公、漢、魏諸賢最妙於此。

劉熙載《藝概·詩概》：《十九首》鑿空亂道，讀之自覺四顧躊躇，百端交集。詩至此，始可謂其中有物也已。

**參考書目**

《古詩歌箋釋三種·古詩十九首釋》，朱自清箋釋，上海古籍出版社**1981**年版。

《古詩十九首初探》，馬茂元著，陝西人民出版社**1981**年版。

**思考題**

1. 如何評價《古詩十九首》所流露出的思想情緒？
2. 討論《古詩十九首》的藝術成就。
3. 背誦《行行重行行》、《青青河畔草》、《西北有高樓》、《涉江采芙蓉》、《迢迢牽牛星》、《去者日以疏》。

# 第四章

# 漢文

## 概說

兩漢散文中最先發展起來的是政論文。西漢初年，戰國時代諸子百家爭鳴的餘風猶存。一些作家繼承先秦諸子的優良傳統，關心國家及社會的發展，面對現實，分析形勢，勇於表達自己的政治見解和主張，使漢初政論文具有鮮明的時代色彩。賈誼和晁錯是這一時期政論文的代表作家。他們的政論文或針砭時弊，分析社會實際存在的矛盾；或總結秦王朝短期覆亡之原因，借古喻今，深切著明，有很強的說服力和感染力。就文章風格而論，賈誼、晁錯各有特點，魯迅在《漢文學史綱要》中指出：賈、晁為文皆疏直激切，盡所欲言，賈誼有文采而比較疏闊，晁錯則見識深遠，他們的政論"皆為西漢鴻文，沾溉後人，其澤甚遠"。與此同時，宗室諸侯王多有好養文學之士者，藩國侍臣之文亦多有可觀者，枚乘、鄒陽之作可為代表。

漢武帝罷黜百家，獨尊儒術，中央集權加強，思想漸趨統一。其時，文人為文，大抵依經立義，雜糅"天人感應"之說，以論證君權神聖。這類文章，以董仲舒、公孫弘、劉向等人為代表。但因為漢初文風之影響，也為解決現實問題的需要，這類作品中也不乏直陳時事之作。與此同時，東方朔、楊惲等人的文章，或抒發情志，或立言通脫，在經學文風的主流之外，別具一格。由於今文經學家法森嚴，章句煩瑣，許多士人皓首窮經，日益脫離現實而不切實用。在這種學術思想危機和社會政治危機的刺激下，古文經學於西漢後期崛起。古文經學家以古文反今文，不僅有恢復儒學典籍本來面目之意義，也包含有對現存政治制度的懷疑。兼之王莽標榜"托古改制"，古文學派受到官方的鼓勵。學術的復古，推動文章的復古。劉歆等人的文章正是其代表。

經歷了兩漢之際的社會危機，東漢王朝復歸統一。基於對傳統的懷疑，東漢政論文不僅時常表現出異端傾向，而且其行文力求達意，表現了由文轉質的新趨勢。桓譚與王充是這種新趨勢的代表。東漢初年的王充是中國古代傑出的思想家，所著《論衡》（八十五篇）是中國思想史上一部重要著作，他高舉"疾虛妄"之旗幟，批判了當時統治階級所提倡的對於天道神權命運的迷信，並對傳統的思想提出了大膽的懷疑。他批評當時儒者好信師而是古、以爲賢聖所言定無非之錯誤態度，並在《問孔》、《非韓》、《刺孟》等篇中，對被儒家奉爲聖人的孔孟的言論進行分析，指出其荒謬之處。由此出發，王充還對當時以辭賦爲主的正統文學的華而不實、僞而不真的文風進行了尖銳的批判，並在《藝增》、《超奇》、《佚文》、《案書》、《自紀》等篇中提出了自己的正面主張。東漢末年，社會矛盾日趨激化，政論文多發憤之作，王符之《潛夫論》、崔寔之《政論》及仲長統之《昌言》等，對東漢中葉以後的社會有不少深刻的揭露和尖銳的批評，文章結構嚴密，語言質樸，並常以歷史故實和生動的比喻增強其論點的說服力。但其氣勢和文采，已不如西漢。

## 第一節　西漢前期散文

**賈　誼**（前200—前168）

傳略見"秦漢文學"第二章第一節。

### 過秦論

【題解】　過秦，即論述秦之過失。《過秦論》見於《史記·秦始皇本紀》和《陳涉世家》後，《漢書》及《文選》亦收入，但非全文，賈誼《新書》各本亦有兩篇、三篇之別。《古文辭類纂》定爲上中下三篇，今從之。賈誼《過秦論》上篇過秦始皇，中篇過秦二世，下篇過子嬰。高步瀛《兩漢文舉要》引張廉卿語："瑋麗之辭，瑰放之氣，揮斥而出之，而沛然其甚有餘。惟盛漢之文，乃有此耳。"

#### 過秦論·上

秦孝公據崤函之固，擁雍州之地，君臣固守，以窺周室。有席捲天下、包舉宇內、囊括四海之意，并吞八荒之心。當是時也，商君佐之，內立法度，務耕織，修守戰之具；外連衡而鬥諸侯；於是秦人拱手而取西河之外。

○秦孝公：獻公子，名渠梁，任用商鞅，實行變法，使秦富強。崤：山名，在今河南洛寧西北。函：函谷關，在今河南靈寶。○雍州：古九州之一，包括今陝西北部、甘肅西北部及青海一部。○八荒：八方荒蕪極遠之地。○商君：戰國時衛國之庶出公子，公孫氏，名鞅，因爲仕於秦而封於商，故稱商鞅。○連衡：即連橫，是戰國時使山東的一些國家放棄合縱而事奉秦國的一種政策。○西河之外：魏國在黃河以西的大片土地。《史記·商君列傳》載，秦孝公二十二年，商鞅伐魏，大破之，魏惠王乃割西河之地，獻於秦以求和。

　　孝公既沒，惠文、武、昭襄王，蒙故業，因遺策，南取漢中，西舉巴蜀，東割膏腴之地，北收要害之郡。諸侯恐懼，會盟而謀弱秦。不愛珍器重寶、肥饒之地，以致天下之士，合從締交，相與爲一。當此之時，齊有孟嘗，趙有平原，楚有春申，魏有信陵。此四君者，皆明智而忠信，寬厚而愛人，尊賢重士。約從離衡，兼韓、魏、燕、趙、宋、衛、中山之衆。於是六國之士，有寧越、徐尚、蘇秦、杜赫之屬爲之謀；齊明、周最、陳軫、召滑、樓緩、翟景、蘇厲、樂毅之徒通其意；吳起、孫臏、帶佗、倪良、王廖、田忌、廉頗、趙奢之朋制其兵。嘗以什倍之地、百萬之衆，仰關而攻秦。秦人開關延敵，九國之師，逡遁而不敢進。秦無亡矢遺鏃之費，而天下諸侯已困矣。於是從散約解，爭割地而賂秦。秦有餘力而制其弊，追亡逐北，伏屍百萬，流血漂櫓。因利乘便，宰割天下，分裂河山。強國請伏，弱國入朝。

　　○惠文：秦惠文王，孝公之子，名駟。武：秦武王，惠文王之子，名蕩。昭：秦昭襄王，武王異母弟，名則；一名稷。○漢中：地名，相當於今陝西南部和湖北西北部的地方；《史記·秦本紀》載，秦惠文王二十六年，秦攻取漢中，取地六百里，置漢中郡。○合從：即合縱；戰國時，六國聯合起來與秦國相對抗的一種政策。○孟嘗：即孟嘗君田文，孟爲其字；嘗，邑名。《史記》有傳。○平原：即平原君趙勝，趙之公子。《史記》有傳。○春申：即春申君黃歇，楚考烈王元年，封爲相。《史記》有傳。○信陵：即信陵君魏無忌，魏昭王少子。《史記》有傳。○寧越：趙之中牟人，事見《呂氏春秋·博士》及《不廣》高誘注。徐尚：未詳。梁章鉅《文選旁證》曰："疑即《史記·魏世家》之外黃徐子，說魏太子申以百戰百勝之術者。"蘇秦：東周洛陽人，《史記》有傳。杜赫：周人，事見《戰國策·東周策》。○齊明：東周臣，後仕秦、楚及韓。事見《戰國策·東周策》。周最：周君之子。事見《戰國策·東周策》及《西周策》。陳軫：楚臣，亦仕秦。事見《史記·張儀傳》。召滑：楚臣，事見《史記·楚世家》。樓緩：趙人，曾爲魏相。事見《戰國策·趙策》及《魏策》。翟景：魏人，王念孫《讀書雜誌》謂即《戰國策·楚策》所謂魏相翟強。蘇厲：東周人，蘇秦之弟。樂毅：燕人，燕昭王封其爲昌國君。《史記》有傳。○吳起：衛人，曾仕魏、楚。《史記》有傳。孫臏：齊臣，孫武之後。事見《史記·孫武傳》。帶佗：楚將；或以爲趙、魏人。倪良：越將；或以爲趙、魏人。王廖：生平未詳。田忌：齊將。事見《戰國策·齊策》及《史記·齊世家》。廉頗：趙將。《史記》有傳。趙奢：趙將，事附《史記·廉頗藺相如傳》。○"秦人開關延敵"三句：《史記·楚世家》載，"懷王十一年（前318），蘇秦約縱，山東六國兵攻秦，楚懷王爲縱長。至函谷關，秦出兵擊六國，六國兵皆引而歸"。延敵，引進敵人。○逐北：追趕敗走者。北，敗走。○櫓：大盾牌。

施及孝文王、莊襄王，享國日淺，國家無事。及至始皇，奮六世之餘烈，振長策而御宇內，吞二周而亡諸侯，履至尊而制六合，執搞朴以鞭笞天下，威振四海。南取百粵之地，以爲桂林、象郡。百粵之君，俛首繫頸，委命下吏。乃使蒙恬北築長城而守藩籬，却匈奴七百餘里，胡人不敢南下而牧馬，士不敢彎弓而報怨。於是廢先王之道，燔百家之言，以愚黔首。墮名城，殺豪俊，收天下之兵，聚之咸陽。銷鋒鍉，鑄以爲金人十二，以弱天下之民。然後踐華爲城，因河爲池，據億丈之高，臨百尺之淵以爲固。良將勁弩，守要害之處，信臣精卒，陳利兵而誰何。天下已定，始皇之心，自以爲關中之固，金城千里，子孫帝王萬世之業也。

○孝文王：秦昭襄王之子，名柱。據《史記·秦本紀》，其即位三日而亡。莊襄王：秦孝文王之子，名楚。據《史記·秦本紀》，其即位三年而亡。○六世：指秦孝公、惠文王、武王、昭襄王、孝文王、莊襄王六代。○二周：東周王朝在周赧王時，分爲東西二周，西周都於洛（今河南洛陽），東周都於鞏（今河南鞏義）。西周亡於秦昭襄王五十一年（前

256），東周亡於莊襄王元年（前249）。○至尊：天子之位。六合：天地四方。○搞朴：打人之刑具。○百粵：古代南方一些少數民族之總稱。○桂林：即桂林郡，秦置，相當於今廣西壯族自治區之一部分。象郡：秦置，相當於今廣東西南部與廣西壯族自治區南部及西部等地區。○俛首：低頭；俛，同"俯"。繫頸：以繩繫在頸上，表示屈服。○下吏：秦之下級官吏。○蒙恬：秦始皇的將領，二世時賜死。《史記·蒙恬傳》："秦已并天下，乃使蒙恬將三十萬衆，北逐戎狄，收河南，築長城，因地形，用險制塞，起臨洮，至遼東，延袤萬餘里。"○百家之言：諸子百家的著作。《史記·秦始皇本紀》載，始皇三十四年（前213），李斯進言曰："今諸生不師今而學古，以非當世，惑亂黔首……臣請史官非秦紀皆燒之，非博士官所職，天下敢有藏詩書百家語者，悉詣守尉雜燒之。"○黔首：秦統治者對百姓之稱呼。○"銷鋒鍉"二句：銷，熔化；鋒，兵器；鍉，通"鏑"，箭頭。據《史記·秦始皇本紀》，事在秦始皇二十六年。○華：華山。○誰何：李善注："問之也。"即督責之意。

始皇既沒，餘威振於殊俗。然而陳涉甕牖繩樞之子，氓隸之人，而遷徙之徒也。材能不及中人，非有仲尼、墨翟之賢，陶朱、猗頓之富，躡足行伍之間，俛起阡陌之中，率疲弊之卒，將數百之衆，轉而攻秦。斬木爲兵，揭竿爲旗，天下雲合嚮應，贏糧而景從。山東豪俊並起而亡秦族矣。

且夫天下非小弱也，雍州之地、崤函之固，自若也。陳涉之位，非尊於齊、楚、燕、趙、韓、魏、宋、衛、中山之君也。鉏耰棘矜，不敵於鈎戟長鎩也。謫戍之衆，非抗於九國之師也。深謀遠慮，行軍用兵之道，非及曩時之士也。然而成敗異變、功業相反也。試使山東之國，與陳涉度長絜大，比權量力，則不可同年而語矣。然秦以區區之地，致萬乘之權，序八州而朝同列，百有餘年矣。然後以六合爲家，崤函爲宮；一夫作難而七廟墮，身死人手，爲天下笑者，何也？仁義不施，而攻守之勢異也。

**人民文學出版社王洲明、徐超《賈誼集校注》（下同）**

○殊俗：不同之風俗，指遠方的部族。○甕牖繩樞：以破甕爲窗，以繩索拴門。喻出身微賤。○氓隸：出賣勞力之農民。○遷徙之徒：指被謫罰而服役者。○陶朱：春秋末越國大夫范蠡。據《史記·越王勾踐世家》，范蠡晚年曾在陶山經商，號稱陶朱公。猗頓：魯人，范蠡教以畜牧，他就到猗氏（山西臨猗南）大畜牛羊，十年爲巨富。事見《史記·貨殖列傳》。○贏：擔負。景從：如影之隨形；景，通"影"。○山東：指函谷關、崤山以東。○棘矜：以荊木爲杖（見王念孫《讀書雜誌》）。或說，矜通"戟"（見《文選》李善注）。○鍛：長矛。○抗：通"亢"，高出。○曩時：先前。○度長絜大：比較長短大小。度，度量物之長短；絜，計量物之粗細。○八州：古分天下爲九州，秦雍州之外的八州爲六國之地。朝同列：使原來同等的六國之君來朝。○七廟：按古代宗法制度，天子祀七廟。《禮記·王制》："天子廟七，昭三穆三，與太祖之廟而七。"○身死人手：指秦王子嬰爲項羽所殺。子嬰爲秦始皇長子扶蘇之長子，秦二世三年（前207），趙高殺二世，立子嬰爲秦王，子嬰設計殺趙高；後降劉邦，不久又爲項羽所殺。○仁義，底本作"仁心"，據《史記·陳涉世家》改。

## 過秦論·中

秦滅周祀，并海內，兼諸侯，南面稱帝，以四海養。天下之士，斐然鄉風。若是，何也？曰：近古之無王者久矣。周室卑微，五霸既滅，令不行於天下，是以諸侯力政，強凌弱，衆暴寡，兵革不休，士民罷弊。今秦南面而王天下，是上有天子也。即元元之民冀得安其性命，莫不虛心而仰上。當此之時，專威定功，安危之本，在於此矣。

○周祀：東周政權。○南面稱帝：《易經·說卦》："聖人南面而聽天下，嚮明而治。"○斐然：通"靡然"，順風而倒貌。○政：通"征"，征伐。○罷弊：疲憊困乏。罷，通"疲"。○元元：庶民。

秦王懷貪鄙之心，行自奮之智，不信功臣，不親士民，廢王道而立私愛，焚文書而酷刑法，先詐力而後仁義，以暴虐爲天下始。夫并兼者高詐力，安危者貴順權，推此言之，取與守不同術也。秦雖離戰國而王天下，其道不易，其政不改，是其所以取之也；孤獨而有之，故其亡可立而待也。藉使秦王論上世之事，並殷周之迹，以制御其政，後雖有淫驕之主，猶未有傾危之患也。故三王之建天下，名號顯美，功業長久。

〇自奮：自以爲超人。〇藉使：假使。〇並：通"傍"，因循。〇三王：夏、商、周三代開國之君。

今秦二世立，天下莫不引領而觀其政。夫寒者利裋褐，而飢者甘糟糠。天下囂囂，新主之資也。此言勞民之易爲仁也。嚮使二世有庸主之行而任忠賢，臣主一心而憂海內之患，縞素而正先帝之過；裂地分民以封功臣之後，建國立君以禮天下，虛囹圄而免刑戮，去收孥污穢之罪，使各反其鄉里；發倉廩，散財幣，以振孤獨窮困之士；輕賦少事，以佐百姓之急；約法省刑，以持其後，使天下之人皆得自新，更節修行，各慎其身；塞萬民之望，而以盛德與天下，天下息矣。即四海之內皆歡然各自安樂其處，惟恐有變。雖有狡害之民，無離上之心，則不軌之臣無以飾其智，而暴亂之姦弭矣。

〇天下莫不引領而觀其政：《孟子・梁惠王上》："則天下之民，皆引領而望之矣。"〇"夫寒者利裋褐"二句：《羣書治要》引《尸子・神明》："夫飢者易食，寒者易衣，此亂世而後易爲德也。"裋褐，粗陋之衣。〇囂囂：憂愁怨恨之聲音。〇嚮使：假使。〇縞素：白色之衣服；此處指喪服。〇囹圄：監獄。〇收孥：古時一人犯法，其家屬亦要株連治罪，沒爲奴婢，稱爲收孥。《史記・商君列傳》："事末利及怠而貪者，舉以爲收孥。"孥，通"奴"。污穢：淫亂。〇振：通"賑"，救濟。〇持其後：意爲等待以後改過自新。〇望：怨恨。〇與天下：使天下人親附。〇狡害：狡猾。

二世不行此術，而重以無道，更始作阿房之宮；繁刑嚴誅，吏治刻深，賞罰不當，賦斂無度，天下多事，吏不能紀，百姓困窮而主不收恤；然後姦偽並起，而上下相遁，蒙罪者衆，刑僇相望於道，而天下苦之。自羣卿以下至於衆庶，人懷自危之心，親處窮苦之實，咸不安其位，故易動也。是以陳涉不用湯武之賢，不藉公侯之尊，奮於大澤而天下回應者，其民危也。故先王者，見終始之變，知存亡之由，是以牧民之道，務在安之而已矣。下雖有逆行之臣，必無嚮應之助，故曰："安民可與爲義，而危民易與爲非。"此之謂也。貴爲天子，富有四海，身不免於戮者，正之非也，是二世之過也。

○嚴誅：嚴厲地誅罰。○刻深：苛刻嚴酷。○紀：治理。○收恤：收養撫恤。○遁：欺。○刑僇：受刑罰者。僇，通"戮"。○牧民：統治民衆。○正之非也：正，通"政"，治國之道。

## 過秦論·下

秦兼諸侯山東三十餘郡，修津關，據險塞，繕甲兵而守之。然陳涉率散亂之衆數百，奮臂大呼，不用弓戟之兵，鉏櫌白挺，望屋而食，橫行天下。秦人阻險不守，關梁不閉，長戟不刺，強弩不射。楚師深入，戰於鴻門，曾無藩籬之難。於是山東諸侯並起，豪俊相立。秦使章邯將而東征，章邯因其三軍之衆，要市於外，以謀其上。羣臣之不相信，可見於此矣。

○秦兼諸侯山東三十餘郡：《史記·秦始皇本紀》："二十六年，秦初并天下，分天下以爲三十六郡。"○白挺：大杖。○望屋而食：行軍不帶糧食，走到哪里就吃到哪里。○藩籬：防禦。○"章邯因其三軍之衆"二句：章邯：秦將，後投降項羽；在楚漢戰爭中兵敗自殺。要市：即約市，訂立契約交易。《史記》索隱："此評失也。章邯之降，由趙高用事，不信任將軍，一則恐誅，二則楚兵既盛，王離見虜，遂以兵降耳。非三軍要市於外以求封，明矣。"

子嬰立，遂不悟。藉使子嬰有庸主之材而僅得中佐，山東雖亂，三秦之地可全而有，宗廟之祀宜未絕也。秦地被山帶河以爲固，四塞之國也。自繆公以來至於秦王二十餘君，常爲諸侯雄。此豈世賢哉？其勢居然也。且天下嘗同心并力攻秦矣，然困於險阻而不能進者，豈勇力智慧不足哉？形不利、勢不便也。秦雖小邑，伐并大城，得阸塞而守之。諸侯起於匹夫，以利會，非有素王之行也。其交未親，其民未附，名曰亡秦，其實利之也。彼見秦阻之難犯，必退師。案土息民以待其弊，收弱扶罷以令大國之君，不患不得意於海內。貴爲天子，富有四海，而身爲禽者，捄敗非也。

〇三秦：秦關中故地。秦亡後，項羽三分秦關中故地，封秦降將章邯爲雍王、司馬欣爲塞王、董翳爲翟王，合稱三秦。〇繆公：即穆公。春秋時秦君，名任好，公元前659年至公元前621年在位，春秋五霸之一。〇勢居：所處之地理位置。〇素王：有帝王之德而不居帝王之位者。〇案土：安定國境。案，通"安"。〇禽：通"擒"。〇捄敗：挽救敗局。捄，通"救"。

秦王足己而不問，遂過而不變。二世受之，因而不改，暴虐以重禍。子嬰孤立無親，危弱無輔。三主之惑，終身不悟，亡不亦宜乎？當此時也，世非無深謀遠慮知化之士也，然所以不敢盡忠拂過者，秦俗多忌諱之禁也，忠言未卒於口而身糜沒矣。故使天下之士傾耳而聽，重足而立，闔口而不言。是以三主失道，而忠臣不諫、智士不謀也。天下已亂，姦不上聞，豈不悲哉！先王知壅蔽之傷國也，故置公卿、大夫、士，以飾法設刑而天下治。其強也，禁暴誅亂而天下服；其弱也，五霸征而諸侯從；其削也，內守外附而社稷存。故秦之盛也，繁法嚴刑而天下震；及其衰也，百姓怨而海內叛矣。故周王序得其道，千餘載不絕；秦本末並失，故不能長。由是觀之，安危之統相去遠矣。

鄙諺曰："前事之不忘，後事之師也。"是以君子爲國，觀之上古，驗之當世，參之人事，察盛衰之理，審權勢之宜，去就有序，變化因時，故

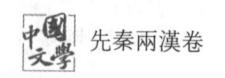

曠日長久而社稷安矣。

○足己：自我滿足。○遂過：堅持錯誤。○拂過：匡正過失。拂，通"弼"。○秦俗多忌諱之禁：《史記·秦始皇本紀》："始皇惡言死，羣臣莫敢言死事。"又："二世元年，謁者使東方來，以反者聞二世，二世怒，下吏。"此皆"秦俗多忌諱"之類。○傾耳而聽：《禮記·孔子閒居》："傾耳而聽之，不可得而聞也。"○重足而立：重累其足，言懼甚也。○飾：通"飭"，修治。○統：綱紀，法則。

## 晁　錯（前200—前154）

《漢書·晁錯傳》：晁錯，潁川人。學申、商刑名於軹張恢生所，以文學爲太常掌故。太常遣錯受《尚書》伏生所，還，因上書稱説，詔以爲太子舍人，門大夫，遷博士。拜太子家令，以其辯得幸太子，太子家號曰"智囊"。是時匈奴強，數寇邊，上發兵以禦之。錯上書言兵事，文帝嘉之。錯復言守邊備塞、勸農力本當世急務二事，上從其言。後詔有司舉賢良文學士，錯在選中，上親詔策之。時賈誼已死，對策者百餘人，唯錯爲高第，繇是遷中大夫。錯又言宜削諸侯事，及法令可更定者，孝文雖不盡聽，然奇其材。景帝即位，以錯爲內史。錯數請間言事，輒聽，幸傾九卿，法令多所更定。遷爲御史大夫，請諸侯之罪過，削其支郡。

### 舉賢良對策

【題解】　此《舉賢良對策》作於文帝十五年（前165），其中講祥瑞符應之事，實已開漢人"天人感應"説之先河。《漢書·晁錯傳》載，書上時，"對策者百餘人，唯錯爲高第，繇是遷中大夫"。劉勰《文心雕龍·議對》稱此文"證驗古今，辭裁以辨，事通而贍"。

臣竊聞古之賢主莫不求賢以爲輔翼，故黃帝得力牧而爲五帝先，大禹得咎繇而爲三王祖，齊桓得管子而爲五伯長。今陛下講于大禹及高皇帝之建豪英也，退托於不明，以求賢良，讓之至也。臣竊觀上世之傳，若高皇帝之建功業，陛下之德厚而得賢佐，皆有司之所覽，刻於玉版，藏於金匱，歷之春秋，紀之後世，爲帝者祖宗，與天地相終。今臣窋等乃以臣錯充賦，甚不稱明詔求賢之意。臣錯草茅臣，亡識知，昧死上愚對。

○力牧：相傳爲黃帝的助手。五帝：《史記》說是黃帝、顓頊、帝嚳、堯、舜。○咎繇：即皋陶；相傳爲禹之大臣。三王：指夏禹、商湯、周文王。○齊桓：齊桓公，春秋五霸之一。管子：即管仲，輔助齊桓公成爲霸主。五伯：即五霸；指春秋之齊桓公、晉文公、秦穆公、宋襄公、楚莊王。○講：講議。○傳：謂史傳。○玉版：鐫刻功勳之玉簡。○金匱：收藏秘書之金櫃。○窋：曹窋，曹參之子，與晁錯等同對文帝策詔者。充賦：猶言湊數。

詔策曰"明於國家大體"，愚臣竊以古之五帝明之。臣聞五帝神聖，其臣莫能及，故自親事，處于法宮之中，明堂之上；動靜上配天，下順地，中得人。故衆生之類亡不覆也，根著之徒亡不載也；燭以光明，亡偏異也；德上及飛鳥，下至水蟲，草木諸産，皆被其澤。然後陰陽調，四時節，日月光，風雨時，膏露降，五穀孰，祅孽滅，賊氣息，民不疾疫，河出圖，洛出書，神龍至，鳳鳥翔，德澤滿天下，靈光施四海。此謂配天地，治國大體之功也。

○"詔策曰"二句：指文帝十五年九月《策賢良文學詔》，《漢書·晁錯傳》載其全文。○親事：親理政務。○法宮：正殿。○明堂：帝王舉行祭祀禮、朝會、選舉、布政等大典之處。○衆生之類：泛指人類及一切動物。○根著之徒：泛指一切植根於地的植物。○燭：照也。○諸産：各類生物。○節：有節，正常。○"河出圖"二句：相傳伏羲氏時，黃河裏出現一匹龍馬，背負有圖，稱爲"河圖"；洛水中出現神龜，背有文字，稱爲"洛書"。這是所謂太平盛世的象徵。

詔策曰"通於人事終始"，愚臣竊以古之三王明之。臣聞三王臣主俱賢，故合謀相輔，計安天下，莫不本於人情。人情莫不欲壽，三王生而不傷也；人情莫不欲富，三王厚而不困也；人情莫不欲安，三王扶而不危也；人情莫不欲逸，三王節其力而不盡也。其爲法令也，合於人情而後行之；其動衆使民也，本於人事然後爲之。取人以己，内恕及人。情之所惡，不以彊人；情之所欲，不以禁民。是以天下樂其政，歸其德，望之若父母，從之若流水；百姓和親，國家安寧，名位不失，施及後世。此明於人情終始之功也。

○"取人以己"二句：要求別人，首先當嚴以律己；寬恕自己，同時要寬恕別人。

詔策曰"直言極諫"，愚臣竊以五伯之臣明之。臣聞五伯不及其臣，故屬之以國，任之以事。五伯之佐之爲人臣也，察身而不敢誣，奉法令不容私，盡心力不敢矜，遭患難不避死，見賢不居其上，受祿不過其量，不以亡能居尊顯之位。自行若此，可謂方正之士矣。其立法也，非以苦民傷衆而爲之機陷也，以之興利除害，尊主安民而救暴亂也。其行賞也，非虛取民財妄予人也，以勸天下之忠孝而明其功也。故功多者賞厚，功少者賞薄。如此，斂民財以顧其功，而民不恨者，知與而安己也。其行罰也，非以忿怒妄誅而從暴心也，以禁天下不忠不孝而害國者也。故罪大者罰重，罪小者罰輕。如此，民雖伏罪至死而不怨者，知罪罰之至，自取之也。立法若此，可謂平正之吏矣。法之逆者，請而更之，不以傷民；主行之暴者，逆而復之，不以傷國。救主之失，補主之過，揚主之美，明主之功，使主内亡邪辟之行，外亡騫汙之名。事君若此，可謂直言極諫之士矣。此五伯之所以德匡天下，威正諸侯，功業甚美，名聲章明。舉天下之賢主，五伯與焉，此身不及其臣而使得直言極諫補其不逮之功也。今陛下人民之衆，威武之重，德惠之厚，令行禁止之勢，萬萬於五伯，而賜愚臣策曰"匡朕之不逮"，愚臣何足以識陛下之高明而奉承之！

○屬之以國：委之以國事。屬，委托。○不敢誣：言不敢欺騙皇上。○機陷：有簡易制動設置的陷阱。喻陷人受害的圈套。○顧其功：賞其功。顧，酬賞。○逆而復之：言反對暴行而恢復正道。○騫汙：損辱也。

詔策曰"吏之不平，政之不宣，民之不寧"，愚臣竊以秦事明之。臣聞秦始并天下之時，其主不及三王，而臣不及其佐，然功力不遲者，何也？地形便，山川利，財用足，民利戰。其所與並者六國，六國者，臣主皆不肖，謀不輯，民不用，故當此之時，秦最富彊。夫國富彊而鄰國亂者，帝王之資也，故秦能兼六國，立爲天子。當此之時，三王之功不能進焉。及其末塗之衰也，任不肖而信讒賊；宮室過度，耆欲亡極，民力罷盡，賦斂不節；矜奮自賢，羣臣恐諛，驕溢縱恣，不顧患禍；妄賞以隨喜意，妄誅以快怒心，法令煩憯，刑罰暴酷，輕絕人命，身自射殺；天下寒心，莫安其處。姦邪之吏，乘其亂法，以成其威，獄官主斷，生殺自恣。上下瓦解，各自爲制。秦始亂之時，吏之所先侵者，貧人賤民也；至其中節，所侵者富人吏家也；及其末塗，所侵者宗室大臣也。是故親疏皆危，外內咸怨，離散逋逃，人有走心。陳勝先倡，天下大潰，絕祀亡世，爲異姓福。此吏不平、政不宣、民不寧之禍也。今陛下配天象地，覆露萬民，絕秦之迹，除其亂法；躬親本事，廢去淫末；除苛解嬈，寬大愛人；肉刑不用，罪人亡帑；非謗不治，鑄錢者除；通關去塞，不孽諸侯；賓禮長老，愛恤少孤；罪人有期，後宮出嫁；尊賜孝悌，農民不租；明詔軍師，愛士大夫；求進方正，廢退姦邪；除去陰刑，害民者誅；憂勞百姓，列侯就都；親耕節用，視民不奢。所爲天下興利除害，變法易故，以安海內者，大功數十，皆上世之所難及，陛下行之，道純德厚，元元之民幸矣。

○耆欲：欲望。耆，通"嗜"。○恐諛：恐懼而諂諛。○覆露：廣施雨露之意。○解嬈：除去煩擾。嬈，擾亂。○罪人亡帑：謂除收孥相坐律，祇治犯人之罪，不株連家屬。帑，通"孥"，妻子兒女。○鑄錢者除：謂除禁民鑄錢之律，聽民自鑄。○通關去塞：謂開通關隘而不用符傳。○孽：疑也。○有期：判罪有期限，並按期處理。○後宮出嫁：放歸宮女，任其出嫁。〇不租：不多徵收租稅。〇陰刑：宮刑。〇就都：各歸至封國，不得留長安。〇視民：向民衆表示。視，通"示"。

詔策曰"永惟朕之不德"，愚臣不足以當之。

詔策曰"悉陳其志，毋有所隱"，愚臣竊以五帝之賢臣明之。臣聞五帝其臣莫能及，則自親之；三王臣主俱賢，則共憂之；五伯不及其臣，則任使之。此所以神明不遺，而聖賢不廢也，故各當其世而立功德焉。傳曰"往者不可及，來者猶可待，能明其世者謂之天子"，此之謂也。竊聞戰不勝者易其地，民貧窮者變其業。今以陛下神明德厚，資財不下五帝，臨制天下，至今十有六年，民不益富，盜賊不衰，邊竟未安，其所以然，意者陛下未之躬親，而待羣臣也。今執事之臣皆天下之選已，然莫能望陛下清光，譬之猶五帝之佐也。陛下不自躬親，而待不望清光之臣，臣竊恐神明之遺也。日損一日，歲亡一歲，日月益暮，盛德不及究於天下，以傳萬世，愚臣不自度量，竊爲陛下惜之。昧死上狂惑草茅之愚，臣言唯陛下財擇。

**中華書局標點本《漢書》卷四九**

〇"往者不可及"三句：《呂氏春秋·聽言》："《周書》曰：'往者不可及，來者不可待，賢明其世，謂之天子。'"能明其世，能使當世之人通達事理。〇資財：才質。財，通"才"。〇莫能望陛下清光：顏師古引晉灼注："今之臣不能望見陛下之光景所及。"清光，德澤。〇究於天下：遍及天下。究，竟也。〇財擇：裁決。財，通"裁"。

**枚　乘**（？—前140）

傳略見"秦漢文學"第二章第二節。

## 上書諫吳王

【題解】　枚乘初與鄒陽等在吳王濞手下供職，任郎中，以文辭著稱。

吴王謀反，枚乘上此書諫阻，吳王不聽。於是枚乘與鄒陽等至梁孝王門下。李兆洛《駢體文鈔》卷一一：「欲言難言，愈離奇愈沈痛，《國策》之體，《離騷》之神，後來無繼。」

臣聞：「得全者全昌，失全者全亡。」舜無立錐之地，以有天下；禹無十戶之聚，以王諸侯；湯、武之土不過百里，上不絕三光之明，下不傷百姓之心者，有王術也。故父子之道，天性也。忠臣不避重誅以直諫，則事無遺策，功流萬世。臣乘願披腹心而效愚忠，唯大王少加意念惻怛之心於臣乘言。

夫以一縷之任係千鈞之重，上懸無極之高，下垂不測之淵，雖甚愚之人，猶知哀其將絕也。馬方駭，鼓而驚之；係方絕，又重鎮之。係絕於天，不可復結；隊入深淵，難以復出。其出不出，間不容髮。能聽忠臣之言，百舉必脫。必若所欲爲，危於累卵，難於上天；變所欲爲，易於反掌，安於泰山。今欲極天命之壽，敝無窮之樂，究萬乘之勢，不出反掌之易，以居泰山之安，而欲乘累卵之危，走上天之難，此愚臣之所以爲大王惑也。

人性有畏其景而惡其迹者，却背而走，迹愈多，景愈疾。不知就陰而止，景滅迹絕。欲人勿聞，莫若勿言。欲人勿知，莫若勿爲。欲湯之凔，一人炊之，百人揚之，無益也，不如絕薪止火而已。不絕之於彼，而救之於此，譬猶抱薪而救火也。養由基，楚之善射者也。去楊葉百步，百發百中。楊葉之大，加百中焉，可謂善射矣。然其所止，乃百步之內耳。比於臣乘，未知操弓持矢也。

福生有基，禍生有胎；納其基，絕其胎，禍何自來？泰山之霤穿石，單極之絚斷幹。水非石之鑽，索非木之鋸，漸靡使之然也。夫銖銖而稱之，至石必差；寸寸而度之，至丈必過；石稱丈量，徑而寡失。夫十圍之木，始生如蘖，足可搔而絕，手可擢而拔。據其未生，先其未形也。磨礱砥礪，不見其損，有時而盡；種樹畜養，不見其益，有時而大；積德累行，不知其善，有時而用；棄義背理，不知其惡，有時而亡。臣願大王孰計而身行之，此百世不易之道也。

**中華書局標點本《漢書》卷五一**

○"得全者全昌"二句：《史記·田敬仲完世家》載淳于髡語："得全全昌，失全全亡。"得全，謂人臣事君之禮完美無瑕；全昌，謂身名獲昌。○"舜無立錐之地"五句：《戰國策·趙策二》載蘇秦語："舜無咫尺之地，以有天下；禹無百戶之聚，以王諸侯；湯、武之卒不過三千人，車不過三百乘，立爲天子。"○不絕三光之明：無日食月食，金木水火土等星運轉正常。○"父子之道"二句：語出《孝經·聖治》。○惻怛：惻隱。○"其出不出"二句：意爲出得來與出不來，其間相差極其微小。○隊：通墜。○纍卵：堆疊起來之卵。○敝：窮盡。○"人性有畏其景而惡其迹者"六句：《莊子·漁父》："人有畏影惡迹而去之走者，舉足愈數而迹愈多，走愈疾而影不離身，自以爲尚遲，疾走不休，絕力而死。不知處陰以休影，處靜以息迹，愚亦甚矣！"○"欲湯之滄"五句：《呂氏春秋·盡數》："夫以湯之沸，沸愈不止，去其火則止矣。"滄，冷。揚，以勺舀起沸水再傾下，使之散熱。○"養由基"四句：《戰國策·西周策》："楚有養由基者，善射，去柳葉者百步而射之，百發百中。"○霤：本指水從屋檐流下；此處指山水流下。○極：本指屋梁；此處指井梁。統：通"綆"，汲水之井繩。幹：井梁。○靡：通"摩"，摩擦。○銖：古代量名。二十四銖爲一兩。○石：古代量名。一百二十斤爲一石。○徑：直接。○蘖：樹木被伐去後新長出之嫩芽。○礱：磨也。底厲：通"砥礪"，磨也。

## 鄒　陽（？—前129）

《漢書·鄒陽傳》：鄒陽，齊人也。漢興，諸侯王皆自治民聘賢，吳王濞招致四方游士，陽與吳嚴忌、枚乘等俱仕吳，皆以文辯著名。久之，吳王以太子事怨望，稱疾不朝，陰有邪謀，陽奏書諫，吳王不納其言。於是鄒陽、枚乘、嚴忌知吳不可爲，皆去之梁，從孝王游。陽爲人有智略，慷慨不苟合，介於羊勝、公孫詭之間。勝等疾陽，惡之孝王。孝王怒，下陽吏，將殺之。陽客游以讒見禽，恐死以負累，乃從獄中上書。書奏孝王，孝王立出之，卒爲上客。

## 獄中上梁王書

【題解】　李兆洛《駢體文鈔》卷一六："迫切之情，出以微婉；嗚咽之響，流爲激亮，此言情之善者也。"

　　臣聞："忠無不報，信不見疑。"臣常以爲然，徒虛語耳。昔荆軻慕燕丹之義，白虹貫日，太子畏之；衛先生爲秦畫長平之事，太白食昴，昭王疑之。夫精誠變天地，而信不諭兩主，豈不哀哉！今臣盡忠竭誠，畢議願知，左右不明，卒從吏訊，爲世所疑。是使荆軻、衛先生復起，而燕、秦不寤也。願大王孰察之。昔玉人獻寶，楚王誅之；李斯竭忠，胡亥極刑。是以箕子陽狂，接輿避世，恐遭此患也。願大王察玉人、李斯之意，而後楚王、胡亥之聽，毋使臣爲箕子、接輿所笑。臣聞比干剖心，子胥鴟夷，臣始不信，乃今知之。願大王孰察，少加憐焉。

　　〇"昔荆軻慕燕丹之義"三句：荆軻，戰國末衛人，爲燕太子丹刺秦王，未成，被殺，事見前面選文《燕太子丹質於秦亡歸》。白虹貫日：白色長虹穿日而過，古人以爲白虹是戰爭之兆，日爲君之象徵，人間有不平凡行動，就會引起天象的這種變化。見《史記·魯仲連鄒陽列傳》裴駰集解引《列士傳》。〇"衛先生爲秦畫長平之事"三句：衛先生：秦人。秦昭襄王四十七年（前260），秦將白起大破趙軍於長平（今山西高平西北），派衛先生見秦昭王，請求增兵，欲一舉滅掉趙國；因秦相應侯范雎從中破壞，事未成。太白，即金星；食，通"蝕"；昴，星宿名，趙之分野。太白食昴，即金星運行到昴宿的位置，遮住了昴宿。此爲趙地有兵事之兆。○"昔玉人獻寶"二句：楚人和氏曾於荆山下得一玉璞（未治之玉），獻給厲王，厲王令玉人鑒定，玉人指爲石，厲王怒，刖去和氏一足；武王即位，和氏再獻其璞，玉人仍指爲石，又刖去和氏一足；及文王即位，和氏又獻璞，剖得美玉。此玉稱和氏之璧。事見《韓非子·和氏》。○"李斯竭忠"二句：李斯：秦相，助秦始皇統一天下。秦二世胡亥即位後，荒淫無度，李斯上書諫之，胡亥不聽，反信趙高讒言，將其處死。事見《史記·李斯列傳》。○箕子：殷紂王叔父，名胥餘，封於箕，因諫被囚，假裝瘋癲。事見《史記·宋世家》。陽，通"佯"。○接輿：春秋時楚國隱士。事見《論語·微子》。○比干：殷紂王時賢臣，因直諫而被剖心。事見《史記·殷本紀》。據説武王伐紂後，曾封比干之子。○子胥：即伍子胥，名員，春秋時楚人。因父兄被楚平王殺死，逃到吳國，輔佐吳王攻楚敗越。後吳王夫差伐齊，子胥勸諫；夫差不聽，反信讒言令其自殺，並以鴟夷（一種皮製口袋）盛其屍，投於江中。事見《國語·吳語》。

　　語曰："有白頭如新，傾蓋如故。"何則？知與不知也。故樊於期逃秦之燕，藉荆軻首以奉丹事；王奢去齊之魏，臨城自剄以却齊而存魏。夫王奢、樊於期非新於齊、秦而故於燕、魏也，所以去二國、死兩君者，行合於志，慕義無窮也。是以蘇秦不信於天下，爲燕尾生；白圭戰亡六城，爲魏取中山。何則？誠有以相知也。蘇秦相燕，人惡之燕王，燕王按劍而怒，食以駃騠；白圭顯於中山，人惡之於魏文侯，文侯賜以夜光之璧。何則？兩主二臣，剖心析肝相信，豈移於浮辭哉？故女無美惡，入宮見妒；士無賢不肖，入朝見嫉。昔司馬喜臏脚於宋，卒相中山；范雎拉脅折齒於魏，卒爲應侯。此二人者，皆信必然之畫，捐朋黨之私，挾孤獨之交，故不能自免於嫉妒之人也。是以申徒狄蹈雍之河，徐衍負石入海。不容於世，義不苟取比周於朝，以移主上之心。故百里奚乞食於道路，繆公委之以政；甯戚飯牛車下，桓公任之以國。此二人者，豈素宦於朝，借譽於左右，然後二主用之哉？感於心，合於行，堅如膠漆，昆弟不能離，豈惑於衆口哉？

故偏聽生姦，獨任成亂。昔魯聽季孫之說逐孔子，宋任子冉之計囚墨翟。夫以孔、墨之辯，不能自免於讒諛，而二國以危。何則？衆口鑠金，積毀銷骨也。秦用戎人由余而伯中國；齊用越人子臧而彊威、宣。此二國豈係於俗，牽於世，繫奇偏之浮辭哉？公聽並觀，垂明當世。故意合則胡越爲兄弟，由余、子臧是矣；不合則骨肉爲讎敵，朱、象、管、蔡是矣。今人主誠能用齊、秦之明，後宋、魯之聽，則五伯不足侔，而三王易爲也。

〇"有白頭如新"二句：意爲：不相知者，雖然同處至老，仍然如同生人；相知者，即使短時間相處，也如同老朋友。傾蓋，停車交談。〇樊於期：戰國時秦將，因罪逃到燕國，秦王政滅其家，並用重金購其頭。荊軻要刺秦王，樊於期自刎，讓荊軻以其首爲進獻之禮物，以便得以接近秦王。〇王奢：齊臣，因得罪而逃到魏國。齊伐魏，王奢登城對齊將說："今君之來，不過以奢之故也。夫義不苟生，以爲魏累。"遂自殺而死。事見《史記·鄒陽列傳》集解。〇"蘇秦不信於天下"二句：蘇秦對天下不講信義，但對燕國忠實。尾生，人名。相傳他曾與一女子約定在橋下相會，女子尚未到來，河水忽然上漲，尾生仍然守約不肯離開，竟抱橋柱而死。事見《戰國策·燕策》。〇白圭：戰國時中山國之將，因失掉六城，中山王欲殺之，他逃到魏國。魏文侯待其極厚，於是，白圭爲魏攻取中山。〇駃騠：一種駿馬。〇司馬喜：宋人。在宋受刑，後逃到中山國爲相。臏腳：割去膝蓋骨。臏，刑法名；腳，小腿。〇范雎：魏國人，曾隨魏國大夫須賈出使到齊國；回國後，被須賈陷害，魏相魏齊使人毒打之，脅斷齒落。後范雎逃到秦國，爲相，封爲應侯。事見《史記·范雎蔡澤列傳》。〇申徒狄：傳說爲殷末人，諫君，不被聽信，自投雍水而死。〇徐衍：相傳爲周末人，因不滿於亂世，負石自沉於海。〇比周：結黨。〇百里奚：春秋時虞人，虞亡後以俘虜身份去秦國，協助秦穆公成霸業。〇甯戚：春秋時衛國商人，夜喂牛而歌，齊桓公聞之，知其賢，用爲客卿。〇季孫：魯國大夫，即季桓子。齊人送其女樂，他貪樂而三天不上朝，於是孔子離開了魯國。事見《論語·微子》。○宋任子冉之計囚墨翟：出處未詳。○由余：春秋時晉人，因事逃到西戎，後爲秦穆公招致秦國，爲秦穆公策劃，征服西戎。○朱：丹朱，堯之子，不肖，故堯未將帝位傳與他。象：舜之弟，曾有意殺舜。管、蔡：管叔及蔡叔，均爲周武王之弟，曾謀反，被周公所囚禁。

是以聖王覺悟，捐子之之心，而不說田常之賢；封比干之後，修孕婦之墓，故功業覆於天下。何則？欲善亡厭也。夫晉文親其讎，彊伯諸侯；齊桓用其讎，而一匡天下。何則？慈仁殷勤，誠加於心，不可以虛辭借也。至夫秦用商鞅之法，東弱韓、魏，立彊天下，卒車裂之；越用大夫種之謀，禽勁吳而伯中國，遂誅其身。是以孫叔敖三去相而不悔，於陵子仲辭三公，爲人灌園。今人主誠能去驕傲之心，懷可報之意，披心腹，見情素，墮肝膽，施德厚，終與之窮達，無愛於士，則桀之犬可使吠堯，跖之客可使刺由。何況因萬乘之權，假聖王之資乎？然則荆軻湛七族，要離燔妻子，豈足爲大王道哉？

○子之：戰國時燕王噲之相。燕王噲極信任子之，讓位給他，燕國大亂，幾乎亡國。事見《戰國策·燕策》。○田常：春秋時齊簡公之臣，殺簡公而立平公，爲相，專權。後來齊終於被田氏所篡奪。○孕婦：相傳紂王爲與妲己嬉笑，曾剖看孕婦的胎兒。事見《史記·殷本紀》。○"晉文親其讎"二句：晉文公重耳爲公子時，曾受驪姬之讒害，晉獻公派寺人披去殺他，他倉皇外逃，被寺人披斬掉一隻袖子。重耳回國即君位後，寺人披求見，文公寬赦之，寺人披揭發了文公仇人之陰謀。事見前選文《晉公子重耳之亡》。○"齊桓用其讎"二句：齊桓公即位前，曾與公子糾爭奪君位，管仲曾爲公子糾狙擊齊桓公，射中齊桓公帶鉤。齊桓公得國後，不記舊怨，以管仲爲相，齊國遂霸。事見《左傳·莊公九年》。○"至夫秦用商鞅之法"四句：秦孝公任用商鞅實行變法，國富兵強；孝公死後，商鞅爲秦貴族所嫉，竟受車裂之刑而死。事見《史記·商君列傳》。○"越用大夫種之謀"三句：春秋時，越國大夫文種曾輔佐越王勾踐建立霸業，後竟被勾踐所殺。事見《史記·越世家》。○孫叔敖：楚人，曾三次相楚莊王。事見《史記·循吏列傳》。○於陵：地名，在今山東長山西南。子仲：一作"子終"，又名"陳仲子"。相傳楚王要任其爲相，使人迎之，他與妻子同逃，爲人灌園。○跖：盜跖，春秋時期的大盜。○由：許由，隱士。相傳堯讓天下於許由，許由不受，恥之，逃隱。○湛：同"沈"；滅也。○要離：春秋時吳人。公子光殺吳王僚而自立，派要離去衛國殺死吳王僚之子慶忌。要離爲接近慶忌，燒死妻子僞裝得罪出走。事見《呂氏春秋·忠廉》。

　　臣聞明月之珠，夜光之璧，以闇投人於道，衆莫不按劍相眄者。何則？無因而至前也。蟠木根柢，輪囷離奇，而爲萬乘器者，以左右先爲之容也。故無因而至前，雖出隨珠和璧，祗怨結而不見德。有人先游，則枯木朽株，樹功而不忘。今夫天下布衣窮居之士，身在貧羸，雖蒙堯、舜之術，挾伊、管之辯，懷龍逢、比干之意，而素無根柢之容，雖竭精神，欲開忠於當世之君，則人主必襲按劍相眄之迹矣。是使布衣之士，不得爲枯木朽株之資也。是以聖王制世御俗，獨化於陶鈞之上，而不牽乎卑辭之語，不奪乎衆多之口。故秦皇帝任中庶子蒙嘉之言，以信荊軻，而匕首竊發。周文王獵涇渭，載呂尚歸，以王天下。秦信左右而亡，周用烏集而王。何則？以其能越攣拘之語，馳域外之議，獨觀於昭曠之道也。今人主沈諂諛之辭，牽帷廧之制，使不羈之士與牛驥同皁，此鮑焦所以憤於世也。

　　○輪囷、離奇：盤繞曲折貌。○萬乘器：天子之器具。○隨珠：相傳隨侯曾救過一條大蛇，此蛇後銜來一寶珠謝他。此珠便被稱爲隨侯之珠。事見《淮南子·覽冥》注。○伊：伊尹。商初大臣。名伊，尹爲官名。一說名摯。奴隸出身，原爲有莘氏女的陪嫁之臣，湯最初用爲"小臣"，後委以國政，被尊稱爲"阿衡"（宰相），幫助湯滅夏。○管：管仲。○龍逢：即關龍逢，夏代賢臣。桀無道，龍逢強諫，被桀殺死。○獨化於陶鈞：意爲帝王要獨立地運用政權教化天下。化，教化；陶鈞，古代製造陶器時所使用的圓輪。○"故秦皇帝任中庶子蒙嘉之言"三句：事見《燕太子丹質於秦亡歸》及注。○"周文王獵涇渭"三句：涇、渭：二水名，皆在今陝西。相傳周文王在渭水上打獵，遇見呂尚（即姜太公），載與同歸。後來呂尚輔助武王滅商紂。○烏集：比喻偶合。顏師古注："言文王之得太公，非固舊故，若烏之暴集。"○攣拘：固執。○帷廧：指近臣妻妾。○鮑焦：春秋時人。相傳他憤世嫉俗，不臣天子，不友諸侯，甘心過貧苦生活，後抱木而死。

臣聞盛飾入朝者，不以私汙義；砥厲名號者，不以利傷行。故里名勝母，曾子不入；邑號朝歌，墨子回車。今欲使天下寥廓之士，籠於威重之權，脅於位勢之貴，回面汙行，以事諂諛之人，而求親近於左右，則士有伏死堀穴巖藪之中耳，安有盡忠信而趨闕下者哉？

中華書局點校本《漢書》卷五一

○砥厲名號：修身立名。砥，通"砥"。砥、厲均爲磨刀石，此處用爲動詞。○"故里名勝母"二句：曾子爲孔子之弟子，有孝名。相傳古時有一里巷，名"勝母"，曾子嫌其名稱有違孝道，不肯進入。事見《淮南子·說山》。○"邑號朝歌"二句：朝歌，殷之故都，在今河南湯陰南。相傳紂王曾作樂名"朝歌"，墨子因此名稱與自己"非樂"主張不合，故掉轉車子不入而去。事見《淮南子·說山》。○寥廓：抱負遠大。○回面：改變態度。○堀：通"窟"。

## 第二節　西漢中後期散文

**董仲舒**（前179—前104）

《漢書·董仲舒傳》：董仲舒，廣川（今河北景縣西南）人。少治《春秋》，景帝時爲博士。下帷講誦，弟子傳以久次相授業，或莫見其面。蓋三年不窺園，其精如此。進退容止，非禮不行，學士皆師尊之。武帝即位，舉賢良文學之士前後百數，而仲舒以賢良對策焉。既畢，天子以仲舒爲江都相，事易王。後相膠西王，仲舒恐久獲罪，病免。凡相兩國，輒事驕王，正身以率下，數上疏諫諍，教令國中，所居而治。及去位歸居，終不問家產業，以修學著書爲事。仲舒在家，朝廷如有大議，使使者及廷尉張湯就其家而問之，其對皆有明法。自武帝初立，魏其、武安侯爲相而隆儒矣。及仲舒對策，推明孔氏，抑黜百家，立學校之官，州郡舉茂材孝廉，皆自仲舒發之。年老，以壽終於家。

## 天人三策

【題解】元光元年（前134），武帝詔舉人才，親加策試，董仲舒的三篇對策得到武帝激賞，被定爲第一。因其三篇對策均圍繞"天人相與之際"之策問來作文章，故稱《天人三策》。此處爲其第一篇。劉勰《文心雕龍·議對》："仲舒之對，祖述《春秋》，本陰陽變化，究列代之變，煩而不慁者，事理明也。"

陛下發德音，下明詔，求天命與情性，皆非愚臣之所能及也。臣謹案《春秋》之中，視前世已行之事，以觀天人相與之際，甚可畏也。國家將有失道之敗，而天乃先出災害以譴告之；不知自省，又出怪異以警懼之；尚不知變，而傷敗乃至。以此見天心之仁愛人君而欲止其亂也。自非大亡道之世者，天盡欲扶持而全安之，事在彊勉而已矣。彊勉學問，則聞見博而知益明；彊勉行道，則德日起而大有功：此皆可使還至而有效者也。《詩》曰"夙夜匪解"，《書》云"茂哉茂哉"，皆彊勉之謂也。

○德音：對帝王言辭之敬稱。此處指武帝策試賢良文學之制辭，見《漢書·董仲舒傳》。○相與之際：相關聯、相作用之處。○省：察也。

○還：通"旋"，速也。○夙夜匪解：語見《詩經·大雅·烝民》。謂朝夕不懈。○茂哉茂哉：語見《尚書·皋陶謨》。茂，勉也。

道者，所繇適於治之路也，仁義禮樂皆其具也。故聖王已沒，而子孫長久安寧數百歲，此皆禮樂教化之功也。王者未作樂之時，乃用先王之樂宜於世者，而以深入教化於民。教化之情不得，雅頌之樂不成，故王者功成作樂，樂其德也。樂者，所以變民風，化民俗也；其變民也易，其化人也著。故聲發於和而本於情，接於肌膚，臧於骨髓。故王道雖微缺，而管弦之聲未衰也。夫虞氏之不爲政久矣，然而樂頌遺風猶有存者，是以孔子在齊而聞《韶》也。夫人君莫不欲安存而惡危亡，然而政亂國危者甚衆，所任者非其人，而所繇者非其道，是以政日以仆滅也。夫周道衰於幽、厲，非道亡也，幽、厲不繇也。至於宣王，思昔先王之德，興滯補弊，明文武之功業，周道粲然復興，詩人美之而作，上天祐之，爲生賢佐，後世稱誦，至今不絕。此夙夜不解行善之所致也。孔子曰"人能弘道，非道弘人"也。故治亂廢興在於己，非天降命不可得反，其所操持悖謬失其統也。

○臧：通"藏"，深入之意。○虞氏：舜子商均封於虞，後世以國爲氏。○孔子在齊而聞《韶》：《論語·述而》："孔子在齊聞《韶》，三月不知肉味。"《韶》，傳說舜所作樂名。○詩人美之而作：指《詩經·大雅·烝民》之詩。毛傳："《烝民》，尹吉甫美宣王也。任賢使能，周室中興焉。"○賢佐：指輔佐周宣王的仲山甫。《詩經·大雅·烝民》："保茲天子，生仲山甫。"○"人能弘道"二句：語見《論語·衛靈公》，意謂人能把道廓大，而不能用道來廓大不勤勉之人。

臣聞天之所大奉使之王者，必有非人力所能致而自至者，此受命之符也。天下之人同心歸之，若歸父母，故天瑞應誠而至。《書》曰："白魚入于王舟，有火復于王屋，流爲烏。"此蓋受命之符也。周公曰："復哉復哉。"孔子曰："德不孤，必有鄰。"皆積善纍德之效也。及至後世，淫佚衰微，不能統理羣生，諸侯背畔，殘賊良民以爭壤土，廢德教而任刑罰。

刑罰不中，則生邪氣；邪氣積於下，怨惡畜於上。上下不和，則陰陽繆盭而妖孽生矣。此災異所緣而起也。

○大奉使之王：意謂奉以天下而使之爲王。○"白魚入于王舟"三句：顏師古注："今文《尚書·泰誓》之辭也。謂伐紂之時有此瑞也。復，歸也。"顏師古所謂《泰誓》，乃漢初民間所傳，今已亡。○復哉復哉：顏師古注："周公視火烏之瑞，乃曰：'復哉復哉！'復，報也，言周有盛德，故天報以此瑞也。亦見今文《泰誓》。"○"德不孤"二句：語見《論語·里仁》。○繆盭：錯亂，違背。

臣聞命者天之令也，性者生之質也，情者人之欲也。或夭或壽，或仁或鄙，陶冶而成之，不能粹美，有治亂之所生，故不齊也。孔子曰："君子之德風；小人之德艸，艸上之風必偃。"故堯舜行德則民仁壽，桀紂行暴則民鄙夭。夫上之化下，下之從上，猶泥之在鈞，唯甄者之所爲；猶金之在鎔，唯冶者之所鑄。"綏之斯倈，動之斯和"，此之謂也。

○粹美：純美也。○有治亂之所生：有，爲"由"字同聲之誤。○"君子之德風"三句：語見《論語·顏淵》。艸，草。○鈞：造陶之器。○甄者：造陶之人。○鎔：鑄器的模型。"綏之斯倈"二句：語見《論語·子張》。綏：安撫。

臣謹案《春秋》之文，求王道之端，得之於正。正次王，王次春。春者，天之所爲也；正者，王之所爲也。其意曰：上承天之所爲，而下以正其所爲，正王道之端云爾。然則王者欲有所爲，宜求其端於天。天道之大者在陰陽。陽爲德，陰爲刑，刑主殺而德主生。是故陽常居大夏，而以生育養長爲事；陰常居大冬，而積於空虛不用之處。以此見天之任德不任刑也。天使陽出布施於上而主歲功，使陰入伏於下而時出佐陽；陽不得陰之助，亦不能獨成歲。終陽以成歲爲名，此天意也。王者承天意以從事，故任德教而不任刑。刑者不可任以治世，猶陰之不可任以成歲也。爲政而任刑，不順於天，故先王莫之肯爲也。今廢先王德教之官，而獨任執法之吏治民，毋乃任刑之意與！孔子曰："不教而誅謂之虐。"虐政用於下，而欲德教之被四海，故難成也。

〇得之於正：正，謂正月。〇"正次王"二句：《春秋》隱公元年"春王正月"，乃春、王、正月之順序。〇大夏：盛夏也。〇終陽以成歲爲名：意謂《春秋》終究還是以陽來名歲，而不是以陰名歲，故年首稱春，書曰"春王正月。"〇不教而誅謂之虐：語見《論語·堯曰》。誅，《論語》作"殺"。

臣謹案《春秋》謂一元之意，一者萬物之所從始也，元者辭之所謂大也。謂一爲元者，視大始而欲正本也。《春秋》深探其本，而反自貴者始。故爲人君者，正心以正朝廷，正朝廷以正百官，正百官以正萬民，正萬民以正四方。四方正，遠近莫敢不壹於正，而亡有邪氣奸其間者。是以陰陽調而風雨時，羣生和而萬民殖，五穀孰而艸木茂，天地之間被潤澤而大豐美，四海之內聞盛德而皆徠臣，諸福之物，可致之祥，莫不畢至，而王道終矣。

〇謂一元：指《春秋》謂"一"爲"元"，隱公即位，《春秋》書"元年"。〇元者辭之所謂大：大，當爲"本"（王念孫說）。〇奸：犯也。

孔子曰："鳳鳥不至，河不出圖，吾已矣夫！"自悲可致此物，而身卑賤不得致也。今陛下貴爲天子，富有四海，居得致之位，操可致之勢，又有能致之資，行高而恩厚，知明而意美，愛民而好士，可謂誼主矣。然而天地未應而美祥莫至者，何也？凡以教化不立而萬民不正也。夫萬民之從利也，如水之走下，不以教化隄防之，不能止也。是故教化立而姦邪皆止者，其隄防完也；教化廢而姦邪並出，刑罰不能勝者，其隄防壞也。古之王者明於此，是故南面而治天下，莫不以教化爲大務。立大學以教於國，設庠序以化於邑，漸民以仁，摩民以誼，節民以禮，故其刑罰甚輕而禁不犯者，教化行而習俗美也。

〇"鳳鳥不至"三句：語見《論語·子罕》。此意謂孔子自歎有王者之德而無王者之位，故無祥瑞相應。○誼主：有道之君。誼，通"義"。○庠序：古代學校名。○漸：謂感染之。○摩：謂勉勵之。

　　聖王之繼亂世也，埽除其迹而悉去之，復修教化而崇起之。教化已明，習俗已成，子孫循之，行五六百歲尚未敗也。至周之末世，大爲亡道，以失天下。秦繼其後，獨不能改，又益甚之，重禁文學，不得挾書，棄捐禮誼而惡聞之，其心欲盡滅先王之道，而顓爲自恣苟簡之治，故立爲天子十四歲而國破亡矣。自古以徠，未嘗有以亂濟亂，大敗天下之民如秦者也。其遺毒餘烈，至今未滅，使習俗薄惡，人民嚚頑，抵冒殊扞，孰爛如此之甚者也。孔子曰："腐朽之木不可彫也，糞土之牆不可圬也。"今漢繼秦之後，如朽木糞牆矣，雖欲善治之，亡可奈何。法出而姦生，令下而詐起，如以湯止沸，抱薪救火，愈甚，亡益也。竊譬之琴瑟不調，甚者必解而更張之，乃可鼓也；爲政而不行，甚者必變而更化之，乃可理也。當更張而不更張，雖有良工不能善調也；當更化而不更化，雖有大賢不能善治也。故漢得天下以來，常欲善治而至今不可善治者，失之於當更化而不更化也。古人有言曰："臨淵羨魚，不如退而結網。"今臨政而願治七十餘歲矣，不如退而更化，更化則可善治，善治則災害日去，福祿日來。《詩》云："宜民宜人，受祿于天。"爲政而宜於民者，固當受祿于天。夫仁誼禮知信五常之道，王者所當修飭也；五者修飭，故受天之祐，而享鬼神之靈，德施于方外，延及羣生也。

**中華書局標點本《漢書》卷五六**

　　○顓：通"專"。苟簡：苟且簡略。○嚚頑：奸詐，惡劣。○抵冒殊扞：謂觸犯拒絕。扞，拒也。○"腐朽之木不可彫也"二句：見《論語·公冶長》。○七十餘歲：指自漢初至董仲舒對策之時。○"宜民宜人"二句：語見《詩經·大雅·假樂》。

**東方朔**（前154—前93）

《漢書·東方朔傳》：東方朔，字曼倩，平原厭次人。武帝初即位，徵天下舉方正賢良文學材力之士，待以不次之位。四方士多上書言得失，自衒鬻者以千數。朔初來，上書曰："臣朔少失父母，長養兄嫂，年十三學書，三冬文史足用。十五學擊劍，十六學《詩》《書》，誦二十二萬言。十九學孫吳兵法，戰陣之具，鉦鼓之教，亦誦二十二萬言。凡臣朔固已誦四十四萬言。臣朔年二十二，長九尺三寸，目若懸珠，齒若編貝，勇若孟賁，捷若慶忌，廉若鮑叔，信若尾生，若此，可以爲天子大臣矣。臣朔昧死再拜以聞。"朔文辭不遜，高自稱譽，上偉之，令待詔公車，後爲常侍郎。朔雖詼笑，然時觀察顔色，直言切諫，上常用之，自公卿在位，朔皆敖弄，無所爲屈。武帝既招英俊，程其器能，用之如不及。時方外事胡越，內興制度，國家多事，自公孫弘以下至司馬遷，皆奉使方外，或爲郡國守相至公卿，而朔嘗至太中大夫，後常爲郎，與枚皋、郭舍人俱在左右，詼啁而已，終不見用。

## 答客難

【題解】 東方朔自許甚高，而武帝待之以文學侍從之臣，與枚皋、郭舍人同倫，詼啁而已。朔著此文，以泄其抑鬱，聊以自慰。《漢書·東方朔傳》："朔上書陳農戰強國之計，因自訟獨不得大官，欲求試用，其言轉商鞅、韓非之語，指意放蕩，頗復詼諧，辭數萬言，終不見用，朔因著論，設客難己，用位卑以自慰諭。"

客難東方朔曰："蘇秦、張儀壹當萬乘之主，而身都卿相之位，澤及後世。今子大夫修先王之術，慕聖人之義，諷誦《詩》《書》百家之言，不可勝記，著於竹帛，唇腐齒落，服膺而不可釋，好學樂道之效，明白甚矣，自以爲智能海內無雙，則可謂博聞辯智矣。然悉力盡忠，以事聖帝，曠日持久，積數十年，官不過侍郎，位不過執戟，意者尚有遺行邪？同胞之徒，無所容居，其故何也？"

東方先生喟然長息，仰而應之曰："是故非子之所能備。彼一時也，此一時也，豈可同哉？夫蘇秦、張儀之時，周室大壞，諸侯不朝，力政爭權，相擒以兵，并爲十二國，未有雌雄，得士者強，失士者亡，故說得行焉。身處尊位，珍寶充內，外有倉廩，澤及後世，子孫長享。今則不然。聖帝德流，天下震慴，諸侯賓服，連四海之外以爲帶，安於覆盂。天下平均，合爲一家，動發舉事，猶運之掌，賢與不肖，何以異哉？遵天之道，順地之理，物無不得其所。故綏之則安，動之則苦；尊之則爲將，卑之則爲虜；抗之則在青雲之上，抑之則在深淵之下；用之則爲虎，不用則爲鼠；雖欲盡節效情，安知前後？夫天地之大，士民之衆，竭精馳說，並進輻湊者，不可勝數。悉力慕之，困於衣食，或失門戶。使蘇秦張儀與僕並生於今之世，曾不得掌故，安敢望侍郎乎！傳曰：'天下無害，雖有聖人無所施才；上下和同，雖有賢者無所立功。'故曰時異事異。雖然，安可以不務修身乎哉？《詩》曰：'鼓鍾于宮，聲聞于外'；'鶴鳴九皋，聲聞于天。'苟能修身，何患不榮？太公體行仁義，七十有二，乃設用於文武，得信厥說，封於齊，七百歲而不絕。此士所以日夜孳孳，修學敏行而不敢怠也。譬若鶺鴒，飛且鳴矣。傳曰：'天不爲人之惡寒而輟其冬，地不爲人之惡險而輟其廣，君子不爲小人之匈匈而易其行。''天有常度，地有常形，君子有常行；君子道其常，小人計其功。'《詩》云：'禮義之不愆，何恤人之言？''水至清則無魚，人至察則無徒，冕而前旒，所以蔽明；黈纊充耳，所以塞聰。'明有所不見，聰有所不聞，舉大德，赦小過，無求備於一人之義也。枉而直之，使自得之；優而柔之，使自求之；揆而度之，使自索之。蓋聖人之教化如此，欲其自得之；自得之，則敏且廣矣。今世之處士，時雖不用，塊然無徒，廓然獨居，上觀許由，下察接輿，計同范蠡，忠合子胥，天下和平，與義相扶，寡偶少徒，固其宜也，子何疑於予哉？若夫燕之用樂毅，秦之任李斯，酈食其之下齊，說行如流，曲從如環，所欲必得，功若丘山，海內定，國家安，是遇其時者也，子又何怪之邪？語曰：'以莚窺天，以蠡測海，以莛撞鍾。'豈能通其條貫，考其文理，發其音聲哉！猶是觀之，譬由鼱鼩之襲狗，孤豚之咋虎，至則靡耳，何功之有？今以下愚而非處士，雖欲勿困，固不得已。此適足以明其不知權變，而終惑於大道也。"

中華書局影印本胡刻《文選》卷四五

## 楊 惲（？—前 54）

《漢書·楊惲傳》：楊惲，字子幼，以兄忠任爲郎，補常侍騎。惲母，司馬遷女也，惲始讀外祖《太史公記》，頗爲《春秋》。以材能稱。好交英俊諸儒，名顯朝廷。擢爲左曹。霍氏謀反，惲先聞知，因侍中金安上以聞，召見言狀，霍氏伏誅，惲等五人皆封，惲爲平通侯，遷中郎將。惲居殿中，廉潔無私，郎官稱公平。然惲伐其行治，又性刻害，好發人陰狀，同位有忤己者，必欲害之。由是多怨於朝廷，卒以是敗。

## 報孫會宗書

【題解】 孫會宗，安定（今甘肅平涼一帶）太守，西河（漢郡名，今內蒙古自治區伊克昭盟東勝附近）人，他見楊惲失爵位後居家治產，以財自娛，乃與書諫之，稱"大臣廢退，當闔門惶懼，爲可憐之意"，楊惲以此書報之。漢宣帝見而惡之，廷尉按驗，當惲大逆無道，腰斬，妻子徙酒泉郡。諸在位與惲善者，未央衛尉韋玄成、京兆尹張敞及孫會宗等，皆免官。《報孫會宗書》是西漢文章中少見的怨憤、玩世之作，浦起龍《古文眉詮》卷三一："兀敖恢奇，筆陣酷類其外祖，而曠蕩之襟與偃蹇之態，不雙管而并行，亦怪事也。"

恽材朽行穢，文質無所底，幸賴先人餘業，得備宿衛。遭遇時變，以獲爵位。終非其任，卒與禍會。足下哀其愚，蒙賜書，教督以所不及，殷勤甚厚。然竊恨足下不深惟其終始，而猥隨俗之毀譽也。言鄙陋之愚心，若逆指而文過；默而息乎，恐違孔氏"各言爾志"之義。故敢略陳其愚，惟君子察焉。

○無所底：沒有成就。底，至也。○"遭遇時變"二句：指告霍氏謀反事。○猥：隨便。○文過：掩飾自己之過錯。○各言爾志：《論語·公冶長》："顏淵、季路侍。子曰：'盍各言爾志？'"

恽家方隆盛時，乘朱輪者十人，位在列卿，爵爲通侯，總領從官，與聞政事。曾不能以此時有所建明，以宣德化，又不能與羣僚同心并力，陪輔朝廷之遺忘，已負竊位素餐之責久矣。懷祿貪勢，不能自退，遭遇變故，橫被口語，身幽北闕，妻子滿獄。當此之時，自以夷滅不足以塞責，豈意得全首領，復奉先人之丘墓乎？伏惟聖主之恩，不可勝量。君子游道，樂以忘憂；小人全軀，說以忘罪。竊自思念，過已大矣，行已虧矣，長爲農夫以沒世矣。是故身率妻子，戮力耕桑，灌園治產，以給公上，不意當復用此爲譏議也。

○朱輪：顯貴所乘之車。漢制，公卿列侯及二千石以上之官員乘朱輪。○通侯：爵位名。原名徹侯，因避漢武帝諱曰通侯。或稱列侯。○總領從官：楊恽曾任光祿勳，掌管皇帝之侍從官。○北闕：宮殿北面之門樓。臣子在此上書，犯罪者也拘禁於此等待處罰。○給公上：供給朝廷之賦斂。

夫人情所不能止者，聖人弗禁。故君父至尊親，送其終也，有時而既。臣之得罪，已三年矣。田家作苦，歲時伏臘，亨羊炰羔，斗酒自勞。家本秦也，能爲秦聲。婦，趙女也，雅善鼓瑟。奴婢歌者數人，酒後耳熱，仰天拊缶而呼烏烏。其詩曰："田彼南山，蕪穢不治。種一頃豆，落而爲萁。人生行樂耳，須富貴何時？"是日也，拂衣而喜，奮襃低卬，頓足起舞，誠淫荒無度，不知其不可也。恽幸有餘祿，方糴賤販貴，逐什一之利。此賈豎之事，汙辱之處，憚親行之。下流之人，衆毀所歸，不寒而栗。雖雅知憚者，猶隨風而靡，尚何稱譽之有？董生不云乎："明明求仁義，常恐不能化民者，卿大夫之意也；明明求財利，常恐困乏者，庶人之事也。"故"道不同，不相爲謀"，今子尚安得以卿大夫之制而責僕哉？

○君父：漢時習語，常爲天子之稱。○伏臘：夏至後第三個庚日爲初伏，第四個庚日爲中伏，立秋後第一個庚日爲終伏，伏日要祭祀；冬至後第三個戌日爲臘，亦要祭祀。此處泛指節日。○亨：通"烹"。炰：裹起來燒烤。○卬：通"昂"。○"明明求仁義"六句：語出董仲舒《天人三策》三，文字略有不同。○"道不同"二句：語出《論語·衛靈公》。

夫西河魏土，文侯所興，有段干木、田子方之遺風，禀然皆有節概，知去就之分。頃者，足下離舊土，臨安定。安定山谷之間，昆夷舊壤，子弟貪鄙，豈習俗之移人哉？於今乃睹子之志矣！方當盛漢之隆，願勉旃，毋多談。

中華書局標點本《漢書》卷六六

○西河魏土：戰國時魏之西河，在今陝西郃陽一帶，與漢代之西河郡不同。楊惲姑妄說之以示譏諷。○文侯：即魏文侯，戰國時之賢君。○段干木、田子方：均戰國時人，魏文侯待之以優禮。○禀然：底本原作"漂然"，據《文選》卷四一改。○旃：猶"之"也。

## 劉　歆（約前53—23）

《漢書·劉歆傳》：劉歆，字子駿，劉向少子。少以通《詩》《書》能屬文召，見成帝，待詔宦者署，爲黄門郎。河平中，受詔與父向領校秘書，講六藝、諸子、詩賦、數術、方伎，無所不究。向死後，歆復爲中壘校尉。哀帝即位，大司馬王莽舉歆宗室有材行，爲侍中太中大夫，遷騎都尉、奉車光祿大夫。復領《五經》，卒父前業。歆乃集六藝群書，種別爲《七略》。歆校秘書，見古文《春秋左氏傳》，大好之，引傳文以解經，轉相發明，由是章句義理備焉。歆建議《左氏春秋》及《毛詩》、《逸禮》、《古文尚書》皆列於學官，哀帝令歆與《五經》博士講論其義，諸博士或不肯置對，歆因移書太常博士，責讓之。其言甚切，諸儒皆怨恨。由是忤執政大臣。懼誅，求出補吏，爲河內太守，徙守五原，復轉在涿郡。數年，以病免官。會哀帝崩，王莽執政，莽少與歆俱爲黃門郎，重之，白太后，留歆爲右曹太中大夫，遷中壘校衞、羲和、京兆尹，封紅休侯。初，歆以建平元年改名秀，字穎叔云。及王莽篡位，歆爲國師。

## 移讓太常博士書

【題解】 劉歆力主將古文經學立爲官學，哀帝令歆與《五經》博士講論其義，諸博士或不肯置對，劉歆乃作此書，批評今文經學家"皓首窮經"、"抱殘守缺"之學風。這是漢代第一篇反今學、復古學之文章。劉勰《文心雕龍·檄移》："劉歆之《移太常》，辭剛而義辨，文移之首也。"

昔唐虞既衰，而三代迭興，聖帝明王，累起相襲，其道甚著。周室既微而禮樂不正，道之難全也如此。是故孔子憂道之不行，歷國應聘。自衛反魯，然後樂正，《雅》、《頌》乃得其所；修《易》，序《書》，制作《春秋》，以紀帝王之道。及夫子沒而微言絕，七十子終而大義乖。重遭戰國，棄籩豆之禮，理軍旅之陳，孔氏之道抑，而孫、吳之術興。陵夷至于暴秦，燔經書，殺儒士，設挾書之法，行是古之罪，道術由是遂滅。漢興，去聖帝明王遐遠，仲尼之道又絕，法度無所因襲。時獨有一叔孫通略定禮儀，天下唯有《易》卜，未有它書。至孝惠之世，乃除挾書之律，然公卿大臣絳、灌之屬咸介冑武夫，莫以爲意。至孝文皇帝，始使掌故朝錯從伏生受《尚書》。《尚書》初出于屋壁，朽析散絕，今其書見在，時師傳讀而已。《詩》始萌牙。天下衆書往往頗出，皆諸子傳說，猶廣立於學官，爲置博士。在漢朝之儒，唯賈生而已。至孝武皇帝，然後鄒、魯、梁、趙頗有

《詩》、《禮》、《春秋》先師，皆起於建元之間。當此之時，一人不能獨盡其經，或爲《雅》，或爲《頌》，相合而成。《泰誓》後得，博士集而讀之。故詔書稱曰："禮壞樂崩，書缺簡脫，朕甚閔焉。"時漢興已七八十年，離於全經，固已遠矣。

○"自衛反魯"三句：《論語·子罕》："子曰：'吾自衛反魯，然後樂正，《雅》、《頌》各得其所。'"○籩豆：祭禮之器皿。竹製者稱籩，木製者稱豆。○孫、吳：孫武、吳起，皆古代軍事家。○行是古之罪：是古而非今者族。○叔孫通：漢初儒者。據《史記·叔孫通傳》，叔孫通，薛人也；漢以并天下，其說上曰："臣願徵魯諸生，與臣弟子共起朝儀。"○絳、灌：絳侯周勃與潁陰侯灌嬰。均從劉邦打天下之功臣。介冑武夫：穿甲冑的武人。○掌故：官名。屬太常。朝錯：即晁錯。○伏生：濟南人，爲秦博士，治《尚書》，文帝時已年九十，老不可徵，乃詔太常使人往受之，太常遣晁錯受《尚書》伏生所。事見《史記·晁錯傳》。○時師傳讀：言私相傳習，而未立於學官。○《詩》始萌牙：此言《詩》學。牙，通"芽"。○賈生：賈誼。賈生傳《左傳》，而劉歆欲立《左傳》爲官學，故推崇之。○建元：漢武帝年號。起公元前140年，迄公元前135年。○《泰誓》：古文《尚書》之篇名。

及魯恭王壞孔子宅，欲以爲宮，而得古文於壞壁之中，《逸禮》有三十九，《書》十六篇。天漢之後，孔安國獻之，遭巫蠱倉卒之難，未及施行。及《春秋》左氏丘明所修，皆古文舊書，多者二十餘通，臧於祕府，伏而未發。孝成皇帝閔學殘文缺，稍離其真，乃陳發祕臧，校理舊文，得此三事，以考學官所傳，經或脫簡，傳或間編。傳問民間，則有魯國桓公、趙國貫公、膠東庸生之遺學與此同，抑而未施。此乃有識者之所惜閔，士君子之所嗟痛也。往者綴學之士不思廢絕之闕，苟因陋就寡，分文析字，煩言碎辭，學者罷老且不能究其一藝，信口說而背傳記，是末師而非往古，至於國家將有大事，若立辟雍、封禪、巡狩之儀，則幽冥而莫知其原。猶欲保殘守缺，挾恐見破之私意，而無從善服義之公心，或懷妒嫉，不考情實，雷同相從，隨聲是非，抑此三學，以《尚書》爲備，謂左氏爲不傳《春秋》，豈不哀哉！

○天漢：漢武帝年號。起公元前100年，迄公元前97年。○孔安國：字子國，孔子之後人。○巫蠱倉卒之難：即巫蠱事件，亦稱戾太子事件。武帝晚年多病，疑其左右人巫蠱（用巫術詛咒及用木偶人埋於地下以害人）所致。征和二年（前91），丞相公孫賀被人告發用巫術詛咒，在馳道埋木偶人，死於獄中。次年，江充誣告太子宮中埋有木人，太子大懼，殺江充，武帝發兵追捕，太子發兵抵抗，激戰五日，死者數萬。後太子兵敗自殺。○通：部。○三事：指古文《尚書》、《逸禮》及《左傳》。○間編：謂舊編朽散，重新編次，或有脫編。○是末師：以末師（後學）爲是。往古：指古文。○幽冥：猶暗昧。原：通"源"。○從善服義：《管子·子弟職》："見善從之，聞義則服。"○三學：指古文《尚書》、《逸禮》與《左氏傳》。○以《尚書》爲備：顏師古引臣瓚語："當時學者，謂《尚書》唯有二十八篇，不知本有百篇也。"

今聖上德通神明，繼統揚業，亦閔文學錯亂，學士若茲，雖昭其情，猶依違謙讓，樂與士君子同之。故下明詔，試《左氏》可立不，遣近臣奉指銜命，將以輔弱扶微，與二三君子比意同力，冀得廢遺。今則不然，深閉固距，而不肯試，猥以不誦絕之，欲以杜塞餘道，絕滅微學。夫可與樂成，難與慮始，此乃衆庶之所爲耳，非所望士君子也。且此數家之事，皆先帝所親論，今上所考視，其古文舊書，皆有徵驗，外內相應，豈苟而已哉！

夫禮失求之於野，古文不猶愈於野乎？往者博士《書》有歐陽，《春秋》公羊，《易》則施、孟，然孝宣皇帝猶復廣立《穀梁春秋》、《梁丘易》，《大小夏侯尚書》，義雖相反，猶並置之。何則？與其過而廢之也，寧過而立之。傳曰："文武之道未墜於地，在人；賢者志其大者，不賢者志其小者。"今此數家之言，所以兼包大小之義，豈可偏絕哉！若必專己守殘，黨同門，妬道真，違明詔，失聖意，以陷於文吏之議，甚爲二三君子不取也。

中華書局標點本《漢書》卷三六

〇依違：模棱兩可。〇比意同力：同心協力。〇冀得廢遺：希望將廢遺的經典得以傳授不絕。〇"夫可與樂成"三句：《商君書·更法》："民不可與慮始，而可與樂成。"〇外內：指民間之學與內府秘藏。〇"文武之道未墜於地"四句：語見《論語·子張》。志，識也。〇專己守殘：執己偏見，苟守殘缺。〇同門：指同師之學。〇道真：道義之真。〇文吏：法吏。

## 揚　雄（前53—18）

傳略見"秦漢文學"第二章第二節。

## 劇秦美新

【題解】王莽篡漢，自立國號爲"新"，揚雄作《劇秦美新》。劇秦，即譴責秦之暴虐；美新，即頌美新朝之仁德。基於封建正統觀念，後人或以爲《劇秦美新》爲揚雄敗筆（《文選》李善注、顏之推《顏氏家訓》上），或以爲揚雄未曾爲此文（焦竑《焦氏筆乘》卷二），今人或以爲揚雄此文深有"微意"（殷孟倫《漢魏六朝百三家集題辭注》）。天下非一家之天下，王莽篡漢未嘗不可，揚雄從而美之亦未嘗不可。劉勰《文心雕龍·封禪》："觀《劇秦》爲文，影寫長卿，詭言遁辭，故兼包神怪。然骨制靡密，辭貫圓通，自稱極思，無遺力矣。"

諸吏中散大夫臣雄，稽首再拜上封事皇帝陛下：臣雄經術淺薄，行能無異，數蒙渥恩，拔擢倫比，與羣賢並，媿無以稱職。臣伏惟陛下以至聖之德，龍興登庸，欽明尚古，作民父母，爲天下主。執粹清之道，鏡照四海，聽聆風俗，博覽廣包，參天貳地，兼並神明，配五帝，冠三王，開闢以來，未之聞也。臣誠樂昭著新德，光之罔極。往時司馬相如作《封禪》一篇，以彰漢氏之休。臣常有顛眴病，恐一旦先犬馬，填溝壑，所懷不章，長恨黃泉。敢竭肝膽，寫腹心，作《劇秦美新》一篇，雖未究萬分之一，亦臣之極思也。臣雄稽首再拜以聞，曰：

○諸吏：諸官。爲漢時給官員所加之榮銜。中散大夫：官名。王莽時置，參與議論，爲閒散之官。○倫比：同輩。○欽明：敬肅英明。○參天貳地：司馬相如《難蜀父老》："勤思乎參天貳地。"李善注："己比德於地，是貳地也；地與己并天，是三也。"參，通"三"。○罔極：無極。罔，通"亡"，無也。○司馬相如作《封禪》：據《漢書·司馬相如傳》，司馬相如臨終前爲《封禪文》；死後，其妻將其予武帝使者。

權輿天地未袪，睢睢盱盱，或玄而萌，或黃而牙。玄黃剖判，上下相嘔。爰初生民，帝王始存。在乎混混茫茫之時，罿聞罕漫而不昭察，世莫得而云也。厥有云者：上罔顯於羲皇，中莫盛於唐虞，邇靡著於成周。仲尼不遭用，《春秋》因斯發。言神明所祚，兆民所托，罔不云道德仁義禮智。獨秦屈起西戎，鄙荒岐雍之疆，因襄文宣靈之僭迹，立基孝公，茂惠文，奮昭莊，至政破縱擅衡，并吞六國，遂稱乎始皇。盛從鞅、儀、韋、斯之邪政，馳騖起、翦、恬、賁之用兵，剗滅古文，刮語燒書，弛禮崩樂，塗民耳目。遂欲流唐漂虞，滌殷蕩周，燅除仲尼之篇籍，自勒功業，改制度軌量，咸稽之於《秦紀》。是以耆儒碩老，抱其書而遠遜；禮官博士，卷其舌而不談。來儀之鳥，肉角之獸，狙獷而不臻。甘露嘉醴，景曜浸潭之瑞潛；大蕭經竇，巨狄鬼信之妖發。神歇靈繹，海水羣飛。二世而亡，何其劇與！帝王之道，兢兢乎不可離已。夫能貞而明之者窮祥瑞，回而昧之者極妖愆。上覽古在昔，有憑應而尚缺，焉壞徹而能全？故若古者稱堯舜，威侮者陷桀紂，況盡汛掃前聖數千載功業，專用己之私而能享祐者哉？

○權輿：初始。未祛：未開。○睢睢盱盱：視不分明貌。○"或玄而萌"二句：李善注："言天地方開，故玄黃異色而生萌牙也。"○相嘔：相與哺育萬物。○亹聞、罕漫：模糊不清貌。○羲皇：即伏羲，傳說古帝名。○唐虞：即唐堯虞舜，皆傳說古帝名。○成周：地名；即西周東都洛邑，周公所建。此處指周公當政之時代。○屈起：崛起。屈，通"崛"。西戎：西部戎人之地。○邠荒：邠地之外。邠，地名，在今陝西彬縣。岐：地名；在今陝西鳳翔南。雍：地名；在今陝、甘、寧交界一帶。○襄文宣靈：秦襄公、秦文公、秦宣公及秦靈公。僭迹：超越本分而開拓其王業。○孝公：秦孝公。任用商鞅變法，秦國始強。○惠文：秦惠文王。用張儀計，開始向外擴張。○昭莊：秦昭襄王及莊襄王。○政：秦王嬴政。○鞅、儀、韋、斯：商鞅、張儀、呂不韋及李斯。○起、翦、恬、賁：白起、王翦、蒙恬及王賁。○爇：古"燃"字。○遠遜：遠逃。○來儀之鳥：鳳凰。○肉角之獸：麒麟。○狙獷：驚走貌。○景曜：景星之光耀。景，祥瑞之星。浸潭：滋潤。○大茀：彗星。古人以其爲不祥之星。經貫：運行隕落。《史記·秦始皇本紀》多有"彗星見（現）"之記載。○巨狄：李善注引《漢書》："始皇時，有大人身長五丈，夷狄之患見臨洮。"鬼信：鬼神所傳之死信。《史記·秦始皇本紀》："（三十六年）秋，使者從關東夜過華陰平舒道，有人持璧遮使者曰：'爲吾遺滈池君。'因言曰：'今年祖龍死。'使者問其故，因忽不見，置其璧去。使者奉璧具以聞。始皇默然良久，曰：'山鬼固不過知一歲事也。'退言曰：'祖龍者，人之先也。'使御府視其璧，乃二十八年前渡江所沈璧也。"○神歇靈繹：神靈不祐也。歇，止也。繹，終也。○海水羣飛：喻萬民起義。○回：邪也。妖懟：凶災過失。○憑應：服膺。應，通"膺"。○壞徹：毀壞廢棄。○若古：謂順應古帝之正道。《尚書·堯典》："曰若稽古帝堯。"若，本發語詞。○威侮：侵暴侮慢。《尚書·甘誓》："有扈氏威侮五行，怠棄三正。"○汎掃：掃除。

會漢祖龍騰豐沛，奮迅宛葉，自武關與項羽戮力咸陽，創業蜀漢，發迹三秦，尅項山東而帝天下。摘秦政慘酷尤煩者，應時而蠲。如儒林、刑辟、曆紀、圖典之用，稍增焉。秦餘制度，項氏爵號，雖違古而猶襲之。是以帝典闕而不補，王綱弛而未張，道極數殫，闇忽不還。

　　○豐沛：地名，沛縣豐邑，在今江蘇，劉邦故鄉。○宛葉：宛縣與葉縣，均在今河南，劉邦滅秦所經之地。○武關：地名，在今陝西商南西北，劉邦經此入咸陽。戮力：同心協力。○蜀漢：地名。蜀，蜀郡，今四川成都一帶；漢，漢中，今陝西南鄭。劉邦最初被項羽封爲漢王，占有巴蜀漢中。○三秦：秦關中故地。秦亡後，項羽三分秦關中故地，封秦降將章邯爲雍王、司馬欣爲塞王、董翳爲翟王，合稱三秦。劉邦接受韓信建議，吞并三秦。○"摘秦政慘酷尤煩者"二句：劉邦入咸陽後，召諸縣父老豪傑，約法三章，餘悉除秦法。事見《史記・高祖本紀》。摘，通"摘"，選擇。

　　逮至大新受命，上帝還資，后土顧懷，玄符靈契，黃瑞涌出，渾浮汹溘，川流海渟，雲動風偃，霧集雨散，誕彌八坼，上陳天庭，震聲日景，炎光飛響，盈塞天淵之間，必有不可辭讓云爾。於是乃奉若天命，窮寵極崇，與天剖神符，地合靈契，創億兆，規萬世，奇偉倜儻譎詭，天祭地事。其異物殊怪，存乎五威將帥，班乎天下者，四十有八章。登假皇穹，鋪衍下土，非新家其疇離之。卓哉煌煌，真天子之表也。若夫白鳩丹烏，素魚斷蛇，方斯蔑矣，受命甚易，格來甚勤。昔帝纘皇，王纘帝，隨前踵古，或無爲而治，或損益而亡。豈知新室委心積意，儲思垂務，旁作穆穆，明旦不寐，勤勤懇懇者，非秦之爲與？夫不勤勤，則前人不當；不懇懇，則覺德不愷。是以發祕府，覽書林，遙集乎文雅之囿，翺翔乎禮樂之場，胤殷周之失業，紹唐虞之絕風，懿律嘉量，金科玉條，神卦靈兆，古文畢發，煥炳照曜，靡不宣臻。式軡軒旂旗以示之，揚和鸞肆夏以節之，施黼黻袞冕以昭之，正嫁娶送終以尊之，親九族淑賢以穆之。

　　○還資：回還而資助。○黃瑞：黃氣之瑞。《漢書・王莽傳》載王莽語："予前在攝時……黃氣熏烝，昭耀章明，以著黃虞之烈焉。"○渾浮、汹潏：均水奔湧貌。○海淳：謂海水之滙集。○八垠：八方邊遠之地。○億兆：可延續億兆之年的王業。○"奇偉倜儻譎詭"二句：李善注："言衆瑞所以咸臻者，由能祭天事地也。"○"其異物殊怪"四句：《漢書·王莽傳》："（王莽）遣五威將軍王奇等十二人班《符命》四十二篇於天下。德祥五事，符命二十五，福應十二，凡四十二篇。"據此，"四十有八章"當爲"四十有二章"。○離：通"雁"，應也。○白鳩、丹烏：均祥瑞也。李善注："《吳錄》曰：'孫策使張紘與袁紹書曰：'殷湯有白鳩之祥。'然古者此事，未詳其本。《尚書帝驗》曰：'太子發渡河中流，火流爲烏，其色赤。'"○素魚：司馬相如《封禪文》李善注引《尚書旋機鈐》："武得兵鈐，謀東觀，白魚入舟，俯取魚以燎也。"斷蛇：劉邦被酒，夜徑澤中，斬當路之大蛇，後人來至蛇所，有一老嫗夜哭，人問何哭，嫗曰："吾子白帝子也，化爲蛇當道，今者赤帝子斬之，故哭。"事見《史記·高祖本紀》。○蔑：同"蔑"，小也。○"昔帝纘皇"三句：言歷代帝王皆有先後承繼之關係。○旁作：遍作；謂遍施行德政。○非秦之爲：以秦之所爲爲非。○覺德：正大之德。《詩經·大雅·蕩》："有覺德行，四國順之。"不愷：不和。○宣臻：遍至。○輅、軒：皆有窗之車也。旂旗：裝飾龍爲旂，飾熊虎爲旗。示之：顯示其等級。○和鸞：金鈴，用以節制車行。肆夏：古曲名。○黼黻：古代禮服上之花紋。袞冕：古代王公貴族之禮服、禮帽。○九族：父族四、母族三、妻族二。或以爲九族爲上自高祖、下至玄孫。

夫改定神祇，上儀也。欽修百祀，咸秩也。明堂雍臺，壯觀也。九廟長壽，極孝也。制成《六經》，洪業也。北懷單于，廣德也。若復五爵，度三壤，經井田，免人役，方《甫刑》，匡《馬法》，恢崇祇庸爍德懿和之風，廣彼搢紳講習言諫箴誦之塗，振鷺之聲充庭，鴻鸞之黨漸階。俾前聖之緒，布濩流衍而不韞韣，郁郁乎煥哉！天人之事盛矣，鬼神之望允塞。羣公先正，罔不夷儀；姦宄寇賊，罔不振威。紹少典之苗，著黃虞之裔。

帝典闕者已補，王綱弛者已張，炳炳麟麟，豈不懿哉！厥被風濡化者，京師沈潛，甸內匝洽，侯衛厲揭，要荒濯沐，而術前典，巡四民，迄四嶽，增封泰山，禪梁父，斯受命者之典業也。

○"夫改定神祇"二句：指王莽修訂祭祀神祇之禮。事見《漢書·王莽傳》。以下所提及之新政，均見《漢書·王莽傳》。○明堂：施布政教之所。雍臺，即辟雍，講習經藝之所。王莽未即位時即奏起明堂辟雍。○九廟：古代天子七廟，以祭祀祖先，至王莽增建黃帝太初祖廟及帝虞始祖昭廟，共九廟。長壽：王莽建長壽堂以祭祀漢元帝王皇后（王莽之姑）。○制成《六經》：王莽於五經之外又立《樂經》，故稱《六經》。○北懷單于：王莽曾與匈奴重金，使其上書表仰慕之心。○"若復五爵"二句：五爵，公、侯、伯、子、男五等爵位；三壤，土地分三等。《尚書·武成》："列爵惟五，分土惟三。"○經井田：王莽推行古代井田之制，以限制土地兼并。○人役：奴婢。王莽更名天下奴婢曰私屬，不得買賣。○《甫刑》：即《尚書》之《呂刑》，相傳爲周穆王時呂侯所爲。呂侯後代爲甫侯，故又稱《甫刑》。○《馬法》：即《司馬穰苴兵法》。司馬穰苴，春秋時名將，事見《史記·司馬穰苴列傳》。○祇庸：恭敬而守常道。《周禮·春官·大司樂》："以樂德教國子，中和祇庸孝友。"燁德：盛德。○廣彼搢紳講習言諫箴誦之塗：搢紳，即縉紳，指經儒之士。箴誦，規諫諷誦。王莽爲安漢公時，曾奏爲學者築舍萬區，以公車徵通經者爲博士教授，並令公卿舉薦有德行通政事能言語明文學之吏民入朝對策。○振鷺：《詩經·周頌》有《振鷺》篇，以鷺之潔白喻客之容貌修整，後因以振鷺喻賢德之士。下文"鴻鷺"喻意與此同。○布濩：散布。韞櫝：藏玉之匣。櫝，通"櫝"。○允塞：充分滿足。○羣公：百官。先正：賢臣。○夷儀：有常儀。○"紹少典之苗"二句：王莽曾廣封古帝後裔爲侯。少典，傳說中古帝名，黃帝之父。黃虞，黃帝與虞舜。○甸內：京城郊外。古代京城外百里爲郊，郊外爲甸。匝洽：普遍沾潤。○侯衛：即侯服與衛服。古代稱距京城一千里以外地區爲侯服，距京城二千五百里地區爲衛服。厲揭：連衣涉水曰厲，提起衣裳涉水曰揭。《詩經·邶風·匏有苦葉》："深則厲，淺則揭。"後因以厲揭喻影響深淺不同。○四民：士農工商。

蓋受命日不暇給，或不受命，然猶有事矣。況堂堂有新，正丁厥時，崇嶽濘海通瀆之神，咸設壇場，望受命之臻焉。海外遐方，信延頸企踵；回面內嚮，喁喁如也。帝者雖勤，惡可以已乎？宜命賢哲作《帝典》一篇，舊三爲一襲，以示來人，摛之罔極。令萬世常戴巍巍，履栗栗，臭馨香，含甘實，鏡純粹之至精，聆清和之正聲，則百工伊凝，庶績咸喜。荷天衢，提地鼇，斯天下之上則已，庶可試哉！

**中華書局影印本胡刻《文選》卷四八**

○受命日不暇給：劉邦受命而未嘗封禪。○不受命：秦始皇上泰山遇暴風雨，乃不祥之兆。事見《史記·秦始皇本紀》。○丁：當也。○通瀆：指江、淮、河、濟四條大水。○喁喁：景仰喜悅貌。○舊三爲一襲：李善注："言宜命賢智作《帝典》一篇，足舊二典（《堯典》、《舜典》）而成三典也。""舊三"，當據注文作"舊二"。○巍巍：崇高貌；此處指仁德。○栗栗：畏懼恭敬貌；此處指帝王之道。○鏡：體悟。○百工：百官。凝：成也。○庶績咸喜：喜，通"熙"，盛也。《尚書·堯典》："庶績咸熙。"○天衢：天道。○地鼇：地理。

## 參考書目

《董仲舒集》，董仲舒著，《漢魏諸名家集》本。

《東方先生集》，東方朔著，《漢魏諸名家集》本。

《漢劉中壘集》，劉向著，《漢魏六朝百三名家集》本。

《漢劉子駿集》，劉歆著，《漢魏六朝百三名家集》本。

《揚子雲集》，揚雄著，《漢魏諸名家集》本。

**思考題**

1. 分析西漢中後期經學文風之特徵。

2. 以揚雄、劉歆爲例，分析西漢末期知識分子與王莽"新政"之關係。

3. 注釋東方朔《答客難》。

## 第三節　東漢散文

**班　彪**（3—54）

《後漢書·班彪傳》：班彪，字叔皮，扶風安陵（今陝西咸陽東北）人。祖況，成帝時爲越騎校尉，父稚，哀帝時爲廣平太守。彪性沈重好古。年二十餘，更始敗，三輔大亂。時隗囂擁衆天水，彪乃避難從之。後去隗囂，避地河西，河西大將軍竇融以爲從事，深敬待之，接以師友之道。彪乃爲融畫策事漢，總西河以拒囂。及融征還京師，光武問曰："所上章奏，誰與參之？"融對曰："皆從事班彪所爲。"帝雅聞彪才，因召入見，舉司隸茂材，拜徐令，以病免。彪既才高而好述作，遂專心史籍之間。武帝時，司馬遷著《史記》，自太初以後，闕而不錄，後好事者頗爲綴集時事，然多鄙俗，不足以踵繼其書。彪乃繼采前史遺事，傍貫異聞，作《後傳》數十篇，因斟酌前史而譏正得失。

### 王命論

【題解】西漢末年，羣雄並起，班彪避難於天水（今甘肅通渭）。隗囂在天水擁兵自重，欲與在冀州稱帝之劉秀爭天下。爲天下之安定統一，班彪著此文以與隗囂，但不爲隗囂所接受。高步瀛《兩漢文舉要》稱此文"閎括淵懿，猶有西漢餘風"。

昔在帝堯之禪，曰："咨爾舜，天之厤數在爾躬。"舜亦以命禹。暨於稷、契，咸佐唐、虞，光濟四海，奕世載德，至於湯、武而有天下。雖其遭遇異時，禪代不同，至於應天順人，其揆一焉。是故劉氏承堯之祚，氏族之世，著於《春秋》。唐據火德而漢紹之，始起沛澤，則神母夜號，以彰赤帝之符。由是言之，帝王之祚，必有明聖顯懿之德，豐功厚利積累之業。然後精誠通於神明，流澤加於生民，故能爲鬼神所福饗，天下所歸往。未見運世無本，功德不紀，而得倔起在此位者也。

○"咨爾舜"二句：語見《論語·堯曰》。○厤數：天道。○稷、契：稷爲姬周之祖先，契爲殷商之祖先。○揆：道理。○"是故劉氏承堯之祚"三句：《左傳·昭公二十九年》載晉史蔡墨語："有陶氏既衰，其後有劉累，學擾龍於豢龍氏，以事孔甲。"○"始起沛澤"三句：據《史記·高祖本紀》，劉邦爲沛豐邑中陽里人。又記曰：高祖被酒，夜徑澤中，斬當路之大蛇，後人來至蛇所，有一老嫗夜哭，人問何哭，嫗曰："吾子白帝子也，化爲蛇當道，今者赤帝子斬之，故哭。"○倔起：崛起。倔，通"崛"。

世俗見高祖興於布衣，不達其故，以爲適遭暴亂，得奮其劍。游說之士，至比天下於逐鹿，幸捷而得之。不知神器有命，不可以智力求。悲夫！此世之所以多亂臣賊子者也。若然者，豈徒闇於天道哉？又不睹之於人事矣！夫餓饉流隸，飢寒道路，思有短褐之襲，擔石之蓄，所願不過一金，終於轉死溝壑。何則？貧窮亦有命也。況乎天子之貴，四海之富，神明之祚，可得而妄處哉？故雖遭罹厄會，竊其權柄，勇如信、布，彊如梁、籍，成如王莽，然卒潤鑊伏鑕，烹醢分裂。又況么麼不及數子，而欲闇干天位者也？是故駑蹇之乘，不騁千里之塗；燕雀之疇，不奮六翮之用；楶棁之材，不荷棟梁之任；斗筲之子，不秉帝王之重。《易》曰："鼎折足，覆公餗。"不勝其任也。

○逐鹿：國家分裂動亂時競爭天下。《史記·淮陰侯列傳》載蒯通語："秦失其鹿，天下共逐之，於是高材疾足者先得焉。"○神器：國家政權。○流隸：流亡之下等人。○信、布：淮陰侯韓信與淮南王英布；皆漢初勇將。○梁、籍：武信君項梁與西楚霸王項羽。○醢：肉醬；此處用爲動詞。○分裂：分屍之酷刑。○么麼：微不足道者。○六翮：翅膀。翮，羽毛上之翎管。《韓詩外傳》卷六："夫鴻鵠一舉千里，所恃者，六翮也。"○桼梲：屋梁上之短柱；喻指小木材。○斗筲：小容量之竹編器具；喻指才識短淺、氣量狹小者。《論語·子路》："斗筲之人，何足算也。"○"鼎折足"二句：《易經·鼎》九四之爻辭。餗，食也。《易經·繫辭下》："子曰：'德薄而位尊，知小而謀大，力小而任重，鮮不及矣。《易》曰：鼎折足，覆公餗，其形渥，凶。'言不勝其任也。"

當秦之末，豪桀共推陳嬰而王之，嬰母止之曰："自吾爲子家婦而世貧賤，卒富貴，不祥。不如以兵屬人。事成，少受其利；不成，禍有所歸。"嬰從其言，而陳氏以寧。王陵之母亦見項氏之必亡，而劉氏之將興也。是時陵爲漢將，而母獲於楚。有漢使來，陵母見之，謂曰："願告吾子：漢王長者，必得天下，子謹事之，無有二心。"遂對漢使伏劍而死，以固勉陵。其後，果定於漢，陵爲宰相封侯。夫以匹婦之明，猶能推事理之致，探禍福之機，全宗祀於無窮，垂策書於《春秋》，而況大丈夫之事乎？是故窮達有命，吉凶由人。嬰母知廢，陵母知興，審此二者，帝王之分決矣！

○"當秦之末"十三句：事見《史記·項羽本紀》。"王陵之母亦見項氏之必亡"十四句：事見《史記·陳丞相世家》。

蓋在高祖，其興也有五：一曰帝堯之苗裔，二曰體貌多奇異，三曰神武有徵應，四曰寬明而仁恕，五曰知人善任使。加之以信誠好謀，達於聽受，見善如不及，用人如由己，從諫如順流，趣時如響起。當食吐哺，納子房之策；拔足揮洗，揖酈生之說；悟戍卒之言，斷懷土之情；高四皓之名,割肌膚之愛。舉韓信於行陣,收陳平於亡命。英雄陳力,羣策畢舉。此高祖之大略,所以成帝業也。若乃靈瑞符應,又可略聞矣。初,劉媼妊高祖而夢與神遇,震電晦冥,有龍蛇之怪。及長而多靈,有異於衆。是以王、武感物而折契,呂公睹形而進女。秦皇東游以厭其氣,呂后望雲而知所處。始受命則白蛇分,西入關則五星聚,故淮陰、留侯謂之天授,非人力也。歷古今之得失,驗行事之成敗,稽帝王之世運,考五者之所謂,取舍不厭斯位,符瑞不同斯度。而苟昧權利,越次妄據,外不量力,內不知命,則必喪保家之主,失天年之壽,遇折足之凶,伏斧鉞之誅。英雄誠知覺寤,畏若禍戒,超然遠覽,淵然深識。收陵、嬰之明分,絕信、布之覬覦,距逐鹿之瞽說,審神器之有授。貪不可冀,無爲二母之所笑,則福祚流於子孫,天祿其永終矣!

**中華書局影印本胡刻《文選》卷五二**

○體貌多奇異:《史記·高祖本紀》:"高祖爲人,隆準而龍顏,美鬚髯,左股有七十二黑子。"○見善如不及:語出《論語·季氏》。○"當食吐哺"二句:楚漢相爭時,劉邦欲復立六國,留侯張良諫之,劉邦輟食吐哺,令速銷印。事見《史記·留侯世家》。○"拔足揮洗"二句:酈生入謁,劉邦方使兩女子洗足,酈生長揖不拜,曰:"足下必欲誅無道秦,不宜倨見長者。"於是劉邦起,攝衣,延酈生上坐謝之。事見《史記·酈生列傳》。○"悟戍卒之言"二句:劉邦既定天下,以家在關東,初欲都洛陽,齊人劉敬諫曰:"秦地被山帶河,四塞以爲固……此所謂天府者也。陛下入關而都之,山東雖亂,秦之故地可全而有也。"及留侯張良亦勸入都關中,高祖遂入都關中。劉敬當時戍隴西,經過洛陽,故稱"戍卒"。○"高四皓之名"二句:劉邦欲廢太子,呂后用張良計,迎四皓(漢初商山之四位隱士)以輔太子,一日,四皓侍太子見劉邦,劉邦曰:"羽翼成矣!"遂輟廢太子之意。事見《史記·留侯世家》。○陳平:漢初大臣。初隨項羽,得罪而亡,降漢,劉邦拜爲都尉。事見《史記·陳丞相世家》。○"初,劉媼妊高祖而夢與神遇"四句：《史記·高祖本紀》：劉邦母"嘗息大澤之陂，夢與神遇。是時雷電晦冥，太公往視，則見蛟龍於其上。已而有身，遂產高祖"。〇王、武感物而折契：劉邦年輕時常向王媼、武負賒酒，王、武見其上常有龍，怪之，兩家爲此常折券棄債。事見《史記·高祖本紀》。〇呂公睹形而進女：呂公見劉邦相好，以女妻之。其妻曰："公始常欲奇此女，與貴人。沛令善公，求之不與，何自妄許與劉季？"呂公曰："此非兒女子所知也。"事見《史記·高祖本紀》。〇"秦皇東游"三句：秦始皇常曰"東南有天子氣"，於是因東游以厭之。劉邦隱於芒、碭間，其妻呂氏與人俱求，常得之，劉邦怪而問之，呂氏曰："季所居上常有雲氣，故從往常得季。"事見《史記·高祖本紀》。〇西入關則五星聚：《史記·張耳陳餘列傳》載甘公語："漢王之入關，五星聚東井。"五星，即金、木、水、火、土五星。〇"故淮陰、留侯謂之天授"二句：《史記·淮陰侯列傳》："陛下所謂天授，非人力也。"又，《留侯世家》："沛公殆天授。"〇五者：即前文"其興也有五"。〇保家之主：語出《左傳·襄公二十七年》。〇天祿其永終：《論語·堯曰》："天祿永終。"永，長也。

### 王　充（27—約97）

《後漢書·王充傳》：王充，字仲任，會稽上虞（今屬浙江）人。少孤，鄉里稱孝。後到京師，受業太學，師事扶風班彪。好博覽而不守章句。家貧無書，常游洛陽書市，閱所賣書，一見則能誦記，遂博通衆家之言。後歸鄉里，屏居教授。仕郡爲功曹，以數諫諍不合去。充好論說，始若詭異，終有理實。以爲俗儒守文，多失其眞，乃閉門潛思，絕慶弔之禮，戶牖墻壁各置刀筆，著《論衡》八十五篇，二十餘萬言。釋物類同異，正時俗嫌疑。刺史董勤辟爲從事，轉治中，自免還家。友人同郡謝夷吾上書薦充才學，肅宗特詔公車徵，病不行。永元中，病卒於家。

## 超 奇

**【題解】** 此文是中國古典文學批評中最早的一篇作家論。王充認爲文人有儒生、通人、鴻儒之别，鴻儒屬於"超之又超"、"奇之又奇"者，因名此篇爲《超奇》。

通書千篇以上，萬卷以下，弘暢雅閑，審定文讀，而以教授爲人師者，通人也。杼其義旨，損益其文句，而以上書奏記，或興論立說、結連篇章者，文人、鴻儒也。好學勤力，博聞強識，世間多有；著書表文，論說古今，萬不耐一。然則著書表文，博通所能用之者也。入山見木，長短無所不知；入野見草，大小無所不識。然而不能伐木以作室屋，采草以和方藥，此知草木所不能用也。夫通人覽見廣博，不能掇以論說，此爲匿生書主人，孔子所謂"誦詩三百，授之以政，不達"者也，與彼草木不能伐采，一實也。孔子得《史記》以作《春秋》，及其立義創意，褒貶賞誅，不復因《史記》者，眇思自出於胸中也。凡貴通者，貴其能用之也，即徒誦讀，讀詩諷術，雖千篇以上，鸚鵡能言之類也。衍傳書之意，出膏腴之辭，非俶儻之才，不能任也。夫通覽者，世間比有；著文者，歷世希然，近世劉子政父子、揚子雲、桓君山，猶文、武、周公並出一時也。其餘直有，往往而然。譬珠玉不可多得，以其珍也。

○杼：通"抒"，解也。○萬不耐一：萬人之中難得一人。耐，通"能"。○掇：選擇。○匿生書主人：此句不可解，疑"生"爲衍文。○"孔子所謂'誦詩三百……'"三句：《論語·子路》："子曰：'誦《詩》三百，授之以政，不達；使於四方，不能專對；雖多，亦奚以爲？'"○《史記》：魯國史。○眇思：妙思。眇，通"妙"。○鸚鵡能言之類：《禮記·曲禮》："鸚鵡能言，不離飛鳥。"○膏腴之辭：文采豐富之文辭。○桓君山：即桓譚（前23？—56），君山爲其字。沛國相（今安徽宿州一帶）人。西漢成帝時以父任爲郎。王莽居攝時，默然無言；莽新之時，爲掌樂大夫。光武時爲議郎給事中。因反對讖緯，幾乎被殺，病死貶官途中。《後漢書》有傳。〇希然：稀少貌。希，通"稀"。

故夫能說一經者爲儒生；博覽古今者爲通人；采掇傳書，以上書奏記者爲文人；能精思著文，連結篇章者爲鴻儒。故儒生過俗人，通人勝儒生，文人踰通人，鴻儒超文人。故夫鴻儒，所謂超而又超者也。以超之奇，退與儒生相料，文軒之比於敝車，錦繡之方於縕袍也，其相過遠矣。如與俗人相料，太山之巔墆，長狄之項跖，不足以喻。故夫丘山以土石爲體，其有銅鐵，山之奇也。銅鐵既奇，或出金玉。然鴻儒，世之金玉也，奇而又奇矣。奇而又奇，才相超乘，皆有品差。

〇相料：相比。料，衡量之意。〇"文軒之比於敝車"二句：《墨子·公輸》："子墨子見王，曰：'今有人於此，舍其文軒，鄰有敝輿而欲竊之；舍其錦繡，鄰有短褐而欲竊之；舍其粱肉，鄰有糠糟而欲竊之。此爲何若人？'"文軒，華美之車。縕袍，以新棉合舊絮之袍。〇"太山之巔墆"二句：巔墆，絕頂。長狄，古傳說中之巨人。項，頭之後部。跖，足也。太山之絕頂，長狄之全身，用以形容其高大。

儒生說名於儒門，過俗人遠也。或不能說一經，教誨後生；或帶徒聚衆，說論洞溢，稱爲經明。或不能成牘，治一說；或能陳得失，奏便宜，言應經傳，文如星月。其高第若谷子雲、唐子高者，說書於牘奏之上，不能連結篇章。或抽列古今，紀著行事，若司馬子長、劉子政之徒，累積篇第，文以萬數，其過子雲、子高遠矣。然而因成紀前，無胸中之造。若夫陸賈、董仲舒，論說世事，由意而出，不假取於外，然而淺露易見，觀讀之者，猶曰傳記。陽成子長作《樂經》，揚子雲作《太玄經》，造於助思，極窅冥之深，非庶幾之才，不能成也。孔子作《春秋》，二子作兩經，所謂卓爾蹈孔子之迹，鴻茂參貳聖之才者也。

〇洞溢：透徹充分。〇經明：精通經書。〇谷子雲：即谷永，《漢書》

有傳。唐子高：即唐林，《漢書》有傳。○抽：通"籀"，諷誦。列：評論。○陽成子長：《論衡·對作》作"陽成子張"。《太平御覽》卷八五引桓譚《新論》："陽城子姓（姓爲衍文）張，名衡，蜀郡人。"○助思：助，當爲"眇"之誤。前文有"眇思"。○庶幾之才：賢才。《易經·繫辭下》："顏氏之子，其殆庶幾乎？"○卓爾蹈孔子之迹：《論語·子罕》載顏回自稱受了孔子教育之後"如有所立卓爾（高大貌）"。又，《莊子·田子方》載顏回對孔子說："夫子步亦步也，夫子言亦言也，夫子趨亦趨也，夫子辯亦辯也，夫子馳亦馳也，夫子言道，回亦言道也。"

　　王公問於桓君山以揚子雲，君山對曰："漢興以來，未有此人。"君山差才，可謂得高下之實矣。采玉者心羨於玉，鑽龜者知神於龜。能差衆儒之才，累其高下，賢於所累。又作《新論》，論世間事，辯照然否，虛妄之言，僞飾之辭，莫不證定。彼子長、子雲說論之徒，君山爲甲。自君山以來，皆爲鴻眇之才，故有嘉令之文。筆能著文，則心能謀論。文由胸中而出，心以文爲表。觀見其文，奇偉儵儻，可謂得論也。由此言之，繁文之人，人之傑也。

　　○"王公問於桓君山以揚子雲"四句：《太平御覽》卷四三二引《新論》："揚子雲何人邪？答曰：'才智開通，能入聖道，漢興以來，未有此人也。'"王公，即王莽。○差才：評論人才之差別。○"累其高下"二句：評衆儒之高下，而自己則高於所評之衆儒。累，序也。○繁文之人：著述豐富者。

　　有根株於下，有榮葉於上；有實核於內，有皮殼於外。文墨辭說，士之榮葉、皮殼也。實誠在胸臆，文墨著竹帛，外內表裏，自相副稱。意奮而筆縱，故文見而實露也。人之有文也，猶禽之有毛也。毛有五色，皆生於體。苟有文無實，是則五色之禽，毛妄生也。選士以射，心平體正，執弓矢審固，然後射中。論說之出，猶弓矢之發也；論之應理，猶矢之中的。夫射以矢中效巧，論以文墨驗奇。奇巧俱發於心，其實一也。文有深指巨略，君臣治術，身不得行，口不能緤，表著情心，以明己之必能爲之也。孔子作《春秋》，以示王意。然則孔子之《春秋》，素王之業也；諸子之傳書，素相之事也。觀《春秋》以見王意，讀諸子以睹相指。故曰：陳平割肉，丞相之端見；孫叔敖決期思，令尹之兆著。觀讀傳書之文，治道政務，非徒割肉決水之占也。足不彊則迹不遠，鋒不銛則割不深。連結篇章，必大才智鴻懿之俊也。

○審：辨別目標準確。固：彎弓牢固有力。○緤：當爲"泄"之誤。○"孔子作《春秋》"二句：《漢書·董仲舒傳》："孔子作《春秋》，先正王而繫萬事，見素王之文焉。"素王，有王者之德而無王者之位。○"諸子之傳書"二句：杜預《春秋左氏傳序》："或曰：說者以仲尼自衛反魯，修《春秋》，立素王，丘明爲素臣。""素臣"義同"素相"，言無相之位而有相之業也。○"陳平割肉"二句：《史記·陳丞相世家》："里中社，平爲宰，分肉食甚均。父老曰：'善，陳孺子之爲宰。'平曰：'嗟乎！使平得宰天下，亦如是肉也。'"○"孫叔敖決期思"二句：《淮南子·人間》："孫叔敖決期思之水，而灌雩婁之野，莊王知其可以爲令尹也。"期思，即期思陂，古代淮水流域最著名的水利工程。令尹，底本原作"令君"，據孫詒讓《札迻》改。

或曰：著書之人，博覽多聞，學問習熟，則能推類興文。文由外而興，未必實才學文相副也。且淺意於華葉之言，無根核之深，不見大道體要，故立功者希。安危之際，文人不與，無能建功之驗，徒能筆說之效也。

曰：此不然。周世著書之人，皆權謀之臣；漢世直言之士，皆通覽之吏。豈謂文非華葉之生，根核推之也？心思爲謀，集札爲文，情見於辭，意驗於言。商鞅相秦，致功於霸，作《耕戰》之書。虞卿爲趙，決計定說行，退作《春秋》之思。《春秋》之思，趙城中之議。《耕戰》之書，秦堂上之計也。陸賈消呂氏之謀，與《新語》同一意。桓君山易晁錯之策，與《新論》共一思。觀谷永之陳說，唐林之宜言，劉向之切議，以知爲本。筆墨之文，將而送之，豈徒雕文飾辭，苟爲華葉之言哉？精誠由中，故其文語感動人深。是故魯連飛書，燕將自殺；鄒陽上疏，梁孝開牢。書疏文義，奪於肝心，非徒博覽者所能造，習熟者所能爲也。

〇實才學文相副：語意欠通，疑"學"爲"與"字之誤。〇《耕戰》之書：《商君書》第三篇爲《耕戰》。〇"虞卿爲趙"三句：虞氏，戰國時人，名失傳，因進說趙孝成王，被任爲上卿，故稱虞卿。反對割地，主張聯合抗秦。後失意，乃著書，上采《春秋》，下觀近世，以譏刺國家得失，世傳之曰《虞氏春秋》。事見《史記·虞卿列傳》。〇"《春秋》之思"二句：《虞氏春秋》之觀點，與其在趙之言論是一致的。《春秋》之思，底本原無，據孫詒讓說補。〇"陸賈消呂氏之謀"二句：漢高祖劉邦時，陸賈奉命述秦亡漢興之故，成《新語》十二篇。每奏一篇，高祖未嘗不稱善，左右呼萬歲。後陸賈又爲陳平策劃誅滅諸呂。事見《史記·陸賈列傳》。〇"桓君山易晁錯之策"二句：桓譚曾上書光武帝言晁錯事，並著書言當時行事二十九篇，號曰《新論》。《後漢書·桓譚傳》載其上疏曰："夫更張難行，而拂衆者亡，是故賈誼以才逐，而晁錯以智死。"此殆其易晁錯之策也。〇"魯連飛書"二句：燕將攻下聊城，因畏懼讒言而自保。齊將田光攻聊城歲餘，士卒多死而城不下。魯仲連乃爲書，約之矢以射城中。燕將見其書，泣三日而自殺。事見《史記·魯仲連列傳》。〇"鄒陽上疏"二句：見鄒陽《獄中上梁王書》及注。

夫鴻儒希有，而文人比然。將相長吏，安可不貴？豈徒用其才力，游文於牒牘哉？州郡有憂，能治章上奏，解理結煩，使州郡連事，有如唐子高、谷子雲之吏，出身盡思，竭筆牘之力，煩憂適有不解者哉？古昔之遠，四方辟匿，文墨之士，難得紀錄。且近自以會稽言之，周長生者，文士之雄也，在州爲刺史任安舉奏，在郡爲太守孟觀上書，事解憂除，州郡無事，二將以全。長生之身不尊顯，非其才知少、功力薄也，二將懷俗人之節，不能貴也。使遭前世燕昭，則長生已蒙鄒衍之寵矣。長生死後，州郡遭憂，無舉奏之吏，以故事結不解，徵詣相屬，文軌不尊，筆疏不續也。豈無憂上之吏哉？乃其中文筆不足類也。長生之才，非徒銳於牒牘也，作《洞歷》十篇，上自黃帝，下至漢朝，鋒芒毛髮之事，莫不紀載，與太史公《表》、《紀》相似類也。上通下達，故曰《洞歷》。然則長生非徒文人，所謂鴻儒者也。

〇周長生：孫詒讓《札迻》："案長生名樹。《北堂書鈔》七十三引謝承《後漢書》有《周樹傳》。"〇二將：任安、孟觀。漢時，刺史、太守亦稱將，故稱二將。〇"使遭前世燕昭"二句：燕昭王愛賢，士爭趨燕，鄒衍自齊往，爲昭王所重用。事見《史記·燕召公世家》。〇《洞歷》：孫詒讓《札迻》："《洞歷》，隋唐志不著錄。惟范成大《吳郡志·人物門》角里先生引《史記正義》周樹《洞歷》……則其書唐時尚存也。"又，《通志·藝文略》三載周樹撰《洞歷記》九卷。

前世有嚴夫子，後有吳君商，末有周長生。白雉貢於越，暢草獻於宛，雍州出玉，荊、揚生金。珍物產於四遠，幽遼之地，未可言無奇人也。孔子曰："文王既沒，文不在茲乎！"文王之文在孔子，孔子之文在仲舒。仲舒既死，豈在長生之徒與？何言之卓殊，文之美麗也！唐勒、宋玉，亦楚文人也，竹帛不紀者，屈原在其上也。會稽文才，豈獨周長生哉？所以未論列者，長生尤踊出也。九州多山，而華、岱爲嶽；四方多川，而江、河爲瀆者，華、岱高而江、河大也。長生，州郡高大者也。同姓之伯賢，舍而譽他族之孟，未爲得也。長生說文辭之伯，文人之所共宗，獨紀錄之，《春秋》記元於魯之義也。

〇嚴夫子：即莊忌，因避明帝諱稱"嚴"，《漢書·藝文志》著錄其賦二十四篇。〇吳君商：應作"吳君高"，名平，會稽人，著有《越紐錄》。見《論衡·案書》。〇白雉貢於越：周成王時，越裳氏來獻白雉。事見《尚書大傳》。〇暢草：即鬯草，香草也。〇"雍州出玉"二句：見《尚書·禹貢》。〇"文王既沒"二句：語出《論語·子罕》。〇唐勒、宋玉：

戰國時楚辭人。見《史記·屈原列傳》。〇《春秋》記元於魯之義：《公羊傳·隱公元年》："元年。春。王正月。元年者何？君之始年也。"何休解詁："《公羊》之義，唯天子乃得稱元年，諸侯不得稱元年。此魯隱公，諸侯也，而得稱元年者，《春秋》托王於魯。"

俗好高古而稱所聞，前人之業，菜果甘甜；後人新造，蜜酪辛苦。長生家在會稽，生在今世，文章雖奇，論者猶謂稚於前人。天稟元氣，人受元精，豈爲古今者差殺哉？優者爲高，明者爲上，實事之人，見然否之分者，睹非，却前退置於後；見是，推今進置於古。心明知昭，不惑於俗也。班叔皮續《太史公書》百篇以上，記事詳悉，義淺理備。觀讀之者以爲甲，而太史公乙。子男孟堅爲尚書郎，文比叔皮非徒五百里也，乃夫周召、魯衛之謂也。苟可高古，而班氏父子不足紀也。

〇義淺理備：淺，當爲"浹"之誤。劉知幾《史通·鑒識》自注："王充謂彪文文義浹備。"浹，通"徹"。〇夫周召、魯衛之謂：言相差不遠。周召，即周公、召公，分陝而治。魯衛，即魯國（武王弟周公旦封域）、衛國（武王弟康叔封域）。孔子曰："魯衛之政，兄弟也。"

周有郁郁之文者，在百世之末也。漢在百世之後，文論辭說，安得不茂？喻大以小，推民家事，以睹王廷之義：廬宅始成，桑麻纔有，居之歷歲，子孫相續，桃李梅杏，菴丘蔽野。根莖衆多，則華葉繁茂。漢氏治定久矣，土廣民衆，義興事起，華葉之言，安得不繁？夫華與實，俱成者也；無華生實，物希有之。山之禿也，孰其茂也？地之瀉也，孰其滋也？文章之人，滋茂漢朝者，乃夫漢家熾盛之瑞也。天晏，列宿煥炳。陰雨，日月蔽匿。方今文人並出見者，乃夫漢朝明明之驗也。

〇"周有郁郁之文者"二句：《論語·八佾》："子曰：'周監於二代，郁郁乎文哉！'"又，《論語·爲政》："其或繼周者，雖百世可知也。"〇菴：通"奄"，覆蓋也。〇瀉：當作"潟"，地鹽鹼不生殖。〇晏：天上無雲。

高祖讀陸賈之書，歎稱萬歲；徐樂、主父偃上疏，徵拜郎中，方今未聞。膳無苦酸之肴，口所不甘味，手不舉以啖人。詔書每下，文義經傳四科，詔書斐然，郁郁好文之明驗也。上書不實核，著書無義指，萬歲之聲，徵拜之恩，何從發哉？飾面者皆欲爲好，而運目者希。文音者皆欲爲悲，而驚耳者寡。陸賈之書未奏，徐樂、主父之策未聞，羣諸瞽言之徒，言事粗醜，文不美潤，不指所謂，文辭淫滑，不被濤沙之謫，幸矣，焉蒙徵拜爲郎中之寵乎？

中華書局版《新編諸子集成》第一輯黃暉《論衡校釋》

○"徐樂、主父偃上疏"二句：齊人主父偃上書武帝言九事，趙人徐樂上書言世事。書奏，武帝召見之，曰："公等皆安在，何相見之晚也！"於是拜爲郎中。事見《史記·平津侯主父偃列傳》。○文音者皆欲爲悲：文，通"聞"。《論衡·感虛》："鳥獸好悲音，耳與人耳同也。"

### 參考書目

《白虎通疏證》，陳立著，《新編諸子集成》第一輯，中華書局1994年版。

《潛夫論箋校正》，汪繼培箋，《新編諸子集成》第一輯，中華書局1997年版。

### 思考題

1. 以王充作品爲例說明東漢文風之轉變。
2. 分析辭賦對東漢政論散文的影響。

# 第五章

# 《史記》與《漢書》

## 概　說

　　作爲兩漢歷史散文的代表，《史記》與《漢書》的成就最爲突出，在中國古代文學發展史上占有重要的地位。在整個封建時代，《史記》與《漢書》都被史學家及文學家奉爲典範。

　　中國史官的建置極早，他們掌管國家的典冊，記言記事，積纍並整理了大量文獻，供統治者咨詢和使用。現存的儒家"五經"及《左傳》、《國語》等，其初大都出於史官之手。由於戰國時期的社會動蕩，特別是經過秦火，至西漢王朝建立時，史官制度近似名存實亡，典籍圖書的散失更加嚴重。經過六七十年的休養生息，至漢武帝時，社會經濟、文化纔出現了繁榮的景象。與思想文化上罷黜百家、獨尊儒術的政策相一致，總結、整理歷史資料就成爲文化思想的必然趨勢。漢武帝建藏書之策，置書寫之官，下及諸子傳說，皆充秘府，這就爲《史記》的產生提供了社會條件。而司馬遷"究天人之際，通古今之變，成一家之言"的宏偉構想，正是時代精神的最重要的表現。《史記》是我國最早的通史。此書記事起於傳說的黃帝，迄於漢武帝，首尾共三千年左右，尤詳於戰國、秦、漢。體裁分爲"本紀"、"世家"、"列傳"、"表"以及"書"。《史記》是中國史學中一部繼往開來的偉大著作，作者司馬遷創造的以人物爲中心的紀傳體，在漢以後一直是歷代王朝正史所沿用的體制。而《史記》的人物傳記，由於作者的匠心獨運，使之成爲中國古代歷史傳記文學的開山之作，後代的文學家從中受到的影響是多方面的。宋代鄭樵說："百代而下，史官不能易其法，學者不能捨其書。"魯迅在《漢文學史綱要》中譽其爲："史家之絕唱，無韻之《離騷》。"

漢宣帝以後，有不少人綴集時事續補《史記》。東漢初年班彪"繼采前史遺事，傍貫異聞，作《後傳》數十篇"（《後漢書·班彪傳》）。彪死，其子班固在此基礎上整理補充，編撰《漢書》，其八表及《天文志》未及竟而卒，旋由其妹班昭與馬續相繼續成。與《史記》相比，《漢書》改書爲志，廢世家入列傳，並創《刑法》、《五行》、《地理》、《藝文》四志，成爲後世紀傳體史書之準繩。作爲中國第一部斷代史，《漢書》之作者"究西都之首末，窮劉氏之廢興"，記載了漢高祖元年（前206）至王莽地皇四年（23）共二百二十九年的歷史。《漢書》記事詳贍，內容豐富，是研究西漢歷史之重要資料，同時也具有較高的文學價值。就史學見解與史學精神而言，《漢書》固然不能與《史記》相比，但亦有其勝出之處。沈德潛《歸愚文集》卷三《史漢異同得失辨》稱："高帝以下諸本紀，《史記》不錄詔語，即間及一二語，而不錄全文；《漢書》乃備載之，以志一代敦本懋實之始，此班之勝馬也。"當然，這祇是舉出一例而已。學術界多以爲，將文化與學術納入史學視野，是《漢書》的獨特貢獻之一。因此，史學界長期以來均以班馬、史漢並稱是有道理的。

## 第一節 《史記》

**司馬遷**（約前145—？）

《漢書·司馬遷傳》：司馬氏世典周史，惠、襄之間去周適晉，至漢有司馬談，爲太史公。有子曰遷，遷生龍門（今陝西韓城南）。耕牧河山之陽，年十歲則誦古文，二十而南游江淮，上會稽，探禹穴，窺九嶷，浮沅湘，北涉汶泗，講業齊魯之都，觀夫子遺風，鄉射鄒嶧，過梁楚以歸。於是遷仕爲郎中，奉使西征巴蜀以南，還報命。司馬談卒三歲，而遷爲太史令，紬史記石室金鐀之書，論次其文。十年而遭李陵之禍，幽於縲絏。乃喟然而歎曰："是余之罪夫，身虧不用矣。"退而深惟曰："夫《詩》、《書》隱約者，欲遂其志之思也。"卒述陶唐以來，至於麟止，自黃帝始，凡百三十篇，五十二萬六千五百字，爲《太史公書》。遷被刑之後，爲中書令、尊寵任職。故人益州刺史任安予遷書，責以古賢臣之義。遷報之曰："古者富貴而名摩滅，不可勝記，唯倜儻非常之人稱焉。蓋西伯拘而演《周易》，仲尼厄而作《春秋》；屈原放逐，乃賦《離騷》；左丘失明，厥有《國語》；孫子臏脚，《兵法》修列；韓非囚秦，《說難》、《孤憤》。《詩》三百篇，大抵賢聖發憤之所爲作也。此人皆意有所鬱結，不得通其道，故述往事，思來者。僕竊不遜，近自托於無能之辭，網羅天下放失舊聞，考之行事，稽其成敗興壞之理，凡百三十篇，亦欲以究天人之際，通古今之變，成一家之言。草創未就，適會此禍，惜其不成，是以就極刑而無慍色。僕誠已著此書，藏之名山，傳之其人通邑大都，則僕償前辱之責，雖萬被戮，豈有悔哉！"遷既死後，其書稍出。宣帝時，遷外孫平通侯楊惲祖述其書，遂宣布焉。至王莽時，求封遷後，爲史通子。

## 項羽本紀（節選）

【題解】《史記·太史公自序》："秦失其道，豪傑並擾；項梁業之，子羽接之；殺慶救趙，諸侯立之；誅嬰背懷，天下非之。作《項羽本紀》第七。"司馬貞《史記索隱》："紀者，記也。本其事而記之，故曰本紀。又，紀，理也，絲縷有紀。而帝王書稱紀者，言爲後代綱紀也。"舊以爲，項羽崛起，爭雄一朝，假號西楚，竟未踐天子之位，而身首別離，斯亦不可稱"本紀"，宜降爲"世家"。張照《殿本史記考證》："馬遷之意並非以'本紀'非天子不可用也，特以天下之權之所在，則其人繫天下之本，即謂之'本紀'。"吳見思《史記論文》："項羽力拔山氣蓋世，何等英雄，何等力量！太史公亦以全神付之，成此英雄力量之文，如破秦軍處，斬宋義處，謝鴻門處，分王諸侯處，會垓下處，精神筆力，直透紙背。靜而聽之，殷殷闐闐，如有百萬之軍，藏於隃麋汗青之中，令人動神。"

項籍者，下相人也，字羽。初起時，年二十四。其季父項梁，梁父即楚將項燕，爲秦將王翦所戮者也。項氏世世爲楚將，封於項，故姓項氏。

項籍少時，學書不成，去；學劍，又不成。項梁怒之。籍曰："書足以記名姓而已。劍一人敵，不足學。學萬人敵。"於是項梁乃教籍兵法。籍大喜，略知其意，又不肯竟學。……項梁殺人，與籍避仇於吳中。吳中賢士大夫皆出項梁下。每吳中有大繇役及喪，項梁常爲主辦，陰以兵法部勒賓客及子弟，以是知其能。秦始皇帝游會稽，渡浙江。梁與籍俱觀。籍曰："彼可取而代也！"梁掩其口，曰："毋妄言，族矣！"梁以此奇籍。籍長八尺餘，力能扛鼎，才氣過人。雖吳中子弟，皆已憚籍矣。

○下相：地名。在今江蘇宿遷西。○字羽：據《太史公自序》，項羽又字子羽。○初起時：開始起兵反秦時。事在秦二世元年（前209年）。○季父：叔父。○王翦：秦國大將。頻陽（今陝西富平）人。其殺項燕事在秦始皇二十四年（前223），事見《史記·秦始皇本紀》及《白起王翦傳》。○項：古國名。其古城在今河南項城東北。○竟學：完成學業。○吳：秦時會稽郡治，今江蘇吳縣。○部勒：訓練，調度。○會稽：山名。秦始皇三十七年（前210）曾上會稽，祭大禹，南望於海，刻石記功。○浙江：今浙江杭縣以下之錢塘江。○扛：兩手對舉。

秦二世元年七月，陳涉等起大澤中。其九月，會稽守通謂梁曰："江西皆反，此亦天亡秦之時也。吾聞先即制人，後則爲人所制。吾欲發兵，使公及桓楚將。"是時桓楚亡在澤中。梁曰："桓楚亡，人莫知其處，獨籍知之耳。"梁乃出，誡籍持劍居外待。梁復入，與守坐，曰："請召籍，使受命召桓楚。"守曰："諾。"梁召籍入。須臾，梁眴籍曰："可行矣！"於是籍遂拔劍斬守頭。項梁持守頭，佩其印綬。門下大驚，擾亂，籍所擊殺數十百人。一府中皆慴伏，莫敢起。梁乃召故所知豪吏，諭以所爲起大事。遂舉吳中兵。使人收下縣，得精兵八千人。梁部署吳中豪傑爲校、尉、侯、司馬。有一人不得用，自言於梁，梁曰："前時某喪使公主某事，不能辦，以此不任用公。"衆乃皆伏。於是梁爲會稽守，籍爲裨將，徇下縣。廣陵人召平於是爲陳王徇廣陵，未能下。聞陳王敗走，秦兵又且至，乃渡江矯陳王命，拜梁爲楚王上柱國。曰："江東已定，急引兵西擊秦。"項梁乃以八千人渡江而西。……

居鄛人范增，年七十，素居家，好奇計。往說項梁曰："陳勝敗固當。夫秦滅六國，楚最無罪，自懷王入秦不反，楚人憐之至今，故楚南公曰'楚雖三戶，亡秦必楚'也。今陳勝首事，不立楚後而自立，其勢不長。今君起江東，楚蠭午之將皆爭附君者，以君世世楚將，爲能復立楚之後也。"於是項梁然其言，乃求楚懷王孫心民間，爲人牧羊，立以爲楚懷王，從民所望也。……

項梁起東阿，西，比至定陶，再破秦軍，項羽等又斬李由，益輕秦，有驕色。宋義乃諫項梁曰："戰勝而將驕卒惰者敗。今卒少惰矣，秦兵日益，臣爲君畏之。"項梁弗聽，乃使宋義使於齊。道遇齊使者高陵君顯，曰："公將見武信君乎？"曰："然。"曰："臣論武信君軍必敗。公徐行即免死；疾行則及禍。"秦果悉起兵益章邯，擊楚軍，大破之定陶，項梁死。……

〇守：《漢書·項籍傳》作"假守"，一郡之長官。〇江西：長江西北岸。指今皖北一帶及淮河下游。〇桓楚：楚人。《漢書》稱爲吳中奇士。〇眴：用目光示意。〇廣陵：地名。今江蘇揚州。〇上柱國：戰國時楚國官名。相當於後世之丞相。〇居鄛：地名。在今安徽巢湖。〇懷王：即楚懷王芈槐。公元前328年至前299年在位，應秦昭王約至武關會盟，被秦扣留，死於秦。反，通"返"。〇楚南公：戰國時楚國陰陽家。〇三戶：二三戶人家。假設之詞，言其少。或說三戶爲地名。〇蠭午：猶言蜂起。蠭，同"蜂"；午，縱橫交錯貌。〇東阿：地名。在今山東陽谷東北。〇定陶：地名。在今山東定陶西北。〇李由：秦三川郡之守，丞相李斯之子。〇宋義：項梁之下屬，原爲楚之令尹。〇高陵君顯：封於高陵（今山東境內）之貴臣。顯，人名。〇武信君：項梁。項梁立楚懷王後，自號爲武信君。〇章邯：秦將。任少府，後降項羽。

初，宋義所遇齊使者高陵君顯在楚軍，見楚王曰："宋義論武信君之軍必敗，居數日，軍果敗。兵未戰而先見敗徵，此可謂知兵矣！"王召宋義與計事而大說之，因置以爲上將軍，項羽爲魯公，爲次將，范增爲末將，救趙。諸別將皆屬宋義，號爲"卿子冠軍"。行至安陽，留四十六日不進。項羽曰："吾聞秦軍圍趙王鉅鹿，疾引兵渡河，楚擊其外，趙應其內，破秦軍必矣。"宋義曰："不然。夫搏牛之蝱不可以破蟣蝨。今秦攻趙，戰勝則兵罷，我承其敝；不勝，則我引兵鼓行而西，必舉秦矣。故不如先鬭秦、趙。夫被堅執銳，義不如公；坐而運策，公不如義。"因下令軍中曰："猛如虎，很如羊，貪如狼，彊不可使者，皆斬之。"乃遣其子宋襄相齊，身送之至無鹽，飲酒高會。天寒大雨，士卒凍飢。項羽曰："將戮力而攻秦，久留不行。今歲饑民貧，士卒食芋菽，軍無見糧，乃飲酒高會，不引兵渡河因趙食，與趙并力攻秦，乃曰'承其敝'。夫以秦之彊，攻新造之趙，其勢必舉趙。趙舉而秦彊，何敝之承？且國兵新破，王坐不安席，埽境內而專屬於將軍，國家安危，在此一舉。今不恤士卒而徇其私，非社稷之臣。"項羽晨朝上將軍宋義，即其帳中斬宋義頭，出令軍中曰："宋義與齊謀反楚，楚王陰令羽誅之。"當是時，諸將皆慴服，莫敢枝梧。皆曰："首立楚者，將軍家也，今將軍誅亂。"乃相與共立羽爲假上將軍。使人追宋義子，及之齊，殺之。使桓楚報命於懷王。懷王因使項羽爲上將軍。當陽君、蒲將軍皆屬項羽。

項羽已殺卿子冠軍，威震楚國，名聞諸侯。乃遣當陽君、蒲將軍將卒二萬渡河，救鉅鹿。戰少利，陳餘復請兵。項羽乃悉引兵渡河，皆沈船，破釜甑，燒廬舍，持三日糧，以示士卒必死，無一還心。於是至則圍王離，與秦軍遇，九戰，絕其甬道，大破之。殺蘇角，虜王離，涉閒不降楚，自燒殺。當是時，楚兵冠諸侯。諸侯軍救鉅鹿下者十餘壁，莫敢縱兵。及楚擊秦，諸將皆從壁上觀。楚戰士無不一以當十，楚兵呼聲動天，諸侯軍無不人人惴恐。於是已破秦軍，項羽召見諸侯將，入轅門，無不膝行而前，莫敢仰視。項羽由是始爲諸侯上將軍，諸侯皆屬焉。……

○安陽：地名。在今山東曹縣東南。○鉅鹿：地名。在今河北平鄉西南。時趙王歇被秦軍困於此。○搏牛之䖟不可以破蟣蝨：咬牛之虻不會去消滅蝨子。比喻楚軍意在滅秦而不在救趙。○罷：通"疲"。○很：通"狠"。○彊不可使者：彊，通"強"，倔強。○無鹽：地名。在今山東東平東。○戮力：協力。○芋菽：薯類及豆類。○見糧：存糧。見，通"現"。○枝梧：抵抗。○假：攝也。猶言"代理"。○當陽君：即英布。六（今安徽六安）人，以罪受黥面（臉上刺字）之刑，因改姓黥。其初起兵時稱當陽君，曾受項羽封爲九江王，後投劉邦。○蒲將軍：姓名未詳。"蒲"可能是姓，也可能是封號。○戰少利：戰事稍稍有利。少，通

"稍"。○陳餘：反秦軍將領，其時爲趙將。○甑：蒸煮用的瓦器。○王離：秦將。○甬道：兩邊築牆之道，秦軍以之運送軍糧。○蘇角：秦將。○涉閒：秦將。○縱兵：出兵作戰。○轅門：營門。古代軍行所止，以車爲陣，以轅對立爲門。

行略定秦地。函谷關有兵守關，不得入。又聞沛公已破咸陽，項羽大怒，使當陽君等擊關。項羽遂入，至于戲西。沛公軍霸上，未得與項羽相見。沛公左司馬曹無傷使人言於項羽曰："沛公欲王關中，使子嬰爲相，珍寶盡有之。"項羽大怒，曰："旦日饗士卒，爲擊破沛公軍！"當是時，項羽兵四十萬，在新豐鴻門；沛公兵十萬，在霸上。范增說項羽曰："沛公居山東時，貪於財貨，好美姬。今入關，財物無所取，婦女無所幸，此其志不在小。吾令人望其氣，皆爲龍虎，成五采，此天子氣也。急擊勿失！"

楚左尹項伯者，項羽季父也，素善留侯張良。張良是時從沛公，項伯乃夜馳之沛公軍，私見張良，具告以事，欲呼張良與俱去。曰："毋從俱死也！"張良曰："臣爲韓王送沛公，沛公今事有急，亡去不義，不可不語。"良乃入，具告沛公。沛公大驚曰："爲之奈何？"張良曰："誰爲大王爲此計者？"曰："鯫生說我曰：'距關，毋內諸侯，秦地可盡王也。'故聽之。"良曰："料大王士卒足以當項王乎？"沛公默然，曰："固不如也，且爲之奈何？"張良曰："請往謂項伯，言沛公不敢背項王也。"沛公曰："君安與項伯有故？"張良曰："秦時與臣游，項伯殺人，臣活之。今事有急，故幸來告良。"沛公曰："孰與君少長？"良曰："長於臣。"沛公曰："君爲我呼入，吾得兄事之。"張良出，要項伯。項伯即入見沛公。沛公奉卮酒爲壽，約爲婚姻，曰："吾入關，秋豪不敢有所近，籍吏民，封府庫，而待將軍。所以遣將守關者，備他盜之出入與非常也。日夜望將軍至，豈敢反乎？願伯具言臣之不敢倍德也！"項伯許諾。謂沛公曰："旦日不可不蚤自來謝項王。"沛公曰："諾。"於是項伯復夜去，至軍中，具以沛公言報項王。因言曰："沛公不先破關中，公豈敢入乎？今人有大功而擊之，不義也，不如

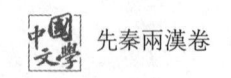

因善遇之。"項王許諾。

　　○函谷關：關隘名。在今河南靈寶西南。○沛公：即漢高祖劉邦，因爲沛（今江蘇沛縣）人，時稱沛公。他利用項羽與秦軍主力決戰於鉅鹿之機會，攻入秦都咸陽（在今陝西），秦王子嬰投降。○戲西：戲水之西，在今陝西臨潼東。○霸上：地名。因在霸水西高原上而得名，在今陝西西安東。○新豐：地名，在今陝西臨潼東；鴻門在新豐東十七里。○山東：戰國時泛稱六國之地爲山東，以其在崤山（在今河南洛寧西北）之東，故名。○左尹：官名。令尹之佐。項伯：名纏，後投劉邦，封射陽侯。○張良：劉邦重要謀臣。字子房，其先世韓人。後封留侯。○臣爲韓王送沛公：張良曾請項梁立韓公子成爲韓王，得允。韓王成留守陽翟，張良與劉邦同入函谷關，故云。○鯫生：淺薄之人。鯫，小魚。一說，鯫爲姓。○距：通"拒"，把守。○內：通"納"。○要：邀請。○卮：圓形酒器。○秋豪：即秋毫。本指獸類新秋更生之絨毛，喻細小之物。○籍：登記。○非常：意外之事件。○倍：通"背"，背叛。○蚤：通"早"。

　　沛公旦日從百餘騎來見項王，至鴻門，謝曰："臣與將軍戮力而攻秦，將軍戰河北，臣戰河南，然不自意能先入關破秦，得復見將軍於此。今者有小人之言，令將軍與臣有郤。"項王曰："此沛公左司馬曹無傷言之。不然，籍何以至此？"項王即日因留沛公與飲。項王、項伯東嚮坐，亞父南嚮坐。亞父者，范增也。沛公北嚮坐，張良西嚮侍。范增數目項王，舉所佩玉玦以示之者三，項王默然不應。范增起，出召項莊，謂曰："君王爲人不忍，若入前爲壽，壽畢，請以劍舞，因擊沛公於坐，殺之。不者，若屬皆且爲所虜。"莊則入爲壽。壽畢，曰："君王與沛公飲，軍中無以爲樂，請以劍舞。"項王曰："諾。"項莊拔劍起舞，項伯亦拔劍起舞，常以身翼蔽沛公，莊不得擊。於是張良至軍門，見樊噲。樊噲曰："今日之事何如？"良曰："甚急。今者項莊拔劍舞，其意常在沛公也。"噲曰："此迫矣，臣請入，與之同命。"噲即帶劍擁盾入軍門。交戟之衛士欲止不內，樊噲側其盾以撞，衛士仆地，噲遂入，披帷西嚮立，瞋目視項王，頭髮上指，目眥盡裂。項王按劍而跽曰："客何爲者？"張良曰："沛公之參乘樊噲者也。"項王曰："壯士！賜之卮酒。"則與斗卮酒。噲拜謝，起，立而飲之。項王曰："賜之彘肩。"則與一生彘肩。樊噲覆其盾於地，加彘肩上，拔劍切而啗之。項王曰："壯士，能復飲乎？"樊噲曰："臣死且不避，卮酒安足辭！夫秦王有虎狼之心，殺人如不能舉，刑人如恐不勝，天下皆叛之。懷王與諸將約，曰：'先破秦入咸陽者王之。'今沛公先破秦，入咸陽，豪毛不敢有所近，封閉宮室，還軍霸上，以待大王來。故遣將守關者，備他盜出入與非常也。勞苦而功高如此，未有封侯之賞，而聽細說，欲誅有功之人。此亡秦之續耳，竊爲大王不取也。"項王未有以應，曰："坐。"樊噲從良坐。坐須臾，沛公起如廁，因招樊噲出。

　　〇卻：通"隙"，嫌隙。〇玉玦：玉器名；狀如環而缺。玦與"決"音同，范增以此暗示項羽下殺劉邦之決心。〇翼蔽：掩護。〇噲：樊噲。沛人，原以屠狗爲業，從劉邦起兵，屢立戰功。後封舞陽侯。〇內：通"納"。〇仆：跌倒。〇眥：眼眶。〇跽：跪起。〇參乘：即驂乘，車右之侍衛者。〇彘肩：豬之前腿。〇啗：通"啖"，吃。〇舉：盡也。〇勝：盡也。〇細說：讒言。

　　沛公已出，項王使都尉陳平召沛公。沛公曰："今者出，未辭也，爲之奈何？"樊噲曰："大行不顧細謹，大禮不辭小讓。如今人方爲刀俎，我爲魚肉，何辭爲？"於是遂去。乃令張良留謝。良問曰："大王來何操？"曰："我持白璧一雙，欲獻項王；玉斗一雙，欲與亞父。會其怒，不敢獻。公爲我獻之。"張良曰："謹諾。"當是時，項王軍在鴻門下，沛公軍在霸上，相去四十里。沛公則置車騎，脫身獨騎，與樊噲、夏侯嬰、靳彊、紀信等四人持劍盾步走，從酈山下，道芷陽間行。沛公謂張良曰："從此道至吾軍，不過二十里耳。度我至軍中，公乃入。"沛公已去，間至軍中，張良入，謝曰："沛公不勝杯杓，不能辭。謹使臣良奉白璧一雙，再拜獻大王足下；玉斗一雙，再拜奉大將軍足下。"項王曰："沛公安在？"良曰："聞大王有意督過之，脫身獨去，已至軍矣。"項王則受璧，置之坐上。亞父受玉斗，置之地，拔劍撞而破之，曰："唉！豎子不足與謀。奪項王天下者，必沛公也，吾屬今爲之虜矣。"沛公至軍，立誅殺曹無傷。

○都尉：武官名。陳平：陽武（今河南原陽）人。此時爲項羽部屬，後投劉邦，屢有大功。○大行：大事。下文"大禮"同此。細謹：小節。下文"小讓"同此。○俎：案板。○夏侯嬰：沛人。因曾爲滕縣令，故稱滕公。從劉邦起兵，後以功封汝陰侯。靳彊：曲沃人。從劉邦起兵，後以功封汾陽侯。紀信：劉邦部屬。項羽圍劉邦於滎陽，他假扮劉邦出降，劉邦因而得脫，項羽怒，將其燒死。○酈山：山名；在鴻門西。○芷陽：地名；在今陝西西安西。○閒行：走小路而行。○豎子：小子。此處表面上指項莊，實際上指項羽。

居數日，項羽引兵西屠咸陽，殺秦降王子嬰，燒秦宮室，火三月不滅，收其貨寶婦女而東。人或說項王曰："關中阻山河四塞，地肥饒，可都以霸。"項王見秦宮室皆以燒殘破，又心懷思欲東歸，曰："富貴不歸故鄉，如衣繡夜行，誰知之者？"說者曰："人言楚人'沐猴而冠'耳，果然。"項王聞之，烹說者。

項王使人致命懷王。懷王曰："如約。"乃尊懷王爲義帝。項王欲自王，先王諸將相，謂曰："天下初發難時，假立諸侯後以伐秦。然身被堅執銳首事，暴露於野三年，滅秦定天下者，皆將相諸君與籍之力也。義帝雖無功，故當分其地而王之。"諸將皆曰："善。"乃分天下，立諸將爲侯王。項王、范增疑沛公之有天下，業已講解，又惡負約，恐諸侯叛之，乃陰謀曰："巴、蜀道險，秦之遷人皆居蜀。"乃曰："巴、蜀亦關中地也。"故立沛公爲漢王，王巴、蜀、漢中，都南鄭。而三分關中，王秦降將以距塞漢王。……

○沐猴而冠：猴子不耐久著衣冠。言其浮躁。沐猴，獼猴。○致命：

報命。○講解：講和。○南鄭：地名；今屬陝西。

春，漢王部五諸侯兵，凡五十六萬人，東伐楚。項王聞之，即令諸將擊齊，而自以精兵三萬人南從魯出胡陵。四月，漢皆已入彭城。收其貨寶美人，日置酒高會。項王乃西，從蕭晨擊漢軍，而東至彭城。日中，大破漢軍。漢軍皆走，相隨入穀、泗水，殺漢卒十餘萬人。漢卒皆南走山，楚又追擊至靈壁東睢水上。漢軍却，爲楚所擠，多殺，漢卒十餘萬人皆入睢水，睢水爲之不流。圍漢王三匝。於是大風從西北而起，折木發屋，揚沙石，窈冥晝晦，逢迎楚軍。楚軍大亂，壞散，而漢王乃得與數十騎遁去。欲過沛，收家室而西；楚亦使人追之沛，取漢王家；家皆亡，不與漢王相見。漢王道逢得孝惠、魯元，乃載行。楚騎追漢王，漢王急，推墮孝惠、魯元車下，滕公常下收載之。如是者三。曰："雖急，不可以驅，奈何棄之？"於是遂得脫。求太公、呂后不相遇。審食其從太公、呂后閒行，求漢王，反遇楚軍。楚軍遂與歸，報項王，項王常置軍中。……

漢王之出榮陽，南走宛、葉，得九江王布，行收兵，復入保成皋。漢之四年，項王進兵圍成皋。漢王逃，獨與滕公出成皋北門，渡河走修武，從張耳、韓信軍。諸將稍稍得出成皋，從漢王。楚遂拔成皋，欲西。漢使兵距之鞏，令其不得西。是時，彭越渡河擊楚東阿，殺楚將軍薛公。項王乃自東擊彭越。漢王得淮陰侯兵，欲渡河南。鄭忠說漢王，乃止壁河內。使劉賈將兵佐彭越，燒楚積聚。項王東擊破之，走彭越。漢王則引兵渡河，復取成皋，軍廣武，就敖倉食。項王已定東海，來，西，與漢俱臨廣武而軍，相守數月。當此時，彭越數反梁地，絕楚糧食，項王患之。爲高俎，置太公其上，告漢王曰："今不急下，吾烹太公。"漢王曰："吾與項羽俱北面受命懷王，曰：'約爲兄弟。'吾翁即若翁，必欲烹而翁，則幸分我一桮羹！"項王怒，欲殺之。項伯曰："天下事未可知，且爲天下者不顧家，雖殺之，無益，祇益禍耳。"項王從之。

○春：漢高祖二年（前205）春。○部：統率。五諸侯：常山王張耳、河南王申陽、韓王鄭昌、魏王豹、殷王司馬卬。說見顔師古《漢書·高帝紀》注。○令諸將擊齊：時齊人田橫聚兵數萬據城陽，反項羽。○魯：地名；今山東曲阜。胡陵：地名；在今山東魚台東南。○彭城：地名；今江蘇徐州，項羽之都城。○蕭：地名；在今安徽蕭縣西北。○穀、泗水：穀水及泗水，均在今徐州東北。○靈壁：即靈璧，地名；在今安徽宿州西北。○睢水：水名；古代鴻溝之支流，流經靈壁東。○孝惠：劉邦子劉盈。後爲帝，謚孝惠。○魯元：劉邦女。後嫁張耳之子張敖（封魯王），死謚元。○太公：劉邦父。呂后：劉邦妻呂雉。○審食其：沛人。後爲丞相，封辟陽侯。○滎陽：地名，在今河南滎澤西南。○宛：地名；在今河南南陽。○葉：地名；在今河南葉縣南。○行收兵：漸漸收攬潰散之士卒。○成皋：地名；在今河南滎陽氾水鎮西。○修武：地名，在今河南獲嘉縣境。○張耳：大梁（今河南開封）人，起兵反秦後，先後立武臣、趙歇爲趙王，自任丞相，受項羽封爲常山王，後投劉邦，封趙王。○韓信：淮陰（今江蘇清江西）人。反秦起義中，初投項羽，後投劉邦，封齊王，改楚王，以陰謀叛亂罪降爲淮陰侯。後以叛亂罪爲呂后所殺。○鞏：地名；在今河南鞏義西南。○彭越：昌邑（今山東金鄉西北）人。楚漢戰爭中將三萬餘兵歸劉邦，屢斷項羽糧道，封梁王。後以謀反罪被殺。○鄭忠：劉邦部屬。時任郎中。○止壁河內：在黃河北面屯兵紮營。○劉賈：劉邦堂兄。後封荆王。○廣武：山名；在今河南滎陽東北。○敖倉：秦所建米倉。敖，山名，在今滎陽西北。○東海：泛指東方。○急下：趕快投降。

楚漢久相持未決，丁壯苦軍旅，老弱罷轉漕。項王謂漢王曰："天下匈匈數歲者，徒以吾兩人耳，願與漢王挑戰，決雌雄，毋徒苦天下之民父子爲也。"漢王笑謝曰："吾寧鬭智，不能鬭力。"項王令壯士出挑戰，漢有善騎射者樓煩，楚挑戰三合，樓煩輒射殺之。項王大怒，乃自被甲持戟挑戰。樓煩欲射之，項王瞋目叱之，樓煩目不敢視，手不敢發，遂走還入壁，不敢復出。漢王使人閒問之，乃項王也。漢王大驚。於是項王乃即漢王相與臨廣武閒而語。漢王數之，項王怒，欲一戰。漢王不聽，項王伏弩射中漢王，漢王傷，走入成皋。……

是時，漢兵盛食多，項王兵罷食絕。漢遣陸賈說項王，請太公，項王弗聽。漢王復使侯公往說項王，項王乃與漢約，中分天下，割鴻溝以西者爲漢，鴻溝而東者爲楚。項王許之，即歸漢王父母妻子。軍皆呼萬歲。漢王乃封侯公爲平國君。匿弗肯復見。曰："此天下辯士，所居傾國。故號爲平國君。"項王已約，乃引兵解而東歸。

漢欲西歸，張良、陳平說曰："漢有天下太半，而諸侯皆附之。楚兵罷食盡，此天亡楚之時也，不如因其機而遂取之。今釋弗擊，此所謂'養虎自遺患'也。"漢王聽之。漢五年，漢王乃追項王，至陽夏南，止軍，與淮陰侯韓信、建成侯彭越期會而擊楚軍。至固陵，而信、越之兵不會。楚擊漢軍，大破之。漢王復入壁，深塹而自守。謂張子房曰："諸侯不從約，爲之奈何？"對曰："楚兵且破，信、越未有分地，其不至固宜。君王能與共分天下，今可立致也。即不能，事未可知也。君王能自陳以東傅海，盡與韓信；睢陽以北至穀城，以與彭越：使各自爲戰，則楚易敗也。"漢王曰："善。"於是乃發使者告韓信、彭越曰："并力擊楚。楚破，自陳以東傅海與齊王，睢陽以北至穀城與彭相國。"使者至，韓信、彭越皆報曰："請今進兵。"韓信乃從齊往，劉賈軍從壽春並行，屠城父，至垓下。大司馬周殷叛楚，以舒屠六，舉九江兵，隨劉賈、彭越皆會垓下，詣項王。

○罷：通"疲"。轉：陸運。漕：水運。○匈匈：紛亂不寧。○樓煩：樓煩族士兵。樓煩爲北方民族名，其人善射。或說，因樓煩人善射，故士卒之善射者取以爲號。○閒問：打聽。○廣武閒：閒，通"澗"。舊傳廣武山上有東西兩城，西城爲漢築，東城爲楚築，中間隔一澗。○陸賈：劉邦部屬。辯士，任太中大夫。著有《新語》。○侯公：姓侯，名失傳。○鴻溝：古運河名。故道自今滎陽北引黃河水，流經今中牟、開封北，南折後至淮陽東南入潁水。東漢以後，漸漸淤塞。○陽夏：地名；在今河南太

445

康。○固陵：地名；在今河南太康西。○陳：地名；在今河南淮陽。傅：到達。○睢陽：地名；在今河南商丘南。穀城：地名；在今山東東阿境。○壽春：地名；今安徽壽縣。○城父：地名；在今安徽亳州東南。○垓下：地名；在今安徽靈璧東南。○大司馬：官名。主軍事。○以舒屠六：用舒地之部隊屠殺六地之居民。舒，地名，在今安徽舒縣；六，地名，在今安徽六安。○舉九江兵：發動黥布出兵。黥布受項羽封爲九江王，此時已叛楚。

項王軍壁垓下，兵少食盡，漢軍及諸侯兵圍之數重。夜聞漢軍四面皆楚歌，項王乃大驚曰："漢皆已得楚乎？是何楚人之多也？"項王則夜起，飲帳中。有美人名虞，常幸從；駿馬名騅，常騎之。於是項王乃悲歌慷慨，自爲詩曰："力拔山兮氣蓋世，時不利兮騅不逝。騅不逝兮可奈何？虞兮虞兮奈若何！"歌數闋，美人和之，項王泣數行下，左右皆泣，莫能仰視。

於是項王乃上馬騎，麾下壯士騎從者八百餘人，直夜潰圍南出，馳走。平明，漢軍乃覺之，令騎將灌嬰以五千騎追之。項王渡淮，騎能屬者百餘人耳。項王至陰陵，迷失道，問一田父。田父紿曰："左。"左，乃陷大澤中。以故漢追及之。項王乃復引兵而東，至東城，乃有二十八騎。漢騎追者數千人。項王自度不得脫，謂其騎曰："吾起兵至今八歲矣，身七十餘戰。所當者破，所擊者服，未嘗敗北，遂霸有天下。然今卒困於此，此天之亡我，非戰之罪也！今日固決死，願爲諸君快戰，必三勝之，爲諸君潰圍、斬將、刈旗，令諸君知天亡我，非戰之罪也！"乃分其騎以爲四隊，四嚮。漢軍圍之數重，項王謂其騎曰："吾爲公取彼一將。"令四面騎馳下，期山東爲三處。於是項王大呼馳下，漢軍皆披靡，遂斬漢一將。是時，赤泉侯爲騎將，追項王，項王瞋目而叱之，赤泉侯人馬俱驚，辟易數里，與其騎會爲三處。漢軍不知項王所在，乃分軍爲三，復圍之。項王乃馳，復斬漢一都尉，殺數十百人，復聚其騎，亡其兩騎耳。乃謂其騎曰："何如？"騎皆伏曰："如大王言。"

於是項王乃欲東渡烏江。烏江亭長檥船待，謂項王曰："江東雖小，地方千里，衆數十萬人，亦足王也。願大王急渡。今獨臣有船，漢軍至，無以渡。"項王笑曰："天之亡我，我何渡爲！且籍與江東子弟八千人渡江而西，今無一人還，縱江東父兄憐而王我，我何面目見之？縱彼不言，籍獨不愧於心乎？"乃謂亭長曰："吾知公長者。吾騎此馬五歲，所當無敵，嘗一日行千里，不忍殺之，以賜公。"乃令騎皆下馬步行，持短兵接戰。獨籍所殺漢軍數百人。項王身亦被十餘創。顧見漢騎司馬呂馬童，曰："若非吾故人乎？"馬童面之，指王翳曰："此項王也。"項王乃曰："吾聞漢購我頭千金，邑萬戶，吾爲若德。"乃自刎而死。……

○直夜：當夜。○灌嬰：劉邦部屬。少以販帛爲業，後從劉邦定天下，封潁陰侯。○陰陵：地名；在今安徽定遠西北。○紿：欺騙。○東城：地名。在今安徽定遠東南。○快戰：痛快地一戰。○赤泉侯：劉邦部屬楊喜。因破項羽有功，封赤泉侯。○辟易：倒退。○伏：通"服"。○烏江：今安徽和縣東北四十里長江岸之烏江浦。○亭長：鄉官。秦漢時十里一亭，設亭長一人。檥：停船靠岸。○騎司馬：騎兵將官名。呂馬童：劉邦部屬，後以功封中水侯。○面：通"偭"，背之也。○王翳：劉邦部屬，後以功封杜衍侯。

太史公曰：吾聞之周生曰："舜目蓋重瞳子。"又聞項羽亦重瞳子。羽豈其苗裔耶？何興之暴也！夫秦失其政，陳涉首難，豪傑蠭起，相與並爭，不可勝數。然羽非有尺寸，乘埶起隴畝之中，三年，遂將五諸侯滅秦，分裂天下，而封王侯，政由羽出，號爲"霸王"，位雖不終，近古以來未嘗有也。及羽背關懷楚，放逐義帝而自立，怨王侯叛己，難矣。自矜功伐，奮其私智而不師古，謂霸王之業，欲以力征經營天下，五年卒亡其國，身死東城，尚不覺寤而不自責，過矣。乃引"天亡我，非用兵之罪也"，豈不謬哉！

**中華書局點校本《史記》卷七**

○重瞳子：兩個眸子。○非有尺寸：沒有一點憑藉。○勢：通"勢"。○背關懷楚：放棄關中，懷念楚地，定都彭城。○功伐：功勳。○奮：逞也。○寤：通"悟"。

## 趙世家（節選）

【題解】《史記·太史公自序》："維驥騄耳，乃章造父。趙夙事獻，衰續厥緒。佐文尊王，卒爲晉輔。襄子困辱，乃禽智伯。主父生縛，餓死探爵。王遷辟淫，良將是斥。嘉鞅討周亂，作《趙世家》第十三。"李景星《四史評議·史記評議》："《趙世家》是一篇極奇肆文字，在諸世家中特爲出色。通篇如長江大河，一波未平，一波復起，令覽之者應接不暇，故不覺其長。……尤其妙者，在以四夢爲點綴，使前後骨節通靈。趙盾之夢，爲趙氏中衰、趙武復興伏案也；趙簡子之夢，爲滅中行氏、滅智伯等事伏案也；趙武靈王之夢，爲廢嫡立幼、以致禍亂伏案也；趙孝成王之夢，爲貪地受降、喪卒長平伏案也。以天造地設之事，爲埋針伏綫之筆，而演成神出鬼沒之文，那不令人拍案叫絕！"

趙氏之先，與秦共祖。至中衍，爲帝大戊御。其後世蜚廉有子二人，而命其一子曰惡來，事紂，爲周所殺，其後爲秦。惡來弟曰季勝，其後爲趙。季勝生孟增。孟增幸於周成王，是爲宅皋狼。皋狼生衡父，衡父生造父。造父幸於周繆王。造父取驥之乘匹，與桃林盜驪、驊騮、綠耳，獻之繆王。繆王使造父御，西巡狩，見西王母，樂之忘歸。而徐偃王反，繆王日馳千里馬，攻徐偃王，大破之。乃賜造父以趙城，由此爲趙氏。

○趙：趙氏。原爲晉卿。公元前403年烈侯趙籍始爲諸侯。公元前325年，武靈王趙雍始稱王。原建都晉陽（今山西太原西南），公元前386年趙敬侯遷都邯鄲（今河北）。國土有今山西中部、陝西東北角、河北西南部，最盛時領有今河北西部、山西北部、內蒙古自治區和寧夏回族自治區之間的河套地區。公元前222年爲秦所滅。○帝大戊：殷商第九位國君，在位期間，起用伊陟、巫咸等賢臣，較有政績，曾任命中衍擔任管理車馬之車正。○蜚廉：亦作飛廉。○宅皋狼：孟增居住皋狼，因以爲號。皋狼，地名，戰國時屬魏西河郡。在今山西離石西北。○周繆王：即周穆王。繆，通"穆"。○乘匹：即八駿。○桃林：地名，在今黃河及渭水南岸，河南靈寶至陝西渭南一帶。其地多良馬。盜驪、驊騮、綠耳：周穆王所乘八駿中之三駿。○西王母：神話人物。據《山海經·西山經》，其爲豹尾虎齒而善嘯的怪物。○徐偃王：相傳周穆王時期的徐國國君。嬴姓，亦稱徐子，"有地方五百里"。古徐國，在今江蘇泗洪南。○趙城：邑名。在今山西洪洞北趙城鎮。

自造父已下六世至奄父，曰公仲，周宣王時伐戎，爲御。及千畝戰，奄父脫宣王。奄父生叔帶。叔帶之時，周幽王無道，去周如晉，事晉文侯，始建趙氏于晉國。自叔帶以下，趙宗益興，五世而至趙夙。趙夙，晉獻公之十六年伐霍、魏、耿，而趙夙爲將伐霍。霍公求犇齊。晉大旱，卜之，曰："霍太山爲祟。"使趙夙召霍君於齊，復之，以奉霍太山之祀，晉復穰。晉獻公賜趙夙耿。夙生共孟，當魯閔公之元年也。共孟生趙衰，字子餘。

○戎：我國古代西南部民族的泛稱，這裏指西戎之別種姜氏之戎。○千畝：地名；在今山西介休市南。一說在今山西安澤東。○晉文侯：姬仇。公元前780年至前744年在位。○晉獻公：姬詭諸。公元前676年至前651年在位。霍：姬姓國。文王子叔處封地，在今山西霍州西南。魏：國名。在今山西芮城東北。耿：春秋時小國，在今山西河津市東南。○霍太山：即霍山，也稱太岳山，在今山西霍州東南。這裏指霍太山神。○魯閔公元年：公元前661年。

趙衰卜事晉獻公及諸公子，莫吉；卜事公子重耳，吉，即事重耳。重耳以驪姬之亂亡奔翟，趙衰從。翟伐廧咎如，得二女，翟以其少女妻重耳，長女妻趙衰而生盾。初，重耳在晉時，趙衰妻亦生趙同、趙括、趙嬰齊。

趙衰從重耳出亡，凡十九年，得反國，重耳爲晉文公。趙衰爲原大夫，居原，任國政。文公所以反國及霸，多趙衰計策，語在晉事中。趙衰既反晉，晉之妻固要迎翟妻，而以其子盾爲嫡嗣，晉妻三子皆下事之。晉襄公之六年，而趙衰卒，諡爲成季。

○"重耳以驪姬之亂亡奔翟"十三句：參見《晉公子重耳之亡》及注。○原：邑名。在今河南濟源西北。○晉事：指《史記·晉世家》。○"趙衰既反晉"四句：見《晉公子重耳之亡》及注。

趙盾代成季任國政二年而晉襄公卒，太子夷皋年少。盾爲國多難，欲立襄公弟雍。雍時在秦，使使迎之。太子母日夜啼泣，頓首謂趙盾曰："先君何罪？釋其嫡子而更求君？"趙盾患之，恐其宗與大夫襲誅之，迺遂立太子，是爲靈公，發兵距所迎襄公弟於秦者。靈公既立，趙盾益專國政。靈公立十四年，益驕。趙盾驟諫，靈公弗聽。及食熊蹯，胹不熟，殺宰人，持其尸出，趙盾見之。靈公由此懼，欲殺盾。盾素仁愛人，嘗所食桑下餓人反扞救盾，盾以得亡。未出境，而趙穿弒靈公而立襄公弟黑臀，是爲成公。趙盾復反，任國政。君子譏盾"爲正卿，亡不出境，反不討賊"，故太史書曰："趙盾弒其君。"晉景公時而趙盾卒，諡爲宣孟，子朔嗣。

○太子母：即穆嬴，秦國宗室女。○距：同"拒"。阻擋，抵禦。○熊蹯：即熊掌。其味甚美而甚難煮熟。○胹：煮。○宰人：主持掌管君主飲食膳饈之小臣。《晉世家》作"宰夫"。○桑下餓人反扞救盾：初，趙盾獵首山，見桑下有餓人，食之，後其人爲宰夫，知靈公伏甲兵欲殺趙盾，救之，並爲盾搏殺猛犬。詳見《史記·晉世家》。扞，通"捍"；保護，捍衛。○趙穿：趙盾之堂弟。黑臀：晉文公之小兒子。《國語·周語下》："且吾聞成公之生也，其母夢神規其臀以墨，使有晉國，故名之曰黑臀。"○正卿：春秋時各國諸侯所屬高級長官之通稱。○太史：官名。春秋時太史掌管起草文書、記載史事，兼管國家典籍、天文曆法、祭祀、卜筮等。這裏指晉太史董狐。○宣孟：當作"宣子"。見《史記志疑》卷二三。

趙朔，晉景公之三年，朔爲晉將下軍救鄭，與楚莊王戰河上。朔娶晉成公姊爲夫人。晉景公之三年，大夫屠岸賈欲誅趙氏。初，趙盾在時，夢見叔帶持要而哭，甚悲；已而笑，拊手且歌。盾卜之，兆絕而後好。趙史援占之，曰：“此夢甚惡，非君之身，乃君之子，然亦君之咎。至孫，趙將世益衰。”屠岸賈者，始有寵於靈公，及至於景公而賈爲司寇，將作難，乃治靈公之賊以致趙盾，遍告諸將曰：“盾雖不知，猶爲賊首。以臣弑君，子孫在朝，何以懲辠？請誅之。”韓厥曰：“靈公遇賊，趙盾在外，吾先君以爲無罪，故不誅。今諸君將誅其後，是非先君之意而今妄誅。妄誅謂之亂。臣有大事而君不聞，是無君也。”屠岸賈不聽。韓厥告趙朔趣亡。朔不肯，曰：“子必不絕趙祀，朔死不恨。”韓厥許諾，稱疾不出。賈不請而擅與諸將攻趙氏於下宮，殺趙朔、趙同、趙括、趙嬰齊，皆滅其族。

　　○晉景公之三年：公元前597年。○下軍：三軍之一。春秋時各大國皆置三軍，通稱上軍、中軍、下軍。○河上：河畔。此處指今鄭州西北、滎陽東北之黃河沿岸。○“晉景公之三年”二句：《史記·晉世家》載此事於景公十七年（前583），考之《左傳》，十七年爲是。司馬遷所寫“下宮之難”，與史料不合，當是爲追求生動性而依據傳說而爲。○屠岸賈：姓屠岸，名賈。據《左傳·成公三年》，趙朔之妻趙莊姬與趙嬰私通，趙同、趙括放逐嬰於齊。莊姬爲趙嬰之亡故，譖之於晉侯，稱同、括將爲亂，晉侯遂討同、括。○要：同“腰”。○史援：史官名援者。○世：父子相繼爲一世。○司寇：官名。西周始置。春秋諸國有司寇，主管刑獄，爲六卿之一。○韓厥：即韓獻子。時爲晉六卿之一。○先君：指晉襄公。○趣亡：趕快逃跑。○下宮：後宮。○趙同、趙括、趙嬰齊：皆趙朔之同宗。然據《左傳·成公六年》，趙同、趙括於晉景公十五年尚在。

　　趙朔妻成公姊，有遺腹，走公宮匿。趙朔客曰公孫杵臼，杵臼謂朔友人程嬰曰：“胡不死？”程嬰曰：“朔之婦有遺腹，若幸而男，吾奉之；即女也，吾徐死耳。”居無何，而朔婦免身，生男。屠岸賈聞之，索於宮中。

夫人置兒絝中，祝曰："趙宗滅乎，若號；即不滅，若無聲。"及索，兒竟無聲。已脫，程嬰謂公孫杵臼曰："今一索不得，後必且復索之，奈何？"公孫杵臼曰："立孤與死孰難？"程嬰曰："死易，立孤難耳。"公孫杵臼曰："趙氏先君遇子厚，子彊爲其難者，吾爲其易者，請先死。"乃二人謀取他人嬰兒負之，衣以文葆，匿山中。程嬰出，謬謂諸將軍曰："嬰不肖，不能立趙孤。誰能與我千金，吾告趙氏孤處。"諸將皆喜，許之，發師隨程嬰攻公孫杵臼。杵臼謬曰："小人哉程嬰！昔下宮之難不能死，與我謀匿趙氏孤兒，今又賣我。縱不能立，而忍賣之乎！"抱兒呼曰："天乎天乎！趙氏孤兒何罪？請活之，獨殺杵臼可也。"諸將不許，遂殺杵臼與孤兒。諸將以爲趙氏孤兒良已死，皆喜。然趙氏真孤乃反在，程嬰卒與俱匿山中。

○遺腹：婦人於丈夫死前懷孕而未生之子。然《左傳》稱"下宮之難"時，"武從姬氏畜於公宮"，《史記·晉世家》則稱武爲"庶子"，而成公之姊不可能爲趙朔之妾，則趙武非趙朔正妻之子，亦非"遺腹"，明矣。

居十五年，晉景公疾，卜之，大業之後不遂者爲祟。景公問韓厥，厥知趙孤在，乃曰："大業之後在晉絕祀者，其趙氏乎？夫自中衍者皆嬴姓也。中衍人面鳥噣，降佐殷帝大戊，及周天子，皆有明德。下及幽厲無道，而叔帶去周適晉，事先君文侯，至于成公，世有立功，未嘗絕祀。今吾君獨滅趙宗，國人哀之，故見龜策。唯君圖之。"景公問："趙尚有後子孫乎？"韓厥具以實告。於是景公乃與韓厥謀立趙孤兒，召而匿之宮中。諸將入問疾，景公因韓厥之衆以脅諸將而見趙孤。趙孤名曰武。諸將不得已，乃曰："昔下宮之難，屠岸賈爲之，矯以君命，并命羣臣。非然，孰敢作難！微君之疾，羣臣固且請立趙後。今君有命，羣臣之願也。"於是召趙武、程嬰遍拜諸將，遂反與程嬰、趙武攻屠岸賈，滅其族。復與趙武田邑如故。

○大業：即趙氏之祖先皋陶。不遂：不能順利地成長。此處指絕後。○噣：通"咮"，鳥嘴。趙氏祖先以鳥爲圖騰，所以說人面鳥噣。

及趙武冠，爲成人，程嬰乃辭諸大夫，謂趙武曰："昔下宮之難，皆能死。我非不能死，我思立趙氏之後。今趙武既立，爲成人，復故位，我將下報趙宣孟與公孫杵臼。"趙武啼泣頓首固請，曰："武願苦筋骨以報子至死，而子忍去我死乎！"程嬰曰："不可！彼以我爲能成事，故先我死；今我不報，是以我事爲不成。"遂自殺。趙武服齊衰三年，爲之祭邑，春秋祠之，世世勿絕。……

〇冠：行成人禮。〇齊衰：喪服之一種。熟麻布爲之，下邊縫齊。〇祭邑：供給祭祀用費之封邑。

趙簡子疾，五日不知人，大夫皆懼。醫扁鵲視之，出，董安于問。扁鵲曰："血脈治也，而何怪！在昔秦繆公嘗如此，七日而寤。寤之日，告公孫支與子輿曰：'我之帝所甚樂。吾所以久者，適有學也。帝告我：晉國將大亂，五世不安；其後將霸，未老而死；霸者之子且令而國男女無別。'公孫支書而藏之，秦讖於是出矣。獻公之亂，文公之霸，而襄公敗秦師於殽而歸縱淫，此子之所聞。今主君之疾與之同，不出三日疾必閒，閒必有言也。"

〇趙簡子：名鞅，趙武之孫。〇不知人：不省人事。〇扁鵲：春秋戰國之際名醫。姓秦，名越人。〇董安于：趙簡子家臣。〇血脈治：血脈正常。〇秦繆公：即秦穆公。〇公孫支與子輿：皆春秋時秦國大夫。學：通"斅"，接受教導。〇五世不安：指晉獻公、奚齊、悼子、惠公和懷公五世，國內都不安定。〇未老而死：晉文公稱霸未久即死。文公出奔在外十九年，由秦護送回國後在位僅九年，故曰"未老而死"。老，久。〇男女無別：男女不相離別，指晉襄公聽夫人之言而釋放戰俘回秦國之事。事見《秦晉殽之戰》。〇讖於是出：指公孫支寫在秦國簡策上之讖語，後來在晉國應驗了。〇獻公之亂：晉獻公寵愛驪姬，逼嫡子申生自殺，重耳、夷吾出奔。事見《晉公子重耳之亡》。〇主君：古之國君、卿、大夫，均可稱主君。此處是對趙簡子之敬稱。〇閒：病癒。

居二日半，簡子寤。語大夫曰："我之帝所甚樂，與百神游於鈞天，廣樂九奏萬舞，不類三代之樂，其聲動人心。有一熊欲來援我，帝命我射之，中熊，熊死。又有一羆來，我又射之，中羆，羆死。帝甚喜，賜我二笥，皆有副。吾見兒在帝側，帝屬我一翟犬，曰：'及而子之壯也，以賜之。'帝告我：'晉國且世衰，七世而亡，嬴姓將大敗周人於范魁之西，而亦不能有也。今余思虞舜之勳，適余將以其胄女孟姚配而七世之孫。'"董安于受言而書藏之。以扁鵲言告簡子，簡子賜扁鵲田四萬畝。

○鈞天：天之中央。○廣樂：多種樂器合奏之音樂。九奏：多番演奏。古代奏樂，九次纔終結，稱爲九成。萬舞：用於宗廟祭祀之舞，兼有文舞與武舞。○不類：不像。○"有一熊欲來援我"八句：謂晉國將有大難，上帝命簡子滅二卿，熊與羆即二卿之祖先。《史記正義》："二卿，即范氏與中行氏。"援，抓也。○笥：盛東西之方形竹器。副：即備用之笥。○兒：小孩。指趙襄子。○翟犬：代國之祖先。翟，通"狄"。○七世：七代。指晉定公、出公、哀公、幽公、烈公、孝公、靜公。靜公二年（前376），趙、魏、韓三家分晉，晉國滅亡。○嬴姓：指趙氏，趙氏的祖先姓嬴。周人：指衛人。衛侯祖先康叔是周武王之同母弟。范魁：地名；戰國時曾爲衛國所轄，後屬齊國。在今河南范縣境內。○胄女：虞舜後代之女。古稱帝王之後裔爲胄。孟姚：吳廣之女。相傳吳姓即虞舜之後。七世孫：即武靈王。自簡子至武靈王共歷十世。"七"當爲"十"。

他日，簡子出，有人當道，辟之不去，從者怒，將刃之。當道者曰："吾欲有謁於主君。"從者以聞。簡子召之，曰："譆，吾有所見子晣也。"當道者曰："屏左右，願有謁。"簡子屏人。當道者曰："主君之疾，臣在帝側。"簡子曰："然，有之。子之見我，我何爲？"當道者曰："帝令主君射熊與羆，皆死。"簡子曰："是，且何也？"當道者曰："晉國且有大難，主君首之。帝令主君滅二卿，夫熊與羆皆其祖也。"簡子曰："帝賜我二笥皆有副，何也？"當道者曰："主君之子將克二國於翟，皆子姓也。"簡子曰："吾見兒在帝側，帝屬我一翟犬，曰：'及而子之長以賜之。'夫兒何謂以賜翟犬？"當道者曰："兒，主君之子也。翟犬者，代之先也。主君之子且必有代。及主君之後嗣，且有革政而胡服，并二國於翟。"簡子問其姓而延之以官。當道者曰："臣野人，致帝命耳。"遂不見。簡子書藏之府。

〇當道：站在路中間擋道。〇辟：屏除，驅逐。〇刃：用刀殺。〇子晰："當道者"之名字。〇首之：首當其衝。〇二卿：指晉國之范昭子和中行文子。〇二國：指趙襄子所滅之代國及智伯領地。〇代：戰國時國名。在今河北蔚縣東北。代屬北狄，所以說翟犬爲其祖先。〇革政：改革政令。胡服：穿胡人之短裝。〇二國：指後文所說之"中山"和"胡地"。〇府：盟府的省稱。時趙雖未稱國，早已凌駕於公室之上，所有建置皆比於諸侯。

異日，姑布子卿見簡子，簡子遍召諸子相之。子卿曰："無爲將軍者。"簡子曰："趙氏其滅乎？"子卿曰："吾嘗見一子於路，殆君之子也。"簡子召子毋卹。毋卹至，則子卿起曰："此真將軍矣！"簡子曰："此其母賤，翟婢也，奚道貴哉？"子卿曰："天所授，雖賤必貴。"自是之後，簡子盡召諸子與語，毋卹最賢。簡子乃告諸子曰："吾藏寶符於常山上，先得者賞。"諸子馳之常山上，求，無所得。毋卹還，曰："已得符矣。"簡子曰："奏之。"毋卹曰："從常山上臨代，代可取也。"簡子於是知毋卹果賢，乃廢太子伯魯，而以毋卹爲太子。……

〇姑布子卿：姓姑布，名子卿。鄭國人，相術很高明。〇無爲將軍者：晉置上、中、下三軍，後又置新軍，稱四軍。四軍主帥皆由正卿擔任。這裏說"無爲將軍者"，指沒有能勝任正卿之人。〇毋卹：簡子之庶子，即以後之趙襄子。〇寶符：代表天命之符節。常山：本名恒山，後因避漢文帝劉恒之諱而改名常山，在今河北曲陽西北。

十六年，秦惠王卒。王游大陵。他日，王夢見處女鼓琴而歌詩曰："美人熒熒兮，顏若苕之榮。命乎命乎，曾無我嬴！"異日，王飲酒樂，數言所夢，想見其狀。吳廣聞之，因夫人而內其女娃嬴。孟姚也。孟姚有寵於王，

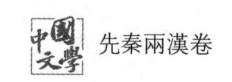

是爲惠后。……

　　○王游大陵：王，即趙武靈王，名雍。○熒熒：光彩動人貌。○苕：草名。又名凌霄，紫葳。夏秋開花，大而鮮豔，呈橙紅色。榮：鮮豔。○吳廣：趙人，相傳爲虞舜之後。○孟姚：娃嬴之字。

　　二十七年五月戊申，大朝於東宮，傳國，立王子何以爲王。王廟見禮畢，出臨朝。大夫悉爲臣，肥義爲相國，并傅王。是爲惠文王。惠文王，惠后吳娃子也。武靈王自號爲主父。主父欲令子主治國，而身胡服將士大夫西北略胡地，而欲從雲中、九原直南襲秦，於是詐自爲使者入秦。秦昭王不知，已而怪其狀甚偉，非人臣之度，使人逐之，而主父馳已脫關矣。審問之，乃主父也。秦人大驚。主父所以入秦者，欲自略地形，因觀秦王之爲人也。……三年，滅中山，遷其王於膚施。起靈壽，北地方從，代道大通。還歸，行賞，大赦，置酒酺五日，封長子章爲代安陽君。章素侈，心不服其弟所立。主父又使田不禮相章也。

　　○東宮：太子所居之宮。○廟見：在太廟參拜祖先。○肥義：趙之老臣。○膚施：地名；今陝西榆林市南。○靈壽：宮名。在今河北靈壽縣西北。一說爲趙武靈王預先自築之墳墓。○大通：暢通無阻。中山國插在趙國與代地之間，常常從中阻塞，所以滅亡中山後，代道大通。○酺五日：聚會飲酒五天。酺，聚飲，特指命令許可之大聚飲。

　　李兌謂肥義曰："公子章彊壯而志驕，黨衆而欲大，殆有私乎？田不禮之爲人也，忍殺而驕。二人相得，必有謀陰賊起，一出身僥倖。夫小人有欲，輕慮淺謀，徒見其利而不顧其害，同類相推，俱入禍門。以吾觀之，必不久矣。子任重而勢大，亂之所始，禍之所集也，子必先患。仁者愛萬物而智者備禍於未形，不仁不智，何以爲國？子奚不稱疾毋出，傳政於公子成？毋爲怨府，毋爲禍梯。"肥義曰："不可。昔者主父以王屬義也，曰：'毋變而度，毋異而慮，堅守一心，以殁而世。'義再拜受命而籍之。今畏不禮之難而忘吾籍，變孰大焉？進受嚴命，退而不全，負孰甚焉？變負之臣，不容於刑。諺曰：'死者復生，生者不愧。'吾言已在前矣，吾欲全吾言，安得全吾身！且夫貞臣也難至而節見，忠臣也累至而行明。子則有賜而忠我矣，雖然，吾有語在前者也，終不敢失。"李兌曰："諾，子勉之矣！吾見子已今年耳。"涕泣而出。李兌數見公子成，以備田不禮之事。異日，肥義謂信期曰："公子與田不禮甚可憂也。其於義也聲善而實惡，此爲人也不子不臣。吾聞之也，姦臣在朝，國之殘也；讒臣在中，主之蠹也。此人貪而欲大，內得主而外爲暴。矯令爲慢，以擅一旦之命，不難爲也，禍且逮國。今吾憂之，夜而忘寐，飢而忘食。盜賊出入不可不備。自今以來，若有召王者必見吾面，我將先以身當之，無故而王乃入。"信期曰："善哉，吾得聞此也！"

○李兌：趙臣。○忍殺：殘忍好殺。○出身：登高位掌權。○輕慮：不慎重考慮。淺謀：不周密謀劃。○怨府：怨恨集中之處。○禍梯：猶禍階，謂禍患之傳導者。○籍：記錄。○累：憂患，危難。○信期：即下文之高信。○其於義：義，通"儀"，表面。聲善：口頭說得好。○矯令：假托主上之命令。慢：輕慢。這裏是指輕慢之行爲，即作亂。○一旦之命：突然的命令。指公子章突然殺害惠文王登位。○不難爲：不怕做，敢於做得出來。○無故：沒事，平安無事。

四年，朝羣臣，安陽君亦來朝。主父令王聽朝，而自從旁觀窺羣臣宗室之禮。見其長子章儻然也，反北面爲臣，詘於其弟，心憐之，於是乃欲分趙而王章於代，計未決而輟。主父及王游沙丘，異宮，公子章即以其徒與田不禮作亂，詐以主父令召王。肥義先入，殺之。高信即與王戰。公子成與李兌自國至，乃起四邑之兵入距難，殺公子章及田不禮，滅其黨賊而定王室。公子成爲相，號安平君，李兌爲司寇。公子章之敗，往走主父，主父開之，成、兌因圍主父宮。公子章死，公子成、李兌謀曰："以章故圍主父，即解兵，吾屬夷矣。"乃遂圍主父。令宮中人"後出者夷"，宮中人悉出。主父欲出不得，又不得食，探爵鷇而食之，三月餘而餓死沙丘宮。

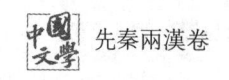

主父定死，乃發喪赴諸侯。……

　　○儽然：垂頭喪氣的樣子。○詘：通"屈"，屈服。○沙丘：地名；在今河北廣宗西北。○異宮：分別住在不同的行宮裏。○國：國都。時趙都邯鄲。○距：同"拒"，抵抗。○開之：開宮門接納。○解兵：解除軍隊之包圍。○夷：滅族。○爵鷇：剛生下來之小鳥。爵，古"雀"字。○定死：確實已死。○赴諸侯：向各國諸侯報喪。赴。通"訃"。

　　四年，王夢衣偏裻之衣，乘飛龍上天，不至而墜，見金玉之積如山。明日，王召筮史敢占之，曰："夢衣偏裻之衣者，殘也。乘飛龍上天不至而墜者，有氣而無實也。見金玉之積如山者，憂也。"後三日，韓氏上黨守馮亭使者至，曰："韓不能守上黨，入之於秦。其吏民皆安爲趙，不欲爲秦。有城市邑十七，願再拜入之趙，財王所以賜吏民。"王大喜，召平陽君豹告之曰："馮亭入城市邑十七，受之何如？"對曰："聖人甚禍無故之利。"王曰："人懷吾德，何謂無故乎？"對曰："夫秦蠶食韓氏地，中絕不令相通，固自以爲坐而受上黨之地也。韓氏所以不入於秦者，欲嫁其禍於趙也。秦服其勞而趙受其利，雖彊大不能得之於小弱，小弱顧能得之於彊大乎？豈可謂非無故之利哉！且夫秦以牛田之水通糧蠶食，上乘倍戰者，裂上國之地，其政行，不可與爲難，必勿受也。"王曰："今發百萬之軍而攻，踰年歷歲未得一城也。今以城市邑十七幣吾國，此大利也。"

　　○四年：趙孝成王四年，即公元前262年。○王夢衣偏裻之衣：王：趙孝成王，名丹，惠文王之子。偏裻：即偏衣，左右各一色合成之衣服。裻，衣背縫。○筮史：以蓍草占卜吉凶的史官。敢：筮史之名。○氣：氣勢。○韓氏：指韓國。馮亭：原爲韓國上黨郡守，因秦之進攻威逼，以上黨郡歸趙，趙封爲華陽君。○城市邑：指大都邑。十七：《戰國策·趙策一》作"七十"。○財王：即王財，請王裁決。財，通"裁"。○平陽君豹：趙豹。○中絕：從中隔斷。趙孝成王四年，秦攻取韓之野王（今河南沁陽），切斷上黨通韓都新鄭之通道。○牛田：秦地名，近上黨。○上乘：

上等好馬。倍戰：奮力作戰。倍戰者，指精銳之士卒。〇上國：春秋時稱中原諸侯國爲上國，這裏指韓國。〇幣：本指用作禮物之玉、馬、皮、帛等。這裏意爲作禮物獻納。

趙豹出，王召平原君與趙禹而告之。對曰："發百萬之軍而攻，踰歲未得一城，今坐受城市邑十七，此大利，不可失也。"王曰："善。"乃令趙勝受地，告馮亭曰："敝國使者臣勝，敝國君使勝致命，以萬戶都三封太守，千戶都三封縣令，皆世世爲侯，吏民皆益爵三級，吏民能相安，皆賜之六金。"馮亭垂涕不見使者，曰："吾不處三不義也：爲主守地，不能死固，不義一矣；入之秦，不聽主令，不義二矣；賣主地而食之，不義三矣。"趙遂發兵取上黨。廉頗將軍軍長平。七月，廉頗免而趙括代將。秦人圍趙括，趙括以軍降，卒四十餘萬皆阬之。王悔不聽趙豹之計，故有長平之禍焉。

**中華書局標點本《史記》卷四三**

〇平原君：即趙勝。趙武靈王之子，趙惠文王同母弟。惠文王晚年和孝成王時爲相，和魏信陵君、齊孟嘗君、楚春申君同稱戰國四公子。趙禹：趙宗室大臣。〇萬戶都三：有萬戶之都邑三個。太守：指馮亭。〇益爵：晉升爵位。〇六金：六斤黃金。〇死固：死於堅守。〇長平：趙邑名；在今山西高平市西北。〇七月：趙孝成王六年（前260）七月。〇趙括：趙將。馬服君趙奢之兒子。〇趙括以軍降：此處有誤。趙括乃親自率軍搏戰被秦軍所射殺。〇阬：同"坑"，活埋。

## 伯夷叔齊列傳

【題解】《史記·太史公自序》："末世爭利，維彼奔義；讓國餓死，天下稱之。作《伯夷叔齊列傳》第一。"司馬貞《史記索隱》："列傳者，謂敘列人臣事迹，令可傳於後世，故曰列傳。"劉知幾《史通》卷八："又子長著《史記》也，馳騖窮古今，上下數千載。至如皋陶、伊尹、傅說、仲山甫之流，並列經誥，名存子史，功烈尤顯，事迹居多。盍各采而編之，以爲列傳之始，而斷以夷、齊居首，何齟齬之甚乎？"湯諧《史記半解》："《本紀》、《世家》所載，多帝王將相，而古今人物，不論窮通壽夭，皆不可使之湮沒無傳。此列傳之作，尤所以紹法孔子，而表章仁賢也。緣此爲傳之首篇，故特於此發凡。"唐順之《精選批點史記》卷一〇："此傳如蛟龍，不可捉捕。又曰勢極曲折，詞極工致，若斷若續，超玄入妙。"

夫學者載籍極博，猶考信於六藝。《詩》、《書》雖缺，然虞夏之文可知也。堯將遜位，讓於虞舜，舜、禹之間，岳牧咸薦，乃試之於位，典職數十年，功用既興，然後授政。示天下重器，王者大統，傳天下若斯之難也。而說者曰：堯讓天下於許由，許由不受，恥之，逃隱；及夏之時，有卞隨、務光者。此何以稱焉？太史公曰：余登箕山，其上蓋有許由塚云。孔子序列古之仁聖賢人，如吳太伯、伯夷之倫詳矣。余以所聞由、光義至高，其文辭不少概見，何哉？

孔子曰："伯夷、叔齊，不念舊惡，怨是用希。""求仁得仁，又何怨乎？"余悲伯夷之意，睹軼詩可異焉。其傳曰：

伯夷、叔齊，孤竹君之二子也。父欲立叔齊，及父卒，叔齊讓伯夷。伯夷曰："父命也。"遂逃去。叔齊亦不肯立而逃之。國人立其中子。於是伯夷、叔齊聞西伯昌善養老，盍往歸焉。及至，西伯卒，武王載木主，號爲文王，東伐紂。伯夷、叔齊叩馬而諫曰："父死不葬，爰及干戈，可謂孝乎？以臣弒君，可謂仁乎？"左右欲兵之。太公曰："此義人也。"扶而去之。武王已平殷亂，天下宗周，而伯夷、叔齊恥之，義不食周粟，隱於首陽山，采薇而食之。及餓且死，作歌。其辭曰："登彼西山兮，采其薇矣。以暴易暴兮，不知其非矣。神農、虞、夏忽焉沒兮，我安適歸矣？于嗟徂兮，命之衰矣！"遂餓死於首陽山。

由此觀之，怨邪非邪？

○考信於六藝：以六藝（《書》、《禮》、《樂》、《詩》、《易》、《春秋》）爲判斷道德是非之依據。《禮記·禮運》："以著其義，以考其信。"《太史公自序》："夫《春秋》，上明三王之道，下辨人事之紀，別嫌疑，明是非，定猶豫，善善惡惡，賢賢賤不肖，存亡國，繼絶世，補敝起廢，王道之大者也。《易》著天地陰陽四時五行，故長於變；《禮》經紀人倫，故長於行；《書》記先王之事，故長於政；《詩》記山川溪谷禽獸草木牝牡雌雄，故長於風；《樂》樂所以立，故長於和；《春秋》辯是非，故長於治人。是故《禮》以節人，《樂》以發和，《書》以道事，《詩》以達意，《易》以道化，《春秋》以道義。"○虞夏之文：指《尚書》之《堯典》、《舜典》、《大禹謨》，其中詳細記載了虞、夏禪讓之事。○岳牧：古史傳説中之四岳（堯舜時四方部落之首領）和九州牧之合稱。○典職：任職。○"堯讓天下於許由"四句：傳説堯欲讓帝位於許由，許由不受，逃至潁水之陽、箕山（在今河南登封南）之下；後堯欲召之爲九州長，許由聽而惡之，至潁水之濱洗耳。事見《莊子·逍遙遊》及《外物》、《讓王》篇。○"及夏之時"二句：傳説商湯欲攻夏桀，先後找卞隨、務光商量，二人均推托不知；後商湯擊敗夏桀，欲讓帝位於二人，二人拒之，皆投水而死。事見《莊子·讓王》。○"伯夷、叔齊"三句：語出《論語·公冶長》。○"求仁得仁"二句：語出《論語·述而》。○軼詩：即下文之《采薇歌》。軼，通"佚"。○孤竹：古國名。相傳爲商湯所封，故地在今河北盧龍東南。○中子：次子。中，通"仲"。○西伯昌：周文王姬昌。商末，其爲西方諸侯之長，故稱西伯昌。○木主：姬昌之靈牌。○叩馬：勒住馬。叩，通"扣"。○太公：姜尚。武王之輔佐。因功封於齊。事見《史記·齊太公世家》。○首陽山：山名。在今山西永濟南。另有在隴西、遼西等諸説。○神農：傳説中三皇之一。○于嗟：歎詞。徂，通"殂"，死也。

或曰："天道無親，常與善人。"若伯夷、叔齊，可謂善人者非邪？積仁絜行如此而餓死！且七十子之徒，仲尼獨薦顔淵爲好學。然回也屢空，糟糠不厭，而卒蚤夭。天之報施善人，其何如哉？盜蹠日殺不辜，肝人之肉，暴戾恣睢，聚黨數千人橫行天下，竟以壽終。是遵何德哉？此其尤大彰明較著者也。若至近世，操行不軌，專犯忌諱，而終身逸樂，富厚累世不絕。或擇地而蹈之，時然後出言，行不由徑，非公正不發憤，而遇禍災者，不可勝數也。余甚惑焉，儻所謂天道，是邪非邪？

子曰："道不同，不相爲謀。"亦各從其志也。故曰："富貴如可求，雖執鞭之士，吾亦爲之。如不可求，從吾所好。""歲寒，然後知松柏之後凋。"舉世混濁，清士乃見。豈以其重若彼，其輕若此哉？

"君子疾沒世而名不稱焉。"賈子曰："貪夫徇財，烈士徇名，誇者死權，衆庶馮生。""同明相照，同類相求。雲從龍，風從虎，聖人作而萬物睹。"伯夷、叔齊雖賢，得夫子而名益彰。顏淵雖篤學，附驥尾而行益顯。巖穴之士，趣舍有時；若此類名堙滅而不稱，悲夫！閭巷之人，欲砥行立名者，非附青雲之士，惡能施于後世哉？

**中華書局標點本《史記》卷六一**

○"天道無親"二句：語出《老子·七十九章》。○絜行：品行高潔。絜，通"潔"。○七十子：孔子弟子三千，通"六藝"者七十二人。參見《史記·孔子世家》。七十，舉其成數。○顏淵：即顏回，孔子弟子。字子淵，魯人。《論語·雍也》："哀公問：'弟子孰爲好學？'孔子對曰：'有顏回者好學，不遷怒，不貳過。不幸短命死矣。今也則亡，未聞好學者也。'"○盜蹠：通作"盜跖"。相傳爲春秋末期魯國人，爲橫行一時之大盜。肝：用爲動詞，把人肉當作動物肝臟來食用。事見《莊子·盜跖》。當爲寓言，並非有其事。○徑：小路。○"余甚惑焉"三句：清王治皞《史記權參》卷三中《伯夷列傳》："太史公特借文章激蕩以喚醒人心，豈真有所惑哉？"方苞如《集虛齋學古文》卷一《伯夷列傳解》："'是邪非邪'以上，皆太史公設爲或人難端，所謂'余'者，代或人自余云爾，其下則太史公之折之也。"○"道不同"二句：語出《論語·衛靈公》。○"富貴如可求"五句：語出《論語·述而》。"富貴如可求"，原文爲"富而可求也"。執鞭之士，泛指擔任卑賤職務者。古代執鞭之士，或爲趕車者，或爲帝王諸侯出行時之清道夫，或爲維持市場秩序者。○"歲寒"二句：語出《論語·子罕》。○見：通"現"，顯露。○"豈以其重若彼"二句：張守節《史記正義》："重謂盜跖等也。輕謂夷、齊、由、光等也。"意謂：清士以"從其志"爲宗旨，豈能因盜跖等人之"重"、伯夷等人之"輕"而改初衷？○"君子疾沒世而名不稱焉"：語出《論語·衛靈公》。○賈子：漢代學者賈誼。○"貪夫徇財"四句：語出賈誼《鵬鳥賦》。徇，通"殉"。烈士，立志建立功業者。誇者，貪權勢而誇耀者。死權，爲權勢而死。衆庶，民衆。馮，通"憑"，依靠。○"同明相照"五句：《易經·乾卦·文言》："子曰：同聲相應，同氣相求；水流濕，火就燥；雲從龍，風從虎；聖人作而萬物睹。"言其各從其類也。○附驥尾：司馬貞《史記索隱》："蒼蠅附驥尾而致千里，以譬顏回因孔子而名彰也。"○趣：通"趨"，進取。舍：隱退。○砥：本指磨刀石。此處爲磨煉之意。○青雲之士：德高望重者。○惡：何也。施：留傳。

## 魏公子列傳

【題解】《史記·太史公自序》："能以富貴下貧賤，賢能詘於不肖，唯信陵君爲能行之。作《魏公子列傳》第十七。"李晚芳《讀史管見》卷二《信陵君列傳》："戰國四君，皆以好士稱，惟信陵之好，出自中心。觀其下交巖穴，深得孟氏不挾之者，蓋其質本仁厚，性復聰慧。聰慧則能知人用人，仁厚則待賢，自有一段惓慕不盡之真意，非勉強矯飾者可比，此賢士所以樂爲用也。餘三君，孟嘗但營私耳，平原徒豪舉也，黃歇愈不足道，類皆好士以自爲，而信陵則好士以爲國也。"陳衍《史漢文學研究法》："《史記》敘事曲折甚多而不覺其瑣碎者，無如《信陵君列傳》。以所叙事，雖時時間以瑣碎委曲者，而皆關係趙魏兩國安危存亡，筆力實足以舉之故也。"

魏公子無忌者，魏昭王少子而魏安釐王異母弟也。昭王薨，安釐王即位，封公子爲信陵君。是時范雎亡魏相秦，以怨魏齊故，秦兵圍大梁，破魏華陽下軍，走芒卯。魏王及公子患之。公子爲人仁而下士，士無賢不肖皆謙而禮交之，不敢以其富貴驕士。士以此方數千里爭往歸之，致食客三千人。當是時，諸侯以公子賢，多客，不敢加兵謀魏十餘年。

公子與魏王博，而北境傳舉烽，言："趙寇至，且入界。"魏王釋博，欲召大臣謀。公子止王曰："趙王田獵耳，非爲寇也。"復博如故。王恐，心不在博。居頃，復從北方來傳言曰："趙王獵耳，非爲寇也。"魏王大驚，曰："公子何以知之？"公子曰："臣之客有能深得趙王陰事者，趙王所爲，客輒以報臣，臣以此知之。"是後魏王畏公子之賢能，不敢任公子以國政。

○魏昭王：名遫（古"速"字），公元前295年至前277年在位。魏安釐王：名圉，公元前276年至前243年在位。○信陵：魏國郡名。故地在今河南寧陵北。○范雎：字叔，魏國人。因受人誣害，幾乎被魏相魏齊打死；後逃到秦國，改名張祿，得到秦昭王信任，爲相。事見《史記·范雎蔡澤列傳》。○大梁：魏都。故地在今河南開封西北。據《史記·六國年表》及《魏世家》，"秦兵圍大梁"事在公元前275年。○華陽下軍：駐紮在華陽（在今河南新鄭東南）之魏軍。據《史記·白起王翦列傳》，秦"破魏華陽下軍"事在公元前273年。○芒卯：魏將。據《史記·魏世家》，芒卯敗走在公元前273年，當時秦相是魏冉，而范雎任秦相在秦昭王四十二年（前265），前後相距八年。而此處說范雎"以怨魏齊故"而興兵，記載有誤。○博：通"簙"，古代的一種棋類游戲。○舉烽：發警報。古人於邊境上設烽火臺，敵人入侵，即點燃狼煙爲號。○深：或作"探"。陰事：隱秘之事。

魏有隱士曰侯嬴，年七十，家貧，爲大梁夷門監者。公子聞之，往請，欲厚遺之。不肯受,曰:"臣修身絜行數十年,終不以監門困故而受公子財。"公子於是乃置酒大會賓客。坐定,公子從車騎,虛左,自迎夷門侯生。侯生攝敝衣冠,直上載公子上坐,不讓,欲以觀公子。公子執轡愈恭。侯生又謂公子曰:"臣有客在市屠中,願枉車騎過之。"公子引車入市,侯生下見其客朱亥,俾倪,故久立與其客語,微察公子。公子顏色愈和。當是時,魏將相宗室賓客滿堂,待公子舉酒。市人皆觀公子執轡。從騎皆竊罵侯生。侯生視公子色終不變,乃謝客就車。至家,公子引侯生坐上坐,遍贊賓客,賓客皆驚。酒酣,公子起,爲壽侯生前。侯生因謂公子曰:"今日嬴之爲公子亦足矣。嬴乃夷門抱關者也,而公子親枉車騎,自迎嬴於衆人廣坐之中,不宜有所過,今公子故過之。然嬴欲就公子之名,故久立公子車騎市中,過客以觀公子,公子愈恭。市人皆以嬴爲小人,而以公子爲長者能下士也。"於是罷酒,侯生遂爲上客。

侯生謂公子曰:"臣所過屠者朱亥,此子賢者,世莫能知,故隱屠間耳。"公子往數請之,朱亥故不復謝,公子怪之。

○夷門:大梁城之東門。監者:看守城門之小吏。○絜行:行爲清慎不苟。絜,通"潔"。○從車騎:使車騎相從。○虛左:古代乘車以左面座位爲尊,故魏公子空之以給侯嬴。○載:處也。○屠:屠宰牲畜之處。○俾倪:通"睥睨",斜視。微察:暗中觀測。○遍贊賓客:向侯生逐一介紹賓客。贊,引見。○復謝:回拜。

魏安釐王二十年,秦昭王已破趙長平軍,又進兵圍邯鄲。公子姊爲趙惠文王弟平原君夫人,數遺魏王及公子書,請救於魏。魏王使將軍晉鄙將十萬衆救趙。秦王使使者告魏王曰:"吾攻趙旦暮且下,而諸侯敢救者,已拔趙,必移兵先擊之。"魏王恐,使人止晉鄙,留軍壁鄴,名爲救趙,實持兩端以觀望。平原君使者冠蓋相屬於魏,讓魏公子曰:"勝所以自附爲婚姻者,以公子之高義,爲能急人之困。今邯鄲旦暮降秦而魏救不至,安在公子能急人之困也!且公子縱輕勝,棄之降秦,獨不憐公子姊邪?"公子患之，數請魏王，及賓客辯士說王萬端。魏王畏秦，終不聽公子。公子自度終不能得之於王，計不獨生而令趙亡，乃請賓客，約車騎百餘乘，欲以客往赴秦軍，與趙俱死。

行過夷門，見侯生，具告所以欲死秦軍狀。辭決而行，侯生曰："公子勉之矣，老臣不能從。"公子行數里，心不快，曰："吾所以待侯生者備矣，天下莫不聞，今吾且死而侯生曾無一言半辭送我，我豈有所失哉？"復引車還，問侯生。侯生笑曰："臣固知公子之還也。"曰："公子喜士，名聞天下。今有難，無他端而欲赴秦軍，譬若以肉投餒虎，何功之有哉？尚安事客？然公子遇臣厚，公子往而臣不送，以是知公子恨之復返也。"公子再拜，因問。侯生乃屏人閒語，曰："嬴聞晉鄙之兵符常在王臥內，而如姬最幸，出入王臥內，力能竊之。嬴聞如姬父爲人所殺，如姬資之三年，自王以下欲求報其父仇，莫能得。如姬爲公子泣，公子使客斬其仇頭，敬進如姬。如姬之欲爲公子死，無所辭，顧未有路耳。公子誠一開口請如姬，如姬必許諾，則得虎符奪晉鄙軍，北救趙而西却秦，此五霸之伐也。"公子從其計，請如姬。如姬果盜晉鄙兵符與公子。

公子行，侯生曰："將在外，主令有所不受，以便國家。公子即合符，而晉鄙不授公子兵而復請之，事必危矣。臣客屠者朱亥可與俱，此人力士。晉鄙聽，大善；不聽，可使擊之。"於是公子泣。侯生曰："公子畏死邪？何泣也？"公子曰："晉鄙嚄唶宿將，往恐不聽，必當殺之，是以泣耳，豈畏死哉？"於是公子請朱亥。朱亥笑曰："臣迺市井鼓刀屠者，而公子親數存之，所以不報謝者，以爲小禮無所用。今公子有急，此乃臣效命之秋也。"遂與公子俱。公子過謝侯生。侯生曰："臣宜從，老不能。請數公子行日，以至晉鄙軍之日，北鄉自剄，以送公子。"公子遂行。

至鄴，矯魏王令代晉鄙。晉鄙合符，疑之，舉手視公子曰："今吾擁十萬之衆，屯於境上，國之重任，今單車來代之，何如哉？"欲無聽。朱亥袖四十斤鐵椎，椎殺晉鄙，公子遂將晉鄙軍。勒兵下令軍中曰："父子俱在軍中,父歸;兄弟俱在軍中,兄歸;獨子無兄弟,歸養。"得選兵八萬人,進兵擊秦軍。秦軍解去,遂救邯鄲,存趙。趙王及平原君自迎公子於界,平原君負韣矢爲公子先引。趙王再拜曰:"自古賢人未有及公子者也。"當此之時,平原君不敢自比於人。公子與侯生決,至軍,侯生果北鄉自刎。

○魏安釐王二十年:公元前257年。○壁鄴:駐紮在鄴(在今河南安陽北)。○持兩端:喻左右搖擺。○讓:責難。○安在:何處體現。○萬端:各種辦法。○具:通"俱",全部。○曾:竟然。○屏人:遣開旁人。間語:私語。○資:懸賞。○顧:衹是。○伐:功業。○"將在外"二句:《孫子·九變》:"凡用兵之法:將受命於君,合軍聚眾……君命有所不受。"○嚄唶:豪邁威武。○存:慰問。○北鄉自刎:面向北方自殺。鄉,通"嚮"。鄴在魏國北境,故侯生如此說。○袖:藏於袖中。○勒兵:統率。○選兵:經過挑選的精兵。○界:邯鄲城郊。《戰國策·魏策》:"趙王自郊迎。"○負韣矢爲公子先引:自居於奴僕地位的一種表示。韣,箭袋;先引,在前面引路。○不敢自比於人:人,此處特指魏公子。

魏王怒公子之盜其兵符,矯殺晉鄙,公子亦自知也。已却秦存趙,使將將其軍歸魏,而公子獨與客留趙。趙孝成王德公子之矯奪晉鄙兵而存趙,乃與平原君計,以五城封公子。公子聞之,意驕矜而有自功之色。客有說公子曰:"物有不可忘,或有不可不忘。夫人有德於公子,公子不可忘也;公子有德於人,願公子忘之也。且矯魏王令,奪晉鄙兵以救趙,於趙則有功矣,於魏則未爲忠臣也。公子乃自驕而功之,竊爲公子不取也。"於是公子立自責,似若無所容者。趙王埽除自迎,執主人之禮,引公子就西階。公子側行辭讓,從東階上。自言罪過,以負於魏,無功於趙。趙王侍酒至暮,口不忍獻五城,以公子退讓也。公子竟留趙。趙王以鄗爲公子湯沐邑,魏亦復以信陵奉公子。公子留趙。

公子聞趙有處士毛公藏於博徒,薛公藏於賣漿家,公子欲見兩人,兩人自匿不肯見公子。公子聞所在,乃閒步往從此兩人游,甚歡。平原君聞

467

之，謂其夫人曰："始吾聞夫人弟公子天下無雙，今吾聞之，乃妄從博徒賣漿者游。公子妄人耳。"夫人以告公子。公子乃謝夫人去，曰："始吾聞平原君賢，故負魏王而救趙，以稱平原君。平原君之游，徒豪舉耳，不求士也。無忌自在大梁時，常聞此兩人賢，至趙，恐不得見，以無忌從之游，尚恐其不我欲也，今平原君乃以爲羞，其不足從游。"乃裝爲去。夫人具以語平原君。平原君乃免冠謝，固留公子。平原君門下聞之，半去平原君歸公子，天下士復往歸公子，公子傾平原君客。

公子留趙十年不歸。秦聞公子在趙，日夜出兵東伐魏。魏王患之，使使往請公子。公子恐其怒之，乃誡門下："有敢爲魏王使通者，死。"賓客皆背魏之趙，莫敢勸公子歸。毛公、薛公兩人往見公子曰："公子所以重於趙、名聞諸侯者，徒以有魏也。今秦攻魏，魏急而公子不恤，使秦破大梁而夷先王之宗廟，公子當何面目立天下乎？"語未及卒，公子立變色，告車趣駕歸救魏。

魏王見公子，相與泣，而以上將軍印授公子，公子遂將。魏安釐王三十年，公子使使遍告諸侯。諸侯聞公子將，各遣將將兵救魏。公子率五國之兵破秦軍於河外，走蒙驁。遂乘勝逐秦軍至函谷關，抑秦兵，秦兵不敢出。當是時，公子威振天下，諸侯之客進兵法，公子皆名之，故世俗稱《魏公子兵法》。

○德：感激。○客有說公子：客，魏人唐且。事見《戰國策·魏策》。○埽除自迎：古代迎接遠方貴賓，主人必須親自灑掃道路。由此，下文稱"執主人之禮"。○引公子就西階：《禮記·曲禮上》："凡與客入者……主人就東階，客就西階。客若降等，則就主人之階。"○鄗：趙國邑名；在今河北柏鄉北。湯沐邑：春秋以前是天子賜給諸侯來朝時齋戒自潔的地方，戰國時已成爲國君賜給大臣的臨時封邑。○妄人：荒唐的人。○稱：滿足。○不我欲：不欲我；不理睬我。○免冠：摘去帽子謝罪。古人脫帽露頂是賠禮認罪的表示。○傾：超過。○留趙十年：自趙孝成王九年（前257）至十九年（前247）。〇日夜出兵東伐魏：據《史記·秦本紀》，秦於昭襄王四十九年（前258）、五十三年（前254）、莊襄王三年（前247）三次伐魏，均有斬獲。〇告：吩咐。車：管車馬者。趣：通"促"，趕快。駕：備好車馬。〇上將軍：官名；統率軍隊的最高將領。〇魏安釐王三十年：公元前247年。〇五國：趙、韓、齊、楚、燕。河外：黃河以南地區。〇蒙驁：秦國之上卿，後爲將。〇振：通"震"。〇名：署名。

秦王患之，乃行金萬斤於魏，求晉鄙客，令毀公子於魏王曰："公子亡在外十年矣，今爲魏將，諸侯將皆屬，諸侯徒聞魏公子，不聞魏王。公子亦欲因此時定南面而王，諸侯畏公子之威，方欲共立之。"秦數使反間，僞賀公子得立爲魏王未也。魏王日聞其毀，不能不信，後果使人代公子將。公子自知再以毀廢，乃謝病不朝，與賓客爲長夜飲，飲醇酒，多近婦女。日夜爲樂飲者四歲，竟病酒而卒。其歲，魏安釐王亦薨。

秦聞公子死，使蒙驁攻魏，拔二十城。初置東郡。其後秦稍蠶食魏，十八歲而虜魏王，屠大梁。

高祖始微少時，數聞公子賢。乃即天子位，每過大梁，常祠公子。高祖十二年，從擊黥布還，爲公子置守塚五家，世世歲以四時奉祠公子。

〇反間：利用敵人的間諜使敵人獲得虛假的情報。間，通"諜"。〇其歲：魏安釐王三十四年，即公元前243年。〇"使蒙驁攻魏"二句：據《史記·魏世家》，事在公元前242年。〇東郡：秦郡名。其轄境在今河北東南及山東西部，郡治在今河北濮陽西南。因在秦國東部，故稱東郡。〇十八歲：秦王政二十二年（前225），秦滅魏。此時距魏公子死剛好十八年。魏王：名假，公元前227年至前225年在位。〇微少：貧賤。〇黥布：即英布。因幫助劉邦擊敗項羽有功，封淮南王。後反對劉邦，被討平。事見《史記·黥布列傳》。

太史公曰：吾過大梁之墟，求問其所謂夷門。夷門者，城之東門也。

天下諸公子亦有喜士者矣，然信陵君之接巖穴隱者，不恥下交，有以也。名冠諸侯，不虛耳。高祖每過之而令民奉祠不絕也。

中華書局標點本《史記》卷七七

## 游俠列傳

【題解】《史記·太史公自序》："救人於戹，振人不贍，仁者有乎；不既信，不倍言，義者有取焉。作《游俠列傳》第六十四。"曾國藩《求闕齋讀書錄》卷三："《游俠列傳·序》分三等人：術取卿相，功名俱著，一也；季次、原憲，獨行君子，二也；游俠，三也。於游俠中又分三等人：布衣閭巷之俠，一也；有土卿相之富，二也；暴豪恣欲之徒，三也。反側錯綜，語南意北，驟難覓其針綫之迹。"

韓子曰："儒以文亂法，而俠以武犯禁。"二者皆譏，而學士多稱於世云。至如以術取宰相卿大夫，輔翼其世主，功名俱著於春秋，固無可言者。及若季次、原憲，閭巷人也，讀書懷獨行君子之德，義不苟合當世，當世亦笑之。故季次、原憲終身空室蓬戶，褐衣疏食不厭。死而已四百餘年，而弟子志之不倦。今游俠，其行雖不軌於正義，然其言必信，其行必果，已諾必誠，不愛其軀，赴士之阸困，既已存亡死生矣，而不矜其能，羞伐其德，蓋亦有足多者焉。

且緩急，人之所時有也。太史公曰：昔者虞舜窘於井廩，伊尹負於鼎俎，傅說匿於傅險，呂尚困於棘津，夷吾桎梏，百里飯牛，仲尼畏匡，菜色陳、蔡。此皆學士所謂有道仁人也，猶然遭此菑，況以中材而涉亂世之末流乎？其遇害何可勝道哉！

鄙人有言曰："何知仁義，已饗其利者爲有德。"故伯夷醜周，餓死首陽山，而文、武不以其故貶王；跖、蹻暴戾，其徒誦義無窮。由此觀之，"竊鈎者誅，竊國者侯，侯之門仁義存"，非虛言也。

今拘學或抱咫尺之義，久孤於世，豈若卑論儕俗，與世沈浮而取榮名哉！而布衣之徒，設取予然諾，千里誦義，爲死不顧世，此亦有所長，非苟而已也。故士窮窘而得委命，此豈非人之所謂賢豪閒者邪？誠使鄉曲之俠，予季次、原憲比權量力，效功於當世，不同日而論矣。要以功見言信，俠客之義又曷可少哉！

古布衣之俠，靡得而聞已。近世延陵、孟嘗、春申、平原、信陵之徒，皆因王者親屬，藉於有土卿相之富厚，招天下賢者，顯名諸侯，不可謂不賢者矣。比如順風而呼，聲非加疾，其埶激也。至如閭巷之俠，修行砥名，聲施於天下，莫不稱賢，是爲難耳。然儒、墨皆排擯不載。自秦以前，匹夫之俠，湮滅不見，余甚恨之。以余所聞，漢興有朱家、田仲、王公、劇孟、郭解之徒，雖時扞當世之文罔，然其私義廉絜退讓，有足稱者。名不虛立，士不虛附。至如朋黨宗彊，比周設財役貧，豪暴侵淩孤弱，恣欲自快，游俠亦醜之。余悲世俗不察其意，而猥以朱家、郭解等令與暴豪之徒同類而共笑之也。

○韓子：韓非。戰國時法家代表人物。○"儒以文亂法"二句：語出《韓非子·五蠹》。○世主：當世之主。○春秋：泛指國史。○季次：孔子弟子公皙哀。齊人，季次爲其字，終身不仕。原憲：孔子弟子。魯人，字子思，終身不仕。○蓬戶：用蓬草編成門戶。《莊子·讓王》載，原憲居環堵之室，蓬戶不完，以桑爲樞而以甕爲牖，上漏下濕，猶獨坐而弦歌。○褐衣：粗布衣服。疏食：粗劣飯菜。疏，通"蔬"。○志：懷念。○軌：合。正義：國法。○阸困：災禍。○存亡死生：猶言"存亡生死"。使亡者存之，使死者生之。○矜：誇耀。下文之"伐"，同此。○多：稱道。○緩急：急難。此爲偏義複詞，"緩"無義。○虞舜窘於井廩：舜之父喜愛後妻之子象，爲此而迫害舜；使舜修米倉，待其上去後便撤走梯子放火燒倉；使舜掏井，待其下去後便將井填平。幸而舜兩次均脫險。事見《孟子·萬章上》。○伊尹負於鼎俎：伊尹，名摯，商湯之相。相傳其未得志前曾爲庖人。《墨子·上賢中》："伊摯，有莘氏女之私臣，親爲庖人。湯得之，舉以爲己相，與接天下之政，治天下之民。"○傅說匿於傅險：傅說，殷高宗武丁之相；傅險，即傅巖，在今山西平陸東，相傳傅說未遇武丁時，曾於此爲人築牆。○呂尚困於棘津：呂尚，即姜尚，又稱太公望，輔佐周文王、武王建立周朝；棘津，古地名，在今河南延津東北。《史記正義》引《尉繚子》："太公望行年七十，賣食棘津。"○夷吾桎梏：夷吾，即管仲，輔佐齊桓公建立霸業。管仲初事公子糾，後公子糾與齊桓公爭奪齊國政權，公子糾戰敗，管仲曾被俘虜囚禁。事見《左傳·莊公九年》及《國語·齊語》。○百里飯牛：百里，即百里奚，秦穆公之相。相傳百里奚未得志時曾游於周，周王子頹好牛，百里奚爲其喂牛，以求重用。事見《史記·秦本紀》。○仲尼畏匡：匡，春秋時衛地，在今河南長垣西南。孔子相貌像陽虎（魯國權臣季孫氏之家臣），過匡時，匡人誤以爲是陽虎，將其圍困，幾乎遇害。事見《史記·孔子世家》。○菜色陳、蔡：陳，春秋時國名，都城在宛丘（今河南淮陽）；蔡，春秋時國名，原都今河南上蔡，後遷都州來（今安徽壽縣北）。相傳孔子過陳、蔡時，陳、蔡大夫派人圍困孔子於野，孔子不得行，糧絕，面有菜色。事見《史記·孔子世家》。○"何知仁義"二句：已，當爲"己"。誰管什麼仁義不仁義，自身得到誰的好處，誰就是有仁義之人。何良俊《四友齋叢說》卷五《史一》："蓋言世之所謂有德者，未必真有德也。"○蹻：莊蹻，相傳是楚國大盜。○"竊鉤者誅"三句：語出《莊子·胠篋》，但其意與《莊子》略有不同。諸侯之門必有稱頌其仁義者，以見世俗毀譽之不足憑也。○"今拘學或抱咫尺之義"四句：拘學，迂拘之書生，指季次、原憲一類儒者；咫尺之義，一點兒德操；卑論，放低調子；儕俗，與世俗爲伍。後之學者多以爲此爲譏諷季次等人之語。鄭瑗《井觀瑣言》卷一："觀是數語，太史公淺陋，大率如此。"此說誤。此四句爲司馬遷反語。○設：講求。○千里誦義：千里之外都稱贊他們的義氣。○苟：隨隨便便。○閒者：傑出人物。閒，通

"間"。○比權量力：比較社會地位之高低與能量之大小。○不同日而論：不能相提並論。此言鄉曲之俠左右社會的力量，非潔身自好者所能比。○少：輕視。○延陵：即春秋時吳公子季札，封於延陵（今江蘇武進），號延陵季子；遍游各國，好交友；《史記·吳太伯世家》載："季札之初使北，過徐君。徐君好季札劍，口弗敢言。季札心知之；為使上國，未獻。還至徐，徐君已死。於是乃解其寶劍，繫之徐君塚樹而去。從者曰：'徐君已死，尚誰予乎？'季子曰：'不然，始吾心已許之，豈以死背吾心哉！'"孟嘗：孟嘗君，戰國時齊國貴族田文，好養士。春申：春申君，即戰國時楚相黃歇，好養士。平原：平原君，戰國時趙惠王弟趙勝，好養士。信陵：信陵君，戰國時魏國公子。○"比如順風而呼"三句：語本《荀子·勸學》。○扞：觸犯。文罔：法律禁令。罔，通"網"。○私義：個人品德。○朋黨：結黨營私。宗彊：豪強大族。○比周：相互勾結。設財：利用資財。○猥：隨便地。

魯朱家者，與高祖同時。魯人皆以儒教，而朱家用俠聞。所藏活豪士以百數，其餘庸人不可勝言。然終不伐其能，歆其德，諸所嘗施，唯恐見之。振人不贍，先從貧賤始。家無餘財，衣不完采，食不重味，乘不過軥牛。專趨人之急，甚己之私。既陰脫季布將軍之阨，及布尊貴，終身不見也。自關以東，莫不延頸願交焉。

楚田仲以俠聞，喜劍，父事朱家，自以為行弗及。田仲已死，而洛陽有劇孟。周人以商賈為資，而劇孟以任俠顯諸侯。吳楚反時，條侯為太尉，乘傳車將至河南，得劇孟，喜曰："吳楚舉大事而不求孟，吾知其無能為已矣。"天下騷動，宰相得之若得一敵國云。劇孟行大類朱家，而好博，多少年之戲。然劇孟母死，自遠方送喪蓋千乘。及劇孟死，家無餘十金之財。而符離人王孟亦以俠稱江淮之閒。

是時濟南瞷氏、陳周庸亦以豪聞，景帝聞之，使使盡誅此屬。其後代諸白、梁韓無辟、陽翟薛兄、陝韓孺紛紛復出焉。

○魯：漢縣名。在今山東曲阜。○歆：欣喜。○振：通"賑"，救濟。○衣不完采：衣服破舊，連顏色都褪光了。○重味：兩樣菜。○軥牛：駕牛車。軥，車軛兩邊向下彎曲部分。○陰脫：暗中解脫。季布：原項羽部將，曾多次困窘劉邦。劉邦統一天下後，懸賞捉拿季布。朱家通過汝陰侯夏侯嬰爲之疏通，劉邦免除其罪，並任爲郎中，後官至中郎將、河東郡守。○關：函谷關。在今河南靈寶西南。○洛陽：故城在今河南。原爲周地。○吳楚反時：漢初，劉邦分封同姓諸侯王，封地大之王國"跨州兼郡，連城數十"，其中吳、楚、齊三國封地最大。諸侯王在國內設置官員，徵收租賦，煮鹽鑄錢，逐漸對中央政權構成威脅。景帝即位後，采用晁錯建議，尋找種種機會，逐步削減王國封地。景帝前三年（前154），吳王劉濞和楚、趙、膠東、膠西、濟南、淄川等七國以誅晁錯爲名，發動叛亂。景帝聽信袁盎建議，處死晁錯。但七國仍不罷兵。漢朝派軍東征，在三個月內即擊平吳楚，其他五國也先後平定，參與叛亂的諸王都自殺或被殺。○條侯：周亞夫。絳侯周勃之子，文帝時改封於條（在今河北景縣），故稱條侯；率軍平定吳楚七國之亂，爲亞相，故後文稱之爲"宰相"。太尉：官名。漢朝三公（丞相、太尉、御史）之一，掌全國軍事。○傳車：驛站之車。○河南：漢初郡名，治洛陽。○博：賭博。○符離：縣名；今安徽宿州。○䏜氏：游俠。後爲酷吏郅都所殺。陳：古國名。其治宛丘（在今河南淮陽）。周庸：游俠。《漢書》作"周膚"。○代：漢代郡名。其治代縣（在今河北蔚縣西南）。諸白：白家。梁：漢初封國。其治睢陽（在今河南商丘西南）。陽翟：地名。今河南禹州。陝：地名。其治在今河南輔城境。韓孺：《漢書》作"寒孺"。

郭解，軹人也，字翁伯，善相人者許負外孫也。解父以任俠，孝文時誅死。解爲人短小精悍，不飲酒。少時陰賊，慨不快意，身所殺甚衆。以軀借交報仇，藏命作姦剽攻，休乃鑄錢掘冢，固不可勝數。適有天幸，窘急常得脫，若遇赦。及解年長，更折節爲儉，以德報怨，厚施而薄望。然其自喜爲俠益甚。既已振人之命，不矜其功，其陰賊著於心，卒發於睚眦如故云。而少年慕其行，亦輒爲報仇，不使知也。解姊子負解之勢，與人飲，使之嚼。非其任，彊必灌之。人怒，拔刀刺殺解姊子，亡去。解姊怒曰："以翁伯之義，人殺吾子，賊不得。"棄其尸於道，弗葬，欲以辱解。解使人微知賊處。賊窘自歸，具以實告解。解曰："公殺之固當，吾兒不直。"遂去其賊，罪其姊子，乃收而葬之。諸公聞之，皆多解之義，益附焉。

解出入，人皆避之。有一人獨箕倨視之，解遣人問其名姓。客欲殺之。解曰："居邑屋至不見敬，是吾德不修也，彼何罪！"乃陰屬尉史曰："是人，吾所急也，至踐更時脫之。"每至踐更，數過，吏弗求。怪之，問其故，乃解使脫之。箕踞者乃肉袒謝罪。少年聞之，愈益慕解之行。洛陽人有相仇者，邑中賢豪居間者以十數，終不聽。客乃見郭解。解夜見仇家，仇家曲聽解。解乃謂仇家曰："吾聞洛陽諸公在此間，多不聽者。今子幸而聽解，解奈何乃從他縣奪人邑中賢大夫權乎！"乃夜去，不使人知，曰："且無用，待我去，令洛陽豪居其間，乃聽之。"

○軹：縣名；故城在今河南濟源東南軹城鎮。○許負：漢初善於相人者。曾相漢文帝母親薄姬（時爲魏王豹妾，豹亡始事劉邦）當生天子；又相周亞夫（時爲河内守）當封侯、爲將相而後餓死，亦驗。事見《史記·外戚列傳》、《絳侯世家》。○陰賊：陰險狠毒。○慨：感到。○借：助也。交：朋友。○藏命：藏匿亡命之徒。剽攻：搶掠。○折節爲儉：改變自己過去之行爲，儘量約束自己。儉，通"檢"，約束。○卒：通"猝"，突然。睚眦：怒目而視。引申爲細小的仇恨。○負：依仗。○嚼：通"釂"，乾杯。○微知：暗中打探到。○不直：理屈。○箕倨：坐時兩脚岔開，形狀如簸箕；是一種傲慢不敬的表示。倨，通"踞"。○邑屋：鄉里。○屬：通"囑"，吩咐。尉史：縣尉手下之小吏，掌徭役等事。○急：看重。○踐更：受雇代人服役。○肉袒：袒衣露體。○居間：從中調停。○曲：委曲。○解奈何乃從他縣奪人邑中賢大夫權：我怎麽可以從外縣跑來侵奪別縣豪賢們排解糾紛的權力。○無用：不便用吾之言。無用，《漢書》作"無庸"。

解執恭敬，不敢乘車入其縣廷。之旁郡國，爲人請求事，事可出，出之；不可者，各厭其意，然後乃敢嘗酒食。諸公以故嚴重之，爭爲用。邑中少年及旁近縣賢豪，夜半過門常十餘車，請得解客舍養之。

及徙豪富茂陵也，解家貧，不中訾，吏恐，不敢不徙。衛將軍爲言："郭解家貧不中徙。"上曰："布衣權至使將軍爲言，此其家不貧。"解家遂徙。諸公送者出千餘萬。軹人楊季主子爲縣掾，舉徙解。解兄子斷楊掾頭。由此楊氏與郭氏爲仇。

解入關，關中賢豪知與不知，聞其聲，爭交驩解。解爲人短小，不飲酒，出未嘗有騎。已又殺楊季主。楊季主家上書，人又殺之闕下。上聞，乃下吏捕解。解亡，置其母家室夏陽，身至臨晉。臨晉籍少公素不知解，解冒，因求出關。籍少公已出解，解轉入太原，所過輒告主人家。吏逐之，迹至籍少公。少公自殺，口絕。久之，乃得解。窮治所犯，爲解所殺，皆在赦前。軹有儒生侍使者坐，客譽郭解，生曰："郭解專以姦犯公法，何謂賢？"解客聞，殺此生，斷其舌。吏以此責解，解實不知殺者。殺者亦竟絕，莫知爲誰。吏奏解無罪。御史大夫公孫弘議曰："解布衣爲任俠行權，以睚眦殺人，解雖弗知，此罪甚於解殺之。當大逆無道。"遂族郭解翁伯。

○執：謹守。○縣廷：縣衙門。○出：出脫，解決。○厭：通"饜"，滿足。○嚴重：敬重。嚴，尊敬。○請得解客舍養之：迎接藏匿在郭解家中的亡命者到自己家裏去供養。○徙豪富茂陵：建元二年（前139），漢武帝置茂陵邑（治所在今陝西興平東北）；元朔二年（前127）采納主父偃的建議，將郡國豪傑及訾（貲）三百萬以上人家遷徙至茂陵，以便內實京師、外銷奸猾。○不中訾：家産不滿三百萬，不符合遷徙條件。訾，通"貲"，財産。○衛將軍：衛青。河東平陽（今山西臨汾）人，漢代名將，曾數擊匈奴有功。○諸公送者出千餘萬：爲郭解送行的人爲他湊集了一千萬餘錢。○縣掾：縣衙門中之小吏。○舉：提名。○闕下：京城裏。闕，宮闕。○夏陽：地名；在今陝西韓城西南。○臨晉：地名；即臨晉關，在今山西永濟西。○冒：冒昧拜訪。○所過輒告主人家：常常將要去的地方告訴自己住宿的人家，以便官吏追查時可以指出郭解的去處，藉以脫罪。此爲追溯初亡時的情形。○竟絕：始終追查不出來。○御史大夫：官名。漢代三公之一，位次於丞相，掌監察。公孫弘：字季，薛（今山東微山）人，治《春秋公羊傳》，曾任丞相，封平津侯。議：批駁。○行權：觸犯常規。權，權詐。○當：判決。○族：族誅；殺其全家。

自是之後，爲俠者極衆，敖而無足數者。然關中長安樊仲子，槐里趙王孫，長陵高公子，西河郭公仲，太原鹵公孺，臨淮兒長卿，東陽田君孺，雖爲俠而逡逡有退讓君子之風。至若北道姚氏，西道諸杜，南道仇景，東道趙他羽公子，南陽趙調之徒，此盜跖居民閒者耳，曷足道哉！此乃鄉者朱家之羞也。

太史公曰：吾視郭解，狀貌不及中人，言語不足采者。然天下無賢與不肖，知與不知，皆慕其聲，言俠者皆引以爲名。諺曰："人貌榮名，豈有既乎！"於戲，惜哉！

中華書局標點本《史記》卷一二四

○敖：通"傲"，倨傲無禮。○樊仲子：《漢書·游俠傳》作"樊中子"。○槐里：地名；在今陝西興平東南。○長陵：地名；漢高祖十二年（前195）築陵置縣，治所在今陝西咸陽東北。○西河：漢郡名；治所在今內蒙古東勝縣境。郭公仲：《漢書·游俠傳》作"郭翁中"。○鹵公孺：《漢書·游俠傳》作"魯翁孺"。○臨淮：漢郡名；治所在今江蘇睢寧西南。○東陽：地名；在今安徽天長西北。田君孺：《漢書·游俠傳》作"陳君孺"。○逡逡：通"悛悛"，謹慎誠實貌。○北道：長安以北地區。下文之"西道"、"南道"、"東道"類此。○趙他羽公子：《史記索隱》："此姓趙，名他羽，字公子。"或以爲是二人。○南陽：秦郡名；治所在宛

（即今河南南陽）。〇鄉者：從前。鄉，通"嚮"。〇"人貌榮名"二句：人之相貌與其榮譽，哪有必定的聯繫呢？既，定也。

## |輯　錄|

《漢書·司馬遷傳》：司馬遷據《左氏》、《國語》，采《世本》、《戰國策》，述《楚漢春秋》，接其後事，訖於天漢。其言秦漢，詳矣。至於采經摭傳，分散數家之事，甚多疏略，或有抵牾。亦其涉獵者廣博，貫穿經傳，馳騁古今，上下數千載間，斯以勤矣。又其是非頗繆於聖人，論大道則先黃老而後六經，序游俠則退處士而進奸雄，述貨殖則崇勢利而羞賤貧，此其所蔽也。然自劉向、揚雄博極羣書，皆稱遷有良史之材，服其善序事理，辨而不華，質而不俚，其文直，其事核，不虛美，不隱惡，故謂之實錄。嗚呼！以遷之博物洽聞，而不能以知自全，既陷極刑，幽而發憤，書亦信矣。迹其所以自傷悼，《小雅》巷伯之倫。夫唯《大雅》"既明且哲，能保其身"，難矣哉！

張守節《史記正義·論史例》：古者帝王右史記言，左史記事，言爲《尚書》，事爲《春秋》。太史公兼之，故名曰《史記》。并采六家雜說以成一史，備論君臣父子夫妻長幼之序，天地山川國邑名號殊俗物類之品也。太史公作《史記》，起黃帝、高陽、高辛、唐堯、虞舜、夏、殷、周、秦，訖於漢武帝天漢四年，合二千四百一十三年。作《本紀》十二，象歲十二月也。作《表》十，象天之剛柔十日，以紀封建世代終始也。作《書》八，象一歲八節，以紀天地日月山川禮樂也。作《世家》三十，象一月三十日，三十輻其一轂，以記世祿之家輔弼股肱之臣忠孝得失也。作《列傳》七十，象一行七十二日，言七十者舉全數也，餘二日象閏餘也，以記王侯將相英賢略立功名於天下，可序列也。合百三十篇，象一歲十二月及閏餘也。而太史公作此五品，廢一不可，以統理天地，勸獎箴誡，爲後之楷模也。

晁公武《郡齋讀書志》卷五：班固嘗譏遷"論大道則先黃老而後六經，序游俠則退處士而進奸雄，述貨殖則崇勢利而羞貧賤"，後世愛遷者多以此論爲不然，謂遷特感當世之所失，慎其身之所遭，寓之於書，有所激而爲此言耳，非其心所謂誠然也。當武帝之世，表章儒術而罷黜百家，宜乎大治，而窮奢極侈，海內凋弊，反不若文、景尚黃老時，人主恭儉，天下饒給，此其所以先黃老而後六經也。武帝用法刻深，羣臣一言忤旨，輒下吏誅，而當刑者得以貨免。遷之遭李陵之禍，家貧無財賄自贖，交游莫救，卒陷腐刑。其進奸雄者，蓋遷歎時無朱家之倫，不能脫己於禍，故曰："士窮窘得委命，此非人所謂賢豪者耶！"其羞貧賤者，蓋自傷特以貧故，不能自免於刑戮，故曰："千金之子，不死於市，非空言也。"固不察其心而驟譏之，過矣！

何喬新《何文肅公文集》卷二《史記》：司馬遷負邁世之氣，有良史之才，其作《史記》也，措辭雄健，寓興深遠，三代而下，秉史筆者未能或之先也。今觀其書，《本紀》者天下之統，《世家》者一國之紀，《列傳》者一人之事，《書》著制度沿革之大端，《表》著興亡理亂之大略，此其大法也。《本紀》始於黃帝以見帝王之統緒，《世家》始於太伯以見封國之先後。懷王既泯而項羽主命，故紀項羽焉；惠帝幼弱而呂后擅朝，故紀呂后焉；蓋從實錄也。孔子在周則臣道，在後世則師道，故以《世家》別之；陳涉在夏商則爲湯武，在秦則爲陳涉，故以《世家》繫之，蓋有深意也。《列傳》褒貶尤有深意，以伯夷居於《列傳》之首，重清節也；以孟荀冠於淳于之徒，尊吾道也；以莊周附於老子，以申不害附於韓非，別異端也。以《表》言之，《三代世表》以世系爲主，所以觀百世之本支也；《諸侯年表》斷自共和，所以觀世變之升降也；《秦楚月表》上尊義帝而漢居其中，所以明大義也；《將相年表》上繫大事之記，所以明職分也；以至《漢興諸侯》年經而國緯，以觀天下之大勢；《高祖功臣》國經而年緯，以觀一時之得失；莫不有深意存焉。以《書》言之，《平準》一書，著武帝征利之害；《封禪》一書，著武帝求僊之失；書《天官》以警時君修政之心；書《河渠》以著歷代水利之由；其著《律書》也，不言律而言兵，不言兵之用而言兵之偃，其知造律之本矣；其序《曆書》也，不言太初而言古曆，不言八十一分之術，而言九百四十分之法，其知作曆之法矣；以至《禮書》載《禮論》而不取《綿蕝》之儀，《樂書》載《樂論》而不取《房中》之歌，亦莫不有深意焉。不特此也。陳平而曰陳丞相，衛青而曰衛將軍，豈非有得於紀官之意乎？周勃而曰絳侯，韓信而曰淮陰侯，豈非有得於紀爵之意乎？大梁王而曰彭越，九江王而曰黥布，豈非有得於稱名之意乎？張叔、田叔之稱叔，其與書字也同一轍，賈生、酈生之稱生，其與書子也均一義。吁！繼《春秋》之後而存《春秋》之例，捨遷史吾誰與歸！

李贄《藏書》卷四○《司馬遷傳》：班氏以此（編者按：指班固譏司馬遷之言）爲眞足以譏遷也，當也，不知適足以彰遷之不朽而已。使遷而不殘陋，不疏略，不輕信，不是非謬於聖人，何足以爲遷乎？則茲史固不待作也。遷、固之懸絕，正在此。夫所謂作者，謂其興於有感而志不容已，或情有所激而詞不可緩之謂也。若必其是非盡合於聖人，則聖人既已有是非矣，尚何待於吾也？夫按聖人以爲是非，則其所言者乃聖人之言也，非吾心之言也。言不出於吾心，詞非由於不可遏，則無味矣。有言者不必有德，又何貴於言也？此遷之史所以爲繼麟經而作，後有作者，終不可追也已。……《史記》者，遷發憤之所爲作也，其不爲後世是非而作也，明矣。其爲一人之獨見也者，信非班氏之所能窺也歟。若責以明哲保身，則死於竇固之獄，又誰爲之？其視犯顏敢諍者，又孰謂不明哲歟？

牛運震《史記評注》卷一：太史公論贊，或隱括全篇，或偏舉一事，或考諸涉歷所親見，或證諸典記所參合，或於類傳之中摘一人以例其餘，或於正傳之外摭軼事以補其漏，皆有深意遠神，誠爲千古絕筆。司馬貞《索隱》譏其頗取偏引，以爲首末不具，褒責未稱，別作一百三十篇《述贊》綴於簡末，其不知史法與文體殊甚，真所謂爇火於日月，浸灌於時雨者也。

紀昀等《四庫全書總目提要》卷四五《史記提要》：《史記》一百三十卷，漢司馬遷撰，褚少孫補。遷事迹具《漢書》本傳。……按遷《自序》，凡十二《本紀》、十《表》、八《書》、三十《世家》、七十《列傳》，共爲百三十篇。《漢書》本傳稱其"十篇闕，有錄無書"。張晏注以爲遷歿之後，亡《景帝紀》、《武帝紀》、《禮書》、《樂書》、《兵書》、《漢興以來將相年表》、《日者列傳》、《三王世家》、《龜策列傳》、《傅靳列傳》。劉知幾《史通》則以爲十篇未成，有錄而已，駁張晏之說爲非。今考《日者》、《龜策》二傳，並有"太史公曰"，又有"褚先生曰"，是爲補綴殘稿之明證，當以知幾爲是也。然《漢志》春秋家載《史記》百三十篇，不云有闕，蓋是時官本已以少孫所續，合爲一編。觀其《日者》、《龜策》二傳，並有"臣爲郎時"云云，是必嘗經奏進，故有是稱。其"褚先生曰"字，殆後人追題，以爲別識歟。周密《齊東野語》摘《司馬相如傳・贊》中有"揚雄以爲靡麗之賦，勸百而諷一"之語，又摘《公孫弘傳》中有"平帝元始中，詔賜弘子孫爵"語，焦竑《焦氏筆乘》摘《賈誼傳》中有"賈嘉最好學，至孝昭時列爲九卿"語，皆非遷所及見。王懋竑《白田雜著》亦謂《史記》止紀年而無歲名，今《十二諸侯年表》，上列一行載"庚申"、"甲子"等字，乃後人所增。則非惟有所散佚，且兼有所竄易。年祀綿邈，今亦不得而考矣。然字句竄亂，或不能無，至其全書，則仍遷原本。焦竑《焦氏筆乘》據《張湯傳・贊》如淳注，以爲續之者有馮商、孟柳。又據《後漢書・楊經傳》，以爲嘗刪遷書爲十餘萬言，指今《史記》非本書，則非其實也。其書自晉、唐以來，傳本無大同異，惟唐開元二十三年，敕升《史記・老子列傳》於《伯夷列傳》上。錢曾《讀書敏求記》云，尚有宋刻，今未之見。南宋廣漢張材又嘗刊去褚少孫所續，趙山甫復病其不全，取少孫書別刊附入，今亦均未見其本。世所通行，惟此本耳。至僞孫奭《孟子疏》所引《史記》西子金錢事，今本無之，蓋宋人詐托古書，非今本之脫漏。又《學海類編》中載僞洪遵《史記真本凡例》一卷於原書，臆爲刊削，稱即遷藏在名山之舊稿，其事與梁鄒陽王《漢書真本》相類，益荒誕不足爲據矣。注其書者，今惟裴駰、司馬貞、張守節三家尚存，其初各爲部帙，北宋始合爲一編。明代國子監刊版，頗有刊除點竄。南監本至以司馬貞所補《三皇本紀》冠《五帝本紀》之上，殊失舊觀。然彙合羣說，檢尋較易。故今錄合併之本，以便觀覽，仍別錄三家之書，以存其完本焉。

　　丘逢年《史記闡要・體例正變》：按凡作史論，篇中即含論意，論即全篇總斷，此常例也。獨《史記》諸論，則千歧百變，而不可以一格拘。自常例外，有舉大該小者，有舉半見全者，有別出一義者，有因事生感者，有借閑情寄意者，有通叙世家、諸人合傳而止論其一者，有既序復論或序論全無者，甚有一例而兼數例者，皆有深義。試各舉一二以實之。劉敬、叔孫通合傳，一斷其智而莫大於議定都，一斷其希世而莫大於制禮儀，故論專及之，此舉大該小之例也。《汲鄭傳》中各有評斷，論則因賓客一節而歎世態之炎涼，此因事生感之例也。《呂后紀》皆詳其專制之禍，論則取其休息無爲之小效，以見不掩善之義。《平原君傳》專寫其好客，論則著其未睹大體之實禍，以見不隱惡之義，此別出一義之例也。《伯夷傳》夾叙夾議，即傳即論。《酷吏·序》止著爲治在德不在刑，而於酷吏優劣，每降愈下之品未論也，故復作論以著之，此無序無論與既序復論之例也。趙滅於王遷之信讒，廉與趙、李皆良將，而相如識量又在諸人之上，故二論專及之，此通叙世家與諸人共傳而止論其一之例也。《游俠·序》抑揚反復，評斷已盡，後復有論且專及解者，以言俠者引俠爲名而無其實，故因事生感而歎真俠之難覯，此一例而兼數例也。《衛霍傳》中曰天幸，曰柔媚，人品軍功評斷已盡，論又惜其不招賢以見柔媚之大端，將職之不稱而軍功之由天幸而可想見矣，此舉半見全之例也。《大宛傳》全著武帝之貪兵，而論但言河出崑崙之不可信，以見諸使外者無一非妄言，而武帝聽信之過也。《田齊世家》篇末總論興亡，正斷已盡，故論不復及，特以占卜言之，蓋姜易而田，關事變之大，淺者狃於占卜之詞，以爲天實爲之，不知數隨理立，人定勝天，顧自處何如耳，惜乎齊不能自強，非占卜之必驗也；使齊能自強亦非占卜之不驗也，故曰"《易》之爲數，幽明遠矣，非通人達才，孰能注意焉"，此閑情寄意之例也。然凡此變例猶可類推，至《蒙恬列傳》詳叙蒙氏被殺之冤，而論復斷其宜，若是其相反何也？蓋不著其冤，則人不知其知死守義之忠，而顧恤名義者不知勉；不斷其宜，則人不知其勞民阿主之罪，而逢長君惡者不知懲；正以兩相矛盾而見義法之精微，尤變之變者，全書之所創見也。

**參考書目**

《史記會注考證》，瀧川資言考證，上海古籍出版社 1986 年版。
《史記志疑》，梁玉繩著，中華書局 1981 年版。
《歷代名家評史記》，楊燕起等編，北京師範大學出版社 1986 年版。

**思考題**

1. 分析《史記》的人物描寫藝術。
2. 如何評價《史記》的悲劇風格？
3. 如何理解《史記》在文學史上的地位與影響？

## 第二節　《漢書》

**班　固**（32—92）

傳略見"秦漢文學"第三章第五節。

### 蘇武傳（節選）

【題解】　本篇原載《漢書》卷五四《李廣蘇建傳》，蘇武傳附於其父蘇建傳後。傳末班固贊曰："孔子稱：'志士仁人，有殺身以成仁，無求生以害仁。''使於四方，不辱君命。'蘇武有之矣。"李景星《四史評議·漢書評議》："至蘇武事，雖附其父傳後，班氏却用全力叙述。其傳神處，並不在太史公下。篇中大旨，以守節不辱爲主，而於中間插入衛律、李陵等事，正以反襯其節。……故黄氏震曰：'子卿之節，千古一人。'茅氏坤亦曰：'武之仗節，爲漢絶世事。而班掾亦爲漢絶世文也。'"

　　武字子卿，少以父任，兄弟並爲郎，稍遷至栘中廄監。時漢連伐胡，數通使相窺觀，匈奴留漢使郭吉、路充國等，前後十餘輩。匈奴使來，漢亦留之以相當。天漢元年，且鞮侯單于初立，恐漢襲之，乃曰："漢天子，我丈人行也。"盡歸漢使路充國等。武帝嘉其義，乃遣武以中郎將使持節送匈奴使留在漢者，因厚賂單于，答其善意。武與副中郎將張勝及假吏常惠等，募士斥候百餘人俱。既至匈奴，置幣遺單于。單于益驕，非漢所望也。

　　〇"少以父任"二句：《漢書·蘇建傳》："蘇建，杜陵人也。以校尉從大將軍（衛）青擊匈奴，封平陵侯。……其後爲代郡太守，卒官。有三子：嘉爲奉車都尉；賢爲騎都尉；中子武，最知名。"漢代凡二千石以上官員，其子弟得以父蔭爲郎。○杅中廄：皇家馬廄名。○"匈奴留漢使郭吉、路充國等"二句：事見《史記·匈奴傳》及《漢書·匈奴傳》。○天漢元年：公元前100年。天漢，漢武帝年號。○單于：匈奴最高首領的稱號。全稱應作"撐犁孤塗單于"。《漢書·匈奴傳》："匈奴謂天爲'撐犁'，謂子爲'孤塗'，'單于'者，廣大之貌也，言其象天單于然也。"通常簡稱爲"單于"。○丈人：家長。《漢書·匈奴傳》："單于曰：'我，兒子，安敢望漢天子！漢天子，我丈人行。'"○中郎將：官名。節：使者所持信物，以竹爲杆，上飾以犛牛尾，故又稱"犛節"。○假吏：本非吏而臨時充任爲吏者。○斥候：偵察兵。

方欲發使送武等，會緱王與長水虞常等謀反匈奴中。緱王者，昆邪王姊子也，與昆邪王俱降漢，後隨浞野侯沒胡中。及衛律所將降者，陰相與謀劫單于母閼氏歸漢。會武等至匈奴，虞常在漢時素與副張勝相知，私候勝曰："聞漢天子甚怨衛律，常能爲漢伏弩射殺之。吾母與弟在漢，幸蒙其賞賜。"張勝許之，以貨物與常。

後月餘，單于出獵，獨閼氏子弟在。虞常等七十餘人欲發，其一人夜亡，告之。單于子弟發兵與戰。緱王等皆死，虞常生得。單于使衛律治其事。張勝聞之，恐前語發，以狀語武。武曰："事如此，此必及我。見犯乃死，重負國。"欲自殺，勝、惠共止之。虞常果引張勝。單于怒，召諸貴人議，欲殺漢使者。左伊秩訾曰："即謀單于，何以復加？宜皆降之。"單于使衛律召武受辭，武謂惠等："屈節辱命，雖生，何面目以歸漢！"引佩刀自刺。衛律驚，自抱持武，馳召醫毉，鑿地爲坎，置熅火，覆武其上，蹈其背以出血。武氣絕，半日復息。惠等哭，輿歸營。單于壯其節，朝夕遣人候問武，而收繫張勝。

○緱王：匈奴貴族。長水：地名，在今陝西藍田西北；其地多胡騎，漢設"長水校尉"之官以掌其事。○昆邪王：匈奴貴族，於武帝元狩二年（前121）降漢。事見《漢書·匈奴傳》。○浞野侯：漢將趙破奴，於武帝太初二年（前103）被匈奴擊敗，降於匈奴。緱王當時隸屬於趙破奴，亦投降匈奴。○衛律：漢降臣。其父爲長水胡人，律生於漢，與協律都尉李延年善，後李延年因罪被捕，衛律逃奔匈奴，被封爲丁零王。時虞常隸屬於衛律。○閼氏：匈奴稱單于妻爲閼氏。○見犯：被凌辱。○左伊秩訾：匈奴王號。○"即謀單于"二句：即，假使；加，加重。意謂：謀衛律而殺之，其罰太重，若謀單于，何以加重其處罰？○受辭：取口供。○煴火：初燃未旺有煙無焰之火。○蹈：通"搯"，輕輕敲打。○輿：用車載。

　　武益愈，單于使使曉武。會論虞常，欲因此時降武。劍斬虞常已，律曰："漢使張勝謀殺單于近臣，當死，單於募降者赦罪。"舉劍欲擊之，勝請降。律謂武曰："副有罪，當相坐。"武曰："本無謀，又非親屬，何謂相坐？"復舉劍擬之，武不動。律曰："蘇君，律前負漢歸匈奴，幸蒙大恩，賜號稱王，擁衆數萬，馬畜彌山，富貴如此。蘇君今日降，明日復然。空以身膏草野，誰復知之？"武不應。律曰："君因我降，與君爲兄弟；今不聽吾計，後雖欲復見我，尚可得乎？"武罵律曰："女爲人臣子，不顧恩義，畔主背親，爲降虜於蠻夷，何以女爲見？且單于信女，使決人死生，不平心持正，反欲鬭兩主，觀禍敗。南越殺漢使者，屠爲九郡；宛王殺漢使者，頭懸北闕；朝鮮殺漢使者，即時誅滅。獨匈奴未耳。若知我不降明，欲令兩國相攻，匈奴之禍從我始矣。"

　　律知武終不可脅，白單于。單于愈益欲降之，乃幽武置大窖中，絕不飲食。天雨雪，武臥齧雪與旃毛并咽之，數日不死。匈奴以爲神，乃徙武北海上無人處，使牧羝，羝乳乃得歸。別其官屬常惠等，各置他所。

　　武既至海上，廩食不至，掘野鼠去中實而食之。杖漢節牧羊，臥起操持，節旄盡落。積五六年，單于弟於靬王弋射海上。武能結網紡繳，檠弓弩，於靬王愛之，給其衣食。三歲餘，王病，賜武馬畜服匿穹廬。王死後，人衆徙去。其冬，丁令盜武牛羊，武復窮厄。

　　○會：共同。論：判決。○擬：比劃。○膏：使肥沃。○畔：通

"叛"。○"南越殺漢使者"二句：漢武帝元鼎五年（前112），南越王相呂嘉殺南越王、王太后及漢使，武帝遣軍討之；次年，南越平。事見《漢書·武帝紀》。○"宛王殺漢使者"二句：漢武帝太初元年（前104），漢使入大宛（西域古國名）求良馬，大宛不肯，反殺漢使；武帝遣軍伐大宛，大宛貴族殺大宛王，獻馬出降。事見《漢書·武帝紀》。縣，通"懸"；北闕，漢宮之北闕。○"朝鮮殺漢使者"二句：漢武帝元封二年（前109），遣使說降朝鮮王，朝鮮王殺漢使，武帝遣軍征討，朝鮮相殺其王以降。事見《史記·朝鮮列傳》。○旃：通"氈"。○北海：地名，在今貝加爾湖；為匈奴北境。○羝：公羊。○乳：生育。○廩食：食物之供應。○去：通"弆"，收藏。○屮：古"草"字。○弋射：狩獵。○結網：底本無"結"，據《太平御覽》卷一二七所引補。繳：箭尾部所繫之絲繩。○檠：矯正。○服匿：盛酒、酪之瓦器。穹廬：大型的圓頂帳蓬。○丁令：古族名；匈奴之別支。

　　初，武與李陵俱為侍中，武使匈奴明年，陵降，不敢求武。久之，單于使陵至海上，為武置酒設樂，因謂武曰："單于聞陵與子卿素厚，故使陵來說足下，虛心欲相待。終不得歸漢，空自苦！亡人之地，信義安所見乎？前長君為奉車，從至雍棫陽宮，扶輦下除，觸柱折轅，劾大不敬，伏劍自刎，賜錢二百萬以葬。孺卿從祠河東后土，宦騎與黃門駙馬爭船，推墮駙馬河中溺死，宦騎亡，詔使孺卿逐捕不得，惶恐飲藥而死。來時，大夫人已不幸，陵送葬至陽陵。子卿婦年少，聞已更嫁矣。獨有女弟二人，兩女一男，今復十餘年，存亡不可知。人生如朝露，何久自苦如此！陵始降時，忽忽如狂，自痛負漢，加以老母繫保宮，子卿不欲降，何以過陵？且陛下春秋高，法令亡常，大臣亡罪夷滅者數十家，安危不可知，子卿尚復誰為乎？願聽陵計，勿復有云。"武曰："武父子亡功德，皆為陛下所成就，位列將，爵通侯，兄弟親近，常願肝腦塗地。今得殺身自效，雖蒙斧鉞湯鑊，誠甘樂之。臣事君，猶子事父也，子為父死亡所恨。願勿復再言。"陵與武飲數日，復曰："子卿壹聽陵言。"武曰："自分已死久矣！王必欲降武，請畢今日之驩，效死於前！"陵見其至誠，喟然歎曰："嗟乎，義士！陵與衛律之罪上通於天。"因泣下霑衿，與武決去。陵惡自賜武，使其妻賜武牛羊數十頭。後陵復至北海上，語武："區脫捕得雲中生口，言太守以下吏民皆白服，曰上崩。"武聞之，南鄉號哭，歐血，旦夕臨數月。

○李陵：字少卿，武帝時爲騎都尉，與匈奴作戰，力竭而降，封右校王。侍中：官名；漢時爲加官，掌"乘輿服物"。○求：求訪。○亡人：無人煙。亡，通"無"。○長君：蘇武長兄蘇嘉。奉車：官名；即奉車都尉。皇帝出行時，奉車都尉要隨車輿侍奉。○雍：地名。在今陝西鳳翔南。○除：殿階。○孺卿：蘇武弟蘇賢之字。河東：地名。在今山西夏縣。后土：地神。○宦騎：充任騎從之宦官。黃門駙馬：皇帝之騎侍。○大夫人：蘇武母親。大，通"太"。○陽陵：地名；在今陝西咸陽東。○女弟：妹妹。○忽忽：精神恍惚貌。○保宮：漢官署名。凡大臣及其眷屬犯罪，皆囚禁於此。○亡常：無常。亡，通"無"。○壹：決定之辭。○分：料定。○效：致。○區脫：邊地。雲中：漢雲中郡；在今內蒙古自治區。生口：俘虜。○南鄉：向着南方。鄉，通"嚮"。○歐：通"嘔"，吐也。○臨：哭奠。

昭帝即位數年，匈奴與漢和親。漢求武等，匈奴詭言武死。後漢使復至匈奴，常惠請其守者與俱，得夜見漢使，具自陳道。教使者謂單于，言天子射上林中，得雁，足有係帛書，言武等在某澤中。使者大喜，如惠語以讓單于。單于視左右而驚，謝漢使曰："武等實在。"於是李陵置酒賀武曰："今足下還歸，揚名於匈奴，功顯於漢室，雖古竹帛所載，丹青所畫，何以過子卿！陵雖駑怯，令漢且貰陵罪，全其老母，使得奮大辱之積志，庶幾乎曹柯之盟，此陵宿昔之所不忘也。收族陵家，爲世大戮，陵尚復何顧乎？已矣！令子卿知吾心耳。異域之人，壹別長絕！"陵起舞，歌曰："徑萬里兮度沙幕，爲君將兮奮匈奴。路窮絕兮矢刃摧，士衆滅兮名已隤。

老母已死，雖欲報恩將安歸！"陵泣下數行，因與武決。單于召會武官屬，前以降及物故，凡隨武還者九人。……

武留匈奴凡十九歲，始以彊壯出，及還，鬚髮盡白。

中華書局標點本《漢書》卷五四

○上林：上林苑。本秦舊苑，漢武帝擴建之，令各地獻珍樹奇卉三千餘種種植其中，並有離宮十七所。○係：通"繫"。○讓：責備。○駑怯：無能膽怯。○貰：寬恕。○積志：蓄積已久之志向。○曹柯之盟：春秋時，齊國伐魯，魯將曹沫三戰皆敗，魯莊公祇得割地求和，與齊盟於軻。曹沫於盟誓時以匕首劫持齊桓公，迫使其歸還所侵占之地。○宿昔：從前。○族：族滅。○大戮：大恥辱。○徑：穿過。度：通"渡"。沙幕：猶言"沙漠"。○隤：通"穨"，喪失。○前以降及物故：除去先前投降及死亡者。

## 朱買臣傳（節選）

【題解】本文選自《漢書》卷六四上。《漢書》卷六四為合傳，記嚴助、朱買臣、吾丘壽王、主父偃、徐樂、嚴安、終軍、王褒、賈捐之，共計九人。此九人，皆文學之士，其以言辭取爵位同，其結局亦相近，故班氏以合傳寫之。林紓《畏廬論文·風趣》："《漢書》敘事，較《史記》稍見繁細，然其風趣之妙，悉本天然。"此篇可為代表。

朱買臣，字翁子，吳人也。家貧，好讀書，不治產業，常艾薪樵，賣以給食。擔束薪，行且誦書。其妻亦負戴相隨，數止買臣毋歌嘔道中。買臣愈益疾歌，妻羞之，求去。買臣笑曰："我年五十當富貴，今已四十餘矣。女苦日久，待我富貴報女功。"妻恚怒曰："如公等，終餓死溝中耳，何能富貴？"買臣不能留，即聽去。其後，買臣獨行歌道中，負薪墓間。故妻與夫家俱上冢，見買臣飢寒，呼飯飲之。

後數歲，買臣隨上計吏爲卒，將重車至長安。詣闕上書，書久不報。待詔公車，糧用乏，上計吏卒更乞丐之。會邑子嚴助貴幸，薦買臣。召見，說《春秋》，言《楚辭》，帝甚說之。拜買臣爲中大夫，與嚴助俱侍中。是時方築朔方，公孫弘諫，以爲罷敝中國。上使買臣難詘弘，語在《弘傳》。後買臣坐事免，久之，召待詔。

是時，東越數反覆，買臣因言："故東越王居保泉山，一人守險，千人不得上。今聞東越王更徙處南行，去泉山五百里，居大澤中。今發兵浮海，直指泉山，陳舟列兵，席卷南行，可破滅也。"上拜買臣會稽太守。上謂買臣曰："富貴不歸故鄉，如衣繡夜行，今子何如？"買臣頓首辭謝。詔買臣到郡，治樓船，備糧食、水戰具，須詔書到，軍與俱進。

○吳：地名。今江蘇蘇州。○艾：通"刈"，割取。○束薪：一捆捆柴草。《詩經·王風·揚之水》："不流束薪。"○負戴：背負頭頂。○恚：憤恨。○上計：封建社會的一種考核制度，盛行於戰國。其具體做法是：中央的重要官吏與地方官每年都必須把賦稅收入預算寫在木券上，交送君王。君王再將"券"破分爲二，由君王執右券，臣下執左券。時至年終，臣下須執左券向君王匯報執行情況，君王則執右券對其進行考核，並根據考核情況決定升免。此即所謂"符契之所合，賞罰之所生也"（《韓非子·主道》）。上級官吏對下級官吏之考核也往往采用相同辦法。秦漢以後，此種考核方式被沿襲下來，並往往采用集會之方式進行。○將：推扶。○報：回復。○公車：漢代徵士之官府。○邑子：同邑人。○嚴助：西漢辭賦家。《漢書》與朱買臣同傳。○帝：漢武帝劉徹。○中大夫：官名。○侍中：官名；侍從皇帝左右，出入宮廷，以對顧問。○朔方：郡名。在今內蒙古西部黃河以南地區。○公孫弘：西漢蘭川（今山東壽光）人，字季。少爲吏，後學《春秋》，武帝時爲相。《漢書》有傳。○罷：通"疲"。○坐事：因事犯法。○待詔：官名；以備顧問。○東越：百越之一支，其時居於福建、浙江東部。相傳其王爲越王勾踐之後裔。○泉山：山名；在今福建泉州北，近海。○會稽：郡名；西漢時轄境相當於今江蘇長江以南、茅山以東，浙江大部及福建全部。郡治在吳。

初，買臣免，待詔，常從會稽守邸者寄居飯食。拜爲太守，買臣衣故衣，懷其印綬，步歸郡邸。直上計時，會稽吏方相與羣飲，不視買臣。買臣入室中，守邸與共食，食且飽，少見其綬。守邸怪之，前引其綬，視其印，會稽太守章也。守邸驚，出語上計掾吏。皆醉，大呼曰："妄誕耳！"守邸曰："試來視之。"其故人素輕買臣者入內視之，還走，疾呼曰："實然！"坐中驚駭，白守丞，相推排陳列中庭拜謁。買臣徐出戶。有頃，長安廄吏乘駟馬車來迎，買臣遂乘傳去。會稽聞太守且至，發民除道，縣吏並送迎，車百餘乘。入吳界，見其故妻、妻夫治道。買臣駐車，呼令後車載其夫妻，到太守舍，置園中，給食之。居一月，妻自經死，買臣乞其夫錢，令葬。悉召見故人與飲食諸嘗有恩者，皆報復焉。

居歲餘，買臣受詔將兵，與橫海將軍韓說等俱擊破東越，有功。徵入爲主爵都尉，列於九卿。數年，坐法免官，復爲丞相長史。張湯爲御史大夫。始買臣與嚴助俱侍中，貴用事，湯尚爲小吏，趨走買臣等前。後湯以廷尉治淮南獄，排陷嚴助，買臣怨湯。及買臣爲長史，湯數行丞相事，知買臣素貴，故陵折之。買臣見湯，坐牀上弗爲禮。買臣怨深，常欲死之。後遂告湯陰事，湯自殺，上亦誅買臣。

中華書局標點本《漢書》卷六四

○會稽守邸者：會稽郡在京城所設官邸的看守人員。○直：通"值"，正當。○掾吏：屬官。○白：稟報。守丞：守邸丞。○傳：驛車。○自經：上吊自殺。○乞：給予。○報復：酬謝。○韓說：漢臣，以待詔爲橫海將軍，破東越有功，封按道侯，後爲衛太子所殺。○主爵都尉：官名；掌列侯封爵之事。○九卿：中央行政機構中最高官員。○丞相長史：丞相之屬官。○張湯：杜陵（今陝西西安）人，漢武帝時歷任廷尉、御史大夫等職，後自殺。《漢書》有傳。○御史大夫：官名；掌監察、執法。西漢時丞相缺位，往往以御史大夫遞補，或行使丞相權力。〇廷尉：官名；掌刑獄。淮南獄：淮南王劉安之父劉長，因罪貶蜀，不食而死，劉安心懷怨恨，謀反，武帝派張湯辦理此事。〇陵折：欺凌。陵，通"凌"。

### 楊胡朱梅云傳（節選）

【題解】 楊王孫、胡建、朱雲、梅福、云敞五人，或狂放不羈，或爲人正直，故《漢書》卷六七將其合爲一傳。本文祇節選前三人傳。李景星《四史評議·漢書評議》："楊、胡、朱、梅、云，皆一節之士也。……《楊王孫傳》祇取其裸葬一節，《胡建傳》祇取其斬監軍御史一節，《朱雲傳》祇收其折檻一節……此五人者，以聖賢之道繩之，則皆偏也；以流俗之人例之，則皆翹然自異，足以風末世而勵薄俗也。孔子曰：'不得中行而與之必也狂狷乎！'孟子亦曰：'孔子豈不欲中道哉？不可必得，故思其次也。'班氏以五人合傳，正是孔子取狂狷之意。"

楊王孫者，孝武時人也。學黃老之術，家業千金，厚自奉養生，亡所不致。及病且終，先令其子，曰："吾欲臝葬，以反吾真，必亡易吾意。死則爲布囊盛尸，入地七尺，既下，從足引脫其囊，以身親土。"其子欲默而不從，重廢父命，欲從之，心又不忍，乃往見王孫友人祁侯。

祁侯與王孫書曰："王孫苦疾，僕迫從上祠雍，未得詣前。願存精神，省思慮，進醫藥，厚自持。竊聞王孫先令臝葬，令死者亡知則已，若其有知，是戮尸地下，將臝見先人，竊爲王孫不取也。且《孝經》曰：'爲之棺槨衣衾。'是亦聖人之遺制，何必區區獨守所聞？願王孫察焉。"

王孫報曰："蓋聞古之聖王，緣人情不忍其親，故爲制禮，今則越之，吾是以臝葬，將以矯世也。夫厚葬誠亡益於死者，而俗人競以相高，靡財單幣，腐之地下。或乃今日入而明日發，此真與暴骸於中野何異！且夫死者，終生之化，而物之歸者也。歸者得至，化者得變，是物各反其真也。

反真冥冥，亡形亡聲，乃合道情。夫飾外以華衆，厚葬以鬲真，使歸者不得至，化者不得變，是使物各失其所也。且吾聞之，精神者天之有也，形骸者地之有也。精神離形，各歸其真，故謂之鬼，鬼之爲言歸也。其尸塊然獨處，豈有知哉？裹以幣帛，鬲以棺槨，支體絡束，口含玉石，欲化不得，鬱爲枯腊，千載之後，棺槨朽腐，乃得歸土，就其真宅。繇是言之，焉用久客！昔帝堯之葬也，窾木爲櫝，葛藟爲緘，其穿下不亂泉，上不泄殠。故聖王生易尚，死易葬也。不加功於亡用，不損財於亡謂。今費財厚葬，留歸鬲至，死者不知，生者不得，是謂重惑。於戲！吾不爲也。"

祁侯曰："善。"遂嬴葬。

○楊王孫：據《西京雜記》，名貴，字王孫，京兆人（或云城固人）。死卒裸葬於終南山。其子孫掘土鑿石深七尺而下屍，上復蓋之以石，欲儉而反奢。《說苑·反質》有楊王孫事，全文與本傳大略相同。班固蓋即據以入傳。○亡所不致：凡奉養難得之物皆能致之以自供。○先令：遺囑。○返真：謂形體復歸於土。○重：難也。○祁侯：繒它，繒賀之孫。○從上祠雍：雍，地名，在今陝西鳳翔，秦、漢君主常於此祭祀五帝。據《漢書·武帝紀》，元光二年（前133），"冬十月，行幸雍，祠五畤。"○爲之棺槨衣衾：語出《孝經·喪親》。衣，屍衣；衾，殮屍之報被。○區區：小之意。○越之：言逾禮而厚葬。○單：通"殫"，竭盡。○發：盜墓。○終生之化：王念孫曰以爲"終"當讀爲"衆"。"衆"之爲"終"，借字耳（說見《經義述聞·祭法》）。○冥冥：無知貌。○華衆：在衆人面前誇耀。華，通"嘩"。○鬲：通"隔"。○"精神者天之有也"二句：語見《淮南子·精神》及《列子·天瑞》。○塊然：孤獨貌。○"口含玉石"二句：古人以爲將金玉置於死者口中，則屍終不朽。○枯腊：今謂木乃伊，即"干屍"。○久客：久不返真曰"客"。○窾：空也。櫝：小棺。○藟：藤。緘：束也。○不亂泉：不及於泉。○殠：腐氣。○尚：尊奉。生易尚，言聖王不勞民以自厚。

胡建，字子孟，河東人也。孝武天漢中，守軍正丞，貧亡車馬，常步，與走卒起居，所以尉薦走卒，甚得其心。時監軍御史爲姦，穿北軍壘垣以爲賈區，建欲誅之，乃約其走卒曰："我欲與公有所誅，吾言取之則取，斬之則斬。"於是當選士馬日，監御史與護軍諸校列坐堂皇上，建從走卒趨至堂皇下拜謁，因上堂皇，走卒皆上。建指監御史曰："取彼。"走卒前曳下堂皇。建曰："斬之。"遂斬監御史。護軍諸校皆愕驚，不知所以。建亦已有成奏在其懷中，遂上奏曰："臣聞軍法，立武以威衆，誅惡以禁邪。今監御史公穿軍垣以求賈利，私買賣以與士市，不立剛毅之心、勇猛之節，亡以帥先士大夫，尤失理不公。用文吏議，不至重法。《黃帝李法》曰：'壁壘已定，穿窬不繇路，是謂姦人。姦人者殺。'臣謹按軍法曰：'正亡屬將軍，將軍有罪以聞，二千石以下行法焉。'丞於用法疑，執事不諉上。臣謹以斬，昧死以聞。"制曰："《司馬法》曰：'國容不入軍，軍容不入國。'何文吏也？三王或誓於軍中，欲民先成其慮也；或誓於軍門之外，欲民先意以待事也；或將交刃而誓，致民志也。建又何疑焉？"建繇是顯名。

　　後爲渭城令，治甚有聲。值昭帝幼，皇后父上官將軍安與帝姊蓋主私夫丁外人相善。外人驕恣，怨故京兆尹樊福，使客射殺之。客臧公主廬，吏不敢捕。渭城令建將吏卒圍捕。蓋主聞之，與外人、上官將軍多從奴客往，犇射追吏，吏散走。主使僕射劾渭城令游徼傷主家奴。建報亡它坐。蓋主怒，使人上書告建侵辱長公主，射甲舍門，知吏賊傷奴，辟報，故不窮審。大將軍霍光寢其奏。後光病，上官氏代聽事，下吏捕建。建自殺。吏民稱冤，至今渭城立其祠。

　　○河東：郡名；治安邑。○天漢：漢武帝年號，公元前100年至前97年。○守軍正丞：守北軍正丞。守，猶"攝"也；軍正，軍法官。○尉薦：猶慰藉。○賈區：做生意之處。賈，古指設肆售貨之人。○諸校：軍隊之諸部校。校，軍階名。○堂皇：大堂；室無四壁曰"皇"。○遂斬監御史：原作"遂斬御史"，據王先謙說補。○《黃帝李法》：古代兵法著作。李，

493

與"理"同義。○窬：小門洞。○正亡屬將軍：正，指軍正；無屬，不屬。○二千石以下：這裏指軍中的校尉、都尉之屬。○於用法疑：對於斬御史於法有懷疑。○執事不諉上：謂執事者當見法即行，不可以推諉於上。○《司馬法》：古代兵法著作，春秋時司馬穰苴所作。原有一百五十篇，今本僅有五篇。以下所引見《司馬法・天子之義》。○何文吏也：謂軍中當依軍法處置，何用文吏非議。○三王：夏、商、周三代之王。○先成其慮：意謂先受思想教育。○先意：先有思想準備。○民志：這裏指士卒意志。○渭城：地名；在今陝西咸陽東北。○蓋主：蓋長公主，武帝之女；因其嫁蓋侯，故稱。○外人：此名在西漢極爲普遍，當作"關外之人"解，丁外人是河間人，是其明證。○京兆尹樊福：樊福於始元六年（前81）守京兆尹，見《漢書・百官公卿表》。○僕射：公主家之僕射，宮人領事者。○游徼：掌巡禁盜賊者。○亡它坐：意謂游徼奉公，無不法行爲以致坐罪。○甲舍：即甲第；此指蓋主之宅。○"辟報"二句：謂爲游徼避罪而亡報文書，故不窮治。辟，通"避"。○寢：擱置。○上官氏：指上官桀，上官安之父。○建自殺：胡建大約死於始元六年初。《鹽鐵論・頌賢》提到胡建爲縣令，"不避強禦，卒爲衆枉"，鹽鐵之議發生於始元六年二月，可見胡建大約死於此時。

朱雲，字游，魯人也，徙平陵。少時通輕俠，借客報仇。長八尺餘，容貌甚壯，以勇力聞。年四十，乃變節，從博士白子友受《易》，又事前將軍蕭望之受《論語》，皆能傳其業。好倜儻大節，當世以是高之。

元帝時，琅邪貢禹爲御史大夫，而華陰守丞嘉上封事，言："治道在於得賢，御史之官，宰相之副，九卿之右，不可不選。平陵朱雲，兼資文武，忠正有智略，可使以六百石秩試守御史大夫，以盡其能。"上乃下其事問公卿。太子少傅匡衡對，以爲："大臣者，國家之股肱，萬姓所瞻仰，明王所慎擇也。傳曰：'下輕其上爵，賤人圖柄臣，則國家搖動而民不靜矣。'今嘉從守丞而圖大臣之位，欲以匹夫徒步之人而超九卿之右，非所以重國家而尊社稷也。自堯之用舜，文王於太公，猶試然後爵之，又況朱雲者乎？雲素好勇，數犯法亡命，受《易》頗有師道，其行義未有以異。今御史大夫禹，絜白廉正，經術通明，有伯夷、史魚之風，海內莫不聞知，而嘉猥稱雲，欲令爲御史大夫，妄相稱舉，疑有姦心，漸不可長，宜下有司案驗以明好惡。"嘉竟坐之。

是時，少府五鹿充宗貴幸，爲梁丘《易》。自宣帝時，善梁丘氏說。元帝好之，欲考其異同，令充宗與諸《易》家論。充宗乘貴辯口，諸儒莫能與抗，皆稱疾不敢會。有薦雲者，召入，攝齋登堂，抗首而請，音動左右。既論難，連拄五鹿君，故諸儒爲之語曰："五鹿嶽嶽，朱雲折其角。"繇是爲博士。

○平陵：縣名；在今陝西咸陽市西。○通：交結。○蕭望之：字長倩，東海蘭陵人，宣帝時官至御史大夫，後左遷太子太傅；元帝即位，以師傅見重。後爲宦官排擠，飲鴆自殺。《漢書》有傳。○琅邪：郡名；在今山東諸城。○貢禹：字少翁，以明經潔行徵爲博士，病免官，復舉賢良；元帝時數上疏直言。《漢書》有傳。○華陰：縣名；在今陝西。守丞：官名；縣之次官。封事：漢制，臣下奏事，以黑囊封板，以防宣泄，稱封事。○以六百石秩試守御史大夫：六百石是較低的秩祿，而御史大夫是僅次於丞相之官。此處言讓朱雲試任重要職務而不相應提高其級別。○匡衡：字稚圭，東海人。《漢書》有傳。○上爵：指上級官員。○柄臣：掌權之臣。○師道：指學問有所師承。○伯夷：商末孤竹君之子，以廉潔著稱。史魚：春秋時衛大夫，死而以屍諫衛靈公，故以正直著稱。○猥：曲也。○少府：官名；九卿之一。○五鹿：複姓。○梁丘《易》：梁丘賀所傳之《周易》。據《漢書·儒林傳》，梁丘賀傳子臨，臨傳五鹿充宗。○乘貴：憑借尊貴之地位。○齋：裳之下縫。○抗首：舉首也。○拄：駁倒。○嶽嶽：長角之貌。

遷杜陵令。坐故縱亡命，會赦，舉方正，爲槐里令。時中書令石顯用

495

事，與充宗爲黨，百僚畏之。唯御史中丞陳咸年少抗節，不附顯等，而與雲相結。雲數上疏，言丞相韋玄成容身保位，亡能往來，而咸數毀石顯。久之，有司考雲，疑風吏殺人。羣臣朝見，上問丞相以雲治行。丞相玄成言雲暴虐亡狀。時陳咸在前，聞之，以語雲。雲上書自訟，咸爲定奏草，求下御史中丞。事下丞相，丞相部吏考立其殺人罪。雲亡入長安，復與咸計議。丞相具發其事，奏"咸宿衛執法之臣，幸得進見，漏泄所聞，以私語雲，爲定奏草，欲令自下治，後知雲亡命罪人，而與交通，雲以故不得"。上於是下咸、雲獄，減死爲城旦。咸、雲遂廢錮，終元帝世。

至成帝時，丞相故安昌侯張禹以帝師位特進，甚尊重。雲上書求見，公卿在前，雲曰："今朝廷大臣上不能匡主，下亡以益民，皆尸位素餐，孔子所謂'鄙夫不可與事君'，'苟患失之，亡所不至'者也。臣願賜尚方斬馬劍，斷佞臣一人以厲其餘。"上問："誰也？"對曰："安昌侯張禹。"上大怒，曰："小臣居下訕上，廷辱師傅，罪死不赦。"御史將雲下，雲攀殿檻，檻折。雲呼曰："臣得下從龍逢、比干游於地下，足矣！未知聖朝何如耳？"御史遂將雲去。於是左將軍辛慶忌免冠解印綬，叩頭殿下曰："此臣素著狂直於世。使其言是，不可誅；其言非，固當容之。臣敢以死爭。"慶忌叩頭流血。上意解，然後得已。及後當治檻，上曰："勿易！因而輯之，以旌直臣。"

雲自是之後不復仕，常居鄠田，時出乘牛車從諸生，所過皆敬事焉。薛宣爲丞相，雲往見之。宣備賓主禮，因留雲宿，從容謂雲曰："在田野亡事，且留我東閣，可以觀四方奇士。"雲曰："小生乃欲相吏邪？"宣不敢復言。其教授，擇諸生，然後爲弟子。九江嚴望及望兄子元，字仲，能傳雲學，皆爲博士。望至泰山太守。

雲年七十餘，終於家。病不呼醫飲藥。遺言以身服斂，棺周於身，土周於槨，爲丈五墳，葬平陵東郭外。

**中華書局標點本《漢書》卷六七**

〇杜陵：縣名；在今陝西西安市東南。〇槐里：縣名；在今陝西興平東南。〇石顯：字君房，濟南人，少坐法腐刑，爲宦官。《漢書·佞幸傳》有傳。〇陳咸：字子康，沛郡相人，陳萬年之子，《漢書·陳萬年傳》附其傳。〇韋玄成：字少翁，韋賢之子。《漢書·韋賢傳》附其傳。〇亡能往來：言不能有所進退。〇風：通"諷"，勸也。〇亡狀：言無善狀。〇部：指派。考立：推考成立。〇自下治：交給自己治理。陳咸爲御史中丞，而奏請下御史中丞，故云"自下治"。〇城旦：秦漢時刑名，旦起行治城。〇廢錮：古代對官吏的一種懲罰，即革職後永不敘用。〇張禹：字子文，河內人。《漢書》有傳。特進：官名。西漢後期始置，以授列侯中有特殊地位者，得自辟僚屬。〇尸位素餐：謂居位食祿而不盡職。〇"鄙夫不可與事君"：此取《論語·陽貨》"鄙夫可與事君也與哉"之意。〇"苟患失之"二句：見《論語·陽貨》。無所不至，無所不用其極也。〇尚方：官名；掌制辦宫廷器物，屬少府。〇訕：謗也。〇龍逢：關龍逢，夏桀之臣，直諫被誅。比干：商末紂之諸父，官少師，忠諫被誅。〇辛慶忌：字子真，《漢書》有傳。〇輯：補合之意。〇鄠：縣名；在今陝西户縣。〇薛宣：字贛君，東海人。《漢書》有傳。〇東閣：丞相見賢士賓客之處。〇欲相吏：欲爲屬吏。〇九江：郡名；治壽春。泰山：郡名；治奉高（今山東泰安東北）。

## 李夫人傳

【題解】　本文選自《漢書》卷九七上《外戚傳》。《漢書》之《外戚傳》，雖名爲"外戚傳"，實則后妃傳也。傳中紀后妃出身行事及得寵見廢之由，至外戚之事，則附見焉耳。大致從《史記·外戚世家》來，接入後事以續成之。李景星《四史評議·漢書評議》稱班固"載武帝詩賦於《李夫人傳》內，尤覺點染生色"。

孝武李夫人，本以倡進。初，夫人兄延年性知音，善歌舞，武帝愛之。每爲新聲變曲，聞者莫不感動。延年侍上起舞，歌曰："北方有佳人，絕世而獨立，一顧傾人城，再顧傾人國。寧不知傾城與傾國，佳人難再得！"上歎息曰："善！世豈有此人乎？"平陽主因言延年有女弟，上乃召見之，實妙麗善舞。由是得幸，生一男，是爲昌邑哀王。李夫人少而早卒，上憐閔焉，圖畫其形於甘泉宮。及衛思后廢後四年，武帝崩，大將軍霍光緣上雅意，以李夫人配食，追上尊號曰孝武皇后。

○倡：樂人。○延年：李延年。《漢書·佞幸傳》有傳。○"北方有佳人"之歌：顏師古曰："非不吝惜城與國也，但以佳人難得，愛悅之深，不覺傾覆。"○平陽主：平陽公主，漢武帝姊。○昌邑哀王：劉髆。《漢書·武五子傳》有傳。○雅意：平素之意。○配食：附祭，配享。

初，李夫人病篤，上自臨候之，夫人蒙被謝曰："妾久寢病，形貌毀壞，不可以見帝。願以王及兄弟爲托。"上曰："夫人病甚，殆將不起，一見我屬托王及兄弟，豈不快哉？"夫人曰："婦人貌不修飾，不見君父。妾不敢以燕婧見帝。"上曰："夫人弟一見我，將加賜千金，而予兄弟尊官。"夫人曰："尊官在帝，不在一見。"上復言欲必見之，夫人遂轉鄉歔欷而不復言。於是上不說而起。夫人姊妹讓之曰："貴人獨不可一見上屬托兄弟邪？何爲恨上如此？"夫人曰："所以不欲見帝者，乃欲以深托兄弟也。我以容貌之好，得從微賤愛幸於上。夫以色事人者，色衰而愛弛，愛弛則恩絕。上所以攣攣顧念我者，乃以平生容貌也。今見我毀壞，顏色非故，必畏惡，有吐棄我意，尚肯復追思閔錄其兄弟哉！"及夫人卒，上以后禮葬焉，其後，上以夫人兄李廣利爲貳師將軍，封海西侯，延年爲協律都尉。

○"婦人貌不修飾"二句：《禮記·檀弓下》："婦人不飾，不敢見舅姑。"○燕婧：謂不嚴飾。婧，通"惰"。○弟：但也。○轉鄉：轉面而朝裏。○讓：責也。○恨上：不從上意。恨，違也。○攣攣：愛戀不忘。○有吐棄我意：底本原作"吐棄我意"，據王念孫說補"有"字，《太平御覽》卷一三六引此，正作"有吐棄我意"。

上思念李夫人不已，方士齊人少翁言能致其神。乃夜張燈燭，設帷帳，陳酒肉，而令上居他帳，遙望見好女如李夫人之貌，還幄坐而步。又不得就視，上愈益相思悲感，爲作詩曰："是邪，非邪？立而望之，偏何姍姍其來遲！"令樂府諸音家弦歌之。上又自爲作賦，以傷悼夫人，其辭曰：

美連娟以修嫮兮，命樔絕而不長，飾新宮以延貯兮，泯不歸乎故鄉。慘鬱鬱其蕪穢兮，隱處幽而懷傷，釋輿馬於山椒兮，奄修夜之不陽。秋氣憯以淒淚兮，桂枝落而銷亡，神熒熒以遙思兮，精浮游而出畺。托沈陰以壙久兮，惜蕃華之未央，念窮極之不還兮，惟幼眇之相羊。函菱荴以俟風兮，芳雜襲以彌章，的容與以猗靡兮，縹飄姚虖愈莊。燕淫衍而撫楹兮，連流視而娥揚，既激感而心逐兮，包紅顏而弗明。歡接狎以離別兮，宵寤夢之芒芒，忽遷化而不反兮，魄放逸以飛揚。何靈魂之紛紛兮，哀裴回以躊躇，勢路日以遠兮，遂荒忽而辭去。超兮西征，屑兮不見。寖淫敞怳，寂兮無音，思若流波，怛兮在心。

亂曰：佳俠函光，隕朱榮兮，嫉妒闟茸，將安程兮！方時隆盛，年夭傷兮，弟子增欷，洿沫悵兮。悲愁於邑，喧不可止兮。嚮不虛應，亦云已兮。譙妍太息，歎稚子兮，㦛慄不言，倚所恃兮。仁者不誓，豈約親兮？既往不來，申以信兮。去彼昭昭，就冥冥兮，既下新宮，不復故庭兮。嗚呼哀哉，想魂靈兮！

其後，李延年弟季坐姦亂後宮，廣利降匈奴，家族滅矣。

### 中華書局標點本《漢書》卷九七

○上思念李夫人不已：或以爲李夫人當作王夫人。周壽昌曰："《封禪書》：'上有所幸王夫人，夫人卒，少翁以方，蓋夜致王夫人。'是即前所云趙之王夫人，非李夫人也。……《通鑑》據《史記》作王夫人，注曰：'齊王閎之母。'亦明班史有誤也。"施之勉曰："按《郊祀志》：'既滅南粵，嬖臣李延年以好音進。'據本傳，李夫人之進，則以延年歌北方佳人也。南粤之滅在元鼎六年。是李夫人之召見，當在是年之後。《大宛傳》：
'上欲侯寵姬李氏，拜李廣利爲貳師將軍，以往伐宛。'是歲，太初元年也。
是太初元年，初伐大宛時，李夫人尚在也。《佞幸傳》：'李夫人産昌邑王，
延年由是貴，爲協律都尉。久亡，延年弟季，與中人亂，出入驕恣。及李
夫人卒後，其愛弛，上遂誅延年兄弟宗族。'《外戚世家》：'李夫人早卒。
其兄延年以音幸，號協律。兄弟皆坐姦族。是時其長兄廣利爲貳師將軍，
伐大宛，不及誅。而上既夷李氏，後憐其家，乃封爲海西侯。'據《武
紀》，廣利伐大宛還，在太初四年春。又據《功臣表》，廣利封海西侯，在
太初四年四月。則延年兄弟坐姦族，當在太初二三年，李夫人之卒，亦當
在其時也。而少翁之誅，在元狩六年，其時李夫人尚未入宫，則李夫人卒，
斷無少翁爲致其神，班史之誤，可無疑耳。……《封禪書》：'天子苑有白
鹿，以其皮爲幣，造白金焉。其明年，郊雍，獲一角獸，若麃然。明年，
少翁以鬼神方見上。少翁以方夜致大夫人。'據《武紀》，以銀錫造白金，
及皮幣，在元狩四年，則獲麟在五年，少翁以方見上在六年。是王夫人卒，
少翁得以方致其神也。《史記》不誤。褚補《史記》，年與事亦並無不合。"
此種考證，可備一說。參見施丁《漢書新注》。○連娟：纖弱。嫣：美
好。○樑：斷絕。○新宮：待神之處。或說設帷帳。貯：通"佇"，待也。
○泯：滅也。○山椒：山陵。或說山巔。○淒淚：與"淒屬"義同。○桂
枝：桂枝芳香，以喻夫人。○壘：古疆字。○沈陰：言在地下。壙：通
"曠"。○蕃：通"繁"。未央：猶未半；言年歲未半。○惟：思也。幼眇：
猶窈窕。相羊：即徜徉，徘徊之意。菱：一種香菜。茯：敷布；散
開。○的：確實。容與：安逸自得貌。猗靡：婉順貌。○飄姚：即飄搖。
愈莊：越加端莊。○"燕淫衍而撫楹兮"二句：此是回憶平生歡宴之時。
蛾揚：揚起蛾眉。○心逐：追思。○包紅顏而弗明：有二說。一說在墳墓
之中不可見（顏師古說）；一說即上詩所云"是邪，非邪"（王先謙
說）。○芒芒：渺茫，模糊不清。○裴回：通"徘徊"。躊躇：駐足。○荒

乎：恍惚，不真切貌。○超：迅速。○屑：顧惜。○敞罔：通"惝恍"。○思：或以爲"恩"之誤。流波：言恩寵不絕。○怛：悼也。○亂：理也；總結之意。○佳俠：美女。○闟茸：衆賤之稱。○程：品級；等次。○弟子：指夫人弟兄及昌邑王劉髆。○洿沫：言涕淚滿臉。○於邑：憂鬱，哽咽。○喧：哀哭不止。○嚮不虛應：言響在空虛中無聲應之。嚮，通"響"。○熯妍：憂傷愁損。○稚子：幼子；指昌邑王劉髆。○憯慄：哀愴之意。○"仁者不誓"二句：仁者不爲盟誓，難道與親人有約言嗎？○"既往不來"二句：死者已逝，生者以此心爲信。○新宫：指新墳。○故庭：謂平生所居之宫庭。

## |輯　錄|

《後漢書·班固列傳》：司馬遷、班固父子，其言史官載籍之作，大義粲然著矣。議者咸稱二子有良史之才。遷文直而事核，固文贍而事詳。

劉勰《文心雕龍·體性》：孟堅雅懿，故裁密而思靡。

劉知幾《史通·六家》：如《漢書》者，究西都之首末，窮劉氏之廢興，包舉一代，撰成一書，言皆精煉，事甚該密，故學者尋討，易爲其功。

茅坤《茅鹿門集》卷十四《刻漢書評林序》：太史公與班掾之材，固各天授。然《史記》以風神勝，而《漢書》以矩矱勝。惟其以風神勝，故其道逸疏宕，如餐霞，如嚙雪，往往自眉睫之所及，而指次心田之所不及，令人讀之，解頤不已；惟其以矩矱勝，故其規劃布置，如繩引，如斧劀，亦往往於其複亂龐雜之間，而有以極其首尾節奏之密，令人讀之，鮮不濯筋而洞髓者。……兩家之文，並千古絕調也。

何良俊《四友齋叢說》卷五《史一》：班孟堅書，雖無太史公之奇，然叙事典贍，亦自成一家之言。故世之言史者，並稱《史》、《漢》，蓋以爲《史記》之後便有《漢書》。

劉熙載《藝概·文概》：蘇子由稱太史公"疏蕩有奇氣"，劉彥和稱班孟堅"裁密而思靡"。"疏"、"密"二字，其用不可勝窮。

**參考書目**

《漢書補注》，王先謙撰，中華書局 1983 年版。

《漢書新注》，施丁主編，三秦出版社 1994 年版。

《漢書窺管》，楊樹達撰，上海古籍出版社 1984 年版。

**思考題**

對比閱讀《史記》與《漢書》相關之文字，分析其文學風格之異同。